Autorin: Ernestine Nicolussi Smyth.
Schweizerin, geb. in Österreich. Emigrierte mit 17 Jahren in die Schweiz. Ehemann England-Schweizer. 2 Töchter, 5 Enkelkinder, in Vancouver Kanada.

.

Beruf: Gastronomin.
Letzte langjährige Tätigkeit im Chefteam, Grand Hotel Palace Bellevue Bern.
Nebenberuflich Fotomodel, Stylistin.

Die Ereignisse in diesem Buch sind sachlich und historisch korrekt, aber Namen von einigen Personen und Orte wurden geändert.

Das Leben in diesen Roman stimmt für diese Menschen in ihrer Zeit. Ich habe lange an dieser Geschichte "rumgemacht", bis ich wusste, wie ich sie erzählen soll.

Was ich meine: Wer über 5 Generationen die fiktive Geschichte einer Familie erzählt, muss aus einen Fundus schöpfen können und dieser Fundus kam von vielen Personen zusammen. Speziell von den hinterlassenen Notizen, Tonträgern, Berichten und Fotos.

Jede Figur, jede Generation sucht einen anderen Weg, um mit der Gesellschaft zurecht zu kommen. Die einen versuchen es mit Anpassung, die anderen mit Widerstand.

Franz von Dorn, geboren im Jahr 1900, von dieser Person aus, haben die Überlegungen zu diesen Buch erst angefangen und zu diesen Roman geführt. Da er selbst ein Buch schreiben wollte, hinterliess er einiges Material das ich für mein Werk verwenden konnte.

Es dauerte 5 Jahre bis ich auch nach den langwierigen, historischen und biografischen Recherchen das Manuskript für dieses Buch fertig gestellt hatte.

Dieser Roman umfasst romantische, liebevolle und lebenslange Beziehungen, aber auch solche, die auseinander fielen. 1.Weltkrieg. Zwischen den Kriegen: Abschaffung der Adelstiteln, Flucht, Abenteuer, Konzentrationslager. 2. Weltkrieg. Danach friedliche Nachkriegszeit mit Aufbau und Aufholbedarf. Christine`s erlebnisreiche Jugend, als Rotkreuzkind in der Schweiz, im Kloster, als Akrobatin im Zirkus, zu Hause in Vaters eigenen Betrieb, die Rock `n Roll Zeit in den Fünfzigern und dann der Tag an dem sie, noch als Teenager, in die Schweiz emigrierte.

Zwei Familien höchst unterschiedlicher Herkunft kommen hier zusammen; adelige Gutsherren und fahrende Künstler und Artisten. Und der blaublütige Kommunist, der an Gleichheit glaubt, im Untergrund gegen den Faschismus kämpft und dafür in Konzentrationslager landete.
Wie ein Film ziehen die Personen und ihre Schicksale am Leser vorbei, so lebendig erzählt die Autorin.
Eine ganz persönliche Geschichte ihrer Familie – über fünf Generationen hinweg!
Fünf Jahre hat sie gebraucht, um alles zusammen zu tragen, was Vater und Mutter erzählten und was aus Briefen, Dokumenten, Tonbänder, Fotografien usw. sichtbar wurde, wobei sie die Namen von Personen und Orten änderte, um sich und andere zu schützen.

Zitat von Textbüro „Tintenfass" Lektorin Heide Reyer:
„Ich habe das Buch gelesen und darf sagen: ein grosses Unternehmen und eine spannende Lektüre".

Christine
Alle meine Mütter

Historie durch 5 Generationen gespickt von Liebe, Kampf und Leidenschaft

Ernestine Nicolussi Smyth

Order this book online at www.trafford.com
or email orders@trafford.com

Most Trafford titles are also available at major online book retailers.

Printed in the United States of America.

ISBN: 978-1-4269-2345-6 (sc)
ISBN: 978-1-4269-2346-3 (hc)

Library of Congress Control Number: 2009912629

Trafford rev. 01/26/2015

www.trafford.com

North America & international
toll-free: 1 888 232 4444 (USA & Canada)
fax: 812 355 4082

I

Einige von Christines aristokratischen Vorfahren wanderten von Finnland nach Schweden aus und ein Teil der Familie begab sich weiter nach Deutschland und ins südliche Österreich. Von wo die überlieferte Geschichte ihres Ur-Urgrossvaters, Graf Franz Johann von Dorn und viel mehr seines Sohnes Albert, anfing Gestalt anzunehmen.

Graf Albert Karl von Dorn, Christines Urgrossvater, war zum Leid seines Vaters ganz seiner sensiblen Mutter, Gräfin Charlotte von Dorn, nach geraten. Die strenge Erziehung, aus ihm einen standhaften, tüchtigen Mann zu machen, der dem Gutshof neuen Schwung geben würde, damit sie endlich „dem Stand gemäss“ leben könnten, trug keine Früchte. So wurde das Augenmerk mehr auf die starke Tochter Marie-Louise gerichtet. Den Sohn liess man hantieren und werken, so gut er konnte. Albert schaute nach dem Vieh, ritt die Pferde aus und ging sehr gerne am nahen Fluss fischen. Die Knechte und Mägde mochten ihn, denn er half dort aus, wo er seine begrenzten Kräfte einsetzen konnte.

Eines Tages half er Anna, einer sehr jungen Wäscherin, die einen hölzernen Waschtrog voll nasser Wäsche auf einen Leiterwagen zu hieven versuchte. Sie erschrak zutiefst, als seine helfende Hand die ihre berührte, und blickte zu Boden. Er fragte nach ihrem Namen. Sie sei die Anna, sagte sie, und ihr Herz klopfte bis zum Hals. Mit zittriger Stimme und ganz nervös sagte sie noch, dass sie erst seit ein paar Tagen da sei, nahm rasch den Leiterwagen mit der Wäsche und lief Barfuss über den steinigen Weg zum Fluss hinunter, ohne einmal aufzuschauen. Noch eine Weile danach hatte sie das Gefühl, seine Hand auf der ihren zu spüren. Von dem Tag an scheute sie sich, ihm zu begegnen.

Anna hatte eine harte, aber liebevolle Kindheit. Als sie 12 Jahre alt war, ging sie von Zuhause fort, um ihr eigenes Brot zu verdienen. Nun, das war damals üblich. Wenn zu wenig Essen auf den Tisch kam, mussten auch die Kinder auswärts arbeiten. Die Kinder, gingen meistens in eine Fabrik, in einen Haushalt oder zu Bauern. Knaben gingen auch in die Kohlengruben.

So kam es, dass Anna, ohne ein richtiges Ziel zu haben, eines Tages losmarschierte. Gegen Norden solle sie laufen, meinte der Vater, und aufpassen solle sie, es treibe sich viel Gesindel herum. Ihre Familie wünschte ihr viel Glück. Sie verliess das kleine Elternhaus mit dem Ackerland ringsum, das zu wenig einbrachte, um die ganze Familie zu ernähren.

Tage vergingen. Die kühlen Nächte und die Angst, im Freien schlafen zu müssen, zehrten an ihren Kräften. Am sechsten Tag, nachdem sie schon an unzählige Häuser geklopft hatte, begegnete ihr ein Hausierer. „Ich hab Dich beobachtet. Du gehst doch nicht betteln?“ Anna wollte weglaufen, er stellte sich ihr in den Weg. „Lassen Sie mich vorbei, ich bin auf Arbeitssuche,“ sagte sie scheu. „Ach so, dann lass mich nachdenken.“ Er zog die Stirn in Falten und dachte nach. Er kannte viele Leute in der Gegend. Schliesslich gab er ihr den Rat, im Gutshof des Grafen von Dorn zu fragen. Die Waschfrau dort sei schon alt und zu nichts mehr zu gebrauchen, habe er gehört. Dann sagte er noch, sie müsse ihm einen Teil vom ersten Lohn abgeben, falls er sie später mal dort antreffen würde, das sei üblich für solcherlei behilfliche Auskünfte, sie solle das nicht vergessen. Anna versprach, es nicht zu vergessen, falls sie eine Arbeit bekommen sollte. Sie strich ihr Kleid glatt und machte das Haar in Ordnung. Dann lief sie, so schnell sie konnte, den Hügel hinauf zum Gutshof. Schwer atmend kam sie am grossen Tor an und zog an der Klingel. Sie musste warten, bis der Hausknecht mit einem grossen Hund an der Leine kam und aufsperrte. Der Hund bellte fürchterlich. Anna zitterte vor Angst und erzählte hastig von ihrer Begegnung mit dem Hausierer. Der habe gemeint, sie könne hier als Wäschefrau Arbeit finden. Der Knecht sah sie mit prüfendem Blick von oben bis unten an, fragte, wo sie ihr Bündel habe, und sagte, ohne ihre Antwort abzuwarten: „Na, dann komm."

Anna besass an Kleidern nur das, was sie am Körper trug. Wenn es zu heiss war, rollte sie die Ärmel hinauf, wurde es kalt, liess sie die wieder runter. So ging es auch mit dem hoch geschlossenen Kragen, bei Hitze auf, bei Kälte zu. Schuhe hatte sie noch nie eigene besessen. Zu Hause, hinter der Tür, standen ein paar grosse Schuhe. Nur wer in die Kälte raus musste, durfte diese anziehen. Der Schaft war aus hartem Leder, die Sohle aus Holz. Wer zu kleine Füsse hatte, stopfte so viel Stroh hinein, bis die Schuhe an den Füssen Halt fanden.

Nun war Anna schon längere Zeit auf dem Gutshof und es gefiel ihr gut. An einem Morgen musste sie schon sehr früh zum Fluss hinunter, um das Waschmittel in der Wäsche wie üblich im Wasser aus zu schwenken. Sie hätte das schon am Tag davor machen sollen, doch da war stürmisches Wetter, unmöglich etwas im Freien zu richten.

Um die schweren Leintücher in dem reissenden Fluss zu schwenken, musste Anna sie mit aller Kraft wieder an sich holen. Das Wasser spritze und tobte, dabei wurde sie ganz nass. Durch das Tosen des Flusses hörte sie die Schritte hinter sich nicht. Als sie sich umdrehte, stand der junge Graf Albert mit seinem Angelzeug neben ihr. Auch er war überrascht, denn er hatte sie hinter dem Busch nicht sehen können. Nun standen die beiden da und keiner wusste, was sagen. Das Wasser reflektierte die ersten Sonnenstrahlen in Annas jungem Gesicht, die nassen Kleider zeichneten ihren Oberkörper, die dampfende Wiese am Ufer hüllte sie leicht ein, so dass sie wie ein zartes Gemälde wirkte. Wie das Bild, erinnerte er sich, das ihm die Grossmutter zur ersten Kommunion gegeben hatte. Es zeigte die Mutter Gottes in zarte Wolkenschleier gehüllt.

Anna bemerkte seine Verlegenheit und sagte bloss: „Grüss Gott", um den Bann zu brechen, und ging ihrer Arbeit wieder nach. „Warte, ich helfe Dir", sagte er, als sie sich anschickte, den Trog mit der Wäsche auf den Leiterwagen zu heben. Sie erinnerte sich noch gut, dass er ihr vor längerer Zeit schon mal geholfen hatte. Doch zu ihrer Enttäuschung hörte sie ihn sagen: „Ich kann mich nicht erinnern, Dir schon mal begegnet zu sein. Wie lange bist Du schon bei uns?" Ist das schon so lange her, dass er sich nicht an unsere erste Begegnung erinnern kann, dachte Anna. Ihr schien, die Zeit stünde still. Ich durfte jedes Jahr einmal nach Hause, schoss es ihr durch den Kopf, und zweimal war ich ja schon da und erst kürzlich wieder. „Über drei Jahre, mein Herr", stotterte sie. Sie ärgerte sich ein wenig, dass er sich nicht daran erinnern konnte, ihr schon begegnet zu sein, denn sie hatte es noch gut im Gedächtnis, diese erste Berührung. Nein, das konnte sie nicht vergessen. „So früh habe ich noch nie jemanden am Fluss gesehen, ich bin fast jeden Tag hier um diese Zeit." Er sah sie eindringlich an.

„Ich konnte gestern die Wäsche nicht fertig machen wegen dem Sturm", erklärte sie ihm und sah weg. Albert sah ihre Hände und Arme, die bis zu den Ellbogen ganz rot waren. Warum nur hat sie so grässliche rote Hände, fragte er sich, ob das wohl von der scharfen Lauge herrührt, die für die Wäsche benutzt wird? Oder kommt es von diesem kalten Flusswasser hier?

Im Waschhaus ist immer so viel Dampf, er konnte nie sehen, wer da eigentlich herum hantierte.

Anna hatte inzwischen den Trog an den Wagen gebunden und machte Anstalten zu gehen. Er hielt sie an, indem er seine Hand auf ihre Schulter legte, und gab ihr den Rat, über Nacht Butterfett auf ihre Arme und Hände zu streichen. „So was hab ich nicht“, gab sie ihm kurz zur Antwort und wollte weg. Doch seine Hand hielt sie fest. „Ich bringe Dir morgen welches“, sagte er, „wann wirst Du wieder hier sein?“ “Nach dem zweiten Glocken läuten am Haus, nicht vorher.“ Dann liess er sie los und sah ihr noch eine Weile nach. Anna zog den Leiterwagen hinter sich her. Er ist heute nicht so schwer wie sonst, hatte sie das Gefühl und freute sich plötzlich auf den kommenden Tag, aber nur einerseits, denn andererseits wollte sie ihm nicht ihre roten Hände zeigen und Mitleid erregen.

Trotz harter Arbeit war Anna ganz zufrieden mit sich und der Welt. Natürlich hatte sie auch ihre Träume. Jetzt bin ich bald 16 Jahre alt, sinnierte sie, habe zwei Kleider und das dritte wird ein Sonntagskleid. Ist schon bald fertig genäht, freute sie sich.

Den Stoff für das Kleid hatte sie vom Hausierer günstig kaufen können, die Knöpfe bringt er nächstes Mal, hat er ihr versprochen. Die gebrauchten Schuhe die ihr, die verstorbene Waschfrau - Gott hab sie selig! - noch mit anderem Zeug hinterlassen hatte, sind inzwischen auch nicht mehr zu gross, sie passen jetzt besser, die Füsse wuchsen förmlich hinein. Bis zum Erntedankfest möchte sie alles bereit haben.

Ein paar Kreuzer konnte sie auch zusammenhalten. Wenn sie einmal heiraten sollte, möchte sie nicht wie eine Bettlerin dastehen. Sollte sie niemand heiraten mögen, ja dann, so Gott will, ist es halt fürs Alter. Anna seufzte, als sie so vor der Wäscheleine stand, lieber hätte sie später mal Kinder, die sie im Alter zu sich nehmen würden. Sie betete jeden Tag ganz innig, damit Gott sie erhöre.

Anna gab von dem, was sie bekam, das Meiste zu Hause ab. Die Mutter war ihr sehr dankbar dafür. Das letzte Mal gab es sogar noch ein Bündel Maiskolben, Rüben und Äpfel dazu. Soviel sie eben tragen konnte.

Zwei Wochen nachdem die alte Waschfrau gestorben war, durfte Anna in deren winzige Kammer, die kein Fenster hatte und sich hinterm Pferdestall befand, einziehen. An einer Stelle waren die Bretter nicht ganz dicht zusammen, so kam etwas Tageslicht durch. An der Wand hing ein schiefes Kreuz aus zwei einfachen Hölzern, in der Mitte mit einem verrosteten Nagel zusammengehalten. Ein aufgestecktes, schon längst verwelktes Blumensträusschen daran. Darunter lag ein mit Stroh vollgestopfter, langer Jutesack, den sie als Schlaflager benutzen konnte. Das Stroh roch herrlich frisch. In der Mitte des Sacks war ein Schlitz, so lockerte Anna jeden Morgen das Stroh auf. Am Abend, wenn sie todmüde war, konnte sie sich einfach auf den Sack fallen lassen.

Bisher hatte sie ihren Schlafplatz im feuchten Waschhaus gehabt, in der hintersten Ecke, in einem langen hölzernen Zuber.

Die Zeit rückte näher, zu der Anna den Grafen Albert, wie abgesprochen, am Fluss treffen sollte. Die ganze Nacht drehte sie sich auf ihren Schlafplatz unruhig hin und her. Sie kam sich recht albern vor. Ihre Gedanken ganz woanders, zog sie, frühmorgens ihren Rock ungeschickt verkehrt herum an. Sie lachte über sich selbst. Als sie die Kammer verliess, musste sie sich recht zusammennehmen. Sie fürchtete, die anderen auf dem Gutshof würden wissen wollen, was es da zu lachen gäb? Doch es kümmerte sich keiner um den anderen. Es war noch viel zu früh, um hellwach zu sein. Die Menschen liefen herum wie Schlafwandler. Kein Wunder, um diese Jahreszeit gab es viel zu tun, im Winter konnte man dann wieder länger schlafen.

Anna machte Feuer unter dem Wasserkessel, sortierte Wäsche und fing anschliessend an, die Leinensachen, die sie am Abend vorher in einer Lauge eingeweicht hatte, mit einem grossen flachen Holzschläger auf einem Brett zu bearbeiten, immer wieder zu falten und zu schlagen und sie dann in dem heissen Wasserkessel auszukochen.

Als sie die Wäsche fertig gewaschen hatte, hörte sie vom Hausturm das zweite Glockengeläut. Flink holte sie den Leiterwagen, lud die Wäsche auf und zog los. Sie versuchte nicht zu schnell zu laufen, den spitzen Steinen musste sie ausweichen, damit ihre Füsse, die zwar viel vertrugen, nicht Wund würden.

Von weitem schaute Anna, ob Graf Albert schon da war, konnte aber nichts entdecken. Vielleicht ist er hinter dem Busch, dachte sie, als sie ans Ufer kam. Sie schaute nicht weiter herum und begann mit ihrer Arbeit. Macht nichts, dachte sie, wenn er nicht kommt, ich bin bis heute ohne Butterfett einzuschmieren ausgekommen. Na ja, manchmal brennt es schon ganz fürchterlich, aber vielleicht kommt er doch noch?

Nun ja, der junge Graf war schon da. Er sass oben an der Böschung und schaute ihr zu. Das Tosen des Flusses verschluckte jedes Geräusch. Ihm war ganz warm ums Herz und fast übermütig begann er, die Wiesenblumen rings um sich herum zu pflücken und zu einem kleinen Strauss zusammen zuhalten. Als er sah, dass Anna das letzte Stück Wäsche auswrang, kam er näher. Sie sah zuerst die Blumen in seiner Hand, dann schaute sie zu ihm auf und freute sich, dass er doch noch gekommen war. Sie erhob sich langsam und glättete ihr Kleid mit den Worten: "Gott zum Gruss, mein Herr!" Als ihr Blick an den Blumen hängen blieb, sagte er: "Gefallen Dir die Blumen?"„Ja", erwiderte sie, „sie sind sehr schön." Mehr wagte sie nicht zu sagen. "Ja, dann kannst Du sie haben. Er griff in seine Jackentasche und holte einen kleinen hölzernen Tiegel hervor „und hier hab ich Dir das Butterfett mitgebracht. Das ist gut, es hat auch mir schon manche Hautschäden geheilt. Das musst Du Dir jetzt jeden Abend vorm Schlafen gehen auf die Hände und Arme auftragen. Ich werde jetzt öfter hier vorbeikommen und nach Deinen Händen schauen." Albert legte die Blumen und das Butterfett auf ein Stück Holz, das am Boden lag. „Danke," kam es zögernd von ihren Lippen. Wollte er sie nicht berühren? Fragte sie sich.

Dann möchte er den Fluss aufwärts gehen. Er wolle noch ein paar Fische fangen, sagte er. Schwups luden sie die Wäsche auf, und Anna zog über den Weg. Ihre Gedanken waren ganz durcheinander. Jetzt will er sogar nachschauen, wie es ihren Händen geht!

Vor lauter wirren Gedanken hätte sie fast die Blumen und den Tiegel vergessen. Sie lief zurück, um diese zu holen. Dann ging sie in ihre Kammer und befestigte die frischen Blumen ans Kreuz, das sie inzwischen gerade gehängt hatte. Den Tiegel mit dem Butterfett stellte sie auf eine vorstehende Latte an der Wand und strich zärtlich mit den Fingern darüber. „Das sind die ersten Sachen, die mir ein Mann geschenkt hat," sagte sie laut vor sich hin, „und noch dazu Graf Albert! Wenn das die andern wüssten, dass er mir

Blumen gab! Was die wohl dazu sagen würden? Soll ich es der Marie erzählen? Sie hat mir auch schon manches anvertraut. Ich glaube sowieso, dass jeder früher oder später von jedem alles erfährt. Geheimnisse scheint hier wohl keiner zu haben."

Anna ertappte sich bei diesem Selbstgespräch und sah sich um, ob wohl niemand sie sprechen hörte.

Als Anna später, vor dem Eindunkeln, die trockene Wäsche von der Leine nahm, sah sie, die Magd Marie mit den anderen Knechten vom Feld kommen. Sie rief ihr zu, sie hätte ihr etwas zu sagen. Alle schauten neugierig in Annas Richtung. Anna spürte, dass sie rot wurde im Gesicht und fügte schnell hinzu, das gehe nur Marie etwas an. Ein junger Knecht machte noch die Bemerkung zu den anderen, dass er Anna auch gern etwas sagen möchte und das ginge auch niemanden sonst etwas an. Sie lachten alle und gaben auf ihrem Weg noch so manchen albernen Spruch von sich. Marie gab ihr zu verstehen, dass sie zu ihr in die Kammer käme, sobald sie von der Arbeit weg könne. Anna nickte, doch war sie sich jetzt nicht mehr sicher, ob sie der Marie erzählen sollte, was passiert war. Anna hatte von der Köchin schon so etliche Geschichten gehört. Sie hatte sie gewarnt, sie solle ihre Gedanken für sich behalten, sich vor allem von den Knechten fernhalten, da käme meistens nichts Gescheites dabei heraus.

Marie kam durch die offen gelassene Tür in Annas Kammer und setzte sich neben sie auf den Strohsack. Den Tiegel mit dem Butterfett zwischen die Knie geklemmt schmierte sich Anna gerade die Arme und Hände ein. So sass sie da und sagte kein Wort. Marie wollte wissen, was sie ihr zu sagen hätte und ob es mit dem da zusammenhänge, und sie zeigte mit dem Finger auf den Tiegel, den Anna so demonstrativ zwischen den Knien hielt. „Ja, den wollt ich Dir zeigen. Weisst Du auch, von wem ich den bekommen habe?

Das errätst Du nie!“ Marie hatte Anna noch nie so überheblich reden hören und meinte nur: „Also, uns hat der junge Graf das gegeben, wenn er gesehen hat, dass wir eine Wundheilung brauchten. Denn wenn einer von uns nimmer kann, dann bleibt viel Arbeit liegen, und wenn es zwei sind, ist es fast nicht aufzuholen. Man könnt ja wirklich mehr Leute brauchen, aber jedes Maul muss gestopft werden, und von dem, was es dazu braucht, ist nicht so viel da. Das wirst Du wohl auch gemerkt haben.“ Anna sah auf und meinte: „Ach so ist das, und ich dumme Kuh dachte schon...“ Plötzlich fielen ihr die Blumen ein: „Jetzt würde es mich aber doch wundern, ob die anderen auch Blumen bekommen haben vom Herrn Graf.“ Anna blickte aufs Kreuz. Na ja, die Blumen sahen jetzt nicht mehr so frisch aus, aber immerhin, dachte sie.

„Na, was sagst Du zu den Blumen, ha?“ meinte sie zu Marie und erschrak selber über ihre Hofart. Marie blickte auf das Kreuz und bekreuzigte sich. Das erstaunte Anna sehr. „Jesus Christus,“ entfuhr es Marie, „hoffentlich machst nichts Dummes, Mädel, das hätte ich dem jungen Grafen nie zugetraut. Na ja, einmal passiert alles zum ersten Mal, aber gerade mit Dir? Wenn Du nur nicht gleich schwanger wirst! Der alte Herr Graf würde das Kind niemals als Enkelkind anerkennen und der armen Frau Gräfin würde es das Herz brechen. Ich hab gehört, sie leidet schon darunter, dass der junge Graf von seinem Vater regelrecht übergangen wird.“ Ganz aufgeregt war die Marie und es sprudelte alles nur so aus ihr heraus. Anna sprang auf: „Was redest Du denn daher. Ich hab nichts Unrechtes getan. Von Dir hätte ich das nie erwartet, dass Du mir so was zutraust. Ich werde zuerst heiraten, bevor ich ein Kind bekomme, das kannst mir glauben, so wahr mir Gott helfe.“ „Ja, ja, das haben schon viele gesagt,“ entgegnete Marie heftig: „Schau Dich nur ein bisschen auf dem Gut um, da gibt es ein paar Kinder, die nicht von verheirateten Eltern sind, und die Mägde, die Mütter von denen, kriegen fast nichts bezahlt, weil die Grafen Herrschaft die Kleinen auch noch durchfüttern müssen. Die können auch gar nirgendwo anders mit ihren Kindern hingehen und heim zu den Eltern können sie auch nicht mehr. Welch eine Schande wäre es fürs ganze Dorf, wenn es die Leute dort erfahren würden. "Bastard" nennen sie solch ein Kind. Ja, und erst der Pfarrer, der darf sie nicht einmal taufen und in die heiligen Sakramente aufnehmen und..." Anna sass da mit offenem Mund. Dann unterbrach sie Marie: „Aber jetzt glaub mir doch, da ist nichts passiert! Ich hab die Salbe und die Blumen bekommen, einfach so, das wollt ich Dir sagen und sonst nichts." Jesus Maria, dachte Anna, wie schnell man in so einen Schlamassel kommen kann, ohne dass überhaupt etwas dran ist. Und wenn dann erst über einen geredet wird... Nein, über mich gibt es nichts zu reden.

Doch ihre Gedanken kehrten immer wieder zum jungen Grafen zurück. Der kommt jetzt auch noch nachschauen. Hoffentlich sieht das niemand. Oder hat er auch bei den anderen nachgeschaut? Marie das zu fragen, getraute sie sich nicht mehr.

Beide lagen jetzt auf dem Strohsack. Marie wusste noch viel zu erzählen, so auch, dass die Mägde ihre Kinder mit aufs Feld nehmen müssen. Sie hätten dann immer etwas sauren Most dabei. Wenn nämlich die Kleinen anfingen zu schreien, würden sie einen verknüpften Stoffzipfel in den Most tauchen, um sie daran saugen zu lassen. Die würden sich dann ruhig verhalten und meistens einschlafen. Oftmals jedoch lägen sie zu lange in der Sonne und hätten einen Sonnenbrand erwischt. Die Väter waren meistens die Knechte, manchmal auch der Bauer oder die feine Herrschaft selber. Den Knechten wurde auch was vom Lohn abgezogen, wenn sie Väter wurden. Die meisten Bauern störte das alles gar nicht, denn für die kleinen Kostgänger konnten sie Geld von der Steuerabgabe zurückbehalten und es war für manch einen Bauern ein kleines Nebeneinkommen.

Marie wusste auch von der Nachbarbäuerin zu erzählen, die von einem Meisterknecht geschwängert worden war. Der Bauer wusste, dass er nicht der leibliche Vater sein konnte und verurteilte den Knecht, indem er ein Drittel seines Lohnes zurück behielt. Auch dazu hatte der Bauer nach dem Gesetz sein gutes Recht.

Marie erzählte weiter: „Manche Kinder bekamen vom Alkohol im Most einen Hirnschaden. Sie blieben dann meist ihr ganzes Leben auf dem Hof und waren den Bauern, ob gut oder schlecht, ausgeliefert. Sie wurden früh für schwere Arbeiten herangezogen, und manch einer wurde von den Bauern oder den Knechten noch dazu ganz gemein geschändet. Das habe ich an meiner vorhergehenden Stelle einmal beobachtet. Ich habe den grausamen Knecht, den ich dabei erwischte, mit einer Mistgabel verjagt. Der trieb es auch mit den Tieren auf dem Feld und im Stall. Was es alles für Kreaturen gibt auf dieser Welt!“ Marie schüttelte sich vor Grauen, als sie sich daran erinnerte, und es lief ihr kalt den Rücken hinunter. Bald merkte sie, dass Anna nicht mehr zuhörte und eingeschlafen war.

Marie war zu müde, um über den Hof zu laufen. Draussen war es Stock finster. Die Sonne hatte tagsüber erbarmungslos auf die Köpfe hernieder gebrannt. Ihre Füsse waren vom Stoppelfeld zerstochen. So suchte Marie im Dunkeln nach dem Butterfett, um auch ihre Wunden zu lindern.

Am nächsten Morgen schien die Sonne durch die Ritze, als jemand heftig an die Tür klopfte. Es war die Stimme des jungen Grafen, der zur Arbeit rief. Anna und Marie erschraken, sprangen wie von einer Wespe gestochen auf und stürzten durch die Türe auf den Hof hinaus. „Wir haben den Glockenschlag nicht gehört“, rief Marie ganz laut. Beide holten ihr Stück schwarzes, grob gebackenes Brot und die Holzschale mit der Milch ab, die sie jeden Morgen zugute hatten, die Milch aber war, wie schon öfters, stark mit Wasser verdünnt. Sie setzten sich auf eine Bank, sie merkten auch, dass sie nicht die Einzigen waren, die zu spät kamen. Der Hausknecht schrie und fluchte: „Wenn ich den erwische, der die Glocke vom Dach runter geholt hat, dem gibt es was ab.“ Alle fingen an zu kichern. Anna senkte den Kopf und schmunzelte in sich hinein. Dabei sah sie, das Maries Füsse und Waden voll am Butterfett angeklebten Stroh waren. Das sah so ulkig aus, dass sie laut los lachte. Marie traute ihren Ohren nicht und guckte Anna entrüstet an, dann sah sie an sich herunter und da sassen die beiden, zeigten aufeinander mit den Fingern und krümmten sich vor Lachen. Sie wischten das Stroh von den Beinen. Während sie noch kicherten, wurden sie vom Hausknecht, der zornig mit der Peitsche herumfuchtelte, ins Freie getrieben. Der Tag fing also lustig an. Anna war voller Freude und Zufriedenheit. Sie sang den ganzen Tag vor sich hin und steckte sich vor lauter Übermut noch eine Margerite ins Haar. Den Rock nahm sie an einer Seite hoch, bauschte ihn zusammen und machte ihn am Stoffgürtel fest, bevor sie zum Fluss ging und sich dann am Steg vor dem Wasser niederkniete, um zum wiederholten Mal Wäsche darin zu schwenken. Vor lauter Unbekümmertheit merkte sie nicht, dass sie nicht alleine war.

Graf Albert fand Anna so entzückend, dass er sich absichtlich nicht bemerkbar machte. Er konnte seine Augen nicht von ihr abwenden, so lieblich sah sie aus. Er freute sich über die Lieder, die sie erfand und wünschte, das Wasser würde heute nicht so rauschen, damit er ihre Worte besser verstehen könnte. Nach einer Weile schlich er sich hinter das nahe Gebüsch und legte sich ins hohe Gras, bis Anna weggegangen war. Annas gute Laune hatte ihn angesteckt. Schon lange nicht mehr hatte er sich so gut gefühlt wie an diesem Tag. Er sah gegen den Himmel und murmelte: „Danke, Anna. Dein zauberhafter Anblick hat mein Herz berührt, ich wünschte, Du würdest jetzt neben mir im Gras liegen und die Wolken da oben würden uns in die Welt tragen, von der ich so oft träume." Von da an zog es den jungen Grafen immer wieder an diesen Platz. Er sah ihr gerne zu, wenn sie ihre Arbeit machte. Sie aber lief vorher immer die Böschung hinauf und schaute nach, ob niemand kommt oder da ist. Doch da er später kam als sie hatte sie seine Anwesenheit nie bemerkt.

Eines Tages geschah es, dass sich der Schäferhund von der Leine losriss, an der er stets wütend herumkaute, wenn der Hausknecht ihn aus irgend einem Grund anbinden musste. Zuerst jagte das Tier einem grossen Vogel nach, der ganz tief über dem Boden in Richtung Fluss flog. Anna stand ganz am Rande des Flusses und trocknete ihr Gesicht, das vom Wasser ganz nass gespritzt war. Dadurch sah sie den Hund nicht, der angefegt kam, gegen sie prallte und sie in den Fluss schubste. Annas gellender Schrei erreichte den im Gras träumenden Grafen. Er sprang durch den Busch, sah gerade noch Annas Kleid aus den Wellen ragen, rannte am Fluss entlang und rief dem Hund zu: „Fass! Fass!" Der Hund setzte zu einem weiten Sprung an und verschwand im Wasser. Graf Albert sah, wie Anna mit den Armen um sich schlug, der Hund sie am Kleid packte und zum Ufer schwamm. Da sprang auch der Graf in den Fluss. Es war die Stelle, wo das Wasser ruhiger floss, dort wo das Flussbett weit auseinander ging. Er kannte hier jede Biegung. Er sah den Hund nur etwa vier

Schritte vom Ufer entfernt mit Anna auf sich zu schwimmen. Sie schlug immer noch wie wild mit den Armen um sich. Albert fasste sie am Kleid an der Schulter und hielt sie über Wasser. Dann versuchte er, sie noch besser in den Griff zu bekommen. Sie schlang ihre Arme um seinen Hals und hängte sich krampfhaft an ihn. Er bekam fast keine Luft, konnte sich kaum aufrecht halten, seine Stiefel rutschten auf dem nassen Grund hin und her. Zum Glück kam der Hausknecht angerannt, um nachzuschauen, warum der Hund so verrückt bellt. Er sah den Grafen mit der nassen Anna, die sich am Hals festhielt, lief hin und half ihnen aus dem Wasser. Am Ufer wollte der Graf Anna auf die Füsse stellen, aber sie glitt ihm aus den Armen und fiel ohnmächtig zu Boden. Ihr Kleid war halb ausgezogen, der Knecht zupfte es zurecht. Er hob Anna auf, nahm sie über seine breite Schulter und trug sie in ihre Kammer, wo er sie auf den Strohsack legte. Dem Grafen, der ihnen mit dem Hund gefolgt war, sagte er: „Die kommt schon wieder zu sich, es braucht halt eine Weile", nahm den Hund und ging seines Weges.

Graf Albert sah sich in der winzigen Kammer um. Seine Augen mussten sich zuerst an die Dunkelheit gewöhnen. Eine Spule Zwirn mit einer Nadel auf einem halbfertig genähten Kleid, daneben ein paar Schuhe, ordentlich zusammengebunden. An der Wand das einfache Holzkreuz mit dem verwelkten Blumensträusschen. An einem Holzvorsprung der leere Tiegel, in dem das Butterfett gewesen war. Er erinnerte sich, dass er ihr das gegeben hatte, schaute auf ihre Hände und Arme und bemerkte, dass sie immer noch recht rot waren. Er setzte sich hin. Ganz nah lag sie vor ihm, das nasse Kleid klebte an ihrem jungen Körper und zeichnete ihre schmeichelhafte Figur. Plötzlich hob sich ihr zarter Busen, senkte sich und hob sich erneut. Sie kommt wieder zu sich, dachte er. Da schlug Anna schon die Augen auf. „Wo bin ich? Bin ich tot? Es ist so finster hier“, rief sie. Rasch erhob sich Albert und machte die Tür weit auf, so dass mehr Licht herein kam. „Es ist alles gut“, hörte sie jemanden sagen, „Du liegst hier auf Deinem Lager. Du solltest Deine nassen Sachen ausziehen. Ich werde jetzt gehen und schauen, dass ich Dir ein Weib schicken kann, das Dir hilft, damit Du mit Deiner Arbeit weiterkommst.“ Mit diesen Worten ging der Graf durch die Tür davon.

Anna war zu erschöpft, um sich von den nassen Kleidern zu befreien, und von wegen arbeiten, dazu war sie wirklich noch nicht imstande. Sie schlief ein. Marie die hörte was passiert war, liess im nahem Feld alles liegen und stehen, lief zu Anna und sah gerade noch den tropfnassen jungen Grafen, wie er sich von Annas Kammer entfernte. Er rief ihr zu, es sei gut, dass sie komme, sonst hätte er jemanden schicken müssen, der Anna wieder auf die Beine helfe. Es könne schliesslich keine Arbeit liegen bleiben, man sei mit der Zeit sowieso schon knapp dran. „Wenn Du was brauchst, ich bin im Stall“, meinte er. Wollte eigentlich damit sagen: Bitte, hilf der Anna, damit sie sich von dem Schreck erholen kann.

Marie streifte Anna die nassen Sachen vom Körper, was gar nicht so einfach war. Dann suchte sie etwas zum Zudecken, fand aber nur das unfertige Kleid neben dem Bett. Der Strohsack war auch ganz nass, er sollte zum Trocknen in die Sonne getragen werden. Marie lief in den Stall und fragte den Grafen, ob sie etwas Trockenes bekommen könne. Sie meinte nicht, dass er ins Haus gehen sollte, um etwas zu holen. Doch er verstand es so und ging weg. Marie schaute sich im Stall um und sah ein Bündel duftendes Heu zwischen den Pferden. Sie nahm es und trug es in die Kammer. Das ist sowieso besser als Stroh, dachte sie sich, denn es ist altbekannt, dass frisches Heu Wunder wirkt. Sie legte es neben den Strohsack und rollte das erschöpfte junge Wesen darauf und legte das unfertige Kleid über sie. Als der Graf zurück kam, hatte er ein Leinentuch und eine schwere braune Decke unter dem Arm. Er blieb vor der Tür stehen als er sah, dass Marie sich anschickte, den nassen Strohsack rauszuziehen, legt die Sachen beiseite und packte mit an. Ein kräftiger Ruck und der Sack war draussen, die beiden wären fast umgefallen. Beide mussten über ihre Ungeschicklichkeit lachen. Marie öffnete den Schlitz im Strohsack und liess die warmen Sonnenstrahlen darauf scheinen, so dass es durch die Wärme nur so dampfte.

Währenddessen fühlte sich der Graf unbeobachtet und betrachtete die schlafende Anna. Sein Blick fiel auf ihre schlanken, wohlgeformten Beine, dann suchte er ihr Gesicht. Am liebsten hätte er ihr noch die nassen Haare aus der Stirne gestrichen, aber so nah wagte er sich denn doch nicht heran. Es fröstelte ihn und er ging ins Haus zurück, um auch seine nassen Kleider zu wechseln, aber mit dem Gedanken, später wieder nachzuschauen.

Marie war erstaunt, was der Graf in der Kammer gelassen hatte. Das darf sein Vater nicht zu Gesicht bekommen, da war sie sich ganz sicher. Es war wohl nicht das schönste Leintuch, aber für die Angestellten war es immer noch viel zu wertvoll. Sie hatte plötzlich den Verdacht, der Graf könnte sich doch so in die Anna... Nein, nein, das darf nicht sein, ging es ihr durch den Kopf, das wäre ein Unglück für beide. Der alte Graf würde toben und Anna würde rausgeschmissen, d.h. gehen müssen. Da gäbe es nichts mehr zu lachen. Speziell für sie, die immer so fröhlich und unbekümmert ihre harte Arbeit verrichtete. Ja, und wer würde ihr dann noch zuhören. Bisher konnten sie sich ihre kleinen Schäkereien und Geheimnisse gegenseitig erzählen. Es war für sie beide schön, auf den Knien den Herrgott um die Erfüllung ihrer Träume zu bitten, oder sich für einen schönen Tag zu bedanken. So ganz friedlich war es bisher. Nein, um Gottes willen, ich muss sie aufklären, bevor was passiert, dachte sie weiter, oder was könnte ich sonst noch tun? Marie sah auf das Kreuz an der Wand und riss die trockenen Blumen herunter, denn sie wusste, dass es die Blumen vom jungen Grafen waren. Ich werde ihr ein paar frische holen, von denen gibt es ja genug auf der Wiese. Sie eilte vor die Tür und pflückte Blumen, auch ein paar Margeriten, die Anna so liebte. Sie bündelte die Blumen zu einem Strauss und hängte sie mit den Blüten nach unten ans Holzkreuz. Marie breitete auch das nasse Kleid über einem grossen Felsstein aus und ging anschliessend den Leiterwagen mit der Wäsche suchen, denn die sollte noch auf die Leine gehängt werden. Sie gönnte Anna den Schlaf, aber sie beeilte sich, denn bald würde die Glocke auf dem Dach die Leute zum Mittagessen rufen. Marie würde den Eintopf, den es immer zu Mittag gab, der Anna herüber bringen. Vielleicht könnte sie ihr dann erzählen, wie alles genau passiert war.

Die Glocke läutete zum Mittagessen. Da es ein schöner Tag war, waren die meisten auf dem Feld. So kamen nur wenige in den Raum, in dem das Essen ausgegeben wurde. Marie hielt ihren und Annas Holznapf unter die Kelle. „Seit wann hast Du zwei Näpfe?" wollte die Köchin wissen. „Ja, weisst Du denn nicht? Die Anna ist doch ins Wasser gefallen. Jetzt bringe ich ihr das Essen." „Die soll gefälligst selber kommen, wenn sie was essen will", fuhr die Köchin sie an und drehte ihr den Rücken zu. Doch die Magd, die ausschöpfte, gab Marie eine extra grosse Kelle voll in Annas Napf und zwinkerte ihr zu. Marie lief zu Anna und sah sie aufgerichtet im Heu sitzen. „Ach, Du bist es, Marie", sagte Anna und lächelte schwach, „ich habe die Glocken gehört." Dann machte sie ein ernstes Gesicht und sagte: „Mir ist heute etwas Schreckliches passiert. Ich kann mich nicht einmal erinnern, dass ich mich ausgezogen habe." „Du hast Dich auch nicht selber ausgezogen", sagte Marie, „Du wärst dazu gar nicht imstande gewesen. Ich habe Dich ausgezogen. Hier ist was zu essen für Dich. Aber nimm den Mund nicht zu voll, damit Du mir erzählen kannst, wie das alles passieren konnte. Ich hab nur gehört, dass Du ins Wasser gefallen bist, und dann lagst Du einfach da, in Deiner Kammer, total durchnässt." Anna fing an zu essen, hatte aber keinen Appetit, weil ihr Magen noch voll Wasser war. Sie schob Marie den Napf zu und erzählte, was passiert war. Marie schaufelte sich das Essen in den Mund, denn sie war sehr hungrig, und hielt nur inne, wenn sie etwas, was ihr spannend schien, genau hören wollte. Im Nu war der Napf leer. Als Anna alles erzählt hatte, redete Marie wie ein Wasserfall auf Anna ein. Erklärte ihr, wie die Decke hier hergekommen war und was sonst noch alles geschah. Sie warnte sie, auf der Hut zu sein. Anna stellte sich auf die Beine, die etwas wackelig waren, und hörte nur halb hin. Dann bat sie Marie, ihr Kleid zu holen und die Decke samt Leintuch dem Grafen zurückzubringen. Marie tat, was Anna sagte, holte das Kleid, das noch nicht ganz trocken war, und suchte den jungen Grafen, um ihm die Sachen zu bringen. Sie schob alles, so gut sie konnte, unter ihre weite Bluse, sodass man nicht gleich sehen konnte, was sie da herum trug. Marie war ganz sicher, dass der junge Graf niemanden gefragt und das Zeug einfach irgendwo genommen hatte. Sie lief in den Stall, sah ihn dort und hielt ihm die Decke und das Leintuch hin. Doch zu ihrem Erstaunen nahm er die Sachen nicht an und meinte nur, Anna solle das behalten. Marie solle es ihr nur bringen. Und während er sein Pferd striegelte, fragte er so ganz beiläufig, wie es Anna denn gehe. Da soll sich einer auskennen, dachte Marie.

Als Marie zurück kam, war Anna nicht mehr in der Kammer. Sie sah sie schon wieder bei der Wäscheleine. So gingen sie alle ihrer Arbeit wieder nach. Gut, dass es nicht noch mehr solcher Tage gibt, das wäre ja nicht auszuhalten, ging es Marie durch den Kopf. Ein Gutes hat es allerdings schon, man denkt wieder übers Leben nach, ob kurz, lang, gut oder schlecht und überhaupt alles drumherum. Was hat das alles für einen Sinn? Sie trottete den Weg entlang und sah ein Fuhrwerk kommen. Schau! Der Hans ist es, der Hilfsförster von der Forstwirtschaft Schlossberg drüben. Den hatte sie schon lange nicht mehr gesehen. Beim letzten Fest war er dabei gewesen und hatte mit ihr getanzt. „Grüss Dich Marie", rief er ihr zu. „hast den jungen Dorn gesehen? Ich muss ihm etwas ausrichten und zum Abgeben hab ich auch was." „Ja, grüss Dich Gott", erwiderte Marie, „der junge Herr ist im Stall bei seinen Pferden da drüben." „Marie", sagte der Hans dann noch, „hast einmal Zeit für mich? Ich hätte mich gerne einmal mit Dir ausgesprochen. Melde Dich bei mir, wenn es Dich interessiert." Dann fuhr er weiter. Marie hob den Kopf und sagte zu sich selber: „Aha, ich glaub, mein Leben bekommt jetzt doch noch einen Sinn." Dann hüpfte sie mit lachendem Gesicht des Weges.

Was war das nur für ein Tag, dachte Anna und schlenderte über den Hof zu ihrer Kammer, jetzt möchte ich nur noch schlafen, schlafen, schlafen. Als sie zur Stalltüre kam, sah sie den Grafen Albert herauskommen. Sie grüsste ihn und wollte vorbei gehen. Da hörte sie ihn fragen, wie es ihr gehe. „Es geht wieder", antwortete sie, „und noch schönen Dank für alles." Sie öffnete ihre Kammertür und sah, dass die Decke und das Leintuch wieder da waren. Sie wollte sie an sich nehmen, um sie dem Grafen zurückzubringen, da stand er in der Tür und sagte: „Die Sachen kannst behalten." Dabei sah er ihr so tief in die Augen, dass es ihr fast den Atem nahm. Er kam näher und schloss die Tür hinter sich. Jetzt stand er dicht vor ihr, nahm sie in die Arme und küsste sie zärtlich auf ihre Lippen. Anna liess es geschehen und beide wussten nicht, wie es geschah. Plötzlich lagen sie auf dem Boden im Heu und drückten und küssten sich so lange, bis der Morgen graute. Er stand auf und flüsterte: „Ich seh Dich heute Abend", und verschwand. Sie legte die Decke über sich und schlief glücklich noch für ein paar Minuten ein.

Albert von Dorn kam fast jeden Abend. Sie sprachen über die verschiedensten Dinge und waren sehr glücklich, achteten aber darauf, dieses glückliche Zusammensein nicht zu zerstören. Sie erlebten die Liebe, von der sie geträumt hatten. Sie dachten nicht an Morgen, nur die schönen Momente zählten, die sie zusammen sein konnten. Die Liebe und die Zärtlichkeiten liessen sie alles vergessen.

Doch es kam der Tag, an dem es Anna im Magen ganz mulmig wurde. Das Essen kam ihr hoch, sie fühlte sich nicht wohl. Dieser Zustand wiederholte sich öfter.

Inzwischen gab es mehr Leute im Haus, und das hiess für Anna mehr Wäsche. Für die schwerste Arbeit hatte sie eine Hilfe bekommen. Die Hilfe war ein dickes Mädchen, das Kind einer Magd, mit starken Armen, schwere Lasten zu heben, machten ihr nichts aus.

Dem Albert werde ich mein Unwohlsein nicht erzählen, dachte Anna, er würde sich nur unnötige Sorgen um mich machen. Und die Marie lässt sich auch kaum noch blicken, seitdem sie den Hans getroffen hat, für mich hat sie nicht mehr viel Zeit, war bisher auch gut so. Denn von dem, was da vor sich ging, hätte sie ihr sowieso nicht gern erzählt. Aber an diesem Tag hatte sie das merkwürdige Gefühl, sie sollte mit Marie reden.

Anna passte gut auf, dass sie die Landarbeiter, die vom Feld zurück kamen, nicht verpasste. Die hatten heute einen langen Tag. Zu Mittag waren sie auch draussen, das Essen wurde ihnen in Körben gebracht. Da kam Marie. Anna winkte ihr zu und lief ihr entgegen: „Ich hab mit Dir zu reden." Die Knechte, die das hörten, riefen unter anderen Sprüchen: „Mit Dir würde ich mich auch gern unterhalten", und grinsten den beiden zu. „Das würde euch so passen", rief Marie ihnen nach. Dann verschwanden die beiden jungen Frauen hinter einer grossen Linde. Anna berichtete, wie übel es ihr manchmal sei und dass sie schnell müde würde. Ob sie vielleicht eine Krankheit habe und ob sie sich vorstellen könne, was das sein könnte? Marie dachte nach. „Da war eine Magd im Feld, der ging es wie Dir, aber die ist schwanger." „Schwanger!?", rief Anna aus und wurde ganz blass. Sie hielt sich den Bauch. „Das glaub ich nicht! Ich mein, das kann nicht s..e..i..n..!" Jetzt ging Marie ein Licht auf. „Ist's vielleicht doch passiert, vor dem ich Dich gewarnt hab?" „Ich bin ganz sicher nicht schwanger." Anna brach in Tränen aus und lief in ihre Kammer. Marie wollte sie nicht alleine lassen und lief hinterher. Anna setzte sich auf den Strohsack und weinte ganz herzzerreissend. Marie strich ihr über die Haare: „Hast Du es mit dem Albert?" Anna nickte. Marie: „Weiss er es schon?" „Was? Was soll er wissen? Es ist doch nichts. Ich hab nur Bauchweh. Ich wollt nur herausfinden, warum es mir so übel ist, darum hab ich auf Dich gewartet." Marie: „Darf ich Deinen Bauch mal fühlen?" Anna legte sich hin, die Arme neben ihrem Körper. Marie sah die Wölbung. Die Haut war gespannt. „Periode? Anna, wann hattest Du Deine letzte Blutung?" „Ich weiss nicht, hab es vergessen. Ist schon länger her."

Marie: „Komm, Anna, ich weiss eine Frau, die sich da auskennt. Und die kann auch den Mund halten, wenn es sein muss." Sie nahm Anna bei der Hand und zog sie ins Freie. Eine halbe Stunde liefen sie in der Dämmerung, bis sie bei einer Keusche, einem heruntergekommenen kleinen Haus, ankamen.

Marie polterte an die Tür und öffnete sie. Anna zitterte. „Hab keine Angst Anna, ich kenne die Leute die da wohnen."

Ein Licht von einer Laterne kam immer näher und leuchtete Marie ins Gesicht. „Ach, Du bist es, Marie", ertönte eine Frauenstimme, „wo brennt es denn?" Im Schein des Lichts waren die Züge einer alten Frau zu erkennen. Mit wachen Augen betrachtete sie Annas verweintes Gesicht und sah Marie an. Die sagte nur, dass die da noch nicht ganz sicher sei, ob... Die Frau winkte ab. Mit Absicht hatte Marie Annas Namen nicht genannt. Die Frau hockte sich auf eine Bank vor der Hütte. Die beiden jungen Frauen setzten sich vor sie auf einen Stein. „Jetzt erzähl mal", sie tippte Anna an die Schulter, „fühlst was?" Anna erzählte, wie es ihr in letzter Zeit ergangen war. Die Frau stellte ihr noch ein paar Fragen, nahm Annas Hand, zog sie zu sich, betastete ihren Bauch und sagte nur: „Ja, Du bekommst ein Kind. Schau zu, dass Dich der Vater vom Kind heiratet, bevor Du es gebärst. Beeile Dich, man wird es Dir bald anmerken." Damit stand sie auf, ging ins Haus zurück und zog die Tür hinter sich zu.

Marie zog Anna mit sich. Ein Kloss schien ihr im Hals zu stecken. Auf dem ganzen Heimweg weinte Anna vor sich hin. Es war dunkel geworden. Die Steine unter ihren Füssen schienen spitzer als je zuvor. Endlich kamen sie in Annas Kammer an, hockten sich schweigend hin und überlegten, was zu tun wäre. Marie grübelte nach über die verschiedensten Vorschläge, wie Anna es dem jungen Grafen sagen sollte. Das Schlimmste aber war der alte Graf. Wie würde der darauf reagieren? Das machte Marie mehr Sorge als alles andere. Dann sprachen sie sich aus. Da klopfte es an der Tür. „Was habt ihr denn in der Finsternis noch zu bereden?" Das war die Stimme von Albert. „Jetzt musst Du es ihm sagen", flüsterte Marie der Anna ins Ohr und ging mit einem „grüss Gott" an Albert vorbei ins Freie. „Ist was Anna?" fragte Albert und trat in die Kammer. „Ich bin schwanger", platzte sie heraus. Er zündete rasch die Kerze an, die auf einem Holzklotz war, sah sie an und strahlte übers ganze Gesicht. Er nahm sie in die Arme und drückte sie an sich. „Jetzt musst Du mich heiraten. Willst Du meine Frau werden?" Anna stand sprachlos da. Ihr wurde schwindelig. Sie setzte sich hin und starrte ihn an. „Überleg doch nicht so lange, so sag schon was, willst Du mich zum Manne?" Anna stand wieder auf und sagte mit zunächst zaghafter, dann fester werdender Stimme: „Ja! Ja mein Lieber, mein Guter, ich will Deine Frau werden. Aber ist das überhaupt möglich?" Albert: „Wir werden es möglich machen." Sie küssten sich zärtlich und schwebten im siebten Himmel. Plötzlich fasste Albert sich an den Kopf und meinte: „Mir wird ganz sturmig. Ich hab plötzlich so vieles im Kopf. Es ist besser, wenn ich jetzt gehe. Schlaf gut. Bis morgen." Und weg war er.

In der Nähe des Hauses sah Albert noch Licht im Fenster seiner Schwester Marie-Louise. Das trifft sich gut, dachte er, sie kann mir bestimmt helfen, meine Gedanken wieder in Ordnung zu bringen. Aber wie sag ich es ihr bloss? Wie sag ich es den Eltern? Was braucht es alles zum Heiraten? Schon stand er vor der Tür, klopfte an und fragte, ob er eintreten könne. „Ich wollt zwar schon schlafen gehen", ertönte von innen die Stimme seiner Schwester, „aber komm nur herein." Er trat ein und setzte sich. „Na, was ist los?" „Meine liebe Schwester, ich brauche deinen Rat, vielleicht sogar Deine Hilfe." Und er erzählte, was vorgefallen war und was er alles vorhatte. „Ach Du meine Güte", rief sie aus, „das ist ja eine schöne Bescherung, es muss gut überlegt werden, wie wir es dem Vater beibringen. Es wird ihm nicht leicht fallen, einer

Heirat mit einer Dienstmagd zuzustimmen. Was machen wir, wenn er strickt ablehnt? Er rechnete natürlich immer mit einer guten Partie. Seine Hoffnung geht von seiner Seite aus, dass wir mit einer Heirat etwas einbringen, damit der Gutshof endlich wieder das wird, was er einmal war, etwas, worauf er stolz sein kann. Die Anna ist ja eine liebes, hübsches Mädchen, ich kann Dich schon verstehen, dass Du Dich in sie verguckt hast, aber hättest Du nicht... Ach, was rede ich daher, es ist wie es ist. Zuerst müssen wir es dem Vater sagen. Da führt kein Weg dran vorbei. Morgen früh, wenn wir alle zusammen sind, packen wir einen passenden Moment beim Schopf und lassen die Neuigkeit raus. Hoffentlich geht alles gut.“ Albert schien verwirrt und schwieg. „Komm, Bruder, jetzt können wir nur noch beten.“

Marie-Louise nahm die Bibel in die Hand, sie knieten nieder und falteten die Hände zum Gebet.

Erst jetzt wurde ihm so richtig bewusst, welche Bürde er zu tragen hätte, wenn der Vater sich nicht einverstanden erklärte. Bisher hatte er alles so hingenommen wie es kam, ohne viel dazu zu tun. Aber jetzt sah die Welt anders aus. Es kamen ihm düstere Gedanken. Die Leichtigkeit seines bisherigen Lebens steuerte einem Ende entgegen. Es war doch bisher alles in Ordnung gewesen. Der Vater hatte sich fürwahr nie viel um ihn gekümmert, aber das hatte Albert nie in Verdruss gebracht.

Am nächsten Morgen beim Frühstück, als alle Familienmitglieder schweigend am Tisch sassen, legte Albert den Löffel aus der Hand, räusperte sich laut und sah seinen Vater und seine Mutter an. Marie-Louise lehnte sich zurück und nickte Albert zu. Der suchte nach Worten in seinem Kopf und fing endlich an zu reden. „Vater, Mutter, ich muss mit Euch reden. Ich möchte Euch bitten, mir die Erlaubnis zu geben, Anna zu heiraten.“ Er schluckte und sprach rasch weiter: „Sie erwartet ein Kind von mir. Sie ist zwar nur ein Wäschemädel, aber ehrlich und gut. Ich liebe sie sehr." Der alte Graf sprang auf, so dass sein Stuhl um fiel. Sein Gesicht färbte sich dunkelrot. Fassungslos blickte er auf seinen einzigen Sohn: „Sag das noch mal!" Und Albert wiederholte: „Ich möchte Anna heiraten." „Schande!" schrie der alte Graf so laut, dass alle am Tisch zusammen zuckten. „Sag, dass das nicht wahr ist. Mit solchen Sachen macht man keine Scherze!", presste er zwischen seinen Lippen hervor. „Doch Vater, es ist wahr, ich mache keine Scherze, so wahr ich vor Dir stehe", dabei erhob er sich langsam. „Geh mir aus den Augen!" donnerte es durch den Raum. "Raus mit Dir!" Der Graf war voller Zorn. Dann liess er niedergeschlagen die Hände auf den Tisch fallen und sank in sich zusammen. Die Gräfin hielt sich ein Tuch vor das Gesicht und war der Ohnmacht nahe. Albert sah seine Schwester an und verliess das Zimmer.

Die Tage vergingen. Die Familienmitglieder wichen einander aus. Kein Wort mehr wurde über diesen Vorfall gesprochen. Albert schuftete von früh bis spät wie nie zuvor, kommandierte die Knechte herum und hielt sich immer nur kurz bei Anna auf. Sie merkte natürlich, dass etwas nicht stimmte, getraute sich aber nicht zu fragen. Sie war glücklich, wenn er sie nur ansah, wenn er manchmal nur neben ihr sass und sie seine Haare streicheln konnte. Es tat ihm gut und er war froh, dass sie ihn nicht drängte.

Ein paar mal ritt er frühmorgens weg, sein Pferd war immer voll beladen. Niemand wusste, wohin er ritt. Eines Abends sagte er: „Anna, morgen ist ein sehr wichtiger Tag für uns. Zieh das beste Kleid an, das Du hast. Ich werde den Pferdewagen nehmen und mit Dir in die Stadt fahren. Sag bitte niemandem etwas davon. Wir fahren sehr früh los, bevor uns jemand sehen kann. Es wird unser Tag sein." Auch wenn er es nicht aussprach, so wusste sie doch, dass dies der Hochzeitstag sein würde. Sie lief in das Waschhaus, das Wasser im Kessel war noch warm. Sie wusch sich von Kopf bis Fuss. Zurück in der Kammer, legte sie alles bereit für den Tag danach. Der nasse Kopf war voller Fragen. Warum durfte niemand davon wissen? Wer weiss überhaupt etwas davon? Alles ist so ungewöhnlich. Er hatte sie noch niemandem als seine Braut vorgestellt, nicht einmal den Amtsherren. Dabei war das üblich so, bevor man heiraten konnte, das wusste sie schon. Was ging da vor? Sie machte sich selber unsicher. Ist es wirklich der Tag?

Sie konnte kaum schlafen. Schon sehr früh - es war noch dunkel draussen - machte sie ihr Haar zurecht, zog das fertige Sonntagskleid an, das sie bisher noch nie getragen hatte, und legte sich wieder hin. Da hörte sie Albert leise rufen: „Anna, mach Dich bereit, wir können bald losfahren. Pass auf, es geht ein frischer Wind. Nimm noch eine Decke um die Schultern." Sie beeilte sich und lief hinaus. Albert half ihr auf den Wagen, und schon fuhren sie los.

Als sie in der kleinen Stadt ankamen, war es schon hell. Die Sonne blinzelte hervor und sandte ihre Strahlen auf ein grosses Gebäude, vor dem sie stehen blieben. „Komm", sagte er, „wir müssen ins Amt und dann zum Pfarrer, ich habe schon alles abgesprochen." In der Amtsstube stand ein schwerer, mit Schnitzereien verzierter Eichentisch, darauf Blumen und zwei Kerzen. Vor dem Tisch zwei, mit gelbem Samt überzogene Stühle und hinter dem Tisch ein hoher, kunstvoll verzierter Stuhl. Der Amtsdiener kam herein, begrüsste Albert und Anna und forderte sie auf, sich zu setzen. Er zündete die Kerzen an, legte ein dickes Buch nebst vorgedruckten Blättern bereit und stellte ein Tintenfass mit einer hübschen langen Feder dazu. Da ging auch schon die

Nebentür auf und herein kam ein älterer Herr in Amtstracht, begleitet von zwei weiteren Herren. Die drei schritten auf Anna und Albert zu und gaben ihnen die Hand. Der Herr in Amtstracht sprach über die Ehe, ihre Rechte - Pflichten, fragte noch, ob sie alles verstanden hätten. Albert und Anna sahen sich an und antworteten wie aus einem Munde: „Ja, wir haben alles verstanden." Dann gaben sie sich nach der Zeremonie das Jawort und der Amtsdiener schob das dicke Buch sowie die daneben liegenden Papiere allen Anwesenden zur Unterschrift zu. Zuerst unterschrieb Albert, dann wurde Anna angehalten, mit ihrem neuen Namen zu unterschreiben. Sie stand da und wusste nicht recht, was sie schreiben sollte. Albert bemerkte es, bat um einen Zettel und schrieb es ihr vor. „Komm, jetzt brauchst es nur noch abzuschreiben", hörte sie ihn mit leiser Stimme sagen. Da schrieb sie: "Anna von Dorn", es ging fast automatisch. Sie schaute ganz verdattert auf, wollte etwas sagen, doch Albert nahm ihr Gesicht in die Hände und küsste sie zärtlich auf den Mund. Die Anwesenden Herren beglückwünschten beide. Dann begaben sich allesamt zur Kirche.

Anna kannte keinen der Personen, die da waren, nur den Pfarrer und seine Wirtschafterin. Die hatte ein Sträusschen hübscher Blumen bereit, das sie der Anna in die Hände drückte. Und etwas Grünes steckte sie ihr noch ins Haar. Anna errötete, denn sie hatte gehört, dass die, die keine Jungfrauen mehr waren, etwas Grünes im Haar oder am Brautschleier trügen. An diese verräterische Tradition hielten sich aber die meisten nicht. Beim Kirchentor stand der Dorflehrer, fragte, ob er die Orgel spielen solle, und hielt die Hand auf. Albert gab ihm etwas Geld, woraufhin er blitzschnell verschwand, und schon ertönte Musik in der Kirche. Die beiden gingen hinter dem Pfarrer her zum Altar und knieten auf zwei kleinen roten Schemeln nieder, die auf der Altartreppe standen. Die Hochzeitszeremonie konnte beginnen. Anna musste sich zusammennehmen, denn sie hatte noch nichts gegessen und vom Weihrauch wurde ihr ganz drümelig im Kopf. Das Latein verstand sie nicht, und das andere, das der Pfarrer verkündete, war fast das Gleiche wie das, was ihnen drüben im Amt gesagt wurde, nur war hier noch von Gott und von Sünde die Rede und das alles dauerte länger.

Endlich konnten sie sich die Ringe über die Finger streifen, die Albert von seiner Mutter heimlich zugesteckt bekam. Jetzt waren sie Mann und Frau, auch vor Gott und allen Heiligen. Anna sah Albert mit verschleierten Augen an. Er gab ihr einen Kuss, nahm sie bei der Hand und geleitete sie die Altarstufen hinunter zu den wenigen Leuten, die an der Zeremonie teilgenommen hatten und ihnen anschliessend gratulierten. Dann verliessen sie die Kirche. Die frische Luft tat Anna gut. Sie begaben sich alle ins Gasthaus nebenan, der Pfarrer und seine Wirtschafterin schlossen sich der Gesellschaft an. Gut, dass alles schon auf dem grossen Tisch bereit stand, den meisten knurrte schon der Magen. Es gab Lamm Fleisch mit Brot und Trauben, dazu einen grossen Krug Wein und zuletzt noch eine Hochzeitstorte. Die Wirtschafterin wusste lustige Geschichten zu erzählen, sodass alle recht fröhlich waren. Der Pfarrer schien dem Wein nicht abgeneigt, seine Nase war von dunkelroten Äderchen durchzogen. Anna wurde es heiss und ihre Wangen glühten. Zwar hatte sie an ihrem Becher nur genippt, das genügte schon, sie war es nicht gewohnt, Wein zu trinken. Sie drückte Alberts Hand ganz fest unter dem Tisch und sah ihn flehend an. Sie brauchte frische Luft. So erhob Albert sich mit den Worten: „Es ist Zeit zu gehen.“ Doch der Pfarrer wollte ihnen unbedingt noch ein paar Ratschläge mit auf den Weg geben: „Jetzt müsst Ihr beide stark sein und fest zusammenhalten. Es wird nicht alles Freude sein, was auf Euch zukommt. Gott sei mit Euch auf Eurem Wege." Zum Abschied segnete er sie noch einmal. Anna sah auf ihren Ring, mochte der Sache noch nicht trauen, sie drehte sich um und fragte: „Herr Pfarrer, sind wir jetzt wirklich vor Gott und aller Welt verheiratet?" Da lachten alle hell auf. „Aber ja doch", bestätigte die Wirtschafterin. Und damit verabschiedeten sie sich.

Als Albert und Anna auf den Gutshof ankamen, lief ihnen der Meisterknecht entgegen: „Der Herr Graf hat nach Euch suchen lassen. Ihr sollt sofort zu ihm kommen." Dann machte er grosse Augen und glotzte Anna an, wie sie da sass in ihrem schönen Kleid, den Blumenstrauss in der Hand. Nun, das Grüne im Haar hatte ihr Albert schon vorher ganz vorsichtig abgenommen, sie dabei zärtlich angesehen und lieblich geküsst. „Es sieht ja fast so aus, als wärt ihr an einer Hochzeit gewesen", sagte der Meisterknecht und war ganz verwirrt. „Ja, da staunst Du, was?" antwortete der junge Graf, „wir waren an unserer eigenen Hochzeit." Dann fügte er so laut hinzu, dass die anderen, die noch herum standen, es auch hörten: „Ihr könnt uns gratulieren." Der Meisterknecht stotterte ein paar Worte vor sich hin und auch die anderen riefen ihnen gute Wünsche zu. Beide stiegen vom Pferdewagen. Der junge Graf nahm Anna bei der Hand und ging mit ihr zum Haus seines Vaters. Er klopfte an eine riesige Eichentür, seine Mutter öffnete und nahm sie in die Arme. „Lass das!", hörten sie den Vater brüllen. „Was habt Ihr Euch davon zuschleichen, antwortet mir", donnerte es den beiden entgegen. Albert ging mit festen Schritten auf den alten Grafen zu und zeigte ihm die Heiratsurkunde. „Ja, wir haben, so Leid es uns auch tut, gegen deinen Willen geheiratet, mein Gewissen liess es nicht anders zu. Mein Kind soll einen Vater haben und keinen Feigling und ausserdem lieben wir uns." Mit einer heftigen Bewegung riss der Vater seinem Sohn die Urkunde aus der Hand: „Ich sehe, die da hat mit von Dorn unterschrieben. Was hat sie sich dabei gedacht? Das lass ich nicht zu. Sie ist nicht eine von unserem Stand. Nie und nimmer darf sie sich so nennen. Ich verbiete es Ihr ein für alle Mal. Sie ist keine von Dorn, und eine Gräfin ist sie schon gar nicht. Schert Euch raus. Und Du, geh gefälligst Deiner Arbeit nach." Dann zeigte er auf Anna, „und die da, die bleibt nicht länger hier. Die will ich nicht mehr auf dem Hof sehen. Die hat Dich verhext, dieses kleine Miststück. Auf dem Scheiterhaufen, verbrennen sollte man sie." „Jetzt ist es aber genug", rief die Mutter, die bisher leise vor sich hin geweint hatte, „Du weisst ja nicht mehr, was Du redest, vergiss nicht, sie trägt Dein Enkelkind unter ihrem Herzen. Das kannst Du nicht mehr ändern, mein Lieber. Es ist wie es ist, in Gottes Hand." „Raus hier", brüllte der alte Graf, obwohl die beiden schon durch die Türe gegangen waren, ohne sich noch einmal um zudrehen. Anna zitterte am ganzen Körper.

Als sie vor dem Haus standen, hielt Albert sie fest bei den Schultern und sprach: „Es wird alles gut werden, ich sorge für alles. Bitte glaube mir, ich lasse Dich niemals von mir gehen, wir gehören zusammen." Dabei sah er ihr fest in die Augen. Sie lächelte ihn an und nickte: „Ich glaube Dir. Dein Herr Vater hat es sicher nicht so gemeint. Wir haben ihn Zornig gemacht, weil alles hinter seinem Rücken geschah. Das hat wohl niemand gern." „Ist ja schon gut", erwiderte Albert und drückte sie an sich.

Auf dem Gutshof wollte niemand mehr mit Anna zu tun haben. Jeder wich ihr aus. Bei jedem Geräusch zuckte sie zusammen und ihre Nerven waren zum Zerreissen gespannt.

Es war fast nicht mehr auszuhalten. Albert arbeitete jeden Tag bis zum Umfallen und gab sich die grösste Mühe, sie nicht alleine zu lassen. Er merkte wohl, dass es ihr nicht gut ging. „Ich habe auch so schrecklich Heimweh“, sagte sie, „die zu Hause wissen nicht einmal, dass wir geheiratet haben und ich in Erwartung bin.“ Sie weinte sich fast die Seele aus. So kann es nicht weitergehen, dachte Albert und strich ihr übers Haar. „Sobald das Wetter besser wird, fahren wir zu Dir nach Hause, das verspreche ich Dir. Und jetzt beruhige Dich, es dauert sicher nicht mehr lange.“

Tagelang regnete es schon in Strömen. Die Äcker waren überschwemmt. Man konnte nicht viel mehr tun, als zu versuchen, das Wasser abzuleiten. Eines Morgens, als es endlich aufhörte zu regnen, sagte Albert zu Anna: „Komm, jetzt fahren wir zu Deinen Eltern. Wir nehmen den Umweg durch den Wald, so bleiben wir nicht im Morast stecken.“

Annas Gesicht leuchtete auf. Sie fiel ihrem Mann um den Hals, gab ihm einen Kuss und sagte: „Ich wusste es, Du bist der beste Mann, den man sich wünschen kann. Ich liebe Dich von ganzen Herzen. Vielen, vielen Dank, mein Lieber.“ Es machte ihn glücklich, sie wieder fröhlich zu sehen.

Bei Annas Elternhaus angekommen, freute sich die ganze Familie über den Besuch. Anna stellte den Mann in ihrer Begleitung vor, mit den Worten: „Das ist Graf Albert von Dorn, mein Mann.“ Alle verstummten. Da lachten Anna und Albert herzhaft und steckten die anderen mit ihrem Lachen an. Es wurde ihnen gratuliert, sie umarmten sich und waren glücklich. Und als sie hörten, dass ein Kind unterwegs sei, war die Überraschung noch erfreulicher.

Später hörten Anna und Albert mit Spannung zu, was so alles in der Zwischenzeit passiert war. Die Eltern berichteten auch von der grössten Neuigkeit, dass nämlich Elfriede, die älteste Tochter, endlich geheiratet hätte. Hermann hiesse er, sie wohnten nicht weit weg in einem gepachteten kleinen Bauernhof. „Ihr müsst noch heute hin“, sagte Annas Vater, „wir selber können nicht gut weg vom Hof und mit dem Pferdewagen seid ihr schnell dort.“ Dabei sah er Albert fast flehend an. „Uns würde es glücklich machen, wenn Ihr sie besuchen würdet.“ Albert war zwar müde, aber willigte ein. Anna platzte fast vor Freude und strahlte. Sie schien überhaupt nicht müde zu sein. Sie nahmen Abschied von allen. Anna winkte so lange zurück bis ihre Familie ausser Sicht war.

Hermann und Elfriedes Bauernhof war wirklich klein, von der Anhöhe fast nicht zu sehen. Dort angekommen, wartete schon Annas Schwester mit ihrem Mann. Sie hatten den Wagen kommen sehen. Die Begrüssung war herzlich. Alle sassen bald zusammen um den groben Holztisch, tranken Most, assen Speck und Brot und sprachen über alles Mögliche und wie es der Familie sonst noch so ging. Sie vertuschten auch ihre Sorgen nicht. Es gab ein offenes Gespräch von beiden Seiten. So erfuhren sie, dass auch Elfriede schwanger war, doch schon im siebten Monat. Weil sie aber sowieso stark zugenommen hatte, war es nicht gleich sichtbar. Nachdem Elfriede hörte, was bei Alberts Familie vorgefallen war, bot sie Anna an, bei ihnen zu bleiben, sie könnten sich in dieser Zeit, besonders in diesen Umständen, in denen sich beide befänden, gegenseitig helfen. Albert und Anna fanden die Idee gut. So fuhr Albert am darauf folgenden Morgen alleine zurück. Es war ihre erste Trennung, seitdem sie zusammen waren. Albert versprach, bald wiederzukommen und Annas restliche Sachen mitzubringen.

Die Zeit ran dahin. Annas Schwester Elfriede gebar einen Buben ganz ohne Komplikationen, war bald nach der Geburt wieder auf den Beinen, als wäre nichts auf der Welt leichter, als ein Kind zu gebären. Auch Annas Niederkunft kam näher. Sie fühlte sich nicht sehr stark. Sie war immer froh, wenn Albert sich zeigte und jetzt war er auch wieder da, das gab ihr Kraft zum Durchhalten. Albert und Anna bekamen auch einen Sohn. Obwohl er nicht viel wog, hatte sie grosse Schmerzen bei der Geburt. Es war ein niedliches Kind, sie nannten ihn Hans. Gleich nach der Geburt musste Anna aus dem Bett und jeden Tag ein paarmal, von Elfriede gestützt, herumlaufen. Anna erholte sich nur langsam. Albert machte sich Sorgen, doch seine Mutter beruhigte ihn, bei ihr sei es genauso gewesen, erzählte sie. Dann kam der Tag, da war Anna wieder munter und vergnügt. Im Haus machte sie alle Arbeiten und die meiste Zeit passte sie auf die zwei Buben auf. Es war erstaunlich, wie flink und geschickt sie war. Und immerzu summte sie eine Melodie.

Wenige Monate später fühlte Anna, dass sie wieder in Erwartung war. Als Erstes teilte sie es ihrer Schwester mit. Die aber machte ein besorgtes Gesicht, es war so rasch hintereinander. Albert versteckte seine Bedenken hinter einem Lächeln, schob Anna und den kleinen Sohn ins Freie, in die Sonne hinaus, blinzelte und sagte: „Es wird schon alles gut gehen, beim zweiten Mal geht alles besser, da weisst Du ja schon, wie es geht.“ Mit diesen Worten wollte er sich und auch Anna beruhigen.

Monate vergingen, es wurde kühler und der Winter kam. Es fing an zu schneien ohne Unterbruch. Es fiel sehr viel Schnee. Man konnte kaum die paar Schritte neben dem Haus zur Stalltüre freihalten. Albert konnte bei diesem Wetter auch nicht mehr kommen. Nach einer Weile war der kleine Bauernhof total eingeschneit. Für eine Zeitlang konnte man den Schnee den Hügel hinunter schieben und rollen, aber plötzlich war nichts mehr zu machen, es gab einfach zu viel Schnee. Weihnachten mit den zwei Buben und den drei Erwachsenen war eine sehr ruhige, besinnliche und auch fröhliche Zeit. Es wurde herum gealbert, man konnte sich viel mit den Kindern befassen, nur schade, dass Albert nicht da war.

Eine Schneise bis zum Stall war geschaufelt. Zu arbeiten gab es nicht gerade viel. Man musste nur zusehen, dass der Rauch aus dem Kamin entweichen konnte. Übrigens war es nicht das erste Mal, dass diese Gegend eingeschneit war, das erzählten ihnen die Nachbarn. Einige Jahre zuvor hatte es auch so viel Schnee und einige Bauern hatten für Länger keinen Kontakt untereinander.

Elfriede kam von den Sorgen um die Geburt von Annas zweitem Kind nicht los. Als Albert das letzte Mal da war, meinte er, wenn es wieder ein Bub würde, so solle er Karl heissen. Anna gefiel der Name auch gut, doch so ganz im Innern wünschte sie sich ein Mädchen, eine Magdalena. In ein paar Wochen sollte es soweit sein. Sie glaubte aber nicht, dass Albert es schaffen würde, bei der Geburt anwesend zu sein. Der Schnee wurde immer höher und es war klirrend kalt. Das stimmte sie ein bisschen traurig. Das ist Gottes Wille, alles liegt in seiner Hand, waren ihre Gedanken, und sie drehte ständig den Ring an ihrem Finger. Manchmal hatte sie das Gefühl, dem Herrn ganz nah zu sein. Sie träumte, Engel nahmen sie mit auf eine lange, angenehme Reise. Eines Morgens nun, konnte Anna nicht mehr aufstehen. Die Wehen kamen in immer kürzeren Abständen. Ihr war unheimlich heiss. Schweissperlen rannten über ihr Gesicht, aber sie fühlten sich kalt an. Annas Schwester und ihr Mann machten sich die grössten Sorgen. Wenn das nur gut geht, dachten sie. Das Kind im Bauch schien in der richtigen Lage zu sein, trotzdem dauerte es die ganze Nacht, bis endlich am frühen Morgen ein strammer Bub die Welt erblickte. Alle waren überrascht. Man hatte etwas Zarteres erwartet. Anna war erschöpft und gleichzeitig froh, dass alles vorbei war. Auch ihre Schwester und ihr Schwager waren erleichtert, die beiden tanzten übermütig um das Bett herum, küssten sich und lachten übers ganze Gesicht und sie vergassen nicht, Gott in einem innigen Gebet zu danken. Anna und ihre Schwester waren beeindruckt von den schönen Worten, die gefunden und gegen den Himmel gesandt wurden. Nach diesem wundervollen Erlebnis überfiel alle grosse Müdigkeit, so schliefen sie am helllichten Tag für eine Weile ein.

Nach dieser Geburt war Anna sehr schwach. Schwerer Atem und ein fiebriger Körper und kein Heilkraut, das ihr verabreicht wurde, half mehr zur Besserung. Sie sahen sich alle hilflos an. Hermann versuchte einen Weg durch den Schnee zu finden, um Hilfe zu holen. Die Schneedecke schien sich ein wenig gesetzt zu haben, doch das Pferd sank tief ein und blieb stecken. Nur mit grosser Mühe konnte er es wieder in den Stall zurückbringen. Die Schneeschuhe, die er gefertigt hatte, halfen da besser. Vielleicht könnte er damit am nächsten Morgen den Nachbarn erreichen, jetzt war es schon zu spät. Mit kalten Essigumschlägen versuchte Annas Schwester, das Kindbett Fieber, wie sie es nannte, zu senken. Hermann hielt sich mit den Kindern im Stall oder in der Stube auf und versorgte sie so gut er konnte.

Und wieder verging eine Nacht ohne Schlaf. Erst früh am Morgen schlief Anna ein und neben dem Lager, halb aufgestützt, ruhte auch ihre Schwester. Als es Hell über den Schnee leuchtete, wachte Elfriede auf und sah nach, wo die anderen waren. Alles ringsum war still. Die Kinder und ihren Mann fand sie im Stall, er versorgte die Tiere und die kleinen Buben sahen ihm zu. „Ich wollte Dich nicht wecken", sagte er, „ich sah, dass Du eingeschlafen warst. Wie geht‘s der Anna heute?“, fragte er. Da sah ihn seine Frau an und wusste nicht, was sie antworten sollte. Ja, wie ging es ihr? Sie erinnerte sich nur, dass Anna ganz friedlich da lag. Auch ihr Atem war aussergewöhnlich ruhig. Ruhig? Bei diesem Gedanken erschrak sie. Sie drehte sich um und stolperte über die Schwelle der Stalltüre zurück in die Kammer in der Anna lag. Sie beugte sich über ihre Schwester, sah das friedliche Gesicht, die Augen nicht ganz geschlossen und den Mund ein wenig offen. Ein ganz kleines Lächeln lag in den Mundwinkeln, aber es war kein Atem zu hören oder zu fühlen. Sie berührte Anna an den Schultern und rief laut: „Anna! Anna!“ Doch Anna reagierte nicht mehr. Elfriede schüttelte sie schreiend. Hermann war ihr gefolgt, begriff, was geschehen war, und machte seine Frau von Anna los. Er nahm sie in die Arme und beide fingen bitterlich an zu weinen. Die Kinder hielten sich am Rockzipfel von Elfriede fest und weinten auch. Das Baby schrie, die ganze Welt schien zusammenzubrechen.

Es war das erste Mal, dass sich die beiden unbeholfen, einsam und allein gelassen fühlten. Die Kinder beruhigten sich wieder. Elfriede gab ihnen zu essen und setzte sie auf ihre Schlafdecke. Die Eheleute überlegten nicht lange, was zu tun wäre. Hermann holte eine Kerze und Tannenzweige. Elfriede wusch Anna, richtete ihre Haare und zog ihr, ihr bestes Kleid an, das sie hatte. Dann richteten sie ein Todeslager her und legten sie darauf. Mit gefalteten Händen lag sie da. Hermann nahm noch das Holzkreuz von der Wand, das Anna mitgebracht hatte, schob es halb unter ihre Hände und schmückte es mit Tannenzweigen. Er zündete die Kerze an und stellte sie auf den Nebentisch. Nun standen sie am Fussende der Toten. Anna sah aus wie ein Engel. Sie knieten nieder und beteten.

Zwei Tage lag Anna so da, dann sollte sie begraben werden. Hermann schaufelte den Schnee auf die Seite und versuchte, ein Grab auszuheben. Die Erde war gefroren. Er hackte mit dem Pickel drauf los. Es dauerte Stunden, bis er endlich eine Tiefe hatte, die ausreichend war, die Tote zu begraben. Als er die Schaufel auf den Boden legte, hörte er von fern ein Rufen. Er horchte in die Stille, dann rief er zurück: „Ist da jemand?" „Ja ich bin's", hörte er Alberts Stimme, „grüss Dich Gott." Dann sah er seinen Schwager, der hoch vom Schneehügel herunter schaute. Sein Atem war in der kalten Luft zu sehen und seine Kleider dampften von der körperlichen Anstrengung. Albert kam lächelnd näher und streifte seine Schneeschuhe ab. „Ein Fuhrwerk mit einem Schneepflug von unserem Gut konnte mich in Eure Nähe bringen, den Rest musste ich mit den Schneeschuhen laufen. Morgen kommt er mich abholen. Mit ernstem Gesicht nahm Hermann ihn in die Arme und zog ihn in den Stall. Noch bevor Albert Elfriede begrüssen konnte, berichtete Hermann ihm, dass Anna einen gesunden Sohn zur Welt gebracht habe und nach einer kleinen Pause, dass sie aber einige Tage danach gestorben sei.

Albert sank in sich zusammen. Hermann zog ein Bündel Heu zu ihm hinüber, so dass er darauf sitzen konnte. Er legte seine Hand auf Alberts Schulter und stand ihm in seiner Trauer bei so gut er konnte. Nach einer Weile gingen sie in die Stube. Albert begrüsste seine Schwägerin, die in Tränen ausbrach, umarmte die Kinder und suchte mit den Augen den Raum nach seinem neugeborenen Sohn ab. Er nahm das Bündel auf, drückte das Kind an sich und brach weinend und schluchzend zusammen. Seine Schwägerin nahm ihm den Säugling aus den Armen und führte ihn in die Kammer, wo Anna lag. Sie liess ihn mit seiner geliebten Frau allein und machte die Türe ganz leise, bis auf einen kleinen Spalt, hinter sich zu.

Elfriede machte etwas zu Essen bereit, während ihr Mann im Stall seine Arbeit verrichtete. Es dauerte recht lange, bis Albert aus der Kammer kam. Schweigend setzte er sich an den Tisch. Nach einer Weile wollte er genau wissen, wie das geschehen konnte. Seine Schwägerin erzählte ihm alles. Hermann kam dazu und trug die Sachen herein, die Albert mitgebracht hatte, darunter ein schöner Winterschal für Anna. Den schenkte er jetzt Elfriede. Natürlich kam keine Freude auf wie sonst, wenn er zu Besuch war. Es herrschte tiefe Trauer. Man sass noch lange bei Tisch zusammen und besprach, wie es weitergehen solle. Am nächsten Tag in der Früh sollte Anna begraben werden. Hans, den erst geborenen Sohn, würden sie gern behalten, aber den kleinen Karl müsste Albert mitnehmen und eine Amme für ihn finden. Albert entsann sich einer Magd, der Marie. Die hatte erst kürzlich ein Kind bekommen. Die würde bestimmt genug Muttermilch haben um auch Karl an die Brust nehmen zu können.

Es geschah wie besprochen und, da Marie sich mit Anna immer gut verstanden hatte, gab es keine Probleme. So kam der kleine Karl von Dorn aufs Gut seiner Grosseltern, des Grafen Franz Johann von Dorn und seiner Frau Charlotte. Die Gräfin nahm den kleinen Karl herzlich in die Arme. Der alte Graf jedoch fragte nur, was da los sei, und kümmerte sich nicht weiter um seinen Enkel. Die ganze Geschichte interessierte ihn nicht besonders. Aber die Gräfin sah es gern, wenn Albert mit dem kleinen lustigen Karl zu ihr kam. Sie hatte ihn von Anfang an ins Herz geschlossen, wollte es aber nicht so richtig zeigen, als hätte sie Angst, es könnte jemand etwas dagegen haben. Mit der Zeit ging es Albert gar nicht gut, das bemerkte seine Mutter sehr wohl. Er kam aus seiner Trauer um Anna nicht heraus. Er ass fast nichts und es fiel ihm schwer, sich mit anderen zu unterhalten.

Eines Tages fand man Albert in geistiger Umnachtung im Stall bei seinem Lieblingspferd in einer Ecke hocken. Er murmelte unzusammenhängende Sätze vor sich hin und seine Augen schienen etwas zu suchen. Auf Fragen gab er keine Antwort. Der Meisterknecht holte den Grafen herbei. Der sah ihn an und rief nach einem weiteren Knecht. Zusammen trugen sie Albert ins Haus. Der Meisterknecht musste den Wagen anspannen lassen. Man wollte den jungen Grafen in die Stadt zum Doktor bringen. Seine Mutter, die Gräfin, hätte es aber lieber gesehen, wenn man den Doktor ins Haus holen würde. Sie konnte sich aber nicht durchsetzen. So konnte sie nur noch anordnen, dass man Albert wasche und ihm helfe, frische Kleider anzuziehen. Albert hatte in letzter Zeit weder Bart noch Haare geschnitten. Er sah wild aus und seine Augen lagen tief in den Augenhöhlen. Man füllte einen Waschzuber mit warmem Seifenwasser und legte ihn hinein. Sein Vater, der alte Graf verlangte eine Schere, ergriff Alberts Bart und schnitt ihn mit einem geraden Schnitt ab. Die langen Haare band man ihm später im Nacken zusammen, und eine Magd musste ihm die Finger- und Zehennägel schneiden und putzen.

Albert liess alles mit sich geschehen. Das warme Wasser schien ihn sehr zu entspannen, denn während der ganzen Prozedur hielt er die Augen geschlossen. Nachdem sie ihn gebadet und angekleidet hatten, nahm der Meisterknecht den abgemagerten Körper mitsamt einer Decke auf seine Arme und trug ihn zum Wagen. Albert schien tief zu schlafen. Seine Mutter hatte ihm noch Kräutertee mit Baldrian eingeflösst, als er im Badewasser lag. „Vielleicht ist er deswegen eingeschlummert“, meinte sein Vater, warf noch eine Decke über ihn und fuhr los.

Der Weg in die Stadt war holperig, die Strasse voller Löcher. Als sie endlich am Haus des Doktors ankamen, waren sie voller Staub. Ohne sich nach seinem Sohn um zuschauen ging er geradewegs ins Haus, um den Doktor zu holen. Der Wartesaal war voller Leute, ein unangenehmer Geruch stieg ihm in die Nase. Ungeachtet der wartenden Personen rief er nach dem Doktor, ging auf die Tür am anderen Ende des Raumes zu und öffnete sie. Vor dem Arzt sass eine junge Frau mit eingebundenem Arm. Der alte Graf sagte, nachdem er kurz gegrüsst hat, gerade heraus, warum er hier sei. Der Doktor schaute ihn aufmerksam an, blickte aus dem Fenster und sah einen Mann auf dem Wagen liegen. „Ich komme gleich, gehen Sie schon voraus", versprach er und wandte sich seiner Patientin zu. Bald danach kam er, sah sich Albert der auf dem Wagen lag an, schüttelte ihn, suchte nach seinen Puls und sagte: „Dem ist nicht mehr zu helfen, der ist bereits tot." Dann zog er die Decke über Alberts Gesicht und sagte zu dem geschockten Grafen: „Kommen Sie mit, ich schreibe Ihnen den Totenschein aus." Sie begaben sich ins Haus, der Doktor setzte sich an seinen Schreibtisch und fragte: „Wer ist dieser Mann?" Mit erstickter Stimme sagte der alte Graf: „Es ist mein... mein einziger Sohn, Graf Albert von Dorn." Da stand der Doktor auf, reichte ihm die Hand und zeigte ein Gesicht voller Mitleid. Er wollte noch wissen, wie es dazu gekommen war, liess sich alles schildern, ging nochmals hinaus zum Wagen, um die Aussage zu prüfen, und schrieb dann auf den Totenschein: „Gestorben an gebrochenem Herzen." Als er dem trauenden Vater das Dokument übergab, bemerkte er dessen bleiches Gesicht und dass er schwankte. Er offerierte ihm ein Glas gebranntes Wasser und nahm selber auch eins. Bevor er den nächsten Patienten hereinliess, gab er ihm noch ein paar Ratschläge, was in diesem Fall noch zu erledigen sei. Graf Franz Johann von Dorn verabschiedete sich, deckte mit zitternden Händen seinen Sohn sorgfältig ganz zu, führte das Pferd noch zum Stadtbrunnen und fuhr geradewegs zurück zum Gutshof, wo Albert aufgebahrt wurde. Dann am frühen Morgen des dritten Tages wurde in die Familiengruft eingebracht.

Die Grossmutter Gräfin Charlotte von Dorn liess ihren Enkelkindern Hans, der bei seiner Tante blieb und Karl alles zukommen, was sie nötig hatten. Ihr Mann und Grossvater jedoch wollte sich nicht mit den Buben abgeben. Es war dem kleinen Karl nicht erlaubt, im Haupthaus zu sein, geschweige denn mit den von Dorns am selben Tisch zu speisen. Karl schien es nichts auszumachen. Als Säugling hatte er so viel Wärme von Marie empfangen, dass ihn so leicht nichts aus dem Gleichgewicht bringen konnte. Die Grossmutter hatte er sehr gern. Leider litt sie schwer unter Gicht und konnte nicht mehr viel mit ihm unternehmen. Sie sorgte aber dafür, dass er lesen, schreiben und rechnen lernte. Ganz im Gegensatz zu Hans, dem Erst geborenen, der dafür kein Interesse zeigte, denn er wollte so sein wie all die anderen, bei denen er aufwuchs. Er war nach dem Tod seiner Eltern nicht aufs Grafengut geholt worden. Tante Elfriede, Onkel Hermann und deren Kinder, die waren seine Familie und bei denen fühlte er sich Zuhause, trotz harter Arbeit war er zufrieden dort.

Wenn die alte Gräfin ihn mal rufen liess, war ihm gar nicht wohl in seiner Haut, und als sie starb, wurde der Kontakt zum Gut total abgebrochen, so sahen sich die Brüder nur ganz selten.

II

Als Hans und Karl älter wurden konnten sich beide selbständig machen. Hans wurde Bauer, sehr bescheiden, aber er war zufrieden.

Karl verliebte sich in Sofie, die Tochter eines Kleinbauern, wurde Besenbinder, spezialisierte sich auf Reisigbesen und zog in die Nähe der Stadt. Die Besen verkauften sich gut und, sobald er etwas Geld auf der Seite hatte, heiratete er Sofie. Als er am Hochzeitstag die Heiratsurkunde unterschrieb, war es das erste Mal, dass er den Namen benutzte, der ihm zustand: „Karl von Dorn". Den Titel „Graf" liess er aus, denn dieser war in seiner Geburtsurkunde nicht erwähnt.

Eigentlich hätte er auch "von" auslassen müssen, denn das war ebenfalls nicht festgehalten, aber Herr Korn, der ältere Beamte, der die Papiere vorher geprüft hatte, kannte Karls Familie und korrigierte amtlich die Geburtsurkunde. Daraufhin war es an Sofie mit ihrem neuen Namen zu unterschreiben, und sie schrieb stolz: „Sofie von Dorn."

Herr Korn hatte Karls Grossvater, den Grafen Franz Johann von Dorn sehr gut gekannt, das erfuhr Karl, als sie sich später einmal begegnet sind und Karl ihn zu einem Glas Wein eingeladen hatte. Der alte Herr Korn erzählte ihm, dass sein Vater mit dem Grafen zusammen im gleichen Jagdverein war. „Der Graf war immer sehr stolz auf seine Vorfahren." Karl wusste bis dahin nicht, dass er Verwandte in Schweden und Finnland hatte und diese sehr geehrte, angesehene Leute sind. „Im Verein hat Dein Grossvater so manche Geschichten erzählen können und er war unter den Jägern immer ein lustiger Mensch, wir hatten viel Spass, ich war noch sehr jung, doch seine Erzählungen haben mich immer interessiert."

Herr Korn merkte, dass Karl nicht viel über seine eigene Familie wusste, und fuhr fort:

„Leider musste dein Grossvater, Franz Johann von Dorn, schon früh das Gut übernehmen mit all der Verantwortung. Noch dazu wurde er gezwungen, Deine Grossmutter Charlotte zu heiraten, die er zwar schätzte, aber nicht liebte, nur damit Geld zum Gutshof kam. Die Schulden der Familie konnten somit beglichen werden. Das war wichtiger als alles andere." Und er erzählte weiter, dass sie sich mit der Zeit fanden und liebten, das konnte man ihnen ansehen, sodann ganz zufrieden waren mit ihrem Schicksal.

Erst später erfuhren Karl und Sofie, dass sein Grossvater, eine heimliche grosse Liebe hatte, Katharina mit Namen, und dass Katharina die Mutter eben jenes Beamten Korn war, der die Urkunden geprüft und korrigiert hatte.

Karl wurde Selbstständig arbeitete fleissig, machte Reparaturen aber vor allem Kehrbesen. Er hatte bald ein paar Gehilfen, denen er zeigte, wie man sich von Ast zu Ast schwingt, um auf rasche Art und Weise die geeigneten Äste, für die Besen Herstellung, zu bekommen. Sofie war glücklich in ihrem kleinen gemieteten Haus. Es stand nicht weit weg von einer Ziegelfabrik. So gingen immer wieder Leute vorbei, die grüssten und manchmal auch Zeit hatten für einen Schwatz.

Von solch einem schönen Leben hatte sie schon immer geträumt, und ihr Traum war in Erfüllung gegangen. Sie zeigte sich sehr dankbar Gott und der Welt gegenüber, ging fleissig zur Kirche und hatte für die Armen, die bei ihr anklopften, ein freundliches Wort, Brot für den Weg und immer eine warme Suppe bereit. Karl ging Sonntags auch mit in die Kirche, obwohl er sich dabei nicht ganz wohl fühlte, liess es sich aber nicht anmerken. Nach der Messe traf man sich auf dem Kirchplatz oder man ging auf ein Glas sauren Most oder Wein in den „Mönchskeller" oder in das „Gasthaus zum Engel". Dort erfuhr er dann meistens, wo sich noch ein Geschäft machen liess oder wie er behilflich sein konnte, gegen Bezahlung, versteht sich. Für Geld schrieb er auch Briefe. Er hatte eine schöne geschwungene Handschrift und war diskret. Die Leute liessen sich gern ihre Briefe von ihm schreiben. Sofie lernte auch noch lesen und schreiben. Zuerst empfand sie es als Zeitverschwendung, es genüge, wenn einer von beiden schreiben könne, meinte sie. Mit der Zeit aber schrieb sie sehr gerne und gab sich grosse Mühe, eine schöne Handschrift zu haben. Das Lesen wurde ihr ein und alles. Endlich konnte sie die Bibel lesen. Vieles, was darin stand, verstand sie nicht. Sie dachte, es wird schon ein guter Grund da sein, dass man nicht alles sofort begreift, nur Geduld muss man haben. Ja, Geduld, das ist eine Tugend, der Pfarrer hat's oft genug von der Kanzel gepredigt, und Geduld braucht es, um die Bibel lesen und begreifen zu können. Oft wurde es dem Karl zu viel, wenn sie nur noch die Kirche im Kopf hatte. Er konnte dann über die „Pfaffen" ganz schön herziehen.

„Diese Besserwisser! Diese Pharisäer! Sie versprechen viel, das kann ich Dir sagen, möchte aber nicht wissen, wohin die ganzen Almosen verschwinden, die sie den Leuten abknöpfen. Die für ihre sogenannte Sündenvergebung ihr letztes Geld hergeben, vor allem die Armen." Sofie hielt sich dann jeweils die Ohren zu und entgegnete ihm vorwurfsvoll: „Diese Worte hast Du im Wirtshaus aufgefangen, von den Leuten, die über den Durst trinken und nicht nach Hause finden." Sie hatte bemerkt, dass er sich sehr gerne dort aufhielt. Seitdem sie schwanger war, ging er öfter auch noch spät abends hin. Allerdings wurden sie bald nach der Geburt des ersten Sohnes, Karl Junior genannt, wieder so glücklich wie am Anfang ihrer Ehe. So gingen beide wieder zufrieden ihrer Arbeit nach. Karl hatte Freude an seiner neuen Werkstatt, die er in einer Holzhütte eingerichtet hatte. Er war geschickt und konnte dieses und jenes für die Leute anfertigen und reparieren. Er war freundlich und verstand sich sehr gut mit dem Volk. Sie kamen gern in seine Werkstatt. Oft ging es recht laut und lustig zu. So nebenbei hörte er die tollsten Geschichten aus der Umgebung und erzählte sie weiter. Dabei wurde hier und da ein bisschen dazu getan oder es wurde etwas weggelassen, je nachdem über wen man etwas zu sagen hatte, ganz schön oft mit hinterhältigen Gedanken, die man dann in die Tat umsetzte. Zum Beispiel Stock Betrunkenen schnitten sie an einem Fest die Bärte ab, einem Untreuen steckten sie geklaute Frauenunterwäsche in die Kleider und so weiter. Das machte allen einen Heidenspass, über den sie dann tagelang lachen konnten.

Mit der Zeit besorgte sich Karl noch mehr Werkzeug, das er für die Kehrbesen gar nicht brauchte, aber er konnte damit für seine Kunden verschiedene Gegenstände reparieren. Für die Bauern war es mehr ein Tauschgeschäft, denn Geld hatten nur wenige und ihre landwirtschaftlichen Produkte wollten sie auch los werden. So hatte Sofie in ihrer Vorratskammer genügend Speck, Mehl, Brot, Schmalz, Butter, Milch, Käse, Obst und Gemüse.

Sofie bekam ein Kind nach dem anderen, bald waren es acht. Davon starben ein Bub und ein Mädchen kurze Zeit nach der Geburt. Übrig blieben vier Söhne, Karl jun., Alois, Alfred und Franz, und zwei Töchter, Senta und Berta. Die Kinder, das Haus und der Garten, das alles machte viel Arbeit. Aber sie alle waren zufrieden und eine glückliche Familie.

Bis der Erste Weltkrieg ausbrach. Bald waren Hunger und Not ihre täglichen Begleiter. Arbeitslose waren überall. Gespart wurde an allen Ecken und Enden. Kaufen konnte man fast gar nichts mehr, und niemand tauschte mehr etwas bei Karl ein, nicht einmal einen Besen zum Kehren. Nur das Dringendste wurde zur Reparatur gebracht. Die Söhne Alfred und Karl fanden Arbeit in der Kohlengrube, obwohl sie erst 12 und 13 Jahre alt waren. Auch Senta musste als sie 13 wurde arbeiten gehen. Sie ging in die Glashütte, sie hatte keine andere Wahl. Berta blieb zu Hause, besorgte den Garten und alles was so Anstand. Sie versuchte der Mutter zu helfen und sie zu trösten. Diese litt schwer darunter, dass alles nicht mehr so war wie früher.

Sohn Franz, im Jahre1900 als Letzter geboren, war der Schmächtigste der Familie, aber er war flink auf den Beinen und konnte mit den Leuten gut umgehen, ganz wie sein Vater. Franz und Alfred gingen noch zur Schule, soweit es die Umstände erlaubten. Vater war jetzt ohne Gehilfen in der Werkstatt, und mit den Jahren veränderten sich die Kunden. Es kamen meist nur noch Frauen, die um Rat und Hilfe baten. Am Anfang konnte man noch helfen, doch immer öfter musste Karl sie wegschicken.

Der Erste Weltkrieg ging zu Ende. Die Familie von Dorn hatte Glück, es waren alle heil durch den Krieg gekommen. Aber sonst herrschte grosse Arbeitslosigkeit, Not und Hunger überall in Europa. Viele nahmen all ihren Mut zusammen und wanderten aus, in der Hoffnung auf ein besseres Leben in einem anderen, fremden Land zu finden.

Es war eine schlimme Zeit. Einmal stand Mutter Sofie vier Stunden lang für Brot an und bekam am Ende doch nichts. Einen letzten Laib Brot erstand sie im Tausch gegen zusammen gesparte Zigaretten, die sie dem Vater immer wieder stibitzte, doch dann war Schluss. Einmal sah sie, wie an der Hintertür beim Bäcker das Dienstmädchen vom Bürgermeister einen Kuchen entgegen nahm. Rasch lief sie hin und klopfte an die Tür, die sich inzwischen geschlossen hatte. Klopfte bis ihre Fingerknöchel blutig waren. Da gab sie auf und wusste keinen Rat mehr. Voller Verzweiflung weinte sie vor sich hin, erinnerte sich, noch nie im Leben in einer solchen Lage gewesen zu sein. Sohn Franz konnte das nicht länger mit ansehen, packte ein paar Sachen ein, lief in die Berge hinauf und klopfte an die Tür jedes Bauern, um seine mitgebrachten Sachen einzutauschen gegen Mehl, Eier, Kartoffeln, gegen alles, was er nur kriegen konnte. Wenn er Glück hatte und nicht mit leeren Händen heimkam, leuchteten die Augen seiner Mutter wieder auf, und das war für ihn das grösste Geschenk, das sie ihm machen konnte. Franz fragte auch überall herum, ob jemand etwas zu reparieren habe oder ob er etwas aus der Stadt mitbringen solle. Er war ein schlaues Bürschchen und freute sich über jeden kleinen Erfolg. So gelang es ihm immer wieder, etwas zu organisieren, und auch für Vater fiel so etwas Arbeit an.

Eines Abends kam Vater Karl volltrunken nach Hause. Er lallte nur noch, musste sich übergeben, und da er den Eimer nicht mehr erreichen konnte, spuckte er alles daneben. Er machte auch in die Hose, es stank fürchterlich. Angewidert schubste Sofie ihren Mann zur Tür hinaus und in die Werkstatt hinein, drehte den Schlüssel um, zog ihm die stinkenden Kleidern aus und schrubbte ihn mit Seifenwasser ab. Am nächsten Morgen wusch sie seine Kleider am Brunnen. Im Haus hatte sich Berta daran gemacht, alles aufzuputzen. Es dauerte lange, bis der säuerliche Gestank verflogen war. Bis tief in die Nacht hinein standen die Fenster offen, obwohl es sehr kalt war.

Immer öfter begab sich Vater ins Wirtshaus. Er hoffte dort die richtigen Leute zu treffen um irgendwie noch ein

Geschäft zu machen, stattdessen machte er Schulden und, statt etwas zu essen, trank er alles durcheinander, was ihm halt die Leute anboten. Er versuchte auch mit Wetten und Spielen zu Geld zu kommen, doch alles war vergebens. Das Geld verlor noch dazu mehr und mehr an Wert.

Zu den Bauern im vorderen Tal hatte es auch keinen Sinn mehr, „Hamstern“ zu gehen. So nannte man das, was eigentlich kaufen oder Warentausch war. Die Bauern gaben nichts mehr, da alles rationiert war. Jede Familie bekam ihre Ration, die war aber so minder, dass die Leute davon weder leben noch sterben konnten. Vor lauter Hunger tat einigen das Brustbein weh. Viele starben an der Hungersnot und an den begleitenden Krankheiten. Die Arbeit im Kohlenbergwerk war hart und schmutzig, zu essen gab es kaum was. Aus der Kantine der Glashütte konnte Senta manchmal auch etwas Essbares mitbringen. Man zählte jetzt auf sie. Eines Tages wurde sie krank. Der Betriebsarzt entliess sie nach Hause, denn sie hatte die “Kopfgrippe“, wie man damals sagte, und sollte im Bett bleiben. Kaum fühlte sie sich etwas besser, ging sie wieder zur Arbeit, sie hatte Angst, ihre Arbeit zu verlieren. Sie litt sehr unter dem Elend der Familie. Es ging nicht lange gut, da bekam Senta einen Rückfall, und diesmal war es sehr ernst. Damit aber nicht genug, es kam auch noch eine schreckliche Nachricht ins Haus: Ihr bester Freund war im Krieg gefallen, der, dem sie sich heimlich versprochen hatte. Tagelang hielt sie sein Bild verkrampft in den Händen, erholte sich nur sehr langsam und wiederholte immer denselben Satz: „Alle müssen wieder gesund heimkommen, es wird alles wieder gut.“ Diesen Satz pflegte sie bis ins hohe Alter zu sagen. Sie fing an, ständig zu lachen und wurde total unbekümmert. So brachte man sie für eine

Zeit lang in die Nervenheilanstalt. Körperlich wurde sie gesund, aber geistig blieb sie schwer angeschlagen.

Vater Karl Dorn - er liess jetzt das „von" weg, er war der Meinung, das passe nicht zu armen Leuten, fand nach langem Suchen eine Wohnung mitten in der Stadt, denn der Mietzins für das Häuschen konnte nicht mehr bezahlt werden. In der Stadt bekam er ein sogenanntes Sparherd-Zimmer im uralten Römerhaus. Das Plumpsklo befand sich ganz am anderen Ende des Ganges. Wenn man aufs Klo gehen wollte, musste immer jemand mitgehen, weil sich da auch fremde Leute herum trieben.

Eines schönen Tages rannte Berta einem Dieb direkt in die Arme. Sie fing an zu schreien und der Dieb stiess sie die steinerne Treppe hinunter. Ihre Wirbelsäule wurde verletzt. Sie bekam ein Korsett zu tragen. Es ging lange, bis sie geheilt war und ohne Korsett herumlaufen konnte. Doch später stellte der behandelnde Arzt eine Wirbelsäulenverkrümmung fest. Im Spital pressten sie Berta erneut in ein Korsett, das ihr grosse Schmerzen bereitete. Sie konnte kaum schlafen, nur vor lauter Erschöpfung schlief sie hin und wieder ein. Nach einiger Zeit wurde sie vom Korsett befreit. Von nun an wurde der Rücken mit einem Rücken -Gerade-halte - Gestell gestützt, so hatte sie weniger Schmerzen. Der Schmerz verging, sie lief wieder aufrecht herum. Die Wirbelsäule aber krümmte sich mit der Zeit nach aussen und entwickelte sich zu einem Buckel, den man gut sehen konnte. Dadurch hörte sie auf, in die Höhe zu wachsen. Sie blieb klein, und in späteren Jahren schrumpfte sie auch noch ein wenig mehr zusammen. In der Stadt wurde sie „die Bucklige" genannt. Niemand konnte ihr helfen. Für den Rest ihres Lebens war sie gezeichnet und wurde ständig gehänselt. Es vergingen Jahre, bis man sie endlich in Ruhe liess und sie ihren Humor wiederfand. Sie hing sehr an ihrer Schwester Senta, da die auch, zwar Geistig, behindert war. Die beiden blieben so für immer zusammen.

Berta war nicht die Einzige mit einem krummen Rücken in der kleinen Stadt. Da war zum Beispiel die ehrsame Schneiderin Wattenweil. Auch sie hatte einen leichten Buckel, war aber glücklich verheiratet.

Eines Tages hörten die Wattenweils von einem Jungen, der das gleiche Leiden hatte, der von seinen Eltern verstossen worden war, weil er „ein Krüppel" war und als „böses Kind" bezeichnet wurde. Sie liessen nach ihm suchen. Nach Tagen brachte ein Mann den Elenden, stinkenden, mit zerlumpten Kleidern an seinem Körper und übergab ihn mit den Worten: „Hier ist er, den Sie suchen. Er hat sich bei mir verstecken wollen." Frau Wattenweil: „Er kann bei uns bleiben, wenn er will." Der Mann sah sie erstaunt an und ging murmelnd weg. Der Junge schaute Frau Wattenweil fragend an. Sie nahm sein Kinn und schaute prüfend in sein Gesicht: „Bist ein hübscher Junge, wie heisst Du denn? Hast Hunger?" Er gab keine Antwort und sie führte ihn ins Haus. Sie gab ihm Milch zu trinken und ein Stück Honigbrot dazu. „Möchtest Du für eine Zeit bei uns bleiben? Du kennst uns zwar nicht, aber probieren wir es, vielleicht kommen wir miteinander gut aus und werden Freunde. Na, was meinst Du? Überlege es Dir mal." Der Junge zuckte mit den Schultern und blieb.

Er war ein hübscher, selbstsicherer Junge, Willhelm war sein Name. Sein Rücken war etwas weniger gekrümmt als der von Frau Wattenweil. Mit ihrer Schneiderkunst war es nicht schwierig, seinen kleinen Buckel zu kaschieren. Er liess sich von ihr alles gefallen. Bei Herrn Wattenweil jedoch zuckte er anfangs stets zusammen, wenn der ihm über den Kopf streichen wollte, denn er hatte zu Hause und unterwegs viel Schläge einstecken müssen. Die Wattenweils waren kinderlos und hatten die Hoffnung auf eigene Kinder aufgegeben. Dem Jungen gefiel es sehr bei dem Ehepaar. Er würde sie gerne als Eltern haben, meinte er eines Tages so ganz nebenbei. So suchten sie Wilhelms Eltern auf, ohne den Jungen mitzunehmen, und baten um die Freigabe zur Adoption. Das ging sehr schnell. In der Gemeinde waren alle erstaunt, dass eine Adoption in so kurzer Zeit vonstatten gehen konnte. Das brachte den Wattenweils die keine eigenen Kinder hatten, bei den Leuten dieser kleinen Stadt, viel Respekt ein. Sie kamen auch, einige Jahre später, mit Berta und Senta öfter zusammen um über ihr Schicksal zu diskutieren.

Sofie Dorn die jetzt krank im Bett lag und keine Lebenslust mehr zeigte, machte allen grosse Sorgen. Besonders Franz, er hing sehr an seiner Mutter. Er sang ihr, manchmal unter Tränen, immer etwas Lustiges vor.

Wieder hatte er von irgendwoher ein paar Kartoffeln besorgen können. Der Kessel mit heissem Wasser stand immer am Kohlenherd bereit, damit man schnell etwas zu essen hatte, falls etwas hereinkam, das gekocht werden musste. Als Franz mit den Kartoffeln kam, wusch Berta sie flink und gab sie ins Wasser. Sie konnten kaum warten, bis sie gekocht waren. Um sie sofort essen zu können, wurden sie mit kaltem Wasser abgekühlt. Jeder bekam zwei Kartoffeln. Berta versteckte zwei Kartoffeln für ihre Brüder Karl und Alois, die jeweils spät in der Nacht von ihrer Schicht im Kohlenbergwerk zurückkehrten und die wiederum ihre Arbeiter Essenration mit nach Hause brachten, damit alle was davon hatten. Mutter Sofie konnte kaum noch was essen. Sie wurde vor Kummer und Leid immer schwächer. Eines Tages erholte sie sich nicht mehr von einer Erkältung und starb. Die ganze Familie war anwesend, ausser Vater. Karl jun. rannte los, um ihn zu suchen. Von einem Wirtshaus zum anderen lief er. Schliesslich fand er ihn zusammen mit dem Bürgermeister an einem Tisch sitzen. Er war angeheitert und strahlte übers ganze Gesicht, denn endlich hatte er sich einen Auftrag für die Gemeindebesen ergattern können.

„Jetzt geht‘s aufwärts“, sagte er just in dem Moment, als er seinen Sohn atemlos auf sich zukommen sah. „Mutter ist gestorben, komm“, stiess der hervor und zog mit aller Kraft am Ärmel des Vaters. Karl Dorn wurde ganz bleich und erhob sich zitternd und geschockt von seinem Stuhl, schaute seinen Sohn ungläubig an und beide rannten, so schnell sie konnten, nach Hause. Vater riss die Tür auf und mit einem unterdrückten Schrei warf er sich weinend über seine geliebte Frau. „Warum gerade jetzt, wo‘s doch aufwärts geht“, kam es schluchzend aus ihm heraus, „Sofie! Hättest nicht noch ein bisschen warten können? Ich hab einen grossen Besenauftrag! Wach auf! Hörst Du mich? Besenauftrag! Du darfst jetzt nicht gehen, nicht jetzt, bitte...“ Für die Beerdigung bekam der Vater von der Gemeindekasse einen Vorschuss. Berta konnte davon auch noch etwas Essbares auftreiben. Leute, denen sie früher geholfen hatten, erinnerten sich und brachten ein paar Lebensmittel. Man wusste, dass auch sie jetzt nicht viel entbehren konnten.

So manche Bäuerin musste in jenen Zeiten mit ihren Kindern den Hof und die Felder allein bewirtschaften. Die Frauen schufteten bis zum Umfallen. In der Stadt wurde alles gehamstert, was zu kriegen war. Lebensmittel kamen nur spärlich auf den Ladentisch und doch, nach ein paar Jahren, ging es der Familie Dorn wieder besser. Wie durch ein Wunder blieben sie von Krankheiten wie Typhus, Ruhr, Pocken usw. verschont.

Die Brüder Karl jun. und Alfred hatten sich daran gewöhnt, in der Kohlengrube zu arbeiten, sie wurden später noch befördert. Alois, in der Glasfabrik, wurde bald Schichtführer, es war für ihn eine gute Anstellung und er heiratete bald seine Freundin Ingried. Sie bekamen zwei Kinder.

Alfred schaffte es bis zur Chefetage. Er heiratete Gerda, eine erkorene Schönheitskönigin der Region. Doch die Ehe hielt nicht lange. Gerda wollte mehr vom Leben, nicht nur Hausfrau sein. Sie hatten einen Sohn, Peter, durch ihn fühlte sie sich schrecklich angebunden. Eines frühen Morgens verliess sie das Haus und ging auf und davon. Die Enttäuschung, dass seine Mutter ihn zurück liess, machte Peter zum chronischen Bettnässer.

Doch viele Jahre später kam Gerda, seine Mutter, wieder zurück. Einsam und gezeichnet vom Alkohol, der sie nie mehr loslassen sollte. Sie versuchte, wenigstens von ihrem Sohn Peter ein wenig Zuneigung zu bekommen, was ihr auch gelang, denn mit Grete, der zweiten Frau seines Vaters, kam Peter nicht aus. Er konnte sich nicht an sie gewöhnen. Sie war um einiges jünger als Gerda, lieb, hübsch und immer fröhlich, aber trotzdem gab es immer wieder Spannungen. Sie konnte und wollte auch seine leibliche Mutter nicht ersetzen. So zog er mit 14 Jahren zu seiner geliebten Mutter und blieb bei ihr, bis sie nach drei Jahren an Lebertumor verstarb. Mit 23 heiratete Peter Anni, die jüngste Schwester seiner Stiefmutter Grete, mit der er sehr glücklich wurde.

Berta und Senta blieben bei Vater Karl von Dorn in der alten Wohnung. Die beiden unverheirateten Frauen bekamen je eine kleine Rente wegen ihrer Behinderung. Etwas Geld kam von den Brüdern. So hatten sie ihr Auskommen.

III

Franz, der Jüngste, arbeitete nun auch in der Kohlengrube, doch nach dem ersten Tritt in den Hintern, den ihm sein Vorgesetzter gab, liess er sich oft krankschreiben. Später wurde er Mineur.

Das bedeutete für ihn, dass er bei jedem Wetter meist im Freien arbeiten musste. Dazu noch der Druck, termingerecht fertig zu werden, wurde zu viel für ihn. So wurde er bald einmal arbeitslos. So dahin zu leben, gefiel ihm so weit ganz gut, da er auch Gelegenheitsarbeiten ausführte. Mit seiner Frau Luise hatte er fünf Kinder.

Er war erst 20 Jahre alt, als sein erster Sohn Franz jun. geboren wurde, den sie Franzi riefen. Alsbald kamen hintereinander Erwin, Aloisia, Irmgard später noch Maria. Das Geld war knapp. Franz versuchte sich im Spiel und hatte manchmal Glück. Aber es reichte nur knapp. Eines Tages hörte er von einem Heimkehrer, dass man in Hamburg am Hafen, leichter und besser Geld verdienen könne. So fuhr er per Anhalter, meist mit Lastwagen, nach Hamburg. Er schickte ab und zu Geld nach Hause, aber es reichte nicht weit. Luise machte sich Sorgen um ihre Kinder, besonders Irmgard war ständig beim Doktor. Sie starb, als Franz in Hamburg war.

Ein verwitweter Nachbar bot Luise an, ihm seinen Haushalt zu führen. Er bezahlte sie einigermassen gut, half dann auch in seiner Zuckerbäckerei aus. Um ihre Kinder nicht allein zu lassen, bat sie ihre Schwägerin Berta, auf sie aufzupassen. Ein Freund von Franz schrieb regelmässig nach Hause. So erfuhr Luise, dass er hart arbeitete, und fast ein Jahr später, dass Franz Schwierigkeiten hatte, dass er in

Hamburg inzwischen jede Bar kannte und dass er sich nach einer kräftigen Ohrfeige, die er sich in diesem Milieu eingefangen hatte, mehr zurückzog.

Eines Morgens erschrak Franz, als ein Zimmerkollege seine Kleider stahl und damit davonrannte. Franz sprang auf, stand halbnackt hinter der Tür und rief hinterher, er solle ihm seine Kleider zurückbringen.

Eine Frau hörte ihn im Hausgang schreien und fragte, was los sei. Er schilderte ihr kurz, was passiert war.

Da hat die alte Dame zuerst einmal tief durch geatmet und ist wieder in ihre Wohnung gegangen. Nach einer Weile klopfte sie an seiner Tür, sie streckte ihm ein paar Klamotten und einen Hut entgegen und sagte: „Da hast ein paar Sachen von meinem verstorbenen Mann, der Herr hab ihn selig." Bevor Franz etwas sagen konnte, schnäuzte sie sich laut in ein schön besticktes Taschentuch, sie ging in ihre Wohnung zurück und verschloss die Tür hinter sich.

Franz zog die Kleider an, die zwar etwas zu gross waren. Trotzdem fühlte er sich wohl darin. Dann packte er alle seine restlichen Sachen zusammen und schlich sich aus dem Haus. Denn er bekam urplötzlich Angst. Er war sich nicht sicher, ob sein Kollege den Mietzins bezahlt hatte, und fragte sich auch, warum er seine abgetragenen Kleider mitgehen liess? Da muss etwas nicht stimmen, ging es ihn durch den Kopf.

Er ging noch in seine Stammkneipe und verkündete dort, dass er jetzt genug habe und es in der Schweiz versuchen werde.

Er erreichte bald Süddeutschland, doch an der Schweizer Grenze wurde er mit dem Kollegen, den er unterwegs getroffen hatte, abgewiesen. Als die Beiden wissen wollten warum, argumentierte der Grenzposten: „Ihr wollt doch nur Stümpe sammle und damit Zigarettli wutzle und herumvagabundiere und denn no eusi Meidli vernasche. Sätige Lüt bruchet mir nöd."

So tippelte Franz weiter Richtung Heimat Österreich. Aber er kam nicht weit, denn ihm ging langsam das Geld aus. So nahm er allen Mut zusammen, sprang auf Lastzüge auf und, mit einer Portion Mitfahrerglück, kam er schlussendlich abgebrannt nach Hause an.

Er begrüsste seine Frau, wie wenn er nie weg gewesen wäre. Er stand ihr gegenüber da im grau gestreiften Anzug, weissen Hemd, Krawatte, Gilet und grauen Hut auf dem Kopf. In der Hand einen kleinen Koffer mit dreckiger Wäsche und eine grosse Muschel mit aufgemalten Schiff, sonst nichts. Die Begrüssung war zwar herzlich, aber keiner wusste so recht, was er sagen sollte. Luise räusperte sich: „Möchtest Du einen Tee? ... Ja, und wie ist es Dir ergangen?" Franz wich aus, fragte beiläufig nach den Kindern. Dass Irmgard gestorben war, hatte sie ihm durch einen Kollegen mitteilen lassen. Als er anfing, seine Geschichten zu erzählen, hörte sie eigentlich gar nicht recht hin. Etwas hatte sie ja bereits von denen gehört, die Briefe geschrieben hatten und die auf Urlaub nach Hause gekommen waren. Aber das konnte ihr lieber Franz ja nicht wissen. Immer wenn sie gehört hatte, dass jemand aus Hamburg da war, hatte sie diese Person abgepasst und über Franz ausgefragt, was er wohl so alles treibt? Schlechtes hat sie nie gehört, nur dass er nicht in der Lage war, für längere Zeit Schwerstarbeit zu leisten, denn andere Arbeiten waren schwer zu bekommen, doch sei er schlau genug, sich immer wieder ein paar Kreuzer zu verdienen. Um nichts für Unterkunft ausgeben zu müssen, hatte er meist bei Kumpeln und Kollegen geschlafen. Dass er Kleider und Schuhe von einer Witwe bekommen hatte, wusste noch keiner. Eigentlich wollte Franz das niemandem erzählen, aber sein Bruder Karl, der Luise manchmal etwas zu essen brachte, wollte wissen, warum er so feine Kleider trage und so wenig Geld nach Hause geschickt hat. Karl bohrte so lange, bis Franz mit der Wahrheit herausrückte.

„Das kam so.......“ und er erzählte, was er erlebt hatte.

Sein Bruder Karl fragte ihn noch in bestimmtem Ton, was er jetzt vor hätte. Franz beruhigte ihn, er sei schon auf Arbeitssuche gewesen. Beim Fassbinder Florenz könne er aushelfen, bis dessen Gehilfe aus dem Spital zurück sei. Dem sei die Spannsäge gerissen und hätte ihn an der Schulter schwer verletzt. Er konnte nur noch die klaffende Wunde zuhalten und den halben Kilometer ins Spital hinauf laufen.

Beim Fassbinder gefiel es Franz gut. Florenz war ein sehr fröhlicher Mensch und noch ledig. Er meinte: „Frauen gefallen mir schon so, die eine oder die andere wäre schon mein Gusto. Es hat davon ja mehr als genug in der Gegend. Aber ich möchte zuerst meine Existenz ein bisschen mehr aufbauen, sodass ich eine gut situierte Familie gründen kann.“ Eines allerdings nervte den Franz., Florenz pfiff immer dieselbe Melodie und das den ganzen Tag lang. Zum Glück war die Sägemaschine ziemlich laut, auch sonst ging es recht geräuschvoll zu, so zum Beispiel, wenn die Eisenringe auf die Holzfässer geschlagen wurden. Sonst wäre das ewige Pfeifen nicht auszuhalten gewesen. Nach der Arbeit gingen Franz und Florenz noch gerne eins trinken, wobei Franz öfters über den Durst trank. Auf der anderen Strassenseite, gegenüber der Fassbinder Werkstatt, hatte Ferdinand, ein guter Schulkollege, ein Wirtshaus zusammen mit seiner Lebenspartnerin gebachtet. Da ging es meistens lustig zu, besonders wenn die starken Frauen ihre Männer vom Trinken wegholten oder Geld aus der Lohntüte verlangten. Franz konnte das nicht ausstehen. Von seiner Frau Luise könne er sich das nicht vorstellen, meinte er, dass sie in diese Männerdomäne hereinplatze und vor allen Leuten Geld verlange. Nein, das täte sie nicht. Dabei stand sie draussen in einer Nische versteckt, und wenn jemand vorbeiging, den sie kannte, dann bat sie ihn, dem Franz zu sagen, er solle herauskommen, zudem bat sie nicht zu verraten, dass sie es war, die wartet. Da er aber auch das nicht leiden konnte, gab es zu Hause immer Streit, obwohl sie das ganz diskret machte. Im Übrigen kümmerte sich Franz auch nicht viel um die Kinder.

Berta und Senta fanden eine gute Nebenbeschäftigung, sie wuschen und bügelten für andere Leute die Wäsche. Da sie sehr gut bügelten und sich das herum sprach, brachten mehr und mehr Leute ihre Wäsche zu ihnen. So hatten sie mit der Zeit eine gute Kundschaft und bekamen gutes Geld dafür. Senta war ständig am Waschen. Sie tat das gerne und gut und bekam viel Lob dafür. Berta und Senta erlaubten sich, jeden Samstag in die Gaststube zu gehen, die unten im selben Haus war. Oft war jemand da, der Musik machte und ein Lied zum Besten gab. Sie sangen meist fröhlich mit und manch ein Gast spendierte den Sängerinnen ein Gläschen Wein, das sie dankend an nahmen. Manchmal gab es auch eine gute Suppe oder ein Schnitzel. Sie freuten sich die ganze Woche auf diesen Tag. Mit der Wäsche bekamen sie öfter gut erhaltene Kleider geschenkt. So waren sie adrett angezogen und sehr zufrieden und steckten die Menschen um sie herum mit ihrer guten Laune an. Sie dachten, jetzt wo ihr Bruder Franz wieder zu Hause ist, werden die Kinder nicht mehr so viel bei ihnen sein müssen. Doch dem war leider nicht so. Luise hatte zunächst ihre Arbeit beim Nachbarn gekündigt, doch bald schon ging sie zurück. Sie wurde es nämlich Leid, daheim immer den Vorwurf zu hören, sie verbrauche zu viel Geld, dabei rechnete sie ihrem Mann auf Heller und Pfennig vor, für was sie es gebraucht hatte. Aber er hörte nicht zu und schrie sie immer nur an, etwas mache sie falsch, sonst wäre das nicht so. Und so weiter und so fort...

Eines Tages fiel dem Franz plötzlich auf, dass seine Frau ‚eigentlich' sehr hübsch war. Gleichzeitig stellte er sich die Frage, warum sie sich so heraus putzte, um beim Nachbarn putzen zu gehen. Er sah auch die feine Wäsche des Nachbarn zu Hause herumliegen. Vorher hatte er sich nicht dafür interessiert, er war ja meist unterwegs gewesen. Nun fing es an, ihn zu stören. Er fing auch an, montags öfters von der Arbeit fernzubleiben. Alsdann beschwerte er sich über den Alkohol beim Ferdinand. Er meinte das Zeug, das er seinen Gästen hinstelle, sei gepanscht. „Der vergiftet einen noch", schrie er, wenn er zum Kotzen hinaus rennen musste. Ferdinand gab ihm von da an nur noch ein Viertel gespritzten Wein und passte auf, dass Franz nichts von anderen Leuten bekam. So wurde es mit Franz etwas besser, denn in ein anderes Gasthaus wollte er Gott sei Dank nicht.

Franz arbeitete weiterhin beim Fassbinder, hatte aber bald die Idee, aus den Holzabfällen Spielsachen zu basteln, dazu durfte er Florenz Maschinen benutzten. Das fertige Spielzeug nahm er überall mit hin, um es interessierten Leuten zu verkaufen. Franz hatte immer bessere Ideen, machte lustige und geräuschvollere Spielsachen und malte sie bunt an. Die Kinder mochten diese sehr. Mit der Zeit arbeitete er schon auf Bestellung, aber er merkte, dass es dem Florenz irgendwie nicht passte.

Franz sprach ihn darauf an und bekam zur Antwort, er habe Fässer zu machen und brauche dafür seine Maschinen. Im Übrigen sei das Abfallholz fürs Feuer bestimmt, das er zum Fassbinden brauche. Franz versuchte zu Hause weiter zu basteln, aber das ging nicht gut. Die Wohnung war zu klein und zudem musste er jedes Mal alles wegräumen, weil er wegen den Kindern das Material nicht liegen lassen konnte.

Er verliere kostbare Zeit, rechnete er seiner Frau vor. Später kam er auf die Idee, dem Florenz Holz ab zukaufen. Das tat er auch und er durfte es bei ihm unterm Dach lagern. Abends ging Franz nach Hause, schnitt Schablonen zu, zeichnete sie auf die Bretter und überlegte, wie er das Holz zuschneiden könne. Er wusste, dass Florenz den Werkstattschlüssel immer versteckte und nie mit nach Hause nahm, weil er einen dunklen Heimweg hatte und befürchtete, jemand könne ihn mal überfallen oder er könne den Schlüssel verlieren. Es gab nur diesen einen Schlüssel für das alte komplizierte Schloss. Noch dazu war er schwer und zu gross, um ihn in der Hosentasche herum zutragen. Eines Abends nahm Franz all seinen Mut zusammen und suchte nach dem Schlüssel. Er suchte lange, fand ihn aber nicht. Es war zu dunkel, er hätte ein Taschenlampe gebraucht. In welcher Ritze, unter welchem Brett war er nur? Er ging unverrichteter Dinge nach Hause. Am nächsten Tag verabschiedete er sich wie gewohnt nach der Arbeit, stieg schnell auf den Dachboden und konnte trotz wenig Licht noch beobachten, wo der Schlüssel versteckt wurde. Er wartete, bis die Luft rein war, holte sich den Schlüssel und ging in die Werkstatt. Franz traute sich nicht, Licht zu machen. Er zündete zuerst ein Streichholz an, dann fand er einen Kerzenstummel, konnte aber die gezeichneten Figuren auf dem Holz nicht gut genug sehen, um sie zuschneiden zu können. Zudem war es so unheimlich ruhig, dass er dachte, was ist, wenn eine Maschine läuft, die könnte man draussen hören, obwohl im Hof um diese Zeit nie Leute waren. Mit diesen Gedanken trottete er wieder Heimwärts. „Ich geb‘s auf“, sagte er so vor sich hin. Auch hatte er ein schlechtes Gewissen, seinen Freund und Arbeitgeber zu hintergehen. Ich hab ja nichts gestohlen, beruhigte er sich, doch das Gewissen drückte. Wie gerädert fiel er zu Hause ins Bett. Was ist, wenn der Gehilfe wieder da ist? Da kommen noch so allerlei Schwierigkeiten auf mich zu, ging ihm noch durch den Kopf, dann schlief er ein.

Die Tage vergingen, Franz und Luise hatten jeden Abend die Kinder um sich mit all den Fragereien. Berta schickte sie schon am Mittag nach Hause. So hatte Luise einige Arbeiten am Abend zu erledigen. Franz begann sich dafür zu interessieren, was sie eigentlich genau mache? Aber anstatt zu fragen, verlegte er sich aufs Spionieren. Da war der Nachbar, der eine Zuckerbäckerei hat und in aller Herrgotts früh zur Arbeit ging, wenn die meisten Leute noch schliefen. Ausser ihm und den Bergarbeitern, die im Kohlenbergwerk Schichtwechsel hatten, war niemand um diese Zeit wach. Doch da war noch was: der Bäcker war Witwer.

Eines Abends, die Kinder waren schon im Bett und Luise war gerade dabei, Bonbons in buntes Papier einzuwickeln, als Franz hinter ihr stand. Ihr frisch gewaschenes Haar roch so herrlich, er strich darüber, fasste sie an den Schultern, dann an den Brüsten. Er wollte sie küssen, spürte aber ihren Widerstand. „Die Bonbons müssen morgen um 7 Uhr geliefert werden“, wehrte sie ab. „Die ehelichen Pflichten vergisst Du wohl ganz?“, zischte er ihr giftig ins Ohr. Sie fing an zu zittern und bat ihn, leiser zu sein, um die Kinder nicht aufzuwecken. „Du treibst es wohl mit dem anderen, dem Bäcker, was? Zeig mir doch, was Du mit dem machst. Machst Dich ja extra schön für ihn. Ich Trottel komm erst jetzt darauf, was mein liebes Weib in der Zeit macht, wenn ich mich für Euch Kreaturen abschufte.“ Er warf sie mitsamt dem Stuhl zu Boden, kniete sich über sie, riss ihr brutal das Kleid vom Busen und schob ihren Rock hoch. Dann machte er seine Hose auf und nahm sie mit Gewalt. Sie weinte und winselte vor Schreck und Schmerz. So hatte sie ihn noch nie erlebt. Als er fertig war, lag er schwer auf ihr und schien sie mit seinem Gewicht zu erdrücken. Nur mühsam konnte sie ihn beiseite schieben und aufstehen. Sie hatte brennende Schmerzen und ging leise zu den Kindern ins Zimmer. Ein paar Minuten später hörte sie die Eingangstüre zuknallen und war froh, dass er gegangen war. Luise zog vor Wut zitternd, das zerrissene, von Sperma verschmierte Kleid aus, stopfte es in den Herd und zündete es an. Es graute ihr. Sie hatte ein übles Gefühl im Bauch. Dann fing sie an, ihren geschundenen Körper zu waschen und zu schrubben. Sie war in einer so schlimmen Verfassung, dass sie nicht einmal die Wunde wahrnahm, die er ihr zugefügt hatte. Vom Herd rauchte es fürchterlich, das Kleid wollte nicht brennen. Sie zog es wieder raus aus dem Herd, stopfte es in den Putzeimer, öffnete das Fenster und sah dem Eimer nach, wie er in hohem Bogen im Gebüsch landete.

Luise legte sich ins Bett, konnte aber nicht einschlafen. Sie stand auf, ging zu den Kindern und schmiegte sich an ihre kleine Tochter Aloisia. So dämmerte sie eine Weile dahin. Als sie Franz zurückkommen hörte, zog sie sich die Decke über den Kopf. Er liess sich laut hustend ins Bett fallen. Später wachte sie von seinem Schnarchen auf. Sie hörte sich das eine Zeit lang an, dann entschloss sie sich aufzustehen und machte sich an die Bonbons die noch eingewickelt werden mussten. Draussen wurde es heller. Luise lief in den Garten, holte den Eimer aus dem Gebüsch und kippte den Inhalt in die Abfallgrube. Wieder im Haus, nahm sie den Karton Bonbons unter den Arm, rannte zum Zuckerbäcker, schlich sich hinein und stellte diesen auf den Ladentisch. In gebückter Haltung lief sie nach Hause zurück. Sie hatte Angst, dass jemand ihre geschwollenen Lippen sehen könnte. Die Kinder waren schon wach und warteten auf ihre Scheibe Brot und die warme Milch, die sie so gerne hatten. Dann kam Franz aus dem Bett. Er wusch und rasierte sich und schenkte niemandem einen Blick. Die Kinder machten keinen Mucks.

Er schnappte sich ein Stück Brot, trank stehend die Milch und verschwand ohne ein Wort zu sagen. Erst jetzt fragte Franzi: „ Mami, wieso hast Du so dicke Lippen?“ „Ach, ich habe nicht aufgepasst und bin in die Türe gerannt.“ Abends kam Franz immer später nach Hause. So war das tägliche Leben gerade noch auszuhalten. Zu sagen hatten sie sich kaum noch was. Luise machte ihre Arbeit zu Hause und beim Zuckerbäcker, so gut es ging. Franz vernahm, dass der Bäcker fast jeden Tag auf den Friedhof gehe, um das Grab seiner geliebten Frau zu besuchen, für eine andere zeige er absolut kein Interesse, auch nicht für Luise. Das beruhigte ihn bis auf weiteres.

Eines Tages sah Franz, als er gerade auf dem Heimweg war, einige Wohnwagen mit Pferdegespann in die Stadt kommen. In farbenfroher Schrift konnte er lesen, dass es Artisten, Künstler und Zauberer waren. Die Wagen blieben vor einer Gruppe Leute stehen. Eine junge Frau stieg aus und fragte nach dem Weg zum Schlosspark. Hier in der Nähe müsste doch eine Abzweigung sein? Franz kam näher, um zu hören, was sie wollte. Er bot an, ihnen voraus zulaufen, um sie hin zuführen. Er fragte die Frau noch, ob sie sicher sei, dass sie dorthin fahren wollten, da der Besitzer sein Tor für das gemeine Volk nicht öffnen würde. Selbst er war noch nie im Schlosspark, obwohl auch er “blaues Blut“ in den Adern fliessen habe. Er führe zwar ein bescheideneres Leben und es wäre ihm bisher noch nie in den Sinn gekommen, sich an diese hohe Herrschaft heran zu machen, plapperte er los. Die junge Frau lachte und meinte, das solle er ruhig ihr überlassen. Das mit dem “blauen Blut“ amüsierte sie. Franz geleitete die Komödianten zum Schlosspark und, als die junge Frau das grosse Eisentor sah, bedankte sie sich bei ihm. Ein Mann der Wohnwagentruppe blies laut in ein silbernes Horn.

Nach einer Weile kam jemand ans Tor und öffnete es. Die Wagen fuhren durch und verschwanden im Park. Franz war darüber ganz erstaunt, ging Heim und erzählte es seiner Frau. Luise meinte: „Vielleicht sind das dieselben Leute, die im Stadtsaal auftreten. Ich habe da ein Riesenplakat in der Stadt gesehen.“ So war es dann auch.

Franz nahm sich vor, dieses Spektakel anzusehen. Als es dann soweit war, war er irgendwie aufgeregt, hatte er doch in Hamburg so allerhand Deftiges auf der Bühne gesehen. So etwas könnten die hier sicher nicht zeigen, ohne Gefahr zu laufen, verjagt zu werden. Am Eingang des Stadtsaals, der auch für Theateraufführungen benutzt wurde, stand die junge Frau, der er schon begegnet war, in einem glitzernden Gewand, ihr Gesicht war stark geschminkt. Auf der anderen Seite des Einganges stand ein stattlicher Mann mit grossem, aufgedrehten Schnurrbart, glatt geöltem Haar und gekleidet in eine rote, mit viel Glitter verzierte Fantasie Uniform. Franz ging auf die junge Frau zu. Sie erkannte ihn sofort und begrüsste ihn so laut, dass es jeder hören konnte: „Guten Abend, Monsieur Franz von Dorn, schön, dass Sie auch gekommen sind.“ Er war ganz perplex, dass sie seinen Namen wusste, und wurde verlegen. Er spürte, wie er rot wurde, bückte sich leicht nach vorn und erwiderte geschwind: „Habe die Ehre. Grüss Gott, gnädiges Fräulein.“ Das gnädige Fräulein liess Franz nicht einfach durchlaufen, sondern rief ihrer Schwester Hanna zu, sie solle Monsieur von Dorn in eine der vordersten Reihen setzen. Franz hätte lieber irgendwo in den hinteren Reihen gesessen, um nicht aufzufallen. „Sind Sie in Begleitung“, fragte Hanna höflich. Ohne eine Antwort abzuwarten, hängte sie sich bei ihm ein, zog ihn nach vorn und zeigte auf einen einzelnen Platz in der Mitte der zweiten Reihe. Sie lachte, zwitscherte ein „viel Vergnügen“ und schubste ihn in die Reihe, bevor sie dann verschwand. Franz schob sich an die Personen vorbei, die schon Platz genommen hatten. Dabei entgingen ihm ihre kritischen Blicke nicht. Unter ihnen, einige der sogenannten besseren Gesellschaft der Stadt, bei denen er sich ständig entschuldigte, während er sich an ihnen vorbei quetschte. Eine korpulente Frau wendete sich ab, als er an ihren fetten Knien vorbei musste. Ausgerechnet neben dieser Dicken muss ich sitzen! Dachte er sich. Sie atmete laut durch und nahm dabei auch noch die Hälfte seines Platzes ein. Auf der anderen Seite ein Mann, der auch nicht gerade mager war. Franz war ins Schwitzen geraten, noch bevor er sich hingesetzt hatte. Er schwitzte bald noch mehr wegen der Dicken, deren schweres Parfüm sich mit dem Schweiss, den sie ausströmte vermischte. Es war kaum auszuhalten. Er nieste und hüstelte vor sich hin, getraute sich kaum, die von Dunst geschwängerte Luft einzuatmen, noch dazu kämpfte er mit Platzangst. Da sass er nun, in der so gut platzierten zweiten Reihe, eingeklemmt wie ein zerknautschter Zwerg!

Endlich eine laute Fanfare und grelles Licht auf der Bühne. Zwei Männer schoben den schweren Samtvorhang zur Seite. Das Publikum klatschte frenetisch, obwohl noch gar nichts zu sehen war. Das Programm wurde in verschiedenen Sprachen angekündigt, abwechslungsweise von dem Fräulein, das Franz schon kannte, und einem jungen Mann, den er vorher noch nicht gesehen hatte. Franz war ganz beeindruckt, obwohl er nicht glauben konnte, dass so viele Fremdsprachige in dem Saal sein sollten. Dann kam ein älterer Geiger, der ungarische Musik spielte. Drei Paare in ungarischer Tracht tanzten dazu, dass die Röcke flogen und ihre mit Spitzen verzierten Höschen zu sehen waren. Eine Augenweide für die Herren! Grosser Applaus, dann eine kleine Pause. Das Platzierfräulein, sowie Hanna und eine Dritte kamen wieder auf die Bühne, machten Spagat und andere akrobatische Übungen. Daneben, auf einem Stuhl, der Geiger, diesmal aber mit einer Ziehharmonika. Er untermalte das Ganze mit romantischen Melodien. Die drei Frauen trugen weisse luftige Hemden ohne Ärmel und Kragen. Dazu weisse bauschige Hosen, die bis zu den Knien reichten. Ihr dunkles Haar hing in langen Wellen bis zu den Hüften hinunter. Eine grosse, schlanke, in schwarz gekleidete, schon etwas ältere, sehr edel erscheinende Frau mit einem Spitzentuch auf dem Kopf, assistierte, indem sie für jede Übung einen anderen Gegenstand reichte. Mal war es ein Seidentuch, dann wieder Stäbe mit bunten Bändern oder ein Ball und so weiter. Nach der Darbietung ging ein tosender Applaus durch den Saal. Vor lauter Klatschen taten dem Franz bald die Hände weh. Es folgte Zauberei und zwischendurch trat immer wieder ein Clown auf. Am Ende der Vorstellung ging Franz, gesättigt von den vielen Eindrücken nach Hause. Er wollte Luise alles erzählen, doch die hielt den Finger vor den Mund und wollte weiter schlafen.

Am anderen Tag kam ein Mann, den Franz am Vorabend auf der Bühne gesehen hatte, zum Fassbinder in die Werkstatt. Florenz war nicht da, so fragte Franz ihn, ob man ihm helfen könne. Er sei von der Künstlergruppe und müsse eine Leitstange für den Pferdezug ersetzen, da die jetzige vor einiger Zeit nur notdürftig zusammengeflickt worden war. Er brauche nur eine runde, lange, dicke Stange, alles andere könne er selber machen, sofern man ihm das Werkzeug dazu leihe. Wegen der Masse habe er die alte Stange mitgebracht. Franz erbot sich, ihm zu helfen, und als er durch die grosse Werkstatttür hinausging, sah er eine der drei jungen Akrobatinnen, die er auch noch nicht kannte vor sich. Er begrüsste sie und verriet ihr, dass er am Abend in der zweiten Reihe gesessen sei und es ihm sehr gut gefallen habe. „Mir tun immer noch die Hände weh vom Klatschen", versuchte er zu scherzen. Sie freute sich darüber und stellte sich als Fräulein Rosa vor. Dabei hielt sie sich die Hand vor den Mund und kicherte. Franz wandte sich der lädierten Stange zu und begutachtete sie. Tja, so was Rundes sei nicht da, aber etwas Vierkantiges wäre sicher zu finden. Sie gingen gemeinsam durch die Hölzer und fanden ein passendes Stück. Der Mann stellte sich als Igor Pfeifer vor, und er sei der Bruder von Fräulein Rosa. Sein Deutsch hatte einen starken Akzent, war stärker als der seiner Schwester. Wie sich herausstelle, kam die Mutter aus Ungarn und der Vater war aus dem Burgenland, am Neusiedlersee. Da sie sehr viel reisten, waren die Kinder in den verschiedensten Ländern geboren.

Igor bearbeitete gekonnt das Holz im Hof. Er hatte nichts dagegen, dass seine Schwester Rosa die ganze Zeit bei Franz in der Werkstatt war und von ihren Reisen erzählte. Dabei vergass sie manchmal, die Hand vor den Mund zu halten. Sie plapperte einfach drauflos. So konnte Franz sehen, dass ihr oben ein Zahn fehlte und in der unteren Zahnreihe zwei. Ihm fiel das breite Lächeln ihrer Schwester Hanna ein, der er am Vortag begegnet war. Hanna hatte strahlend weisse Zähne, wie Perlen. Auch Josefine, die junge Frau, die er als erste getroffen hatte, besass noch alle Zähne. Am besten gefiel ihm Hanna. Die hatte einen offenen, ehrlichen Blick und so ein vornehmes, zurückhaltendes Benehmen, wie deren Mutter, verglich er. Als Igor mit seiner Arbeit fertig war, war Franz froh, denn Rosa hatte ihm die Ohren so voll geredet, dass er genug hatte von ihr. Noch dazu fing sie an, mit ihm zu kokettieren. Sie war ihm schon ein wenig zu aufdringlich, sie hatte nämlich vorgeschlagen, mit ihm ein Glas Wein trinken zu gehen, sobald er Feierabend hätte. Für ihn würde sie sich noch vor dem Auftritt Zeit nehmen. Zum Glück kam Igor rechtzeitig dazu, sodass keine Verabredung zustande kam. Sie machten einen Preis aus für die Stange. Igor aber wollte im Schlosspark probieren, ob alles passt, bevor er bezahlen würde. Das gefiel dem Franz gar nicht, denn er erinnerte ihn daran, dass er doch das Muster mitgebracht hatte. Zudem wollte Igor noch die Stange, die er mitgebracht hatte, angerechnet bekommen. Das war des Guten zu viel. Die solle er nur wieder mitnehmen, sagte Franz mit fester Stimme und verlangte das Geld. So nahm Rosa ein paar Scheine aus ihrem Ausschnitt und gab sie ihrem Bruder. Igor hörte auf zu handeln, bezahlte, nahm die Stangen und ging mit seiner Schwester davon. Franz wünschte ihnen noch schönen Abend und ging dann rasch in die Werkstatt, um das Werkzeug und alles andere zu kontrollieren, was Igor benutzt hatte, denn er war misstrauisch geworden.

Er schämte sich ein wenig wegen dieses Misstrauens dem fahrenden Volk gegenüber. Früher hatte er es immer verteidigt. „Die Fahrenden sind genauso gut oder schlecht wie unsereins“, hatte er stets denen gesagt, die gegen sie waren. Die Pfeifers waren Artisten und Künstler, saubere Leute, sowieso eine Ausnahme. Die waren angewiesen auf ihre Wohnwagen. Eine andere Unterkunft wäre für die Familie und die Tiere zu umständlich und zu teuer gewesen.

Franz fragte sich, warum er Bedenken hatte, sie hätten doch ehrlich bezahlt, nur versucht, einen günstigeren Preis auszuhandeln, mehr nicht. Trotzdem blieben ein paar Fragen, wenn er so nachdachte. Dann kam Florenz in die Werkstatt. Franz verscheuchte seine Gedanken, erzählte, was los gewesen war und gab seinem Chef das Geld das er eingenommen hat. Florenz sagte, dass er seinen Gehilfen zu Hause besucht hätte und dieser am kommenden Montag wieder anfange zu arbeiten. Franz wusste, dass dieser Tag kommen würde. Er fand, der Gehilfe hätte sich eh reichlich

Zeit gelassen, jetzt sei es halt soweit. „Also noch diese Woche“, sagte Florenz. Mit Holz zu arbeiten, machte Franz viel Freude. Es hielt ihn vom Rauchen und Trinken ab und machte ihn ruhiger. Rauchen war nur im Hof erlaubt. Es gelüstete ihn auch gar nicht mehr so sehr nach einer Zigarette. Zwar hatte er etwas zugenommen, aber Leute, die er kannte sagten: „Gut schaust aus“, so war es ihm nur recht.

Eines Abends, als er nach der Arbeit nach Hause kam, hörte er seinen Sohn Erwin weinen. „Was ist denn passiert?“ fragte er. Erwins Kopf blutete, Knie und Ellbogen waren aufgeschlagen. „Ich habe auf der Stiege gespielt und plötzlich konnte ich mich nicht mehr halten und bin runter gefallen“, schluchzte er. „Wo ist Mutter?“ „Die ist zum Bäcker, etwas liefern, hat sie gesagt.“ „Verflucht nochmal“, schrie er, nahm den Jungen auf den Schoss, schaute sich die Platzwunde an und stellte selbst fest, dass es keinen Doktor brauchte. Er band seinem Sohn ein sauberes Tuch um den Kopf, fragte noch, ob‘s geht und verschwand dann Richtung Bäcker. Auf dem Weg dorthin erinnerte er sich an seine Schwester Berta. Die ist heute verkrüppelt, weil sie die Stiege runter gestossen wurde, das rauschte ihm so durch den Kopf.

Beim Bäcker angekommen, stürzte er mit einer Wut im Bauch durch die Tür. Er hörte seine Frau und den Bäcker lachen. Mit grossen Schritten ging er auf sie zu und versetzte ihr eine heftige Ohrfeige, dass es nur so schallte. Luise flog über einen Karton und blieb liegen. Der Bäcker rannte vor die Tür und rief nach der Polizei. Die Leute auf der Strasse blieben stehen, wollten wissen, was los ist. „Der Dorn Franz will seine Frau umbringen, der ist verrückt geworden.“ Das hörte ein starker Bauernbursche und schnurstracks begab der sich zum Ort des Geschehens. Er sah, wie Franz seiner Frau noch einen Tritt in die Seite verpasste, packte ihn von hinten am Kragen, so das er keine Luft mehr bekam, schlug ihm die

Beine weg, schleifte ihn zur Tür und liess ihn vor dem Bäcker Laden fallen. Franz hustete, rang nach Luft und meinte zu ersticken. Inzwischen war ein Polizist zur Stelle. Franz hatte sich bald etwas erholt. Er schrie so laut er konnte: „Dieses Miststück lässt die Kinder allein zu Hause, während ich schufte und sie es mit dem Bäcker treibt." Der Polizist gebot ihm einzuhalten und befahl den Leuten weiter zugehen. „Unser Bub ist die Stiege runter gefallen und verblutet womöglich jetzt daheim," schrie er weiter.

Luise lag noch immer da und rührte sich nicht. Eine ältere Frau, ganz in Schwarz gehüllt, mit einem bunten Seidentuch auf dem Kopf, beugte sich über sie und sah sich die Verletzungen an, die Franz ihr zugefügt hatte. Dann griff sie ihr unter die Arme, so das sie aufstehen konnte. Luise verzog das Gesicht vor Schmerzen, wollte aber unbedingt nach Hause, um ihren kleinen Sohn zu sehen. Sie merkte, dass diese helfende Hand eine Ahnung von Verletzungen hatte, und sah sie flehend an. Die Frau nickte nur mit dem Kopf und begleitete Luise nach Hause. Dort sah sie sich die Platzwunde von Erwin an. Der freute sich, dass seine Mami nach Hause gekommen ist und erzählte, wie es passiert war. Die beiden anderen Kinder sassen ganz verängstigt da.

Es stellte sich heraus, dass die Frau früher das Rote Kreuz im Bezirk geleitet hatte und die Witwe vom verstorbenen Dr. Zernic war. Frau Zernic hatte die Ordnung und Sauberkeit um sich herum bemerkt und dachte, so lange können die Kinder gar nicht allein gewesen sein, was sich im Gespräch mit Luise bestätigte. Sie nahm Luise und die Kinder mit in die Praxis, die jetzt ihr Sohn Walter innehatte. Obwohl es schon spät war, untersuchte er noch den Kleinen, der sich voller Angst an seine Mutter klammerte. Erwin sah er an seinem Arm Blut und fing laut zu weinen an. Doch es war das Blut seiner Mutter. Der Doktor verarztete beide und sagte zu

Luise: „In drei Wochen wird man nichts mehr von den blauen Flecken, die sich zeigen werden, sehen. Aber an Erwins Kopf werde schon eine kleine Narbe zurückbleiben." Dann verabschiedete er sich mit der Bemerkung: „Ich muss noch einen Krankenbesuch machen, entschuldigen Sie mich bitte", nahm seine Arzttasche und ging zur Tür hinaus. Frau Zernic gab jedem einen verdünnten Wald Beerensaft zu trinken und den Kindern noch Bonbons, das waren solche die Luise einmal eingewickelt hatte. Frau Zernic führte dann alle zur Tür und versprach, am nächsten Tag bei ihnen vorbei zuschauen.

Zu Hause angekommen, fürchteten sich alle vor dem Jähzorn des Vaters. Aber zum Glück war er noch nicht da. Daraufhin beeilten sich alle, schnell ins Bett zu kommen. Unter der Bettdecke fühlten sie sich geschützt und Luise betete leise. Das Pulver, das ihr der Doktor gegeben hatte, fing an zu wirken. Ihr Körper schmerzte nicht mehr so arg, so hörte sie Franz nicht hereinkommen. Seine Hose lag am Morgen neben dem Bett, von seinem Kopf sah sie nur einen Haarschopf hervorlugen.

Luise versuchte aufzustehen, doch ging das nicht so einfach. Sie hielt sich am Bettrand fest und zog sich mühsam hoch, stand auf wackeligen Beinen und begab sich vorsichtig in die Küche. Der kleine Franzi kam hinter ihr her. Luise stellte fest, dass ihre Tasche mit dem Brot noch beim Bäcker war. Ein wenig Butter war auch dabei. So schickte sie Franzi sie zu holen. Da es das erste Mal war, sagte sie eindringlich zu ihm: „Geh schnell zum Bäcker, hol die Tasche und komm sofort zurück, hörst Du!" Franzi nickte und lief los. Milch war noch genug da. Seitdem sie die Milch vom Bäcker kaufen konnte, was eigentlich nicht erlaubt war, konnte sie sicher sein, dass sie nicht mit Wasser gestreckt war. Im Milchladen hörte man öfter, wie die Kunden sich beklagten, dass die

Milch beim Aufkochen keine Rahm Decke mehr bekäme, da sie so verwässert sei.

Berta nahm so was stets mit Humor und meinte: „Es hat alles seine Vor- und Nachteile. Die Milch kocht einem nicht mehr über und schön schlank wie ein Filmstar bleibt man auch dabei." Bei dieser Vorstellung hatte Luise lachen müssen. Wegen ihrer Linie brauchte sie sich keine Sorgen zu machen. „Iss die Hälfte" war an der Tagesordnung, der Not gehorchend, damit auch andere etwas auf dem Teller hatten. Es gab Leute, mit einem sogenannten Wasserbauch. Der kam von der Unterernährung, nicht etwa von der zu fetten Milch und vom zu vielen Essen.

Franzi kam schnaufend mit der Tasche zurück. Luise lobte ihn und gab ihm einen zärtlichen Kuss auf die Stirn. Franzi hatte noch einen Brief unter seinem Hemd, zerrte ihn hervor und gab ihn seiner Mutter mit den Worten: „Ist für Dich und sonst niemand." Luise schaute nur kurz darauf und liess ihn zwischen den Falten ihres Kleides verschwinden.

Sie packte das Brot und vorsichtig die weiche Butter aus. Dann versorgte sie mit flinken Händen die Kinder und machte sich selber zurecht. Wegen der Kopfverletzung kämmte sie ihre Haare mehr als gewöhnlich ins Gesicht, rollte die Ärmel runter und zog ihre Strümpfe an. Sie stellte für Franz Milch, Brot und eine kleine Glasschale mit Butter auf den Tisch, sah nach, ob er noch schlief und verzog sich im Hausgang aufs Klo. Durch ein Loch in der Tür fiel etwas Licht. Mit zittrigen Händen hielt sie den Brief dagegen und fing an zu lesen. Die ersten Zeilen sagten aus, dass sie nicht mehr für den Bäcker arbeiten könne, nach alledem, was am Abend zuvor vorgefallen sei, und er bitte sie auch, sein Haus zu meiden. Er könne die Sache leider nicht einfach so vom Tisch wischen. Luises Augen füllten sich mit Tränen. Die Buchstaben verschwammen, sie las weiter: „Wir beide sind für Dinge beschuldigt worden, die nicht der Wahrheit entsprechen. Mein Ruf und die Ehre meiner verstorbenen, innig geliebten Frau sind dadurch ruiniert worden." Er würde jemanden zu ihr schicken", fuhr er fort, „um ihr den restlichen Lohn zu geben, und sie solle so freundlich sein, die Ware, die sie noch von ihm habe, dieser Person mitgeben." Es klopfte an der Klotüre. Luise erschrak, wischte sich die Tränen mit ihren Rock ab, liess den Brief verschwinden und öffnete die Tür. Es war nur die Nachbarin, die auch aufs Klo musste.

Als Luise in die Wohnung zurück kam, stand Franz mitten im Raum. Sie blieb bei der Tür stehen. Er hob die Hand, zeigte auf sie und die Kinder und sagte mit harter Stimme und stierenden Augen: „Heute Abend will ich keinen von Euch mehr in dieser Wohnung antreffen, ich meine es ernst. Ihr bringt mir nur Unglück. Jetzt bin ich wegen Euch, ihr Drecksbande, bei der Polizei registriert. Ihr seid ein richtiges Luder Bagage." Er ging auf die Tür zu und schubste Luise, die sich mit den Händen über dem Kopf zu schützen versuchte, zur Seite. In der Tür stehend, drehte er sich um und sagte: „Ich hab schon lange den Verdacht, dass Du mir die Kinder unter geschoben hast. Das ist nicht mein Fleisch und Blut. Schau sie Dir doch an, die sehen mir überhaupt nicht ähnlich." Luise fing an innerlich zu kochen und schrie: „Jetzt ist's genug!" Sie ergriff einen Topf mit heissem Wasser und schmiss ihn in seine Richtung. Franz reagierte schnell und schlug die Türe hinter sich zu. Sie riss die Tür wieder auf und bemerkte, dass er die linke Hand in ein Taschentuch wickelte. Sie ergriff nochmals den Topf, der am Boden lag und warf ihn über die Stiege hinterher. Durch den Lärm kamen die Nachbarn herbei, sahen die Szene und wurden Zeuge einer total kaputten Ehe. Diese Szene wurde später bei ihrer Scheidung leider gegen sie gerichtet. Luise ging in die

Wohnung zurück, atmete einige Male gut durch und versuchte, vor den Kindern ruhig zu bleiben. Die aber hatten sich versteckt. Luises Augen waren wie ausgetrocknet. Sie rief zu den Kindern: „Es ist alles wieder gut", sie kamen zu ihr und liebkosten sie.

Wie viele Jahre dauert das nun schon an? Ging es ihr durch den Kopf. Sie nahm ihre Gedanken zusammen, wie soll das nur weitergehen? Sie ordnete die Bettdecken und Kissen und räumte auf, im selben Trott wie immer, nur war sie voller Schmerz, körperlich wie seelisch. Eigentlich sollte sie sich hinlegen, dachte sie. Es ging alles so automatisch von der Hand, als müsse sie anschliessend wie gewohnt zur Arbeit. Sie brachte die Kinder zu Berta, sie hörte Berta singen, also war sie noch ahnungslos, was am Vortag sich zugefügt hatte. Luise klopfte und rief: "Ich hab es eilig, also bis später", und ging weg. Sie wollte nicht, dass Berta den Handabdruck im Gesicht sah. Erwin war bald damit beschäftigt, seinen Unfall bis ins Detail dem Grossvater zu erzählen. Der lag noch im Bett, weil er sich, wie er betonte, „gerade gar nicht wohl fühle." Senta konnte gut mit den Kleinen umgehen und bastelte einfache Sachen mit ihnen. Geschichten konnte sie, während sie die Wäsche wusch, nur Satzweise erzählen. Ihr geistiger Zustand hatte sich nur wenig gebessert. Ihren berühmten Satz, dass alle wieder gesund nach Hause kommen müssten und alles wieder gut würde, flocht sie jeweils dazwischen ein. Berta, Senta und Grossvater hatten die Kinder gerne um sich herum. Aber mehr als an den Vormittagen lag wegen der eigenen Arbeit, die sie zu bewältigen hatten, zeitlich nicht mehr drin. Luise war froh, dass bei Berta Friede herrschte und sie mit den Kindern viel Spass hatten.

Luise ging wieder nach Hause, um nachzuschauen, wie viel Geld noch da war. Sie rechnete hin und her, wie viel sie verdienen müsste, um über die Runden zu kommen. Auf Franz zählte sie nicht mehr nach diesem Vorfall. Als sie so über den Tisch gebeugt da sass, klopfte es leise an die Tür. Die Türklinke wurde heruntergedrückt und Frau Zernic stand davor mit einem Lächeln im Gesicht und einer grossen, prall gefüllten Tasche in der Hand:

„Grüss Gott, wie geht es Ihnen heute?" fragte sie freundlich. „Oh! Guten Tag, ganz gut, ich darf nur nicht meinen Kopf anfassen, und an der rechten Hüfte und am Oberschenkel habe ich einen mächtigen Bluterguss. Hätte ich rohes Fleisch, könnte ich das auflegen. Aber ich habe nicht einmal etwas, das ich Ihnen anbieten könnte, oder doch, ein paar Äpfel müssten noch da sein." „Lassen Sie nur, Frau von Dorn, ich habe hier ein paar Sachen in der Tasche, die ich Ihnen gerne schenken möchte, wenn es ihnen gefällt. Wo haben Sie die Kinder?" „ Ach bitte Frau Zernic, das „von" lassen Sie lieber weg, Dorn allein genügt". Während Frau Zernic auspackte, erzählte Luise, was noch so alles passiert war. Sie zeigte ihr den Brief vom Bäcker und berichtete von dem, was ihr Mann ihr vorgeworfen hatte. „Er wird heute Abend nach Hause kommen und uns noch vorfinden, wir sind seinem Zorn richtiggehend ausgeliefert. Ich weiss nicht, wohin wir ausweichen sollen. Was soll ich bloss tun? Ich kann vor lauter Verzweiflung nicht einmal weinen." Frau Zernic schaute sie mit grossen Augen an: „Ja, aber Ihr Mann kann sie doch nicht so einfach aus der Wohnung jagen. Der hat das sicher nur so aus Wut gesagt. Er muss sich doch klar sein, dass er Pflichten hat, der Familie gegenüber." „Nein", erwiderte Luise, „diesmal ist es ihm todernst, sie hätten ihn sehen sollen, dann würden Sie mir glauben. Frau Zernic ich muss raus hier und weiss nur nicht wohin. Ich selber habe keine Verwandten hier und bei Berta geht es auch nicht, weder räumlich noch sonst irgendwie. Es gibt keinen Platz in dieser Stadt, wo ich mich mit den Kindern aufhalten oder wohnen könnte."

Nachdenklich sagte Frau Zernic: „Da wäre schon eine Möglichkeit, aber ich weiss nicht so recht, ob das zumutbar ist, na ja, für die Dauer ist es nicht, meine ich." Luise ging plötzlich vor ihr auf die Knie. „Bitte!! Ich nehme das letzte Rattenloch, wenn ich mich und die Kinder vor diesem Irren schützen kann, ist mir alles recht." „Kommen Sie, stehen Sie auf. Also gut, ich zeige Ihnen eine kleine Unterkunft. Sie gehörte unserem Hausmeister, der gestorben ist. Sie ist aber viel kleiner als diese Wohnung hier. Nein, ich hätte nichts davon erwähnen sollen. Oh Gott, oh Gott, wie dumm von mir, Ihnen das zumuten zu wollen, dort zu wohnen." Luise bat inständig, ihr wenigstens die Wohnung zu zeigen. Frau Zernic fand, das könnte sie nun schon tun. So machten sich die beiden Frauen auf den Weg.

Die Wohnung befand sich im hinteren Teil vom Gemeindehaus. Man musste den Innenhof überqueren und durch einen steinernen Torbogen gehen. Hier ging eine Treppe hinauf und eine hinunter. Luise blieb stehen. Da hörte sie Frau Zernic sagen: „Kommen Sie, die Einzimmerwohnung, die ich Ihnen zeigen will, befindet sich im Halberdgeschoss. Das einzige Fenster, das es dort gibt, geht auf die schmale Gasse hinaus." Es war Stock Dunkel am Ende der unteren Treppe. Frau Zernic suchte die Wand ab, um einen Schalter zu finden. Es dauerte eine Weile, bis das schwache Licht über den Eingang anging. Dann suchte sie den Schlüssel, der irgendwo deponiert sein sollte. Als sie ihn nicht fand, kam ihr Luise zu Hilfe und beide suchten mit den Fingerspitzen alle Nischen und Ritzen ab. Endlich war ein Geklirr auf dem Steinboden zu hören, Luise hob den Schlüssel auf und gab ihn Frau Zernic, die ihn ins Türschloss steckte und so lange hin- und herdrehte, bis es knackte und die Tür sich quietschend öffnen liess. Das Schloss und die Scharniere müssten geölt werden, dachte Luise. Im Raum war eine bessere Beleuchtung, zwei Glühbirnen an der Decke unter einem schönen Lampenschirm. Das Fenster hatte einen hellen Vorhang, darunter stand ein breites Bett. Es sah aus, als hätte hier vor kurzem noch jemand gewohnt. Vom Hausmeister war noch alles da. Im schweren Schrank mit grossem Spiegel an der mittleren Tür waren Kleider und Wäsche. Frau Zernic sah sich um und meinte: „Eigentlich wollte mein Sohn diesen Raum als Abstellplatz nutzen, aber Sie können gerne hier einziehen mit Ihren Kindern, ich denke für eine Weile wird es schon gehen. Aber was machen wir mit dem ganzen Zeug, das der Hausmeister hinterlassen hat? Wir haben nach Verwandten gesucht, es hat sich bisher noch niemand gemeldet. Auch unter den Papieren waren keine Adressen von seiner Familie zu finden. Er war ein Einzelgänger, ist von dem Dach gestürzt, als er die Blechrinne bereits repariert hatte, und war auf der Stelle tot. Das ist jetzt schon eine Zeit lang her, darum ist es Zeit, die Wohnung zu räumen.“ Luise sagte, wenn sie und ihr Sohn nichts dagegen hätten, würde sie die Sachen schon los bringen. Auch sah sie Dinge, die sie selber gut gebrauchen könnte.

Frau Zernic überliess ihr alles mit den Worten, sie können damit machen, was sie wollen. Bei ihr im Haus möchte sie nichts davon haben, ihr Sohn will das Zeug auch nicht So glaube ich haben wir eine Lösung gefunden und es ist allen gedient. Sie gab Luise den Schlüssel. In dem Moment fiel Luise ein, dass sie noch gar nicht über die Miete gesprochen hatten. Sie möchte im Moment kein Geld haben, sagte Frau Zernic, aber sollte es länger dauern, dann müsse sie schon auf eine Gegenleistung zählen können. Luise fiel ein Stein vom Herzen. Wenigstens war der Mietzins vorläufig kein Problem.

Frau Zernic erklärte ihr noch, wegen der Waschküche und der Benutzung der Toilette müsse sie Frau Kidritsch im ersten Stock fragen, so dass die Hausordnung nicht durcheinander käme. Jetzt müsse sie aber los. Luise bedankte sich noch für die Sachen, die sie ihr mitgebracht hatte. „Ja, da hoffe ich nur, dass einiges passt", sagte sie und fügte lachend hinzu „aber Sie haben sie ja noch gar nichts angesehen." Frau Zernic fühlte sich gut, da sie wieder einem in Not geratenen Menschen unter die Arme greifen konnte.

Luise begann zögernd in den Schrank und die Schubladen zu schauen und liess sich Zeit dabei. Sie begutachtete das Essgeschirr aus Ton, es war wirklich alles da, ordentlich aber voller Staub. Sie brauchte nur noch weitere warme Decken, und die Kinder könnten ihre eigenen Kopfkissen mitbringen. Auf dem Bett waren zwei übereinander liegende, breite, gute Matratzen. Eine davon werde ich auf den Boden legen, überlegte sie, da können die zwei Buben schlafen. Aloisia kann bei mir im Bett liegen. Hoffentlich gibt es keinen Streit um den Lieblingsplatz neben mir, lächelte sie vor sich hin. Sie fand Bleistift und Papier, machte eine Liste von dem, was sie noch mitbringen müsste. Dann ging sie nach Hause, breitete ein grosses Betttuch auf dem Boden aus und legte die Dinge darauf, die sie brauchte. Das ging gut voran, denn bis Mittag musste sie fertig sein, da kämen die Kinder zurück. Wegen den Verletzungen von Erwin an Kopf und Knien wird Berta die Kinder diesmal sicher begleiten.

Die Sachen von Frau Zernic lagen noch auf dem Tisch, also weg damit, ich habe keine Zeit mehr, sie anzuschauen. Doch dann hob sie ein Kleid hoch, sah sich im Fenster wie in einem Spiegel und freute sich. Sie lachte übers ganze Gesicht. Man könnte glauben, das Geschehnis vom gestrigen Tag sei nur ein Alptraum gewesen. Luise machte drei Bündel aus ihrem Hab und Gut und schaute überall nach, ob sie noch etwas vergessen hatte, denn das wäre gar nicht gut. Sie hätte sicher keine Gelegenheit und auch keine Lust mehr, noch einmal in diese Wohnung zurückzukommen. Da, die Fotos, die aufgestellt waren, und es gab auch noch welche im Schrank, in einem rosa Karton. Andenken, Urkunden usw. waren hier versorgt. Sie sortierte alles flink aus und hinterliess dem Franz, was ihm gehörte. Die Glocke vom Turm schlug die Mittagsstunde. Ich muss der Berta und den Kindern entgegengehen und Berta nicht in die Wohnung lassen. Im Moment bin ich nicht in der Verfassung, das Ganze von gestern und heute Revue passieren zu lassen. Nein, für heute war es wahrlich genug.

Vor der Haustüre traf Luise auf die kleine Gesellschaft. Sie begrüsste die Kinder und Berta mit einem Kuss auf die Wange. Berta war ganz überrascht. Schon lange war sie nicht mehr geküsst worden. Sie strich sich verlegen über die Wange, während Luise mit einer Hand ihre blaue Backe abdeckte und sich das Geplapper der Kinder anhörte. „Ist was?“, fragte Berta. „Warum?“, wollte Luise wissen. Da lachte Berta hell heraus: „Ich bin so überrascht von deinem Kuss auf meiner Wange, ich kann mich nicht erinnern, wann ich zum letzten Mal von einer erwachsenen Person geküsst worden bin.“ Die Kinder schauten die beiden an und wollten wissen, warum Berta so lachte. Franzi zog an Bertas Rock: „Mich darf man, weil ich jetzt in die Schule gehen werde, nicht mehr küssen.“ Erwin nickte mit dem Kopf, er war derselben Meinung. Aloisia allerdings meinte, sie wolle immer geküsst werden, besonders auf den Mund. „Uahhh, Pfuhl!“ Riefen die Buben und liefen ins Haus. Luise umarmte ihre noch ahnungslose Schwägerin Berta und verabschiedete sich. Hoffentlich habe ich keinen Fehler gemacht, denn Berta ist in mancher Hinsicht sehr sensibel.

Die Kinder sahen in der Wohnung die Bündel am Boden liegen, fragten, was da drin sei, und wollten gleich nachsehen. Erwin sah seinen hölzernen Soldaten heraus gucken. „Das ist meiner, den darf sonst keiner haben, der gehört nur mir, den stecke ich jetzt in meine Hose, damit ihn niemand anfassen kann“, verkündete er wütend. Aloisia konnte ihre Stoffpuppe nicht finden und fing an zu weinen. Franzi wusste als Einziger nicht, nach was er suchen sollte, so aufgeregt war er. Luise nahm jedes einzelne Kind, setzte es auf den Tisch und erklärte, dass der Vati in der Wohnung allein sein möchte und sie ausziehen müssten. Franzi protestierte unter Tränen, er wolle nicht weggehen, er gehe nur zu Tante Berta und Tante Senta und zu Grossvater. Die anderen beiden nickten. Luise erklärte ihnen, sie würden nur drei Häuser weiter ziehen, und strich dem Franzi über den Rücken, weil sie wusste, wie sehr er diese Geste von seiner Mami liebte. Zuerst wolle er die neue Wohnung sehen, meinte Franzi besänftigt. „Einverstanden“, sagte Luise, nahm das grösste Bündel über die Schulter und gab den Kindern auch Sachen zu tragen. Jeder nahm noch einen Apfel und so marschierten sie los.

Es fiel Luise auf, dass um die Mittagszeit nur wenige Leute auf der Strasse waren. Ab dem zweiten Haus gab es einen Weg in den Hof. Sie gingen an dem Fenster vorbei, wo sie ab jetzt wohnen sollten, und Luise bemerkte, dass das Fenster schwer vergittert war. Sie wusste nicht, ob sie sich eingesperrt oder beschützt fühlen sollte. Ein komisches Gefühl überkam sie. Ihr war unbehaglich zumute. An der Treppe angekommen, liefen die Kinder hinauf. Luise musste sie zurückrufen. Dann ging es die Treppe hinunter. Aloisia bekam Angst in dem dunklen Flur. Als Luise das gedämpfte Licht vor der Wohnungstür anmachte, ging es ihr wieder besser. Als die Kinder die Tür quietschen hörten, liessen sie alles fallen und liefen in den Hof hinaus. Mit dieser Reaktion hatte Luise nicht gerechnet. Schnell machte sie mehr Licht. Es gab noch eine Lampe über dem Herd und eine Stehlampe neben dem Bett. Sie rief die Kinder zurück, nahm Erwin und Aloisia bei der Hand und führte sie hinein.

Den Franzi faszinierte der grosse Spiegel am Schrank. Er betrachtete sich ausführlich und strich seine Haare glatt. Erwin hüpfte auf dem Bett herum, bis er seinen lädierten Kopf spürte. Aloisia fasste alles an und hinterliess überall Fingerabdrücke an den noch staubigen Sachen. „Wo habt ihr Euch den so schmutzig gemacht?" fragte Luise. „Da draussen im Hof, da liegen schwarze Steine." Später sah Luise, dass das ein Haufen Steinkohle war. „Und jetzt muss ich aufs Klo", posaunte Aloisia. „Ich auch, ich auch", riefen die Buben. „Oh je, ich weiss nicht, wo die Toilette ist", sagte Luise und schaute ihre Kinder ratlos an. „Ich möchte aufs Klo und nicht auf die Toilette, ich muss Pipi machen", erklärte Aloisia. Erwin wollte wissen, was eine Toilette ist. „Wir gehen schnell nach Hause zurück aufs Klo entschied Luise, könnt ihr es so lange aushalten?" fragte sie. „Da muss ich aber schnell rennen, sonst mach ich in die Hose", meinte Aloisia und lief los. Die beiden Buben rannten um die Wette hinterher. Luise löschte überall das Licht und versteckte den Schlüssel wieder in einem Mauerspalt.

Mit raschen Schritten ging sie den Kindern hinterher, deren Ziel nun das Klo war. Luise sperrte die Wohnungstür auf und machte sich am Herd zu schaffen. Eine Brotsuppe könnte sie schnell zubereiten, die Kinder und sie hatten ja ausser einem Apfel nichts gegessen. Während die Kleinen auf das Essen warten mussten, kramten sie ihre versteckten Schätze hervor. Nach dem Essen räumte Luise auf, schob noch zwei Bündel zur Türe und sah den Karton an, der noch abgeholt werden sollte und soeben hörte sie Schritte. Sie machte die Tür auf, ohne ein Klopfen abzuwarten. Den

Mann, der vor ihr stand, hatte sie noch nie vorher gesehen. Er grüsste höflich und übergab ihr ein Briefkuvert mit den Worten, dass sie es sofort öffnen und nachzählen solle, ob der Betrag stimme. Dann musste sie eine Empfangsbestätigung unterschreiben. Danach wollte sie die Türe wieder schliessen, da stellte der Mann den Fuss dazwischen und fragte nach der Ware, die er mitnehmen solle. Luise wurde rot im Gesicht und entschuldigte sich. „Ist schon gut", hörte sie ihn sagen, als sie den Karton holte. Als der Mann gegangen war, rief sie den Kindern zu, dass sie nun endgültig die Wohnung verlassen müssten. Sie legte den Wohnungsschlüssel auf den Platz, wo Franz ihn finden würde, und gab Franzi und Erwin das leichtere Bündel zu tragen. „Zeigt mal den Leuten, wie stark ihr seid", spornte sie die Kinder an. In der neuen Wohnung machten sie es sich so bequem wie möglich und nach einer Weile wurde auch die „Toilette" ausfindig gemacht. Auf der Tür stand aber „WC". Später erfuhren sie von Frau Kidritsch, was das heisst. „Das ist Englisch und heisst Water Closet, also eine englische Erfindung", sagte sie lehrreich, „auf Deutsch Wasserklo. Klo ist die Abkürzung von Klosett. Aber Klosett ist eigentlich ein ganz kleiner Raum. Toilette ist französisch und heisst allerhand, nur nicht, dass man hier pissen und den Darm entleeren kann. Was soll's", lachte sie, „pisst in die Mitte und nicht daneben, kann ich nur raten." Die Kinder staunten. So ein Toilette-Klo-WC hatten sie noch nie gesehen. Man musste an einer Kette ziehen und dann kam Wasser mit höllischem Lärm und einem Luftzug, so dass es einem Angst machte, und zog alles in ein Loch.

Als Franz nach Hause kam, war die Tür verschlossen. Er fand den Schlüssel und betrat die Wohnung, bemerkte nicht sofort, dass seine Familie ausgezogen war. Es sah aus, als wäre alles noch da. Aber als er in den Schrank schaute und die Kleider fehlten, da wusste er, was es geschlagen hatte. Seine Frau war wirklich mit den Kindern ausgezogen. Ein mulmiges Gefühl überkam ihn. Er setzte sich auf den Küchenstuhl und liess bald einmal seinen Tränen freien Lauf. Sein Magen krampfte sich zusammen. Er wollte es doch so, oder etwa nicht? Ausziehen sollte sie und die Bengel mitnehmen, hatte er das nicht gesagt? Er machte sich Vorwürfe. Wie konnte er nur so blöd sein und so jung schon Kinder in die Welt setzen! Einsam und leer fühlte er sich jetzt, aber nur für einen kurzen Moment. Dann sah er eine neue Chance. Ich kann ganz von vorne anfangen, sagte er leise vor sich hin, und ich weiss auch schon wie. Er fühlte sich von allen Lasten befreit. Endlich allein, endlich frei, frei, frei. Er stand auf und tänzelte zur Türe. Zur Berta muss ich. Aber, ging es ihm durch den Kopf, die sind doch hoffentlich nicht bei ihr. Dann ist alles aus. Doch wie er Berta kannte, würde sie niemals, solche Strapazen auf sich nehmen. Er ging hinüber zu seiner Schwester und horchte an der Tür, vernahm aber nur ein leises Singen von Senta. Nach einer Weile ging er wieder. Er hatte nicht den Mut, nach Luise und den Kindern zu fragen. Er lief durch die Strassen, ob nicht ein Zeichen, eine Bemerkung von irgendwo her kam, aber es war so normal wie die meisten Abende. Wieder zu Hause holte er einen Papierblock hervor, auf den er schon Notizen und Zeichnungen für Spielzeug gemacht hatte. Er fand den Rest der Brotsuppe, die er kalt ass und vertiefte sich um seine Ideen aufzulisten, bis tief in die Nacht hinein.

Am nächsten Morgen stand er früher als gewohnt auf. Er wollte unbedingt eine Abmachung mit Florenz treffen. Er wollte dessen Maschinen von Zeit zu Zeit benutzen dürfen, den Hobel und die Bandsäge zum Beispiel. Vielleicht könnte er auch Abfallholz kaufen, davon gab es ja mehr als genug bei ihm. Mit leerem Magen eilte Franz zu Florenz und bat um eine Unterredung. „Gut“, sagte Florenz, „aber fasse Dich kurz, ich habe nicht viel Zeit im Moment.“ Franz erklärte alles und Florenz sagte: „Also gut, das hört sich ganz gut an, nur muss ich mir überlegen, wie wir das berechnen und ob wir das alles schriftlich festhalten müssen. Kannst aber von mir aus gleich anfangen, sofern ich die Maschinen nicht gerade selber brauche.“ Florenz zeigte Franz das Holz, das er haben könne, und ging wieder seiner Arbeit nach. Franz nahm so viel Holz, wie er tragen konnte, ging damit nach Hause und legte es auf den Tisch. Dann ging er noch einkaufen. Im grössten Kochtopf, den er finden konnte, kochte er Maisbrei für die nächsten Tage. Auch die Milch kochte er ab. Sie war wieder mal mit Wasser verdünnt. Er nahm sich vor, bei der Milchfrau zu reklamieren, so etwas lasse er sich nicht gefallen, er habe ja keine entrahmte Milch verlangt. Nachdem er etwas gegessen hatte, fing er an, mit den vorbereiteten Schablonen Tiere auf das Holz zu zeichnen. Er achtete darauf, dass das Holz gut genutzt wurde. Bei Florenz stellte er fest, dass das Sägeband zu breit war, um die engeren Kurven zu sägen. Auch brauchte er Lackfarben, um die Figuren an zumalen. So kaufte er ein paar Grundfarben, Schmirgelpapier und das passende Sägeband. Beim blinden Bürstenbinder besorgte er sich ein paar Pinseln. Jetzt legte Franz so richtig los. Die Wohnung wurde in Kürze zu einer Bastelstube und schon bald konnte er in einem Laden ein paar Muster seiner Werke zeigen. Als die anwesenden Kinder sich dafür interessierten, war der Inhaber bereit für die erste Lieferung.

IV

Inzwischen haben, Artistin Josefine Pfeifer und ihre Mutter im Lebensmittel Laden mitgehört, dass Luise von Dorn, aus der gemeinsamen Wohnung mit ihren Mann, ausgezogen war. Das hatte sich in der Stadt natürlich rasch herumgesprochen. Josefines Mutter witterte darin die Chance, eine ihrer Töchter unter die Haube zu bringen. Sie wollte ihre Töchter verheiraten, bevor sie nicht mehr mit ihnen herum reisen konnte. Sie erkundigte sich ganz beiläufig, ob denn die Wohnung dieser Familie nun frei sei? Nein, wurde ihr gesagt, denn der Herr von Dorn wohne noch dort, dabei erwähnte man die Strasse und Hausnummer.

Fast zwei Wochen war Franz bereits allein. Dann als er gerade dabei war eine Verschnaufpause zu machen, klopfte es an der Tür, es besuchte ihn die Artistin Josefine Pfeifer. Rein zufällig natürlich, wie sie später sagte. „Weil ich in der Nähe war und weil ich etwas Zeit übrig habe. Ich hoffe, ich störe nicht.“ Josefine verriet nicht, dass es ihre Mutter war, die sie hierher gedrängt hatte, um herauszufinden, ob Herr von Dorn Interesse an ihr habe. Mutter sah sie vorher noch streng an, bevor sie weg ging. Es bedurfte keiner Worte. Josefine wusste, was von ihr erwartet wurde.

Franz öffnete die Tür, war Überrascht, grüsste und liess Josefine eintreten. Er sah, dass sie nicht alleine war und einen kleinen Buben an der Hand hatte. „Ja, wer bist Du denn?“ fragte er den Kleinen. „Na, sag schon, wer Du bist“, stupste Josefine ihn an. „Ich bin der Emer und heute ist mein Geburtstag, jetzt bin ich schon vier Jahre alt.“ Er streckte Franz seine Hand entgegen und zählte es an den Fingern ab. Franz schenkte ihm ein kleines flaches Holzpferdchen und meinte: „Zum Anmalen hab ich noch keine Zeit gefunden, aber hier ist etwas Farbe, kannst es selber anmalen.“ Damit tropfte er etwas Farbe auf ein Holzplättchen und schob es dem Buben hin. Franz wandte sich Josefine zu und sagte, er würde jetzt einen Tee machen. Sie bot ihm ihre Hilfe an, und während dem Gespräch am Tisch malte sie so nebenbei ganz geschickt auch noch ein paar Tiere aus Holz an. Franz gefiel es, dass sie in den zwei Stunden, die sie da war, alle Tiere die abgeschliffen waren, anmalte, hübsch auf einer Seite, und sie dann zum Trocknen auslegte, sehr zu seiner Zufriedenheit. Sie schlug vor, am nächsten Tag wiederzukommen und die andere Seite an zumalen, es müsse ja schliesslich auf beiden Seiten gleich ausschauen. Sie mache das gerne, was auch wirklich der Tatsache entsprach. Franz war mit diesem Vorschlag einverstanden. Nur wusste er nicht, dass sie die Absicht hatte, am nächsten Tag mit ihrem kleinen Emer für immer einzuziehen.

Mutter Pfeifer war hocherfreut. Sie wollte alles genau wissen. Josefine erzählte alles, und auch, dass Franz nichts zu essen habe, dass er aber schon einen Abnehmer für seine Spielsachen habe und damit Geld machen könne. Ihre Mutter schlug vor, am nächsten Tag nicht mit leeren Händen zu Franz zu gehen, sie würde sofort ein paar Lebensmittel einkaufen, die sie mitnehmen könne.

So fing für Franz, Josefine und dem kleinen Emer ein neues Leben an.

Die Spielsachen verkauften sich sehr gut. Zwei Vertreter wurden angeheuert, ja, innert kurzer Zeit wurden sogar noch mehr Helfer gebraucht. Es waren genug Verwandte da, die gerne etwas dazu verdienen wollten. Franz und auch die Anderen kamen mit neuen Ideen. Es wurden Züge, Autos, Häuser und ganze Dörfer und Puppen Häuser gemacht. Es wurde geleimt, geklopft und gehämmert, des Öfteren bis spät in die Nacht hinein, so dass es die Nachbarn störte und auch der Neid sich bemerkbar machte. Eines schönen Tages standen zwei Polizisten vor der Türe und wollten wissen, was da vor sich gehe. Sie staunten nicht schlecht, so viele Leute in der Wohnung anzutreffen. Nach diesem Besuch kam so allerlei Unangenehmes ins Haus geflattert. Eine Anzeige wegen Ruhestörung, die Wohnung sei nicht als Gewerbebetrieb zugelassen, zudem fehle ein Gewerbeschein. Die Arbeit müsse sofort eingestellt werden, ansonsten das ganze Werkzeug und alles Material in Beschlag genommen werde.

Fassbinder Florenz war über das Geschehene nicht gross erstaunt. Er hatte sich schon so seine Gedanken gemacht, da ja auch er davon profitierte. Aber er wusste, wie man einen Gewerbeschein ohne langes Hin und Her bekommen konnte, und er wusste Rat bei der Beschaffung geeigneter Räumlichkeiten. Im Hof neben seiner Werkstatt war ein Warenlager mit einem grossen und einem mittleren Raum. Beide Räume hatten grosse vergitterte Fenster. Früher war das eine Wohnung, der Kachelofen sei noch da. Der Holzfussboden war gegen Ungeziefer mit dunklem Öl eingelassen, die Eingangstüre war doppelt und breiter als normal. Ein Kellergewölbe schloss sich an und auf dem Weg zum Keller gab es noch eine grosse Halle, allerdings müffelte es dort, weil diese sehr feucht ist. Nur ein einziges Fenster war im Raum, doch total verstellt mit Kartons, alten Möbeln und dergleichen. Weiter ging es die Treppe hinunter zu den Kellerabteilen der Hausbewohner. Hausbesitzer war eine jüdische Familie namens Weisser, sehr angesehene Leute. Sie wohnten genau über dem Kellergewölbe. Ihr Stoffgeschäft im Hause ging auf die Hauptstrasse hinaus. Wenige kannten sie privat, sie lebten in ihrem Kreis, sprachen meist Jiddisch, hatten viel Besuch, den sie bei schönem Wetter in ihren grossen Garten, das ein so genanntes Lusthaus hatte, einluden. In den Garten konnte man nur vom Dachboden der Fassbinder Werkstatt sehen.

Josefine war sehr sprach begabt, was durch ihr Herumreisen gefördert wurde. Sie konnte auch etwas Jiddisch. So wollte sie, mit den Hausbesitzern über die erwähnten Räume sprechen. Frau Weisser, eine schon ältere Person, musterte die junge Frau, die da eines Tages vor ihr stand und die sie nicht kannte. Als sie hörte, dass es um mieten wollen und um Räumlichkeiten ging, bat sie die junge Frau in ihr Büro, das sich im hinteren Teil des Ladens befand. Dort waren sie ungestört und doch konnte Frau Weisser das Geschäft überblicken. Sie bat Josefine Platz zu nehmen, offerierte ihr eine Tasse Tee und eröffnete das Gespräch mit den Worten: „So, und jetzt sagen Sie mir, wer Sie sind und wie Sie so schnell von der freistehenden Wohnung gehört haben." Die alte Dame dachte, Josefine käme wegen der Wohnung im ersten Stock. Josefine war angenehm überrascht, dass es auch noch eine Wohnung zu mieten gab. Sie liess es sich nicht anmerken, dass sie davon nichts wusste. „Ja, ja, die Wohnung, aber da ist noch etwas, das meinen zukünftigen Mann interessiert." Sie sprach halb jiddisch und halb deutsch und redete in ihrem Eifer wie ein Wasserfall. Frau Weisser unterbrach sie höflich: „Den Herrn Dorn kenne ich, ein sehr höflicher Mann, ich weiss, dass er beim Fassbinder arbeitet. Aber, ich sollte wegen der Vermietung jetzt wohl besser mit Herrn Dorn reden." Sie erhob sich und verabschiedete sich bei Josefine. Die ging in den Hof und holte Florenz und Franz. Sie begleitete sie vor das Geschäft und erzählte dabei, dass Frau Weisser auch noch eine Wohnung zu vermieten habe.

Josefine zeigte sich sehr stolz, den ersten Schritt gemacht zu haben. Sie nahm Emer auf den Arm und küsste ihn. Als die beiden Männer zurück kamen, platzte sie fast vor Neugier. Doch Florenz ging schnurstracks in seine Werkstatt und Franz hielt ihr lauthals vor, was sie angerichtet habe. Sie solle zu Hause ihre Sachen packen und zurück zu ihrem Pack gehen. Sie sei ihm ja nur zugelaufen wie eine räudige Hündin. Er habe ihr nie etwas versprochen, und von Heirat sei keine Rede gewesen, er sei ja noch gar nicht geschieden. Josefine erschrak zutiefst und hielt dem kleinen Emer die Ohren zu. Doch der fing an zu weinen und schrie: „Ich möcht zu Oma, in den Wohnwagen zurück." Sie konnte ihn kaum beruhigen. Franz wendete sich von ihnen ab mit den Worten: „Den Wohnungsschlüssel legst mir unter die Fussmatte, verstanden!" So liess er sie einfach stehen und ging zu Florenz. Josefine nahm ihren Buben auf den Arm und rannte am hinteren Bachweg entlang zur Wohnung, wo sie ihren Tränen freien Lauf liess. Sie versprach Emer, dass sie in den Wohnwagen zurückgehen würden, worauf er sich riesig freute. Mit rot verweinten Augen und heissem Kopf half er, die Sachen in ihren Rucksack zu stopfen. Gott sei Dank wusste der kleine Bub nicht, welch langen Weg sie vor sich hatten, denn ihre Familie war wieder weiter gezogen. Josefine packte Proviant ein und nahm noch Spielsachen mit, die sie unterwegs zu verkaufen oder zu tauschen gedachte. Geld hatte sie im Faltenrock versteckt. Von aussen konnte man die eingenähten Taschen nicht sehen. Einen grossen Bettbezug und eine Wolldecke rollte sie noch ein und schnürte alles um den Rucksack. Bevor sie die Wohnung verliess, versuchte sie, all ihre Gedanken zu sammeln. Ihr Kopf fühlte sich schwer an, am liebsten hätte sie sich mit Emer ins Bett gelegt und eine Weile geschlafen. Doch sie raffte sich auf, liess noch ein Taschenmesser in der Rocktasche verschwinden und marschierte los, mit ihrem Buben an der Hand.

Sie wusste so ungefähr, wo ihre Familie sich aufhalten könnte. Unterwegs fragte sie alle Leute, denen sie begegnete, ob sie Artisten oder Künstler getroffen hätten, und es fand sich jemand, der etwas wusste: „Ja, das ist aber schon länger her, die sind jetzt wahrscheinlich über den Pass in die nächste Ortschaft." Danach fragte sie noch einen Lastwagenfahrer. Es stellte sich heraus, dass er in diese Richtung fuhr. Er nahm sie dann auch mit. Doch sie mussten hinten auf der Ladefläche sitzen, da der Beifahrersitz fehlte. Josefine setze sich auf ihre Decke und nahm Emer auf den Schoss und ab ging die Fahrt über Stock und Stein und durch Schlaglöcher, so dass sie auf der harten Ladefläche nur so hin- und her geworfen und ihr Rücken arg strapaziert wurde. In jeder Kurve hatte sie Angst, rau szufliegen. Mit aller Kraft hielt sie sich am Geländer fest. Als es auf die Passhöhe ging, rutschte sie ganz nach hinten. Als es wieder abwärts ging, rutschte sie mit einer Wucht nach vorne. Sie hielt Emer fest an sich gepresst. Nach geraumer Zeit gab der Fahrer ein Zeichen, dass sie bald da wären, und zeigte nach vorne. Noch fünf lange Minuten und er stoppte so abrupt, dass sie sich den Hinterkopf hart anschlug. „Endstation", rief der Fahrer, aber sie hörte es nur wie durch eine Wand. Sie konnte sich kaum rühren, alle Knochen taten ihr weh, überall hatte sie rote Flecken. Gott sei Dank war Emer auf ihrem Schoss gut geschützt gewesen, es zeigte sich später, dass er nur mit ein paar kleineren, blauen Flecken davongekommen ist.

Der Fahrer ging in einen nahen Schuppen und kam mit einem hinkenden Bauern zurück. „Nun, wollen Sie nicht absteigen?" herrschte er sie an, „es geht nicht weiter." Josefine brachte kein Wort hervor und Emer hielt sich an ihr fest, als käme bald die nächste Kurve. Der Bauer bat den Fahrer, ihr doch runter zu helfen, die beiden seien wohl richtig durchgeschüttelt worden. Der Fahrer stieg auf, nahm den Rucksack und die herumliegenden Sachen und warf sie in hohem Bogen raus. Er packte das Kind und liess es an der Seite herunter gleiten. Dann griff er Josefine unter die Arme und half ihr, bis sie den Boden unter ihren Füssen hatte. Als er losliess, fiel sie auf die Seite. Mit Hilfe des Bauern legte er sie ins Gras. Der Bauer sammelte ihre Sachen zusammen, häufte sie in ihre Nähe auf und stellte fest, dass ihre Arme abgeschürft waren. Er rief seine Frau, die gerade die Gemüseladung zum Abholen bereitgestellt hatte. Sie sah das Malheur und rief aus: „Ja, was ist denn da passiert!" „Das hab ich jetzt davon", verteidigte sich der Fahrer, „ich wollte ihr einen Gefallen tun und sie ein Stück mitnehmen. Ich hab gedacht, weil sie so schwungvoll auf die Ladefläche kletterte, sei sie schon mehrmals auf einem Laster mitgefahren. Ich konnte ja nicht wissen, dass sie sich verletzen würde." Die Bäuerin schimpfte den Lastwagenfahrer so zusammen, dass er beschämt weg sah. Ob er denn nicht gemerkt hätte, dass die beiden auf der Ladefläche keinen Halt fanden. „Schau, der arme Bub bringt kein Wort hervor, dem hat's die Sprach verschlagen. Geschockt ist er. Sie Unmensch, Sie! Wie können Sie so was verantworten! Kommen Sie, helfen Sie, die Frau vorsichtig ins Haus zu tragen! Zum Schluss müssen wir noch den Doktor rufen. Sie sieht ja fürchterlich aus, ganz bleich ist sie."

Und während die Männer zurück zur Arbeit gingen, sprach sie beruhigend auf Josefine und Emer ein. Sie untersuchte Josefine ganz vorsichtig. Der war ganz übel. Aber sie schien, wie man so sagt, mit einem blauen Auge davongekommen zu sein. Die Bäuerin konnte ausser Abschürfungen und roten Flecken nichts finden. „Gebrochen ist nichts", stellte sie fest, „wahrscheinlich haben Sie, junge Frau, eine kleine Gehirnerschütterung. Bleiben Sie für eine Weile ruhig hier auf der Bank liegen. Ich gebe dem Kleinen etwas Milch und ein Stück Brot." Dann wendete sie sich an Emer und sagte: „Einen Apfel bekommst Du auch, wenn Du mir sagst, wie Du heisst?" Doch Emer schaute sie nur gross an und hielt sich an seiner Mutter fest. „Na gut", sagte die Bäuerin mit sanfter Stimme, „dann sagst es mir halt später, und jetzt trinkst Deine Milch, die wird Dir gut tun." Sie gab auch seiner Mutter ein paar Schlücke von der Milch zu trinken. Die Bäuerin holte abgekochtes Wasser Half Josefine sich zu waschen, und trug eine kühle Salbe auf ihre Verletzungen auf. Sie deckte sie zu und Josefine schlief erschöpft ein. Dem Kleinen gab sie die Decke, die sie bei sich hatten. Emer setzte sich darauf, liess seine Mami nicht los und schlief mit dem Zipfel ihres Kleides in der Hand auch bald ein. Die Hauskatze war schon eine Zeitlang um ihn herum gestrichen. Nun schmiegte sie sich an seine Füsse und begann zu schnurren. Die Bäuerin war ganz gerührt, legte die Scheibe Brot und den Apfel neben den Kleinen und ging wieder ihrer Arbeit nach. Der Bauer kam, wollte sehen wie es allen geht und sah gerade noch, wie sich seine Frau ein paar Tränen mit der Schürze von der Wange wischte. Sie bemerkte ihn nicht. So ging er leise in die Scheune zurück.

Endlich, nach drei Tagen ging es Josefine besser. Den Bauersleuten Katz, so war ihr Name, gefiel es, dass die beiden da waren. Die Abende waren unterhaltsam, denn Josefine hatte viel zu erzählen. Auch Emer wurde zutraulicher. Er sagte, sein Vati höre und sehe alles, was er und Mami machen. Er sei immer da, man könne ihn nur nicht sehen. Er sei ein grosser Zauberer. Da staunten die Bauersleute. Doch Josefine berichtete, wie sich die Dinge tatsächlich darstellten. Seit fünf Jahren sei Emers Vater, Emil Selznik, ihr Verlobter, verschollen. Jetzt haben sie ihn für Tot erklärt. Er hatte nie erfahren können, dass sie ein Kind zusammen haben. „Es war auch so", erzählte sie, „eines Abends ist er zu mir gekommen und hat gesagt, dass er für längere Zeit weg muss.“ Er hatte ihr den Finger auf den Mund gelegt und sie zum Abschied geküsst. „Stell jetzt keine Fragen“, waren seine letzten Worte, und damit übergab er ihr ein Taschentuch, in das Geld und ein Brief eingewickelt waren. In den paar Zeilen, die er geschrieben hatte, beschwor er seine Liebe zu ihr und dass er hiermit sein Eheversprechen niederschreiben möchte. Sobald er, Emil Selznik, heimkehre, möchte er mit ihr, Josefine Pfeifer, die Ehe eingehen, sofern sie dann noch einverstanden sei. Doch in den nachfolgenden Jahren erfuhr sie nichts, es gab absolut keine Spur von ihm. Kein Amt, niemand, auch der Suchdienst des Roten Kreuzes konnte ihr nicht helfen. Sie frage noch heute bei jeder Gelegenheit nach ihm. Josefine war traurig, wollte aber nicht preisgeben, dass sie inzwischen mit einem anderen Mann zusammen gewesen war, der sie gedemütigt und benutzt hatte. Sie erzählte nur von der Spielwarenproduktion, dass sie da gearbeitet habe und dass die, aus verschiedenen Gründen, schliessen musste. Nun sei sie auf dem Weg zu ihrer Familie, aber so wie sie jetzt aussehe, mit all den blauen Flecken, so möchte sie sich, wenn möglich, nicht zeigen. „Jetzt ist Erntezeit“, meinte die Bäuerin, „da gibt es viel zu tun, besonders in den nächsten paar Wochen.“ „Dann darf ich bleiben?“, fragte Josefine voller Hoffnung, „und mein Bub auch?“ „Ja, von mir aus schon.“ So arbeitete sie und half, wo sie konnte, Emer liebte die Haustiere, er war den ganzen Tag beschäftigt mit ihnen.

Drei Wochen später verliessen Josefine und Emer die Bauersleute. Sie waren sich sehr nahe gekommen. Die Bäuerin hatte keine Kinder, darunter litt sie sehr. Es tat ihr weh, als sich Klein-Emer zum Abschied an sie drückte und ihr sein Spielzeug zum Andenken da liess. Die Bäuerin gab Josefine etwas Geld für die Arbeit, die sie geleistet hatte.

Josefine bedankte sich, nahm einen kleinen Betrag für die Reise weg und liess den Rest in ihrem Faltenrock verschwinden. Da hatte sich inzwischen ein ganz schönes Sümmchen angesammelt. Das freute sie riesig. Beladen mit Früchten, Brot und anderen guten Sachen gingen sie ins nahe Dorf und nahmen den Autobus, der sie in die nächstgrössere Stadt brachte, das war Klagenfurt. In der Stadt angekommen, fragte Josefine in der Gemeinde, ob Künstler und Artisten aufgetreten seien. „Ja“, war die Antwort, „es waren welche hier, wahrscheinlich sind sie jetzt in Marbach.“ Sie hatten Glück, sie erreichten den letzten Zug nach Marbach.

Josefine spürte richtig Heimweh nach ihrer Familie. Sie fühlte sich gut erholt trotz der vielen Arbeit, die sie beim Bauer verrichtet hatte. Emer sah gut aus, hatte rote Wangen, und endlich konnte er wieder in seinem geliebten Wohnwagen schlafen. Er freute sich riesig darauf. Es wurde schon dunkel, als Josefine auf einer Wiese ein paar Wohnwagen sah. Sie spähte durch ein Fenster und erkannte ihre Mutter. Sie klopfte an. Als die Türe aufging, sagte ihre Mutter ganz erstaunt: „Was machst denn Du hier?“ Josefine: „Grüss Euch Gott. Ich werde es Ihnen, liebe Mutter, gleich erklären. Es ist nichts Böses passiert. Darf ich zuerst den Kleinen versorgen? Wir waren den ganzen Tag unterwegs, er muss sehr müde sein.“ Emer war bereits ins Bett gekrochen, ohne ein Wort zu sagen, und schlief sofort ein.

Zum Glück ist sonst niemand da, dachte Josefine. Alle waren in dem Theater, wo sie auftraten. So hatte sie Zeit, ihrer Mutter, die sie schon immer per Sie ansprechen musste, von ihren Erlebnissen zu erzählen. Aber sie erzählte nicht alles. Die Demütigungen vom Franz liess sie aus. Auch die Fahrt mit dem Lastauto erwähnte sie nicht. Sie sagte nur, sie hätten sich bei einer netten Bauernfamilie für ein paar Tage gut erholen können, bevor sie die letzte Strecke in Angriff genommen hätten. Die Mutter ihrerseits erzählte, dass Hanna und vor allem Rosa es nicht gerade gefreut hätte zu hören, dass ausgerechnet sie bei Franz von Dorn eingezogen sei. Sie hätten ihr den Vorwurf gemacht, hinter ihrem Rücken gehandelt zu haben. Sie musste sie scharf in die Schranken weisen und ihnen sagen, dass eine Frau mit Kind es sehr schwer habe, einen Mann zu bekommen, deshalb habe sie so gehandelt. Bei diesen Worten hätte Rosa gekocht vor Wut und laut losgeheult.

„Sie werden Dich nicht gerade herzlich begrüssen", sagte Mutter zu Josefine, „übrigens, was hast Du mit Franz abgemacht? Wann gehst Du wieder zu ihm zurück?" Auf diese Frage war Josefine vorbereitet und sie sagte, um ohne Streit die nächsten Tagen zu verbringen, dass Franz das Geschäftliche ins Laufen bringen wolle und sie inzwischen ihre Familie besuchen könne. Wenn es soweit sei, würde er ihr eine Nachricht zukommen lassen. „Es wird allerdings dauern, bis die Bewilligungen eingeholt sind, um eine Firma zu gründen", fügte sie noch an. „Ja, dann wollen wir die Zeit in Ruhe abwarten", meinte die Mutter, „es geht ja um Deine Zukunft, meine Liebe, und die sieht im Moment sehr rosig aus. Wir wollen nichts überstürzen."

Mutter sah Josefine schon als Firmenmitinhaberin und ihre dunklen Augen glänzten. „Gib mir Deine Hand, ich möchte Deine Zukunft lesen." Josefine streckte ihr die Hand entgegen und die Mutter drehte sie im Schein der Petroleumlampe hin und her, drückte sie, schaute sich die Falten neben den kleinen Fingern an und sprang auf. „Du bist schwanger", rief sie aus, ganz deutlich kann ich's lesen." Josefine antwortete nicht sofort. Damit hatte sie nicht gerechnet. „Hast Dich wieder verleiten lassen! Oder wolltest Du es so? Du dummes Ding, Franz ist doch noch verheiratet. Was ist, wenn alles schief geht, dann hast Du zwei Fratzen im

Schlepptau." Josefine schlug die Hände vors Gesicht, das blutrot geworden war, und rief aus: „Nein, das kann nicht wahr sein, wie können Sie mich so erschrecken. Ich halte nichts vom Handlesen. Was Sie gesagt haben, kann gar nicht zutreffen. Das weiss ich wohl besser. Lassen wir's jetzt, ich bin müde. Wo kann ich bitte schlafen?" „Unter dem Wohnwagen", zischte die Mutter zornig, „und sonst nirgends!" Sie warf Josefines Sachen aus dem Wohnwagen, besann sich dann aber auf ihr Mutterherz und warf noch zwei rauhe Rossdecken hinterher. Josefine ging hinaus. Sie wusste, im Moment war es besser, ihrer Mutter aus den Augen zu gehen.

Sie schaute unter den Wohnwagen, stopfte ihre Sachen darunter und nahm Apfelsaft und etwas Brot aus dem Rucksack. Bin ich schwanger? Oder vielleicht doch nicht? Sie wusste es selbst nicht und konnte es noch nicht feststellen. Abwarten, sagte sie zu sich selber und überlegte, wie sie sich unter dem Wagen so einrichten könne, dass man sie nicht gleich entdeckte. Sie ging zu den Pferden, holte ein Bündel Heu und breitete es so aus, dass man sie mitsamt ihren Rucksack nicht sehen konnte. Sie nahm den Bettbezug, den sie mitgenommen hatte, schlüpfte hinein und deckte sich mit ihrer mitgebrachten Schaf Wolldecke zu. Es roch angenehm nach frischem Heu. Obwohl sie sich vorher so aufgeregt hatte, fiel sie bald in einen tiefen Schlaf.

Franz bemühte sich, alles was die Behörden für eine Spielwarenproduktion vor schrieben, zusammen zu bekommen. Die Räumlichkeiten dazu waren ihm schon von Frau Weisser versprochen. Doch die Wohnung im ersten Stock wurde an Frau Schorch vermietet. Die schon ältere Frau war bei Frau Weisser früher einmal im Haushalt tätig gewesen. Sie bekam die Wohnung vor allem deshalb, weil sie die beiden Schäferhunde von Frau Weisser betreuen konnte. Denn es war den Juden nicht erlaubt, Haustiere zu halten. So gehörten die Tiere gewissermassen der neuen Mieterin, falls jemand fragen sollte.

Josefine war schon eine Woche weg als Franz den Mut fand, seine Frau Luise und seine Kinder aufzusuchen. Aber er klopfte erst an deren Tür, als es dunkel war. Er hörte den Schlüssel, wie er sich im Schloss drehte, dann stand Luise vor ihm. Aber wie sah sie aus? Ganz mager im Gesicht und an den Armen. Die Kinder jedoch sahen gesund aus, sie strahlten übers ganze Gesicht, als sie ihren Vater sahen. Luise verschränkte die Hände über dem Bauch, doch er bemerkte wohl, dass sie wieder in Erwartung war. Verlegen griff er in seine Jackentasche und legte alles Geld auf den Tisch, das er bei sich hatte. Er setzte sich auf einen Hocker und bat um ein Glas Wasser. Luise: „Gut, bist Du gekommen, ich wollte Dir schon den Franzi schicken. Ich sollte lieber nicht bei Dir aufkreuzen, hat mir Berta gesagt. Ich weiss nicht, warum die so sauer auf mich ist. Sie spricht kein Wort mehr mit mir und weicht mir aus, wenn sie mich sieht. Ich habe bei ihr kürzlich angeklopft, aber sie hat nicht aufgemacht. Dabei haben wir uns immer so gut verstanden. Ich begreife das einfach nicht." „Lass nur, ich werde mit ihr reden", erwiderte Franz. Er unterhielt sich noch mit seinen drei Kindern und machte Witze. Zu Luise sagte er: „Es wird schon wieder werden. Du hörst wieder von mir. Wenn Du dringend etwas brauchst, dann schick den Franzi vorbei. Versprechen kann ich Dir leider momentan nichts. Es hängt jetzt alles von den Behörden ab. Morgen werde ich wieder vorsprechen. Hoffentlich lassen die mich nicht zu lange auf den Gewerbeschein warten. Also bis zum nächsten Mal." Er ging zur Türe, aber die Kinder hängten sich an ihn, sie wollten ihn nicht loslassen. Luise rief sie zurück und schickte sie ins Bett.

Dann zählte sie das Geld, das ihr Franz da gelassen hatte, und drückte es an sich. Damit werden wir eine Zeit lang auskommen, ging es ihr durch den Kopf. Etwas erleichtert schlüpfte auch sie unter die Decke. Schon am nächsten Tag kam Berta. Es täte ihr leid, aber sie hätte nicht gewusst, wie sie sich verhalten solle, nachdem sie nicht mehr bei Franz sei. „Unser Vater ist krank", berichtete Berta, „er hat sich wieder mal die Grippe geholt, hoffentlich steckt er uns nicht an. Jetzt muss ich schnell in die Apotheke, er braucht eine Medizin gegen Fieber. Wie geht es Dir? Du siehst nicht gerade rosig aus." „Die Schwangerschaft macht mir zu schaffen", erwiderte Luise, „aber jetzt esse ich wieder mehr, so werde ich nicht gleich zusammenklappen."

Bald schon kam Franz wieder, aber er jammerte: „Wer weiss, wann ich die Bewilligung bekomme. Jedes Mal muss ich was ausfüllen, unterschreiben und für die Stempelmarken habe ich heute auch zahlen müssen. Sie haben angedeutet, dass sie für den weiteren Zeitaufwand später noch eine Rechnung stellen werden. Der Gewerbeschein ist auch nicht gerade billig. Jetzt muss ich wirklich schauen, dass ich eine Arbeit kriege. Ich werde nachfragen, ob ich wieder als Mineur arbeiten kann." Dabei sah er Luise an und gab ihr den Rat, zur Fürsorge zu gehen, denn er wisse nicht, wann wieder etwas Geld zu verdienen sei. Zur Fürsorge gehen! Das war wohl das Letzte, was Luise tun wollte! So eine Schande! Bisher war es ja immer wieder gegangen. Kleider hatte sie genug. Aber sie musste an die Kinder denken. Bei einer Frau, die bettlägerig war, machte sie sauber. Die Adresse hatte sie von Dr. Zernic. Doch das wollte sie Franz nicht verraten, sie hatte ja gute Gründe.

Franz achtete immer darauf, gut gekleidet zu sein. Er besass drei Anzüge mit passenden Krawatten, dazu weisse Hemden. Ohne Hut und Anzug sah man ihn nie. Die Hose hatte immer eine scharfe Bügelfalte, aber er bügelte sie nicht, sondern legte sie abends mit grösster Genauigkeit zwischen zwei Bretter unter die Matratze und schlief darauf. Er war sehr eitel. Mit der Zeit zog er sogar seine Augenbrauen mit einem Farbstift nach, was man kaum merkte. So gepflegt ging er auch zum Arbeitsamt, und wirklich, eine Arbeit als Mineur war gerade zu haben. Er konnte sofort anfangen und der Lohn war auch nicht schlecht. Wieder die dreckige Arbeit, erinnerte er sich, und bei jedem Wetter im Freien. Das passte ihm ganz und gar nicht. Aber in seiner Notlage musste er annehmen. Hoffentlich nicht zu lange, ging es ihm durch den Kopf. Nach einer Woche wollte er einen Lohnvorschuss. Das wurde ihm verweigert mit dem Hinweis, dies ginge erst nächste Woche, der erste Wochenlohn bliebe immer stehen, für alle Fälle.

Da Franz nun Arbeit hatte, war Berta bereit, ihm etwas Geld zu borgen. Sie verwaltete das Einkommen des Vaters, dazu ihre Rente und die von ihrer Schwester Senta. Den Haushalt hatte sie fest im Griff. Da Wohnungsnot herrschte, vermietete sie zwei Schlafgelegenheiten, die mit einem Vorhang abgeteilt waren an zwei junge Männer. Sie hatten auch Vollpension vereinbart.

So war Dank ihr immer etwas Geld im Haus.

Endlich nach fast drei Monaten hatte Franz den Gewerbeschein in der Hand. Der Beamte verlangte noch eine Unterschrift und fragte: „Wie werden Sie unterschreiben? Ich habe festgestellt, dass das Wörtchen ‚von' vor ihrem Familiennamen nicht von allen Ihren Verwandten und auch nicht von Ihnen benutzt wird. Meistens unterschreiben Sie nur mit Franz Dorn. Wir haben auf Grund dessen den Gewerbeschein, wie Sie sehen, auf Franz Dorn ausgestellt. Was mich noch wundert, warum hat denn Ihr Vater den

Grafentitel nicht offiziell abgelegt, wenn er ihn schon weglässt? Auch das ‚von' lässt er weg. Franz griff sich verlegen an den Kopf: „Ja, mein Vater ist ein eigenwilliger Mensch. Irgendwann hat er angefangen, sich nur noch Dorn zu nennen. Soviel ich mitbekommen habe, war das nach der Beerdigung von Franz Johann Graf von Dorn, also meinem Urgrossvater, mit dem er sich nicht gut verstanden hat. Von da an gab es in der Familie keinen Grafen und kein ‚von' mehr, behauptete er. Man wusste aber auch, dass, seit 1919 die Monarchie abgeschafft wurde, so eigentlich keine offiziellen, österreichischen Adelstiteln gebraucht werden durften. Ausser man hatte den Titel im Ausland erhalten und mitgebracht, wie es in unserem Fall ist. Darüber sprechen wollte mein Vater aber nicht, obwohl es eine Familien politische Angelegenheit ist." „Ja, davon habe ich Kenntnis genommen, gewisse Titel werden jetzt von der neuen Regierung wieder zugelassen und einige auch abgeschafft. Also warten wir's ab", meinte der Beamte. Franz legte im Moment wegen seiner politischen und kommunistischen Einstellung keinen grossen Wert auf "von" und den Grafentitel.

Er hatte es jetzt eilig, zu Frau Weisser zu gehen, um einen Mietvertrag, für die zukünftige Werkstatt, auszuhandeln. Sie war sehr erfreut und meinte: „Für den ersten Monat verlange ich keine Miete, denn die Räume wurden als Lager benutzt. Die Wände müssten neu gestrichen werden und der Boden ist an manchen Stellen auszubessern. Der ganze Plunder, der sich dort angehäuft hat, muss raus. Mein Bruder hat einen Lastwagen, den werde ich fragen, ob er die Sachen, die zum wegschmeissen sind, auf die Müllhalde bringt. Doch schauen Sie sich zuerst mal um, vielleicht ist etwas dabei, das Sie gebrauchen können. Ich erinnere mich da an einen alten Schreibtisch und an alte Ladeneinrichtungen. Hier haben Sie die zwei Schlüssel. Gehen Sie jetzt, Sie haben viel zu tun.“ Franz bedankte sich und ging sofort in den Hof.

Endlich kann er „seine“ Werkstatt besichtigen. Er ging zu den beiden Eingangstüren und sperrte die erste auf, die laut krächzte. Die zweite war total verklemmt. Aber es genügte ein kräftiger Ruck, dann war auch diese offen. Es roch nach altem Zeug und Desinfektionsmitteln. Auf jeden Fall mussten die Fenster geöffnet werden, damit frische Luft hereinkam, doch er brachte nur einen Spalt auf, so verstellt war das eine Fenster. Um zum anderen zu gelangen, musste er über Möbel und Kartons steigen. Trotz Tageslicht und einer Glühbirne an der Decke war kaum was zu sehen. Er sah sich um, so gut es ging. Einiges würde er sicher gebrauchen können. Die Ladentische als Werkbank. Auch die Regale würden nützlich sein und die grossen Sperrholz Kisten. Doch, doch, das wird schon was werden, ging es ihm durch den Kopf und er nahm sich vor, am nächsten Morgen wiederzukommen.

Den folgenden Tag versuchte er, ein paar Leute zu finden, die ihm helfen würden. In so kurzer Zeit erreichte er aber nur seinen Bruder Alfred. Der war nicht gerade angetan, aber die Neugier liess ihn mitgehen und noch dazu war es sein vorletzter Tag im Krankenstand. Franz dachte an Josefine, die wäre ihm jetzt willkommen. Die kann zupacken und die weiss, wie der Hase läuft. Doch wie finde ich sie jetzt so schnell, überlegte er. Im Haus, wo sich die Werkstatt befand, wohnte auch der Polizist Precinschek. Als er sah, dass Franz und Alfred Gegenstände in den Hof trugen, fragte er, was da vor sich gehe. Franz erklärte es ihm in wenigen Sätzen und jammerte ihm auch vor, dass er nicht genügend Helfer hätte. „Wenn ich nur wüsste, wo die Josefine steckt, die könnte jetzt gut helfen. Sie ist vorübergehend zu ihrer Familie, aber ich weiss den Ort nicht. Mir ist wohl bekannt, in welche Richtung die gefahren sind, aber wo sie sich jetzt aufhalten das weiss der Himmel.“ „Es kann doch nicht so schwer sein, das herauszufinden“, meinte Herr Precinschek, „denn die Fahrenden müssen sich ja bei den Gemeinden immer an- und abmelden. Die orten wir sofort, wenn Sie wollen. Das kostet Sie nur ein paar Telefonate.“ „Ja, wenn es Ihnen nichts ausmacht, da wäre ich sehr froh.“ „Also gut, ich gebe Ihnen Bescheid.“

Schon am nächsten Tag wusste Franz, wo Josefine zu finden war. Er schlich sich mit einer Ausrede von der Arbeit weg, ging zu seinem Bruder Alfred und fragte ihn, ob er ihn nicht mit seinem Motorrad zu Josefine fahren könnte. Alfred war nicht gerade erfreut, sein schönes Motorrad, das er nur Sonntags benutzte, hervor zuholen. Franz konnte ihn jedoch davon überzeugen, dass es sehr wichtig sei für ihn. Er könne ihn dort abladen und gleich zurückfahren. Alle könnten sie sowieso nicht mit dem Motorrad zurückfahren. Josefine und er würden das Postauto oder den Zug nehmen. So fuhren sie los. Die Fahrt dauerte zweieinhalb Stunden. Am Ort angekommen, war es nicht schwer, die „Künstler“ zu finden. Sie fragten nur einmal nach dem Weg. Als sie die Wohnwagen sahen, stoppte Alfred und liess Franz absteigen. Franz bedankte sich und gab seinem Bruder noch etwas Benzingeld. Dann trat Alfred den Rückweg an.

Es war Mittag, als Franz an die Wohnwagentür klopfte. Josefines Mutter streckte den Kopf heraus und rief über ihre Schulter in den Wohnwagen hinein: „Jetzt ist es soweit, Herr Franz von Dorn kommt Dich holen.“ Josefine blieb fast der Bissen im Hals stecken. Sie sass mit Emer bei Tisch. „Bitte kommen Sie herein, meine Tochter hat schon sehnsüchtig auf Sie gewartet.“ Josefine wäre am liebsten im Boden versunken. Ihre Mutter orderte auf Ungarisch, sie solle sich beeilen, ihr

Bündel zu packen. Er müsste nicht gerade sehen, dass sie unter dem Wagen geschlafen hatte.

Franz begrüsste Josefine mit einem Kuss auf die Wange und strich Emer übers Haar. Dann setzte er sich an den Tisch. Die Mutter gab ihm zu trinken und zu essen. Franz nahm dankend an, denn er war wirklich hungrig. Dann erzählte er, was so alles gelaufen war in der Zwischenzeit und wie viel Arbeit auf ihn warte. „Jetzt muss alles schnell gehen, damit endlich das grosse Geld kommt." Da könne er jede Arbeitskraft gebrauchen. „Wir dürfen keine Zeit verlieren", sagte er mit so einer frechen Selbstverständlichkeit zu Josefine als sei überhaupt nichts vorgefallen. „Wir müssen unbedingt heute noch zurück. Es wird wohl ein Zug oder ein Autobus bei Zeiten fahren. Ich werde mich gleich erkundigen, bis dahin hast Du Zeit zu packen." Mutter: „So sag doch was, Kind, die Überraschung ist ihm gelungen, nicht wahr?" Dann leise auf Ungarisch: „Musst ihm nicht gleich sagen, dass Du schwanger bist. Gott sei Dank sieht man es noch nicht, also warte."

An Franz gerichtet: „Ich zeige Ihnen, wo es zum Bahnhof geht. Es fahren auch die Autobusse von dort weg." Als sie ein bisschen vom Wohnwagen weg waren, sagte sie: „Herr von Dorn, ich verrate Ihnen ein grosses Geheimnis, aber es muss unbedingt unter uns bleiben, ausser mir und meinem Mann weiss niemand davon. Es gab Umstände in meinem Leben, von denen ich nicht gerne spreche, aber da Sie von adeligem Geblüht sind, sollen Sie es wissen: der Vater von Josefine und Hanna ist ein Esterhàzy. Wie Sie sicher wissen ist das ein altes ungarisch-österreichisches Adelsgeschlecht. Mein jetziger, gütiger, grosszügiger Mann kannte die Situation, in der ich war, und war mit dem Vater meiner beiden Töchter persönlich gut vertraut. Ich hatte grosses Glück, dass er mich geheiratet und den Kindern seinen Namen gegeben hat.

Dafür bin ich ihm ewig dankbar. Aber still! Ich hab schon zu viel gesagt. Bitte schwören Sie auf alles, was Ihnen heilig ist, dass Sie es niemandem, aber auch wirklich niemandem erzählen.“ Franz stand ganz verdattert da. Sie nahm seine rechte Hand und legte sie auf sein Herz. „Nun schwören Sie.“ Er legte seinen Schwur ab und sie liess ihn gehen. Später erfuhr er, dass die Esterhàzys recht lebenslustige Herren waren und es mit der Treue nicht sehr genau nahmen. Den Schwur hielt er ein, bis kurz vor seinem Tode.

Franz, Josefine und Emer nahmen das Postauto. Die Fahrt mit zweimaligem Umsteigen war lang und anstrengend. Franz nickte immer wieder ein, sie sprachen kaum zusammen. Sie kamen in der Dunkelheit zu Hause an und gingen bald zu Bett. Am frühen Morgen, es war erst vier Uhr, weckte Franz Josefine mit den Worten: „Wir müssen aufstehen, ich bringe Dich zur neuen Werkstatt, die wir herrichten müssen, bevor wir mit der Spielwarenproduktion starten können. Es ist riesig viel zu tun. Ich muss leider bis Ende Monat bei meiner jetzigen Tätigkeit bleiben, ein Projekt fertig machen. Erst dann werde ich hier mit anpacken können. Bis dahin kann ich nur Frühmorgens und am Abend in der Werkstatt sein.“ Josefine trank einen Tee, packte Essen und Getränke in ihren Rucksack, nahm den schlafenden Emer auf den Arm und so gingen sie zur Werkstatt. Franz sperrte die beiden Eingangstüren auf und erklärte ihr, was zuerst getan werden müsste. Er half noch, ein paar Möbel zu rücken, und weg war er. Klein-Emer war auf Kartons gebettet worden und schlief ruhig weiter.

Josefine fing an, Kartons zu falten und alles, was nicht zu schwer war, in den vorderen Keller zu tragen. Gegen Vormittag kamen immer wieder Nachbarn und Kunden vom Fassbinder vorbei, um neugierig zu schauen, was da vorgeht.

Josefine war sehr gesprächig, ohne die Arbeit zu unterbrechen, nutzte sie die Neugier der Leute aus, indem sie bat, Dinge mit hinaus zutragen oder Möbel auf den rechten Platz zu schieben. Beim Fassbinder leihte sie einen Eimer und Lumpen aus, um die Fenster zu putzen. Mit dem Besen holte sie die Spinnweben von den Wänden. Sie wischte und putzte, und bald konnte man sehen, wo gestrichen und wo der Boden ausgebessert werden musste. Ein grüner Kachelofen in einer Ecke nahm ziemlich viel Platz ein. Wenn Frau Weisser es erlaubte, würden sie ihn beseitigen. Mit dem gusseisernen Ofen, der im Keller stand, könnte man den Raum gut heizen. Frau Weisser hatte nichts dagegen. Alfred brachte Werkzeug vom Kohlenbergwerk, Frau Weisser hatte eine Schubkarre und schon ging die staubig, russige Arbeit los. Von morgens sieben bis abends zehn Uhr, da durfte laut gearbeitet werden. Bald hatte man den Kachelofen raus. Fast zwei Wochen lang arbeiteten sie mit Hilfe verschiedener Leute, dann konnten sie einziehen.

Frau Schorch, die neue Mieterin der Wohnung im ersten Stock, war jeden Tag mit den zwei Schäferhunde im Hof oder im Garten anzutreffen. Josefine und Emer fürchteten sich am Anfang vor den Hunden, aber mit der Zeit hörten die Hunde auf, sie bei jeder Begegnung anzubellen. So gewöhnten sie sich an die Tiere, ohne sie berühren zu müssen. Zur Sicherheit waren die Hunde immer an der Leine. Josefine baute bald ein gutes Verhältnis zu Frau Schorch auf, sie war auch die Erste, die erfuhr, dass sie ein Kind erwartete. „Sie hätten das Kind leicht verlieren können bei dieser schweren Arbeit, die Sie gemacht haben“, sagte Frau Schorch besorgt. „Ja“, erwiderte Josefine, „ich bin eine starke Frau, sonst wäre es schon passiert. Ich bin nicht gerade stolz darauf, schwanger zu sein, da Franz noch mit einer anderen verheiratet ist. Ich schäme mich dafür, aber nun kann man nichts ändern." Sie fügte noch hinzu: „Ich muss ihn unbedingt bitten, die Dinge den Umständen von Scheidung und Heirat entsprechend zu regeln, das wird nicht leicht sein." „Jesus Maria, da müssen Sie wirklich Druck ausüben", meinte Frau Schorch und sah sie mitleidig an. Josefine: „Dabei weiss er noch gar nicht, dass ich in Erwartung bin." „Was?", entsetzte sich Frau Schorch, „das weiss er noch nicht, oh je! Das müssen Sie ihm aber sofort sagen, das kann ich Ihnen nur raten, das müssen Sie." Josefine: "Ja, noch heute Abend. Ja, ganz bestimmt heute noch." Sie wusste, dass er jetzt auf sie angewiesen war.

Es wurde Abend und bald würde Franz nach Hause kommen. Josefine gab sich recht Mühe, etwas Gutes auf den Tisch zu bringen. Doch leider war sie keine gute Köchin. So schwindelte sie und ging zum nahen Gasthaus in der Seitengasse ans Küchenfenster, klopfte und bat, indem sie einen kleinen Kochtopf hinhielt, um Gulasch. „Da müssen sie ins Gastzimmer gehen", sagte die Köchin. Josefine: „Ich bin nicht danach angezogen. Bitte, sind Sie so gut und geben Sie mir das Gulasch durchs Fenster. Ich wäre Ihnen sehr dankbar." Die Köchin nahm den Topf, murmelte etwas vor sich hin, verschwand und kam bald darauf mit dem gefüllten Topf zurück. Josefine zahlte, bedankte sich und eilte nach Hause. So standen Brot, Gulasch und Salat auf dem Tisch. Als Franz nach Hause kam, roch es appetitlich. Er sah nur ein Gedeck „Habt ihr schon gegessen?", fragte er. Josefine: „Ja, Emer hatte so grossen Hunger, er wollte nicht mehr warten." Emer und Josefine hatten vorher das gegessen, was sie gekocht hatte. Es war Essbar, mehr nicht.

Franz setzte sich zu Tisch und meinte, die Werkstatt schaue gut aus. Josefine: „Zum Glück ist jetzt die Schwerarbeit vorbei", und setzte sich ihm gegenüber. Sie hatte sich fein zurechtgemacht und redete und plapperte drauflos. Ganz nebenbei fragte sie, ob er denn nicht gemerkt habe, dass ihr Bauch recht rund und sie in freudiger Erwartung sei. Jetzt wäre höchste Zeit, Ordnung ins Privatleben zu bringen. „Wir müssen schauen, dass wir so rasch wie möglich heiraten. Wenn ein Kind unterwegs ist, geht es auf der Gemeinde schnell vorwärts, damit das Kind noch ehelich geboren wird.“ So, jetzt war es raus. Sie atmete tief durch und dachte, so schwer war das gar nicht. Franz sass da, kaute am Essen herum und sagte nichts. Spannung wurde spürbar im Raum. Dann stand er abrupt auf, wusch sich das Gesicht, kämmte sich die Haare und verliess die Wohnung, ohne ein Wort zu sagen. Spät in der Nacht kam er zurück und legte sich mitsamt den Kleidern ins Bett. Er roch stark nach Alkohol. Nach einer Weile übergab er sich. Josefine rannte nach einem Eimer, stellte ihn neben das Bett, holte die Waschschüssel, füllte sie mit Wasser und wischte den Boden auf. Als sie fast fertig war, kam es noch mal in hohem Bogen aus ihm heraus. Sie wich aus, doch es traf ihre Hausschuhe. Erneut machte sie alles sauber. Dann wurde auch ihr übel. Sie begann zu weinen, schluchzte eine Weile vor sich hin, holte sich dann aber Decken und Bettzeug, um es sich mit Emer in einer Ecke so bequem wie möglich zu machen. Den Rest der Nacht musste sie tief geschlafen haben, denn sie hörte nicht wie Franz aufstand, alles aufräumte und zur Arbeit ging. Um zu lüften, stand das Fenster weit offen.

Josefine und Emer gingen die Strasse hinauf zur Werkstatt. Unterwegs kauften sie Milch und Brot. Im Brotladen trafen sie auf eine freundliche junge Frau. Es stellte sich heraus, dass sie Kindergärtnerin war. Tante Hellen wurde sie genannt. Sie fragte Emer, ob er in der Stadt wohne. Wenn ja, dann dürfe er in den Kindergarten kommen. „Wenn Sie wollen, können

Sie mal vorbeikommen und sich umschauen", sagte sie zu Josefine. „Wie wär's jetzt sofort?" fragte Josefine, „jetzt habe ich gerade Zeit." Hellen: „Ja, natürlich, kommen Sie mit." Der Kindergarten war freundlich eingerichtet. Emer nahm sogleich die Spielsachen und das Schaukelpferd in Beschlag. Er strahlte, wollte gar nicht mehr runter. „Sie können den Kleinen da lassen bis nach dem Mittagessen. Den Mittagsschlaf kann er zu Hause machen, wenn sie einverstanden sind." „Oh ja, gern", sagte Josefine erfreut, „wenn etwas ist, ich bin gleich nebenan. Hinten im Hof haben wir eine Werkstatt, dort werden wir in Zukunft arbeiten." Sie fragte Emer, ob er bleiben wolle, sie hole ihn nach dem Mittagessen ab. Er war einverstanden. Hellen gab Josefine ein Formular: „Das müssen Sie ausfüllen und bei der Gemeinde abstempeln lassen." Josefine ging heim, läutete bei Frau Schorch und erzählte, was letzte Nacht passiert war. „Es ist gut, dass Sie Franz alles gesagt haben und hoffentlich die Heirat verlangt haben. Das mit dem Kindergarten finde ich grossartig. Schön, dass da noch Platz ist für Emer. Zeigen Sie mir das Formular, wenn Sie wollen, helfe ich Ihnen beim Ausfüllen, dann können Sie es anschliessend bei der Gemeinde abstempeln lassen."

Die Fragen sahen einfacher aus, als sie waren, zum Beispiel stand da: Wo haben Sie in den letzten fünf Jahren gewohnt? Wohnort/e:............ Gemeinde/n:............ Frau Schorch sprach mit Josefine, dann schlug sie vor: „Also, wir schreiben: Fahrende, mit Poststelle in Klosterberg." Das gefiel Josefine gar nicht. Vehement sagte sie: „Ich weiss, was die Leute über Fahrende denken. Aber wir sind Künstler, Artisten mit gutem Ruf. Über uns kann man nichts Schlechtes berichten." Frau Schorch: „Also schreiben wir: Aus künstlerischen, beruflichen Gründen bisher keinen festen

Wohnsitz. Poststelle war in Klosterberg". „Ja, das ist besser." Dann stand da: Familienname der Eltern:.....

Vorname des Vaters:............ Sie schrieben noch dazu: Vermisst, für tot erklärt. Und sie beantworteten weitere Fragen. Mädchenname der Mutter:........ Religion..........

Geburtsurkunde des Kindes, ausgestellt in/am: .... In unserer Gemeinde gemeldet seit: ....

Wohnadresse:...........

Als sie fast alles ausgefüllt hatten, ging Josefine zum Gemeindehaus. Das Gebäude stand am Rande vom Stadtplatz. Ein kleiner Park mit Bänken war in der Nähe, so konnten die Leute, die dort sassen, beobachten, wer ein- und ausging. Josefine holte tief Luft und trat ein. Auf einer kupfernen, auf Hochglanz polierten Tafel war zu lesen, welches Büro wo zu finden war.

Josefine studierte nicht lange und klopfte an die erste Tür. „Guten Tag, bin ich hier richtig für den Kindergartenstempel?" „Im zweiten Stock, Zimmer drei." Also rauf, anklopfen, eintreten. „Grüss Gott, ich brauche einen Stempel für den Kindergarten bitte."

„Sie müssen draussen warten, bis ich sie rufe", ertönte eine Frauenstimme. Eine grosse Uhr hing an der Wand, in jedem Stockwerk das gleiche Modell. Nach einer halben Stunde wurde sie ins Zimmer Nummer drei gerufen. Sie hielt das ausgefüllte Formular hin. Das Fräulein schaute darauf und zeigte es einem Kollegen, der mit schwarzen Armschonern an einem Pult stand. Die beiden sprachen ganz leise miteinander. Dann wendete sich das Fräulein Josefine zu. „Haben Sie Ihre Wohnortsbescheinigung dabei?" „Nein. Wo bekomme ich so etwas?" „Im Zimmer Nummer eins im Parterre." Also runter, anklopfen, eintreten. „Guten Tag..." Ein Mann mit prächtigem Oberlippenbart unterbrach sie: „Wir haben von zwölf bis drei geschlossen." Josefine: „Die Uhr an der Wand zeigt erst zwanzig vor zwölf.“ „Kommen Sie um drei Uhr wieder. Mahlzeit.“ Damit drehte er ihr den Rücken zu. „Mahlzeit“, wiederholte Josefine mit erregter Stimme und verliess das Gemeindehaus. Sie ging zurück zu Frau Schorch und erzählte, wie es ihr ergangen war. „Haben Sie Ausweispapiere und den Geburtsschein Ihres Sohnes bei sich?“, fragte Frau Schorch. „Oh Gott, den Geburtsschein hat meine Mutter“, sagte Josefine, „ich habe nur meinen Personalausweis bei mir, da ist Emer auch eingetragen.“

Frau Schorch: „Die werden noch nach weiteren Papieren fragen, da bin ich ganz sicher. Aber ich würde zuerst hingehen und herausfinden, was genau sie sehen wollen. Für eine Heirat zum Beispiel braucht man Ausweise und Nachweise und so weiter. Eigentlich wäre es doch gut, die Gelegenheit zu nutzen und sich auch danach zu erkundigen, welche Papiere für eine Scheidung nötig sind.“

„Danke, Frau Schorch. Jetzt muss ich Emer abholen, der wird schon auf mich warten.“

Im Kindergarten wartete Emer hinter der Glastür. Eine ältere Kindergärtnerin öffnete die Tür. „Sie sind etwas spät. Seien Sie bitte das nächste Mal pünktlich. Haben Sie den Aufnahmeschein ausgefüllt und stempeln lassen?“ „Nein, noch nicht. Das zuständige Amt muss noch meine Angaben überprüfen, und das braucht Zeit.“ „Ach ja, der Amtsschimmel wiehert, wie es ihm gefällt. Ja, dann warten wir‘s halt ab.“ Josefine: „Kann ich Emer morgen trotzdem wieder bringen?“ „Ja, ja, morgen“, rief Emer, die Frau lachte. „Gut, wenn Du um acht Uhr da bist, bekommst Du auch Frühstück.“

Als sie den Kindergarten verliessen, hatte Josefine zwei Zettel in der Hand, einen mit Kindergartenzeit und Kleidervorschriften und einen zweiten mit Hinweisen, was verboten und was erlaubt war. Sie las alles genau durch, wollte jeden Fehler vermeiden.

Um viertel vor drei am Nachmittag standen Josefine und Emer vor dem Gemeindetor. Der Gemeindediener wartete, bis die Kirchenuhr dreimal schlug, dann sperrte er auf. Die Leute, die später gekommen waren, drängten sich an Josefine vorbei und rannten hinein. Im Treppenhaus war auf dem Steinfussboden jeder Schritt laut zu hören. Bei Zimmer Nummer eins stand eine Bank. Sie war schon voll besetzt. Vorsichtig fragte Josefine, ob alle da rein wollten und zeigte auf die Eins. „Ja, Sie müssen sich hinten anstellen, wie in Paris“, sagte eine Frau mit buntem Kopftuch. Die anderen lachten gedämpft und machten Witze über Paris. Der kleine Emer hockte sich auf den Boden, holte ein paar Knöpfe und eine dünne Schnur aus der Hosentasche und versuchte, die Knöpfe aufzufädeln.

Die Uhr an der Wand war stehengeblieben. Endlich kam Josefine an die Reihe, vergass einem Moment, warum sie da war. Sie streckte dem Beamten den Kindergartenschein entgegen. „Da sind Sie falsch, Sie müssen in den zweiten Stock Zimmer drei.“ „Da war ich schon, mir fehlt die Wohnsitzbescheinigung.“ „Ja, warum sagen Sie das nicht gleich, so kommen wir nie weiter. Es sind immer die Beamten, die beschuldigt werden, wenn es so lange dauert. Ah! Sie wollen bei uns sesshaft werden, ja? Wo wohnen Sie denn, und wie lange schon?“ Er schrieb alles auf einen Block. „Zeigen Sie mir mal Ihre Papiere.“ Josefine gab ihm ihren Ausweis. „Ist das Ihr Kind? Wo sind seine Papiere? Nichts dabei?“ Josefine kam sich wie vor einem Richter vor, als sie erklären musste, warum und wieso und dass sie heiraten möchte. „Ja, da braucht es zwei dazu“, lachte der Beamte. Sie bat ihn aufzuschreiben, welche Dokumente verlangt würden, vor allem für die Heirat. Der Beamte lachte wieder. „Köstlich,

köstlich, nicht wahr, Herr Kollege? Übernehmen Sie bitte diesen Fall, und nicht vergessen, wir brauchen vom Dorn eine Bestätigung. Nein, er soll in den nächsten Tagen persönlich vorbeikommen. Mit allen seinen Papieren. Ich hab übrigens nicht gehört, dass er geschieden ist." Josefine lenkte rasch ab. „Den Geburtsschein vom Kleinen hat meine Mutter und sicher auch noch andere Bescheinigungen, die ich eventuell brauchen werde." „Eins nach dem anderen", sagte der Beamte, der jetzt den „Fall" übernahm, „um sesshaft zu werden, müssen Sie einen Antrag an die Gemeinde stellen, für sich und für Ihren Sohn." Josefine fühlte sich behandelt wie eine Zigeunerin. „Aber", ergänzte er, „bei einer vorstehenden Eheschliessung würde dies wegfallen. Doch dazu braucht es natürlich die gerichtlich, bestätigte Scheidung zwischen Luise und Franz von Dorn, die noch nicht stattgefunden hat, sonst wäre es bei uns eingetragen." Josefine bat ihn noch aufzuschreiben, was alles für eine Scheidung notwendig sei.

Der Beamte sah sie lange an. Da platzte sie heraus: „Ich bin nämlich schwanger von ihm. Dieses Kind soll in einem geordneten Familienverhältnis geboren werden. Ich habe gehört, wenn eine Schwangerschaft vorliegt, geht der Amtsschimmel schneller!" Amtsschimmel wollte sie eigentlich gar nicht sagen, aber es fiel ihr so schnell kein besseres Wort ein. Ein Grinsen huschte über das Gesicht des Beamten: „So einfach kommen Sie nicht aus ihrem Schlammassel raus, gute Frau. Soviel ich weiss, ist auch seine, immer noch Frau, schwanger mit dem fünften Kind." Josefine wurde kreidebleich. Sie musste sich festhalten. „Das wusste ich nicht", brachte sie nur mühsam hervor, „um Gottes Willen, nein, nein." Dann versagten ihre Beine und sie sank zu Boden. Sie spürte, dass ihr jemand Wasser einflösste und das Wasser über ihre Bluse ran. Eine Person holte einen Stuhl herbei, worauf man sie setzte. Emer weinte und wollte in den"Wohnwagen" zurück. Als sie wieder auf den Beinen war, gab der Beamte ihr die Liste mit den erforderlichen Dokumenten und meinte: „Wenn Sie weitere Fragen haben, kommen Sie direkt zu mir, ich habe Ihnen meinen Namen aufgeschrieben. Sie müssen, weil Sie in anderen Umständen sind, nicht im Gang warten. Geht es Ihnen jetzt besser?" „Ja, danke, ich werde mich einen Moment auf eine Parkbank setzen und dann nach Hause gehen."

Zu Hause fühlte sie sich schon besser. Sie holte ein Kochrezept hervor, das ihr Frau Schorch gegeben hatte, und machte Kartoffelsuppe mit Lorbeerblatt. Die Suppe duftete wunderbar. Emer sass schon am Tisch. Er hatte Hunger. Sie warteten nicht auf Franz, sondern löffelten die heisse Kartoffelsuppe, die ihnen vorzüglich schmeckte.

V

Franz kam spät nach Hause. Emer war schon eine Zeit lang im Bett. Er musste ja am nächste Tag früh aufstehen. Er freute sich auf den Kindergarten. Josefine war zum Umfallen müde. Franz: "Ich war bis jetzt in der Werkstatt, ab nächste Woche werden wir immer dort sein, und dann geht's los. Dann müssen wir uns ins Zeug legen, damit was daraus wird und das Geld nur so herein fliesst." Josefine freute sich mit ihm und war zuversichtlich, dass es klappen wird. Während Franz seine Suppe ass, erzählte sie, dass Emer im Kindergarten war und er sich darauf freut, am nächsten Tag wieder hinzugehen, und dass er dort auch ein gesundes Essen bekommt. Damit er bleiben kann, musste sie ein Formular ausfüllen und zur Gemeinde bringen. „Die verlangen eine Bestätigung von Dir, dass wir hier bei Dir wohnen", sagte sie. „Ja", antwortete Franz, „das schreibe ich Dir gleich morgen, jetzt möchte ich ins Bett." Franz griff nach ihrer Hand und zog sie zu sich: „Es passt gut, dass der Kleine in den Kindergarten gehen kann. Dann haben wir mehr Zeit für die Werkstatt, ich habe nicht an den Kindergarten gedacht." Er fing an, sie zärtlich zu streicheln. Josefine: „Der Beamte von Zimmer eins hat gesagt, Du sollst in den nächsten zwei, drei Tagen persönlich vorbeikommen. Das soll ich Dir ausrichten." „Muss wohl alles seine Richtigkeit haben", brummte er und zog sie näher zu sich heran. Dann stand er auf, stellte sich hinter sie und drückte ihren Oberkörper über die Stuhllehne. „Aua", schrie sie, „die Lehne schneidet mir ein." Er packte sie an den Schenkeln, schob ihren Rock hoch, liess seine Hose runter, klemmte sich zwischen ihre Beine und befriedigte seine Lust laut und heftig. Dann liess er sie los und ging ins andere Zimmer. Nach ein paar Minuten kam er zurück und nahm einen Schluck Milch. „Wie kannst Du nur so grob sein, der ganze Bauch tut mir weh", jammerte Josefine. „Ach was", erwiderte er ohne die geringste Anteilnahme, „kannst froh sein, ich hab doch nicht lang gemacht. Viele Frauen haben es gern, wenn man sie so anpackt, das steigert die Lust. Also, gute Nacht, ich geh jetzt schlafen."

Emer ging gerne in den Kindergarten. Die Werkstatt füllte sich mit Material aus der Wohnung und mit Neu-dazu-Gekauftem. Bruder Alfred kam fast jeden Tag nach der Arbeit und schrieb seine Stunden in ein kleines Heft, das er immer bei sich trug. „Vielleicht gibt es bald einmal das grosse Geld", sagte er halb scherzend. Alle schienen auf das grosse Geld zu warten.

Franz hatte seinen letzten auswärtigen Arbeitstag hinter sich. Den Lohn bekam er auf die Hand gezählt. Es war nicht mehr viel, denn er hatte fast jede Woche Lohnvorschuss verlangt, doch er freute sich über das, was er noch bekam. Bester Laune marschierte er zur Stadt hinauf. Heute muss ich mir noch was gönnen, überlegte er, ich werde den Ferdinand Wirt besuchen und auch den Florenz zu einem Glas guten Wein einladen. Heute bin ich mal an der Reihe. Beim Gemeindehaus kam ihm Herr Kogler, der Beamte von Zimmer eins, entgegen. „Ja, grüss Gott, Herr Dorn", sprach er ihn an, „Sie waren noch nicht bei mir. Hat Ihnen Ihre neue Lebensgefährtin nichts ausgerichtet? Sie sollten in die Gemeindekanzlei kommen zu einem Gespräch und für gewisse neue Dokumente, die wir machen müssen. Wissens was, ich hab jetzt gerade Zeit, da können wir die Sache hinter uns bringen. Einverstanden? Nur hereinspaziert, Herr Dorn, im Zimmer eins sind wir daheim." Er liess Franz keine Zeit zum Überlegen und öffnete ihm höflich die Tür. „Ja", meinte Franz gedehnt, „gesagt hat sie schon etwas, aber ich hab es verschwitzt, worum es geht." „Nun, das werden Sie bald erfahren. Wir haben alles schön vorbereitet. Bis auf ein paar Unklarheiten, die wir jetzt zusammen durchgehen, wenn es Ihnen recht ist." Franz: „Ja, ja, wenn's sein muss." „Also, beginnen wir mit Fräulein Josefine Pfeifer. Sie wohnt mit ihrem Sohn bei Ihnen. Hier haben wir die Bestätigung, dass es so ist. Lesen Sie das durch, dann bitte ich Sie, da zu unterschreiben. So, das wäre mal erledigt. Ist Emer Ihr Sohn?" „Nein, nein, ich hab genug eigene Kinder und das vierte ist unterwegs." Richtig wäre gewesen das fünfte Kind ist unterwegs. Das vierte Kind war Irmgard, da sie verstorben ist, zählte man sie gar nicht mehr mit. „Ja, meinen Sie jetzt das von Ihrer Angetrauten oder das von der jetzigen Gefährtin? Eins und eins macht zwei, nach meiner Rechnung, nicht wahr?"

Franz war ganz verdutzt. Woher weiss der das alles? „Also, das von meiner Frau ist sicher nicht meines, sie betrügt mich seit Jahren. Als ich darauf gekommen bin, hab ich sie raus geschmissen." Kogler: „In dem Fall sind die Kinder bei Ihnen, oder? Denn bei einer Scheidung, bei der die Ehefrau schuldig gesprochen wird, werden die Kinder dem Mann zugesprochen. Das wissen Sie doch, nicht wahr? Aber solange Sie nicht geschieden sind und Ihre Angetraute Kinder bekommt, sind das, nach dem Gesetz, Ihre Kinder Herr Dorn. Ist die Scheidung schon am Laufen?" Jetzt kam Franz wieder zu Wort: „Die Kinder hat sie mitgenommen, ich musste ja auswärts Geld verdienen. Das mit der Scheidung eilt ja nicht", ergänzte er nach einer kleinen Pause. Herr Kogler sah ihn an: „Gehe ich richtig in der Annahme, dass Ihre Ehefrau regelmässig Unterhaltsgeld für sich und die Kinder bekommt? Von Ihnen oder von einer Institution?"

„Wie soll ich das wissen? Von mir hat sie Geld bekommen vor meiner Arbeitslosigkeit. Sie geht ja selber arbeiten, das wollte sie immer schon so. Von mir aus hätte sie zu Hause bleiben können, dann wäre es nicht so weit gekommen in unserer Ehe“, stotterte er mit erregter Stimme und wurde zornig: „Aber was geht Euch das alles an? Das ist mein Privatleben. Die Scheidung werde ich schon mal einreichen oder auch nicht. Das bestimme immer noch ich. Das ist für mich jetzt nicht wichtig.“ Kogler: „Für Sie nicht, aber für Ihre beiden schwangeren Frauen ist es wichtig, sehr wichtig sogar. Sie wollen wissen, wie Sie zu Ihnen stehen. Ich will Ihnen ja nicht zu nahe treten, Herr Dorn, aber seien Sie vernünftig und bringen Sie Ordnung in Ihr Leben. So kann das nicht weitergehen; oder spielen Sie mit den Gedanken, zu Ihrer Angetrauten zurückzukehren? Es sieht allerdings nicht danach aus.“

„So kann das nicht weitergehen, sagen Sie? Ich werd's Euch zeigen“, schrie Franz und seine Stimme überschlug sich fast, „von Euch lass ich mir keine Vorschriften machen. Die Peppi, die Josefine meine ich, ist freiwillig zu mir gekommen Es hat sie keiner dazu gezwungen und von Heirat war nie die Rede. Sie kann bei mir arbeiten und wohnen, das ist alles, was ich dazu zu sagen habe.“ In leisem Ton sagte er dann noch: „Scheiss-Weiber, wenn man sie nur berührt, werden sie schon schwanger. Nichts wie Kummer hat man mit denen. Das Leben ist schon hart genug.

Ist sonst noch was?“ Sein Gesicht war krebsrot angelaufen. „Ich glaube, für heute haben wir genug Wind um die Ohren gehabt“, meinte der Beamte und sah ihn mit einer Mischung aus Verachtung und Mitleid an, „wenn Sie was zu besprechen haben oder sonst was ist, kommen Sie ruhig vorbei. Wir kennen jetzt Ihre Situation besser. Wegen den Dokumenten mach ich mit Fräulein Pfeifer weiter. Ich werde sie rufen lassen. Auf Wiedersehen, Herr Dorn." „Guten Tag, habe die Ehre, auf Wiederschaun." Mit diesem Dorn'schen Spruch verabschiedete er sich und verliess das Gemeindehaus.

Plötzlich hatte er ein ganz schlechtes Gewissen Luise gegenüber. Er ging zum Hofeingang vor Luises Wohnung, nahm von seinem Lohn etwas Geld und behielt es in der Hand. Er klopfte an und hörte ein zögerndes „Herein". „Hallo", rief er fröhlich und trat ein. Es roch nach Urin, Speisereste lagen herum, es war nicht aufgeräumt. Luise lag im Halbdunkeln im Bett. „Mir geht's nicht gut", sagte sie mit schwacher Stimme, „die Kinder hab ich vor Stunden zu Berta geschickt, um Hilfe zu holen. Ich habe starkes Fieber und Schüttelfrost. Dich schickt der Herrgott. Ich brauche einen Arzt, ich glaub, das Kind kommt. Ich kriege keine Luft. Hol bitte Doktor Zernic. Diese kleine Wohnung gehört ihm, er kennt mich gut, er wird sofort kommen, wenn er weiss, dass ich in so einem schlechten Zustand bin. Beeile Dich. Wart, gib mir zuerst etwas Wasser zu trinken. Bitte, lauf schnell." „Ja, ist schon gut, ich bin schon unterwegs." Auch das noch, dachte Franz und machte sich schnurstracks auf den Weg zum Doktor. Sein Herz klopfte bis zum Hals. Schreckliche Gedanken schossen ihm durch den Kopf. Wenn nur nichts Schlimmes passiert. Seine Augen füllten sich mit Tränen. Verdammt, was hab ich nur angestellt. Sein Kopf tat ihm weh.

Doktor Zernic packte ein paar Sachen ein und schickte Franz mit einem Fieberthermometer zurück zu seiner Frau. Er solle schon mal Fieber messen, bis er komme. Franz eilte zurück, gab Luise das Fieberthermometer und räumte flüchtig auf. Ein Topf mit Urin und Exkrementen, der neben dem Bett stand, stank penetrant. Franz nahm ihn, ging in den Hof und kippte alles ins grosse Abflussrohr, spülte noch mit

Wasser nach und ging zurück in die Wohnung. Die Tür liess er weit offen, damit der Gestank raus und frische Luft reinkommen konnte. Da war auch schon der Doktor und bat um heisses Wasser. „Ist keines da, ich muss erst Feuer machen", sagte Franz. Der Doktor schlug die Bettdecke zurück, es roch wie nach faulen Eiern. Er las das Fieber ab. „Sie muss sofort ins Spital. Gehen Sie hinüber zur Gendarmerie", befahl er Franz, „die soll einen Krankenwagen hierher kommandieren. Machen Sie schnell, wir dürfen keine Zeit verlieren." Das Spital war nur etwa einen Kilometer entfernt. Bald kam ein Krankentransport mit viel Lärm und Blaulicht auf den Hof gefahren. „Sie können morgen ins Spital kommen", rief Doktor Zernic dem Franz zu, „jetzt sind Sie nur im Weg. Wenn's nötig ist, werde ich Sie rufen lassen." „Franz, die Kinder", flüsterte Luise noch, dann trugen sie Luise weg. Franz nahm die blutverschmierte Bettwäsche und ging zu Berta. Er hörte die Kinder lachen. „Ja, habt ihr denn eure Mutter total vergessen!", rief er zornig. „ Nein", antwortete Franzi, „Tante Berta hat viel warmes Wasser gehabt und da haben wir uns alle von oben bis unten gründlich gewaschen." Die Kinder kicherten. „Aber eure Mutter hat euch doch um Hilfe geschickt." „Ja, wir wollten gerade losziehen", sagte Berta. Dann sah sie die Bettwäsche: „Was hast denn da für ein stinkendes Zeug?" Sie faltete das Betttuch auseinander, sah die Blutflecken und erschrak: „Ist das von Luise?" „Ja, sie ist jetzt im Spital. Morgen können wir sie besuchen. Es geht ihr gar nicht gut, hoffentlich hält sie durch." Aloisia fing an zu weinen: „Ich will zu Mutti." Berta steckte das Betttuch ins Badewasser, das noch dastand. Das Wasser färbte sich rot. Diese Nacht blieben die Kinder bei Berta.

Luise brachte ein winzig kleines Mädchen auf die Welt, aber es kam viel zu früh. Ob es wohl überleben wird? Luise ging es sehr schlecht. Sie hatte immer noch sehr hohes Fieber. Man besprach sich, wer die Kinder nehmen sollte. Berta wehrte sich alle drei zu nehmen. Grossvater Karl hingegen hätte gern alle Enkelkinder um sich, meinte er, jetzt, da er weniger weg sei. Aber Berta wollte nur zwei nehmen. So erklärte Franz sich bereit, vorläufig seine Tochter Aloisia zu sich zu nehmen.

Josefine war ganz erstaunt, als er mit dem Mädchen ankam. "Das ist die Aloisia", stellte er seine Tochter vor, „die bleibt in den nächsten Tagen bei uns. Gib ihr was zu essen und richte ihr eine Schlafstelle ein. Es wird ein paar Tage dauern, bis wir wissen, wie es weitergeht." Und zu Aloisia gewandt, sagte er: "Das ist die Peppi." "Nix da", wehrte Josefine ab, "zu mir kannst Frau Josefine sagen. Aber was ist denn eigentlich passiert? Ich nehme an, das ist Deine Tochter?" Franz: "Ja, wer denn sonst", antwortete er unwirsch. Josefine: „Wie soll ich das wissen, ich sehe sie ja heute zum ersten Mal." Was sie von seiner Ehe wusste, hatte sie von dem Beamten in der Gemeinde erfahren. Franz wurde laut: „Hör jetzt mit deinen Fragen auf, Du machst sie ganz konfus." Währenddessen war Aloisia ganz verschüchtert bei der Tür stehen geblieben. "Also, dann sagst mir halt später, was passiert ist", antwortete Josefine beruhigend, ging auf Aloisia zu und sagte freundlich: „Komm her, Luiserl, setz Dich hin, hast Durst, bist hungrig?" "Ich will nix", kam es trotzig von Aloisias Lippen. Josefine: „Ich stell Dir hier Milch, ein Brot und einen schönen Pfirsich hin. Wenn es Dir danach ist, nimmst, was Du willst. Brauchst keine Angst haben, ich tue Dir nichts." Aloisia ass und trank nichts. Sie wollte auch nicht schlafen gehen. Franz hielt ihr die Milch an den Mund, kniff ihr die Nase zu und wollte sie zwingen, die Milch zu trinken. Doch Aloisia schrie wie am Spiess und wurde ganz blau im Gesicht. Da griff Josefine ein, er solle sie in Ruhe lassen. Das gefiel dem Franz überhaupt nicht: „Mach das noch einmal", drohte er, „dann erlebst Du etwas, was Du Deinen Lebtag nicht vergessen wirst." Er schäumte vor Wut. „Das werden wir dann schon sehen, wer wem was antut.", erwiderte sie in nicht minder aggressivem, unterdrücktem Ton, „Pass gut auf, was Du sagst und besonders, was Du tun willst. Ich warne Dich, ich habe Leute, die voll hinter mir stehen. Die hast Du nicht. Und noch eins sage ich Dir: ich habe mich bis jetzt nicht gewehrt, wenn Du mich beleidigt hast, aber in Zukunft werde ich mir das nicht mehr gefallen lassen. Ich kenne jetzt genug Leute in der Stadt und in der Gemeinde. Entweder Du gehst anständig mit uns allen um oder ich erzähle jeden bis ins Detail, wie Du Dich aufführst und wie Du mich behandelst. Kein lautes Wort mehr, hast Du mich verstanden!" Stolz und aufrecht stand sie vor ihm, schleuderte ihm diese Worte ins Gesicht und zwang ihn, ihr in die Augen zu sehen. Ein paar mal hatte er sie unterbrechen wollen, aber sie hatte ihm keine Gelegenheit gegeben. Verwundert sah er sie an, dann sagte er in besänftigendem Ton: „Ja, ja, beruhige Dich, sonst fängt der Emer auch noch an zu flennen."

Aber Emer schien unbeeindruckt von der zornigen Rede seiner Mutter. Er ging zu Aloisia, hielt ihr das Brot und den Pfirsich hin, doch sie wehrte ab. Sie liess sich auch von niemandem berühren. Sie hockte am Boden, angelehnt an die Wand, und schlief nach einer Weile ein. Als Franz sie aufhob, merkte er, dass ihr Höschen nass war. Vorsichtig zog Josefine ihr die Kleider aus, legte sie ins Bett und deckte sie warm zu.

In der Nacht wachte sie ein paar mal auf und rief nach ihrer Mutti. Vor ihrem Vater hatte sie Angst. Am Tag danach wich Aloisia ihrem Vater aus, wo sie nur konnte. Sie liess sich nicht an der Hand führen und sprach nicht mit ihm. Noch immer ass und trank sie nichts. Gegen Abend entschloss er sich, sie zu Berta zu bringen. Die war nicht gerade erfreut. Doch Grossvater nahm Aloisia in die Arme, und sie ass aus seinem Teller und trank aus seiner Tasse.

Luise im Spital erholte sich langsam. Die Kinder besuchten sie täglich. Luise sparte von ihrem Spital Essen immer etwas für ihre Kinder in der Nebentischschublade auf. Sie meinte, sie könne nicht so viel essen, es gäbe einfach zu viel. Dem Neugeborenen ging es nicht gut. Der Pfarrer drängte zur Taufe. „Mir ist es recht, Herr Pfarrer, Maria soll sie heissen." Eine katholische Krankenschwester stellte sich als Taufpatin zur Verfügung. So wurde das kleine Wesen am siebten Tag getauft. Doktor Zernic besuchte seine Patientin jeden Vormittag. Er meinte, Luise hätte während der Schwangerschaft mehr essen müssen, dann hätte sie nicht solche Probleme. Sie entgegnete, dass es für sie sehr schwer war, Lebensmittel zu bekommen. Die Läden hätten nur wenig auf den Regalen und das, was „unter dem Ladentisch" verkauft wurde, bekämen nur die sogenannten besseren Leute, wenn überhaupt. Aussdem war sie schwer verschuldet, im Gemischtwarengeschäft bei der lieben Frau Gasser und auch im Milchladen. Einzig beim Bäcker wollte sie keine Schulden machen, wenn sie wieder mal von Franz Geld bekam, schickte sie Erwin zum Bäcker. Er gab ihm dann von dem, was vorhanden war, Mehl, Mais oder Griess. Ganz selten gab es mal ein Ei dazu. Doch im Grunde hatte Luise immer das Gefühl, sie habe genug gegessen.

Dann sagte sie noch, dass sie jeden Tag ganz früh am Morgen an den Zäunen entlanggegangen war, dort wo die Obstbäume überhängen, und alle abgefallenen Früchte aufgehoben habe. Nach heftigem Regen hätten jeweils mehr am Boden gelegen als bei trockenem Wetter.

Franz verschanzte sich fast Tag und Nacht in der Werkstatt, während Josefine sich grosse Mühe gab, etwas Essbares auf den Tisch zu bringen. Sie war deswegen viel unterwegs und schämte sich nicht, Leute, die eine gefüllte Tasche hatten, um etwas Essbares zu bitten. Sie ging dabei recht raffiniert vor, streckte ihren Bauch noch mehr nach vorne, so dass niemand übersehen konnte, dass sie schwanger war. Auch täuschte sie Übelkeit vor. Sie habe schon lange nichts mehr zu essen gehabt und jetzt sei es ihr ganz übel, sagte sie und machte ein leidendes Gesicht. Bei den Bauern hatte sie mehr Glück als bei den Städtern. Auf diese Touren nahm sie jeweils Spielwaren mit, um sie gegen Essbares einzutauschen. In den Geschäften hinterliess sie Spielsachen in Kommission oder gegen Lebensmittel. Sie würde von Zeit zu Zeit vorbeikommen und nachfragen. Das klappte soweit ganz gut, denn die Leute waren oftmals bereit, ihre letzten Groschen für ein kleines Spielzeug auszugeben, um ihren Kindern, in der mieseren Zeit, eine Freude zu machen.

Luise traf das Schicksal hart. Ihre kleine Maria starb zu Hause, einen Monat nach der Geburt. Als Josefine einige Zeit später zufällig vernahm, dass es Luise wieder besser gehe, sie bei Doktor Zernic sogar Halbtagsarbeit gefunden habe und einen Stock höher, eine etwas grössere Wohnung beziehen konnte, da liess sie nicht locker und drängte Franz zur Scheidung.

Franz besprach sich mit Luise und war erstaunt, wie sie darauf reagierte. Sie war sofort damit einverstanden. Er hatte Widerstand erwartet. Allerdings gab sie Franz mit auf den Weg, die Kinder nicht zu vergessen, auch wäre sie froh, wenn er sie weiterhin mit Lebensmitteln unterstützen würde. Davon wusste Josefine aber nichts.

Luise hatte einen Herrn als Untermieter, um etwas Geld einzunehmen. Davon wusste und merkte Franz aber nichts.

Die Ehe von Luise und Franz wurde nun geschieden. Die Schuld wurde Luise zugeschoben wegen ihrem "Verhältnis" zum Zuckerbäcker. Obwohl beide es bei Gott und allen Heiligen schworen, dass dies nicht der Wahrheit entsprach. Noch dazu bekamen Franz und Luise ein Jahr Heiratsverbot.

Bald war auch Josefine soweit, dass sie die Hebamme rufen musste. Die Geburt war einfach, es ging alles ganz schnell und ohne Komplikationen. Sie brachte einen Knaben zur Welt und sie nannten ihn Reinhard. Oh Schande, nun hatte sie zwei Söhne, von zwei verschiedenen Vätern, und es wurde immer schlimmer, nach knapp vier Monaten wurde Josefine schon wieder schwanger.

Das bedeutete, dass Josefines drittes Kind, ebenfalls unehelich geboren wurde. Dieses Kind war wieder ein Knabe, bekam den Namen Alfred, genannt Fredi.

„Er ist ein guter Junge", pflegte Josefine zu sagen. Sie hatte Fredi zu ihrem Lieblingssohn erkoren, wenn sie jemand darauf ansprach, stritt sie es ab. „Er ist halt ein ganz braver, fröhlicher Bub, den muss man ja gern haben", war ihre Antwort.

Die Spielwarenproduktion ging gut voran. Es wurde verkauft, getauscht und verhandelt. Doch man verlor die Übersicht, was an Material, Ware und Geld rein- und rausging. Herr Gosch, ein Versicherungsvertreter und Händler, der im selben Haus eine Wohnung hatte, kam öfter vorbei in der Hoffnung, mit Franz Dorn eines Tages einen Versicherungsvertrag abschliessen zu können. Als er wieder einmal da war, fragte ihn Franz, ob er nicht jemanden wüsste, der seine Buchhaltung führen könnte. Herr Gosch bot sich selber an. Er wisse, die Buchhaltung zu führen und auch wenn nötig Geschäftsbriefe zu schreiben. Er war ein aufrichtiger Mensch, liess aber niemanden zu nah an sich und seine Familie heran. Doch das störte Franz nicht.

Es ging nicht lange, da meinte Herr Gosch, dass für so ein Geschäft wenigstens eine Grundversicherung abgeschlossen werden müsste. Franz fragte Florenz, den Fassbinder, was er dazu sagen würde. „Weisst was", meinte Florenz, „heute gehen wir mal den Ferdinand, unsern Gastwirt besuchen, da nehme ich meine Police mit und wir schauen, was so bei Dir in Frage käme." „Ja, gut, bis später dann, so in einer Stunde, wenn es Dir recht ist." Florenz: „Alles klar, wir treffen uns dort."

In der Gaststube zahlte Franz die erste Runde Wein. Er erzählte Ferdinand, dass jetzt ein Herr Gosch seine Buchhaltung führe und er nach einer weiblichen Person Ausschau halte, die den Haushalt machen und kochen solle, damit Josefine mehr in der Werkstatt arbeiten könne. „Oh!" Meinte Ferdinand, „jetzt hat er uns überholt, wer hätte das gedacht." Florenz: „Ja, da schau her, so hab ich die Sache noch gar nicht gesehen. Ich seh ihn jeden Tag sein Spielzeug zuschneiden, aber wer denkt denn an so was." Franz beschwichtigte die beiden: „Na, na, so weit wie ihr, bin ich noch lange nicht. Tut es nur nicht übertreiben."

Es ist so, die Peppi hat keine Ahnung vom Kochen. Was sie kann, hat sie von mir gelernt, da könnt ihr euch vorstellen, wie das aussieht, oder?" Franz beschrieb seine Kochkünste in den schillerndsten Farben, und sie lachten sich krumm. „Ja, und Wäsche waschen, ich sag euch, alles durcheinander. Jetzt geht es ein bisschen besser. Der Schmutz ist raus, aber die Flecken sind noch drin." Ein Gast spottete: „Drin, raus, drin, raus." Die anderen grinsten, doch Franz fuhr unbeirrt fort:

„Ich gebe meine weissen Hemden immer noch meiner Schwester Berta zum Waschen. Ich glaube, das merkt die Josefine gar nicht. Kein Wunder bei so viel Wäsche. Da wäre es gut, hab ich mir vorgestellt, wenn man jemanden findet, der im Haushalt hilft. Allerdings darf sie nicht viel kosten." „Geh, Ferdinand, bring noch eine Runde", liess sich Florenz vernehmen, „so lustig waren wir schon lange nicht mehr zusammen." Ferdinand brachte eine Runde, und dann spendierte er selbst noch eine Runde „aufs Haus", wie er sagte. „Ja, ich hätte da jemanden", schlug er dem Franz vor, „die Gerdi, die wohnt da nebenan. Die wäre sicher froh, wenn sie wieder wo als Dienstmagd arbeiten könnte. Ich schick sie Dir morgen rüber, kannst sie Dir ja anschauen. Aber sonst geht nichts", fügte er schelmisch hinzu und lachte, dass es nur so schallte. Die Gäste fielen in das Gelächter ein und jeder wollte einen Witz loswerden.

Es wurde ein lustiger Abend, und die Versicherung, wegen der Franz gekommen war, blieb auf der Strecke. Dann schaute Ferdinand auf die Uhr. „Willst zumachen", fragte einer der Gäste, „wartet jemand auf Dich?" „Das ist Privatsache, das geht Dich nichts an", antwortete Ferdinand. „Es ist schon spät, machen wir Feierabend, meine Herrschaften. Ich will morgen kein Klagelied von Euren Weibern hören. Also geht nach Hause." Ein Gelächter ging los, jeder wollte noch schnell etwas sagen, doch Ferdinand stimmte ein Lied an, das sie auf der Strasse weiter sangen. Von einem Fenster kam ein Kübel Wasser herunter. „Ruhe!", rief jemand, „sonst hol ich die Gendarmerie!" Franz merkte erst jetzt, dass er zu viel getrunken hatte, er konnte nicht mehr geradeaus gehen. Er torkelte nach Hause und balancierte auf Zehenspitzen in die Wohnung. Josefine roch den Alkohol und drehte sich um, wollte nicht, dass Fredi, der bei ihr schlief, aufwacht.

Am nächsten Morgen brühte Josefine Tee zum Frühstück und schmierte ein paar Brote mit Marmelade. Sie wartete auf Franz, dass er sich zu Tisch setze. Der liess es sich nicht anmerken, dass sein Schädel brummte. „Hör mal, Franz", sagte Josefine, „gestern war Frau Schorch bei mir, Du weisst schon, die Mieterin vom ersten Stock. Sie zieht weg zu ihrer Tante, hat sie mir gesagt. Sie glaubt, dass wir die Wohnung mit dem separaten kleinen Gästezimmer von Frau Weisser mieten könnten. Dieses Zimmer könnten wir in die Wohnung einbeziehen, man braucht nur die Wand zu durchbrechen, die erst vor ein paar Jahren gemacht worden war, weil Frau Weisser ein getrenntes Gästezimmer haben wollte. Das wäre doch was, dann hätten wir mehr Platz. Was meinst Du dazu?" Franz: „Wir reden später darüber, ich leg mich noch ein paar Minuten hin, ich hab schrecklich Kopfweh." Josefine: „Nein, nein, Du kannst jetzt nicht ins Bett zurück. Trink deinen Tee und iss ein Stück Brot, dann geht es Dir bestimmt gleich besser. Normalerweise bist Du um diese Zeit schon in der Werkstatt. Stell Dir vor, wir kriegen die Wohnung, dann brauchen wir nicht jeden Tag durch die ganze Stadt laufen. Alles wäre einfacher. Frau Schorch überlässt uns vorläufig sogar ihre Möbel. Sie gibt uns früh genug Bescheid, wenn sie sie wieder braucht. Sie rechnet, dass sie ein paar Jahre weg sein werde. Sie hat wirklich Vertrauen zu uns, das hat sie gesagt. Dann hat sie noch gebeten, dass wir nichts darüber verlauten lassen sollten. Das musste ich ihr ganz fest versprechen. Die Leute würden schon früh genug merken, dass sie weg sei, und dass da andere wohnen. Sie würde bei Frau Weisser ein gutes Wort für uns einlegen. Also beeile Dich, Franz, Du weisst, Frau Weisser ist immer sehr früh auf. Sie sagt ja immer: „Morgenstund hat Gold im Mund."

Franz liess sich überreden und machte sich auf den Weg. Frau Weisser sah ihn kommen und winkte ihm: „Kommen Sie rasch zu mir." Franz: „Guten Morgen, Frau Weisser." Sie zog ihn am Ärmel ins Geschäft: „Ich muss mit Ihnen über die Wohnung reden, na, Sie wissen schon. Sie wollten doch schon mal die Wohnung oder nicht? Mit Gästezimmer oder ohne?" Aber zunächst hatte Franz nur Durst, er hüstelte und bat um ein Glas Wasser. Sein Hals war, wegen dem Alkoholkonsum am Vorabend, wie ausgetrocknet. Sie gab ihm ein Glas Wasser von einem Kristallen Wasserkrug. Er trank es in einem Zug aus, dann sagte er: „Also, wie ist das mit der Wohnung, ich war noch nie drinnen, ich möchte sie mir gerne mal anschauen." „Ja, gehen Sie hinauf, Ihre zukünftige Frau, wie ich hoffen darf, kennt die Wohnung schon. Ihr gefällt sie. Frau Schorch ist schon auf. Klopfen Sie nur, nicht läuten, sonst wecken Sie die Hausbewohner, die noch schlafen." Frau Weisser machte die Hintertür auf und schob Franz in den Gang.

Er war vorher nie im Hause gewesen, ein paar mal nur im Geschäft. Es war ein bisschen dunkel. Er sah sich nach dem Lichtschalter um, fand ihn, aber es gab kein Licht. Er stieg die Treppe hinauf, zündete ein Streichholz an, sah die Türklingel und drückte drauf. Da fiel ihm ein, dass er nicht hätte klingeln sollen. Doch die Klingel summte nur ganz leise. Frau Schorch hatte Papier hinter die Glocke gesteckt. Sie öffnete. „Guten Morgen", flüsterte sie, „hat Sie jemand gesehen? Pardon, ich meine, ist noch jemand anders wach im Haus?" Franz: „Guten Morgen. Ich hab nichts gehört oder gemerkt. Nimmt hier jeder so viel Rücksicht auf den anderen? Hoffentlich stören meine Kinder die Nachbarn nicht, wenn wir hier einziehen sollten, denn die kann man nicht immer ruhig halten." Frau Schorch: „Nein, nein, die sind Lärm gewohnt, schon wegen den Hunden. Wenn die Glocke unverhofft laut klingelt, dann schlagen sie an. Ansonsten sind sie aber ruhig. Sie sind sehr gehorsam." Die Hunde waren unter dem Tisch. „Setzen Sie sich. Möchten Sie einen Kaffee?" Sie schenkte ihm Kaffee ein. „Ah, der ist aber heiss", entfuhr es Franz, als er den ersten Schluck genommen hatte und sich dabei fast die Zunge verbrannte. Er hasste alles, was heiss war; er fand, es sei nicht gesund. „Kann ich bitte ein Glas kaltes Wasser haben?"

Sie musste in den Gang hinaus, um Wasser zu holen, kam mit einem Krug zurück und schenkte ihm ein Glas voll ein. Franz hatte sich inzwischen umgesehen. Das Glück ist auf meiner Seite, dachte er und fasste rasch Holz an, obwohl er nicht abergläubisch war. Mit Josefine geht es gut, die Werkstatt läuft prima und jetzt noch die Wohnung mit den schönen Möbeln. „Die Wohnung nehme ich", sagte er zu Frau Schorch, „und die Möbel können Sie ruhig da lassen. Allerdings weiss man bei den Kindern nie, ob es nicht doch Kratzer gibt. Wir passen auf, aber garantieren kann ich für nichts." „Was soll ich machen", erwiderte Frau Schorch, „ich kann sie weder einstellen noch unterm Arm mitnehmen. Es ist eine Notlage, meine Tante ist chronisch krank, ich muss sie pflegen." Sie wandte sich ab und verdrückte ein paar Tränen. Franz tröstete sie: „Es wird schon alles wieder gut. Sie werden schon sehen. Es braucht halt alles seine Zeit." „Josefine wird mir abgehen", sagte sie traurig, „wir haben uns gut verstanden. Sie hat mir versprochen, die Hunde zu einem gewissen Bauern Katz zu bringen. Das sei ein guter Platz für sie, hat sie gemeint. Ich kann sie nicht mitnehmen und bei Euch können sie auch nicht bleiben, hat Josefine gesagt. Frau Weisser wird sehr traurig sein, wenn die Hunde nicht mehr da sind. Aber ich verstehe Euch, ihr habt Kinder und seid Hunde nicht gewöhnt in der Wohnung. Umgekehrt sind die Hunde nicht gewöhnt, mit Kindern zu sein. Das gäbe sicher

Probleme. Auf einem Bauernhof sind sie sicher gut aufgehoben. Nun, ich werde Frau Weisser berichten, dass Sie mit der Wohnung einverstanden sind. Sie wird Ihnen den Mietvertrag vorbei bringen." Franz bedankte sich für den Kaffee und meinte, wenn noch irgendwas wäre, solle sie ruhig vorbeikommen. Ansonsten wünsche er ihr alles Gute und eine gute Zeit mit ihrer Tante.

Frau Schorch nahm nur so viel Gepäck mit, wie sie tragen konnte. Josefine war das nicht geheuer, sie hatte das Gefühl, irgend etwas stimmt da nicht. Sie half Frau Schorch, die Sachen zum Autobus zu bringen, und fragte gerade heraus, ob es nicht noch etwas anderes gebe als die Tante, weil sie so viel in der Wohnung zurück liesse. „Na gut", sagte Frau Schorch, „ich habe wirklich sehr grosses Vertrauen zu Ihnen, meine liebe Josefine, aber wie soll ich das alles erklären. Meine Tante ist Halbjüdin und ich erfahre jetzt, dass ich ein Achtel Jüdin bin. Das habe ich nicht gewusst, das hat man beim Arischen Nachforschungsdienst herausgefunden. Wie Sie sicher schon gemerkt haben, sind die Juden in diesem Lande nicht mehr gern gesehen. Es verschwinden immer mehr Leute, ich frage mich, wo die alle sind. Es ist richtig unheimlich. Überall stehen Beobachtungsposten und alles wird gemeldet. So konnte ich nicht alles Geld von der Bank abheben, sonst hätte ich mich verdächtig gemacht. Solange wir hier nicht mehr sicher sind, wollen wir weg. Ich muss an die Staatsgrenze, dort wartet meine Tante und noch ein paar Leute. Aber ich weiss nicht, wohin die Reise geht. Alles, was ich bis jetzt getan habe und noch tun werde, wurde unter den Verwandten abgesprochen." Josefine sah sie nachdenklich und voller Mitleid an: "Ja, jetzt, wo Sie das sagen, geht mir vieles durch den Kopf, aber ich kann es nicht einordnen, ich bin ganz aufgewühlt." Frau Schorch: „Wenn ich in Sicherheit bin, werde ich Ihnen eine Nachricht zukommen lassen. Ich hoffe aber, dass ich wieder zurückkehren kann. Kommen Sie, Josefine, setzen wir uns auf die Bank, die Bushaltestelle ist ja gleich da vorne. Ich möchte keinem Bekannten die Gelegenheit geben, zu fragen, wohin ich verreise."

Josefine dachte nach und fragte dann überraschend: „Frau Schorch, darf ich Ihre Hände sehen?" „Ja, aber warum denn?" Doch sie hielt langsam ihre Hände hin. Josefine schaute die Innenflächen genau an, strich mit dem Finger ein paar Linien nach, machte die Augen einen Moment zu und sagte: „Sie werden zurückkommen, in Ihre Wohnung. Es wird einige Jahre dauern. Alles wird gut. Der Weg, den Sie jetzt beschreiten müssen, wird beschwerlich sein. Aber Sie werden durchkommen." Wortlos drückte Josefine die Hände von Frau Schorch zusammen, stand auf und ging weg. Frau Schorch wusste nicht so recht, wie ihr geschah; sah Josefine nach und stieg wie in Trance in den Bus. Josefine war sich ihrer Sache ganz sicher. Dem Florenz, dem Ferdinand und der Bäuerin Katz hatte sie auch schon die Hand gelesen. Bei den zwei Männern konnte sie leicht überprüfen, ob sie fähig war, das Richtige zu deuten. Es war dem auch so. Nur lachten die darüber und vergassen das Ganze wieder. Josefine dachte oft an ihre Mutter, die allerdings nur den Familienmitgliedern und den allerbesten Freunden die Hand las. Sie wollte nämlich nicht, dass man sie als Zigeunerin hinstellte. Im Allgemeinen hiess es, dass nur Zigeuner die Zukunft voraussagen können.

VI

Mit der Zeit wurde Josefine, wegen ihrer Sprachkenntnisse, öfters ins Gemeindehaus gerufen, um zu dolmetschen. Das erste Mal war, als ein zugedeckter Lastwagen im Gemeindehof angekommen war. Auf dem Laster waren Leute aus dem Osten, Rumänen und Bulgaren. Sie waren seit vielen Tagen unterwegs. Seit drei Uhr früh stand der Laster im Hof. Josefine wurde aus dem Bett geholt. Nach einer Stunde mussten alle aussteigen. Wachposten standen überall herum. Diese Menschen hatten sich tagelang nicht waschen können. Sie gingen zum Brunnen, wuschen sich, tranken Wasser und verrichteten ihre Notdurft über dem Abwassergitter. Einige mussten die Ladefläche reinigen. Dann wurde Kohlsuppe und altes, verbogenes Brot herbeigeschafft. Die Leute drängten sich um das Essen, verhielten sich aber ruhig. Alsdann wurde einer nach dem anderen aufgerufen und es wurden drei Gruppen gebildet. Jede Gruppe wurde für einen bestimmten Arbeitsort eingeteilt. Der Chauffeur des Lastwagens war von Ungarn, er müsse nur von einer Station zur anderen fahren, dann würde er abgelöst. Er habe keine Ahnung, wohin die „Ladung“ gehe. Er habe sie in Ostungarn übernommen. Er hätte schon an der Grenze abgelöst werden sollen. Seine zwei Begleiter seien dort geblieben. Man habe ihm nur erklärt und aufgezeichnet, wo die nächste Station sei. Ein kleiner Mann in brauner Uniform wandte sich an Josefine, die nun übersetzen musste. Sie musste dem Chauffeur sagen, dass er über die falsche Grenze gefahren sei und der Transport schon als vermisst gelte. Sie musste ihn auch fragen, woher er den Treibstoff habe für die lange Fahrt.

Das Ganze war für Josefine recht undurchsichtig. Dann wurden der Benzintank des Lastwagens und die Reservekanister bis zum Rand gefüllt. Muss wohl noch eine lange Strecke sein, dachte sie sich dabei. Die Menschen lagen im Hof herum, die meisten waren erschöpft. Josefine wollte herausbekommen, was das alles zu bedeuten habe, und sprach mit ein paar Personen leise und unauffällig. Wegen dem Kopftuch, das sie in der Eile umgebunden hatte, war sie unauffällig und unterschied sich, in der Dunkelheit kaum von den Frauen aus dem Lastwagen. Sie konnte nicht verstehen, warum man Leute, die Arbeit bekommen sollten, von so weit her holte, wo es doch hier so viele Arbeitslose gab. Man habe sie einfach weggeholt, sagte eine Bulgarin. Sie konnte sich nicht einmal von ihrem Mann verabschieden, obwohl er sich gerade nebenan beim Nachbarn aufhielt. Sie sei zum Arbeitseinsatz ausgewählt worden. Aber wo? Warum so weit weg? Tränen rannten ihr übers Gesicht. Sie bat Josefine, ihrem Dorf eine Nachricht zukommen zu lassen. Josefine ging, um etwas zum Schreiben zu besorgen. Als sie zurück kam, waren alle schon wieder auf dem Lastwagen und wurden von Bewaffneten begleitet.

Josefine sah bei einem zivilen Vorderberger eine Pistole unter der Jacke hervorragen. Ein neuer Chauffeur zog noch nervös an einem Zigarettenstummel, dann fuhr er los. Der ungarische Chauffeur wurde abgeführt. Sie sah ihn nie wieder. Die Beteiligten gingen in einen Nebenraum des Gemeindehauses, wo ihnen ein Mann in brauner Uniform einschärfte, dass sie nichts gesehen und gehört hätten, und dass sie zum absoluten Schweigen verpflichtet seien. Mit erhobener rechter Hand schwören sie darauf. Viel später erfuhr Josefine, dass Menschen aus dem Osten unter schwierigsten Umständen und bei kargem Lohn in einer Munitionsfabrik arbeiten mussten. Bei ihren Dolmetscher-

Einsätzen sah sie auch manchmal Transportlisten, auf dem Schreibtisch im Büro, für "Sondereinheiten." Sie wagte nicht, genau hin zuschauen, noch traute sie sich, irgendwelche Fragen zu stellen. Immer wieder hörte sie, dass Leute spurlos verschwanden. Einige Denunzierte waren auch dabei.

Zu Hause lief alles gut. Der Haushalt gab viel zu tun. Gerdi, die Haushaltshilfe, war ständig mit waschen und kochen beschäftigt. Josefine ging meist in die Werkstatt und nahm Fredi, den Jüngsten jedes Mal mit. Wohin sie auch ging, er war dabei. Franz war in letzter Zeit freundlicher als sonst, aber auch nachdenklicher. Er machte sich Notizen, die kein anderer entziffern konnte. Zahlen schrieb er auf, die für andere keinen Sinn ergaben. In der Nacht schlich er geheimnisvoll herum. Josefine fragte ihn, was los sei. „Nichts, nichts", war seine Antwort, „ich kann nur nicht schlafen, da lauf ich halt ein bisschen herum, musst dem keine Beachtung schenken." Einmal beobachtete sie, wie er unterm Schrank eine Bodenlatte verschob und mit einem Tuch den Boden wischte. Sie wartete ab, bis er und die Buben aus dem Haus waren, prüfte ob Fredi noch schlief, dann versuchte sie, die Bodenlatte herauszuziehen, doch irgendwie war sie versperrt. Sie zog mit aller Kraft und fiel nach hinten, als sich die Latte löste. Im ersten Moment sah sie nur einen Hohlraum. Sie griff hinein und holte ein Buch und ein paar lose Blätter heraus, eine kleine Zeitung war auch dabei. Sie sah sich das an und merkte bald, dass es gegen das jetzige Regiment gerichtet war. Untergrundmaterial stellte sie fest. Sie stand schnell auf und schloss die Wohnungstür ab. Dann schlug sie das Buch auf. Es lag eine Pistole darin. Die Seiten waren so ausgeschnitten, dass eine Pistole hineinpasste. Josefine erschrak und dachte an die Folgen, die das haben könnte, falls es jemand entdeckte. Am liebsten hätte sie die Sachen in den

Ofen geworfen, doch legte sie alles sorgfältig zurück, schob das Brett darüber und schloss die Tür wieder auf. Sie war ausser sich.

Franz kann doch überhaupt nicht schiessen, ging es ihr durch den Kopf. An einem Kirchweihfest wollte er ihr einmal eine Rose schiessen, da hat er immer weit daneben geschossen. Sie hatte ihm das Gewehr aus der Hand genommen und die Rose selber geschossen, schon der erste Schuss hatte getroffen. In ihrem Kopf brummte es ganz mächtig. Ich muss mich zusammennehmen, sagte sie zu sich selbst, ich muss herausfinden, was das Ganze soll. Irgendwie komme ich schon dahinter. Fragen stelle ich noch keine, aber ich werde alles gut beobachten. Da ist doch dieser Lanegger, der immer vom Kommunismus schwärmt. Um wieder Ruhe zu finden, hielt sie sich am Stuhl fest und atmete ein paarmal tief durch.

Ja, Herr Lanegger, übrigens ein Nachbar, hatte viel übrig für Russland und den Kommunismus. Er diskutierte mit Franz bei jeder Gelegenheit und legte dar, was Kommunismus ist. „Da gibt es keine Armen und Reichen“, sagte er, „alle sind gleich, alles wird aufgeteilt, niemand muss hungern. Jeder kann es sich leisten, in die Schule zu gehen. Wer will, kann kostenlos studieren. Ein Armenhaus wie bei uns gibt es nicht. Die alten Leute sind in einem schönen Altersheim. Arbeit hat es für jeden, fest arbeiten muss natürlich jeder. Alle haben die gleichen Rechte. Das ist es, was zählt. Darum kämpfen wir. Es ist machbar, wenn nur alle Menschen guten Willens sind und daran glauben.“ Josefine hatte sich einmal in die Diskussion eingemischt und erzählt, was sie mit eigenen Augen gesehen hatte, wie es in den östlichen Ländern wirklich aussieht, und dass es Generationen braucht, um das zu realisieren. „Ich sage Euch nur eines“, meinte sie vehement, „passt lieber auf Euch selber auf. Wenn jemand hört, wie Ihr vom Kommunismus schwärmt, dann seid Ihr dran. Die SS fackelt nicht lange, es sickert immer wieder durch, wie die mit solchen Aktivisten umgeht. In der Grossstadt hätten sie Euch schon längst geschnappt, hier bei uns ist es noch verhältnismässig ruhig." Franz sagte nur „Quatsch", und sie solle sich da raus halten. Und zu Herrn Lanegger sagte er, er möchte in der Werkstatt nicht mehr darüber diskutieren. Herr Lanegger flüsterte dem Franz zu, dass es wieder ein Treffen gäbe, das er selber teilweise organisierte. Josefine bekam das noch mit.

Das muss es sein, ging es ihr durch den Kopf. Franz hat sich überreden lassen, da mitzumachen. Ich weiss nicht, was ich dazu sagen soll. Herr Lanegger war öfters in Südrussland. Er spricht einen komischen russischen Dialekt. Ich war auch mit meiner Familie in Russland, auf Tournee. Oft mussten wir für noble Herrschaften unser Programm aufführen, während die auf bequemen Stühlen sassen und üppige Speisen serviert bekamen und der Wodka in Strömen floss. Doch die Armut draussen war schrecklich gross. Man sah die Leute Sonnenblumenkerne kauen, es wurde die ganze Zeit gespuckt, egal wo man war. Hunger und Armut, versuchten sie, im Alkohol zu ertränken, mit einem grässlichen selbst gebrannten Fusel.

Josefine mischte sich wieder ein. Sie fragte Herrn Lanegger, wo er denn seine Augen gehabt habe, wenn er in Russland war. Von solch Herrlichkeit, wie er sie beschreibe, habe sie nichts gehört und gesehen. „Doch, doch", verteidigte er sich, „in einigen Kommunen ist das schon Realität. Ich war in der Kornkammer Russlands. Dort wird die Kollektive gelebt. Man muss weiter versuchen, die Menschen aufzuklären. Es gibt einen Kommunismus, der funktioniert, nicht nur in Südrussland. Die in Moskau müssen noch viel lernen und einiges ändern und an das Gute, das in Zukunft noch kommen wird, glauben. Wir werden sie auf den rechten Weg bringen, sobald wir stark genug sind." „Das was Sie hier vorbringen, Herr Lanegger", meinte Josefine und sah ihn scharf an, „das ist eine Zeitbombe. Ich möchte nicht, dass Franz da hineingezogen wird. Sie haben neben ihrer Frau nur einen Sohn, den sie hinterlassen würden. Er hingegen würde nicht nur seine Kinder Vaterlos machen, sondern auch noch unsere Existenz aufs Spiel setzen, die wir mit viel Schweiss aufgebaut haben. Zudem würden andere, die bei uns ihr Brot verdienen, unschuldig mit hinein gerissen. Franz wollte sie beruhigen: „Es ist nicht so, wie Du denkst. Wir passen schon auf. Herr Lanegger geht für uns Aufträge einholen, da ist er viel unterwegs." „Damit wird es aber nur schlimmer." „Nein, nein", beruhigte sie Herr Lanegger, „schau her." Er drehte seinen Jackenkragen um und zu sehen war ein Hakenkreuz. „Wenn es brenzlig wird, stecke ich das an meine Brust." „Ach, Jesus Maria", rief Josefine entsetzt aus, „was haben wir nur für Leute im Haus, Hitler freundliche, Kommunisten freundliche, achtel und ganze Juden, streng katholische, evangelische. Da wird sich in Zukunft noch vieles bewegen, denn so glatt wie Ihr Euch das denkt, geht das sicher nicht."

Nur wenn wir neutral bleiben Franz, dann kann uns wenig passieren, das sag ich Dir." Plötzlich durchzuckte es sie: „Kann ich Ihre Hände sehen, Herr Lanegger, nur so aus Neugier." Er streckte ihr seine grossen, starken Hände hin. Sie wollte, dass er sich ins Licht setze. „Hör auf damit", rief Franz ihr zu, „lass den Quatsch." Doch Herr Lanegger setzte sich hin und lachte nur. Josefine befühlte seine Hände, drehte sie hin und her, drückte die Handflächen zusammen und schaute dann die Linien genau an. Sie machte ein finsteres Gesicht. „Was ist mit Ihnen?", fragte Herr Lanegger. „Psch", war ihre Antwort. Nach einer Weile sagte sie langsam und mit gedämpfter Stimme: „Eine Zeit lang wird es Ihnen gut gehen,

Herr Lanegger, aber so gegen den Herbst wird etwas Einschneidendes in Ihrem Leben passieren. Schmerz. Sie werden lange Zeit von Ihrer Familie getrennt sein." Kleine Schweissperlen sammelten sich auf ihrer Stirn. Dann redete sie weiter: „Verrat. Ich rieche Leder, schwarzes Leder, sehe dunkle Gestalten, die Sie abholen." Sie schaute auf: „Passen Sie gut auf sich auf, Herr Lanegger." Zitternd stand sie auf, ging ins Nebenzimmer und wusch sich die Hände und den Schweiss vom Gesicht. Franz sagte zu Lanegger, der verdattert und sprachlos dasass: „Musst das nicht so ernst nehmen. Ist ja klar, dass sie Leder riecht, wir haben ja welches hier." Herr Lanegger lachte verlegen und meinte: „Ich glaub, es ist Zeit, dass ich gehe. Wie es weitergeht, Genosse, weisst Du ja. Also bis bald." Josefine kam wieder in die Werkstatt. „Dem hast jetzt einen schönen Schrecken eingejagt", hielt ihr Franz entgegen, „aber vielleicht schadet es nicht und er passt besser auf, was er da redet. Hast gehört? Genosse hat er zu mir gesagt. Übrigens, was soll das eigentlich? Ich hab immer geglaubt, nur Zigeuner können Hand lesen." „Erinnerst Du Dich nicht?", sagte Josefine, „dem Florenz und dem Ferdinand hab ich in die Hände geschaut und es ist eingetroffen." „War reiner Zufall", meinte Franz, wurde aber doch nachdenklich. Josefine liess es gut sein.

Sie gingen in ihre Wohnung im ersten Stock. Es war bequem dort. Abends, wenn die Kinder schon im Bett waren und Gerdi nach Hause gegangen war, hörten sie noch Radio, der war auch von Frau Schorch. Es wurde viel berichtet und viele Reden und Ansprachen wurden übertragen. Es war die Rede davon, dass es aufwärts geht, dass es fast keine Arbeitslosen mehr gibt, dass mit Verbrechern wie den Juden und anderem Ungeziefer, wie die Nazis sie nannten, nun endgültig aufgeräumt wird. Die Reden wurden ins Mikrofon mehr geschrien als gesprochen. Hin und wieder vernahm man einen Schwarzsender dazwischen, der von schrecklichen Lagern berichtete, die überall eingerichtet waren. Von Judenverfolgung war die Rede, von Zigeunern, die sich die SS von überall her holten und abtransportierten, von Viehwaggons, die vollgestopft waren mit Menschen, egal welchen Alters. Josefine hatte dem Franz vom Transport, den sie beim Dolmetschen gesehen hatte, erzählt. Sie hatte ja nicht geschworen. Sie sagte dann noch: „Die Kinder von Frau Weisser habe ich schon lange nicht mehr gesehen, die sind wahrscheinlich weg." „Die jüngste Tochter ist noch da", wusste Franz zu berichten, „die hab ich erst kürzlich im Garten mit der alten Frau Weisser gesehen. Überhaupt geht es da manchmal ganz komisch zu. Den Frühwirt und den Gosch hab ich neulich aus der Wohnung von Frau Weisser kommen sehen. Es war gegen ein Uhr in der Nacht. Sie hatten das Licht nicht angeschaltet und keiner hat zum anderen was gesagt." Josefine erinnerte sich, den Bruder von Frau Weisser im Gemeindehaus gesehen zu haben. „Der mit dem Möbelwagen war es, Du weisst schon, der, der den Abfall von der Werkstatt abtransportiert hat."

Josefine wollte mehr wissen. Sie legte sich eine Ausrede zurecht und klopfte an die Tür von Herrn Gosch. Sie höre in der Nacht Leute herum schleichen, ob ihm das nicht auch schon aufgefallen sei. Sie fühle sich nicht mehr sicher in diesem Hause. „Sie müssen sich nicht beunruhigen, Frau Dorn, ich glaub, ich darf sie jetzt schon so nennen", sagte Herr Gosch, „aber es trifft sich gut, dass Sie mich ansprechen, ich muss dem Franz was Wichtiges sagen. Fragen Sie ihn, ob er in einer halben Stunde bei mir sein kann und - bitte - kein Wort zu jemand anderem. Wir müssen mit allem, was hier vorgeht, sehr vorsichtig sein. Sie wissen ja, Feind hört mit. Deshalb empfehle ich Ihnen, Ihr Radio an einen anderen Platz zu stellen, denn auch Wände haben Ohren. Ich möchte keine Denunzianten in diesem Hause züchten." Josefine ging in die Werkstatt. Es waren noch zwei Angestellte da, die jetzt die letzten Postpakete schnürten. Nachdem sie gegangen waren, sagte sie zu Franz, dass er zu Herrn Gosch gehen solle, er habe ihm etwas Wichtiges zu sagen. „Wo hast Du ihn getroffen?", wollte Franz wissen. „Ich war bei ihm, weil ich dachte, vielleicht weiss er mehr als wir, was hier so vor sich geht." Franz: „Hast wieder nicht abwarten können, Deine Neugier wird Dich noch einmal in Schwierigkeiten bringen. Wir alle wollen wissen, wie es weitergeht. Halt Deine Neugier in Zukunft unter Kontrolle." Nachdem Franz die Tür zu Herrn Gosch hinter sich zugemacht hatte, leerte Josefine absichtlich einen Kübel Wasser auf den Gang und machte sich ans Aufwischen. Vielleicht sehe ich, wer da ein- und ausgeht, dachte sie, aber leider tat sich nichts. Franz sagte auch nichts, was bei Gosch so wichtig war.

Am nächsten Tag musste Josefine wieder, zum Dolmetschen, ins Gemeindehaus. Ein Uniformierter holte zwei Kroaten aus dem Keller, die vorgaben, nicht Deutsch zu sprechen. Er schubste die beiden Männer vor sich her. Josefine bemerkte, dass sie geschlagen worden waren. Der eine blutete aus der Nase und der andere hielt seine Hand unter den Bauch. Der Jüngere weinte und fluchte vor sich hin. Josefine verstand jedes Wort. Sie wurde von dem Mann in Uniform gefragt, was der Kroate gesagt habe. Er habe Schmerzen, etwas stimme nicht in seinem Bauch, log sie. „Fragen Sie, was sie hier suchen und woher sie kommen und ob noch jemand mit ihnen war?" Josefine tat als würde sie genau das übersetzen, aber sie sagte etwas anderes: „Ihr habt sicher jemanden gesucht in dieser Gegend und jetzt sagt irgendwas, sonst kommen wir in Schwierigkeiten." Der Ältere kapierte sofort und sagte, er verstehe alles, was da gesprochen würde. „Sie suchen nach einer Familie Varnislav, die hier wohnen soll", sagte Josefine, glücklicherweise fiel ihr der Name eines Jugoslawen ein, der weggezogen war, „sie wollten sie wieder mal besuchen, aber so sei man mit ihnen noch nie umgegangen." Der Ältere sagte irgendwas und sprach absichtlich undeutlich. „Sie wohnen nicht weit von der Grenze", dolmetschte Josefine und nannte einfach einen Ort. Sie wollte den beiden helfen.

Ein grosstuerischer Gemeindebeamter nickte, verschwand für eine Weile und kam mit einer Akte zurück. Ja, eine Familie mit diesem Namen habe tatsächlich hier gewohnt. Er lächelte und fragte, ob er einen Tee anbieten dürfe, aber er habe auch noch einen Hausgebrannten. Die Kroaten hätten sicher gern davon genommen, es wurde aber nur dem Herrn in Uniform serviert. Die Kroaten flüsterten Josefine zu, dass sie von einem Arbeitertransport geflohen seien. Der Beamte fragte, was sie gesagt hätten. Josefine: „Sie fragen, ob sie gehen können. Sie müssten auch dringend auf die Toilette." Ein Beamter wurde angewiesen, sie aufs Klo zu begleiten, anschliessend solle er ihnen die dreckigen, uralten Papiere zurückgeben, die da auf dem Schreibtisch sind. „Sagen Sie denen", wendete er sich an Josefine, „sie sollen nächstes Mal ihre Pässe mitbringen, dann passiert ihnen so schnell nichts." Die Pässe waren ihnen wahrscheinlich schon vom Leiter des Arbeitertransports abgenommen worden, wenn sie überhaupt welche bei sich hatten, dachte sie. Die Papiere auf dem Pult musste man zu Hause schon immer auf sich haben, meinte der Ältere, der jetzt seine Nase vom Blut gereinigt hatte. Josefine tat einen Blick darauf, sah die kyrillische Schrift und, anstatt zu dolmetschen, beschrieb sie den Kroaten ein kleines altes Gartenhaus über dem Bach, gleich hinter den Schienen, wo sie sich verstecken könnten. „Hilfe kommt, wenn es dunkel wird.“ Der Jüngere sagte ein paar höfliche Worte. Josefine dolmetschte: „Sie sagen, mit diesen Papiere kommen sie sicher nicht nach Hause.“ Der Gemeindebeamte nervte sich nicht lange, knallte einen Stempel drauf und schrieb: „Auf der Rückreise in den angestammten Heimatort.“

Als die Kroaten die Papiere an sich nahmen, sah Josefine, dass sie ganz feine Hände hatten. „So, und jetzt, Frau Dorn, trinken S‘ mit uns einen Tee“, meinte der Beamte, als die beiden gegangen waren. Josefine nahm gerne an und der Beamte verschwand, um den Tee zu holen.

Für einen Moment war sie allein im Büro und entdeckte auf dem Schreibtisch eine fein säuberlich geschriebene Namensliste. Ein paar Namen waren durchgestrichen, am Rand war jeweils eine Bemerkung notiert. Sie konnte sich ein paar Namen merken, die noch nicht durchgestrichen waren, darunter auch Weisser. Als sie Schritte hörte, nahm sie rasch einen Zettel und Bleistift, dann schaute sie aus dem Fenster. „Jetzt muss ich mal für kleine Mädchen“, sagte sie und eilte über den Korridor. Sie fühlte, dass man ihr nach schaute. In der Toilette schrieb sie schnell die Namen auf, die sie noch im Kopf hatte, und schob den Zettel in den Saum ihres Kleides. Sie machte die Spülung an und ging ins Büro zurück, wo jetzt ihr Tee stand. Sie schmeichelte dem Gemeindebeamten und machte ihm ein Kompliment, dass er diese unangenehme Sache so rasch in den Griff bekommen habe und merkte dabei, wie wohl ihm das tat. Sie trank ihren Tee, der nur noch lauwarm war, und sah, dass er auf seine Uhr schaute, sodann verliess sie das Büro mit singenden Worten: „Ich wünsche Ihnen einen sehr angenehmen Tag. Good bye. Au revoir.“

Josefine lief den Bachweg entlang in die Werkstatt. Franz war noch nicht da. Sie ging die Treppe hinauf in die Wohnung, da sass er noch bei Tisch und las die Zeitung. Sie schickte Gerdi unter dem Vorwand, etwas holen zu sollen, in die Werkstatt. Sobald Gerdi aus dem Raum war, erzählte sie, was sie gehört und gesehen hatte, und zeigte Franz den Zettel mit den Namen. „Frau Weisser?", stutzte er, „aber die hat eine Ausreisegenehmigung und ein Visum für Palästina.

Erst gestern hat sie gesagt, dass, wenn sie für eine Zeit lang wegzieht, Herr Gosch die Hausverwaltung übernimmt und Herr Frühwirt das Geschäft weiterführt. Alles mit Vertrag. So bleibt alles, wie es ist. Für die Schottergrube und den Lastwagen von ihrem Bruder hat sie vorläufig jemanden gefunden. Aber sie denkt, dass dem nicht bewusst ist, was er da übernommen hat. Doch ist er ein starker Mann, hat sie gesagt, der fährt sehr sicher mit dem Laster und kennt sich gut aus in der Gegend." Franz dachte nach. „Sag niemandem etwas, denn, wenn die drauf kommen, dass wir informiert sind, kann das sehr gefährlich für uns alle sein. Ich geh mal zu Frau Weisser und Du passt hier im Gang auf und gibst mir ein Zeichen, ob die Luft rein ist. Jetzt ist wirklich höchste Gefahr."

Josefine sah sich um, nahm den Abfallkübel und leerte fast die Hälfte davon auf den Gang. Dann nahm sie den Besen und schob das Zeug von einer Seite auf die andere. Sie gab Franz ein Zeichen, indem sie den Besen ohne den Boden zu berühren hin- und her schwenkte. Er klopfte kurz bei Frau Weisser an und verschwand hinter der Tür. Frau Weisser hörte das Klopfen, bemerkte aber nicht, dass Franz schon drinnen war. Sie erschrak im ersten Moment, weil die Tür normalerweise geschlossen ist. Franz hielt den Finger an den Mund. Mit der anderen Hand hielt er ihr den Zettel mit den Namen hin. „Ihr seid auf der Transportliste. Sie wissen, was das heisst? Ich arbeite für den Untergrund. Niemand hier weiss es, nicht einmal Josefine. Ich weiss leider nicht, wann der Transport abgeht. Ihr müsst unbedingt über die Grenze."

Der Bruder von Frau Weisser war ein paarmal mit Leuten bis nahe zur Grenze gefahren, erfuhr er. „Mein Bruder hat sich schon in Sicherheit gebracht“, sagte sie hastig, „neulich hat er gemerkt, dass er beobachtet wurde in dem Versteck, wo er die Leute auflädt. Sie waren auch bei der Sandgrube. Er hatte vor, den Laster mit Farbe zu verändern, ich weiss nicht, ob er das noch machen konnte. Auch hat er sich andere Nummernschilder besorgt. Der Laster ist im Schloss Greisensteg im Schlosstunnel legal geparkt.“ Sie griff sich ans Herz und setzte sich auf einen Stuhl. „Ich wollte auch, dass meine Edda, unsere jüngste Tochter, das Land verlässt, aber sie wollte mich, ihre alte Mutter, nicht allein zurücklassen. Ich glaube, wir können Herrn Dvorak fragen. Das ist der, der die Sandgrube führen wird. Es ist ein mutiger Mann, denke ich. Er kennt den Laster und kann ihn fahren. Der würde jeden Verfolger abhängen, hat mein Bruder gemeint. Dvorak fährt im Moment das Taxi vom kranken Grossmeier. Der Taxiplatz ist neben der Bushaltestelle am Hauptplatz. Ich schreib ihm einen Zettel, wo er sich heute Nacht mit dem Laster einfinden soll. Bitte, bringen Sie ihm den Zettel.“ Frau Weisser sah Franz fast flehend an. „Ja“, sagte Franz, „natürlich bringe ich ihm den Zettel.“ „Sollte etwas schief gehen, dann setze ich Sie, Herr Dorn, als Sandgrubenpächter ein. Ich mach das noch schriftlich.“ „Aber nein, wir wollen doch nicht den Teufel an die Wand malen, Frau Weisser.“ Doch Frau Weisser liess sich nicht davon abbringen, schrieb einen Zettel für Herrn Dvorak und die Bescheinigung mit Geschäftsstempel für Franz und übergab ihm beides: „Hier, Sie müssen jetzt gehen.“ Damit schob sie einen braunen Vorhang zur Seite, der vor der Hintertür war, machte die Tür einen Spalt breit auf und lugte hindurch. Die Luft war rein. Josefine winkte Franz zu gehen, er huschte rasch durch und verlangsamte draussen seine Schritte.

Franz schlenderte Richtung Hauptplatz, blieb hier und da vor einem Schaufenster stehen und sah im Spiegelbild der Scheiben, was sich hinter ihm tat. So erkannte er das Taxi von Grossmeier. Dvorak sass am Steuer und liess seinen Arm lässig aus dem Fenster hängen. Ein Bus kam angefahren. Das nützte Franz aus und eilte zum Taxi. „Dvorak?" Der nickte. Franz drückte ihm den Zettel in die Hand, ging zum Bus und fragte den Chauffeur etwas. Als er sich umdrehte, sah er, wie sich Dvorak mit dem Zettel eine Zigarette anzündete und den Daumen hoch hielt. Franz ging um den Bus herum über die Strasse und nahm den Weg hinter der Kirche zur Werkstatt. Josefine war bei der Arbeit. „Ich habe Kopfweh", log er, „ich lege mich kurz hin." „Schon gut", erwiderte sie, „ich bin ja da." Er ging auf den Dachboden, dort, wo die Frauen bei schlechtem Wetter die Wäsche zum Trocknen aufhängen. Wenn man ganz in die Dachschräge rutschte, konnte man die Hauptstrasse beobachten. So lag Franz etwa eine Dreiviertelstunde da, als er endlich das Taxi vorbeifahren sah. Bald kam das Taxi zurück, stoppte und entfernte etwas an der Windschutzscheibe. Das war das Zeichen, dass der Laster und er selbst fahrbereit waren. Franz schlich in die Wohnung, sah, dass er voller Staub war und wechselte rasch die Kleider. Gerdi hatte von alldem nichts mitbekommen. Sie war mit dem Waschbrett beschäftigt. Er versteckte die Kleider im Schrank, um sie später auszuschütteln und abzubürsten.

Josefine war mit ihren Gedanken bei den Kroaten. Wer weiss, wann die zuletzt etwas zu essen hatten. Der Tag erschien ihr sehr lang, es wollte nicht Abend werden. Dass sie ihnen das Gartenhäuschen als Versteck genannt hatte, wollte Josefine dem Franz nicht sagen. Sie hatte Angst, dass er sie für unvernünftig hielt, denn eigentlich konnten die sich jetzt ja mit den gestempelten Papieren frei bewegen. Es war ja auch kein Datum angegeben, wann sie über die Grenze gehen müssen. Vielleicht war es wirklich dumm von mir, sinnierte sie. Trotzdem wollte sie, wenn es dunkel war, zum Häuschen, um ihnen etwas zu essen zu bringen, falls sie da wären. Brot und eine Flasche mit Milch hatte sie bereits im Kinderwagen versteckt. Doch noch sass sie mit Franz am Tisch. Gerdi hatte noch ein wenig aufzuräumen, dann war sie fertig. Fredi war im Kinderwagen und raunte ein bisschen. Josefine stand auf und sah nach, ob alles in Ordnung war. Das war die Gelegenheit. Sie zwickte Fredi in den Po und der schrie los. „Gerdi, helfen Sie mir, den Kinderwagen rauszutragen. Wir gehen an die frische Luft, das tut uns beiden gut." Sie schob den Kinderwagen den Bachweg aufwärts und ging am Zaun entlang bis zu einer schmalen Brücke, die sie überquerte. So gelangte sie zum Gartenhäuschen, das ziemlich zugewachsen war. Sie schaute sich um und rief leise auf Kroatisch „ich bin's" durch die angelehnte Türe. Ihr Herz klopfte heftig. Sie kannte die zwei Männer im Grunde ja nicht. Es rührte sich nichts. Die Tür ging gegen aussen auf. Josefine schaute sich noch einmal um, dann öffnete sie die Türe, aber niemand war drin. Sie hielt inne, legte aber dann das Brot und die Milch auf einen Wandvorsprung neben der Türe und ging den Weg zurück.

Franz war nachts viel unterwegs. Josefine kam erst richtig zur Ruhe, wenn sie ihn heimkommen hörte. Er brauchte nicht viel Schlaf, vier bis fünf Stunden reichten ihm vollends. Dafür machte er nach dem Mittagessen ein Nickerchen, wie er es nannte.

VII

Eines Tages klopfte Luise ans Werkstattfenster. Sie hatte ein ganz verweintes Gesicht. Franz ging hinaus und erfuhr, dass Franzi freiwillig zum Militär gegangen war. „Er ist doch noch ein Kind“, schluchzte sie. Und dann erzählte sie, dass er kurz in der Glasfabrik gearbeitet und bei Berta gewohnt hatte. Er hatte nicht mehr bei Berta wohnen wollen, als sie einen Untermieter bekam, obwohl es ihnen dadurch viel besser ging. „Mit Berta hatte er am Anfang Schwierigkeiten. Sie liess ihn eine Zeit lang im Stadtpark schlafen. Der Grund war, dass er ihr, vom ersten Lohn kein Geld abgab, da er sich Schuhe kaufen musste. Mit den durchgetretenen konnte er in der Glasfabrik nicht mehr arbeiten. Du kennst ja Berta, wer nicht pünktlich zahlt, der bekommt nichts, egal wie die Situation ist. Erwin hat mir erzählt, dass Franzi der Berta das nie verzeihen wird, was sie ihm angetan hat. Nun ist er im Militär. Jeden einzelnen Tag hat er gezählt, bis er das Alter erreichte, um, so früh wie möglich, zum Militär zu gehen. Dabei ist er ja mehr ein ängstlicher Bub.“ Sie wischte sich die Tränen von den Wangen. Franz: „Ja, was sollen wir machen? Wir können nur hoffen, dass es nicht zu einem Krieg kommt. Aus den Nazi Klauen kriegen wir ihn so leicht nicht raus. Mit der Berta werde ich noch ein Wörtchen reden. Sie hätte mich informieren müssen wegen Franzi. Wenn er auf Urlaub kommt, möchte ich mit ihm reden. Mehr können wir momentan nicht tun.“ Damit hielt er ihr ein paar Geldscheine hin, die sie dankend an nahm. Dann ging sie weg. Josefine hatte mit Luise nie Kontakt aufgenommen, aber den Kindern bei Gelegenheit etwas Geld zugesteckt.

Ein paar Wochen später klopfte Luise wieder an. Aloisia sei von Willi, ihrem Untermieter, geschwängert worden. „Die ist doch noch nicht einmal fünfzehn“, entfuhr es Franz. „Die Monatsblutungen sind schon drei bis vier Monate ausgeblieben, hat sie mir gestanden“, meinte Luise kleinlaut. „Wo ist der Dreckskerl“, wetterte Franz, „dem werd' ich‘s zeigen“, schmiss seine Arbeitsschürze hin und ging mit Luise zu deren Wohnung. Sie weinte: „Er ist im Grunde ein sehr angenehmer Mensch, ein guter Mensch.“ „Willst ihn noch verteidigen“, fauchte Franz, „den werd ich anzeigen, den Kinderschänder, der gehört hinter Schloss und Riegel.“ In der Wohnung sassen Willi und Aloisia Hand in Hand auf dem Sofa. „Auseinander Ihr Zwei“, schrie Franz, „so eine Schande!“ Er ging auf Willi zu, der inzwischen aufgestanden war, und wollte ihm die Faust ins Gesicht schlagen. Doch Willi fing die Faust mit einem kräftigen Griff auf: „Ich will mich nicht mit Ihnen schlagen. Ihre Tochter und ich haben beschlossen zu heiraten. Natürlich brauchen wir dazu Ihr Einverständnis.“ „Du bist ja viel zu alt für sie, Du Trottel, Du Schwein.“ Aloisia: „Hör auf, Vati, Du machst alles schlimmer, als es ist. Ich finde Willi nicht zu alt für mich und ich habe ihn von Herzen gern. Es ist allein meine Schuld. Ich hab es zugelassen. Und übrigens sind wir in Jahren gleich weit auseinander wie Du und Josefine. Du kannst uns nichts vorwerfen.“ „Aber Du bist noch ein Kind“, liess sich Franz nicht beruhigen, „da liegt der Unterschied.“ Er setzte sich und dachte nach. Luise brachte ihm eine Tasse Tee: „ Ich hab von allem nichts gemerkt“, weinte sie. Willi: „Es tut mir aufrichtig Leid, was passiert ist. Ich weiss, die Leute werden sich darüber das Maul zerreissen. Aber ich hab hier eine gute Arbeit mit Aufstiegsmöglichkeiten, ich will nicht davonlaufen.“

Franz sass nun da mit hängendem Kopf: „Die Aufstiegsmöglichkeit kannst vergessen. Wenn die hören, was los ist, bist draussen." „Aloisia sieht älter aus, als sie ist", spielte Willi die Situation herunter, „wer weiss schon genau, wie alt sie ist." „Ach, hör auf", „schluchzte Luise, „von mir aus könnt Ihr heiraten, wie ihr das anstellt, ist Eure Sache." Dann wurde sie wütend: „So eine Sauerei, verflucht noch mal. Ihr macht einem alles kaputt, aber auch wirklich alles." Sie drehte sich um und bekreuzigte sich. „Ja", fiel Franz ein, „jetzt, wo es so gut geht, privat und in der Werkstatt. Na ja, dann ist da noch das Politische, aber das werden wir auch noch hinkriegen, da läuft noch einiges. Doch ihr werdet schon früh genug darauf kommen, wenn der Umsturz kommt." Er nahm seinen Hut und ging.

Willi und Aloisia haben es nach einiger Zeit wirklich fertig gebracht, ohne grosses Aufsehen zu heiraten. Zum Glück fanden sie in der Nähe der Grossstadt Unterschlupf bei Willis Grossmutter. Es war für alle besser so. Willi musste jetzt mit dem Zug zur Arbeit. Der Zug blieb öfters irgendwo stehen. Männer, meist in schwarzen Ledermänteln, sprangen auf und kontrollierten die Passagiere. Bewaffnetes Militär passte auf, dass niemand flüchten konnte. Ohne Personalausweis war man aufgeschmissen. Willi zeigte gern seinen Arier-Pass, den er stets bei sich trug. Immer öfter fielen Schüsse, aber keiner wagte, aus dem Fenster zu schauen.

In der Werkstatt wurde viel gesungen und gelacht, trotz aller Unbill. Man versuchte bei guter Laune zu bleiben und keine Themen anzuschneiden, die einen verraten konnten.

VIII

Eines Tages jedoch kam Franz in eine brenzlige Lage. Er war mit einem Jutesack in dem Brot und Tee war zum Treffpunkt der Flüchtenden unterwegs, als er eine Männerstimme brüllen hörte: „Marsch, links, rechts, links, rechts." Es packte ihn die Angst, er liess alles fallen und rannte im Zickzack durch den Wald. Sie schossen hinter ihm her. Total erschöpft kam er zu einem abgelegenen Häuschen und schaffte es gerade noch durch die offene Tür. Eine Frau sass vor dem Herd. Sie war nicht einmal erschrocken, als er herein stürzte. „Kann ich mich hier verstecken", fragte er keuchend. Entweder sie hilft mir oder ich bin verloren, schoss es ihm durch den Kopf.

Schweigend schob sie den Holzkorb neben dem Herd beiseite und deutete auf eine Luke, die darunter sichtbar wurde: „Spring da runter, es ist nicht tief, unten liegt Stroh." Franz sprang, sah nichts und hörte nur, wie sie die Luke schloss und den Korb zurück schob. Es ging nicht lange, da klopfte es an der Tür, die sie inzwischen geschlossen hatte. „Aufmachen!", brüllte einer. Die Frau machte auf. „Jesus, haben Sie mich erschreckt", rief sie aus und griff sich ans Herz. Ein Soldat schob sie grob auf die Seite, marschierte hinein und schaute sich um: „Haben Sie etwas gehört oder gesehen? Wir suchen einen Geflüchteten." „Ja, da weiter unten hab ich schon ein paarmal so komische Leute gesehen, aber zu mir hinauf kommt keiner. Seit mein Sohn beim Militär verunglückt ist, ist es hier oben wie ausgestorben." Dabei blickte sie auf ein Bild mit schwarzer Schleife, das ihren Sohn in Uniform zeigte. „Kommt, weiter", schrie der Soldat und ging wieder raus, „der darf uns nicht entkommen. Wir hätten die Hunde mitnehmen sollen." Die Frau wartete, bis die Soldaten nicht mehr zu hören waren, schob den Korb auf die Seite und öffnete die Luke. Franz hatte so weiche Knie bekommen, dass er nur mit Mühe wieder nach oben kam. Er schaute vorsichtig aus dem kleinen Stubenfenster. „Die kommen nicht zurück", sagte die Frau, „dort, wo die hinunter gelaufen sind, ist es mühsam, wieder rauf zu kommen. Hier habe ich noch Polenta, die kannst essen, mit Eichelkaffee, wenn Du willst."

Während Franz ass, erzählte sie, was mit ihrem Sohn passiert war. Frau Kramer, so hiess sie, zog einen Brief hervor, den sie hinter dem Herrgott-Kreuz geklemmt hatte. „Die haben mir einen Brief geschrieben, schau her, ich glaube denen kein Wort. Ich kenne doch meinen Sohn. Wie es hier steht, ist er auf einem Feld, nahe der Grenze, mit anderen verunglückt und gleich dort begraben worden. Ich bin hingefahren, aber niemand wusste, wo dieses Grab sein soll, nicht einmal die Gendarmerie." Sie fing an zu weinen: „Warum durfte er nicht hier in der Heimaterde begraben werden? Nicht einmal eine Beerdigung gab es." Die Tränen liefen ihr über die Wangen. Franz versuchte, sie zu trösten. Es machte ihn nachdenklich. Nach einer Weile schlug er vor, ein paar persönliche Sachen ihres Sohnes in einen Behälter zu tun und den bei dem Kreuz, das ein paar Meter vom Haus stand, einzugraben. Sie könne noch einen Brief dazu schreiben und an diesem Ort dann Blumen pflanzen. „Wenn Dein Sohn im Himmel ist, und das ist er ganz bestimmt, dann sieht er von oben, dass Du eine Gedenkstätte für ihn gemacht hast. Das wird Dich trösten und ihn wird es freuen, wenn Du dort betest und in Gedanken bei ihm bist. Komm, während Du seine Sachen zusammensuchst und einen Brief schreibst, grabe ich die Erde so tief aus, dass alles schön Platz hat." Frau Kramer hielt das für eine gute Idee. „Übrigens", sagte sie, „ich heisse Irmi, und Du?" „Ich heisse Ferdi", log er, denn er wollte seinen richtigen Namen nicht nennen. Er fragte nach einer Schaufel und hatte keine Angst, dass er entdeckt werden könnte. Als Frau Kramer ein grosses Porzellangefäss mit Deckel brachte und dieses dann eingegraben war und ein paar Blumen aus dem Garten umgesetzt waren, knieten beide vor dem Kreuz nieder. Nach ein paar Minuten stand Franz auf, legte seine Hand auf ihre Schulter, drehte sich um und ging durch den Wald den Berg hinunter.

Sein Leben lang wiederholte Franz: „Ich kann nicht erklären, warum ich sagen kann, ich glaube an Gott und beten und das ganze Tam-Tam, was da gemacht wird, das versteh ich nicht. Und dass Gott, wenn er schon die Macht hat, so viel Leid auf dieser Welt zulässt, das begreife ich erst recht nicht."

IX

Etwa eine Woche nach der Verfolgungsjagd - Franz war in der Werkstatt und Josefine war irgendwo unterwegs - kamen ein paar Männer ins Haus, zeigten einen Ausweis mit Hakenkreuz und stellten Fragen. Herrn Lanegger und noch einen Mann hatten sie im Schlepptau. In der Wohnung waren nur Gerdi und die Kinder. Die Männer durchsuchten die Schränke, die Betten und alles, wo etwas versteckt sein könnte. Sie rissen alles ohne Rücksicht heraus. Voller Angst nahm Gerdi die Kinder zur Seite. Da bemerkte sie, dass Emer gebannt auf eine bestimmte Fussbodenlatte starrte. Dass hier ein Versteck war, wusste sie nicht. Einem der Männer entging der Blick nicht. Er nahm sein Taschenmesser, hob die Latte an und fand das Buch, in der die Pistole versteckt war. Ein paar unleserliche Notizen kamen noch hervor, sonst fanden sie nichts.

Sie holten Franz aus der Werkstatt und nahmen ihn mit. Auf der Strasse standen ein paar Neugierige. Josefine war auf dem Heimweg, als sie Franz in ein schwarzes Auto einsteigen sah. „Wo fahren Sie denn mit meinen Mann hin?", wollte sie wissen. „Aufs Revier", flüsterte einer neben ihr. Sie wusste, was das heisst, und rannte in die Wohnung. Da sah sie das Durcheinander. Blitzschnell ging sie zu dem Versteck im Fussboden, kniete nieder und tastete mit der Hand die ganze Aushöhlung ab. Sie holte Spiegel und Taschenlampe, um noch genauer sehen zu können, aber es war nichts mehr da. Gerdi sass immer noch da, zitterte und weinte. „Nach was haben die denn gesucht?", fragte Josefine. „Ich glaub, der Emer hat von dem Versteck gewusst, er hat immer hin geschaut", schluchzte Gerdi. „Ich hab nichts verraten", wehrte sich Emer, „in der Schule waren auch schon Männer und haben uns ausgefragt. Aber ich hab nichts verraten, weil sie nicht nach Verstecken gefragt haben."

Josefine und Gerdi blieb fast die Luft weg und sie dachten, jetzt geht das auch schon in der Schule los. Josefine sah Emer in die Augen und sagte freundlich: „Komm, Emer, sag uns ganz genau, was los war in der Schule. Lass Dir Zeit, denk gut nach." Emer kam sich sehr interessant vor und ging in der Wohnung auf und ab, wie Franz, wenn er nachdachte. Endlich sagte Josefine: „Nun setz Dich hin und erzähl schon." „Einer von denen hat eine Rute aufs Lehrerpult sausen lassen", begann er zu erzählen, „und er hat gesagt, ‚die bekommt jeder zu spüren, der Mitwisser einer Sache ist und es verschweigt'. Dann haben sie einige Buben ausgefragt: ‚Weisst Du was davon?' und so, und der mit der Peitsche hat auf einige Buben gezeigt und gefragt, wie sie heissen. Ein anderer Mann ist die Schülerliste durchgegangen und hat Namen aufgeschrieben. Einige hat er aufgerufen, die mussten ‚hier' sagen. Der Mann mit der Peitsche hat sie dann genauer angeschaut. Zu mir ist er gekommen und hat mit der Peitsche mein Kinn hoch gehalten. Wie die Männer gegangen sind, hat unsere Lehrerin gesagt, wir sollen es zu Hause erzählen. Aber ich hab's vergessen." „Ist das alles?", fragte Josefine. „Nein", sagte Emer und wurde verlegen, „da war noch etwas, das will ich aber nicht erzählen, weil ich mich geschämt habe, und die andern haben sich auch geschämt." „Na, was war es schon, vor uns musst Du Dich nicht schämen", beruhigte ihn Josefine.

„Mich hat der mit dem schwarzen Hut gefragt, ob wir zu Hause judenfreundlich sind. Da hab ich gesagt ‚ich glaube schon'. Dann hat er mich auf die Seite genommen. Ich und noch ein paar andere Buben mussten mitkommen. Wir sind dann auf den Hof hinaus hinters Schulhaus. ‚Im Laufschritt', hat einer gerufen, ‚an der Wand in einer Reihe aufstellen, jetzt kommt ein Doktor nach schauen, ob ihr gesund seid, Hosen runter'. Ein paar hatten keine Unterhosen an. Da haben wir gelacht. Aber die, die eine Unterhose an hatten, mussten die auch runterziehen. Der Doktor hatte zwei Stäbchen, mit denen er an unserem Pipi die Haut nach hinten zog. Ein paar von uns mussten vortreten und durften die Hose wieder hochziehen. Der Elli, Joschi und noch zwei andere mussten mit dem Doktor und den anderen mitgehen." Emer schaute zu Boden. „Die sind doch wieder in die Schule zurückgekommen, oder?", fragte Josefine. „Nein, seither sind sie nicht mehr in unserer Klasse. Ich hab sie auch sonst nicht mehr getroffen." Josefine nahm Emer in die Arme und drückte ihn an sich. Sie küsste seine Haare, aber er wollte, wie immer, einen Kuss auf den Mund. Emer fragte, ob er jetzt im Hof spielen dürfe, trank noch seinen Apfelschalen Tee und ging.

Gerdi räumte, so rasch sie konnte, auf. Sie wollte den Spuk hinter sich haben. Josefine legte die Bodenlatte an ihren Platz zurück. Ihre Gedanken waren bei Emer. Er war ein intelligenter, fleissiger und braver Junge, manchmal ein bisschen altklug. In der Schule war er der beste Turner. Zu Hause turnte er im Hof an einem Trapez, das Franz für ihn an einen Baum befestigt hatte. So oft er konnte, übte er sich in Kunststücken. Er hatte keine Angst, aber er hatte Respekt vor der Höhe. Emer schrieb auch gern Gedichte, und schon als ganz kleiner Bub hatte er Operettenmusik geliebt. Josefine war sehr stolz auf ihn. Als aufgeräumt war, ging Josefine zur Frau des Polizisten Precinschek und fragte, wann ihr Mann nach Hause käme. Frau Precinschek sagte zuerst, wie Leid es ihr täte, dass man zwei Männer aus diesem Haus mitgenommen habe, meinte aber dann: „Als Polizist in dem Haus zu wohnen, wo man Leute verhaftet, ist nicht gut.

Hoffentlich kriegt mein Mann nicht selber Schwierigkeiten deswegen." „Ich wüsste nicht, was die dazu gebracht hat, meinen Mann mitzunehmen", sagte Josefine nervös. „Ich muss Ihnen da etwas erklären, meine Liebe", sagte Frau Precinschek und schaute Josefine etwas vorwurfsvoll an, „als nicht mit ihm verheiratete Frau, haben Sie nicht einmal das Recht zu erfahren, wo er ist und wie es ihm geht. Ihr solltet jetzt wirklich mal ans Heiraten denken, meine Liebe, auch der Kinder wegen." Josefine: „Ja! Ich muss in der Gemeinde nachfragen, ob wir jetzt die Heiratserlaubnis bekommen. Ach, ich bin so durcheinander, ich darf die Nerven nicht verlieren." Frau Precinschek: „Sollte etwas passieren, bekommen Sie nicht einmal Witwenrente. Aber ich will den Teufel nicht herausfordern. Mein Mann kommt so gegen sieben Uhr zum Nachtessen. Kommen Sie doch um Viertel vor acht, ich werde ihn auf Ihren Besuch vorbereiten. Dann bis später." „Danke, Frau Precinschek, ich weiss, dass Sie es gut mit mir meinen. Also bis Viertel vor acht."

Als die Tür zu war, musste sich Josefine an die kühle Mauer lehnen. Ihr war ganz übel. Sie merkte, dass was hoch kam, konnte sich nicht zurückhalten, hielt ihre Schürze auf und spie hinein. Dann nahm sie all ihre Kraft zusammen, lief los und erreichte die Wohnung, kurz bevor sie sich wieder übergeben musste. Gerdi half ihr ihre Schürze abzuziehen, hielt ihr den Eimer unter das Kinn, um den nächsten Stoss abzufangen. Josefine legte sich aufs Sofa. Ich bin doch nicht schon wieder schwanger, ging es ihr durch den Kopf. Nein, das glaub ich nicht, bitte Herrgott, lass das nicht zu. Ich will und kann kein Kind in diesem Schlamassel zur Welt bringen. Bitte, hilf mir. Sie rechnete zurück, ob es möglich sei. Ich hab doch schon drei Kinder. Dieses Kind wäre total unerwünscht, mach, dass es nicht wahr ist. Ich täusche mich sicher, ich bin nicht schwanger. Nein, nein! Sie weinte in sich hinein. Zum

Glück hab ich die Gerdi, die ist wirklich eine Perle. Gerdi hatte den Kindern inzwischen Haferbrei gegeben und sie fertig für ins Bett gemacht. Für längeres Kochen war keine Zeit gewesen. Josefine ass ein wenig von dem Brei, denn Haferschleim ist ein altes Hausmittel und beruhigt Magen und Nerven, erinnerte sie sich. Gerdi: „Wenn der Herr Dorn was essen will, es hat für ihn noch vom Mittag genug übrig. Es ist spät geworden, ich werde jetzt gehen.“ So spät war es zwar noch nicht, wie Josefine feststellte, aber sie liess sie gehen. Sehr bald hatte Gerdi aber mehr und mehr Ausreden bereit, um nicht zu kommen, und Josefine spürte, dass sie eines Tages ganz wegbleiben würde.

Eigentlich hatte Josefine noch in der Werkstatt nachschauen wollen, ob trotzdem alles läuft wie sonst, doch hatte sie keine Lust, sich den Fragen zu stellen, die ganz bestimmt auf sie zukommen würden. Sie schaute auf die Uhr, brachte die Kinder ins Bett und gab ihnen ein paar Spielsachen mit. So verhielten sie sich ruhig. Von der Werkstatt kam Erwin herauf, der zweitälteste Sohn von Franz und Luise. „Es sind alle schon heimgegangen, ich hab abgeschlossen, hier ist der Schlüssel“, sagte er zu Josefine, „hast was gehört von Vater?“

„Noch nicht, in ein paar Minuten gehe ich zum Precinsckek, vielleicht erfahre ich von ihm etwas. Wenn Du willst, kannst warten, bis ich zurückkomme. Hier ist noch etwas vom Mittag übrig, hast sicher Hunger, ich werde es Dir aufwärmen. Eigentlich wäre ich froh, wenn Du bleibst, und wer weiss, wer heute noch alles anklopft.“ Plötzlich fiel ihr ein: mein Gott, das Essen hat Gerdi ja für den Franz reserviert, wie konnte ich das nur vergessen. Das ist ein schlechtes Omen. Jetzt kann ich's nicht zurücknehmen. Rasch und unauffällig bekreuzigte sie sich. Eigentlich hatte Erwin nicht bleiben wollen. Aber jetzt konnte er nicht gut weg. Das Essen stand auf dem Tisch. Er wollte auch Josefine seine Hilfe nicht verwehren. Andererseits wollte er natürlich erfahren, wo der Vater steckt und wie es ihm geht. So setzte er sich hin und ass. Er kam öfter für ein oder zwei Stunden zum Vater in die Werkstatt, um zu arbeiten. Erwin sass dann jeweils ganz ruhig in einer Ecke und konzentrierte sich auf das Ausmalen der Holzfiguren. Man merkte oft gar nicht, dass er anwesend war. Doch wenn er anfing zu erzählen, ging es lustig zu. Er brachte alle zum Lachen. Ein wirklich sonniges Gemüt mit viel Humor.

Ein gut erzogener, lieber Kerl dazu. Er liebte Luise, seine Mutter, über alles und half ihr, wo er nur konnte. Später, als Josefine zu Herrn Precinschek ging, stellte sich heraus, dass er, der Polizist, keine Ahnung hatte von dem, was da vor sich gegangen war, aber er versprach herauszufinden, wo die Gestapo Franz hingebracht hatte. ‚Gestapo' war die Geheime Staatspolizei.

Spät in der Nacht, war ein leises Klopfen zu hören. Josefine machte auf. Ein wildfremder Mann stand vor der Tür. „Machen Sie das Licht aus", flüsterte er und griff schnell selber zum Schalter. Dann zwängte er sich in die Wohnung. „Ich weiss, wo Franz ist, wir werden alles tun, um ihn frei zu bekommen. Wir haben überall Sympathisanten. Am besten, Sie verhalten sich ruhig. Auf bald." Und weg war er. Josefine erschauerte und merkte immer mehr, in welch schreckliche Lage Franz sich gebracht hatte. Von Herrn Precinschek erfuhr sie am nächsten Tag, dass man Franz ins Verhör Zentrum der Gestapo gebracht hatte, anschliessend aber woanders hin. Er versuche herauszufinden, wo er jetzt sei. Irgendjemand habe ihn denunziert.

Ernestine Nicolussi Smyth

X

Bei der Ankunft im Verhör Zentrum, zeigte ein kräftiger Mann in schwarzer Uniform auf Franz und brüllte: „Der gehört mir!“ Franz wurde es heiss und kalt. Was haben die mit mir vor? „Ich muss dringend aufs Klo“, sagte er. „Was musst Du?“, brüllte der Uniformierte, „aufs Klo muss er“, wandte er sich an seine Kollegen und lachte lauthals. Die fanden es auch zum Lachen. „Bis Nummer vier kommt, nehme ich mir den da vor.“ Damit versetzte er Franz eine so kräftige Ohrfeige, dass er mitsamt dem Stuhl umfiel.

Nummer vier war ein Kollege, der noch fürs Kartenspielen fehlte. Um diese Zeit spielten sie immer einige Runden. Der Uniformierte packte Franz am Hemdkragen und schleifte ihn den Gang entlang in ein Zimmer ohne Fenster. Die Wände waren voll gespickt mit grossen Kleiderhaken. „Ich hab hier eine Liste mit Namen, und wenn Du einen von denen kennst, ist es besser, Du sagst es, verstanden“, brüllte er so laut, dass der Raum erzitterte. Er drehte sich zur Tür und klatschte so ein paarmal kräftig in die Hände, es hörte sich wie Schläge an, dann stiess er einen komischen Jammerlaut aus. Er gab der gepolsterten Tür einen Tritt, dass sie dumpf ins Schloss fiel, und wies Franz an, sich auf einen blutverschmierten Stuhl zu setzen.

Er zog einen Handschuh an, wischte damit Blut vom Boden auf und schmierte es Franz unter die Nase, auf den Kopf und ans Kinn. „Hör mal gut zu, Genosse“, kam es unerwartet von seinen Lippen und er nannte ein Losungswort, das Franz gut kannte. „Jetzt musst Du mitspielen, ich habe Dich jetzt zum Schein mit Blut beschmiert. Sobald die Tür aufgeht, zieh ich Dich am

Hemdkragen hoch, dann lass ich Dich fallen. Du fällst wie ein Sack auf den Stuhl, verstanden! Es geht jetzt um uns, Du Trottel, ihr habt euch erwischen lassen."

Er nahm eine Liste und las die Namen vor, die darauf standen. Franz kannte einige. „Einer von denen hat Dich hierher befördert." Dann nahm er Franz am Hemdkragen und liess ihn auf den Stuhl fallen, um ihm zu zeigen, wie er zusammensinken solle. „Jammere laut und elendig", raunte er ihm zu, „und halt den Kopf seitlich nach unten. Hier, ein Band, mit dem musst Du später in deiner Zelle alles abmessen. Ich lass Dir auch das Licht an, damit Du den Klokübel findest, aber schalt es danach sofort wieder aus und leg Dich auf deinen Platz zurück." Dann packte er ihn wieder und brüllte: „Komm schon, Du Hurensohn."

Das war der Moment, als die Türe aufging. Der Griff am Kragen wurde eng, Franz wurde bis auf die Spitzen seiner Schuhe hochgezogen und mit Nachdruck fallengelassen. „Der vierte Mann ist da", rief jener durch die Türspalte. „Das Schwein hat im Moment genug abgekriegt, lassen wir ihn hier liegen", schnauzte der uniformierte Genosse und gab Franz einen Fusstritt in den Hintern. „ Jetzt kannst aufs Klo gehen", lachte er aus voller Brust. Der Kollege streckte den Kopf weiter herein und sah den „Blutverschmierten" am Boden liegen. Die schweren Stiefel gaben einen Widerhall. Die Tür krachend hinter sich zuschlagend, verliess der Genosse den Raum.

Franz eilte zum Kübel. Nachdem er sich erleichtert hatte, sollte er das Licht ausmachen. Er stand neben den Stuhl und den gleichen Platz, wo er sich wieder hinlegen musste. Er zählte die Schritte zum Schalter, stellte sich in die Richtung, die er in der Dunkelheit zurückgehen musste. Er schaltete das Licht aus, seine Knie zitterten beim Gehen. Er streckte seine Hände vor sich aus, konnte den Stuhl aber nicht finden

Schlussendlich, legte er sich auf dem Boden und rollte sich zusammen. Wie lange er so dagelegen hatte, wusste er nicht. Sein Ohr klopfte und schmerzte von dem Schlag ins Gesicht. Durst und Hunger machten sich bemerkbar. Er versuchte, nicht daran zu denken. Als er seine Lippen mit der Zunge anfeuchten wollte, schmeckte er das Blut, das inzwischen verkrustet war, und ihm wurde bewusst, dass es das Blut eines anderen Menschen war. Bei dieser Vorstellung wurde ihm schlecht. Er konzentrierte sich und holte tief Luft, um sich zu beruhigen, was ihm auch gelang, und nickte hin und wieder ein.

Trotz allem, was geschehen war, hatte er jedoch das Gefühl, dass er da ungeschoren raus kommen würde. Der Genosse, wie Franz ihn später nannte, kam wieder und raunte ihm zu: „Rühr Dich nicht, lass Dich hinaus schleifen." Dann rief er: „Hierher, ihr wisst, wohin damit! Hier, der Transportschein!" „Zu Befehl! Heil Hitler!", war die Antwort. Zwei Männer packten Franz an den Beinen, zogen ihn zu einer Trage, wo sie ihn dann drauf schmissen. Sie schoben ihn in einen vergitterten Sanitätswagen, stiegen vorne ein und fuhren los. Franz merkte, dass er allein war, sah Strassenlichter vorbeihuschen, konnte aber nicht erkennen, wo es langging. Nach etwa einer Stunde, wie er meinte, hielten sie an, luden ihn auf eine Spital Liege um und brachten ihn in ein Gebäude. Er hielt die Augen geschlossen und hörte von allen Seiten „Heil Hitler!" Jemand fasste ihn am Ärmel und drehte ihn ein wenig. Dann eine feste Stimme: „Waschraum, Gefängnistrakt, Abteilung zwei." „Jawohl, Herr Professor", antwortete eine Frauenstimme. Eine Krankenschwester schob die Liege in einen Waschraum mit mehreren Duschen. Sie machte sich daran, ihm die Kleider auszuziehen. Er tat schön langsam so, als komme er wieder zu sich. „Ja, wie geht es", fragte sie, „haben sie Dich zusammengeschlagen?" „Wo bin ich?", wollte Franz wissen. „In der Nervenklinik Punti", antwortete sie fast im Scherz. Franz erhob sich langsam und sagte: „Da war auch meine Schwester nach einer Hirnhautentzündung. Körperlich ist sie nicht mehr krank, aber sie redet nicht mehr so wie früher." Die Krankenschwester: „Wie es scheint, fehlt Ihnen ja soweit nichts. Ausser einem schönen Handabdruck im Gesicht, sehe ich nichts. Oder ist noch was?" Franz sagte nur, dass sein Ohr wehtue. „Können Sie sich selber ausziehen und unter die Dusche gehen? Hier sind ein Handtuch und ein langes Hemd, das Sie nachher anziehen müssen. Hier haben Sie noch ein Stück Kernseife, mit der waschen Sie sich auch den Kopf."

Sie nahm alle seine persönlichen Sachen und auch die Kleider mit. Auf dem Boden sah er ein Paar Filz Pantoffeln. Sonst war alles leer.

Er rutschte von der Liege runter und beeilte sich, unter die Dusche zu kommen. Aber es kam kein Wasserstrahl heraus, es tröpfelte nur schnell. Dasselbe bei den anderen Duschen. So dauerte es recht lange, bis er sauber war, bis er vor allem die Kernseife wieder aus den Haaren hatte. Gerochen hat sie auch nicht gerade angenehm. Kernseife sollte ihn zeitlebens an die schwersten Zeiten seines Lebens erinnern. „Die Seife zu Hause riecht besser", sagte er laut.

Nach dieser Prozedur stand Franz in einem gelb gestreiften, langen Hemd da. Das Gesicht, der Hintern und der Rücken taten ihm weh. Im Ohr war auch irgendwas, seit der brutalen Ohrfeige, klopfte es ständig. Der Genosse hat da zu fest zugeschlagen.

Dieser Trottel ist wohl der Meinung, er hat mich nicht verletzt, murmelte Franz vor sich hin, legte sich wieder auf die Liege und schlief ein. Im Halbschlaf bekam er mit, dass er irgendwo hingerumpelt wurde, liess sich aber nichts anmerken. Ist besser so, dachte er. Ich muss abwarten, was noch passiert. Ich soll alles abmessen, hat der Genosse gesagt, aber ohne Massband? Sie haben mir doch all meine Sachen weggenommen. Ich muss so tun, als ob ich nicht recht im Kopf bin. Hoffentlich halte ich durch und mach es glaubwürdig, bis ich weiss, wie es weitergeht. Früh am Morgen, kamen Wärter und Krankenschwestern, sahen in den Betten nach, ob jemand hinein gepisst hatte und so weiter. Sie rissen alle Fenster auf und lüfteten durch. Eine Krankenschwester teilte Medizin aus. Jeder musste sie schlucken. Franz fragte: „Was ist das?" „Nur zur Beruhigung", war die knappe Antwort und schon hatte er den Löffel im Mund. Als sie einen Moment wegschaute, liess er die Medizin in seine Hand rinnen. Auf einmal rief einer: „Visite!" Einige Herren in weissen Kitteln kamen herein: „Neuzugänge?" „Hier, Herr Professor, und da und dort." Eine dicke Kranken Pflegerin zeigte auf die Männer, die neu eingeliefert worden waren. Ein Mann, in einem Gitterbett, fing an wie wild zu schreien und an den Gitterstäben zu rütteln. Er bekam ein paar kräftige Schläge durch die Gitter ab, dann winselte er nur noch. Die Herren in Weiss klärten leise ab, welche Behandlung durchzuführen und was noch zu tun sei. Einer schrieb alles in ein Notiz Heft, ein anderer hängte eine mit Kreide beschriebene Tafel ans Fussende eines jeden "Patienten." „Was ist mit dem los?", fragte der Professor. Franz hatte inzwischen begonnen, mit Fingern, Hand und Ellbogen Mass zu nehmen. „Ich habe Ohrenweh, der ganze Kopf tut mir weh. Und jetzt muss ich alles fertig abmessen." Der Professor sah sich sein Ohr an, schaute mit einem kalten Instrument ins Innere und sagte: „Eventuell das Trommelfell geplatzt, da kann man nichts machen. Herr Kollege Hartstein, prüfen Sie die Verletzung genauer, wohl eine übers Ohr bekommen. Was war der Auslöser?" Franz beschäftigte sich gerade intensiv mit dem Massnehmen und tat so, als habe er nichts gehört. Der Professor ging weiter zum Nächsten. Im Zimmer waren zehn Betten, davon neun besetzt. Franz sah, wie misstrauisch die Patienten untereinander waren. Jeder schaute den anderen nur aus den Augenwinkeln an. Die meisten sahen verschlafen und müde aus. Das machte wohl die Medizin, die man allen, dazu noch mit demselben Löffel, verabreicht hatte. Der Mann im Gitterbett war um die vierzig und übersät mit blauen und roten Flecken. Er machte ein vor Schmerz verzerrtes Gesicht. Ein anderer war mit einer Kette, die er am Fussgelenk hatte, ans Bett gefesselt. Mit dem Fuss stiess er im Schlaf ans Eisenbett, so dass die Kette immer wieder rasselte. Franz spürte beim Liegen jede Metallfeder unter sich, da die Matratze sehr dünn war. So stellte er sich, so oft er konnte, neben das Bett. Die Fenster im Raum waren vergittert und die Türen hatten innen keinen Griff. Er erinnerte sich an die Zeit, als seine Schwester Senta hier in der Nervenheilanstalt war. Man konnte von draussen zum Fenster hinauf sprechen. Franz stellte sich, wenn immer es ging, ans Fenster, um hinaus zuschauen. Aber auf der Strasse, die man sah, spielte sich nicht viel ab.

Diejenigen Insassen, die nicht angekettet waren oder als ungefährlich galten, durften in einen Raum gehen und sich dort kreativ betätigen. Es war erstaunlich, was da gebastelt, gezeichnet und gemalt wurde. Einer zauberte kleine Schiffchen in Flaschen, sogenannte Buddel Schiffe. Er zeichnete die schönsten Pläne für grössere Boote und Franz interessierte es sehr, sie zu bauen. Material bekam Franz so nach und nach. Schon das erste Boot, an dem er zwei Wochen gebastelt hatte, wurde von jedem bestaunt. Er schenkte es dem Professor mit den Worten: „Sollte das nächste Boot schöner werden, dann können Sie es austauschen.“ Mit diesem Trick kam er zu besserem Material.

Maria, die dicke Krankenschwester, war sehr gefürchtet. Sie war diejenige, die den Insassen Spritzen zu geben hatte. Schon von weitem roch Franz ihren Schweiss. Er sah auch, dass sie die gleiche Spritze mehrmals benutzte, ohne sie auszutauschen oder zu desinfizieren.

Franz wusste nicht, wie lange er hier bleiben würde. Er machte sich Sorgen. Er hatte das Gefühl, da draussen weiss niemand, wo er steckt. Er fühlte sich allein gelassen und vergessen. Bald fing er an, kleine Briefchen aus dem Fenster zu werfen, in der Hoffnung, dass sie jemand findet und dann Josefine benachrichtigen würde. Er wusste sich nicht anders zu helfen. Als Empfänger schrieb er aber nicht Josefine Dorn, sondern Frau Pfeifer in Vordersberg. Er fand, das sei nicht so gefährlich. Allerdings hatte ihm das Personal immer wieder versichert, dass Josefine wisse, wo er sei. Es könne niemand etwas dafür, dass sie ihn nicht besuchen käme. Aber wie es zu Hause geht, hätte er so gern erfahren. Maria sagte einmal: „Ja, so geht es den meisten hier. Aber uns ist es strengstens verboten, den Briefträger zu spielen. Im Übrigen ist dies die Abteilung für vorübergehend gestörte Personen. Wenn Sie sich ruhig verhalten, werden Sie eines Tages in ein normales Gefängnis verlegt oder Sie landen in einem Lager. Sie sind ein politischer Häftling, und so wird es Ihnen ergehen. Hängt ganz vom Professor ab." Franz: „Wieso meinen Sie, dass ich politisch hier bin?" Maria: „Ich sag nichts mehr, und was ich gesagt habe, vergessen Sie lieber."

Eines Tages brachte ein deutsch sprechender Bulgare Josefine einen kleinen Zettel. Er sei für die Gartenanlage rund um die Klinik verantwortlich und habe dies gefunden. Das Brieflein habe er schon drei Tage bei sich. Nun, da er in der Gegend Bäumchen abholen musste, dachte er, den Zettel ohne grosse Gefahr bringen zu können, die genauere Adresse hat er im Milchgeschäft erfahren. Josefine hörte, dass er zurück auf dem Weg in die Klinik war, und dass er noch einen zweiten Bulgaren in dem komischen dreirädrigen kleinen Lastwagen hatte. Sie wollte die Gelegenheit nutzen und unbedingt mitfahren. Zuerst weigerten sich die Bulgaren, sie mitzunehmen, doch sie konnte sie überreden und versteckte sich auf dem Anhänger zwischen den Bäumchen auf Jutesäcken und unter einer mitgebrachten braunen Decke. Im Klinik Gelände stoppten sie unter einer grossen hängenden Trauerweide, wo Josefine dann rasch von der Ladefläche stieg. Sie versteckte ihre Decke unter einem Busch und ging zum Eingang der Klinik. Da musste sie gleich nach der Begrüssung ihren Ausweis vorzeigen. Doch bei der Anmeldung behauptete man, eine Person, namens Dorn, befinde sich nicht im Hause. Sie wagte nicht, den Zettel herzuzeigen, und fühlte sich recht hilflos. Sie ging ums Gebäude herum, schaute jedes Fenster genau an und setzte sich auf eine Bank. Da fiel ihr Alfred ein, der kann sicher mehr erreichen, dachte sie. Holte dann die Decke aus dem Versteck, löschte ihren Durst an einem kleinen Springbrunnen und ging davon. Auf der schmalen Strasse, die sie entlang marschierte, überholte sie ganz langsam ein Auto vom Roten Kreuz, und eine Stimme sagte: „Was machen Sie denn da, Frau Dorn?" Josefine erkannte Herrn Reisin. „Sagen Sie bloss, Sie fahren nach Vordersberg", sagte sie erfreut, „da müssen Sie mich mitnehmen. Denn wie es scheint, haben Sie es nicht sehr eilig und keine Patienten zu fahren." Noch ehe Herr Reisin antworten konnte, hörte sie den Beifahrer flüstern: „Komm, wir müssen weiter, es ist verboten, Privatpersonen herum zufahren." „Aber geh", sagte Herr Reisin, „wir fahren ja nach Hause, da kann sie hinten auf der Bank sitzen und bei passender Gelegenheit lassen wir sie aussteigen. Es wird ja finster sein, bis wir ankommen. Sie hat Kinder zu Hause, und die sind froh, wenn die Mama wieder da ist." Zu Josefine: „Jetzt aber schnell, springen Sie hinten rein und machen Sie die Tür gut zu." Als sie nicht mehr weit von Alfreds Wohnung fuhren, klopfte Josefine ans Fenster. „Kann ich hier aussteigen?" „Ja, machen Sie schnell die Tür auf und wieder gut zu. Wir bleiben im Auto sitzen." „Ist gut und danke." Kaum war sie ausgestiegen, fuhr das Auto weiter.

Josefine klopfte leise an Alfreds Tür. „Wer ist da?" „Ich bin es, die Josefine." Alles im Flüsterton, so hatten die Menschen es sich angewöhnt. Die Tür ging auf, Alfred steckte seinen Kopf heraus, schaute herum und liess sie rasch eintreten. „Was ist los bei Euch", sagte er, „ich hab gesehen, wie sie heute Sachen aus der Werkstatt auf geladen haben. Ich hab von Erwin gehört, alles was Metall war, haben sie mitgenommen; und das ist alles für die Waffenfabrik, das weiss ich. Sie haben sogar vom Ferdinand all die alten Bierkrüge mitgenommen, wegen den Deckeln. Aber es scheint, er hat noch ein paar besondere Exemplare zu Hause. Die wird er sicher irgendwo eingraben müssen. Mich wundert es, dass der Florenz verschont blieb, der hat ja mehr Eisen in seiner Fassbinderei." Josefine ganz erschrocken: „Ich hab von dem Ganzen noch nichts gehört." Alfred: „Aber von Dir hab ich gehört, Du seist verschwunden, und jetzt tauchst Du bei mir auf. Ich dürfte Dich gar nicht hereinlassen, wie Du weisst, so am Abend, wenn Dein Mann weg ist." Josefine mit zitternder Stimme: „Um das geht es ja. Franz ist in der Nervenklinik Punti. Ich habe von ihm eine Nachricht zugesteckt bekommen und konnte mit dem Überbringer dieser Nachricht zur Klinik fahren. Doch bei der Anmeldung haben sie behauptet, Franz sei nicht dort. Sie kennen niemanden, der so heisst." Sie streckte ihm den Zettel hin. Alfred: „Das ist dem Franz seine Schrift und hier steht, dass der Finder unbedingt sagen soll, wo er den Zettel gefunden hat.“ Alfred schaute Josefine fragend an: „Aber wie ist der Zettel zu Dir gekommen?“ „Das ist jetzt nicht so wichtig. Viel wichtiger ist, dass Du in Deiner flotten Uniform in der Nervenklinik auftauchst. Das macht Eindruck, dann werden sie sicher sagen, was mit Deinem Bruder los ist. Bitte, unternimm etwas. Ich muss eiligst nach Hause zu den Kindern.“ „Warte“, hielt er sie zurück, „setz' diesen Helm auf und zieh die Jacke über. Wir nehmen das Motorrad, das geht schneller.“ Sie schlichen aus dem Haus in die Holzhütte, wo das Motorrad stand, schoben es ein Stück des Weges, dann fuhren sie los. Im Hof vor der Werkstatt stieg sie rasch ab, gab ihm den Helm und die Jacke zurück und rannte die Treppe hoch. Erwin war bei den Kindern. Der liebe Junge, er hatte ihnen zu essen gegeben. „Hast auch was gegessen?“ „Ein bisschen.“ „Komm, kannst noch Brot mit Schmalz drauf haben, iss nur. Ich geh schnell in die Werkstatt, hast den Schlüssel?“ „Da hängt er.“ Josefine stolperte fast die Treppe hinunter. Es war nur die äussere Tür abgeschlossen. Mit Herzklopfen ging sie hinein. „Um Gottes Willen, dieses Durcheinander! Was haben die denn alles mitgenommen?“ Kein Werkzeug war mehr da. Hammer, Zangen, Nägel, Klammern und die schöne Klebepresse, Sägen und Schleifgeräte, alles weg. Nicht einmal mehr ein Draht war zu finden. Nur Holz, Papier und Farben sah sie noch. Der gusseiserne Ofen mit den langen Röhren durch den Raum war weg, der Teekessel war auch nicht zu finden. Josefine war entsetzt.

Sie schloss ab und kroch fast auf allen Vieren die Stiege wieder hinauf. Erschöpft legte sie sich auf die Sitzbank. „Bringt mir ein Glas Wasser, bitte.“ Emer holte schnell ein Glas Wasser und reichte es ihr. Langsam trank sie das lauwarme Wasser und bat die Kinder, ins Bett zu gehen. Der kleine Fredi schlief bereits. Erwin stand auf und nickte nur mit dem Kopf, seine Augen standen voller Tränen, als er nach Hause ging.

Alfred machte sich früh auf den Weg in die Nervenklinik. Er hatte seine Uniform an, mit der Uniform Mütze auf dem Kopf und seiner braunen dünnen Ledermappe unter dem Arm. In der Eingangshalle der Klinik ging er mit zackigem Schritt auf die Anmeldung zu. Die Uniform und die polierten Stiefel machten grossen Eindruck. „Heil Hitler!", donnerte es aus seinem Mund. Er öffnete die Mappe, holte ein paar Papiere hervor, blätterte darin herum und sagte: „Da haben wir es. Franz von Dorn, eingeliefert am..." Er hüstelte sich durchs Datum und sagte dann im Befehlston: „Wir benötigen ein paar wichtige Aussagen. Holen Sie ihn auf schnellstem Wege hierher. Ich habe nicht viel Zeit. In welchem Zimmer kann ich auf ihn warten?" „Jawohl, Herr..." „Machen Sie keine Umstände, holen Sie ihn." Er wurde in einen Licht durchfluteten Raum geführt, in dessen Mitte ein grosser Schreibtisch und zwei Stühle standen. Ob sie ihm etwas zu trinken anbieten könnten. Alfred lehnte ab. Er stellte sich ans Fenster mit dem Rücken zur Tür und spitzte die Ohren. Nach einer Weile hörte er Schritte und die Tür wurde geöffnet. Er bückte sich und tat so, als würde er seine Stiefel abstauben. „Hier ist die gewünschte Person", erklang es hinter ihm. „Sind Sie Franz von Dorn?", brüllte er, ohne sich um zudrehen. „Lassen Sie uns allein, der Insasse kann sich setzen." „Jawohl, besten Dank." Das war die Stimme von Franz. Nachdem sich die Tür geschlossen hatte, drehte Alfred sich um und flüsterte Franz zu: „Wir kennen uns nicht, verstanden." Franz sah ihn erstaunt an und erwiderte leise: „Ich hab Dich von hinten gar nicht erkannt." Alfred holte eine Zeitung und ein paar vollgeschriebene Seiten aus seiner Mappe und breitete sie flink auf dem Schreibtisch aus. Dann schaute er in die Schreibtischschublade. Drinnen lag eine Fotokamera. Er forderte Franz auf zu reden, aber der wollte ihn nicht belasten und verriet ihm infolgedessen nichts. Er erzählte nur, wie er hier hergekommen ist und dass er eigentlich nicht so recht weiss warum.

Alfred sah sich die Fotokamera genau an. Dann sah er, dass eine Tür auf eine kleine eingezäunte Terrasse führte. Er öffnete die Tür, ging einen Schritt hinaus und sah sich um. Rasch kam er ins Zimmer zurück, zog seinen Uniform Mantel aus und sagte zu seinem Bruder: „Zieh das an und setz' die Mütze auf, ich mach ein paar Fotos von Dir auf der Terrasse. Dann nehme ich den Film mit. Vielleicht können wir damit was anfangen.“ Franz tat wie geheissen. Zwar war er ein bisschen mager, doch als er sich im Fenster sah, fand er sich ganz adrett. Er hatte sich ein modernes Hitler-Oberlippen Bärtchen wachsen lassen, zum späteren Ärger von Josefine. Das war aber jetzt sehr nützlich. Alfred ging professionell mit der Kamera um. Er machte von Franz so viele Aufnahmen, bis der Film zu Ende war. Franz zog Mantel und Mütze wieder aus, legte alles auf den Schreibtisch und setzte sich wieder auf seinen Platz. Alfred nahm den Film aus der Kamera, liess ihn in seiner Hosentasche verschwinden und legte die Kamera zurück in die Schublade. Er zog sich den Mantel an, setzte die Mütze auf und notierte noch rasch alle Namen, die Franz von dieser Klinik angeben konnte, samt Anstellungsverhältnis. Dann wurde er nervös und sagte: „Ich muss abhauen, bevor die herausfinden, dass ich hier nichts zu suchen habe.“ Er verabschiedete sich hastig von seinem Bruder, riss die Tür auf und ging mit festen Schritten auf die Anmeldung zu. Den Blick geradeaus gerichtet, hielt er seine Hand, wie zum Gruss, an seine Mütze, so dass sein Gesicht nicht zu sehen war, und liess sie wie ein Blitz in die Luft schnellen: „Soweit erledigt“, brüllte er, „heil Hitler!“ Der

Wärter ging in die Hab-Acht-Stellung und hielt ihm die Tür auf. Mit einem Seufzer der Erleichterung schritt Alfred hinaus ins Freie.

Franz wartete, dass er abgeholt würde. Auf dem Weg zurück in seine Abteilung sah er überall Spuck Näpfe. An der Wand, hinter dem Anmeldepult, hingen ein grosser Kalender, einer bei dem man jeden Tag ein Blatt herunterreissen musste, und daneben eine Uhr in einem Goldrahmen. Franz fragte den Wärter, der ihn begleitete: „Sie, Herr Wärter, stimmt der Kalender, der dort an der Wand hängt?" „Ja, der stimmt." „Unterhaltung mit dieser Sorte Individuen verboten", schrie ein Mann mit Armbinde, der plötzlich vor ihnen stand. Er zog Tintenstift samt Heft aus der Tasche, benetzte den Stift mehrmals mit der Zunge und schrieb den Namen des Wärters auf. „Disziplin! Schon mal gehört? Vorwärts! Marsch!" Er fuchtelte mit den Händen herum und verschwand in den Gängen.

Maria, die Krankenschwester, nahm Franz in Empfang. „Vor drei Tagen war mein Geburtstag", sagte er, „das hab ich ganz vergessen. Wie lange bin ich eigentlich schon hier?" Seine Stimme fing plötzlich an zu zittern und seine Augen wurden feucht. „Pscht", machte Maria sehr freundlich, „kein Wort mehr, Sie legen sich jetzt besser hin." Franz legte sich hin, seine Gedanken waren ganz durcheinander. Als Schwester Maria mit der Medizin kam, winkte er ab. Sie holte einen Apfel hervor. „Alles Gute zum Geburtstag", flüsterte sie und beugte sich, nach Schweiss riechend, über ihn, steckte den Apfel unter seine Bettdecke und eilte hinaus. Es ist schon eine Ewigkeit her, dass ich einen Apfel gegessen habe, dachte er, kroch unter die Decke und biss vorsichtig hinein. Mmh, welch ein Genuss! Aber oh je, er hatte das Gefühl, seine Zähne sässen locker. Von da an massierte er regelmässig sein Zahnfleisch und kaute auf einem weichen Stück Holz herum, um das Zahnfleisch zu stärken. Auch machte er Turnübungen, wenn ausser den Mitinsassen niemand im Zimmer war. Seine Haare schnitt er sich selber, so gut er konnte. Das ging nur im Beschäftigungsraum, sonst gab es keine Schere. Den meisten Neuankömmlingen wurde eine Glatze rasiert. Obwohl sie keine Haare mehr am Kopf hatten, bekamen sie noch DDT zur Läuse Bekämpfung drauf und fertig.

Franz merkte erst jetzt, wie wenig er sich in seinem Zimmer aufhielt, dann fiel ihm noch auf, dass viel Wechsel war, immer wieder neue Patienten. Sein Bettnachbar, der war von Anfang an da. Der traute sich nur wenig aus dem Zimmer, sprach fast nichts, hörte jedoch zu, wenn Franz was erzählte oder fragte. Doch Antwort bekam er nur selten. Ausser einem Achselzucken lag nicht viel drin. Vielleicht war es besser so, wer nichts weiss, kann nichts sagen. Franz fragte Schwester Maria, wie lange er noch dableiben müsse, ihm ginge es wieder gut. „Sie sind politisch hier, haben Sie das vergessen? Aber still, kein Wort mehr, fragen Sie bei der Visite morgen früh."

Die Visite kam. Er setzte sich aufrecht hin, glättete seine blonden Haare, zwickte sich in die Wangen, damit sie rosig aussähen, und benetzte seine Augenbrauen mit Spucke. Als der Professor an sein Bett kam, zog er noch seinen gestreiften Hemdkragen zurecht. „Kann ich nach Hause?", fragte Franz, „ich fühle mich wieder in Ordnung." „Ja, nach Hause wollen wir ja alle", spottete der Professor und öffnete die Krankenmappe. „Ja, wen haben wir denn da. Wie ist Ihr Name? Ach ja, Dorn, Franz." Dann las er in der Mappe: „Die Entwicklung seines Hirns ist mit dem eines Zehnjährigen zu vergleichen. Zeitweise verwirrt im mittleren Grad. Schwaches Erinnerungsvermögen, schwacher Knochenbau, etc., etc. Reiner Arier. Politisch. Angeblich bei keiner Partei Mitglied."

Der Professor schaute ihn abschätzig an: „Das ist verdächtig... Na, das muss ich Ihnen wohl nicht erzählen, das wissen Sie ja selber besser.“ Er schloss die Mappe, ergriff Franzes Ohr und flüsterte hinein: „Das mit dem Abmessen, habe ich Ihnen schon am dritten Tag nicht mehr abgenommen.“ Laut sagte er dann: „Bis zur Abklärung, sind Sie bei uns weiterhin inhaftiert. Und noch eins“, und dabei lief sein Gesicht rot an, „die Unterhaltung mit Mitgefangenen und Personal wird mit Bestrafung geahndet. Also, halten Sie den Mund.“ In den darauf folgenden Tagen hielt sich der Professor von Franz fern, er kam nicht einmal in seine Nähe. Franz nahm seine Äusserungen nicht so ernst. Ist doch alles Quatsch, sagte er sich und musste fast lachen, als er sich das Gehörte ins Gedächtnis rief: Reiner Arier mit einem unterentwickelten Gehirn. Was haben die sich dabei gedacht? Wahrscheinlich sind die Arier so, sonst würden die nicht solchen Blödsinn machen.

Seit Alfreds Auftritt schaute Franz immer wieder aus dem Fenster. Er bereitete einen Zettel vor, den er eventuell einer bekannten Person zuwerfen wollte. Und da, eines Morgens stand Josefine auf der Strasse. Er winkte ihr zu, aber sie sah ihn nicht. Seit einer halben Stunde studierte sie all die Gesichter, die da hinter den Gitterfenstern zu sehen waren, doch ihren Franz entdeckte sie nicht. An verschiedenen Gittern hing eine Hand raus und winkte. Ihr war schon ganz mulmig zumute. Dann ein Pfeiffen. Sie erkannte die Melodie und wandte ihre Augen dorthin, von wo das Pfeiffen kam. Er winkte mit einem Taschentuch und liess den Zettel runter fallen. Josefine schielte hinauf und winkte kurz mit der Hand zurück, derweil sie ihr Kopftuch abmachte und wieder anzog. Sie liess sich Zeit, den Zettel zu holen, und beobachtete alles um sich herum aus den Augenwinkeln. Unauffällig hob sie den Zettel auf und verschwand in den nahe gelegenen Park.

Sie las: „Wenn es der Familie gut geht, Hand aufs Herz und von Dir aus rechts zum Himmel schauen, ansonsten links. Im Geschäft alles in Ordnung, Hand zur Stirne, Kopfdrehung, rechts gut, links schlecht. Keine Sorge, mir geht es einigermassen. Ich weiss, Du schaffst es, bis ich wieder draussen bin. In Liebe, Dein zukünftiger Gatte." Josefine verstand, dass das Zeichen waren, die sie ihm geben sollte. Sie ging zurück, tat ein bisschen so, als hätte sie Kopfschmerzen, und machte die Zeichen. Plötzlich sah sie Sicherheitsmänner mit Hakenkreuz-Armbinden kommen. Sie warf noch einen Gruss hinauf und ging dann gemächlichen Schrittes davon. Den Zettel hatte sie in den Mund gesteckt. Alfred hatte sie gewarnt, sie solle nur ja nichts unternehmen, sonst würde man sie auch noch schnappen.

Den Film, mit den Bildern von Franz in Uniform, brachte Alfred zu Otto, einem Bekannten, einem Hobbyfotografen, der eine Dunkelkammer hatte und selber entwickeln konnte. Alfred zahlte im Voraus, dann wollte er noch bei der Entwicklung dabei sein, sah aber nicht viel in der engen Kammer. Otto schmunzelte, bei dem, was er dabei sah. Er klemmte die Abzüge extra verkehrt herum an eine Schnur und meinte zu Alfred, „ wenn sie trocken sind, nimmst sie ab." Dann wandte er sich einer anderen Arbeit zu. Als die Fotos sich trocken anfühlten, nahm Alfred sie ab, ohne sie anzuschauen. Zusammen mit den Negativen versorgte er sie in seiner Tasche und ging damit zu seinem Vater, der Krank im Bett lag. Als er hörte, dass Berta und Senta gerade erst gegangen waren, schloss er die Tür hinter sich ab und breitete die Fotos auf dem Tisch aus. Was er da sah, verschlug ihm die Sprache. Da war zuerst eine gut gekleidete Dame mit zwei Buben zu sehen. Dann dieselben Buben mit einem Mann, höchstwahrscheinlich deren Vater. Aber die meisten Fotos zeigten zwei junge Frauen in obszöner Haltung und dazu immer derselbe Mann, der Mann mit den Buben. Im Hintergrund erkannte Alfred den Klinikraum, in dem er Franz getroffen hatte. Die restlichen Fotos zeigten Franz im Uniform Mantel und Mütze auf der kleinen Terrasse. Allerdings lugte auf fast allen Fotos die gestreifte Klinik Hose hervor. Auf einem Foto hatte er die Augen zu. Nur ein einziges Foto war gut gelungen, da waren Hose und Filz Pantoffeln durch einen dunklen Schatten und durch Efeu verdeckt. Der Kopf war gerade, fast im Profil, der Hitler-Schnauzbart perfekt, die hellen Augen ein wenig zusammengekniffen, eine Hand auf dem Rücken und die andere am Gurt. Dieses Foto steckte Alfred in seine Brusttasche. Er nahm sich vor, noch mehr Fotoabzüge von Franz in Uniform zu machen. Die anderen Bilder wollte er im Herd verbrennen, doch plötzlich hielt er inne und warf nur die schlechten von Franz ins Feuer. Die restlichen steckte er in einen Briefumschlag. Alfred ging zum Hobbyfotografen zurück und bat um weitere Abzüge des einen guten Fotos. Als das erledigt war, fuhr er zu Josefine. Diese war recht niedergeschlagen und jammerte: „Alles geht zu Ende, fast niemand kommt vorbei. Der Ferdinand hat mir ein Stück Speck gebracht. Das ist alles, was wir zu essen haben. Ich wüsste einen Bauern, bei dem die Hunde sind, der hat sicher noch was übrig. Aber dazu müsste man über den Pass fahren. Einen halben Tag würde es schon brauchen. Meinst Du, Du kannst es einrichten?“ Alfred dachte nach. Etwas davon könnte auch er gebrauchen. „Hast jemanden, der zu den Kindern schaut?“ „Ich werde schon jemanden finden. Der Emer ist ja auch da, der ist eigentlich schon imstande, auf die Kinder aufzupassen. Die Gerdi hat Angst, dass sie wegen Franz mit reingezogen wird. Die kommt nicht mehr, obwohl ich ihr noch das Geld für die letzten zwei Monate schuldig bin. Ich hab ihr gesagt, ich kann ihr jetzt nichts zahlen. Sie meinte, es geht schon, ich solle mir keine Sorgen machen."

Plötzlich ein Geräusch. „Pst", flüsterte sie und legte den Finger auf den Mund. Sie hörten Schritte auf die Tür zukommen. Die Kinder waren alle im anderen Zimmer. Alfred sprang auf, öffnete blitzschnell das Fenster, legte die Fotos, die plötzlich wie Feuer in seiner Brusttasche brannten, auf das Fensterbrett und stellte eine Blumenschale darauf. Kaum hatte er das Fenster zugemacht, da bewegte sich auch schon die Türklinke. Josefine, die das Ohr an die Tür gepresst hatte, erschrak. Doch sie besann sich schnell und riss die Tür auf. Und wer stand davor? Ihre Mutter. Ganz in Schwarz, wie immer, mit einem riesigen Rucksack auf dem Rücken, in jeder Hand eine übergrosse Tasche. Es war das erste Mal, dass Josefine ihre Mutter mit einem Rucksack sah. „Jesus, wo kommen Sie denn her, verehrte Mutter", sagte sie völlig überrascht, „Sie haben uns einen rechten Schrecken eingejagt." „Würde der Herr die Güte haben, mir den Rucksack abzunehmen", meinte die Mutter ungeduldig und schaute Alfred mit ihren dunklen Augen streng und tiefgründig an. „Entschuldigung, gestatten, Alfred Dorn." „Machen Sie schon, bevor ich umkippe", ertönte ihre tiefe Stimme noch ungeduldiger. Alfred sprang herzu und nahm ihr den Rucksack ab. Er war wirklich sehr schwer. Die Mutter setzte sich auf einen Stuhl, Josefine brachte ihr eine Tasse Wasser und begann ihre Schultern zu massieren. Die Haltegurte hatten ziemlich tief eingeschnitten, das konnte sie durch die Kleider spüren. „Ich habe Franzbranntwein im Rucksack", sagte die Mutter, „damit kannst Du mich einreiben."

Taktvoll hatte Alfred abgewartet, nun stand er auf, machte eine kleine Verbeugung zur Mutter, die sich mit Frau Theresa vorgestellt hatte, und wendete sich Josefine zu: „Dann wäre ja vorläufig alles erledigt. Ich werde jetzt gehen." Da fielen ihm die Fotos ein, die er sodann wieder hereinholte. „Hier hab ich noch was für Dich, flüsterte er, schau her, es ist ein Foto vom Franz. Wenn Dich jemand fragt, wie es zustande gekommen ist, dann sagst Du, Du hättest es noch unter seinen Sachen gefunden." Josefine gab ihrer Mutter den Franzbranntwein zu halten, sah Alfred erstaunt an und nahm das Bild entgegen. Als sie Franz erkannte, kamen ihr die Tränen. „Ist gut", sagte sie, „ich werde es so machen, behüte Dich Gott." Mit einem Nicken verabschiedete er sich auch von der alten Dame und ging zur Tür hinaus. Josefine sah in Mutters Rucksack, der voller Esswaren war, nahm rasch Brot und Speck heraus und lief Alfred nach: „Hier, nimm das, die Mutter hat genug davon mitgebracht."

Jetzt kamen auch die Kinder aus dem anderen Zimmer und begrüssten die Grossmutter. „Gehen wir heute zum Wohnwagen, bitte, bitte", bettelte Emer und hängte sich an ihren Hals. „Zuerst wollen wir etwas essen", sagte die Grossmutter und drückte ihr Enkelkind an sich, „und wir waschen uns einmal richtig die Hände", fügte sie hinzu, als sie Emers Hände sah. „Gebt mir zuerst einen Kuss, Reinhard und Emer, bringt den Kinderwagen hierher, ich möchte den Fredi begrüssen." Emer raste mit Fredi, der fast sechs Monate alt war, durch die Stube zur Grossmutter. „Mein süsser kleiner Bub", sagte sie und küsste ihn herzlich. Josefine wusste nicht, was sie erzählen und was sie weglassen sollte. Reinhard hatte Mühe mit dem Sprechen, er war sehr schweigsam. Josefine ermunterte ihn, der Grossmutter von sich zu erzählen, aber er wurde ganz aufgeregt und fing an, im Raum herumzugehen. Dann lief er in das andere Zimmer und holte seine Holzspielsachen, um sie der Grossmutter zu zeigen. „Das sind aber sehr hübsche Sachen, die Du da hast", sagte sie bewundernd, „hat wohl dein Vati gemacht, wie? Wo ist er überhaupt? Wahrscheinlich noch in der Werkstatt, nehme ich an." Da platzte Emer heraus: „Nein, der Vati wurde von der Gestapo abgeholt." Josefine nahm ihren Sohn zur Seite: „Hör mal, Emer, das lass mal mich erzählen. Ich will nicht, dass Du das erzählst, ja?!" „Ja, Mami, aber die anderen wissen's schon, ich hab es nicht erzählt. Die wissen es einfach." „Ist schon gut, Bub, bist ja ein lieber Kerl." Josefine gab ihm einen Kuss auf seine Haare und schickte ihn zum Hände waschen.

Bis tief in die Nacht hinein sassen Mutter und Tochter beisammen und erzählten sich gegenseitig, was in letzter Zeit alles passiert war. „Deine Schwester Rosa will heiraten und nach Wienerneustadt ziehen", sagte die Mutter, „ich glaube, sie erwartet ein Kind. Kurt heisst er, von Beruf ist er Schweisser, ein wirklich netter Kerl. Als ich Kurt den Rat gab, er müsse sie ein bisschen an die Kandare nehmen wegen ihrem Temperament, damit nichts schief läuft, da meinte er: ‚Ist schon gut, ich liebe sie so, wie sie ist. Rosa hat einen guten Kern, das fühle ich, und sie liebt mich auch sehr, das ist die Hauptsache'. Hanna, Vater und ich werden uns auch dort niederlassen", fuhr die Mutter fort, „dort haben wir im nahen Umkreis unsere liebsten Freunde und Verwandten. Wie Du siehst, Josefine, ziehen wir nicht mehr herum. Ist auch Zeit, dass wir irgendwo Heimat berechtigt werden. Wir mussten uns immer wehren, um nicht als Fahrende oder gar als Zigeuner abgestempelt zu werden. Wir sind Künstler und Artisten auf Tournee, und das ist nichts Anrüchiges."

Gerdi kam nur noch zu Besuch. So entschloss sich Mutter, bei Josefine und den Kindern zu bleiben. Nun gab es eine Grossmutter im Hause, da freuten sich die Kinder sehr. Mutter erzählte weiter, dass Josefines Bruder Fritz, wegen seiner vielen Sprachen, die er beherrschte, oft als

Dolmetscher mit den hohen Herren in schicken Autos herumreiste. Er sei aber auch schon mit dem Flugzeug geflogen, wo er vor Angst fast gestorben wäre. Bei so einem Anlass hätte er seine hübsche Frau Magdalena kennen gelernt. „Sie ist Witwe, ihren Mann hat man vor einem Jahr erschossen in einem Boot am See gefunden. Er soll eine Aktentasche bei sich gehabt haben, die sei aber spurlos verschwunden. Magdalena hat eine kleine Tochter und ein hübsches Häuschen. Fritz hat jetzt wirklich das Glück gefunden. Sie scheinen wie füreinander geschaffen zu sein."

Grossmutter bekam mit der Zeit wieder Reisefieber und hielt es nicht mehr aus. Das herum Pilgern ging ihr doch ab, sie vermisst das Leben im Wohnwagen. Sie konnte Emer sehr gut verstehen. Nach ein paar Wochen fuhr sie zu ihrem Mann und nahm Emer mit. Sie besuchten Freunde und Verwandte und kamen bald ganz gelassen wieder zurück.

Franz behielt man in der Nervenklinik. Alfred konnte mit ihm öfter persönlichen Kontakt aufnehmen, immer mit anderen Tricks. Auch Josefine getraute sich wieder in die Klinik. Als man Franz nicht sofort auf der Insassen Liste finden wollte, zeigte sie ganz frech das Foto von ihm in der Naziuniform. Man gewährte ihr dann einmal im Monat zehn Minuten Besuchszeit. Ein Genosse vom Untergrund arbeitete in der Klinik und riet Franz und Josefine, keine Anstrengungen zu machen, dass er entlassen würde. Viele ihrer Mitgenossen seien nach der Entlassung verschwunden oder „verunglückt", wie er sich ausdrückte. Franz sei in der Klinik noch am sichersten.

Durch seine Bastelei hatte Franz sich sehr beliebt und nützlich gemacht. Inzwischen baute er immer grössere Schiffe. Er bekam auch etwas Geld dafür, das er Josefine per Post zukommen liess. Dass es nie bei ihr angekommen war, wusste er nicht. Dabei hätte sie es so nötig gebraucht. Sie kriegte das Geld nicht zusammen für die Miete von Wohnung und Werkstatt. Niemand konnte bei Florenz die Maschinen bedienen, so wurde kein Holz mehr zugeschnitten, alles kam dermassen in Rückstand, dass sie die Werkstatt schweren Herzens aufgab. Sie wurde wieder als Wohnung vermietet und auch ein einfacher Kachelofen wurde neu installiert. Das Material, was noch in der Werkstatt lag, war bis auf einen kleinen Bestand, den man vorläufig in die Holzhütte brachte, aufgebraucht. Josefine und Grossmutter mussten schauen, wo sie Nahrung und Verdienstmöglichkeiten finden konnten. Josefine erinnerte sich wieder an Bauer Katz und seine Frau. Mit viel Überredungskunst konnte sie sich Geld für die Fahrt vom Ferdinand dem Wirt leihen. Sie machte sich bald auf den Weg und nahm Reinhard mit auf die Reise.

Beim Bauern Katz hatte sich vieles verändert. Der Bauernhof wurde des Öfteren von einer Spezial-Versorgungstruppe aufgesucht, die den grössten Teil der Produkte mitnahm. Als Gegenleistung wurden ihnen Leute zugeteilt, die auf dem Bauernhof arbeiten mussten, doch die meisten hatten nur wenig Ahnung von Landwirtschaft. Der Bauer musste so viel Land wie möglich mit Getreide und Kartoffeln bepflanzen. Das sei ein Befehl von oben, wie er sagte. Josefine hörte von der Bäuerin viel Leid. Die Schäferhunde, die Josefine gebracht hatte, wollten sie wohl gerne behalten, aber es sei besser, sie woanders unterzubringen, ansonsten sie ihr Überleben nicht garantieren könne. Es sei schon häufiger vorgekommen, dass Hunde in Kochtöpfen gelandet waren. Daraufhin entschloss sich Josefine, die Hunde mit nach Hause zu nehmen.

Die Bäuerin hatte natürlich bemerkt, dass Josefine schwanger war und sprach sie darauf an. Josefine gab ihren Unmut preis und sagte, sie leide sehr darunter, noch ein weiteres Kind in dieser unsicheren Zeit auf die Welt zu bringen. „Dann geben Sie es halt mir", sagte Frau Katz und sah sie mit hoffnungsvollen Augen an, „den kleinen Ernst oder die kleine Christina, so würde ich meine Kinder nennen. Was auch kommen mag, Josefine, ich würde das Baby gern zu mir nehmen, bei uns haben es Kinder noch sehr gut." Dann wandte sie sich an Reinhard: „Oder Du, möchtest Du nicht gerne bei uns bleiben? Vielleicht zuerst nur für ein paar Tage, hm?" Reinhard sagte „na" und verschwand in den Rockfalten seiner Mutter. Josefine: „Das klingt alles so einfach, aber wir werden abwarten müssen, bis das Kind da ist."

Wie zwei gute Freundinnen verabschiedeten sie sich mit Tränen in den Augen. „Ab heute sagen wir uns Du, einverstanden?" „Einverstanden, und ich komm wieder, wenn ich darf. Behüte Dich Gott." Josefine durfte ihre Taschen mit Früchten und Gemüse voll stopfen. „Komm, nimm das auch noch mit, sonst holen es die anderen", sagte die Bäuerin und gab ihr noch Mehl, Mais und andere Sachen in einem Rucksack mit. Voll bepackt machten sich Josefine, Reinhard und die Hunde auf den Heimweg. Im Autobus nahm Josefine ihren Sohn auf den Schoss und drückte ihn fest an sich. Er schlief die ganze Fahrt hindurch. Im Moment haben wir wieder zu essen. Den Schnaps, den sie mir gab, werde ich als einen Teil fürs Fahrgeld an Ferdinand abgeben.

Wie schmeckt eigentlich Hundefleisch? Merkt man überhaupt einen Unterschied? Welchem Fleisch könnte es ähnlich sein? Hat es eine dunkle Farbe oder ist es hell wie Kalbfleisch? Diese und andere Fragen gingen ihr durch den Kopf. Die beiden Hunde lagen ganz ruhig zu ihren Füssen, einer schaute mit schräg gestelltem Kopf und traurigen Augen zu ihr auf, als könne er ihre Gedanken lesen. Wau, dachte Josefine, jetzt muss ich noch das ganze Zeug von der Busstation nach Hause tragen. Was kann ich tun, damit mir jemand hilft? Der Bus fährt ja beim Haus vorbei, aber es ist nur im Notfall gestattet, jemanden Ausserhalb der Busstation aussteigen zu lassen. Ach, da kommt mir meine Schwangerschaft doch noch gelegen. Fast angekommen rief sie in den Bus hinein, „Herr Schaffner, sagen Sie dem Fahrer, er muss unbedingt bei der Tankstelle anhalten, ich bin schwanger, ich fühle mich zum Erbrechen unwohl.“ „Ist ja nur noch ein Kilometer bis zur Haltestelle, das werden Sie wohl noch aushalten.“ Sie schickte die Hunde zur Türe und schleppte ihre Sachen dorthin. „Ach, ist mir schlecht“, jammerte sie, „lassen Sie mich raus.“ Der Busfahrer stoppte an der Tankstelle, denn er befürchtete, das Gespeie aufputzen zu müssen. Der Schaffner half ihnen aus dem Bus, ein Herr nutzte die Gelegenheit und stieg auch aus. Er half ihr mit all ihren Sachen über die Strasse bis vor die Haustüre. Eine Frau kam die Treppe herunter und meinte: „Waren Sie Hamstern?“ Josefine sagte gerade etwas zu Reinhard und meinte nur: „Grüss Gott.“ „Heil Hitler!“, hätte sie sagen müssen. Josefine hüstelte, bisher war sie ohne Nazi-Gruss ausgekommen, aber wie lange noch?

Die Hunde bellten, sie hatten ihr früheres Zuhause gleich wiedererkannt. Mutter freute sich, Reinhard mit roten Wangen zu sehen, und packte das Mitgebrachte sorgfältig aus. „Wir müssen die Sachen verstecken“, flüsterte sie. Josefine nahm die Flasche Schnaps aus der Tasche und ging zu Ferdinand hinüber. In der Gaststube waren nur zwei Herren, die sich konzentriert mit ihrer Agenda und irgendwelchen Papieren befassten. Während Ferdinand zwei Gläschen mit Schnaps füllte, erzählte Josefine von den Hunden, und dass sie gehört hätte, dass man die auch schlachte. „Stimmt das wohl?“, fragte sie und sah Ferdinand unsicher an. „Ja, da ist schon was dran.“ „Ich musste die Hunde, na Du weißt schon von wem, wieder nach Hause bringen.“ „Pass auf, dass die nicht auf der Strasse herumlaufen, sonst sind sie garantiert weg." „Die Sache ist die", sagte sie und machte ein besorgtes Gesicht, „ich kann sie nicht in der Wohnung halten mit den Kindern und so, aber sie brauchen natürlich Auslauf. Dein Hof hinterm Haus wäre da ganz ideal." Sie sah ihn bittend an. Ferdinand: „Ja, schon, aber Hundefleisch kann man bestens Pökeln, in einem Eichenfass von Florenz zum Beispiel. So eins hab ich jetzt bald leer, ich hab nur noch ein paar Liter sauren Most da drin. Überlege es Dir, ich kenne einen guten Hausmetzger, der weiss auch mit Kräutern umzugehen, da merkst Du nicht, was für Fleisch das ist. Im Übrigen soll das Fett von Hunden reine Medizin bei Lungenkrankheiten sein." „Brrr, hör auf." Josefine erschauerte. Ferdinand wieder: „Die Nachbarn haben die Hunde sicher noch nicht gesehen. Überlege es Dir, zum Schlachten wäre eure Waschküche ideal, weil man sie verdunkeln kann, zudem hat es in eurem Keller ganz sicher ein Verstecke für das Fass. Bei mir ist zu viel Kontrolle, ich habe jetzt schon Mühe, mein eigenes Zeug zu verstecken. Danke übrigens für den guten Schnaps. Mmh! Selbst gebrannt, so wie der schmeckt! Aber Fleisch wäre besser." Er grinste. Josefine: „Also sind wir finanziell quitt?" „Ja, natürlich." Er räumte die Gläser ab. Josefine hatte ihren Schnaps nicht ganz ausgetrunken, weil er zu stark war. Ferdinand reute es, den Rest wegzuschütten, so goss er ihn in die Flasche zurück.

Josefine ging heim. Da stand Emer und hatte Angst vor den Hunden. Reinhard mochte sie gut und gab ihnen zu trinken. Zu fressen hatte ihnen die Bäuerin noch gegeben. Aber morgen und übermorgen, ging es ihr durch den Kopf, was geben wir ihnen dann? Sie ermahnte Reinhard, das nächste Mal kein Geschirr zu nehmen, von dem die Familie ass. Sie werde etwas nur für die Hunde bereitstellen. Sie nahm die Schüssel vom Boden auf und reinigte sie mit Soda und heissem Wasser. Am nächsten Tag ging sie in die Metzgerei. „Könnte ich Reste und Knochen für zwei Hunde haben, bitte." „Sind die Zweibeinig?", witzelte ein Kunde und alle lachten. „Ist wohl für eine Suppe", meinte eine Kundin. Josefine wurde rot und wehrte sich: „Nein, es ist für meine Hunde." „Schon gut", meinte der Metzger, „kommen Sie gegen Geschäftsschluss vorbei, vielleicht hab ich dann noch was."

Sinnierend ging sie nach Hause. Knochen und Reste für Hunde in dieser Zeit? Nein, es gibt zu viele Menschen, die hungern. Grossmutter beklagte sich über die Hunde. „Sie riechen, können die nicht woanders sein? Warum hast Du sie überhaupt hierher gebracht", jammerte sie in einem fort. Josefine schnappte sich die Hunde, ging in Ferdinands Hof und klopfte an die Hintertür. Ferdinand kam raus. „Jesus! Die bringst Du mir am helllichten Tag? Wer hat Dich gesehen?" „Ich glaub niemand, ich hab niemanden gesehen." Ferdinand: „Also, ich gebe Dir Bescheid, wann wir die Waschküche brauchen. Du musst uns den Schlüssel besorgen." Josefine nickte mit dem Kopf und ging. Das war hart, die Tränen standen ihr in den Augen.

Was sag ich nur Frau Schorch oder gar Frau Weisser, wenn die zurückkommen? Ich muss versuchen, nicht daran zu denken. Grossmutter sah Josefine an: „Die hast Du wohl nicht auf die Strasse gejagt?" „Nein, ich hab sie jemandem gegeben, ist alles geregelt." Grossmutter: „Das ging aber überraschend schnell. Übrigens, wann hast Du die letzte Miete bezahlt? Ich glaub, der Hausmeister will was von Dir." „Nein, nicht schon wieder. Ich weiss gar nicht, wann ich die letzte Miete bezahlt habe." Grossmutter: „Er hat gesagt, er kommt heute nochmals vorbei." Josefine: „Ich werde ihm etwas Slivovitz Schnaps von Franz geben müssen, damit er sich beruhigt." Mutter: „Aber Kind, der will doch Geld sehen,

Du musst Berta oder Alfred oder sonst wen fragen. Ich hab auch noch einen Notgroschen in der Tasche. Wenn wir das zusammenlegen, geht es wieder für eine Weile." Plötzlich horchte Josefine auf: „Ich höre Schritte, schnell die Sachen weg."

Blitzartig packten sie die Esswaren zurück und schoben die Taschen und den Rucksack im anderen Zimmer unter das Bett. Es klopfte. Grossmutter setzte sich mit dem Rücken zur Tür auf einen Stuhl. Josefine richtete ihr Kleid und die Haare und machte auf. Es war der Hausmeister. „Grüss Gott, Herr Gosch. Ich weiss, ich bin im Rückstand mit der Miete, meine verehrte Mutter und ich haben gerade darüber gesprochen. Ich kann Ihnen versprechen, morgen zu zahlen", so plapperte sie los. Herr Gosch: „Mir ist es nicht recht, in Ihrer jetzigen finanziellen Lage die Miete zu fordern. Ich weiss, die Not ist überall zu Hause, aber was soll ich tun? Ich muss meinen Pflichten nachkommen. Haben Sie es schon bei der Gemeinde oder Fürsorge versucht? Sie sind ja momentan ohne Mann. Als dreifache Mutter und jetzt noch in anderen Umständen, sollten Sie um Unterstützung nachfragen. Ich gebe Ihnen einen Schein mit, auf dem steht, wie viel Sie an Miete im Rückstand sind. Ich habe schon die nächsten zwei Monate dazu gerechnet. Versuchen Sie bitte, gleich morgen die Büros aufzusuchen." Josefine bedankte sich für seinen Rat und für den Schein und versprach, am nächsten Tag, die Erste bei der Gemeinde zu sein. „Man wird Sie vorlassen", er zeigte auf ihren Bauch. „Moment mal", kam es ihm in den Sinn, „ich habe da noch eine zusätzliche Lösung. Die Familie, die vor kurzem in die frühere Werkstatt eingezogen ist, wird wieder ausziehen. Das Familienoberhaupt muss zum Militär, seine Frau zieht mit den Kindern zur Mutter und ihr Vater ist schon im Militär. Also könnten Sie nach unten ziehen. Die Miete wäre 40% niedriger." „Ich muss darüber nachdenken,

Herr Gosch", sagte Josefine und bedankte sich für den gutgemeinten Hinweis. „Ich versuche es erst in der Gemeinde und bei der Fürsorge, ich werde Ihnen morgen berichten."

Schon früh am nächsten Tag ging Josefine zur Gemeinde und zur Fürsorge. Von beiden Ämtern bekam sie einen Zuschuss, nur reichte der bei weitem nicht. Dann ging sie zu Berta, redete aber um den Brei herum. Der Vater von Franz hielt ihr einen kleinen Betrag hin, doch sie schämte sich und drückte ihm nur die Hand. „Danke, Vater, aber ich werde einen anderen Weg finden müssen." Zu Hause ging sie geradewegs zum Hausmeister. Sie legte alles Geld, das sie ergattert hatte, auf den Tisch. „Ist das alles?", fragte Herr Gosch. „Ja, leider. Nun ja, ich werde nach unten ziehen. Aber da die Wohnung kleiner ist, kann ich all die schönen Möbel von Frau Schorch nicht unterbringen." „Die Möbel von Frau Schorch lassen wir dort, wo sie sind", sagte Herr Gosch, „damit sie alles so vorfindet, wie sie es verlassen hat, wenn sie zurückkommt." Josefine war überrascht: „Da bin ich aber nicht ganz einverstanden. Ich habe das Nutzrecht an diesen Möbeln während der Abwesenheit von Frau Schorch." „Schon gut, dann nehmen Sie die Stücke, die Sie unterbringen können. Aber es darf nichts davon aus dem Haus." Josefine war einverstanden.

Die frühere Werkstatt-Wohnung hatte zwei Räume, einen zum Schlafen/Wohnen, im anderen konnte man kochen. Dort stand ein zweiflammiger Gaskocher. Ausserdem gab es eine grosse Ecke zum Werken. Die Bettgestelle konnte sie nicht mitnehmen, die nahmen zu viel Platz weg. Josefine holte die Werkbänke aus dem Kellervorraum und legte die dreiteiligen Matratzen darauf. Das ergab drei schmale Schlafplätze für die Kinder. Florenz bot seine Hilfe an. Er kürzte die Beine der Werkbänke, so konnten sie am Tag darauf sitzen. Der grüne Kachelofen war beliebt, denn die

Bank ringsherum war immer schön warm. Den Kindern schien es zu gefallen. Ein Büroschrank mit dazu passendem Stuhl hatte im Küchenbereich noch Platz. Aus dem Besitz von Frau Schorch blieben nur die schweren Möbel in der alten Wohnung zurück. Grossmutter packte alles ein, was man vielleicht mal brauchen könnte. Sie verstauten das, was in der Wohnung keinen Platz fand, im Vorkeller, den Florenz dann verbarrikadierte. Herr Gosch wusste nicht, was Frau Schorch ausser den Möbeln noch gehörte. Josefine wollte alles gut aufbewahren, aber Grossmutter nahm es nicht so genau und verwendete so manches, um es gegen Essbares einzutauschen. „Es ist die Not, die uns dazu treibt", sagte sie. „Hab keine Angst, ich weiss, Frau Schorch wird uns verstehen, wenn sie zurückkommt, und sie wird zurückkommen." Das sagte sie mit voraus ahnender Bestimmtheit. Sie sollte Recht behalten, wie sich Jahre später herausstellte.

Franz war immer noch in der Klinik und Schwester Maria verliebte sich in ihn. Sie steckte ihm immer wieder Früchte zu und brachte es auch fertig, dass er seine eigenen Kleider tragen durfte. Er musste aber auf seinen Pullover vorn und hinten einen Streifen Stoff mit seiner Registrier-Nummer aufnähen. Ihm fiel auf, dass fast keine geistig Schwerbehinderten mehr in seiner Umgebung waren. Wo waren sie geblieben, die er so oft hatte schreien hören? Ihm fiel weiterhin auf, dass der Leichenwagen mehrmals vorbei kam. Er konnte ihn vom vergitterten Klo Fenster aus sehen, wenn er sich auf den Klo Deckel stellte. „Heute in aller Herrgotts frühe haben sie vier kleinere Särge in ein Auto geschoben", sagte er zu Alfred, als der ihn wieder mal in Alltagskleider besuchte. Aber er ärgerte sich, wenn Franz in den paar Minuten, in denen sie sich sahen, von solchen

Sachen berichtete. „Jetzt siehst schon Gespenster, fange nicht an herum zu spionieren. Ich habe alles in die Wege geleitet, um eine legale Entlassung zu erreichen. Zum Glück hast Du noch keine Gerichtsverhandlung gehabt. Das versuchen wir zu verhindern. Halte Dich ruhig, verliere nicht die Nerven, wir wissen, dass jetzt eine gute Zeit ist, Dich herauszuholen. Du könntest leicht flüchten, aber solange wir die Hoffnung auf eine legale Entlassung haben, bleibst Du besser hier." Seitdem konnte Franz nicht mehr ruhig schlafen. Er bekam Herzklopfen, sobald die Zimmertür von aussen aufgeschlossen wurde. Das Gitter am Fenster verursachte ihm Beklemmungen und die Finsternis, wenn kein Mond schien, machte ihm Angst. Schwester Maria bemerkte seine Unruhe, obwohl Franz sie nicht zugeben wollte. Aber er schmeichelte sich bei ihr ein, wisperte ihr zu, wie sehr er sie liebe und wie sehr er davon träume, mit ihr in Freiheit zusammen zu sein. Sie küsste ihn, gestand ihm, dass auch sie ihn liebe, und erdrückte ihn fast mit ihrem Gewicht. Ihr Schweissgeruch lag noch lange in der Luft. Franz wusch sich mit dem Trinkwasser, das auf dem Nachttisch stand, alle Körperteile, die sie berührt hatte.

Von da an verging kein Tag ohne Maria. Wenn sie kam, legte sie seine Hände auf ihren üppigen Busen, auf ihre Hüften und sonst wohin... und sie steckte ihre Zunge so tief in seinen Mund, dass er fast erstickte. Franz überwand sich, tat das Seine und zeichnete ein Herz mit Pfeil für sie, schrieb aber keine verräterischen Buchstaben darauf, sondern erfand Kosenamen. Er hatte einen Plan. Langsam, Schritt für Schritt, erforschte er, ob Maria Zugang zum Büro und zu den Patientenunterlagen hätte. Ja, was er denn damit wolle, fragte sie erstaunt. Wenn er alle Unterlagen hätte und auf den Namenslisten kein Franz mehr existiere, dann könnte er mit ihr in Freiheit leben. „Jeden Tag sind hier mehrere Abgänge", meinte er, „warum nicht ich? Warum warten? Geld habe ich genug versteckt. Wir können damit bis nach Amerika oder sonst wohin, wo wir sicher sind und ein schönes Leben beginnen können. Ohne Dich, meine Allerliebste, kann ich nicht mehr leben." Er sah sie an, küsste sie und fuhr fort: „Ich bin Mineur, das ist soviel wie Ingenieur, damit kann ich mich in jedem Land und überall selbständig machen. Stell Dir vor, Du und ich, wie romantisch schön könnten wir es haben. Jetzt liegt unser Schicksal in Deiner Hand. Versuch es, Liebste. Wenn man etwas ganz fest will, findet man einen Weg. Aber sei vorsichtig, mein Engel, ich will Dich nicht verlieren." Da ging die Tür auf und sein Bettnachbar kam herein. Zum Glück, denn ihm war schon ganz übel. Maria konnte ihm noch die Hand drücken, dann ging sie. Ich muss raus, ich muss raus, hämmerte es in seinem Kopf. Die Särge verfolgten ihn. Aus dem Klo Fenster getraute er sich nicht mehr zu schauen.

Maria machte sich daran, unauffällig das kleine Büro, in dem die Schubladen mit den Akten waren, zu durchstöbern. Sie wusste, dass sie eigentlich keinen Zutritt hatte, aber ein Verbot war nirgends deutlich angeschrieben. Einmal konnte sie für ein paar Sekunden bis zu den Namenslisten vordringen. Manche Zeilen waren mit dicker schwarzer Farbe durchgestrichen, bei vielen war ein Kreuz mit Datum zu sehen. Verschiedenste Todesursachen waren vermerkt: Lungenentzündung, Herzstillstand, Nierenversagen, Grippe, aber auch: Auf der Flucht erschossen. Für dieses Büro waren nur zwei Personen zuständig. Bisher hatte sich Maria nie dafür interessiert, was mit den Leuten passierte, wenn sie weg waren. Man bekommt ja sowieso keine klare Antwort, sagte sie zu sich selbst, um ihre Gleichgültigkeit zu rechtfertigen.

Es kam die Gelegenheit, an die Akten ran zukommen. Ein höherer Büroangestellter hatte Geburtstag, da wollten alle in seinem Büro bei der Gratulation dabei sein. Maria sah, wie eine Sekretärin den Büroschlüssel hinter einem Pfosten aufhängt, sie wartete, bis sie die Leute lachen und ein Geburtstagslied anstimmen hörte, dann handelte sie rasch. Sie nahm den Schlüssel, ging zum Büro, schloss auf, rannte zur Schublade und fand auf Anhieb die Akte Franz Dorn. Blitzschnell liess sie die in ihrer Bluse verschwinden und hatte noch Zeit, auf der Liste an der Wand Franzens Namen mit einem schwarzen Stift unleserlich zu machen. Sie schloss das Büro ab, ging an der Tür der Geburtstagsfeier vorbei, stimmte ein und sang mit frohem Herzen und einem Lächeln auf dem Gesicht „Hoch soll er leben". Sie schaute sich um, der Portier stand draussen an der frischen Luft und benahm sich ganz normal. Offensichtlich hatte er sie nicht gesehen. Dann ging sie in den Therapieraum, in dem sich Franz befand, wandte sich an den einzigen Aufseher im Raum und erzählte ihm von der Geburtstagsfeier. Sie habe ein Gläschen Wein bekommen, er solle es auch versuchen. Im Übrigen sei es manchmal von Vorteil, so einer wichtigen Person zu gratulieren. „Meinen Sie?" „Aber ja, gehen Sie schon, ich löse Sie ab, bis Sie zurück sind." Sie richtete noch seinen Kragen und schob ihn mit einem Lächeln zur Türe hinaus. Dann befasste sie sich scheinheilig mit den Patienten, lobte hier und da.

Bei Franz zog sie die Akte aus ihrer Bluse hervor und legte sie auf den Tisch, auf dem sein Schiff stand. Das war so gross, dass niemand die Akte sehen konnte. Er blätterte sie rasch durch. Da stand auch der Name desjenigen Genossen, der ihn - sicher unter brutalstem Verhör - verraten hatte. Folgendes wurde gegen Franz vorgebracht: „Verdacht: Politischer Gegner / Untersuchung ergab keine realen Beweise. Einweisungsgrund: Irrealer Zustand." Er sah gerade noch seine Ausweispapiere, da wurde die Tür mit einer heftigen Bewegung aufgerissen. Der Aufseher kam mit hochrotem Kopf herein und zischte Maria an: „Nicht einmal die Hand hat der mir gegeben, als ich ihm gratulierte. Von oben herab hat er mich angeschaut und mich stehen gelassen, als sei ich am falschen Ort." Die Akte, schoss es Maria durch den Kopf, und sie erstarrte innerlich zur Salzsäule. Da ging der Aufseher zur Tür zurück, um sie zu schliessen. Gott sei Dank. Blitzschnell schnappte sie sich die Akte und steckte sie wieder in ihre Bluse. „Tut mir leid", heuchelte sie, „ich dachte, Sie kennen das Geburtstagskind", und entschwebte mit einem unschuldigen Lächeln.

Im Gang sah sie eine aufgebrachte Gruppe von Leuten auf sich zukommen. Geistesgegenwärtig verschwand sie in die Personal-Toilette, neben der sie gerade stand, und schloss sich ein. Den Kopf an die Türe gelehnt und die Ohren gespitzt, versuchte sie mit zu bekommen, was da los war. Auf einmal klopfte es an der Tür und sie erschrak mächtig. „Einen Moment bitte", rief sie und hatte plötzlich grosse Angst. Ich muss die Akte loswerden! Es klopfte nochmals. Oh Gott, was tun? Da stopfte sie alles in die Toilettenschüssel, bis ihr Arm bis zum Ellbogen drin steckte. Sie zog zweimal an der Spülschnur, richtete den Blusen Ärmel und machte die Tür auf.

Ein Augenblick der Spannung folgte, dann haute sie einem abgemagerten Patienten, der im gestreiften Hemd vor ihr stand, mit aller Wucht die Faust in die Rippen, dass er mit einem Herz zerreissenden Schrei auf den hoch polierten Gang flog und ein paar Meter rutschte. Zwei Männer von der Gruppe lösten sich und rannten auf die schnaufende Maria zu. „Was ist denn los?", fragte der eine. „Die hat durchgedreht", sagte der andere. Sie schauten sich den Schreienden an, nahmen ihn bei den Armen und schleiften ihn in ein Zimmer. Als sie wieder herauskamen, stand Maria immer noch da. Die Männer schlossen sich der Gruppe wieder an, als wäre nichts geschehen, und Maria ging zurück zur Toilette, um die Akte wieder heraus zu fischen, aber all ihre Mühe war vergebens. Die Akte war nicht mehr zu holen. Wie sag ich es nur dem Franz? Soll ich es ihm überhaupt sagen? Dann ging sie ins Medikamentenzimmer, um ihren Arm zu desinfizieren.

Ein Kollege sass dort auf einem Drehstuhl. Er hatte eine Palette vor sich, auf der zwei Spritzen mit gelb-violetter Flüssigkeit lagen, daneben eine Flasche mit demselben Stoff. Aus seiner weissen Schürze zog er eine Liste mit Zimmer- und Patientennummern. Dann wandte er sich an Maria und sagte: „Wo waren Sie während der Selektion? Ich habe alles vorbereitet, es kann losgehen." Maria: „Was soll das heissen, Selektion? Was kann losgehen?" „Haben Sie die Herren nicht getroffen? Die haben drastisch Selektioniert und bestimmt, wer eine Spritze bekommt und wer noch verschont bleibt. Hier ist die Liste. Wir müssen es zu zweit machen." Maria: „Was für ein Impfstoff ist das?" „Keine Ahnung, ich will es auch gar nicht wissen. Man hat mir diese Flasche auf den Tisch gestellt." Maria nahm die Flasche in die Hand, roch daran und hielt sie gegen das Licht. „Riecht nach Benzin." „Hören Sie auf, dies ist ein Befehl von oben." Maria: „Kann ich mal die Liste sehen?" Sie griff nach der Liste, suchte das Zimmer von Franz, ihr Herz blieb für Sekunden stehen. Wieso war auch er darauf? „Nach welchen Kriterien hat man entschieden?", fragte sie. „Keine Ahnung", gab er zur Antwort. „Hören Sie, ich sag es Ihnen noch einmal, ich will es nicht wissen. Kommen Sie, fangen wir an. Ich will endlich Feierabend haben."

Mit zitternder Hand wischte er sich den Schweiss von der Stirn, nahm die Liste, stellte sich vor die erste Tür und notierte die Uhrzeit. Maria legte die Palette auf den Rollwagen und folgte ihm. Der Kollege rief die Männer, die sich der Reihe nach auf ihr Bett hinlegen mussten. Wie benebelt ging Maria von Bett zu Bett und gab jedem eine Spritze. Die leere Spritze füllte der Kollege für den Nächsten wieder auf. Als sie ans Bett von Franz kam, schob sie seinen Ärmel zurück, drückte ihren Fingernagel in den Arm und spritzte das Serum in seine Kleidung. Er verzog sein Gesicht und stiess ein „Aaah“ hervor. Wie ein Blitz ging es ihm durch den Kopf: die Todesspritze, das war sie! Im Therapieraum hatte man schon darüber geflüstert. Ich muss raus hier, hämmerte es in seinem Kopf. Nichts wie weg! Gestern war Alfred hier, ich sah sein Motorrad auf der anderen Strassenseite. Es war doch seines? Ein blaues Tuch war über den Sitz gespannt. Unser Erkennungszeichen. Konnte er nicht mit mir Kontakt aufnehmen?

Ein Wärter in weisser Schürze kam herein, als Maria und der Kollege bereits im Nebenzimmer waren. „Komm!“ Er riss Franz fast aus dem Bett, gab ihm ein Paar Schuhe, machte ein Zeichen, dass er sie anziehen solle und schob ihn durch die Gänge, Richtung Empfangshalle. An einem Garderobenständer, der voller Kleidung war, blieb er stehen, nahm einen Ledermantel mit Hakenkreuz-Binde, hielt ihn Franz zum Anziehen hin, grapschte einen Hut und drückte ihn Franz so auf den Kopf, dass sein Gesicht schlecht zu erkennen war. Beim Ausgang stand ein Klinik-Wärter, der ein Taxi bestellen sollte. „Wo bleibt denn unser Taxi“, rief er und schaute auf die Strasse. Draussen, am gegenüberliegenden Strassenrand, parkten ein paar schwarze Autos mit aufgesteckten Hakenkreuz-Fähnchen. „Taxi! Taxi!“, rief er wieder. Das nutzten Franz und sein “Wärter“ aus und sie liefen zur anderen Treppenseite. Da stand ein Taxi. Sie rissen die Tür auf, schmissen sich hinein und das Taxi brauste davon. Als sie von der Nervenklinik weg waren, sagte der Taxifahrer: „Das war aber brenzlig."

Sie fuhren in eine Richtung, die Franz nicht kannte. Der "Wärter" hatte sich im Auto seiner weissen Schürze entledigt und duzte Franz: „Jetzt kannst den Mantel ausziehen, den Hut kannst aufbehalten. Aber wieso riechst Du so nach Benzin? Ich trau mich nicht einmal, eine Zigarette anzuzünden." Franz merkte, dass ihm die Männer nicht feindlich gesinnt waren, und erzählte mit wenigen Worten, was vorgefallen war: „Die Krankenschwester hat, wie ihr seht die Todesspritze in den Pullover gespritzt. Mein Bettnachbar, der keine Spritze bekommen hat, wunderte sich, dass es bei mir nicht sofort wirkte. Er meinte noch: „Herrgott, Du brauchst noch eine Extraportion." Der "Wärter" der sich als Paul vorstellte, sagte entsetzt: „Was, die waren schon bei Dir? Zeig her. Oh ja, der Pullover und das Hemd sind voll mit dem Zeug. Nein, davon haben wir nichts gewusst."

Das Taxi stoppte, auf einem Wiesenweg vor einem kleinen Grashügel. Paul versteckte die Klinik Schürze, den Ledermantel und das Taxischild mitsamt der Dachleuchte unter den Grashügel, den man anheben konnte. „Das ist euer Versteck? Ganz schön schlau, von aussen sieht man gar nichts." bemerkte Franz. Dann setzten sie die Fahrt fort. „Wohin fahren wir denn?", fragte Franz. „Wir Genossen haben Dich befreit, jetzt musst Du untertauchen." Franz: „Was? Aber ich habe keine Papiere, die Maria hat sie." Der Genosse: „Welche Maria?" Franz: „Die Krankenschwester Maria. Sie hat die Papiere besorgt und sie mir gezeigt. Die ganzen Unterlagen von mir sind in einer Mappe. Wir wollten zusammen weg, die Maria und ich, sie ist in mich verknallt und hätte alles für mich getan. Wahrscheinlich wären wir heute oder morgen in der Früh abgehauen. Darum hat sie mir keine Spritze gegeben." Der Fahrer sagte kopfschüttelnd: „Poh! So geht es zu im Narrenhaus."

Franz: „Soweit ich informiert bin, besorgt man Ausweise oder wenigstens falsche Papiere, bevor man eine Flucht startet. Habt ihr so was dabei?" Der Genosse zögerte, Franz war verärgert. Paul: „Jetzt hör mal gut zu, Genosse Dorn, wir hatten keine Zeit. Du wärst längst schon tot, wenn wir wegen den Papieren vorher etwas unternommen hätten. Zudem haben wir auch nicht im Vorhinein gewusst, ob wir Dich überhaupt lebendig da raus bekommen. Tut mir Leid, das musst Du verstehen. Papiere bekommst Du schon noch." Franz beruhigte sich ein wenig: „Gestern war mein Bruder da, ich hab sein Motorrad vom Fenster aus gesehen. Ich habe keine Ahnung, was der inzwischen unternommen hat. So ohne Papiere ist man ein Niemand. Da komm ich nicht weit. Wenn die mich schnappen oder ich in eine Kontrolle geraten, dann habe die Ehre! Ja, und zu meiner Frau kann ich auch nicht? Da kann ich mich gleich aufhängen." Paul: „Du bist doch geschieden oder? Seid ihr wieder zusammen?" Franz: „Nein, nicht mit der, mit einer anderen." Der Fahrer fing laut an zu lachen: „Und Schwester Maria! Du hast Chancen bei den Frauen, oh lala! Kannst mir einen Tipp geben, wie Du das machst?" „Hör auf. Mir ist nicht zum Lachen! Mein sauer verdientes Geld steckt auch noch in der Matratze."

Franz zog seinen Pullover aus: „Gebt mir was, dass ich diese Insassen-Nummer abtrennen kann." Paul gab ihm ein Taschenmesser. „Wie heisst Ihr überhaupt? Ich kenne Euch gar nicht und vertraue Euch alles an. Wer weiss, ob das für mich gut ist. Aber jetzt ist sowieso schon alles versaut." Paul: „Es ist besser, wenn Du unsere Namen nicht kennst. Keine Angst, wir sitzen im gleichen Boot." Die Fahrt ging einen Hügel hinauf. Paul stieg aus und hielt seine Hand wie ein

Schild an die Stirn. „Auf der anderen Seite ist es ruhig. Los weiter."

Franz sah die schöne Landschaft, ein paar verstreute Häuser, viele Äcker. Es sah so friedlich aus. „Kann ich kurz aussteigen? Ich muss mal gross." „Ja, wart, wir müssen sowieso die Nummernschilder austauschen. Wir haben hier in der Nähe noch ein Versteck. Lauf schon ein paar Schritte, wir sehen Dich dann schon." Franz ging in die Büsche, hockte sich hin und war fast fertig, als Schüsse krachten und er nur ein paar Meter entfernt eine Stimme hörte: „Untersucht sie! Hopp, Hopp! Lasst sie nicht aus den Augen." Franz zitterten die Knie, er getraute sich nicht, eine Bewegung zu machen. Es pochte in seinem Kopf, die Adern in seinen Schläfen schwollen so an, dass sie ihm weh taten. „Woher kommt Ihr?", ertönte die Stimme, „wohin wollt Ihr? Habt Ihr Ausweise dabei? Was ist mit dem Nummernschild los?"

Jetzt wusste Franz, dass seine Genossen in Gefahr waren. Vor Angst und Aufregung wurde er ganz zittrig, kippte nach hinten und sass in seiner eigenen „Kacke". „Scheisse", entfuhr es ihm leise und er verharrte in dieser Stellung, so unangenehm es auch war, bis er die Worte vernahm: „Alles in Ordnung. Schrauben Sie Ihre Schilder fester an. Wir fahren hinter Ihnen her bis zur nächsten Abzweigung." Das Auto und ein paar Motorräder fuhren an. Das Geräusch wurde leiser und immer leiser, bald war nur noch Vogel Gezwitscher zu hören. Franz putzte sich den Hintern mit Gras und Moos ab, zog die Hose hoch und sah sich um. Er wusste nicht, wo er war. Ein leises Plätschern war zu hören. Es kam von einem Bächlein, das sich den Weg nach unten bahnte. Ringsherum sah es aus, als sei noch keine Menschenseele hier gewesen. Er wusch sich und kühlte seine Stirne mit dem frischen Wasser und löschte seinen Durst.

Er setzte sich hin und sah sich die Schuhe an. „Wem gehören die eigentlich, sind ziemlich neu“, nuschelte er vor sich hin. „Eine Nummer zu gross und die Absätze etwas zu hoch.“ Er nahm die Schnürsenkel, die er in der Klinik vor lauter Eile nicht zugemacht hatte, und machte eine Schleife. Die Sonne schien, er wusste nichts Besseres zu tun als zu warten. Man kann auch im Liegen warten, sagte er sich und legte sich hin. Die ganze Flucht ging wie ein Film durch seinen Kopf. So hatte er sich das nicht vorgestellt. Er schlief vor Müdigkeit ein, wachte mal kurz auf, sah den Sternenhimmel über sich und schlief weiter.

Früh am Morgen raffte er sich auf und ging vorsichtig die schmale Strasse entlang. Er kam zu einer Stelle, an der es links und rechts abzweigte. Ein Schild zeigte zwei Orte an, die er nicht kannte. Franz nahm den Weg bergab. Nebel lag über dem Tal, die Sterne am Himmel verblassten nach und nach, es war fröstelnd kühl. Nach einer Weile roch es nach Feuer. Er sah eine Rauchwolke in die Höhe steigen. Bei näherem Hinsehen sah er eine dicke Bäuerin beim Brot backen. Die könnte ich fragen, wo ich eigentlich bin, dachte er und ging in ihre Richtung. Doch hoppla, sie stellte sich mit bedrohlicher Holzschaufel ihm entgegen und fragte, was er wolle. Um sie zu beschwichtigen, hielt er die Hände hoch: „Ich habe mich gestern im Wald verirrt, hab dann nicht mehr weiter gewusst, weil es finster wurde, so hab ich mich hingelegt, bis es wieder hell wurde. Meine Bekannten, die mit mir waren, habe ich verloren. Wo bin ich jetzt eigentlich? Wo befindet sich der nächste Bahnhof, damit ich nach Hause fahren kann?“ „Der ist nicht hier um die Kurve“, gab sie zur Antwort, „da müssen Sie schon noch eine Strecke laufen. Sie haben aber Glück im Unglück, dass es so ein schönes, trockenes, warmes Wetter war, sonst hätten Sie nicht im Freien schlafen können.“ Franz starrte auf das viele frische Brot, das auf zwei Brettern neben ihr lag. Die Bäuerin brach ein grosses Stück von einem Laib ab und hielt es ihm hin: „Da, für den Weg." Um ihr zu zeigen, dass er kein Geld hatte, um es zu bezahlen, steckte er die Hände in die Hosentaschen. Als er sie wieder herausholte, hielt er das Stück Stoff mit der Insassen-Nummer in der Hand. Die Bäuerin sah das, wusste, was es bedeutet, und streckte ihren Arm danach aus. Zögernd gab er es ihr. Aber zu seiner grossen Erleichterung verbrannte sie es im Ofen, nicht ohne es, wie in einem Ritual, auf die Holzschaufel gelegt zu haben. „Sei vorsichtig", sagte sie und sah ihn wohlwollend an, „geh durch den Buchenwald immer abwärts, es ist ziemlich steil, achte auf Deine Schuhe, dass sie nicht kaputtgehen. So nach etwa einer halben Stunde siehst Du den Bahnhof. Warte, bis der erste Zug kommt, der ist voller Arbeiter, da fällst Du mit deinen Bartstoppeln nicht auf. Kontrolle gibt es fast keine, der Schaffner ist um diese Zeit noch im Halbschlaf, musst Dich vielleicht schlafend stellen. Hier, das Brot, viel Glück."

Franz tat wie ihm geheissen. Er lief den Berg hinunter, öfters rutschte er wegen der glatten Ledersohlen auch mal aus. Endlich sah er den Bahnhof. Es war mehr ein Wärter-Häuschen. Er hörte noch keinen Zug, putzte sich den Schmutz von den Kleidern und liess sich Zeit. Kein Mensch war zu sehen. Er setzte sich nieder und ass von dem Brot, das die Bäuerin ihm geschenkt hatte. Auf einmal kamen Leute in Scharen und grüssten einander schläfrig. Als der Zug kam, drängten sie vor, bis knapp an die Gleise heran. Franz war einer der Letzten, der sich noch hinein pferchen konnten. Der Zug fuhr los. Der Schaffner drängte sich durch den Waggon, wollte bei Franz stehen bleiben, doch durch das Gedränge wurde er weitergeschoben.

Endlich kam eine Ortstafel. Ah, jetzt weiss ich, wo ich bin, ging es Franz durch den Kopf, so etwa 10 bis 15 km von zu Hause entfernt. Der Zug hielt an, Leute stiegen ein und aus. Ganz hinten und ganz vorne stiegen je zwei Männer in langen, beigefarbenen Mänteln ein, aber Franz sah sie nicht. Auf einmal dröhnte es: „Ausweispapiere vorzeigen." Jeder suchte nach seinem Ausweis. Franz griff unter seinen Pullover. Der Kontrolleur dachte wohl, dass auch er seinen Ausweis hervor ziehen würde und winkte ab. Franz fiel ein Stein vom Herzen, und er tat so, als würde er seine Papiere wieder zurückstecken. Nach zwei Stationen stieg er aus. Er wusste, wenn er hier über den Berg wandert, kommt er in der Nähe von Alfreds Wohnung raus.

Seinen Bruder wollte er zuerst besuchen. Die Kirchenuhr gab laut ihre Zeit an. So konnte er sich ausrechnen, ob in der nahen Kohlengrube Schichtwechsel war oder viele Leute unterwegs waren, so konnte er sein Verhalten danach ausrichten. Er schlich zur Holzhütte, in der sein Bruder sein Motorrad parkte. Es war nicht da. Das konnte er durch die Ritzen sehen.Also war Alfred auch weg. Wie komme ich in die Hütte, überlegte er. Er rüttelte leise an jeder Latte. Eine war nicht fest vernagelt, wahrscheinlich hatte da schon mal jemand dran gezogen. Vorsichtig zog er die Latte so weit weg, dass er hinein schlüpfen konnte. Drinnen legte er sich in eine alte Schutzhülle des Motorrads. Die Kirchenuhr schlug alle Viertelstunden. Die Zeit verging und Durst und Hunger machten sich bemerkbar.

Vor der Hütte stand eine alte Blechtonne mit Regenwasser. Ob man das trinken kann? Gerade als er seine Hand ins Regenwasser tauchen wollte, hörte er ein Motorradgeräusch. Es war sein Bruder. Alfred stoppte, stellte den Motor ab und steckte einen Schlüssel ins Schloss, das die Absperrketten zusammen hielt. „Pst Alfred", zischte Franz,

„ich bin es, der Franz." „Ach so? Wie kommst Du denn in meine Holzhütte?" Alfred schien nicht sehr erstaunt zu sein, seinen Bruder in Freiheit zu sehen, und bemerkte: „Ich war gestern in der Klinik. Ist gut, dass Du es selber geschafft hast da zu sein, sonst hätte ich Dich heute noch abgeholt." Franz: „Jetzt versteh ich gar nichts mehr." Alfred: „Komm, hast sicher Appetit auf was Gutes. Dabei erzähl ich Dir eine schöne Geschichte", grinste er. Sie gingen ins Haus und Alfred stellte ein schön braun gebratenes Huhn auf den Tisch, dazu Kartoffelsalat mit feinem Kürbiskern Öl darüber. Franz: „Wo hast denn das her?" „Iss und frag nicht lange. Jetzt werde ich Dir noch Deine Entlassungspapiere geben." Franz: „Was die hast Du?" „ In der Nervenklinik wird behauptet, die Registriermappe mit Deinen Unterlagen sei verschwunden, mitsamt dem Ausweis. Ich hab eine Bestätigung für das Verschwinden verlangt und hab sie auch bekommen, so dass wir bei der Gemeinde neue Papiere beantragen können. Alles was ich hab, das ist das Original Deiner Krankengeschichte, die gab mir der Professor, sonst hat er in der Klinik nichts mehr von Dir aufliegen und wenn alles erledigt ist, meinte er, wirst Du Morgen, also Heute entlassen." Franz hatte Hunger. Er ass ohne Pause, zwischendurch schüttelte er nur den Kopf.

Franz: „Ja, ich weiss nicht, ob Maria, ich meine die Schwester Maria, meine Papiere noch in der Klinik hat oder ob die bei ihr zu Hause liegen." Alfred: „Was? Wie sollte das denn gehen?" Franz erzählte die Geschichte von sich und Maria, und dass sie den Inhalt der Spritze in seinen Pullover gespritzt hatte. Alfred: „Ja, glaubst Du wirklich, Du wärst nicht mehr am Leben gewesen, wenn ich heute gekommen wäre, um Dich zu holen?" Franz: „Ja, was soll ich sagen. Ich weiss es nicht. Ich weiss auch nicht, ob die Flucht mit Maria geklappt hätte. Aber die Papiere hole ich noch, das sag ich Dir."

So sassen die Brüder beisammen und Franz erzählte, auf welch abenteuerlichem Wege er hergekommen war. Schliesslich wollte er wissen, wie es Alfred angestellt hat die Entlassungspapiere zu bekommen. „Da gibt es keine lange Geschichte", sagte Alfred, „erinnerst Du Dich an die Fotokamera, die ich in der Schublade fand? Ich hab den ganzen Film, der drinnen war, bei einem Bekannten entwickeln lassen. Auf einigen Aufnahmen war der Professor mit nackten Weibern zu sehen. Solch kompromittierendes Material kam mir natürlich wie gerufen. Ich habe es gut nutzen können. Innerhalb kurzer Zeit hatte ich alles und was noch an Unterlagen da war, auf dem Tisch mitsamt Entlassungsschein.

Ich weiss nur nicht, wer von diesen Verbrechern schuld ist, dass ich Dich nicht gleich mitnehmen konnte. Ganz legal, das war mir wichtig, verstehst Du. Ich wollte, dass Du wieder frei herumlaufen kannst. Heute hätte ich Dich abholen können." Franz konnte ihm nicht ganz folgen. „Diese Schweine wollten mich umbringen. Der Professor war bei der Selektion bestimmt dabei. Wie ich Dir erzählt hab, mit der Todesspritze machen sie es jetzt, der Inhalt stinkt nach Benzin. Riech einmal hier am Ärmel, das riecht nach zwei Tagen immer noch. In Zukunft werden keine Verrückten mehr herumlaufen. Natürlich trifft es immer wieder auch Normale. Die bringen doch alle um, die ihnen für ihren hirnkranken Nationalsozialismus im Wege stehen." Alfred: „Pst, nicht so laut, wir müssen aufpassen. Feind hört mit, merk Dir das. Du sitzt wieder gesund und frei hier vor mir auf dem Stuhl. Den Rest musst vergessen."

Sie verspeisten alles, was auf dem Tisch stand und schwiegen eine Zeitlang, um ihre Gedanken zur Ruhe kommen zu lassen. Nach einer Weile sagte Alfred: „Weisst was, ich hol meinen Kollegen, der soll mit mir zur Klinik fahren. Schauen wir mal, was uns die Maria zu sagen hat. Währenddessen gehst Heim zu Joscfine und den Kindern. Deine fast - Schwiegermutter Theresa ist auch da. Später werden wir weiter sehen."

Franz zog einen Schuh aus, weil der so klapperte, der Absatz war auch leicht schief. „Die Maria tut mir leid", sagte er, während er am Absatz herum hantierte. Sie hat mir das Leben gerettet und viel für mich riskiert. Ich hab ihr all diese Versprechungen gegeben, die ich nie im Leben einhalten kann. Ich komm mir jetzt so gemein vor. Sie wird Dir die Unterlagen gar nicht geben wollen. So um sechs halb sieben, müsste sie heute in die Klinik kommen. Auch ohne Uhr kann ich Dir das sagen. Wir hatten ja keine Uhr. Das Gefühl für die Uhrzeit hab ich jetzt bis in die Knochen." Plötzlich hatte er den Absatz in der Hand.

„Oh heiliger Josef", rief er aus, „schau Alfred, schau Dir das mal an, im Absatz ist was versteckt." Alfred nahm ihm den Absatz aus der Hand und zog ein schwarzes Säckchen hervor. Plötzlich klimperte es und ein Goldregen aus Goldmünzen fiel auf den Tisch. Die beiden griffen danach, damit sie nicht vom Tisch rollten. Dann schauten sie sich wortlos an. Alfred biss in eine Münze hinein, „so habe ich es in Filmen gesehen, um zu prüfen, ob es echtes Gold war". Aus seiner alten Briefmarkenschachtel holte er ein Vergrösserungsglas und beide schauten abwechselnd hindurch. „Boa!... Boa! ...Boa!...", brachte Alfred nur hervor, „ich glaub, ich träume." Franz: „Mir wird ganz schwindlig, aber ich gelte ja sowieso als nicht normal." Tränen rannen über sein Gesicht, mit dem Handrücken wischte er sie ab. Er bückte sich, nahm den zweiten Schuh, hielt ihn ans Ohr und schüttelte ihn. „Ist da was? Och, Alfred, ich weiss nicht, warum mir die Tränen runter kollern, und mein Herz bis zum Hals pocht..." Alfred nahm den Schuh und holte eine Zange aus der Werkzeugkiste. Franz: „Mit der kriegst Du den Absatz nicht auf, schau her, bei diesem Schuh ist es wie ein Dreh Klick Verschluss, aber weil ich den hier schief gelaufen habe, hat sich das Ganze verzogen. Kannst immer auf drehen, wenn was brauchst, und dann kannst wieder zudrehen. Gewusst wie! Ganz schön raffiniert und gut ausgeklügelt. Ob das schon patentiert ist?" Er lachte. „Möchte wissen, wo Genosse Paul diese Schuhe her hat." Er probierte so lange, bis er den Trick heraus fand und der Absatz sich löste. Auch hier kam das Gleiche zum Vorschein. Alfred schob die Münzen auf dem Tisch zur Seite und entleerte das zweite Seiden Säckchen, das ebenfalls mit Goldmünzen gefüllt war, aber diesmal war noch ein feines Goldkettchen mit Anhänger in Form eines David Sterns dabei. Franz war entsetzt.

„Die Schuhe eines Ermordeten haben mich aus dem Gefängnis getragen", sagte er erschüttert und weinte. Alfred schaute auf die Sachen und getraute sich nicht mehr, sie zu berühren. „Was machen wir jetzt damit?", sagte er und sah seinen Bruder fragend an. Franz: „Was fragst Du mich? Ich weiss es auch nicht. Aber eines weiss ich gewiss, wir brauchen einen guten Schutzengel, der schaurig aufpasst, dass wir ab jetzt keine Fehler machen." Franz nahm das Goldkettchen, entfernte den David Stern und steckte es in eines der Säckchen. Alfred sah sich die Schuhe nochmals genau an und versuchte den Absatz wieder aufzusetzen. Dabei kam ihm die Schuhsohle ungewöhnlich vor. Er nahm seine eigenen Schuhe, die auch von guter Qualität waren, und verglich sie. Seine Sohle war dreimal dünner. Dann nahm er wieder den Schuh von Franz in die Hand, wischte über die Sohle, und es kam ihm vor, als sei sie etwas abgerundet, in der Mitte und vorne am Spitz etwas abgetreten, sonst nur verkratzt. Er holte einen Schraubenzieher, schob ihn vorsichtig unter die Sohle, und siehe da, sie liess sich bewegen. Er fand ein Papier darunter, das er vorsichtig herauszog. „Eine englische Geldnote", staunte er, „5 Scheine schau Dir das an." Im anderen Schuh dasselbe. Und wieder stiess Alfred sein „Boa!... Boa!... Boa!..." hervor. „Die Schuhe sind gegen Wasser versiegelt, wie die das gemacht haben, erstaunlich." Franz interessierte sich mehr für die Technik als für den Inhalt. Alfred holte Zettel und Bleistift und fing an, die Goldstücke zu zählen.

Franz stand auf, um Wasser zu holen, seine Kehle war wie ausgetrocknet. Dann sagte er: „Jetzt hab ich keine Schuhe, die ich anziehen kann. Deine passen mir ja auch nicht, Deine Füsse sind sicher drei Nummern kleiner als meine." „Halts Maul, jetzt muss ich nochmals zählen ", schimpfte Alfred, holte eine Blechdose und gab die Goldmünzen, den David Stern, den er in das zweite Säckchen schob, die englischen Geldscheine mitsamt dem Notiz Zettel, in die Blechdose. „Was willst mit dem Goldkettchen machen?", wollte Alfred wissen. „Das bringst der Maria, die hat sich das mehr als verdient, und erzähl ihr, wie Leid es mir tut, dass es anders gekommen ist." „Ja, ja, lass jetzt dein Herz, Schmalz, Schmerz, sonst kriege ich noch Tränen in die Augen. Wenn Du Schuhe brauchst, da drüben im Schrank sind ein paar, die sind vorne offen, was anderes habe ich Dir nicht zu bieten, Du Goldesel." Franz: „Ha, ha, so was muss ich jetzt tragen, na, habe die Ehre." Alfred meinte, er hätte ein gutes Versteck, darauf fragte Franz: „Ist es sicher?" Alfred: „Na klar ist es sicher. Sicher ist sicher." Sie lachten. Alfred stand auf: „Genug gequatscht, auf geht's, komm, ich bring Dich zu Josefine. Wann heiratet ihr eigentlich?" Franz ausweichend: „Wird schon werden."

Franz ging die Treppe zur Wohnung hinauf und drückte die Türklinke herunter. Es war abgeschlossen.

Er hörte einen Schlüssel drehen und es öffnete eine ihm unbekannte Frau. Er fragte nach seiner Familie. „Die wohnen jetzt unten." Oh je! Er hatte vergessen, dass sie umgezogen waren. Doch seine gute Laune blieb. Er ging die Treppe hinunter und klopfte das Morsezeichen ans Fenster, das er früher den Kindern im Spiel beigebracht hatte. Emer sperrte auf. „Der Vati ist da!. Rief er und freute sich. Es war das erste Mal, dass Emer Vati sagte. Franz drückte ihn an sich. „Ja, da bin ich wieder." Theresa, die Grossmutter, erschien an der Tür und begrüsste ihn: „Gut schauen Sie aus, nur der Bart gefällt mir nicht." Sie meinte vor allem den Hitler-Schnauzbart unter der Nase. Reinhard kam mit Fredi angerannt und beide klammerten sich an seine Beine. Reinhard stotterte: „Hast Du keinen Rucksack? Hast was mitgebracht?" „Bis morgen müsst ihr warten, dann gibt es eine Überraschung." Josefine erhob sich mit ihrem Bauch. „Gut, dass Du wieder da bist." Sie umarmte ihn und gab ihm einen Kuss. „Die Karten haben recht gehabt, sie haben uns gezeigt, dass Du nach Hause kommst", sagte sie. Franz: „Ach ja, die Karten." „Hast Hunger? Willst was trinken? Magst einen Saft?" „Nein Danke!"Franz fühlte, dass er wieder zu Hause war. Grossmutter bat die Kinder, ihr zu helfen, den Tisch abzuräumen, auf dem allerhand lag: verschiedenfarbiges Krepppapier, Blumendraht, Scheren, Goldglitter in einem Suppenteller und angerührte Mehlpappe in einem Gefäss.

Nun musste Franz zuerst erzählen, wie es ihm ergangen war. Er habe es im Grossen und Ganzen nicht schlecht gehabt, nur wäre er natürlich gerne schon früher nach Hause gekommen.

Sie wollten noch wissen, was er in der Klinik den ganzen Tag so gemacht habe. „Aber hab ich Euch das nicht alles geschrieben?" Er erzählte von den Schiffen, die er gebaut hatte, und dass er dafür Geld bekommen hätte, das er ihnen hatte zukommen lassen. Josefine: „Was für Geld? Wann hätten wir das bekommen sollen?" Franz: „Was?! Du hast nichts bekommen?! Das nehme ich Dir nicht ab! Wir konnten jeden Monat einmal einen Brief hinaus schicken, per Post. Der Postbote selber hat die Briefe eingesammelt." „Warum hast Du nicht dem Alfred oder mir was mitgegeben?", fragte Josefine ein wenig vorwurfsvoll, „Du hast auch nie erwähnt, dass Du Geld per Brief geschickt hast." „Konnte ich doch nicht, wie Du weisst, es war ja immer ein Wächter dabei, der alles hörte. Ich hätte mich auch nie getraut, etwas von Geld zu sagen, weil es mir heimlich zugesteckt wurde, und Besuch wurde ja nie angekündigt. Noch dazu gab es immer eine peinlich gründliche Untersuchung, bevor ich die Abteilung verlassen durfte." „War es viel Geld?", wollte Emer wissen, der unterm Tisch sass.

Josefine schickte Emer ins andere Zimmer mit den Worten, dass wenn Erwachsene reden, er nicht mit zuhören habe, das gehöre sich nicht, schon gar nicht versteckt unterm Tisch. „Aber Mami, Du hast gesagt, ich bin schon gross, weil ich auf Reinhard und Fredi gut aufpassen kann. Da bin ich also doch erwachsen." Emer war ganz betrübt. Josefine ging mit ihm ins andere Zimmer und kam nach einer Weile zurück. „Der will alles genau wissen. Er ist sehr wissbegierig, ist ja gut fürs Lernen, aber in der heutigen Zeit kann es gefährlich sein."

Franz sass versunken da. „Diese Saubande, jetzt hab ich alles falsch gemacht. Hätte ich mir auch denken können. Auf der einen Seite strenge Bewachung und Untersuchung, auf der anderen Seite konnte man Briefe schicken. Ha, bin ja selber schuld. So ein Trottel war ich. Dabei hätte ich so viel Zeit gehabt, einen schlaueren Weg zu finden. So aussichtslos war es auch wieder nicht“. Er ärgerte sich masslos und presste die Hände so sehr zusammen, dass die Knöchel knackten. „Es wäre eine kleine Überbrückung von Zeit zu Zeit gewesen, mehr nicht; aber trotzdem“. Plötzlich zwickte es ihm im Magen. War es die Wut, oder war es das Brathähnchen beim Alfred? Das war ein bisschen fett. An Fettes muss ich mich erst wieder gewöhnen, dachte er. „Ja, wie ist es denn Euch so ergangen?“, sagte er nun laut und war neugierig. Viel habe ich nicht mitgekriegt in den monatlichen zehn Minuten Besuchszeit, aber irgendwie hat niemand gejammert. Ich hab total vergessen, dass Ihr nach hier unten gezügelt seid, Du hast es einmal, glaube ich, so schnell daher gesagt.“ „Hätte ja auch nichts genutzt, wenn Sie mehr gewusst hätten“, meldete sich Mutter.

Josefine erzählte, dass sie Blumen aus Krepppapier machen, die sie an verschiedenen Anlässe verkaufen. Besonders rote mit Glitter drauf gingen gut. Vor dem Friedhof konnten sie Drahtkörbchen mit Blumen gegen verschiedene Waren eintauschen und auch Kränze aus grünem Eichenlaub mit “echten“ Papierrosen und Nelken, scherzte sie. Ausser Kleider, Schuhe und so weiter brachten manche auch Esswaren. „Wir haben ein kleines Lager im Vorkeller, mit der Ware versuchen wir Handel zu treiben.“ In der Tat, Josefine sprach jede Person auf der Strasse an, allerdings so unauffällig wie möglich und nur, wenn sie sicher war, dass sie nicht vom Ort war. „Es geht ganz gut so“, liess Mutter hören. Dann bemerkte sie, dass er keine ordentlichen Schuhe trug: „Ich glaub, wir haben ein paar Schuhe für Sie. Wo haben Sie denn Ihre?“ „Ach, die sind bei Alfred, der Absatz war locker, er wird sie reparieren.“ Josefine: „In der Waschküche hat es noch heisses Wasser, kannst ein Bad nehmen, kannst Dich rasieren, und, wenn Du willst, schneide ich Dir auch die Haare. Ich hol ein Tuch und frische Kleider. Komm jetzt, um diese Zeit stört uns keiner.“ Franz war eigentlich müde, aber nein sagen mochte er nicht.

Josefine richtete ihm das Bad und gab ihm ein Stück Kernseife. „Was anderes haben wir nicht, auch die Haare musst Du damit waschen. Zum Haare spülen bringe ich Dir Essigwasser, das gibt einen schönen Glanz.“ Sie wusch ihm den Rücken und legte ihm ein Leinentuch bereit. Nach dem Bad schnitt sie ihm die Haare. Er beobachtete alles genau im Spiegel und gab Anweisung, wie er sie geschnitten haben wollte. Dann rasierte er sich. Frisch gewaschen und gekleidet kam er zurück. Mutter staunte bewundernd, meinte jedoch: „Den Hitler-Schnauz lassen Sie aber nicht stehen“, und hob warnend den Zeigefinger. „Doch, doch, denn ich habe das Gefühl, irgendwie schützt der mich“, gab Franz zurück.

Unterdessen war Alfred zu seinem Kollegen Arnold, vom Bergwerk gegangen, der gerne Motorrad fuhr, und fragte ihn, ob er mitkommen möchte, ein paar Unterlagen für seinen Bruder Franz bei einer Bekannten abzuholen. Er möchte nicht gern allein fahren. Arnold kam gerne mit, trotz Protest seiner Frau. Alfred wusste jetzt, wo er Maria auf ihrem Weg zur Arbeit abfangen konnte, das hatte Franz ihm so ungefähr beschrieben. Die Fahrt war rasant und staubig. Sie fanden einen Platz, wo es sich gut überschaubar auf jemanden warten liess.

Als er eine dicke Frau des Weges kommen sah, fragte er, ob sie die Krankenschwester Maria sei, er habe einen Gruss von Franz auszurichten. Sie blieb unschlüssig stehen. Dann stellte er sich als Bekannter von Franz vor und bat sie, einen Moment mit ihm in den Park zu gehen. Alfred sprach alleine mit ihr, sein Kollege passte auf. Zu Hause erzählte Alfred dem Franz, was Maria zu sagen hatte: „Als ich nach deinen Papieren fragte, erschrak sie. Sie fragte nach Dir und war erleichtert zu hören, dass Du noch lebst. Unter Tränen hat sie mir dann geschildert, was mit den Unterlagen und dem Ausweis passiert war und wie sie die letzten Tage gelitten habe. Niemand konnte ihr sagen, wo Du hingekommen oder hingegangen warst. Sie fragte mich auch, wie es jetzt weitergehen solle mit Euch beiden. Ich musste lügen und ihr sagen, dass Du ins Ausland flüchten musstest und sie Dich nicht mehr sehen kann. Mit Papieren wäre es natürlich einfacher gewesen. Im Moment seist Du untergetaucht, und es wäre besser, sie würde die ganze Sache vergessen. Du wolltest nicht, dass auch sie in Schwierigkeiten käme." „Was hat sie zu dem Goldkettchen gesagt?", fragte Franz. „Ach ja, sie hat sich sehr darüber gefreut und wird es in Ehren halten, und Dich wird sie ewig in Erinnerung behalten. Ich hab ihr gesagt, es sei ein Abschiedsgeschenk von Dir und Du wünscht ihr, bald den Mann fürs Leben zu finden. Ich musste ihr so was sagen, Franz, sonst fängt sie an, Dich zu suchen. Das willst Du sicher nicht?"

Jahre später gestand Alfred seinem Bruder, dass Maria das goldene Halskettchen nie bekommen hat, er hätte es seiner ersten Frau zur Verlobung geschenkt. Darüber hat Franz sich sehr geärgert.

Franz wollte wieder Arbeit finden als Mineur und meldete sich beim Arbeitsamt. Eines Tages, es hatte stark geregnet, wurde er zu einem Rohrbruch gerufen. Er müsse die Sache in die Hand nehmen und das Rohr wieder richten. Josefine war neugierig und wollte sehen, was da los war. Sie begleitete ihn mit dem Regenschirm. Franz sah, dass das Rohr nur verrutscht war. Dann sah er noch Spuren von einem schweren Wagen, der das wohl verursacht hatte. Es fand sich sonst keine weitere Person zur Hilfe ein. „Ich muss das irgendwie zurück schieben und morgen dann abdichten", sagte er zu Josefine. Er sah sich um und fand in der Nähe Steine und eine dicke spitze Heu Stangc. Josefine packte mit an und unter viel Ächzen und Stöhnen schoben sie das Rohr wieder an seinen Platz. Es sickerte nur noch wenig Wasser raus. Da hielt Josefine sich den Bauch: „Aaah, ich verliere Wasser! Komm, hilf mir! Wir müssen schnell nach Hause; Du musst die Hebamme rufen." Franz hielt den Schirm über sie und stützte sie. Es waren etwa zwei Kilometer zu laufen. „Jetzt haben wir's geschafft, wir sind schon da. Wo kann ich denn die Hebamme erreichen?" Er stiess die Tür auf und Mutter kam ihnen aufgeregt entgegen.

Ernestine Nicolussi Smyth

XI

„Es wird Krieg geben, ich hab es vom Hausmeister erfahren, der hat ganz laut gerufen, damit es alle hören.“ Mutter war ganz aufgewühlt. Franz sagte vorsichtig: „Ich habe von einem geplanten Einmarsch nach Polen gehört, aber geredet wird viel.“ Mutters Blick fiel auf Josefine: „Was ist denn mit Dir los? Ist das nicht ein bisschen zu früh?“ Josefine erklärte Franz, wo die Hebamme wohnt. „Meinst, ich kann mich noch umziehen?“, sagte er und sah seine nassen Kleider an. „Ich weiss nicht, ich spüre die Wehen schon in kurzen Abständen.“ Da rannte er los. Die Kinder mussten in die Küche und wurden ermahnt, sich ganz ruhig zu verhalten. Josefine lag im anderen Zimmer auf dem Bett mit Tüchern unter und über sich. Ihre Mutter stellte Wasser auf den Herd, um es aufzukochen. Sie tat es mit grosser Gelassenheit, obwohl die Wehen schon sehr stark waren. „Muss Mami sterben?“, fragte Reinhard ängstlich. Emer lachte, denn er hatte schon mehr Ahnung vom Ganzen. Grossmutter: „Nein, nein, sie muss nicht sterben, ihr bekommt ein Brüderchen oder ein Schwesterchen, und es tut der Mami ein bisschen weh, bis es da ist. Sie hat es Euch ja erklärt, warum sie so einen grossen Bauch hat.“

Emer: „Ich möchte ein Schwesterchen, das hab ich der Mami schon gesagt. Ich hab ja schon zwei Brüder.“ Mutter: „Das bestimmt der liebe Gott, was wir kriegen.“ Inzwischen hatte das Wasser gekocht. Grossmutter brachte es zu Josefine. „Ich will das Kind nicht. Mit der Geburt wird auch noch Krieg ausbrechen. Was soll aus uns werden?“ „Versündige Dich nicht“, schimpfte ihre Mutter und fühlte gespannt ihren Bauch, „die Kleine kann doch nichts dafür.

Ganz sicher ist es ein hübsches Mädchen, das Du gebären wirst." Grossmutter lächelte. „Nein", stöhnte Josefine, „nur kein Mädchen, das gibt Probleme mit den Kleidern und so. Sie kann ja nichts nachtragen, weil wir nur Bubenkleider haben. Die muss dann alles neu haben."

Derweil war die Hebamme angekommen. Sie war kaum bei Josefine, da war schon ein Winzling auf den Tüchern. „So ein hübsches kleines Mädchen", sagte sie und besah sich die neue Erdendbürgerin von allen Seiten, „es scheint alles in Ordnung zu sein, obwohl sie es eilig hatte, unter uns zu sein. Gott behüte Dich, Du kleines Würmchen. Wir müssen ihr das wärmste Plätzchen geben, damit sie sich gut entwickeln kann." Die Kleine fing auch gleich an zu schreien, ohne den Klaps auf den Po abzuwarten. Josefine weinte bitterlich, sie weigerte sich, ihr Kind anzuschauen oder es in die Arme zu nehmen. Mutter: „Christine sollst Du heissen. Ich werde Deine Taufpatin sein und auf Dich aufpassen, so gut ich kann." Dann sah Josefine erstaunt ihre Mutter an: „Die Bäuerin hat schon gemeint ‚'Christina' wenn es ein Mädchen wird."

Als alles aufgeräumt und vorüber war, durfte zuerst Franz das Neugeborene in die Arme nehmen, dann die Buben. Die Hebamme hatte Christine ganz fest eingewickelt, so dass man sie gut halten konnte. Emer freute sich riesig, dass es ein Mädchen war, sein Wunsch war also in Erfüllung gegangen.

Mutter hielt Josefine an, dem Kind die Brust zu geben. „Das Kind braucht Deine Milch", sagte sie eindringlich, „das ist das Beste, was es gibt für Neugeborene. Deine Brüste werden anschwellen und Dir Schmerzen bereiten, wenn Du nicht bereit bist, Deine Milch abzugeben." Mit Widerwillen stillte Josefine drei Monate lang die kleine Christine. Grossmutter arrangierte die Taufe. Auf dem Weg in die Kirche zischte Josefine: „Schon wieder ein Uneheliches, das vierte bereits." Sie hasste alles um sich herum. Sogar ihren eigenen Körper konnte sie nicht mehr ausstehen. Wäre ihre Mutter nicht gewesen, die sie ständig ermahnte, dann hätte sie sich etwas angetan. Angedroht hatte sie es einige Male. Franz tröstete sie, indem er ihr versprach, sie so rasch wie möglich zu heiraten.

„Wenn es Krieg gibt", so sagte er, „und wenn ich sterben sollte, dann bekommst Du wenigstens eine Witwenrente. Das wird so sein, das hat man allen Frauen versprochen."

Josefine: „Wo hast Du das alles her? Ich vernehme solche Sachen nicht, obwohl ich viel mit Leuten zu tun habe. Bist wohl in der Untergrundbewegung oder in der Kommunistischen Partei tätig? Wenn ich Dir draufkomme, zeige ich Dich an. Mach etwas Anständiges, etwas, das uns nützt. Du hast ja genug Ideen, versuche die umzusetzen." „Ja, ja, ist schon gut. Ich bin ja gerade erst wieder heimgekommen; werde schauen, was ich machen kann."

Franz ging viel in den Stadtpark, da holten Leute Männer für Arbeiten ab. Doch Franz versuchte lieber mit Glücksspiel sein Geld zu machen. Wie es so ist, einmal gewann er und dann verlor er. Kreuzer Spatzeln nannten sie das Spiel. Da war er ganz gut. Mit der Zeit aber wollte niemand mehr einen Einsatz machen, wenn Franz dabei war. Natürlich war es auch verboten, um Geld zu spielen.

Wegen der bevorstehenden Heirat mit Josefine ging Franz ins Gemeindehaus. Er stellte sich als Franz Dorn vor und bekam drei Seiten Papier, die er ausfüllen sollte. Der Standesbeamte suchte seine Unterlagen, fand aber nichts. „Schauen Sie unter „von Dorn", riet ihm ein Kollege. Auch nichts. „Ja, aber Papiere meiner Verwandten müssten doch da sein", sagte Franz verwundert, „kein „Dorn" und auch kein „von Dorn", das ist schon komisch." „Nein, es ist nichts da. Sehen Sie, es ist so, die Gestapo, unsere geheime

Staatspolizei, hat kürzlich bei uns aufgeräumt. Wir müssen dort nachfragen.“ Er wendete sich einer Sekretärin zu: „Fräulein Herzig, bitte, erkundigen Sie sich bei der Gestapo nach den Unterlagen von Franz Dorn und erklären sie denen, dass es sich um die Vermählung mit Fräulein Pfeifer handelt.“ Dann zu Franz: „Sie brauchen jetzt noch nichts auszufüllen, Herr Dorn, wir müssen erst abwarten.“ Dem Franz blieb der Mund offen: „Was hat das zu bedeuten?“ „Im Moment wird alles durchgesiebt, wer ein reines Gewissen hat, hat nichts zu befürchten. Wir geben Ihnen Bescheid.“ Franz überlegte, ob er melden sollte, dass seine Papiere in der Nervenklinik verschwunden waren. Ach nein, es ist besser, sich mit Alfred zu beraten. Er hatte ja nur die erpresste Entlassungsbescheinigung und keinen Ausweis. Den hätte er längst neu beantragen müssen. Alfred gab ihm dann den Rat, einfach abzuwarten.

Einen Monat später wurden die Brüder Karl, Alois, Alfred und Franz Dorn sowie Vater Karl Dorn in die Gemeinde bestellt. Vater konnte nicht hin, er war wieder mal krank im Bett. Keiner wusste vom anderen; dass sie sich dort treffen würden, Das war eine grosse Überraschung. Karl, der Älteste, lebte ziemlich abgeschottet von den anderen. Herr Kogler von der Gemeinde begrüsste sie und fragte, ob sie wüssten, warum sie da seien? Alle verneinten. Franz dachte, dass es sicher nichts mit seinen Heiratsabsichten zu tun haben könnte.

Herr Kogler legte einige Unterlagen auf den Tisch und sagte: „Es geht um die Änderung Ihres Familiennamens. Wir teilen Ihnen in aller Form mit, dass niemand in Ihrer Familie und Verwandtschaft den Namen „von Dorn“ mehr tragen wird. Ausnahmen wurden erteilt für Ihren Vater wegen seines Alters und für Fritz und Gustaf Dorn, die im Arbeitslager

Dachau interniert sind. Man hat beschlossen, Ihnen den Namen Remi zuzuteilen." Sprachlos sahen sich die Brüder an, um dann mit Fragen über Herrn Kogler herzufallen. „Die Gründe für diese Namensänderung", verteidigte sich Herr Kogler, „wurden uns leider nicht mitgeteilt." „Was soll das? Das müssen Sie uns schon näher erklären", rief Karl aus. „Wer ist denn Fritz und der andere, die in Dachau sein sollen?", wollte Franz, der ganz aufgeregt war, wissen, „wie sind die denn mit uns verwandt? Von denen höre ich das erste Mal." „Wir sind halt keine reichen Aristokraten, darum benutze ich den ‚Graf von' schon lange nicht mehr", liess der bescheidene Alois vernehmen. „Unser Vater hat ihn ja auch nur hier und da eingesetzt. Aber dafür sind wir ehrliche Leute. Ich werde mich an- wie heiss ich jetzt gleich?- ach ja, Remi, also an Remi werde ich mich leicht gewöhnen." Er wusste, dass er sich nicht wehren konnte. Herr Kogler: „Die Aristokraten, die von anderen Ländern stammen, können ihren Titel behalten, sofern sie hier in Österreich einen Antrag mit den nötigen Unterlagen nach Wien einschicken.

Alois war gerne unauffällig und sehr genügsam. Für ihn waren seine liebe Frau Ingrid und seine drei Kinder das Höchste auf der Welt. Alfred wollte sich noch nicht äussern, aber man sah ihm an, dass es ihm nicht egal war. Er nahm sich vor, später etwas zu unternehmen. „Herr Franz Remi", hörten sie plötzlich Herrn Kogler rufen, „Sie können Ihre Papiere für die bevorstehende Vermählung bei mir abholen, Natürlich brauchen wir noch das Einverständnis ihrer Verlobten. Weil sich jetzt alles so verzögert hat, wird das Aufgebot sofort genehmigt, wenn Sie es wünschen." „Ach, Du heiratest wieder? Ich wusste gar nicht, dass Du geschieden bist." Das war natürlich Karl, der das fragte, da er sich ja sonst um niemanden kümmerte. „Meine Herren", sagte Herr Kogler und hielt die Tür auf, „ich muss zurück in mein Büro. Wir werden Ihre neuen Papiere zum Abholen bereit legen. Bis dann, auf Wiedersehen." „Das lass ich mir nicht gefallen", empörte sich Karl, „Sie hören noch von mir." Alois verabschiedete sich von seinen Brüdern, obwohl er das Gefühl hatte, man könnte noch ein paar Gedanken austauschen. Karl sagte auch adieu, er wolle noch beim Vater vorbei schauen. Alfred ging mit Franz ein paar Schritte. „Für Dich Franz, ist es, glaube ich, gut so, mit neuem Namen kannst Du von vorne anfangen. Jetzt brauchst den Verlust deiner Papiere nicht mehr melden, bist fein raus und die Maria, man weiss ja nie, findet Dich auch nicht so leicht unter einem neuen Namen." Franz: „Mmh, da bin mir ich nicht so sicher. Wer weiss, was in der Gemeinde oder bei der Polizei aufliegt, das würde mich schon sehr interessieren."

Es war Mittagszeit und Franz ging nach Hause. Josefine fragte, ob alles in Ordnung sei. „Ja, ja, am Nachmittag müssen wir beide zu Herrn Kogler, Du musst ja unterschreiben wegen der Heirat." Grossmutter lachte: „Ob sie Dich überhaupt noch heiraten will, das ist erst noch die Frage?" Josefine schwieg, sie dachte daran, wie oft sie sich eine Hochzeit gewünscht hatte. Aber jetzt war sie gar nicht mehr so überzeugt. Ach, hätte ich nur eine andere Möglichkeit, ging es ihr durch den Kopf. Sie wendete sich dem Herd zu und Tränen kollerten über ihre Wangen, einige auch in den Kochtopf. Sie liess sich Zeit mit dem Anrichten. Ihre Hochzeitsstimmung war auf Null, trotzdem war sie diejenige, die bestimmte, wie der Anlass vor sich gehen sollte.

Beim Fotografen nur ein Foto vom Brautpaar. Hochzeitsgäste werden aus Kostengründen fern bleiben müssen. Man wird zu Hause mit den Kindern und, wem sonst noch zufällig da ist, ein gutes Essen machen. Grossmutter ermahnte sie: „Man heiratet nicht alle Tage, auch bis dass der Tod Euch scheidet. Glaube mir Kind, so wird es sein. Das fühle ich ganz stark in mir. Wir könnten beim Wirt drüben in der Stube die Feier arrangieren und dann wird natürlich nur standesamtlich geheiratet, mit vier ledigen Kindern! Man stelle sich das einmal vor!! "

Josefine würde sich nie wagen, so vor Gott und alle Heiligen zu treten. Ausserdem bekommt man Franz sowieso nicht in die Kirche, er war ja auch bei keiner Taufe seiner Kinder dabei. Schon seine erste Ehe war ohne kirchliche Trauung geschlossen worden. Allerdings hatte Franz nie etwas dagegen, wenn alle anderen einen Gottesdienst besuchten. „Man weiss ja nie, für was es gut ist", war seine Einstellung. Josefine schaute auf die Wanduhr: „Es ist Zeit, ins Gemeindehaus zu gehen. Wir wollen die Ersten vor dem Tor sein, sonst müssen wir in der Schlange warten." Grossmutter: „Geht los, die Kinder sind in der Schule und im Kindergarten und Christine schläft." Franz: „Es ist noch viel zu früh, da warten wir ja ewig." Doch Josefine liess sich nicht aufhalten. Sie nahm seinen Hut in die Hand und stellte sich in die Tür.

Sie waren tatsächlich die Ersten vor dem Gemeindetor. Franz war es nicht wohl dabei. Er setzte sich auf eine Bank im Park gegenüber und rauchte eine Zigarette. Er müsste ihr die Namensänderung erklären, überlegte er. Josefine hatte ja keine Ahnung. Er gab sich einen Stoss und ging mit raschen Schritten zu ihr. Noch waren keine anderen Leute da. „Was ich Dir noch sagen wollte... Bevor wir da hineingehen, musst Du wissen....wie Du weisst....redete er herum. Alfred, Karl, Alois und ich waren heute in der Gemeinde vorgeladen, da hat man uns mitgeteilt, dass unser Familienname geändert worden ist. Wir heissen nicht mehr Dorn oder von Dorn, sondern einfach Remi. Mich hat das Ganze dermassen, wie soll ich es sagen, umgeschmissen. Was diese Faschisten sich da geleistet haben... Und aus welchem Grund, wurde uns auch nicht gesagt." „Was? Was sagst Du da?", fragte Josefine ganz aufgeregt, „aber die können Euch doch nicht einfach euren rechtmässigen Namen wegnehmen! Was erlauben die sich denn!" Franz: „Leider ist es so. Alfred und Karl werden sich später näher erkundigen. Wir haben erfahren, dass wir nicht die Einzigen sind, denen das passiert ist. Wir haben halt kein Gut geerbt, und Vermögen ist auch keines da. Vielleicht ist es das oder Neid? Hast ja gesehen, die haben die ganze Werkstatt konfisziert. Wir sind arme Schlucker, die können mit uns machen, was sie wollen. Mir und dem Alois ist es eigentlich egal, bei einem Kommunisten und Untergrundkämpfer ist so ein ‚von und zu' sowieso nicht angebracht. Den Karl ist es am meisten angegangen.

Alfred denkt sich seinen Teil und beide werden keine Ruhe lassen, bis wir wieder unseren rechtmässigen Namen zurückbekommen. Ich selber habe keine Lust und Zeit, mich um meinen rechtmässigen Namen zu raufen." Josefine wütend: „Sag nicht noch einmal, dass Du Kommunist bist und noch dazu Untergrundkämpfer. Du bringst uns nur in Schwierigkeiten. Hast Du noch nicht genug? Dir ist es wohl zu gut gegangen im Irrenhaus. Ich habe gedacht, wenn Du da raus bist, kommst Du endlich zur Vernunft. Denkst Du überhaupt nicht an uns, an Deine Kinder? Was soll das Ganze?" Josefine war ausser sich, ihr blieb fast die Luft weg. Franz tröstete sie: „Komm, jetzt heiraten wir und dann schauen wir weiter. Politisch habe ich bisher keinen weiteren Kontakt. Kannst Dich beruhigen oder Dir überlegen, ob Du mich überhaupt noch heiraten willst?" Dabei grinste er. Sie schüttelte nur den Kopf, konnte das Ganze nicht begreifen. Es kamen mehr Leute ans Tor, darunter auch Frau Teller. Nach dem Verschwinden ihres Mannes hatte sie sich an die verbotene Kommunistische Partei angeschlossen, das wussten Franz und Josefine. „Heiraten Sie ihn", riet sie, nachdem sie sich mit den beiden unterhalten hatte, „Sie können nichts verlieren." Josefine fragte sich, was die wohl alles über Franz und sie wissen möge. Da wurde das Tor geöffnet. Schweigend gingen alle ins Gemeindehaus.

Josefine und Franz besprachen am Anfang nur das Nötigste mit dem Beamten Kogler. Franz las die Unterlagen gut durch und bemerkte, dass sein Geburtsdatum um einen Tag verschoben war. Er machte Herrn Kogler darauf aufmerksam. Der meinte belustigt: „Auf einen Tag früher oder später kommt es doch nicht an. Da sind Sie halt einen Tag jünger." Franz aufgebracht: „Ich finde das nicht lustig, korrigieren Sie das bitte. Zuerst habt ihr meinen rechtmässigen Namen gestrichen und jetzt wollt ihr auch noch meinen Geburtstag vom 24. auf den 25. ändern. Nur weil da jemand geschlampt hat, soll ich das einfach so hinnehmen. Oh nein!" Herr Kogler: „Sie können aber trotzdem unterschreiben Ich kann nicht garantieren, wie lange so eine Änderung dauert. Ich werde mich darum kümmern. So bitte!" Er hielt ihnen einen in Tinte getauchten Federhalter, für die Unterschrift hin. Franz unterschrieb mit Dorn, strich es durch und schrieb - ganz ungewohnt - Remi. Herr Kogler schlug vor, die vier Kinder gleich von Pfeifer auf Remi umzuschreiben. „Damit alles seine Ordnung hat", betonte er. Dem Franz war es recht, aber Josefine meinte, sie müsse Emer fragen, ob er das wolle. Herr Kogler: „Ist er nicht zu jung für solch eine Entscheidung? Seien Sie doch froh, wenn Emer einen Vater bekommt. Oder haben Sie es lieber, wenn er immer noch - entschuldigen Sie - als lediges Kind aufgezogen wird?" Josefine in bestimmtem Ton: „Sein Vater ist verschollen und nach fünf Jahren für Tot erklärt worden. Wir waren uns versprochen, wollten nach seiner Rückkehr heiraten, das kann ich schriftlich beweisen. Emer ist ein sehr kluger und aufgeschlossener Bub. Er soll selber entscheiden können. Ich für meinen Teil halte es für keine gute Idee, was Emer betrifft. Wenn er Remi heissen soll, müsste er doch von Franz adoptiert werden, oder?“ Herr Kogler: „Ach ja richtig, da Herr Remi ja nur von dreien der leibliche Vater ist. Ich schlage vor, wir warten ab, mal sehen was die Zeit so bringt.“ Damit waren alle einverstanden und sie verabschiedeten sich. Josefine war froh, draussen wieder an der frischen Luft zu sein.

Auf dem Weg nach Hause fragte sie, wer Trauzeuge sein würde. Franz hatte Fassbinder Florenz gewählt und einen guten Schulfreund. „Der wird mit seiner Ziehharmonika dann auch zum Tanz aufspielen“, erklärte er, „das gibt gute Stimmung und er bringt sicher auch die neuesten Witze.“ Franz sagte aber nicht, dass er ihn beim 'Kreuzer Spatzeln' getroffen und gefragt hat. Sonst würde sie ihm selbst am Hochzeitstag ihre Meinung sagen. Sie fand, er habe sehr gut gewählt. „Aber bitte, sag ihnen, sie sollen sich respektvoll verhalten und keine ordinären und politischen Witze erzählen“, warnte sie, „und keine religiösen“, fügte sie noch hinzu. Franz: „Oh Maria, da bleibt aber nicht viel übrig.“ Josefine: „Von wegen, ‚oh Maria‘, die kann uns gleich beistehen, wenn wir Mutter die Namensänderung mitteilen. Die wird das nicht so leicht verdauen. Hoffentlich kriegt sie es bis zur Hochzeit einigermassen hin. Meine Güte, für sie war dein Name, verzeih, wenn ich das so sage, das Beste an Dir.“ Franz grinste verlegen. Zu Hause gab er Mutter den Hochzeitstermin bekannt, 29. September 1939, Josefine fing zögernd an zu berichten. Respektvoll begann sie mit: „Ehrwürdige Mutter...“ Als sie geendet hatte, stiegen Wut und Zorn in Mutter auf. Sie stellte sich kerzengerade hin und donnerte los. Sie nahm keine Rücksicht auf die Kinder, die ganz verschreckt zuhörten. So hatte Josefine ihre Mutter noch nie erlebt. „Ihr werdet Euch das wohl nicht gefallen lassen, Gestapo hin oder her. Ihr müsst an die Regierung schreiben und um Euren Namen kämpfen. Wenn alle Betroffenen sich zusammentun und sich gegen diese Willkür wehren, müssen sie Euch Euren angeborenen Namen zurückgeben. Ihr müsst den besten Anwalt nehmen und vor Gericht gehen, wenn es sein muss."

Über ihrer Nase bildete sich eine tiefe Falte. Ihre dunklen Augen glühten vor Zorn. Sie biss die Zähne aufeinander, dass man meinte, sie krachen zu hören. Sie stampfte mit den Füssen auf und ballte die Fäuste zusammen, dass die Knöchel nur so knackten. Josefine: „Beruhigen Sie sich, liebe Mutter, wir sind sicher, dass Alfred und Karl alles tun werden, was in ihrer Macht steht." „Und Franz? Was ist mit dem?" Der war inzwischen in den Hof gegangen und rauchte eine Zigarette. Erschöpft setzte Mutter sich hin und sagte. „Ich werde unseren Seelsorger aufsuchen, der hat studiert, ein kluger Mann. Ich möchte seinen Rat einholen." Zunächst aber legte sie sich hin und schlief, nachdem ihr noch so mancher Gedanke durch den Kopf gegangen war, erschöpft ein.

Sie war so enttäuscht. Sie wünschte, sie hätte in diesem Moment ihren gütigen, lieben Mann an ihrer Seite. An dem könnte sie sich jetzt festhalten. Sie fühlte sich leer. Hatte sie sich doch so auf die Hochzeit ihrer Tochter mit einem Adeligen gefreut. Und jetzt das! Franz und Josefine liessen sie in Ruhe. Franz ging noch etwas erledigen, wie er sagte.

Als Mutter wieder aufwachte, ging sie zu Josefine und fragte: „Hast Du Dir schon überlegt, was für ein Kleid Du tragen wirst?" Josefine: „Franz wünscht, dass ich ein Trachtenkleid trage." „Was?! Ein Trachtenkleid?! Wir sind doch keine Leute vom Land! Nein, das kann ich mir nicht vorstellen. Das ist unmöglich. Noch nie hat jemand von uns eine Tracht getragen. Mir bleibt aber auch gar nichts erspart." Josefine: „Ich wollte es ihm auch ausreden, aber es ist mir nicht gelungen. Für sich selbst leiht er sich wahrscheinlich einen Anzug von Alfred. Ich hab ihm dann auch gesagt, er solle sich mir zuliebe den Hitler-Schnauz ab rasieren. Der stört mich schon lange. Er meinte, er würde sehen, vielleicht, aber nachher würde er ihn wieder wachsen lassen."

Josefine und ihre Mutter suchten am gleichen Tag ein Schneider Atelier auf. Frau Hoppe, die Besitzerin, begrüsste sie überschwänglich. Sie hatte wieder mal zu viel getrunken. Immer, wenn ihr Mann für längere Zeit verreist war, griff sie zur Flasche. Mutter fragte nach Stoffmustern für ein Brautkleid. „Wir sollten gleich sagen, dass es für ein Trachtenkleid ist", unterbrach sie Josefine. „Oh, Sie heiraten", sagte Frau Hoppe und quietsche vergnügt, „wer ist denn der Glückliche? Kenne ich ihn etwa?" Josefine reagierte nicht, sondern schaute sich die Modellkleider an, die da hingen. Mutter hingegen sagte mit Stolz in der Stimme: „Meine Tochter wird sich mit dem Grafen Franz von Dorn vereheIichen." „Oh, welch eine Ehre, dass ihr den Weg zu mir gefunden habt", liess Frau Hoppe vernehmen. „Nun, er wünscht ein Brautkleid im Trachtenstil."

Frau Hoppe rief ihre Angestellten und verlangte nach einem Kleid aus dem Schaukasten. Sie sah, dass Josefine ein langes beiges Kleid anschaute. „Diese Robe wäre Ihnen sicher zu eng in der Taille. Aber hier, sehen Sie nur, meine Damen, dieses weinrote, schillernde Trachtenkleid. Das probieren wir jetzt an, einverstanden?" Sie verschwand mit Josefine hinter einem Vorhang. Das Kleid war sehr schwer, das Oberteil steif und schwierig zu schliessen, es hatte viele Haken. Der Rock war knöchellang. Im Spiegel betrachtet, hatte Josefine eine sehr schöne Taille und das lange Kleid machte sie grösser. Josefine: „Für die vier, fünf Stunden, rechne ich, werde ich es wohl darin aushalten, aber dann werde ich es sicher nicht mehr tragen wollen. Ich bin einfach nicht für Trachten, obwohl sie mir bei manchen Frauen sehr gefallen." „Und was tragen Sie im Haar? Haben Sie schon eine Idee?" Während Frau Hoppe redete, fischte sie zugleich verschiedenen Kopfschmuck aus einer Schublade und hielt ihn Josefine an die Stirn. Grossmutter sah wohlwollend zu und gab ihre Meinung zum Besten. Frau Hoppe: „Jetzt fehlen nur noch die Schuhe und die Strümpfe. Josefine: „Schwarze Schuhe hab ich schon." Man redete über den Preis. Am Ende konnten sie sich auf eine Leihgebühr einigen.

Auf dem Heimweg betrachteten Josefine und ihre Mutter die Auslagen eines Juweliers, im speziellen die Eheringe. Josefine: „Mutter, Sie haben doch den breiten Ehering von Vater immer bei sich. Da könnten wir zwei Ringe daraus machen lassen. Vater trägt den Ring sowieso nie, eben weil er so breit ist." Ihre Mutter zögerte: „Ich weiss, aber Vater ist ein herzensguter Mensch, sehr gefühlvoll und empfindlich. Ich habe seinen Ring in all den Jahren an dieser Kette um den Hals getragen und nie abgenommen. Ich hätte kein gutes Gefühl dabei, diesen zu ändern." Sie nahm den goldenen Ring, der auf ihrer Brust lag, fest in die Hand. Josefine: „Verzeihen Sie, Mutter, es war nur so eine Idee." Mutter: „Ich möchte noch eine Nacht darüber schlafen, ich werde im Traum versuchen, mit Vater in Verbindung zu treten. Morgen gebe ich Dir Bescheid." Josefine: „Danke, verehrte Mutter."

Am nächsten Tag ging Mutter zum Goldschmied und liess sich verschiedene Eheringe zeigen. Sie sagte, dass der Bräutigam nur am Tag der Hochzeit den Ring tragen würde und sie deswegen nicht viel ausgeben wolle. Ihrer Tochter allerdings möchte sie einen Ring schenken, der sich nicht so schnell abnützt. Beide Ringe sollten nicht zu schmal sein. Der Goldschmied verstand sie sehr gut. Er legte ihr einen Silber-Vergoldeten für den Bräutigam vor und einen aus neun Karat Gold für die Braut. Sie betrachtete die Ringe und gab dem

Goldschmied ein kleines Stück Karton, in dem zwei unterschiedlich grosse Löcher waren: der Fingerumfang von Josefine und Franz. Während der Goldschmied Ringe von passender Grösse suchte, entdeckte Grossmutter in der Vitrine entzückende Kinderohrringe in Vergissmeinnicht-Form mit blauen Steinen. Oh, die sind aber süss, ging es ihr durch den Kopf und sie dachte an die kleine Christine. „Halbedelsteine, neun Karat Gold“, gab der Goldschmied Auskunft, „sehr schön eingefasst.“ „Machen Sie mir einen fairen Preis, dann nehme ich die auch noch für meine Enkelin Christine. Sie ist zwar noch sehr klein, aber ich werde die Ohrringe aufbewahren und sie ihr schenken, wenn sie etwas gewachsen ist.“ Grossmutter kaufte die Eheringe und die kleinen Ohrringe und war froh, ‚Vaters‘ Ring noch um den Hals zu haben. Ihr Heimweg ging an der Kirche vorbei. Sie sah den Pfarrer hineingehen und folgte ihm. Sie rief: „Herr Pfarrer! Grüss Gott, ich hätte da eine Bitte. Gerade habe ich zwei Ringe für meine Tochter und ihren Bräutigam gekauft. Ich möchte sie gerne segnen lassen. Denn leider dürfen die beiden nicht kirchlich heiraten, weil er geschieden ist. Wir möchten aber wenigstens die Ringe gesegnet haben, ich werde eine angemessene Spende in den Opferstock tun. Wenn sie so gut wären?“ Sie hielt die Ringe und auch die Ohrringe dem Pfarrer entgegen. „In Gottes Namen“, sagte er, ging in die Sakristei, kam mit einen kleinen goldenen Teller zurück. „Legen Sie die Sachen hier drauf.“ Er ordnete alles ein bisschen, murmelte ein paar lateinische Worte, tippte seine Finger ins Weihwasser und benetzte den Schmuck und auch die Stirn der Mutter. Er bat sie noch, ein Vaterunser vor dem Altar zu sprechen, während er alles abtrocknete und den Teller versorgte. Franz hätte natürlich kirchlich heiraten können, denn mit seiner geschiedenen Frau war er, wie schon erwähnt, nur standesamtlich verheiratet. Das hat man der

Mutter verschwiegen, denn beide wollten der Umstände wegen nicht vor den Altar treten.

Der Pfarrer kam zurück, gab Mutter den Schmuck in die Hand und verabschiedete sich mit einem „Gott behüte Sie und das Brautpaar.“ Er kannte Josefine und vor allem die Kinder, hatte er sie doch alle getauft. „Die Ohrringe sind sicher für Christine, ich gebe ihr meinen Segen mit.“ Mutter war über seine Worte so gerührt, dass ihr die Tränen kamen. Doch dann schwebte sie wie auf Wolken nach Hause.

Derweil war Josefine zum Wirt gegangen, um ein Essen für den grossen Tag auszuhandeln. Die Menge Wein wurde auch festgelegt. Schnaps verbot sie ausdrücklich. Ferdinand rechnete damit, dass er auf die Bezahlung warten müsse. Es mache ihm aber nichts aus, meinte er. Er versprach, noch eine schöne Hochzeitstorte bei einer Bekannten zu bestellen. „Die Blumendekoration bekommen Sie von mir“, sagte er und lächelte sie an, „und wenn Sie noch kein Braut Sträusschen haben, dann möchte ich Ihnen das auch noch schenken.“ Josefine: „Jetzt freue ich mich doch noch auf meinen Hochzeitstag. Alle sind so lieb zu mir. Danke Ferdinand, vielen Dank.“ Doch er meinte: „Oh, nichts zu danken, ist mir eine Ehre.“

Franz verlangte von Alfred drei Goldmünzen für die Hochzeit. Er hatte sich vorher erkundigt, was so eine Münze wert ist. Alfred riet ihm, sehr vorsichtig zu sein. Von den drei Münzen gab er eine dem erstaunten Wirt Ferdinand als Zahlung fürs Hochzeitsessen. Franz schrieb den Wert auf, falls er sie bei der Sparkasse eintauschen wolle. Ferdinand: „Oh, nein, die behalte ich. Hast noch mehr davon? Wie kommst Du überhaupt zu so einer Goldmünze?“ „Ich sag nichts, sei mir bitte nicht böse, aber anlügen möchte ich Dich nicht und dass ich Vertrauen zu Dir habe beweist meine

Handlung. Du weisst ja wie es heute ist: ‚nichts sehen, nichts hören, nichts sprechen', wie bei den drei weisen Affen. Du kannst ja sagen, dass ein unbekannter Gast mit einer Goldmünze bezahlt hat. Ist doch möglich, oder?" „Ja, ist schon vorgekommen. Es war ganz die gleiche Münze, die Leute sind ausgewandert. Sie meinten, das sei eine sichere internationale Währung. Ich hab sie angenommen und an die Bank verkauft. Hab aber mehr bekommen als Du hier aufgeschrieben hast." Ferdinand schaute den Zettel nochmals an. „Für ein fürstliches Hochzeitsessen reicht eine Münze aber nicht. Komm, Spass bei Seite, Du hast sicher noch mehr, kannst mir vertrauen. Die Münzen verkaufe ich jetzt nicht, die findet auch niemand. Ich zahl Dir den Überschuss der zweiten sofort aus, ich gebe Dir auch noch Lebensmittelmarken." Franz: „Also, kannst zehn Prozent abziehen. Ich muss Dir wohl nicht sagen warum."

Franz ging zum Fenster, schaute, ob jemand auf der Strasse war, der plötzlich stören könnte, nahm seinen Hut ab, suchte am inneren Lederband herum und holte eine weitere Goldmünze hervor.

Als er sich umdrehte, fiel die dritte Münze aus dem Hut auf die Theke. Ferdinand nahm sie auf, fing an zu rechnen und zog wirklich zehn Prozent ab. Dann ging er nach nebenan in die Stube, holte den überschüssigen Betrag und hielt Franz noch Lebensmittelmarken hin. In der Zwischenzeit versteckte Franz die eine Münze, die er noch in seiner Hand hielt, in den Hut zurück. Wortlos kontrollierte Franz die Abrechnung, nickte mit dem Kopf, zählte das Geld nach und verlangte von Ferdinand Datum und Unterschrift unter die Worte „Hochzeit bezahlt". Ferdinand schenkte zwei edle Schnäpse ein und grinste: „Hast Du was von Goldmünzen gehört?" Franz: „Ich hab keine Ahnung, von was Du redest." Sie kippten den Schnaps hinunter, lachten und verabschiedeten sich herzlich.

Mutter Theresa, Josefine und Franz kamen fast gleichzeitig zu Hause an. Franz: „Wo wart Ihr denn so lange?" Josefine erzählte, wo sie gewesen waren. „Jetzt fehlt nur noch das Geld, um die Sachen abzuholen." „Gut", sagte Franz, „gehen wir zur Schneiderin und holen das Zeug ab, so viel Geld hab ich noch bei mir." Die beiden Frauen sahen sich erstaunt an. „Wo hast Du denn das Geld her?" „Ich habe verschiedene Arbeiten verrichtet und damit ist alles gesagt."

Frau Hoppe war sehr froh über dieses für sie recht einträgliche Geschäft. „Umdrehen", befahl sie dem grinsenden Franz, damit er das Kleid nicht sah, das sie in einen Karton mit dem Zubehör packte. Dann schenkte sie Josefine ein winziges Fläschchen. „Ein echtes französisches Parfüm", sagte sie und hielt die Tür auf, „ich wünsche Euch alles Glück der Welt."

Am Hochzeitstag kam Florenz mit einem Blumen geschmückten, von zwei Rössern gezogenen, mit Sitzbänken versehenen Heu Wagen, vor's Haus. Das war seine Überraschung und sein Geschenk

Sogar eine Treppe zum Aufsteigen hatte er mit. Freund Horst spielte ein Lied auf der Ziehharmonika. Alle waren lustig und Mutter lächelte seit langem mal wieder. Sie sah sich die geschmückten Räder und Rösser an. Sie liebte Pferde über alles, hatte sie doch ihr Leben lang mit ihnen zusammengelebt. So kutschierte Florenz sie bis zum Gemeindehaus und danach hinauf bis zum Gastwirt Ferdinand. Es war eine lustige Gesellschaft und es wurde bis in die Nacht hinein gefeiert.

Allerdings hatte das Ganze einen schalen Beigeschmack. Franz hatte sich das Hitler Bärtchen unter seiner Nase nicht ab rasiert. Josefine und Mutter waren darüber sehr enttäuscht.

Josefine war sogar so wütend, dass sie später auf dem Hochzeitsfoto mit einem dicken Stift einen dicken Balken unter Franzens Nase machte. Sie konnte das Foto von Anfang an nicht ausstehen und verstaute es in einem Karton. Das Foto zeigt das Brautpaar in Tracht auf einer Bank. Der Schnauz war zwar damals ‚Mode', aber Josefine hatte ihren Franz mit einem feinen Schnurrbart wie Hollywood-Star Errol Flynn ihn hat kennen gelernt, sie verabscheute den Hitler-Schnauz. Mit der Zeit bemerkte sie, dass Franz, der blond war und blaugraue Augen hatte, sich schminkte, also die Augenbrauen nachzog. Oftmals viel zu auffällig, weil er schlechtes Licht beim Auftragen hatte. Wenn sie ihn darauf aufmerksam machte, sagte er völlig erstaunt: „Was geschminkt?" Er dachte, das würde niemand merken.

Nach der Hochzeit fuhr Josefines Mutter nach Wienerneustadt zu ihrem Mann und ihren anderen Söhnen und Töchtern. Josefine machte weiter mit ihren Kunstblumensträussen, die sie mit echtem Efeu und anderem haltbarem Grün versah. Baumknospen flocht sie auch hinein und gefärbte, schön gelockte Hobelspäne von Florenz. Die Sträusse steckte sie in Körbchen, die Vater Dorn aus Naturholz und Weidenruten herstellte. Frau Gasser vom Gemischtwarengeschäft machte eine Ecke in ihrem kleinen Schaufenster frei, wo Josefine ihre Sträusse anbieten durfte. Es wurde getauscht und verkauft, man wurde sich irgendwie immer einig. Eines Tages hörte Josefine im Laden eine ältere Frau jammern, die unbedingt Kohlen zum Heizen und Kochen brauchte. Sie passte die Frau auf der Strasse ab und offerierte ihr Kohlen, die sie sofort haben könne. Die Frau sagte, als Gegenangebot hätte sie getrocknete Bohnen, Speck, eingemachte Früchte, Kräutertee, Eichelkaffee und Honig zu Hause.

Josefine erinnerte sich, dass Franz erst Kohlen ergattert hatte, erkundigte sich, was sie normalerweise für Kohlen zahlen müsste, und versprach, ihr zu helfen. Sie ging danach in den Hof und sah das Fahrrad mit Anhänger, das Franz stets benutzte, um die ums Bergwerk gesammelten Kohlen zu transportieren. Sie wusste, dass er es nicht eilig gehabt hatte, die Kohlen vom Anhänger abzuladen. Es traf sich gut, dass er gerade bei Florenz in der Fassbinderei war. Keiner sah sie, mit der Fuhre wegfahren und zurückkommen. Die Sache war schnell erledigt. Die fremde Frau wohnte in nächster Nähe. Die Kohlen liessen sie auf einer Rutsche direkt in den Keller gleiten. Die eingetauschten Lebensmittel legte Josefine in ihrer abgelegten Schürze, band sie zusammen, fuhr nach Hause und stellte das Fahrrad mit Anhänger so hin, wie es vorher gestanden hatte. Sie hatte auch gedörrte Früchte bekommen, jetzt freute sie sich schon auf die leuchtenden Augen ihrer Kinder und auf die Reaktion von Franz.

Ja, Franz hatte ein Fahrrad mit Anhänger auf Gummirädern, das er bei Alfred gegen irgendwas eingetauscht hatte. Der Anhänger war mit einer Plane bedeckt. Mit dem Fahrrad fuhr er zu Gelegenheitsarbeiten im Steinkohlen-Tagbau und natürlich kam er hin und wieder mit unerlaubt gesammelten Kohlen zurück. Um nicht gesehen zu werden, musste er den Weg über den Hügel nehmen, der recht anstrengend war. Dabei kam er an einer Schutthalde vorbei, wo er auch manch Nützliches fand, wie zum Beispiel einmal Rosshaar von alten Matratzen. Damit konnte er wieder eine neue Idee umsetzten. Denn damit stopfte er wunderschöne Pferdchen und Schwäne aus, die er auf selbst konstruierte Dreiräder montierte. Dafür hatte er etliche Helfer. Die Schneiderin Hoppe half Josefine, aus starken Leinen die Pferdchenhüllen zu schneidern. Sie vereinbarte mit Franz, dass sie ihren Anteil bekäme, sollte er so ein Dreirad verkaufen oder eintauschen können. Sie nahmen sich vor, zunächst drei Stück zu machen. Florenz machte Beine aus Holz mit Hufen aus angepassten Fassringen, genau nach Franzens Plan. Die Zähne waren echt von Schlachttieren. Die Glasaugen wurden von Alois in der Glasfabrik gemacht, der sonst nur Einmachgläser herstellte. Der freute sich, auch mal was Künstlerisches machen zu dürfen. Zum Schluss malte Franz die Pferdchen an, sehr gekonnt, beige und schwarz gescheckt, die Schwänze und die Mähnen aus gestrecktem Rosshaar.

Es wurden richtige Luxus-Pferdchen. Sie sahen so schön aus, dass jeder eines für sich behalten wollte. Emer und Reinhard hatten die grösste Freude beim Probefahren. Buchhalter Gosch kalkulierte den Preis, und zwar so, wie wenn man alles Material kaufen und einen Lohn zahlen müsste. „Oh, Jesus Maria", war zu hören, als er den Preis bekanntgab, „viel zu teuer. Wer kann sich das schon leisten." Herr Gosch liess sich nicht beirren. Er kenne genügend Leute, die ihren Kindern alles kaufen oder dies in der Halle oder im Wohnzimmer aufstellen würden, wenn sie nicht auf Dreirädern wären. „Überlasst den Verkauf nur mir. Das schönste Pferdchen kommt ins Schaufenster beim Frühwirt, vorne an der Strasse. Das müssen wir auch als Muster behalten. Bei Bestellung muss eine Anzahlung, von sagen wir 25 %, geleistet werden. Ein paar Fotos machen wir vorher noch, ich hole schnell meine Kamera."

Josefine zog Emer und Reinhard die schönste Jacke und Hose an, die sie hatten. Franz spuckte auf ihre Schuhe und polierte sie mit einem Lappen auf Hochglanz. Die Buben sollten mal neben den Pferdchen stehen und mal darauf sitzen. Emer wollte unbedingt seine Haare nass machen und in der Stirne eine Locke wie eine Sechs gedreht haben. „Mutti, mach mir einen Sechser!" Das Fotografieren war sehr lustig. Jeder wollte Herrn Gosch dazwischen reden, wie es besser wäre, und jeder wollte fotografiert werden. Die Sonne blendete so stark, dass Emer meist auf den Boden schaute und alle, die herum standen, Schatten ins Bild warfen. Schliesslich verscheuchte Herr Gosch die, die Herumstanden und nur noch Franz durfte die Pferdchen millimeterweise zurecht rücken, dann aber blitzschnell aus der Szene verschwinden. Ein Schwan war auch schon fertig Herr Gosch setzt Christine darauf, „ und jetzt schön lächeln“, rief er ihr zu. Als Alfred zufällig vorbei kam, erzählte er von seinem Bekannten, der den Film entwickeln könnte. Aber Herr Gosch getraute sich nicht, den Film herauszugeben, bis Josefine das Bild von Franz in Naziuniform holte. „Das hat sein Bekannter entwickelt. Sonst zeige ich es niemandem.“ Herr Gosch war dann einverstanden und Alfred nahm den Film entgegen und schwang sich aufs Motorrad.

„Jetzt packt mir jemand die zwei Dreirad-Pferdchen so ein, dass ich sie im Auto mitnehmen kann und beim Auspacken nicht lange herum fummeln muss.“ Frau Gosch holte zwei Tücher, die sich sehr gut eigneten. Doch in den alten Mercedes passte nur ein Pferdchen hinein. Florenz schaute sich die Verschraubung des Beifahrersitzes an und meinte, wenn er den Sitz heraus demontiere, hätten zwei Pferdchen Platz. „Nein, kommt nicht in Frage“, meinte Herr Gosch nervös, „und betatscht mir bitte das Auto nicht, ich habe es erst poliert.“ Er sprang mit einem weichen Tuch um sein Auto herum und putzte hier und da Fingerabdrücke weg. Dann überlegte er, wo er das Pferdchen verkaufen könnte, zählte die ungefähren Kilometer zusammen und kam zu dem Schluss, dass sich die Fahrt für nur ein Pferdchen nicht lohnen würde. „Also gut“, sagte er zu Florenz, „der Sitz darf raus, hin und zurück sind es 70 Kilometer.“ Er vertraute Florenz der ja sehr genau arbeitete und daher sein kostbares

Auto nicht beschädigen würde. „Wir machen aus einem Auto zwei, dann kannst zufrieden sein“, witzelte Florenz und alle lachten.

Josefine ging in die Wohnung zurück, konnte aber das, was draussen vor sich ging, verfolgen. Überraschend nahm sie ein grosses Stück Speck, Brot und Äpfel in einen Korb und ging hinaus. „So, jetzt wird was gegessen“, sagte sie und fügte übertreibend hinzu, „ihr müsst ja schon am Verhungern sein. Komm Franz, bring mir das breite Brett dort und schiebe den Holzbock darunter. Jetzt brauchen wir nur noch was zu trinken. Florenz, hast nicht noch Most irgendwo versteckt? Kannst es verrechnen, sobald wir was verdient haben. Bis Du wieder Most kriegst, kannst Dich beim Brunnen bedienen.“ Alle lachten über diesen Scherz und Josefine merkte, dass sie den Florenz aus lauter Übermut geduzt hatte. Sie nahm sich vor, sich später zu entschuldigen. „Ja, ja, ist aber nichts für Kinder“, sagte Florenz und Frau Gosch spendierte kostbaren Himbeersaft, den sie aus ihrem Keller holte. Es wurde eine lustige Runde und fast jeder hatte einen Witz auf Lager. Versonnen stellte Josefine fest: „Heute ist ein schöner Tag, so sollten wir es öfter erleben. Ich wagte mich gar nicht, an die Zukunft zu denken.“ „Geniessen wir es, solange wir es können“, erwiderte Frau Gosch und berührte ihre Hände.

Die Männer erhoben sich und gingen wieder ans Werk. Bald war alles bereit. Herr Gosch hatte noch immer Bedenken wegen der Entwicklung der Fotos. Die Sonne hatte ja sehr geblendet. „Ich fahr erst los, wenn ich die Bilder in der Hand habe“, sagte er, „sonst können wir nicht vorzeigen, dass wir eine Auswahl haben.“ Das dritte Pferdchen, auf dem jedes Kind noch eine Runde fahren durfte, wurde ins Schaufenster gestellt, dekoriert und mit Licht angestrahlt. Auf einem grossen Schild stand zu lesen: „Nur auf Bestellung. Preis auf Anfrage.“ Es sah wie ein Traumpferdchen aus.

Franz stand vor dem Schaufenster mit den Händen in der Hosentasche und man sah ihm an, wie stolz er war. Josefine bekam feuchte Augen. Passanten blieben stehen und wunderten sich, was da los war. „Kommt weg Kinder, andere wollen auch was sehen." Das war Ferdinand, der vorbei kam. „Mir kannst ein Pferdchen machen", sagte er, „aber ohne Dreirad, ich stell es bei mir auf." „Da schau, der erste Auftrag", rief Frau Gosch und holte gleich ihren Mann. „Hol Dein Auftragsbuch, der Ferdinand hat eine Bestellung aufzugeben." „Meine Güte, geht das aber schnell", lachte Ferdinand. Emer wollte von ihm wissen: „Hast Du so viel Geld?"Ein Gelächter ging los.

Am nächsten Tag kam Alfred mit den Fotos. Er breitete sie auf dem Tisch aus und niemand durfte sie berühren. Dabei hätte sie natürlich jeder gerne in die Hand genommen, um sie besser zu sehen. Als Herr Gosch kam, sah er sich die Fotos genau an, wählte die besten aus, liess die schlechten liegen, nahm die Negative von Alfred entgegen und machte sich auf den Weg. Er verkaufte ein Pferdchen an den grössten Baumeister in der Gegend und erhielt noch einen Auftrag mit Sonderwünschen von einem anderen Kunden. Er war ein guter Verkäufer. Man konnte die Leute, die mit geholfen haben, bezahlen. Zusammen mit den Blumen, die Josefine herstellte und verkaufte, kamen sie ganz gut über die Runden.

Auch Alois hatte eines Tages eine grossartige Idee, die sich zu Geld machen liess. Und das kam so: Er nahm ein Foto von Reinhard und schweisste es zwischen einem Spiegel und einem Glasplättchen ein. Doch Reinhard war nicht zufrieden, er wollte, dass sein Namen darauf stand, nahm einen Nagel und ritzte ihn auf der Bildseite ein. Dann drehte er dies um, um sich im Spiegel zu betrachten.

Aufgeregt zeigte er es seiner Mutter. Die aber schimpfte, dass er das Glas verkratzt hätte. „Halt", rief Alois aus und sah sich die Sache an, „er bringt mich zum Überlegen. Ich könnte auf das Glas den Namen drauf schleifen. Hast Du noch ein Bild?“, fragte er Josefine. Sie gab ihm zwei, eines von ihrer Mutter und eines von Emer als kleinen Bub. „Für meine Mutter musst Du einen schönen Kantenschliff, ein paar Blümchen in einer Ecke oder rundherum machen, und „In Liebe, Ihre Tochter Josefine“ sollte noch zu lesen sein.

So entstand die Idee eines hübschen Geschenkes an jemanden, den man gern hat, oder warum auch nicht nur für sich selbst. Bald sammelte Josefine Bilder und Sprüche, die Alois einschweissen sollte. Dem Emer zum Beispiel schliff er gekonnt einen Hirsch auf den Spiegel. Josefine und Alois vereinbarten einen Preis, an dem sie beide verdienen konnten. Reinhard bekam ein paar Groschen geschenkt, denn schliesslich waren er und Onkel Alois die Urheber dieser Idee gewesen. Franz drängte darauf, sie patentieren zu lassen. „Das kostet viel Geld“, meinte Alois und besprach sich mit Herrn Gosch. Der sah Schwierigkeiten mit den Bildern, aber Alois solle ihm zwei Muster geben. „Die nehme ich mit, mal schauen, was man machen kann.“ Dann nahm er noch weitere Exemplare, mit Fotos aus Zeitungsheften von Schauspielerinnen mit. Er gab Alois Geld dafür, allerdings mehr als verlangt. „Es muss alles seinen angemessenen Preis haben“, sagte Herr Gosch, „sonst verleidet es einem, und wer weiss, wie lange wir dran bleiben können.“ Jetzt hatte auch Alois ein Nebeneinkommen, an dem er Spass hatte.

Franz traf sich, bis weitere Aufträge hereinkamen, wieder öfter mit ein paar Männern zum Kreuzerspatzelnspiel. Sein Einsatz war so gross, dass die anderen fast nicht mithalten konnten. Josefine hat davon erfahren und auch, wo er das Wettspiel abhielt. Sie nahm Emer an die Hand und begab sich dorthin, versteckte sich hinter einem Baum und schickte Emer vor. Der zog so lange an Franzens Rock, bis dieser mit nach Hause kam. Doch Franz schrie sie zu Hause an: „Schick mir nicht den Bub hinterher, ich weiss selber, was ich zu tun habe“, knallte die Tür zu und ging zurück zum Kreuzerspatzeln. Schon lange nicht mehr hatte er sie so angeschrien. Josefine suchte Alfred auf und fragte ihn um Rat. Er überredete Franz als Aushilfe in die Kohlengrube zu kommen, er weigerte sich zuerst. “Ein anderer wäre dankbar nur irgendeine Verdienstmöglichkeit zu haben“, ermahnte Alfred ihn. Josefine war froh, dass Alfred ihn mit in die Grube nehmen konnte.

Als sie Alfred und besonders Franz abgschundenen Hände nach der Arbeit sah, nähte sie für jeden ein paar mausgraue, starke Raulederhandschuhe. Das Material, das schon lange herumlag, war dazu gut geeignet. Alfred meinte, „kannst gleich noch ein paar mehr machen, so richtige Fäustlinge, die bringe ich in der Grube an den Mann. Musst mir sagen, was Du dafür haben willst, dann legen wir den Preis fest und schon machen wir ein weiteres Geschäft.“ Josefine freute sich sehr darüber, in der Lederfabrik verkaufte man nur die dünnere, glatte Oberseite vom Schweinsleder, hatte sie herausgefunden, so war das untere raue Material sehr günstig zu haben.

Es kam der Tag, an dem Franz Blut spuckte. Seine Lunge war voller Kohlenstaub. Josefine graute es. Nächtelang hustete er und spuckte immer wieder neben das Bett, obwohl sie einen Eimer hingestellt hatte. In der Finsternis ging es immer wieder daneben. Josefine musste es dann aufwischen. Emer sprach Jahre später noch von den Demütigungen, die sich seine Mutter gefallen liess. Das konnte er einfach nicht vergessen.

Josefine forderte Franz auf, bei der Kohlenarbeit ein Tuch um Nase und Mund zu binden. „Ich kann mich doch nicht als Einziger vermummen“, war seine Antwort.“ „Das musst Du, wenn Du überleben willst“, hielt sie ihm entgegen. Es kam soweit, dass er öfters im Krankenstand war. Pfiffig wie er war, rechnete er aus, dass er im Krankenstand mehr Geld zusammen bekäme mit all dem, was er so nebenbei noch machen könne. Vor allem bräuchte er dann nicht zu dieser staubigen Arbeit zu gehen.

Fortan war er „Krank“. Natürlich blieb es dabei nicht aus, dass er sich wieder heimlich mit Genossen im Untergrund traf, so den ganzen Tag zu Hause oder gar im Bett, nein, das war nicht sein Ding. Die Untergrundleute verübten kleine Sabotageakte, indem sie Sand in die Maschinen der Munitionsfabrik streuten, und sie verfassten Flugblätter gegen das Naziregiment. Diese Aktionen waren sehr gefährlich! Kommunistisch Gesinnte wurden aufgespürt und verhaftet. Aber Franz liess sich nicht abschrecken. Er übte um gut und überzeugend zu sprechen und wurde bald als Redner herumgereicht. Josefine merkte bald, dass wieder was im Gange ist.

Einerseits wollte sie von all dem nichts wissen, aber ihre Neugier liess ihr keine Ruhe. Zu Hause beobachtete sie ihn aus den Augenwinkeln und suchte überall, wo er etwas hätte verstecken können, fand aber nichts. Sie spionierte ihm hinterher, wenn er mit Fahrrad und Anhänger bei sehr frühem Morgennebel weg fuhr. Sie beobachtete Männer, die lässig herum standen, wahrscheinlich Aufpasser, dachte sie, oder Arbeitssuchende. Doch eines Morgens konnte sie dem Rätsel näher kommen. Sie war ihm, wie schon öfters, in schwarzer Kleidung und Kopftuch nachgelaufen, ohne Erfolg, denn mit dem Rad trotz Anhänger war er schneller. Aber diesmal wusste sie, er fuhr zu der Stelle, wo es Kohlen gab. Nach etwa einer halben Stunde versteckte er sein Fahrrad in den Büschen. Den Anhänger zog er weiter und stellte ihn an einem Ort ab, an dem schmalspurige Schienen zu sehen waren, auf denen Kipploren langsam vorbei fuhren, bis zum Rand gefüllt mit schwarzer Kohle. Franz sah sich um, schob den Anhänger noch näher an die Schienen heran und sprang zwischen zwei Kipploren hindurch. Auf der anderen Seite löste er eine Sicherung. Durch den Lärm des Zuges hörte man kaum, dass eine Lore ihre Kohlen auskippte. Franz lud, so viel er konnte, in seinen Anhänger, deckte alles ab und schob ihn zu seinem Fahrrad. Er zog die Handschuhe aus und ging auf einen stillgelegten Kohlenstollen zu. Bevor er hineinging, staubte er seine Kleider ab und schaute sich mehrmals um. Im Stollen brannte Licht, aber das sah man von aussen nicht.

Aus Josefines Versteck konnte man den Eingang so halbwegs sehen. Sie wartete eine Weile, dachte, vielleicht kommen ja noch andere hinzu, und richtig, es schlichen ein paar weitere Personen in den Stollen. Der letzte stellte zwei Latten quer von innen vor den Eingang. Josefine schlich näher, horchte, nahm vorsichtig eine Latte beiseite und zwängte sich hindurch. Sie vernahm weiter vorne noch Schritte, dann wurde es ruhig. Plötzlich hörte sie die Stimme von Franz: „Ich begrüsse Euch, Genossinnen und Genossen. Heute werden wir ein paar Gruppenführer bestimmen, die unsere wichtigen Aufgaben für uns und unser Vaterland erfüllen sollen. Jeder Gruppenführer muss imstande sein, seine Leute, die er für die verschiedenen Aktivitäten braucht, aus dem Volk zu rekrutieren." Josefine lief es kalt über den Rücken, sie lauschte eine Weile, dann hatte sie genug davon. Eines hätte sie aber gern noch erfahren, welche Genossinnen dabei waren. Wer waren diese Frauen, kenne ich sie? Nun war es höchste Zeit, den Weg nach Hause zu nehmen.

Als Franz kam, war Josefine gerade im Hof. Sie liess sich nichts anmerken, war aber erstaunt, dass er mit leerem

Anhänger kam. Wo hatte er die Kohlen gelassen? Sie hatte keine Erklärung, überlegte aber, dass er sie verkauft haben könnte, und suchte, als er sich waschen ging, seine Kleider ab. Nichts. Untersuchte den Hut und die Schuhe. Auch nichts. Warum hängt der Regenschirm hier bei den Kleidern und nicht dort, wo er hingehört? Vorsichtig öffnete sie den schwarzen Schirm. Ah! Geldscheine waren da versteckt. Sie stibitzte zwei heraus, machte den Schirm wieder ganz zu und hängte ihn zurück. Bei Gelegenheit würde sie ihn schon fragen, was da vor sich gehe, im Moment glaubte sie, noch zu wenig über die Sache zu wissen. Franz nahm, nachdem er sich auch noch rasiert hatte, hastig sein Frühstück ein. „Ich muss schnell in die Stadt, bin gleich wieder da", sagte er und eilte davon. In letzter Zeit hatte er es nicht gerne, wenn man ihn fragte, wohin er gehe. „Hast kein Vertrauen zu mir", hatte er sich erst kürzlich mit lauter Stimme bei ihr beschwert, „ich mach ja eh nur das, was Du willst." Wenn die Mutter nicht da war, erlaubte er sich solche Ausbrüche öfters. Josefines Anliegen war, Friede im Haus zu haben und die Kinder von allem fernzuhalten.

Franz verliess das Haus mit dem Schirm unterm Arm, überquerte den Hof ging durchs grosse Tor hinaus. Josefine zwickte es, sie öffnete die normale Eingangstür. Es ist doch noch so früh am Morgen und regnen tut es auch nicht. Sie sah gerade noch, dass er den hinteren Weg Richtung Stadt nahm. Sie folgte ihm vorsichtig und unauffällig. Plötzlich war er weg. Sie lief weiter, drehte sich mehrmals um, lief wieder weiter. Ihr Puls ging schneller. Sie schaute um die Ecken die Strasse rauf und runter. Kein Franz da. Pech gehabt, dachte sie und wollte sich auf den Heimweg machen, als sie durch den Nebel vor sich eine Frau zu erkennen glaubte. Sie machte grössere Schritte, um sie einzuholen. Da sah sie den Schirm, den die Person bei sich hatte. Ist das nicht der Regenschirm von Franz? Aber schwarze Schirme gab es viele. Sie nahm Abstand. Da! Ein Auto stoppte und nahm die Frau mit. Josefine sprang schnell auf die Seite, um vom Fahrer im Rückspiegel nicht gesehen zu werden, und rannte den kürzesten Weg zurück in die Wohnung. Fünf Minuten später kam Franz ohne schwarzen Regenschirm! Ihr Herz schlug bis zum Hals und sie hatte das Gefühl, er müsste es merken. Sie weckte bald die Kinder, denn es war Zeit für den Kindergarten und die Schule. Franz schickte sich an, zu Florenz zu gehen, und pfiff vor sich hin.

Später besuchte Josefine Frau Hoppe, um ihr ihren Anteil an den verkauften Pferdchen zu bringen. Herr Gosch hatte alles genau aufgeteilt. „Ach Josefine", empfing Frau Hoppe sie völlig aufgelöst, sie nannte sie beim Vornamen. „Sie haben Glück, dass Ihr Mann bei Ihnen ist, von meinem, der an der Front irgendwo im Nordosten sein soll, habe ich schon lange nichts mehr gehört." Sie schickte ein Lehrmädchen, Wein zu holen. Sie trank immer mehr und seit kurzem nicht mehr heimlich. Ihr schönes Gesicht war aufgequollen, die Figur schwammig. „Aber Frau Hoppe, das Trinken bringt Ihren Mann nicht zurück. Sie müssen sich zusammennehmen und schauen, dass Sie vom Alkohol wegkommen. Es wäre doch schade, wenn Ihr Mann zurückkommt und Sie betrunken sieht." „Betrunken bin ich nie, wenn ich bitten darf", begehrte Frau Hoppe auf, „ich weiss immer noch, was ich tue. Er hätte mir längst geschrieben, wenn er noch am Leben wäre." Sie weinte in ihr Taschentuch.

Josefine setzte sich auf einen Stuhl und sagte: „Geben Sie mir mal Ihre Hand, ich kann etwas Handlesen, aber sagen Sie das ja nicht meinem Mann, der hält nichts davon. Dabei habe ich bisher vieles deuten können. Na, kommen Sie, setzen Sie sich." Langsam nahm sie Frau Hoppes Hand, rückte eine Lampe näher und sagte nach einer Weile ganz leise: „Ihr

Mann lebt, das sehe ich ganz genau." Sie hielt inne und starrte in die Fensterscheibe. „Da! Schauen Sie, er reibt sich die Hände, er hat kalt, es sind noch andere Soldaten da, er ist nicht tot!" Frau Hoppe entzog Josefine ihre Hand und drehte sich Richtung Fenster. Sie sperrte ihre Augen und den Mund weit auf und glaubte, ihn auch einen Moment gesehen zu haben. „Hermann!" Sie griff sich mit einer Hand an die Brust, mit der anderen ans Fenster und schloss für Sekunden die Augen.

„Ach, wie ist mir jetzt wohl ums Herz, was für ein Gefühl! Mir ist als seien alle Lasten von meiner Schulter gefallen, der ganze Druck hat sich aufgelöst. Wie konnte ich mich nur so gehen lassen." Das Lehrmädchen kam mit dem Wein. „Danke, den kannst Du in den Schrank stellen." Zu Josefine gewandt meinte sie: „Den brauche ich jetzt nicht mehr", und drückte ihr die Hände.

Josefine fühlte sich noch etwas benommen, denn in der Hand zu lesen, erfordert von ihr hohe Konzentration. Sie stützte sich auf den Rand einer Kiste, die vor ihr stand. „Haben Sie da Stoffreste drin?" „Ja, und ich hab noch jede Menge im Lager, aber es sind alles kleine Stücke." Die könnte man zusammen nähen und lustige Fantasie-Tierchen daraus machen, dachte Josefine und sagte: „Haben Sie vielleicht Schablonen in Form von Tieren? Ich würde gerne etwas ausprobieren." Frau Hoppe sah auf ihren Stellagen nach und fand ein Schnittmuster für Teddybären. Es war ganz verstaubt, aber Josefine war hell auf begeistert.

In der Kiste entdeckten sie auch braunen Bouclé-Stoff, sehr geeignet als Tierfell. Frau Hoppe fand noch Schnittmuster für Giraffen, Elefanten und sogar für ein Pferdchen. „Das genügt", sagte Josefine und freute sich wie ein Kind, „darf ich Sie auch noch um Zwirn bitten?" „Da kann ich Ihnen nur gelben geben. Es ist schon lange her, da hat man mir eine ganze Schachtel davon per Nachnahme geliefert, obwohl ich anderen bestellt hatte. Leider ist der auch von schlechter Qualität und dann noch diese Farbe! Wie Sie wissen, ist es sehr schwierig heutzutage, gutes Material zu bekommen, wenn überhaupt." Frau Hoppe holte einen alten Kissenbezug, Josefine stopfte grössere Stoffreste hinein und eilte nach Hause. Zum Glück fand sie immer wieder eine Hilfe, die gewillt war, Hausarbeit zu machen, die das Waschen und Putzen besorgte, aber auch das Kochen und Einkochen von Gemüse und Früchten, sofern etwas da war. Im Moment hatte sie Hilde.

Eines Tages hatte nämlich Ferdinand eine junge Frau zu Josefine geschickt, die nur jeweils für eine Mahlzeit Arbeit suchte. Was sie denn so alles könne, wollte Josefine wissen. Es stellte sich heraus, dass Hilde, die im nahen Schloss angestellt war, dort zwar eine Unterkunft hatte, aber kein Einkommen. Die Grafschaft war nach Brasilien geflohen, wo die Gräfin ihre Kindheit verbracht hatte. Es wohnte nur noch der Verwalter mit zwei Schäferhunde und ein paar anderen Tieren dort. Eigentlich dürfe sie das nicht herum erzählen, meinte Hilde, aber später würden die Leute es sowieso erfahren. „Ist schon gut", sagte Josefine, „Sie können mir jetzt beim Kochen helfen und dann mit uns essen." Hilde tat, wie geheissen, und bald stellte sich heraus, dass sie ein Glücksfall war. Sie sah von sich aus, was zu tun war, und arbeitete fleissig den ganzen Tag hindurch.

„Um die Stoffreste zu verarbeiten, wäre eine Nähmaschine schon gut", meinte sie zu Hilde. „Im Schloss wäre eine, vielleicht kann man die ausleihen. Soll ich den Verwalter fragen?" „Oh ja, Hilde, bitte gehen Sie gleich zu ihm und fragen Sie ihn. Das wäre eine grosse Hilfe." Bis zum Schloss ging man etwa zwanzig Minuten. Der Weg führte in den Park hinein und eine steile Steintreppe hinauf. Es gab zwar auch eine schmale Strasse bis zum Hauptportal, aber die war auf der anderen Seite des Berges. Von dort aus sah man über die Flusslandschaft bis zur gegenüberliegenden Burgruine. Zu Fuss brauchte man hier eine Dreiviertelstunde. Hilde machte sich auf den kürzeren Weg.

Es wurde dämmerig, Franz kam früher als erwartet nach Hause, plötzlich hörte er einen Pferdewagen in den Hof fahren. Er schreckte zusammen, riss die Tür auf, rannte die Treppe hinauf bis unters Dach und versteckte sich dort. Josefine blieb ruhig, schaute aus dem Fenster, erkannte Hilde mit einem Mann an ihrer Seite aufs Haus zukommen. Sie ging ihnen entgegen, Hilde stellte den Mann als Verwalter des Schlosses vor. "Hilde meinte, es sei dringend, so haben wir die Nähmaschine kurz entschlossen aufgeladen und hierher gebracht. Wie lange werden Sie die brauchen?" „Also, das kann ich nicht so genau sagen, vielleicht ein paar Wochen." „Gut", sagte der Verwalter, „Hilde wird mir Bescheid geben, wann ich sie wieder abholen kann. „Ist jemand da, der uns beim Abladen helfen kann? Die Nähmaschine hat zwar Räder an den Füssen, aber sie ist doch sehr schwer." Josefine: „Ich glaube, das können wir alleine schaffen, meinen Sie nicht?" Hilde: „Wir haben sie ja auch zu zweit aufgeladen, obwohl es ein sehr schweres Ding ist."

Mit vereinten Kräften hievten sie die Nähmaschine vom Wagen und schoben sie in die Wohnung. Die Kinder waren ganz aufgeregt, drückten sich in eine Ecke und sahen zu. „Viel Platz haben Sie ja nicht", meinte der Verwalter. „Es wäre gut, wenn sie beim Fenster stehen würde, wegen dem Licht." Hilde fragte, ob sie dem Herrn Verwalter ein Glas Milch geben dürfe. Aber ja, bitte. Er trank sie mit Genuss. Schon lange habe er keine so gute Milch mehr getrunken, meinte er, bedankte sich und ging zu seinem Pferdewagen. „Ein schönes Tier ist das", sagte Josefine, streichelte verzückt dessen Hals und dachte an die Pferde, die sie früher bei den Wohnwagen hatten. „Es sind zwei weitere davon noch im Stall“, verriet der Verwalter stolz, „die Gräfin ist auf ihnen täglich geritten. Zum Glück kann ich sie auch als Gespann gut gebrauchen.“ Josefine: „Hoffentlich werden eines Tages nicht auch Pferde abgeholt, wäre schade darum. Sie müssen die Tiere verstecken, zurzeit holen die alles ab, was nicht Niet- und Nagelfest ist. Mich wundert es, dass die Nazis die Tiere noch nicht konfisziert haben.“

Josefine stockte, plötzlich wurde ihr bewusst, dass sie zu viel redete. Eilig bedankte sie sich für die Mühe, die sich der Verwalter gemacht habe, und verabschiedete sich. Hilde fuhr mit ihm zurück. In der Wohnung fiel ihr Franz ein, wie der so blitzschnell verschwunden war, und sie musste plötzlich laut über ihn lachen, ja, sie lachte so sehr, dass ihr die Tränen die Wangen runter liefen. Sie ging zu den Kindern und die fingen auch an zu lachen. Alle standen sie bei der Nähmaschine und lachten und lachten. Ach wie schön, jetzt haben wir eine Maschine! „Aber ihr dürft sie nicht anfassen“, hob Josefine warnend den Zeigefinger, „denn sie ist sehr wichtig für uns, verstanden!?“ „Ja“, klang es im Chor. Endlich hat Franz Schiss bekommen, ging es ihr durch den Kopf und sie liess ihm keine Entwarnung zukommen. Der soll da oben in seinem Versteck nur schmachten, da kann er nichts Falsches anstellen. Später allerdings rief sie doch nach ihm. „Schrei nicht so“, war seine Antwort, „ich bin ja nicht taub.“ Er kam aus dem Versteck hervor und klopfte seine Kleider ab. „Hast Du was zu essen? Ich hab Hunger“, lenkte er ab. Er ärgerte sich über sich selbst und wollte sich in kein Gespräch einlassen. „Schau, wir haben eine Nähmaschine.“ „Ach, lass mich in Ruhe! Bekomme ich was oder wie?!“ „Ja, ist alles schon vorbereitet.“ Er begann zu essen, hielt inne und sagte verwundert: „Seit wann kannst Du denn kochen?“ Josefine:

„Also schmeckt es Dir." Sie hatte sich auch schon gewundert, was Hilde da für Gewürze beigemischt hatte. Es schmeckte wirklich köstlich.

Der 2. Weltkrieg ist immer noch nicht zu Ende.

Die Bomben kamen jetzt schon näher, Bomber flogen über die Grossstadt. Danach stand ein leuchtendes Orangen - rot am Himmel, schaurig schön. Man könnte meinen, es sei ein Fest mit Raketen. Der Krieg dauerte nun schon über zwei Jahre. In dem Örtchen Vordersberg, in dem Franz und Josefine mit den Kindern lebten, musste noch keiner in den Keller fliehen. Aber Decken und Vorrat waren immer bereit. Im Keller war Erde angehäuft, Rüben und anderes Gemüse steckten darin. Ferner stand dort ein Fass mit eingelegtem Kraut, es gab Einmachgläser mit dem Namen des Besitzers sowie ein Fass mit Trinkwasser, das von Zeit zu Zeit ausgewechselt werden musste. Die Bomber flogen ein paar Kilometer links und rechts an ihrem Ort vorbei. Offenbar war er strategisch nicht wichtig. Es gab zwar öfters falschen Fliegeralarm, aber sonst tat sich nichts. Vordersberg blieb vom Krieg soweit verschont.

Nach und nach erzählte Hilde, dass der Verwalter des Schlosses den Vorrat, bis auf weniges, im Altersheim ablieferte. Die Mutter des Schlossherrn war dort nämlich mit eigenen Möbeln, Geschirr und anderen Sachen untergebracht. Sie wollte nicht nach Brasilien, nicht in ein fernes Land, das sie nicht kenne. Hilde und der Verwalter besuchten sie regelmässig. Es gehe ihr gut, sie schreibe ihre Memoiren, lese viele Bücher, manche sogar zwei bis dreimal. „So ist sie den ganzen Tag beschäftigt und im Kopf ist sie voll da. Wenn sie erzählt, hören alle gerne zu." Später erfuhr man, dass alles Wertvolle im Berg eingemauert war, der wertvolle Weinkeller war zugemauert und die Räume in den unteren Etagen hatten doppelte Wände. Elektrischer Strom war ausgeschaltet, die Schaltkästen vermauert. Alle Öfen waren entfernt oder unbrauchbar gemacht worden. Der Verwalter hatte seine eigene kleine Wohnung im Schloss und immer viel zu tun. Er durchlüftete Räume, versorgte die Tiere und liess auch das Land ringsum nicht verkommen. Aber er hatte keine Privilegien, so musste auch er sich mit Markenrationen durchbringen. „Warum wurde er nicht eingezogen“, wollte Josefine wissen. Hilde hatte keine Ahnung. „Das kommt schon noch“, meinte sie, „die rekrutieren immer wieder neue Männer. Der Verwalter hat halt auch schon seine Jahre auf dem Buckel.“ Dann schaute sie Josefine an und sagte überraschend: „Aber Ihr Mann läuft ja auch noch frei herum... Oh, entschuldigen Sie, dass ich so dumme Sachen sage.“ Josefine beruhigte sie: „Nein, nein, ist schon gut, bis jetzt konnte er sich durchschlagen wie so viele andere auch in unserer kleinen Stadt. Aber er war schon in mehreren brenzligen Situationen, mehr kann ich nicht sagen. Ich weiss es nicht genau warum und will es auch gar nicht wissen, das macht mir nur Angst.“

Der Tauschhandel blühte nach wie vor, aber allmählich wurde alles knapp. Franz ging manchmal schon um drei Uhr nachts los, um irgendetwas zu ergattern. Spione und Aufpasser sah man immer mehr. Es waren Leute, die sich durch Denunzieren und Verrat etwas Essbares zum Überleben erhofften. Eines frühen Morgens ging Franz zum Fluss hinunter, um ein paar Fische mit der Taschenlampe anzulocken. Manchmal hatte er Glück und konnte sie mit den Händen fangen. Er hatte so seine Tricks. Leider gab es nur Karpfen. Die mochte er nicht so gerne. An diesem Morgen tauchten ein paar Leute auf, die durch den Fluss wateten, sie trugen Lasten auf dem Kopf. Franz löschte sofort die

Taschenlampe, um nicht entdeckt zu werden. Plötzlich ein schrilles Pfeifen, ganz in seiner Nähe. „Hände hoch und herauskommen!", hörte er jemanden schreien, „vorwärts, Marsch!" Ein grelles Licht kreiste über dem Wasser und drei Personen kamen ans Ufer. Ein Mann hielt eine Hand hoch, mit der anderen hielt er seinen Hut fest. Plötzlich rutschte er aus, fing sich wieder, sein Hut fiel ins Wasser, er fischte ihn heraus und setzte ihn wieder auf. „Alles auf den Boden legen und drei Schritte zurücktreten", befahl ein Mann in brauner Uniform. Er durchsuchte alle und alles. Dem Mann mit dem nassen Hut rann etwas Weisses über Nacken und Gesicht. Als er es bemerkte, rief er laut und verzweifelt: „Nein, nicht doch!", und nahm den Hut ab. Er fing an zu weinen wie ein kleines Kind und sah in den Hut hinein. Das weisse Rinnsal war ein Süssstoff, Sacharin, der sich im Zeitungspapier, in das er eingewickelt war, aufgelöst hatte. Sacharin war zu der Zeit etwas sehr Wertvolles. „Alles was ich habe, ist zerronnen", jammerte er. Im grellen Licht der Lampe sah er verdammt elend aus. Franz hatte alles mitbekommen,. Er war ganz ergriffen und seine Augen füllten sich mit Tränen. Als der Uniformierte sich den Hut anschaute, schnappten sich die zwei anderen ihre abgeladenen Sachen und hauten ab, jeder in eine andere Richtung. Der Uniformierte schrie: „Halt oder ich schiesse", wusste aber nicht, in welche Richtung er schiessen sollte, und lief fluchend auf die Brücke zu. Der Mann mit dem Sacharin im Hut richtete sich auf und schlurfte davon.

Franz fischte weiter bis er drei mittelgrosse Fische hatte, kam aber in mit Lehm verschmierten Kleidern nach Hause. Josefine: „Wenn Deine Kleider schon von Schwarzbeeren verfärbt sind, dann hättest Du sie wenigstens pflücken können." „Schwarzbeeren sagst Du? Das hab ich gar nicht gemerkt, es war ja noch dunkel. Da geh ich aber zurück und hol sie uns." Er ging zurück, entdeckte Schwarzbeeren und Preiselbeeren entlang der steilen Uferböschung und überlegte, wie er sie ernten könne, ohne abzurutschen. Er nahm ein dickes Seil vom Fassbinder. Dann bastelte er eine schmale Holzschaufel und versah sie mit langen Nägeln. So entstand eine Art Rechen mit Auffangschaufel, mit dem er die Beeren pflücken konnte. Er schnappte sich noch einen Eimer und marschierte los. Mit dem Seil konnte er sich an starken Ästen absichern und links und rechts Beeren ernten. Im Nu war der Eimer voll und seine Augen leuchteten vor Freude. Die Kinder und Josefine werden staunen. Schon wieder hatte Franz etwas erfunden, das er herstellen und an die umliegenden Bauern, wie er dachte, verkaufen oder tauschen konnte. Er hatte wirklich welche bei den Bauern anbringen können, er musste denen nur versprechen, die Rechen nicht an Private zu verkaufen, damit nicht mehr kaputt gehe, als geerntet würde.

Eines Nachts klopfte jemand heftig ans Fenster. Es war auf der Seite vom Apothekerhof. Franz schaute nach: „Was ist los?" Ein Flüstern: „Könnt der Herr Dorn schnell kommen?" „Ich heiss jetzt Remi, um was geht es?" Es war der Apotheker. „Bitte schauen Sie, dass Sie unauffällig in den Hof hinüber kommen. Die Hunde habe ich weggeschlossen. Vorn herum geht es nicht, es könnte sein, dass wir beobachtet werden. Ich habe ein Problem, muss Ihnen etwas zeigen." Franz wusste, dass die Kinder oft übers niedrige Dach beim Fassbinder zum Birnbaum in Nachbars Garten kletterten. „Ja, ich komme." Er zog Hose und Pullover über und schlüpfte ohne Socken in die Schuhe. „Wo gehst denn hin?", flüsterte Josefine. „Pscht, der Apotheker war am Fenster, er will mir was zeigen." „Pass auf! Lass Dich nicht in etwas hineinziehen, Du bist sicher schon auf der schwarzen Liste." Doch Franz war schon weg. Es gefiel ihr gar nicht. Sie machte sich von Fredi los, der zu ihr ins Bett gekrochen war, und hängte sich ans Fenstergitter. Sie hörte das Wasser im Brunnen klatschen, jemand wusch sich dort. Ihre Augen mussten sich erst an die Dunkelheit gewöhnen. Sie hörte, wie das Garagentor im Hof aufgeschoben wurde und wieder zuging. Dann ein Lichtstreifen unter dem Tor von einer nervösen Taschenlampe, ganz kurz nur. Das Tor ging wieder auf, sie sah zwei Gestalten in den Hof treten. Josefine vermutete, dass es Franz und der Apotheker waren. Zwei andere Personen huschten mit einem Wäschekorb über den Hof in die Garage, holten noch zwei Eimer nach, dann erreichte feiner Suppengeruch Josefines Nase. Mein Gott, dachte sie, wie das duftet! Franz kam zurück, steckte ein paar Sachen in seine Ledermappe, zog bessere Kleider an und band sich eine Krawatte um. Josefine gab ihm noch stillschweigend etwas zu essen mit. Sie wusste, er würde sich nicht zurückhalten lassen. Er küsste sie auf die Wange und flüsterte ihr ins Ohr: „Wenn was passiert, Du weisst von nichts."

Tage vergingen. Josefine wurde nervös. Sie ging in die Apotheke, bevor sie mittags geschlossen wurde. Der Apotheker wartete, bis die letzte Person draussen war, sah sie nervös an und sagte dann zu ihr: „Ja, was ist?" Josefine. „Wo ist mein Mann?" Der Apotheker wurde rot und Schweissperlen sammelten sich auf seiner Nase. „Keine Ahnung, wie soll ich das wissen? Bitte gehen Sie, wenn sie sonst nichts haben wollen. Ich werde Ihnen eine Nachricht hinters Fenstergitter legen, sobald mir etwas zu Ohren kommt." Er fuhr sich mit dem Taschentuch über die Nase und öffnete ihr die Türe. „Gott behüte Sie", sagte er noch und verschloss die Tür, als sie draussen war. Von da ab lagen des Öfteren Süssigkeiten, Kartoffeln oder anderes hinter dem

Fenstergitter. Manchmal sah sie den Apotheker den Hof überqueren, doch er schüttelte nur den Kopf und schaute nicht in ihre Richtung.

Josefine getraute sich nicht, den Polizisten im Haus zu fragen, ob er vielleicht wisse, wo Franz steckt. Aber wenn er es wüsste, ging es ihr durch den Kopf, dann hätte er sicher schon bei mir Bericht erstattet. Sie fing an, diejenigen Orte aufzusuchen, an denen Franz sich aufhielt, dort, wo er mit Geld spielte, im Stollen und anderswo. Doch alles war ruhig. Sie schaute auch bei Berta rein unter dem Vorwand, ein paar Süssigkeiten zu bringen. Berta und Senta waren, wie immer, in fröhlicher Laune. Josefine setzte ein Lächeln auf. „Ach, Euch geht es, glaube ich, gut, da kann ich beruhigt wieder gehen, hab sowieso nicht viel Zeit. Ihr wisst ja, die Kinder und so." Berta: „Ach, um uns brauchst Du Dich nicht zu kümmern, im Moment haben wir noch was zu beissen." Dann leiser: „Wir haben nämlich seit letzter Woche zwei Kriegsverletzte bei uns einquartiert und teilen uns ihre Rationen." Sie zeigte mit dem Finger ans Ende des Zimmers, das mit Betttüchern abgeteilt war. „Sie sind von der Grossstadt, da können sie nicht zurück, wegen der Bombardierung." Nach ihrem Verhalten zu urteilen, überlegte Josefine, wussten sie nichts von Franz.

Es war Abend, als Josefine Berta und Senta verliess. Da! Plötzlich! Eine Stimme, ganz nah hinter ihr. Ein Mann sagte leise auf Bulgarisch: „Nicht umdrehen, ich habe den Abtransport Ihres Mannes mit noch anderen Leuten beobachtet. Kommen Sie bei Gelegenheit in die Gärtnerei." Das war die Stimme des Gärtners, er kannte Josefine und Franz. So leise, wie er gekommen war, verschwand er wieder. Josefine ging weiter. Ihr Herz klopfte wie verrückt. Um sich zu beruhigen, blieb sie einen Moment stehen und schaute in ein Schaufenster. Sie zog ihr Kopftuch etwas mehr ins

Gesicht, ging dann mit raschen Schritten nach Hause. Hilde wartete schon, denn sie wollte gehen: „Bis Morgen, gute Nacht“, sagte sie und ging in die Nacht hinaus. „Ist gut, bis Morgen.“

Auf dem Herd stand das Essen, die Kinder waren in ihr Spiel vertieft, sie hatten einen Kreis auf den Boden gezeichnet und schoben Lehmkügelchen hin und her. „Hilde hat mit uns Lehmkügelchen gebacken und gefärbt“, riefen sie. Josefine holte ein Glas Wasser mit etwas Milch gemischt und trank es in einem Zug aus. Ihre Gedanken kreisten um eine Frage: Wie geht es jetzt weiter? Wut gegen Franz stieg in ihr auf. Hätte ich nur keine Kinder, oder wenigstens nur den Emer, so wie früher. Sie sah zu Emer hin, der ausgestreckt auf dem Boden lag und Lehmkügelchen zu Christine rollte, die mit gespreizten Beinen vor ihm sass. Emer legte den Kopf seitlich auf den Boden und schaute ihr zwischen die Beine. Josefine befahl ihm, sich richtig hinzusetzen, was er mit einer verschämten Bewegung folglich tat. Von jenem Tag an trug Christine Unterhöschen mit Gummiband am Beinabschluss.

Da! Es waren schlurfende Schritte auf dem Gang zu hören und die Türklinke wurde langsam heruntergedrückt. Wer kommt denn jetzt zu so später Stunde? „Oh, verehrte Mutter, Sie sind es, welch eine Freude“, rief Josefine erleichtert aus, als ihre Mutter den Kopf durch die Tür steckte. „Ich wollte nicht klopfen, Du weisst ja, alles hört mit.“ „Schon gut, setzten Sie sich bitte“, sagte sie und küsste ihrer Mutter die ausgestreckte Hand. „Darf ich Ihnen Ihre Sachen abnehmen? Möchten Sie vielleicht ein Glas abgekochtes Wasser? Oh, Entschuldigung, natürlich habe ich auch noch Milch für Sie.“ „Ja, danke, mein Kind, ein Glas Milch würde mir sicher gut tun nach diesen Strapazen.“ Josefine holte ein Glas, hatte leider aber nur noch wenig Milch. „Verzeihen Sie, ich dachte, es sei noch genug Milch da. Darf ich Ihnen etwas zu essen anbieten?“ Zwar wusste Josefine nicht, was auf dem Herd stand, aber es war sicher gut, denn Hilde war ja eine gute Köchin. Vielleicht waren es aber auch nur Kartoffeln. Und so war es, zerdrückte Kartoffeln mit gelben Rüben und Wurzelgemüse, Wurzeln von Löwenzahn und Petersilie. Es reichte gerade noch für eine Person, und die bekam natürlich Mutter. Josefine hatte den ganzen Tag über nur an drei Bonbons gelutscht. Doch gab es noch dick gekochte Waldbeeren in einem Topf. Davon holte sie sich eine Tasse voll. Nach dem Essen wollte sich Mutter gleich hinlegen. „Morgen ist auch noch ein Tag“, sagte sie, „und so Wichtiges habe ich nicht zu erzählen.“ Josefine hätte gerne mit ihr gesprochen, um ihre Gedanken loszuwerden, wusste aber nicht, wo anfangen. Da sah ihre Mutter die herumliegenden bunten Stofftiere und Josefine erzählte, wie das alles zustande gekommen war.

Schon ganz früh am Morgen machte sich Josefine auf den Weg zum Gärtner. Sie weckte Emer und flüsterte ihm ins Ohr: „Ich geh schauen, ob ich beim Gärtner etwas Gemüse bekomme, also bis später.“ Sie beeilte sich und versuchte, die Hauptstrasse zu vermeiden. Beim Gärtner rüttelte sie am Zaun, der mit einer Kette und einem riesigen Schloss gesichert war. Am Pfosten war eine Zeichnung eines Schäferhundes. Sie schaute durch die Zaunspalten und warf Steine in Richtung eines selbst gebauten Lehmhäuschens. Es dauerte eine Weile, bis jemand kam. Es war aber nicht der Gärtner, sondern ein klein gewachsener Mann, den sie nicht kannte. Als Josefine ihn auf Bulgarisch ansprach, zeigte er ein zahnloses Grinsen und lief ins Häuschen zurück. „Karel“, rief er und schon kam Karel angelaufen, tauchte unterwegs seinen Holzkamm in eine Regentonne und fuhr damit durch sein dickes Haar. Mit einer eleganten Handbewegung lud er Josefine in das Häuschen ein. „Tee?", fragte er und gab Ismir, der sie hereingelassen hatte, ein Zeichen. „Bitte, setzen Sie sich."

Nach einigen Höflichkeitsformeln fing sie an, bohrende Fragen zu stellen. „Wegen meinem Mann", sagte sie, „was haben Sie gesehen?" Karel erzählte, dass Franz in einen Zug mit kleinen vergitterten Fenstern gestossen worden war. „Sind Sie sicher, dass es mein Mann war?" „Ja, da bin ich ganz sicher. Ich hab Euch beide, wie sie wissen, öfters zusammen gesehen. Er war der Letzte, der in den Waggon geprügelt wurde." „In welche Richtung fuhr der Zug?", wollte Josefine wissen. „Wo hat er gestanden, bevor er abfuhr?" Karel forderte sie auf mitzukommen und sie gingen durch die Gärtnerei zu einer Holzwand, die mit abgeschlagenen Glasflaschen gespickt war. „Da draussen ist das Geleise, auf dem der Waggon stand", sagte Karel und deutete über die Wand hinaus. „Ich war hier hinter der Holzwand, sehen Sie, hier, durch dieses Astloch habe ich gesehen, was da vor sich ging. Es waren sicher um die zehn Personen, die noch in den einen Waggon gepresst wurden, der sowieso schon zum Bersten voll war." Josefine hielt sich die Hände vors Gesicht, nahm sich vor, die Geleise abzulaufen. Sie gingen zurück zum Lehmhäuschen. Unterwegs schnitt Karel einen Krautkopf und weiteres Gemüse ab und steckte es Josefine in ihre bunte Leinentasche, die sie bei sich hatte. Ismir holte noch ein flaches Brot und legte es dazu. Sie bedankte sich. Dann fing sie plötzlich an, laut zu fluchen, und liess einen derartigen Schwall von Schimpfwörtern gegen ihren Franz los, dass Karel und Ismir sich nur so wunderten. „Nicht so laut", versuchten sie Josefine zu beruhigen, „sonst rütteln Sie den Teufel in der Hölle wach." Sie gingen ins Häuschen und tranken den vorbereiteten Tee. Geschäftig holte Ismir ein

Tuch, faltete es auseinander. Er nahm eine goldig leuchtende Ikone auf, küsste sie ein paarmal, während er sich bekreuzigte. Josefine war sehr beeindruckt, entschuldigte sich wegen ihres Ausbruchs, griff in ihre Rocktasche und holte etwas Geld hervor. Karel umschloss ihre Hand, nahm ihre Tasche und führte sie zum Tor. „Besuchen Sie uns wieder, das ist wertvoller als Geld, hier spricht sonst niemand unsere Sprache. Vielleicht haben Sie bis zum nächsten Mal Nachricht von ihrem Mann. Darf ich Sie bitten, Ihre Tasche in Ihrem Faltenrock zu verstecken, Sie wissen schon..." „Die Heilige Maria, Mutter Gottes, behüte Euch", kam es aus ihrem Munde. Sie verabschiedete sich von Karel und winkte Ismir kurz zu. Karel schaute rechts und links den Weg entlang, um sich zu vergewissern, dass niemand in der Nähe war, und gab ihr ein Zeichen, dass sie gehen könne. Sie nahm die volle Tasche unter ihren Rock, hielt sie durch den eingenähten Rocktasche fest und eilte auf Umwegen nach Hause.

Noch am selben Tage kam eine Nachricht über Franz per Polizeikurier. Ein zackiges Klopfen an der Tür. Ohne eine Antwort abzuwarten, trat ein Mann ein und legte sofort los: „Heil Hitler! Wegen staatsfeindlichem Verhalten wurde Franz Remi bis auf weiteres interniert. Nähere Angaben bis zur genauen Abklärung aus Sicherheitsgründen nicht gestattet. Heil Hitler!" Er legte die Hand an die Mütze und knallte die Hacken zusammen. Peng! Kehrt um. Das war's. Josefine stand wie angewurzelt da. Reinhard kam hinzu und hielt sich an ihrem Rock fest. „Komm, wir machen die Tür wieder zu." „War da jemand?", hörte sie ihre Mutter fragen. „An die falsche Tür geklopft", war ihre Antwort. Was sollte sie sagen? Sie wollte die Familie nicht aufregen. Solange ich kann, überlegte sie, werde ich die Dinge, die ich erfahre, für mich behalten. Ich werde sagen, dass Franz unterwegs ist, ohne mir zu sagen wohin. Fertig.

Des Öfteren lag jetzt früh morgens frisches Gemüse vor der Tür, von der Fussmatte zugedeckt. Josefine glaubte zu wissen, woher es kam, und hätte sich gerne bedankt. Nachts horchte sie immer mal wieder an der Tür, um demjenigen, der das Gemüse brachte, abzupassen, doch ohne Erfolg. Sie überlegte und hatte eine Idee. Sie befestigte einen Bindfaden an der Türmatte und führte ihn unter der Türe hindurch zu ihrem Bett, wo sie ihn mit einer Kinderrassel verband. Schon in der gleichen Nacht rasselte es. Sie sprang aus dem Bett, schnappte sich die bereitliegende Taschenlampe und riss das Fenster auf. Der Lichtstrahl traf voll in Karels Gesicht. Es war stockdunkel, denn Strassenlaternen sind im Krieg nachts nicht an. Sie gab ihm ein Zeichen zu warten, lief zur Tür und winkte ihn herein.

Die Taschenlampe auf den Boden gerichtet, ging Josefine zu einem Schrank und holte eine Flasche Schnaps hervor. Vorsichtig nahm sie zwei Gläser vom Regal und schenkte ein. „Prost", flüsterte sie, „jetzt kann ich mich endlich bedanken." Leise erzählte sie, was sie inzwischen über Franz erfahren hatte. „Wird schon alles wieder gut", tröstete Karel sie. Ein Kind hustete. Josefine horchte auf, aber dann war es wieder still. Sie sassen ganz nahe beieinander, flüsterten miteinander und berührten dabei einander an Wange und Ohr, wobei ihre langen Haare seine Haut streiften. Sie trägt ihre Haare offen, dachte er. Karel riecht angenehm nach Erde, stellte sie fest. Wieder ein Husten. Das musste Fredi sein. Sie schlich sich an sein Bett, deckte ihn zu und strich ihm übers Köpfchen. Dann ging sie zu Karel zurück. Im Schein der Taschenlampe konnte er durchs Nachthemd hindurch ihre wohlgeformten Beine erkennen. Sie nahm seine Hand und führte ihn zur Tür. „Dahinten ist ein Kellervorraum, da hört und sieht uns niemand, da können wir reden. Das nächste Mal treffen wir uns dort." Sie zeigte ihm den Trick mit dem Faden und er versprach, in drei Tagen wiederzukommen. Falls er spät käme, würde er am Faden ziehen, ansonsten käme er um die gleiche Zeit wie heute.

Solange ihre Mutter im Hause war und somit jemand auf die Kinder aufpasste, wollte Josefine nachforschen, wo Franz war. Sie ging zu Alfred. Er war nicht zu Hause. Damit hatte sie gerechnet und Zettel und Bleistift mitgenommen. „Franz wurde abtransportiert, bitte melde Dich", schrieb sie ohne Unterschrift und schob den Zettel unter der Tür hindurch. Dann ging sie ins Gemeindehaus. Dort fing das Warten wieder an. Frauen mit Kindern und alte Männer sassen da. Die jüngeren Männer waren an der Front im Einsatz. Josefine sah ein Bürofräulein, das sie kannte, zur Toilette gehen und ging ihr nach. „Bist Du es, Lotti?", sagte das Bürofräulein hinter der Klo Türe. „Nein ich bin es, Frau Remi, Sie wissen schon, die Dolmetscherin. Ich suche meinen Mann. Er ist letzten Freitag abtransportiert worden. Ich weiss nicht wohin. Ich hab gedacht, vielleicht können Sie mir helfen herauszufinden, wo er ist. Es gibt doch Transportlisten im Büro. Bitte, ich möchte mit meinem Mann irgendwie Kontakt aufnehmen, vielleicht kann ich ihn sogar besuchen." Sie hörte, wie mit einem Schöpflöffel gespülte wurde und fing an, laut zu weinen. Fräulein Senger, so hiess das Bürofräulein, kam heraus: „Sie wissen, dass das, was Sie von mir verlangen, gefährlich ist. Kennen Sie denn niemanden von den Sicherheitsleuten?" „Gestapo meinen Sie? Nein. Ein Kurier hat mir nur mitgeteilt, dass Franz abtransportiert, interniert wurde, sonst nichts. Hören Sie, Fräulein Senger, ich bezahle Ihnen die Überzeit ganz korrekt oder sind Sie knapp mit Gemüse, Medizin oder so? Bitte, helfen Sie mir." Gab einen tiefen Schluchzer von sich. Fräulein Senger überlegte ein paar Sekunden und sagte dann: „Wir können nicht länger in der Toilette bleiben, gehen Sie zuerst raus. Ich schau, was ich tun kann, sie hören von mir. Verlange aber, dass Sie niemandem von diesem Gespräch erzählen." „Nein, nein, Gott behüte."

Josefine machte die Tür auf und fragte eine Angestellte, die vorüber huschte: „Gibt es ein Klo für Auswärtige? Dieses hier, sehe ich, ist nur fürs Personal." „Dass alle hier aufs Klo gehen müssen", regte die sich auf, „als hätten sie kein Klo zu Hause! Wenn Sie im Gemeindehaus nichts zu erledigen haben, können Sie hier nicht einfach unser Klo benützen." „Nichts für ungut", sagte Josefine, verliess das Gemeindehaus und nutzte die Zeit, die ihr noch blieb, um die Geleise abzuschreiten, wie sie sich das vorgenommen hatte. Sie ging bis vor den Gärtner Zaun und lugte durch die Ritzen. Niemand zu sehen, dabei musste sie höllisch aufpassen, nicht in Glasscherben zu treten. Neben dem Geleise lag Unrat herum. Sie riss einen kräftigen Zweig von einem Holunderbaum ab und suchte damit im Unrat, denn sie hoffte, ein Zeichen von Franz zu finden. Bald kam sie zu der Stelle, wo die Leute in den Waggon gestossen worden waren. Hier hörte der schmale Weg neben dem Geleise auf. Etwas weiter kamen zwei Geleise auf ein Gleis zusammen. Sie sah sich um, kein Mensch da. Sie suchte weiter. Ein kleines, weisses und an einem Eck besticktes Taschentüchlein mit einem schön geschwungenen E.S. drauf fand sie zusammengerollt in einem Grasbündel. Dann, nach einer Weile, eingetreten in die Erde, einen einzelnen Ohrring mit einer grossen, weissen, tropfenförmigen Perle dran. Silber, dachte sie, nachdem sie ihn abgewischt hatte. Sie wickelte ihn in das Tüchlein und steckte alles in die Tasche ihres Faltenrockes. Sie stocherte noch eine Zeitlang herum, gab schliesslich auf und machte sich auf den Heimweg.

Beim Milchladen standen keine Leute. Geschlossen. Merkwürdig, wunderte sie sich, bisher hat es noch jeden Tag etwas Milch gegeben, wenn auch verwässert. Sie ging weiter zum Brotladen. Auch da niemand. Dann schaute sie beim Gastwirt rein: „Ferdinand, wo sind denn die Leute? Vor den Läden steht kein Mensch." „Oh je, hast was verpasst. Da kam eine Horde Soldaten, die luden blitzschnell Brot und Milch und was sonst noch alles in den Geschäften war auf ihren Lastwagen und brausten davon. Wer sich ihnen in den Weg stellte, den bedrohten sie mit ihren Knüppeln, auf einige haben sie eingeschlagen." „Mein Gott", sagte Josefine und bekreuzigte sich, „aber wir haben keine Milch mehr zu Hause und noch dazu ist meine Mutter zu Besuch. Doch ich darf nicht jammern, Tee ist ja noch da.

Ferdinand, hast Du vielleicht eine Ahnung, wo der Franz steckt?" Hilfe suchend schaute sie ihn an, obwohl sie einen mündlichen Bericht bekam, genügte es ihr nicht, dass nur der Gärtner etwas gesehen hatte. „Ach, Du weisst nichts?" „Doch, aber nicht so genau", meinte sie. „Nun haben sie ihn doch erwischt", antwortete er und sah sie mitleidig an, „ich konnte es zuerst nicht glauben, aber ich kann es Dir sagen. Am Freitag, ich wollte schon zumachen, da ist der Bahnwärter, den die meisten von uns kennen, bei mir aufgekreuzt, schon ganz schön angeheitert. Er haute mit den Fäusten auf den Tisch und wollte unbedingt noch einen Schnaps haben. Ich schenkte ihm einen ein, er kippte ihn runter, dann fing er an zu reden: ‚In die Waggons haben sie die zusammengepfercht, wie die Schweine, Frauen, Kinder, Männer, alle von unserer Gegend, ein paar hab ich gekannt.' „Er nannte ein paar Namen. Auch Franz war darunter." Josefine wurde bleich, jetzt war sie hundert Prozent sicher, dass alles so war. „Mir wird ganz schlecht", sagte sie und setzte sich. „Ach weisst Du Josefine, es war sicher Nebel, da hat der Bahnwärter vielleicht nichts so richtig sehen können." Ferdinand versuchte, sie zu trösten, fuhr dann aber in verändertem Ton fort: „Ich sage Dir gleich, wie es ist. Der

Bahnwärter meinte, dass der Zug nach Deutschland ins Arbeitslager Dachau fährt. Ich hab gefragt, ja warum denn so weit? Da hat er gesagt, wahrscheinlich wegen den Juden. Und dann hat er geflucht wie ein Rohrspatz. ‚Dieses Gesindel', hat er geflucht, ‚diese Untermenschen, die hätten doch ausreisen können, die bringen mit ihrem Scheissgeld und ihrem Besitztum, von dem sie nicht genug kriegen können, unsere Leute noch ins Verderben.' und so weiter. Ich konnte es nicht mehr mit anhören und war froh, als er den Schnaps ausgetrunken hatte und wieder weg war." Josefine hielt sich die Hand vor den Mund: „Mein Gott, Heilige Maria, Mutter Gottes", stiess sie weinend hervor, „was kommt denn noch alles auf uns zu. Ich tue mir schwer, meine Gedanken beieinander zuhalten." „Na, komm schon, wir leben noch. Jeder hat sein Bündel zu tragen, bis jetzt bist ja gut durchgekommen. Morgen sehen wir weiter. Wenn ich was höre, lass ich es Dir ausrichten. Ja, und schau her, ich hab noch etwas Milch von gestern, musst sie halt heute noch verbrauchen, sonst wird sie sauer. Jetzt geh heim und mach Dich nicht verrückt. Abwarten, wirst schon Nachricht bekommen." „Dank Dir, Ferdinand."

Sie verliess die Gaststube und ging über die Strasse, ohne links und rechts zu schauen, und wäre beinahe von einem Auto überfahren worden. „Du blöde Kuh, such Dir ein anderes Fahrzeug, um zu krepieren", schrie der Fahrer sie an. Oh Gott, auch das noch, schoss es ihr durch den Kopf, aber jetzt reiss Dich zusammen, abwarten hat der Ferdinand gesagt. Ich muss Rücksicht nehmen auf die Kinder, auf die Mutter. Ich muss noch so vieles überlegen und tun. Eilig ging sie zur Wohnung zurück, begrüsste alle mit dem Krug Milch in der Hand und zauberte ein Lächeln auf ihr Gesicht.

Noch am selben Abend klopfte es an der Tür. Emer machte auf: „Mami, es ist eine Frau da." Josefine ging zur Tür und erkannte Fräulein Senger vom Gemeindeamt. „Oh, haben Sie schon was für mich?" Fräulein Senger blickte auf Emer. „Entschuldigung", sagte Josefine, „kommen Sie mit." Sie nahm sie mit in den Kellervorraum und stellte sich mit ihr ins Licht ans Fenster. „Hier, die Nummer der Transportliste und die Ihres Mannes, ich hab sie schnell abschreiben können", sagte Fräulein Senger, „er wird wahrscheinlich schon in Dachau sein. Ich glaube nicht, dass Sie ihn dort besuchen können, aber Sie können ihrem Mann schreiben. Sie haben ja jetzt das Wichtigste, die beiden Nummern und die Adresse, vielleicht per Express." Josefine gab ihr die Hand und bedankte sich herzlich. „Ich bräuchte Penizillin", sagte Fräulein Senger und sah Josefine eindringlich an. „Sie wissen schon, Sie haben mir das versprochen. Ich komme morgen wieder um die gleiche Zeit. Also bitte, besorgen Sie mir ein paar Ampullen, ist für einen TBC Kranken, der braucht das dringend." Sie drückte Josefine die Hand und ging. TBC! Josefine erschrak. Das war Tuberkulose! Ansteckend! Sie öffnete die Wohnungstür mit dem Ellenbogen, dass frische Luft reinkam, solche Angst hatte sie vor dieser Krankheit. Dann wusch sie sich die Hände mit Kernseife und schrubbte sie mit der Bürste.

Nun galt es, den Apotheker zu erwischen. Nach Geschäftsschluss ging er öfter über den Hof, um Ware aus dem Lager zu holen. Um nicht den ganzen Abend am Fenster hängen zu müssen, machte sie mit den Kindern ein Spiel: „Hört mal alle her, wer den Apotheker als erster im Hof sieht, der bekommt von mir ein Bonbon. Aber ihr müsst ganz leise und schnell zu mir kommen, klar! Wir üben das mal, also los." Die Kinder gingen zum Fenster und taten so, als würden sie jemanden im Hof erblicken. Dann rannten sie zur Mutter und hatten einen Heidenspass dabei. „So, genug geübt, jetzt könnt ihr es. Setzt euch nun ans Fenster und passt gut auf."

Christine wurde von den Brüdern weg geschubst. Sie setzte sich schmollend auf Grossmutters Schoss, wo sie liebevoll umarmt wurde.

Den kleinen Fredi liess man auch nicht mitmachen. So hatten Emer und Reinhard je ein Fenster für sich. Nach ein paar Minuten kam Reinhard angerannt, konnte aber vor Aufregung nur stottern. Josefine gab ihm das versprochene Bonbon und machte Emer ein Zeichen, vom Fenster wegzugehen. Mit einer Gabel klopfte sie ans Fenstergitter und machte so den Apotheker auf sich aufmerksam. Der sah sich um, bevor er herankam. „Was gibt's?" „Bitte, kommen Sie ans Kellerfenster." Sie ging in den Kellervorraum und stieg auf eine Kiste, um näher ans Fenster zu kommen. „Können Sie mir bitte Penizillin geben, ich bin jemandem einen Gefallen schuldig, ist für einen TBC-ler." „Penizillin? Du meine Güte, das ist sehr, sehr schwer zu kriegen und auch sehr teuer. Wer hat denn heute noch Penizillin? Er fuchtelte mit einer Hand in der Luft herum, während er nachdachte, mit der anderen spielte er in seiner Manteltasche mit den Schlüsseln. „Ist der TBC-ler denn nicht in Behandlung?", wollte er wissen. „Ich weiss es nicht", antwortete Josefine, „ alles was ich weiss ist, dass ich ein paar Ampullen bis morgen Abend brauche."

Der Apotheker wollte noch etwas sagen, aber sie schnitt ihm das Wort ab: „Mein Mann ist im Konzentrationslager Dachau, hab ich erfahren. Wie es ihm geht, weiss ich nicht." „Dachau! KZ!", stiess der Apotheker hervor. Ihm wurde ganz mulmig und er griff sich an den Kopf. „Hoffentlich verrät er nicht, dass ich Leute in meinem Lager versteckt hatte." Die Hunde im Hof wurden langsam nervös und knurrten leise. „Also bis morgen", flüsterte Josefine und zog sich vom Kellerfenster zurück. Grossmutter hatte nichts gemerkt. „Schau Dir den Reinhard an", sagte sie, als Josefine wieder ins Zimmer trat. Reinhard hatte sein Bonbon zwischen die Lippen geklemmt und machte seinen Geschwistern den Mund wässerig. „So ein Fratz", meinte Josefine und lachte, „kommt alle her, ich hab noch drei. Emer bekommt das rote, Fredi das gelbe und das schwarze Bonbon kann Christine haben." Das schwarze war ein scharfes Lakritzen-Bonbon. Christine spuckte es auf ihre Hand und sah zu Emer auf, der neben ihr stand. Der packte sie am Arm, zog sie hinter Grossmutters Stuhl, kniete vor ihr nieder, nahm ihr Gesicht in beide Hände und drückte seine Lippen auf die ihren. Dabei schob er sein eigenes Bonbon in ihren Mund und schleckte anschliessend das schwarze aus ihrer Hand. Er tat es so lange, bis ihre Hand blitzblank war. „Was macht ihr da?" rief Josefine. Sie konnte noch sehen, wie genussvoll er die Hand seiner kleinen Schwester abschleckte. „Geht euch die Hände waschen." Sie sah ihnen nach und dachte, ein richtig starker junger Mann ist Emer geworden, ich muss mit ihm über den Unterschied zwischen Mann und Frau sprechen. Er macht Sachen, die mir nicht gefallen. Eine Zeichnung mit nackten Frauen hatte sie in seiner Hosentasche gefunden, und die ausgeschnittenen Frauen in aufreizender Unterwäsche, die hinter dem aufgefädelten Klopapier aus Zeitungen hängen, das war sicher auch sein Werk. Wer sonst sollte es gewesen sein? Er war ja der einzige "Mann" im Haus!

Hilde kam, um die Wäsche einzuweichen. „Morgen ist Waschtag, es ist wohl an der Zeit, denn die Kinder haben nicht mehr viel anzuziehen. Ich muss immer öfter die gleichen Sachen waschen. Dem Emer werden die Kleider langsam zu klein und Christine wächst auch aus ihrer Wäsche, nicht wahr Christine?" Die nickte nur mit dem Kopf und bekam von Hilde einen Kuss auf die Wange. „Verhätscheln Sie das Kind nicht so", sagte Josefine fast einen Ton zu laut. „Na, na, wird schon nicht so schlimm sein", mischte

Grossmutter sich ein, „musst deswegen nicht so laut werden.“ Josefine jammerte: „Entschuldigen Sie, Mutter, den ganzen Tag hab ich die Kinder um mich, manchmal wird es mir zu eng in dieser kleinen Wohnung. Ach, da fällt mir ein, ich hab noch ein paar Kleidermarken. Kommt, Emer und Christine, lasst uns sehen, ob wir damit etwas Vernünftiges kaufen können.“ Erst vor dem Geschäft merkte sie, dass noch Mittagszeit war. Die Läden würden noch eine ganze Stunde geschlossen sein. „Das Rote Kreuz ist offen, kommt, wir gehen dorthin. Vielleicht haben die was für uns.“

Auf der Strasse waren fast keine Leute zu sehen, aber eine Gruppe von Lehrerinnen und Lehrern kam ihnen aus dem Tor der Bürgerschule entgegen. „Ach, Frau Remi, wie gut, dass ich Sie treffe, ich wollte Sie in die Schule bestellen, wir müssen uns mal unterhalten.“ Es war die Direktorin. „Guten Tag“, erwiderte Josefine, „ach, können Sie mir nicht schon jetzt sagen, um was es geht? Ich bin alleine mit den Kindern und kann schlecht weg. Das verstehen Sie doch?“ Die Rektorin nickte und wandte sich an die Kinder: „Könnt ihr für eine Weile im Schulhof spielen?“ Dann zu Josefine: „Kommen Sie, Frau Remi, wir gehen rasch ins Schulbüro, ist ja gleich da vorne.“

Sie ging voraus, stieg eine Treppe hoch und bat Josefine, in ihrem Büro Platz zu nehmen. Aus einem Schrank holte sie eine Mappe und entnahm ein beschriebenes Blatt. „Emer ist sehr gut in der Schule, das haben Sie sicher mitverfolgen können“, sagte sie und machte eine kleine Pause, „aber – wie soll ich es Ihnen sagen, nun ja, leider wurde uns mitgeteilt, dass sein Vater, also Ihr Gatte, sich wiederholt politisch unkorrekt betätigt hat. Sie haben sicher eine Ahnung, um was es geht.“ Josefine: „Nichts weiss ich. Mein Mann war schon ein paar Tage weg, dann kam ein Kurier ins Haus, wahrscheinlich von der Gestapo, und teilte mir mit, dass er festgenommen worden sei. Warum und wieso und auch wo er sich jetzt befindet, all das wird man mir schriftlich zukommen lassen, aber erst, wenn alles aufgeklärt ist. Aber bitte, was hat das mit der Schule zu tun?" „Ja, ihr Sohn wird in die normale Schule zurückversetzt. Vielleicht ist alles nicht so schlimm und er kann nach Aufklärung der Angelegenheit Ihres Mannes wieder bei uns eintreten." „Das wird mein Junge nicht verkraften", fuhr Josefine auf, „er wird nicht verstehen, warum er dran glauben soll. Übrigens, mein Mann, der Franz ist ja nicht sein Vater, das sagt Ihnen ja der Name Emer Pfeifer schon. Also was soll das? Können wir da nicht Einspruch erheben? Emer ist in der Hitlerjugend sehr aktiv, trägt stolz das Mitgliederabzeichen der HJ, der Hitler Jugend. Ihn kann man ja nicht dafür bestrafen, dass mein Mann gegen die Partei etwas gemacht haben soll. Ach, was rede ich da herum, wir wissen gar nicht, ob mein Mann überhaupt eine Schuld trifft, wofür er büssen müsste. Der kann doch niemandem etwas zu Leide tun." Die Direktorin stand auf: „Gut, ich werde alles notieren und es bei der nächsten Sitzung vorbringen. Emer sollte bis dahin zu Hause bleiben. Ich werde mich für ihn einsetzen, das verspreche ich Ihnen Frau Remi. Auf Wiedersehen."

Josefine wischte sich ein paar Tränen aus dem Gesicht und verabschiedete sich. Draussen rief sie die beiden Kinder. Natürlich wollte Emer gleich wissen, was die Direktorin gesagt hatte. „Ach, es war nichts, ich erzähl es Dir später. Kommt, wir hatten doch vor, für Euch Kleider zu besorgen."

Beim Roten Kreuz hatte Frau Reisin Dienst. Sie verstand sich gut mit Josefine. Doch Hoppla! Eine Tafel sagte: „Heute keine Kleider- oder Lebensmittelausgabe." Diese Tafel sah man jetzt immer öfter an der Tür hängen. Josefine ging trotzdem hinein. „Grüss Gott", sagte sie zu Frau Reisin, „ja, dann möchte ich halt wenigstens einen schönen Tag wünschen, wenn ich schon umsonst gekommen bin.“ Christine lief auf Frau Reisin zu und streckte ihr beide Arme entgegen. „Ja, Christineli, wie schön, Dich wiederzusehen, mein Schätzele.“ Sie stellte das Kind auf den Tisch. „Heil Hitler, Frau Remi und heil Hitler, Emer. Wie schön, dass es heute keine Schule gibt, nicht wahr?“ „Ich geh gern in die Schule“, stellte Emer klar, „weil ich der Klassenbeste bin.“

Dabei schaute er stolz Frau Reisin an. „Ist das aber toll“, meinte sie bewundernd, ich wünschte, meine Kinder wären ein bisschen ehrgeiziger. Ausser Fussball und HJ haben sie momentan nichts im Kopf. Aber sag mal Emer, letzte Woche warst Du nicht beim HJ-Treffen. Mein Mann hat Deine Uniform wieder mit nach Hause gebracht, kannst sie holen kommen. Beim nächsten Treffen solltest Du sie anziehen, ja?“ Emer nickte. Josefine zeigte auf Christine und sagte: „Jetzt können Sie sie wieder auf den Boden stellen.“ „Komm, Kleines, ich möchte Dich mal wiegen und auch sehen, wie gross Du bist.“ Mit diesen Worten stellte Frau Reisin Christine zunächst auf die Waage und anschliessend an die Wand, wo ein Massstab angezeichnet war. „Ein bisschen wachsen und ein bisschen mehr Fett auf den Knochen, das könnte nicht schaden. Aber sonst bist ein herziges kleines Bobele und gesund siehst auch aus.“ Josefine: „Messen Sie meinen Emer auch bitte. Vom Geräteturnen her hat er richtige Muskeln in den Armen und Beinen bekommen. Der wird einmal ein grosser Artist oder Sportler, das sehe ich jetzt schon.“ Frau Reisin: „Ja, er sieht wirklich gut aus. Aber, sagen Sie Frau Remi, wo fehlt es denn? Was kann ich für Sie tun?“ Josefine: „Dem Buben werden die Kleider zu klein und grössere Schuhe bräuchte er auch.“

Frau Reisin holte ein paar Säcke mit Kleidung. In einem fand sie eine hübsches Strickjacke, Strumpfhosen und ein Nachthemd für Christine, in einem anderen entdeckte sie etwas für Emer. „Sieh hier“, sagte sie, hier ist ein guter Pullover für Dich Emer, und ein schönes weisses Oberhemd, sieht ein bisschen zu gross aus, aber das wird Dir bald passen, wenn Du so weiter wächst. Möchtest Du die Sachen haben?“ „Vielleicht hat es einen Pullover ohne Streifen“, erwiderte Emer. „ Das ist alles, was wir im Moment haben. Wir müssen froh sein um alles, was noch gespendet wird. Einen gestreiften Schlafanzug hätte ich noch für Dich, blau-weiss, ganz neu.“ Emer entsetzt: „Oh nein! Ich will doch nicht wie ein KZ-ler aussehen! Herr Reisin hat gesagt, die Verbrecher mit solchen Anzügen nennt man Zebras. Sie sind hinter einem elektrischen Stacheldraht. Er hat uns Bilder gezeigt und einen Judenstern und...“ Josefine unterbrach ihm: „Quatsch nicht so viel.“ Sie wandte sich an Frau Reisin: „Wir nehmen die anderen Sachen gerne, wir sind für jede Hilfe froh und dankbar, das müssen Sie mir glauben. So, und jetzt halten wir Sie nicht mehr länger auf. Also noch einen schönen Tag und vielen, vielen Dank.“ „Ist schon gut“, sagte Frau Reisin, öffnete mit einem „Heil Hitler“ die Tür und gab Christine zum Abschied einen liebevollen Klaps auf den Po. Sie mochten sich sehr, die beiden, das konnte man sehen.

Kaum war die Türe zu, sagte Josefine: „Schau Dir die an, dieses kleine Luder, hat die Reisin mir nichts, Dir nichts um den Finger gewickelt, sonst hätten wir heute sicher nichts bekommen.“ Sie steckte die Tasche mit den Kleidern unter ihren weiten Rock und machte sich mit ihren beiden Kindern auf den Heimweg. Ihre Gedanken waren überall und nirgendwo, im KZ, beim Apotheker, beim Fräulein vom Amt, bei Karel dem Gärtner... Ich muss alles auf die Reihe bekommen, meine Gedanken sammeln, wem ich was sagen darf. Kein falsches Wort darf mir über die Lippen kommen. Die Mutter, die Kinder und Hilde verschonen. Am besten ablenken, wo immer es geht. Auf heikle Fragen kurz und bündig antworten. Das Fräulein Senger muss mir bestätigen, dass Franz uns jetzt nicht versorgen kann. Wir brauchen finanzielle Unterstützung vom Sozialamt und Lebensmittelmarken. Ich kann nicht warten, bis alles aufgebraucht ist.

Von weit her hörte sie Fliegeralarm. Die Grossstadt wird wieder einmal bombardiert. Unser Spital hier ist voll von Verwundeten. Frauen helfen als Sanitäterinnen und arbeiten auf den Feldern bis zum Umfallen. Der Krieg scheint kein Ende zu nehmen, dachte sie. Vor dem Haus angekommen, schickte sie die Kinder in die Wohnung. Sie selber stellte sich im Hof in eine begrünte, geschützte Ecke, berührte das Gras mit blossen Füssen, schüttelte in Gedanken alle Last von den Schultern, hob die Augen gegen den Himmel, schloss sie wieder und konzentrierte sich aufs tief Durchatmen. So stand sie für ein paar Minuten da, dann schaute sie zu Boden, berührte die Erde und zog die Schuhe wieder an. Nach diesem Ritual fühlte sie sich ein wenig besser und betrat die Wohnung. Grossmutter und Hilde waren dabei, die Kleider zu begutachten. Josefine setzte sich und trank eine Tasse Tee. Weil alle den Pullover für Emer so schön fanden, zog er ihn an und gab Reinhard den seinen. „Ist ja wie Weihnachten“, sagte Hilde und alle freuten sich.

Josefine sah auf die Uhr. Es war Zeit, dass sich der Apotheker blicken liess. Sie ging in den Vorkeller, schaute zum Fenster hinaus und sah eine weisse Hose und schwarze Schuhe über den Hof kommen. Sie stellte sich auf die Kiste und öffnete das Fenster. Der Apotheker zog eine kleine Schachtel und ein paar lose Medikamente aus seiner Tasche und legte sie ihr in die ausgestreckte Hand. „Mehr hab ich nicht“, meinte er, „sagen Sie dem kranken Menschen, er muss unbedingt ins Spital gehen. Ich kenne jemanden, der wurde sogar in die Schweiz geschickt, in eine TBC-Klinik in Davos.

Ich wünsche gute Besserung und viel Glück." Damit entfernte er sich. Josefine sah sich die Medikamente an: eine Ampulle, ein Kräuter Öl und ein paar Pillen, jeweils mit Anweisung. Sie nahm ihr Taschentuch heraus, wickelte die Medikamente darin ein und schob es unter den Keller Schrank. Noch eineinhalb Stunden, überlegte sie, dann kommt Fräulein Senger und holt das Zeug.

In der Zwischenzeit will ich nachsehen, wie Hilde mit der Wäsche vorankommt. Die Lauge im Kessel dampfte, die Wäsche lag nach Farbe und Material getrennt in zwei Kübeln. Josefine stellte wieder einmal fest, dass sie selber nur wenig Ahnung hatte und nur dazustehen wusste. Hilde prüfte die Temperatur der Lauge und sagte: „Für die Wäsche in diesem Kübel müssen wir warten, bis die Lauge siedend heiss ist. Die Wäsche in dem Kübel dort darf nur mit kaltem Wasser kurz durchgedrückt werden. Ach, Entschuldigung, das brauche ich Ihnen ja nicht zu erklären." Josefine ging nicht darauf ein, bat Hilde nur, den Kessel nach der Wäsche wieder mit Wasser aufzufüllen, damit alle ein Bad nehmen könnten. Als es fast sechs Uhr war, machte Hilde sich bereit zu gehen. Vorher jedoch erklärte sie noch, was sie alles gemacht hatte und was sie gedenke am nächsten Tag zu tun. Diese Erklärungen waren täglich zu hören. Josefine war meist einverstanden, fand aber das Aufzählen der getanen und vorstehender Arbeit nervig. Doch Hilde hielt daran fest. Sie war eine einfache, ruhige, liebe Person mit sehr guten Manieren, die sie an die Kinder weiter gab.

Grossmutter und die Kinder waren nahe am Gartenzaun, um ein totes Vöglein zu begraben, das sie gefunden hatten. Gut so, dachte Josefine, denn Fräulein Senger wird jeden Moment hier sein.

Sie ging in den Kellervorraum, holte die Medizin hervor und schon hörte sie Fräulein Senger, die heute

Atembeschwerden hatte, laut schnaufen. „Grüss Gott, Fräulein Senger, setzen Sie sich hier auf die Kiste, Sie bekommen ja fast keine Luft." Josefine schaffte eine weitere Sitzgelegenheit herbei und setzte sich darauf. Fräulein Senger kramte in ihrer Tasche und holte ein Kuvert hervor: „Hier, ich habe ein paar Zeilen mit der Schreibmaschine geschrieben. Sie brauchen nur zu unterschreiben, dann kann ich den Brief morgen mit der Gemeindepost absenden, und es kostet Sie nichts. Ich lese es Ihnen vor, aber zuerst muss ich tief Luft holen." Im Brief wurde gefragt, wann Franz denn endlich wieder heimkomme, wie es ihm gehe und ob Josefine für ihn etwas tun könne. Dann noch: „Du gehst uns ab, die Kinder fragen nach Dir, wir hoffen, Du kommst bald wieder. In Liebe, Deine Frau und die Kinder." Oben am Rand waren die Transportnummer und die Personalnummer und ein Zeichen für politisch Gefangene angegeben. Josefine nahm das Blatt, las den Text nochmals durch, unterschrieb und schaute den Briefumschlag an. An Herrn Franz Remi, IH/ PNR:... KZ Dachau, Grossdeutschland, stand da. „Ah, so schreibt man die Anschrift, das hätte ich ganz anders geschrieben." „Ja, ich dachte mir, so ist es gut", meinte Fräulein Senger, „alles drauf, was wir wissen. Jetzt hoffen wir, dass der Brief bei ihrem Mann ankommt. Denn der wird sicher vorher noch kontrolliert. Hinten habe ich Ihre Adresse aufgeschriebenen und hier auf den Zettel nochmals die Adresse für sie notiert. Übrigens, habe ich erfahren, dass die Leute, die sie damals erwischt haben, teilweise ein Visum fürs Ausland besassen, aber trotzdem keine Ausreisebewilligung bekommen haben. Können Sie sich das vorstellen? Wie werden diese Menschen doch herum geschubst. Als einzige Hoffnung bleibt denen, die noch da sind, nach Italien oder nach Frankreich zu flüchten, Richtung Marseille."

Sie klebte den Brief zu, steckte ihn in ihre Tasche und sah Josefine fragend an: „Haben Sie was für mich?“ Josefine: „Ja, ich habe die Medizin. Ehrlich gesagt, ich habe nicht damit gerechnet, dass Sie den Brief schreiben, wirklich, es gibt doch noch gute Leute. Hier ist eine Ampulle und noch zwei andere Medikamente, die der Kranke nach Anweisung nehmen soll. Die Person, die mir die Sachen gegeben hat, sagt, der Kranke muss unbedingt ins Spital. Die Ansteckungsgefahr ist zu gross. Soviel ich weiss, müssen TBC-Kranke isoliert werden.“ Fräulein Senger fing an zu weinen: „Geht nicht, ich kann nichts sagen, bitte, unser Gespräch bleibt unter uns.“ Sie stand auf, steckte die Medikamenten ein und ging. Josefine hatte keine Gelegenheit mehr, um eine Bestätigung von der Fürsorge zu bitten. Also musste sie das auf Morgen verschieben. Als sie in die Wohnung kam, sass Grossmutter mit den Kindern bei Tisch. Es gab dick gekochten Maisgries mit Milch, die wiedermal mit Wasser gestreckt war, sonst hätte es nicht für alle gereicht. Nahrhaft und sättigend war der Mais, alle hatten ihn gern, man durfte nur nichts herum erzählen, denn Mais war erstens Schweinefutter und zweitens galt er als Arme–Leute-Essen.

XII

Es kam die Nacht, da Josefine und Karel sich verabredet hatten. Eigentlich hatte sie absagen wollen, dann auch wieder nicht. Er versorgte sie so liebevoll mit Gemüse und auch die Sprache führte sie zusammen. Sie traf die Vorkehrung mit der Schnur, band sie aber diesmal nicht an die Rassel, sondern an ihrem Zeh fest, damit niemand sonst geweckt würde. Je näher die Zeit rückte, desto heftiger klopfte ihr Herz. Trotzdem übermannte sie der Schlaf, aus dem sie dann aufgeschreckt wurde, als es an ihrem Zeh zog. Sie setzte sich auf, suchte die Taschenlampe, fand sie nicht, schlich im Dunkeln zur Tür. Sie tasteten sich an der Wand entlang in den Kellervorraum.

Vom Apothekerhof fiel ein schwaches Licht durchs Fenster. Karel wartete, beide nahmen dann auf den Kisten platz, erzählten sich, was so alles gelaufen war, und philosophierten darüber, was die Zukunft bringen würde. Karel hielt ihre Hand und je nachdem was gesprochen wurde, drückte er sie mal leicht, mal fester, aber mit so viel Gespür, dass sie die Kälte im Keller nicht merkte. Starke Gefühle kamen in ihnen auf. Er suchte ihre Haare und entknotete sie mit grosser Sorgfalt, strich ihr zärtlich über die Wangen und hielt mit den Daumen bei ihren Lippen inne. Währenddessen sprach er ruhig und leise zu ihr und kam mit seinem Gesicht näher und immer näher. Sie hielt ganz still, als er sie küsste, denn sie hatte ein grosses Verlangen nach Zärtlichkeit. Dann liess sie sich auf den Boden gleiten, auf dem zusammengelegte Kartons lagen, und zog ihn zu sich herunter. Karel zog seine Jacke aus und schob sie unter Josefines Kopf. Dann spürte er ihren Körper. Er küsste sie wieder und wieder, so dass ihr ganz schwindlig wurde, aber sie liess alles mit sich geschehen. Es war himmlisch... Das Erlebnis war für die beiden so gewaltig, dass sie es kaum erwarten konnten, sich wieder zu sehen.

Die Zeit verging. Emer durfte in der Bürgerschule bleiben. Die Tatsache, dass Franz nicht sein Vater war, sein richtiger Vater aber als verschollen galt, hatte die Verantwortlichen umgestimmt. Aber leider kam dabei zum Vorschein, das Josefine mit seinem richtigen Vater nur verlobt und nicht verheiratet war. „Ach so, ein Bastard ist er, der Emer." Das sprach sich herum, seitdem war er Schimpf und Schande ausgesetzt, wurde von den Klassenkameraden gehänselt und gemieden. Josefine machte sich Sorgen. Emer war schon sonst nicht ein Kind, das gute Freunde hatte. Natürlich gab sie Franz die Schuld, hätte er sich ruhig verhalten und sich nicht politisch betätigt, wäre Emer viel erspart geblieben. Emer wurde in der Schule auch nicht mehr gerecht bewertet. Einzig seine Turnlehrerin glaubte an ihn, sie hielt ihn immer zu Höchstleistungen an. „Du kannst mich zu Hause besuchen, wenn Du willst", sagte sie, „dann zeig ich Dir den Pokal, den ich im Bodenturnen gewonnen habe."

Josefine freute sich, dass wenigstens die Turnlehrerin sich seiner an nahm. „Selbstverständlich darfst Du sie besuchen. Macht es Dir etwas aus, wenn ich das erste Mal mitkomme? Ich würde sie gern besser kennen lernen." Emer: „Komm, Mami, wir gehen jetzt gleich hin." Jetzt? „ Ist sie denn zu Hause?" Emer: „Ja, ich glaube schon." Es waren etwa 500 Meter, die sie zu gehen hatten. Sie sahen auf das Schildchen an der Tür, H. Slavic stand dort. Josefine klopfte an und Frau Slavic öffnete. „Ach Emer, guten Tag, das ist sicher Deine Mutter, ihr habt eine gewisse Ähnlichkeit", lachte sie und war etwas verlegen, bat sie aber einzutreten. Mitten im Raum stand ein Doppelbett, davor ein kleiner Tisch, an dem sie Platz nahmen. Auf einer Seite eine kleine Kochnische, ein

Einheitszimmer also. Frau Slavic brachte Sirup zu trinken. Dann holte sie Fotos aus einer bunten Schachtel und nahm einen kleinen Pokal aus einer Ecknische, den sie Emer in die Hände gab. Dabei redete sie unaufhörlich. Emer war fasziniert von ihr, sein Blick war ständig auf sie gerichtet. Das Geplapper gefiel Josefine nicht so recht. Zwar spürte sie, dass Frau Slavic sich einsam fühlte, weil ihr Mann im Krieg war, aber ihr ganzes Verhalten machte sie misstrauisch. Sie versteckt etwas, dachte sie und sagte nach einer Weile: „Komm, Emer, wir waren lange genug da. Die Fotos und den Pokal hast Du jetzt gesehen. Bedanke Dich für das Getränk. Auf Wiedersehen, Frau Slavic, hat mich gefreut, Sie kennen zu lernen." Frau Slavic hob die Hand zum Gruss, sagte aber nur: „Heil..." und vollendete ihren Satz mit „noch einen schönen Abend."

Als sie nach Hause kamen, sass Christine in einer Ecke und weinte. Emer ging sofort zu ihr, um sie zu trösten: „Warum weinst Du?" Sie zeigte ihm ihre Ohrläppchen. Sie waren mit Blut verklebt und ein Faden war durchgezogen. „Uuuh! Wer hat Dir so weh getan?", fragte Emer voller Mitgefühl. Christine zeigte auf die Grossmutter. Er ging zu ihr und sah eine dicke von Feuer violette Nähnadel auf dem Tisch. „HU! Wie sieht die denn aus", sagte er entsetzt, „was hast Du damit gemacht?" Grossmutter: „Damit habe ich Christine Löcher in die Ohren gestochen. Aber vorher musste ich sie glühend heiss machen, um alle Keime abzutöten und keine Entzündung entstehen zu lassen." Emer lief rot an vor Wut, ging zu seiner Mutter und schüttelte sie: „So sag doch was. Warum hat sie das getan? Schimpf doch mit ihr." Er ging zu Christine zurück und wischte ihr zärtlich die Tränen ab. „Möchtest Du was? Mami hat sicher ein Bonbon für Dich." „Ich hab Durst und Hunger", flüsterte sie. Er holte Milch vom Fensterbrett, ohne zu fragen, und nahm eine Scheibe Brot, die er mit Marmelade bestrich. Er nahm seine kleine Schwester in die Arme, liess sie die Milch trinken und vom Brot abbeissen. Er wiegte sie, war nur noch für sie da, holte ein Kissen und legte sich mit ihr hin. Erschöpft von all dem Erlebten schliefen beide ein.

Drei Wochen dauerte es, bis Josefine Nachricht von Franz bekam. Der Briefträger wollte gerade zu ihr, schaute sich aber unverschämt den Umschlag genauer an: „Ein Brief für Sie, Frau Remi. Heil Hitler!" Josefine sah wortlos zu und nahm den Brief entgegen. Er hatte einen Stempelt vom Konzentrationslager Dachau, mit Datum. Sie verschanzte sich im Kellervorraum und öffnete vorsichtig den Umschlag. Die Schrift von Franz war schwer zu lesen. „Liebe Frau", schrieb er, „hab keine Sorge, mir geht es den Umständen entsprechend gut, was ich auch von Euch hoffe. Ich muss mich kurz halten. Dein Franz."

Sie steckte den Brief wieder in den Umschlag und machte sich auf den Weg zu Karel, um ihn die Botschaft zu zeigen. Um ihr Weggehen zu tarnen, nahm sie ein paar Stofftiere für das Lebensmittelgeschäft von Frau Gasser mit, die diese verkauften. „Mutter, ich geh schnell zu Frau Gasser hinüber. Hilde wird bald kommen und den Haushalt machen. Die Kinder kommen erst um zwei Uhr von der Schule zurück. Sie brauchen sich um nichts zu kümmern, gehen Sie ein bisschen spazieren. Frische Luft kann nicht schaden. Bis später." Zum Glück warteten bei Frau Gasser einige Kunden, so brauchte sie sich nicht mit ihr in ein Gespräch einlassen. „Entschuldigen Sie, Frau Gasser, ich habe hier nur was zum Abgeben, ist alles angeschrieben."

Vor dem Altersheim sah Josefine den leeren Gemüsekarren der Gärtnerei. Sie schaute sich vorsichtig um und ging langsam auf den Karren zu. Ismir stand im Hauseingang und hatte etwas in der Hand. Als er Josefine sah, gab er ihr ein Zeichen weiter zugehen. Sie ging weiter und hörte dann laute Stimmen. Sie wollte wissen, was da vorging, und bückte sich, als müsste sie ihre Schnürsenkel binden. Sie sah zwei Herren im braunen Hemd mit Hakenkreuz-Armbinde und die Leiterin des Hauses im Vorgarten diskutieren, konnte aber nicht verstehen, von was sie sprachen. So ging sie weiter. Ismir verschwand im Haus.

In der Gärtnerei hatte ausser den Angestellten niemand Zutritt. Josefine öffnete das Tor, nahm blitzschnell eine Giesskanne, die da stand, und ging zum Brunnen. Das Kopftuch, das sie fast immer trug, zog sie tief in die Stirne. Die Arbeiter nahmen keine Notiz von ihr. Die Kanne war noch nicht ganz voll, da kam auch schon Karel. „Was gibt es, Liebes?", sagte er ohne sie anzusehen, „heute ist es gefährlich hierher zukommen, wir wurden gerade kontrolliert und mussten unsere Hefte mitgeben. Geh hinters Haus", wies er sie an und hob zum Schein etwas Abfall auf. Sie sagte kein Wort, nahm die Giesskanne und ging hinter das Lehmhäuschen. Es dauerte eine Weile, bis er kam. Sie zeigte ihm den Brief. „Willst Du mir den vorlesen?" Josefine las die paar Zeilen vor und fragte dann: „Was meinst Du, was ich jetzt machen soll? Die Mutter, die Kinder, ich kann doch nicht alles stehen und liegen lassen und nachschauen, was los ist? Und doch muss ich etwas unternehmen." Karel: „Nur nichts überstürzen. Ich komm Dich heute Abend besuchen, vielleicht haben wir bis dahin eine Idee. Geh jetzt nach Hause."

Als sie zu Hause ankam, war ihr ganz elend zumute und ihr wurde übel. Sie musste sich übergeben. „Bist vielleicht gar wieder schwanger?", hörte sie ihre Mutter sagen. Schwanger? Sie rechnete nach. Wann war es das letzte Mal mit Franz?

Nein, kann nicht sein. Jesus, durchzuckte es sie, doch nicht von Karel?! Ihr wurde heiss und kalt, der Schweiss stand ihr auf der Stirne. „Was ist mit Dir? Komm, trink etwas." Ihre Mutter stand auf und schenkte ihr einen Pfefferminztee ein, den Hilde gemacht hatte und noch über der kleinen Herdflamme stand. Mutter machte ein nachdenkliches Gesicht und sagte gedehnt: „Ich sollte wieder nach Vater schauen, das letzte Mal hat er mir nicht so gut gefallen. Er hat zwar nicht geklagt, aber irgendwie sah er müde aus." Josefine: „Ja, wenn Sie meinen, wann möchten Sie fahren?" Mutter: „Ich reise gar nicht mehr gerne, ist nur gut, dass ich nicht durch die Stadt muss. Diese Bomben, mein Gott, bis hierher hört man sie schon. Furchtbar ist das. Schrecklich, dass sich die Menschen immer bekämpfen müssen. Ich hab in meinem Leben schon so viel Elend gesehen, ich könnt tagelang davon erzählen. Früher, als wir noch herumreisten, waren alle Leute so freundlich zu uns, wir hatten so schöne Erlebnisse, erinnerst Du Dich?" „Ja, Mutter, ich erinnere mich." Dann sagte sie plötzlich: „Ich möchte jetzt gleich abreisen. Komm, hilf mir, ich werde ganz zappelig. Ich nehme wieder den drei Uhr Bus, dann bin ich, wenn alles gut geht, in zwei Stunden bei meinem Bär." Das hörte Hilde und meinte: „So ein schöner Kosename! Soll ich Ihnen Tee in Ihre Reiseflasche füllen und Proviant zusammenstellen?" „Ja, gerne, seien Sie so lieb, Sie wissen ja, was ich essen kann und was nicht." Hilde holte einige Brotscheiben und Schmalz aus dem Schrank, schnitt die Rinde vom Brot ab und strich Schmalz auf die weichen Teile. Josefine sah zu und es schüttelte sie, denn niemand ausser ihr wusste, dass es nicht irgend ein Schmalz, sondern Hundefett war!

Als alles parat war, begleiteten die Kinder und Josefine sie zum Bus. Als der Bus kam, wollte Emer unbedingt mitfahren. Er fing an, sich unmöglich zu gebärden. Josefine konnte ihn kaum zurückhalten. „Ich möchte auch weg", schrie er, „bitte, Grossmutter, lass mich mitkommen, bitte, bitte." Die Leute blieben stehen und schauten zu, wie er sich am Bus festhielt. Grossmutter kam an die Tür und sagte: „Komm, steig ein." „Das können Sie nicht machen, liebe Mutter", rief Josefine, „er muss doch zur Schule." „Er ist ein Musterschüler, hast Du mir gesagt, also kann er ruhig für drei Wochen wegbleiben, dann sind wir wieder da. Zum Anziehen werden wir bei seinem Cousin etwas finden. So Emer, sag auf Wiedersehen zu Deiner Mami und zu Deinen Geschwistern." Er umarmte sie alle und sagte: „Ich komm bald wieder." Christine flüsterte er ins Ohr: „Ich bringe Dir was mit." Reinhard und Fredi waren ganz ruhig, sie verspürten kein Reisefieber. Sie blieben lieber da und winkten. Emer strahlte und schickte Küsschen durchs Fenster. Josefine wurde ganz wehmütig ums Herz. „Emer hat das Reisefieber noch in sich", sagte sie so laut, dass es alle, die herum standen, hören konnten, „er ist halt früher mit uns viel gereist." Sie hielt ihre Tränen zurück, richtete sich stolz auf und winkte dem Bus hinterher.

Zu Hause ging Josefine unruhig hin und her. Vorsichtig fragte Hilde, ob sie etwas tun könne. „Ach, Hilde, ich weiss nicht, wie ich es Ihnen sagen soll. Mein Mann hat mir geschrieben, wo er jetzt ist, und dass es ihm ganz gut geht. Er möchte aber gerne, dass ich ihn für ein paar Tage besuche, schwindelte sie. Doch wie soll ich das anstellen? Ich möchte ihn ja gerne wiedersehen, aber wer passt auf die Kinder auf?" Hilde schaute sie an: „Sie haben vielleicht mit mir gerechnet, wenn ich das so sagen darf, aber ich kann mir nicht vorstellen, hier zu übernachten. Andererseits hätte ich in meinem Zimmer oben im Schloss höchstens Platz für zwei." Josefine: „Ach, wenn Sie Reinhard und Fredi zu sich nehmen würden, da wäre ich Ihnen sehr dankbar. Vielleicht fällt uns aber auch noch was anderes ein. Doch bevor es zu spät wird, gehe ich noch schnell in den Stadtpark. Dort haben sie drei schöne Baracken aufgebaut. Da befinden sich jetzt neu die Fürsorge und die Lebensmittelmarken-Abteilung. Bin dann gleich wieder zurück." Sie machte sich eilig auf den Weg und begegnete Frau Reisin in der Fürsorge. „Ach, Frau Remi, wir sehen uns in letzter Zeit öfter, was? Ich habe gehört, Ihre Mutter ist mit Emer abgereist. Hoffentlich nicht für allzu lange, die Schule sollte er nicht versäumen. Ist ja wichtig, wenn aus ihm was werden soll." „Nein, nein", beruhigte Josefine sie, „ist bloss für drei Wochen, das kann er schulisch gut verkraften, wie Sie wissen. Übrigens habe ich Nachricht von meinem Mann. Ich weiss nicht, ob Sie bemerkt haben, dass er schon länger weg ist. Er möchte gerne, dass ich ihn besuche, aber leider weiss ich nicht, wer auf Christine aufpassen kann. Zwei Buben können bei Hilde im Schloss bleiben." Sie rechnete mit Frau Reisin, die ja in Christine vernarrt war, bekam aber nicht sofort eine Zusage. „Haben Sie nicht an Berta gedacht? Sie ist doch gut mit Kindern." Josefine: „Das geht nicht. Die hat zwei Verwundete zur Pflege. Damit ist sie voll ausgelastet. Auch hat sie keinen rechten Schlafplatz." Frau Reisin: „Nun ja, kommt drauf an, wann Sie gehen wollen. Ab morgen bis Mitte nächster Woche habe ich nichts Besonderes vor, ausser jeden Tag ein paar Stunden im Lazarett. Wochentags wäre Christine ja im Kindergarten, den Samstag und Sonntag könnte sie mit meiner Familie verbringen. Das ginge. Wann wollen Sie sie bringen?" Josefine wäre ihr fast vor Freude um den Hals gefallen. „Wenn ich Ihnen Christine heute Abend noch bringen könnte, wäre ich morgen schon unterwegs." Frau Reisin: „Gut, bis später dann, jetzt muss ich mich beeilen. Hoffen wir, dass alles gut klappt." Zu Hause bat Josefine Hilde, Christine bei Frau Reisin abzugeben und mit ihr ein paar Abmachungen zu treffen wegen Essen und Kleider. Sie gab ihr etwas Geld und die restlichen Lebensmittelmarken. Wenn es irgendwo fehlt, solle sie zu Frau Gasser gehen. Sie bat Hilde, mit den Kindern schon bald zu gehen, sie selber habe noch einiges zu erledigen. Als alle Kinder versorgt waren, holte Josefine ihren Rucksack hervor und packte Schmalz, Marmelade, Äpfel und eine Flasche Tee ein. Brot schnitt sie in Scheiben und wickelte es in ein Tuch ein. Ich muss Ferdinand Bescheid geben, dachte sie. Ferdinand freute sich, dass sie noch zu ihm kam, und gab ihr eine halbe Flasche Schnaps mit. Beim Apotheker ging sie in den Laden und fragte nach Verbandszeug, Heilsalbe, etwas gegen Schmerzen. Der Apotheker: „Wissen Sie was, ich stelle Ihnen das alles zusammen. Brauchen Sie das heute noch?" „Ja, heute noch, ich gehe meinen Mann besuchen und fahre morgen ganz früh weg." „Ach das machen Sie? Ist gut, kurz vor Ladenschluss wird alles bereit sein." Sie verliess die Apotheke und überlegte, ob Alfred wohl etwas Bargeld hätte. Eilig lief sie zu ihm nach Hause. „Ja, wer ist da?" „Ich bin es, Josefine." Er liess sie eintreten, stand in Unterhemd und Militärhose da. „Ich hab mich hingelegt, bin erst angekommen, ich hab eine Woche Urlaub. Ich hätte Euch morgen besucht." Josefine erzählte, was vorgefallen war. Er war geschockt. „Bist Du sicher, dass Franz im KZ ist?" Sie hielt ihm den Brief hin. Alfred las ihn und zählte dann die Worte: „Genau 25 Wörter hat er geschrieben, mehr dürfen gewisse Sträflinge nicht schreiben, es kommt darauf an, wegen was einer interniert ist. Wegen was ist er denn dort?" „Keine Ahnung, Alfred, ich komme zu Dir, weil ich Geld brauche, denn ich möchte morgen früh zu ihm fahren." Alfred: „Franz hat noch was zu gut von mir." Er holte einen Zettel und schrieb etwas darauf. „Bitte unterschreibe hier." Josefine erstaunt: „Wieso hat Franz etwas zu gut bei Dir?"

Alfred: „Ach komm, unterschreibe, das ist eine lange Geschichte." Josefine: „Ich renne mir die Schuhe löchrig, um etwas zu essen auf den Tisch zu kriegen, und er hat Dir Geld gegeben. Wo hat er denn das her?" „Bitte, Josefine, lass es gut sein, jetzt verstehst Du es nicht. Je weniger Du weisst, desto besser für uns alle. Hier, nimm das Geld, es sollte für die Reise reichen. Sobald ich kann, werde ich mich um diese Sache kümmern. Im Moment muss ich schlafen, schlafen, schlafen. Grüsse ihn von mir."

Josefine ging die Stadt hinauf und dachte nach. Jetzt will ich doch mal sehen, ob ich von Berta etwas erfahre. Sie klopfte leise bei Berta an. „Wer ist da?" „Ich bin es, Josefine." „Einen Moment." Es dauerte eine Weile, bis sie an der Tür erschien. Die Fenster waren ganz weit offen. Es roch nach gebratenem Huhn. Berta: „Was führt Dich zu mir?" Josefine: „Es könnt ja ein Besuch sein", scherzte sie, „aber es ist ein bisschen mehr. Kann ich alleine mit Dir reden?" Berta: „Wenn Du flüsterst, wird es niemand verstehen können." Josefine sah, das sich der Vorhang bei einem Bett bewegte und sie beobachtet wurden. Josefine: „Also gut, wie Du willst. Dein lieber Bruder Franz ist im KZ Dachau gelandet, keiner weiss warum. Er wünscht, dass ich ihn besuche. Ich denke, er erwartet Hilfe von uns. Doch leider reicht das Geld, das ich habe, nirgends hin. Jetzt muss ich Dich fragen, ob Du etwas übrig hast für deinen Bruder. Ich fahre morgen ganz früh los." Berta: „Mein Gott, mein Gott, ja warum? Welch ein Unglück. Was soll ich nur tun?"

Josefine nannte eine ziemlich hohe Summe. „So viel brauchst Du?" „Nicht ich", sagte sie und unterdrückte ihren aufsteigenden Ärger, „ich versuche, Deinem Bruder zu helfen, der auch zufällig mein Mann und Vater von drei meiner Kindern ist." In ihrem Magen rumorte es und die Galle kam ihr hoch. Berta: „Warte, ich bin gleich wieder da."

Sie verschwand im dunklen Flur. Nach einer Weile rief sie: „Komm, hier hast Du das Geld und eine Stange Zigaretten, seine Lieblingszigaretten. Versteck das in Deiner Tasche. Eines musst Du mir versprechen: sollte es Euch einmal wieder besser gehen, hätte ich gern einen grösseren Teil zurück, vielleicht auch in Raten. Wir haben uns das wirklich vom Mund abgespart, die Senta und ich." „Ist schon gut, ich werde es Franz ausrichten. Mach die Fenster wieder zu, sonst wird es Euch und dem Hühnchen kalt. Behüte Dich Gott vor allem Schlechten dieser Welt." Sie kam sich gehässig vor, das hätte sie nicht sagen sollen. Aber verdammt noch mal, redete sie leise vor sich hin. Ich dachte, die zwei müssen so unten durch, dabei roch es nach fettem gebratenem Huhn. Sie zählte das überreichte Geld und stellte fest, dass es genau der Betrag war, den sie genannt hatte. Von woher hat sie wohl das Geld? fragte sich Josefine.

Ich geh noch bei Frau Gasser vorbei, ging es ihr durch den Kopf, vielleicht hat sie schon ein paar Stofftiere verkauft. Das letzte Mal sagte sie, solange sie noch welche hat, soll ich keine neuen bringen. Da sie die Ware angenommen hat, müsste sie etwas von der vorherigen Lieferung verkauft haben.

Aber zuerst muss ich in die Apotheke. Der Apotheker bat sie, nach hinten zu kommen. „Ich habe schon etwas bereit gemacht", sagte er und zeigte ihr, was er zusammengestellt hatte. „Schauen Sie, Verbandszeug, Wund- und Heilsalbe, Schmerz Tabletten, DDT-Pulver gegen Läuse und hier noch etwas gegen Diphtherie. Ich habe vom Ausbruch der Krankheit im Radio gehört. Kohletabletten gegen Durchfall gebe ich Ihnen auch noch mit. Hoffentlich kommen Sie durch bis zu Ihrem Mann. Sie haben doch eine Besuch- und Reiseerlaubnis, oder?" „Ja, ja", log sie, „muss nur schauen, wie ich hinkomme. Ich hoffe, ich werde von einem

Lastwagen mitgenommen oder so, ich kenne die Rastplätze." „Ist das nicht zu gefährlich?" Josefine: „Bis jetzt ist mir noch nichts passiert, habe zwar nicht viel Erfahrung, aber dafür ein gutes Gespür für Menschen."

Der Apotheker bewunderte ihren Mut. „Sie sollten eine Landkarte mitnehmen. Zuerst müssen Sie nach Salzburg, dann weiter nach München. Waren Sie schon einmal in der Gegend?" „Nein, aber Gott hilft mir, dass ich mich nicht verirre." „Ich habe eine alte Landkarte, die hole ich Ihnen, wenn Sie wollen."

Die Apothekerhelferin kam jetzt dazu: „Entschuldigung, geht es noch lange? Herr Baumgartner wartet auf Sie." Sie wunderte sich, dass der Apotheker Josefine sozusagen hinter dem Ladentisch bediente. „Frau Remi, ich muss weitermachen. Ich werde Ihnen die Karte aufs Fensterbrett legen, und bitte, sagen Sie Ihrem Mann, wie Leid mir das alles tut. Mir ist noch nichts eingefallen, wie ich ihn da raushelfen könnte. Ich werde mich weiterhin in meinem Bekanntenkreis erkundigen, ich gebe mir alle Mühe, glauben Sie mir." Josefine: „Jetzt wissen wir wenigstens, wo er ist. Was kostet das Ganze?" Sie holte ein paar Scheine aus ihrer Tasche, aber der Apotheker wehrte ab. „Sie glauben doch nicht, dass ich das annehme. Gehen Sie jetzt und alles Gute für die Reise."

Josefine verabschiedete sich und dachte: Heute habe ich meinen Glückstag. Mal sehen, ob ich auch bei Frau Gasser Glück habe und sie etwas verkauft hat. Und tatsächlich, Frau Gasser hatte gut verkauft. Josefine erklärte ihr, dass sie für ein paar Tage weg sei und deshalb Hilde die Lebensmittel holen würde. Sie habe noch ein paar Lebensmittelmarken. Abrechnen würde sie mit ihr später. Für Frau Gasser war das in Ordnung.

Es war schon Abend, als Josefine in die Wohnung zurückkehrte. Sie zog ihre Schuhe aus, da hörte sie ein

Klopfen am Fenster. Es war der Apotheker. „Hier ist die Landkarte. Noch etwas, Herr Baumgartner übernachtet beim Frühwirt und ich weiss, dass er morgen sehr früh Richtung Salzburg fährt. Ich könnte ihn fragen, ob er Sie mitnehmen würde. Wären Sie einverstanden?“ Natürlich war sie einverstanden. Er versprach, einen Zettel auf dem Fenstersims zu deponieren mit Ort und Abfahrtszeit. Er war zuversichtlich, dass es klappen würde.

Dann kam Karel, wie versprochen. Er staunte, dass Josefine ihn in die Wohnung bat. „Wo sind denn die Kinder?“, wollte er wissen und packte unter anderem vier einfache Flöten und ein kleines Vögelchen aus, alles fein säuberlich aus Holz geschnitzt. „Für jeden etwas“, sagte er und schaute sie mit seinen warmen Augen an. Josefine: „Die Kinder sind nicht hier, ich habe sie gut untergebracht. Morgen früh kann ich wahrscheinlich mit einem Bekannten vom Apotheker mitfahren.“ Während sie erzählte, machte sie Tee. Essen wollten beide nichts. „Du musst eine Decke mitnehmen, damit Du nicht frierst, die kannst Du dann vielleicht auch im Lager lassen.“ Karel wusste, wie es in einem Konzentrationslager aussah. Er hatte schon viel mitgemacht, hatte gefroren und gehungert. Damals im Lager, in dem er war, suchten sie, zu seinem Glück, Landschaftsgärtner für eine neue Parkanlage in der Stadt. Diese Gelegenheit hatte er sich nicht entgehen lassen. Anschliessend kamen er und Ismir in die Gärtnerei, wo sie ein bisschen Frieden und sogar etwas Freiheit fanden. Doch keiner von beiden wollte über die Vergangenheit reden. Sie lebten nur in der Gegenwart.

„Wie schön ist es doch, wenn man für alles, was man verloren hat, echte Liebe zurückbekommt, ein wahres Geschenk“, pflegte Karel zu sagen. Genau das empfand er nämlich in den Armen von Josefine. Er rechnete es ihr hoch an, dass sie dem Franz noch mit aller Anstrengung versuchte zu helfen, trotz ihrer Wut im Bauch wegen all dem, was er ihr angetan hatte.

Josefine liebte Karel sehr. Seine Fürsorge, Wärme und Aufmerksamkeit, die er auch den Kindern, die er kaum kannte, entgegen brachte, schätzte sie aufs Höchste. Seine Augen sprachen Bände. Die beiden genossen jeden Augenblick ihrer Liebe. Nur nicht an Morgen denken. Doch Karel konnte nie lange bleiben. Die Strassen werden vermehrt patrouilliert. Alle Fenster mussten stets verdunkelt sein. Bevor Karel an jener Nacht ging, fragte er Josefine, ob er für sie noch etwas tun könne. „Jetzt kannst nur noch beten für mich und mir Glück wünschen. Ich habe ein wenig das Zittern in den Knien, aber ich muss zum Franz. Ich könnte es mir nie verzeihen, wenn ich nicht versuchen würde, ihm zu helfen. Ich darf nicht daran denken, ob es überhaupt möglich ist, sonst verliere ich jetzt schon den Mut.“ Karel: „Nimm alle Papiere mit, auch den Brief, sonst kommst Du nicht durch. Trage alles in deinen Kleidern, Du hast ja grosse versteckte Taschen in deinem weiten Rock, das ist gut.“ Er versuchte zu scherzen und sie lachte ein wenig. Sie umarmten sich, als wär‘s das letzte Mal. Dann ging er an der Wand entlang bis zum Hoftor, liess das Tor einen Spalt offen. Sie sah ihn über den Zaun in den Nachbarsgarten springen. Da er die meisten Gärten kannte, hatte er einen Schleichweg durch diese gefunden.

XIII

Tatsächlich durfte Josefine am nächsten Morgen mit Herrn Baumgartner mitfahren, einem Geschäftsmann, der den umliegenden Apotheken Ware Lieferte. Er erklärte ihr die Strecke, die er fahren werde. Dummerweise wusste sie nicht, wie viel der Apotheker ausgeplaudert hatte. Sie musste vorsichtig sein. Sie nahm sich vor, nur Herrn Baumgartner reden zu lassen. So erfuhr sie, dass der Apotheker gesagt hatte, sie wolle einen Besuch in Salzburg machen. Sie war froh, das zu hören, verstaute ihren Rucksack und legte die Decke darauf, das ging gut so. „Halten Sie Ihren Ausweis griffbereit, wir müssen einige Kontrollen über uns ergehen lassen." Josefine: „Ich habe meinen Arier-Ausweis bei mir, glauben Sie, das wird genügen?" „Ja, das ist prima. Wir brauchen noch Treibstoff, dann können wir losfahren." Josefine wollte noch herausfinden, ob er fürs Mitfahren etwas verlangt: „Kann ich mich an den Unkosten beteiligen?" „Das ist nett von Ihnen, aber es wird schon vom Betrieb bezahlt. Also keine Sorge."

Die Fahrt ging nur langsam voran, denn Herr Baumgartner hielt an allen Apotheken und brachte Ware hinein, aber immer nur kleine Päckchen. Bei Kontrollen zeigte er ein spezielles Papier, stieg aus, öffnete den Kofferraum, und ohne weitere Fragen ging es weiter. Josefine musste nicht einmal ihren Ausweis zeigen. Sie dachte daran, dass man bei dieser laschen Kontrolle doch etliche Menschen vor den Nazis hätte retten können, oder noch retten könnte. Was wohl auf dem Papier stand? Sie holte die Landkarte hervor, um die Strecke zu verfolgen. „Müssen Sie wirklich nach Salzburg?", sagte Herr Baumgartner unvermittelt, „ich frage nur, weil da viele Bomben gefallen sind. Schauen Sie, von hier aus sieht man schon die Autobusse, die nach Salzburg fahren. Ich muss noch durch diese Waldschneise, das ist eine Abkürzung und sie ist auch nicht so gefährlich wie die offene Strasse.“

Der Weg durch den Wald war eng. Plötzlich hörten sie Schüsse, Halt-Rufe, Hundegebell und Lärm. Herr Baumgartner stoppte abrupt, Hunde rannten, bellten, sprangen hoch und kratzten am Auto. „Nehmen Sie die Hunde weg“, schrie Herr Baumgartner. Was ist denn los?“ Er sprang aus dem Auto ohne Furcht vor den Hunden oder den Soldaten, die auf ihn zukamen, zog etwas aus der kleinen Brusttasche und hielt es ihnen entgegen. Sie schauten darauf, knallten die Hacken zusammen und gingen in Hab-Acht-Stellung. „Melde Gehorsam“, schrie der eine, „einige Gefangene im Steinbruch sind geflüchtet.“ Der andere zu Baumgartner: „Haben Sie welche gesehen?“ „Nein“, brüllte der, „machen Sie den Weg frei!“ Er stieg ein und fuhr weiter, offenbar ganz ruhig, aber Josefine bemerkte, dass er nervös war. Er entschuldigte sich bei ihr: „Tut mir leid, aber wir sind im Krieg.“ Josefine war es jetzt nicht mehr so wohl.

Das ist sicher eine hohe Persönlichkeit, dachte sie. Wie der geschrien hat, das ging ihr durch Mark und Bein. „Oh, die Schüsse haben mich sehr erschreckt“, sagte sie, „und erst die Hunde, ich hoffe, die haben Ihnen nicht Ihr schönes Auto zerkratzt. Aber wissen Sie, den Soldaten dürfen Sie nicht böse sein, die tun nur ihre Pflicht.“ Nach einer Gabelung ging die Strasse steil nach unten. „Verdammt, jetzt hab ich den falschen Weg genommen, ich hoffe, ich kann irgendwo umdrehen.“ Leider konnte er nicht umdrehen. Durch die Bäume sah man lange Baracken, Wachtürme, alles vielfach eingezäunt. Während sie langsam weiterfuhren, konnte man immer mehr Baracken sehen. Sie stoppten an einem Hang.

Vor ihnen ein Schlagbaum mit dickem Stacheldraht und eine Tafel mit Hakenkreuz und der Aufschrift:

DURCHGANG STRENGSTENS VERBOTEN – ACHTUNG SCHARFSCHÜTZEN. Herr Baumgartner fluchte, versuchte es mit dem Rückwärtsgang, aber vergebens. Er fing an, wie wild zu hupen, der Schweiss stand ihm auf der Stirn. Hinter dem Schlagbaum tauchten Soldaten auf, Gewehr am Anschlag: "Aussteigen, langsam nach vorne kommen, Hände hoch!" Herr Baumgartner wedelte mit seinem speziellen Papier: „Kommt denn niemand und kontrolliert den Passierschein?" Ein Soldat kam näher, sah sich das Papier an und streckte blitzschnell den rechten Arm aus: „Heil Hitler! Verzeihung, Herr Ober...", weiter kam er nicht, denn Baumgartner schnitt ihm das Wort ab. „Machen Sie die Durchfahrt frei, ich hab es eilig." Josefine hatte die Hände hoch. Sie zitterte am ganzen Körper. Um das Zittern abzuschwächen, presste sie ihre Fingerspitzen gegen das Autofenster. Sie musste dringend hinter einen Baum, aber das war natürlich nicht der richtige Moment. Herr Baumgartner zündete sich eine Zigarette an. Ein Soldat sagte zu Josefine: „In Ordnung, Sie können Ihre Hände wieder runter nehmen."

Erleichtert nahm sie ihre Hände runter, aber nun musste sie wirklich hinter einen Busch. „Ich muss mal...", sagte sie verschämt zu dem Soldaten. „Beeilen Sie sich!" Als sie zurück kam, sagte Herr Baumgartner: „Nicht sehr angenehm, was?" Er holte seine Aktentasche hinter seinem Sitz hervor und legte sie auf die Motorhaube, entnahm einen kleinen Bogen Papier, schrieb ein paar Zeilen darauf und sagte zu ihr: „Ihren Arier-Ausweis, bitte." Sie stieg ins Auto, nahm ihren Ausweis und reichte ihn raus. Was hat er vor, dachte sie, hab ich zu viel gehört und gesehen?

Verstohlen nahm sie einen Schluck aus ihrer Teeflasche hinter ihrem Schultertuch. „Sie können hier durchfahren", ertönte plötzlich die Stimme des Soldaten und ordnete an die Abschrankung auf zu heben. Aber Herr Baumgartner liess sich Zeit, holte ein Stempelkissen mit einem Stempel hervor, hauchte den Stempel an, drückte ihn zuerst ins Kissen und dann auf den Bogen Papier, den er beschrieben hatte, packte alles wieder sorgfältig ein und setzte sich ans Steuer. Mit der Hand tippte er an die Stirn, dann fuhr er los. „Nehmen Sie Ihren Pass wieder an sich", sagte er und reichte ihn hinüber, „ich habe ein paar Zeilen für Sie geschrieben, damit Sie leichter an Ihr Ziel kommen. Ich muss Sie bald bitten, mit dem Autobus weiter zufahren." Josefine bedankte sich sehr herzlich, sie wusste, wie wichtig das sein kann. Sie traute sich aber nicht, auf den Bogen Papier zu schauen, den er in den Pass gelegt hatte. Hastig steckte sie den Ausweis weg. Als sie wieder aufschaute, waren sie ganz nah am Drahtzaun, den sie von weitem gesehen hatten. Aber da! Ihr Atem stockte. Zusammengedrängt standen kahl geschorene, abgemagerte Menschen am Zaun und starrten sie an, die Augen tief in den Augenhöhlen. "Was sind das für Leute?", brachte sie nur mit Mühe hervor. Baumgartner: „Alles Verbrecher, wenn Sie so wollen, Untermenschen, der Abschaum unseres Deutschen Reiches. Schauen Sie weg."

Josefine verstummte, ihr ganzer Körper zog sich zusammen. „Kein erfreulicher Anblick, wie?", grinste er, griff in die Ablage, suchte Bonbons, gab Josefine eins und bat sie, eins für ihn auszupacken. Es klebte furchtbar an ihren Fingern. Er öffnete seinen Mund und wollte, dass sie ihm das Bonbon hineinstecke. Sie ekelte sich davor, seine Lippen zu berühren, und tat so, als reiche ihr Arm nicht so weit. Mit der Zunge beulte sie ihre Wange aus und gab vor, nicht reden zu können. Mit vollem Munde spricht man nicht, ist doch so, oder? "Sie haben Glück", sagte er, "schauen Sie, hinter uns kommt ein Bus. Er hielt seine Hand aus dem Fenster, hupte und blinkte. Als der Bus anhielt, war Josefine schon Sprung bereit. Sie schnappte sich Decke und Rucksack und eilte auf den Bus zu. „Heil Hitler und gute Fahrt", rief er ihr nach. Sie hob eine Hand zum Himmel und stieg ein. „Kommen Sie und setzen Sie sich schnell hin, hier ist keine Haltestelle", sagte der Fahrer und fuhr weiter. Sie setzte sich hinter ihn und vermied es, seitlich aus dem Fenster zu schauen. Durch ein Schussloch in der Frontscheibe konnte sie die Aufschrift "„Salzburg" lesen. „Wie weit?", hörte sie den Fahrer fragen. Sie beugte sich vor: "Wie bitte? Ach Entschuldigung, wohin fahren sie?" „Bis Salzburg natürlich." Er nannte ihr den Preis und sie holte die passende Summe aus ihrer Rocktasche, vom Rucksack verdeckt, heraus. Er hielt die Hand schon bereit in der Luft. Sah dann hier und da auf das Geld und streckte ihr die Fahrkarte über seine Schulter.

Bald darauf kam eine Bushaltestelle. Leute stiegen aus, ein Mann stieg ein, hielt dem Fahrer einen Zettel hin. „Sie steigen also nach zwei Stationen aus? Für weiter gilt die Reisebewilligung nicht." „Ich weiss", sagte der Mann und wollte, obwohl der halbe Bus leer war, gleich neben Josefine Platz nehmen. Er schaute auf ihre Decke. Josefine: „Könnten Sie sich bitte nicht weiter hinten hinsetzen, da hat es noch viel Platz." Murrend ging er weiter: „Scheiss Weiber, eh nichts wert." Sie ignorierte ihn, schob stückchenweise Brot in ihren Mund und trank Tee hinter ihrem Schultertuch. Nach einer Weile nickte sie ein. Plötzlich die Stimme des Fahrers: „Endstation, alle aussteigen und nichts liegen lassen. Vorsicht, in der Stadt gibt es Diebe." Einer Frau empfahl er, ihre Tasche unter dem Mantel zu tragen. Josefine machte die Decke an ihrem Rucksack fest, so gut sie konnte, nahm ihn auf den Rücken und hielt ihn an den Schulterriemen fest. Die Strasse war voller Schutt. Ruinen links und rechts. Sie fühlte Angst aufsteigen. Ihre grösste Sorge war, ob und wie sie weiterkommen würde. Der Fahrer stand rauchend neben dem Bus. Josefine: „Können Sie mir sagen, wie ich nach München komme?“ „Nach München wollen Sie also? Da müssen Sie zuerst auf die andere Seite der Stadt, zu Fuss, anders geht es nicht. Wir haben ja auch nicht weiterfahren können. Sie sehen ja, wie es hier ausschaut.“ Er liess sie stehen und stieg in den Bus. Josefine fragte sich durch mit dem Gedanken, dass der Bahnhof vielleicht doch näher wäre.

Eine Frau sass auf einem Koffer. „Können Sie mir sagen, wie ich zum Bahnhof komme?“, fragte Josefine. „Ich warte auf meine Tochter“, sagte sie mit leerem Blick. Zwei Männer in schwarzer Uniform näherten sich. Josefine sprach sie an: „Entschuldigen Sie, können Sie mir sagen, wo ich einen Autobus oder einen Zug nach München kriege?“ „In fünf Minuten ist Ausgangssperre. Von wo kommen Sie denn her? Kann ich Ihre Papiere sehen?“ Sie holte ihren Pass hervor. Sie hatte gar nicht gemerkt, wie dunkel es schon war. Sie gaben ihr den Pass zurück, redeten leise miteinander und sagten dann: „Kommen Sie, heute können Sie nicht mehr weiter, wir bringen Sie in einen Luftschutzkeller. Seit wann sind Sie denn schon unterwegs?“ „In aller Früh sind wir losgefahren, ein Bekannter hat mich mit seinem Auto mitgenommen, und jetzt muss ich schauen, wie ich alleine weiterkomme." "Kommen Sie, da müssen wir drüber, der Eingang ist nur notdürftig geräumt."

Er stützte Josefine über den Schutt und die Ziegel hinweg. Da war ein Licht, weit weg, tief unten, die Treppe schien kein Ende zu nehmen. Eine Person meldete sich von einer Plattform: "Da unten ist kein Platz mehr, alles gerammelt voll. Setzt Euch hier im Gang rein." Josefine hörte, dass einer ihrer Begleiter Reiner heisst. Er erklärte ihr noch wie sie morgen weiterkommen könnte. "Dass Sie heute bis hierher gekommen sind, ist ja ein Wunder. Wie hat es unterwegs ausgesehen?“ „Ja, ganz gut, wir sind, glaube ich, Höchstgeschwindigkeit gefahren, wo es möglich war. Das letzte Stück bin ich mit dem Autobus gefahren.“ Die beiden Uniformierten brachten sie tatsächlich in einen Luftschutzkeller. Plötzlich horchte Reiner auf: „Fliegeralarm! Ich muss raus!“, schrie er und rannte los. Sein Kollege blieb. Josefines Augen gewöhnten sich langsam an das spärliche Licht. Sie sah Kartons auf dem Boden, setzte sich darauf, nahm ihren Rucksack ab und breitete die Decke über ihre Füsse. Ein Stück Brot und einen Apfel gönnte sie sich noch. Nach einer Weile hörte man dumpfe Einschläge, von der Decke rieselte Mauerwerk herunter. Das Licht ging aus. Ihr Herz schlug rasend schnell, sie sprang auf. „Ich muss raus!“, schrie sie wie in Panik. „Das geht nicht“, sagte eine Stimme, „bleiben Sie, wo Sie sind, ist bald vorbei.“ Und wirklich, es wurde wieder ruhig, das Licht ging langsam wieder an. Den Apfel konnte Josefine nicht fertig essen, der war jetzt voller Staub. Sie nahm noch einen Schluck Tee und versuchte, auf ihrem Rucksack einzuschlafen.

Am nächsten Morgen wurde sie von lauten Schritten, die immer näher kamen, geweckt. Jemand beugte sich über sie. Der schlechte Atem, der zu riechen und zu spüren war, erschrak sie: „Was ist? Was wollen Sie?“ Die Person wendete sich ab und lief weg. Vom Ausgang her riefen zwei Polizisten in den Keller hinunter: „Personenkontrolle, Ausweise bereit halten.“ Geisterhaft dröhnte es bis hinunter. Eine Familie liess alle Leute vorbeigehen. „Wir müssen noch mal runter, wir haben unsere Tasche vergessen.“ Ein Rumoren kam von den Leuten. „Vergessen“, sagte eine Frau, „so was vergisst man in dieser Not nicht, die haben wohl keine Papiere. Die Polizisten werden dann runter gehen und dann....?"

„Na ja, was soll man machen, am besten ist, man schaut nicht hin, sieht und hört nichts. Selbstschutz nenne ich das mal. Ja, hilf Dir selbst, dann hilft Dir Gott, wie es so schön heisst." Es war eine dickliche Frau, die das Gespräch fast mit sich selber führte. Die Frau sah Josefine fragend an. Josefine schluckte verlegen: „Hm, wie komm ich bloss zum Bahnhof?" Die Frau: „Gestern bin ich noch durch die Trümmer durchgekommen. Das erste, was freigeschaufelt wird, sind die Hauptstrassen. Der Bahnhof war nicht kaputt, die Züge fuhren noch." Die Frau zeigte ihr, wie sie weiterkäme, und ging in eine andere Richtung.

Es war sechs Uhr früh, als Josefine den Bahnhof erreichte. Er war voller Menschen. Sie erkundigte sich nach einem Zug nach München. „Der Zug nach München sollte schon längst da sein", sagte der Mann am Bahnschalter, „ich kann Ihnen eine Fahrkarte geben, aber ob es noch Platz hat, kann ich nicht sagen. Schauen Sie, die meisten Leute, die hier warten, wollen in diese Richtung. Ich weiss nicht, wie weit der Zug fahren kann, aber zuerst muss er mal kommen. Bis jetzt kam noch keine Meldung durch." Josefine kaufte die Fahrkarte und suchte die Toilette auf.

Ein fürchterlicher Gestank kam ihr entgegen, das Wasser vom Waschbecken lief ununterbrochen, niemand wagte den Hahn anzufassen, weil er ganz verschmiert war. Stehend verrichtete sie ihr Geschäft, wusch sich so gut es ging und richtete ihre Haare im Freien. Ihr Magen meldete sich, sie holte etwas zum Essen aus ihrem Rucksack und schob es in den Mund. Sie hatte das Gefühl, alle Leute schauten hungrig zu.

Als sie den Rucksack wieder schloss, stand ein Bahnangestellter mit einer Kelle neben ihr und rauchte eine

Zigarette. Sie wedelte den Rauch beiseite und sagte: „Sie müssen entschuldigen, aber ich bin schwanger, sonst macht mir der Rauch nichts aus.“ „Wohin soll es denn gehen?“ fragte er. Als er hörte, dass sie nach München will, meinte er: „Da haben Sie noch eine lange Reise vor sich. Man weiss noch nicht, ob die Strecke ganz frei ist. Wenn Sie wollen, helfe ich Ihnen in den Zug. Sie kriegen auch einen Sitzplatz, ich fahre dienstlich mit.“ Plötzlich eine Stimme aus dem Lautsprecher: „Der Zug nach München fährt ein, bitte alles zurücktreten!“ Ein Gedränge ging los. „Na, was ist?“, sagte der Bahnangestellte, „haben Sie Zigaretten? Umsonst ist nur der Tod.“ „Ja ist gut“, erwiderte Josefine.

„Platz machen“, hörte sie ihn sagen, und er schubste andere beiseite und drängte sie zum Zug. Menschen stiegen aus und kamen fast nicht durch. „Zurück! Gehen Sie zurück!“ Ein Gebrüll und Geschrei herrschte auf dem Bahnsteig. Der Bahnangestellte ging vor, bahnte den Weg und drückte Josefine auf einen freien Platz. Allein hätte sie das nie geschafft. Der Zug war voll besetzt und immer noch drängten Menschen rein. Sie konnte ihre Füsse nicht unter den Sitz tun, überall waren Koffer, Kartons, Schachteln und Bündel verstaut. Sie zog die Knie an und umklammerte ihren Rucksack. Die Frau ihr gegenüber rang nach Luft, zog am Fenster, um es zu öffnen. Sie hatte sich nur halb erhoben und schon schoben sich andere auf ihren Platz. Nun konnte sie nicht mehr sitzen, hatte dafür aber ein offenes Fenster, aus dem sie sich hinauslehnen konnte. Es stank nach Schweiss, Rauch und undefinierbaren Gerüchen. Josefine hielt sich ihr Schultertuch vor Mund und Nase.

Als der Zug endlich losfuhr, fing jemand an zu singen: „Eine Reise ist so lustig, eine Reise ist so schööön...“ Tatsächlich fanden ein paar Leute es lustig und stimmten ein. Josefine schaute aus dem Fenster, es rüttelte fürchterlich. Sie meinte, der Zug fahre unglaublich schnell, die Landschaft flitze nur so vorbei, fast wurde ihr schwindelig. Stunden vergingen, zumindest schien es ihr so. Es gelang ihr, etwas zu essen und Tee zu trinken. Immer hinter dem vorgehaltenen Schultertuch. Nach vielen Stopps und Bahnhöfen, die sie am Anfang noch gezählt hatte, blieb der Zug für länger auf freier Strecke stehen. Leute stiegen aus, fragten, was los sei. Ein paar Männer wurden nach vorne gerufen und halfen, irgendetwas weg zu räumen.

Es war fast 9 Uhr abends, als der Zug in München einfuhr. Josefine fühlte sich wie gerädert und schleppte sich in die Bahnhofshalle. Die Schalter waren alle geschlossen. Leute lagen am Boden und auf den Bänken. Auf einer Bank lag eine verschmutzte Decke. Josefine schob sie beiseite, setzte sich hin und dachte nach. „Ja, da schau her", sagte ein wohlgenährter Mann in nachgeahmten breitem Münchnerisch zu ihr, „wollen's bei mir schlafen?" „Belästigen Sie mich nicht, sonst ruf ich um Hilfe." Josefine schaute ihn warnend an. „Wer belästigt da wen, gnädiges Fräulein, Sie sitzen auf meinem Bett." „Was heisst da auf Ihrem Bett. Die Bänke sind zum Sitzen da, für alle Reisenden, möchte ich meinen." „Ach so, eine Reisende sind Sie, aber heute geht kein Zug mehr", sagte er etwas entgegenkommender, „darf ich mich vorstellen, bevor wir uns weiter in ein Gespräch vertiefen, mein Name ist Haller, Dr. Erich Haller. Ich warte seit Stunden darauf, abgeholt zu werden." Sie zögerte, ihm ihre Hand zu geben, geschweige denn ihren Namen zu nennen, und sah ihn von oben bis unten an. Seine Kleider waren zwar voller Staub, aber von guter Qualität. Warum hat er so eine schmutzige Decke, ging es ihr durch den Kopf, hat er denn kein Gepäck? Schliesslich hielt sie ihm ihre Hand hin und sagte: „Remi ist mein Name, ich bin auf der Durchreise." „Angenehm", erwiderte er und nahm ihre Hand. Er merkte, dass sie sich Gedanken machte. „Sollten Sie Fragen haben, fragen Sie mich, vielleicht kann ich Ihnen behilflich sein." Josefine schüttelte nur den Kopf. Herr Haller: „Ich habe jetzt lange genug hier draussen gewartet. Die werden mich im Bahnhofsbuffet finden, dort gehe ich jetzt nämlich hin. Wenn es Ihnen genehm ist, lade ich Sie zu einem Kaffee ein. Drinnen ist es sicher auch wärmer." „Danke, ich komme gerne mit", sagte sie, „aber bezahlen kann ich selber." „Wie Madame wünschen". An der Eingangstür ein Hinweis:

Offen bis 04 Uhr. Drinnen waren kaum noch Plätze frei. Ein Kellner kam und führte sie an einen gedeckten Tisch. Josefine stellte ihren Rucksack auf den Boden und schob ihn unter den Tisch. Kellner: „Möchten die Herrschaften etwas essen?" Er zählte Dinge auf, dass ihr das Wasser im Munde zusammen lief. „Lieber nur einen Kaffee", sagte Josefine. Herr Haller: "Geben Sie uns eine Minute." Der Kellner nickte und ging. Herr Haller besprach sich mit Josefine. Schliesslich bestellten beide zu essen und zu trinken, wie wohl sie das Geld reute, aber was soll's. Sie erzählte von der Reise und von ihren Erlebnissen, bis Herr Haller sich nach ihrem Reiseziel erkundigte. Ihr blieb fast der Bissen im Hals stecken. Soll ich ihm die Wahrheit sagen? Auf welcher Seite steht er? Wo ist sein Abzeichen mit dem Hakenkreuz? Sicher hinter dem Kragen. Aber er hat nicht mit „Heil Hitler" gegrüsst.

„Sie sagen ja gar nichts?", hörte sie ihn fast wie von weither fragen. „Oh, entschuldigen Sie", reagierte sie nach einer Weile, „ich war mit meinen Gedanken im Moment ganz woanders. Was, bitte, wollten Sie wissen? Wohin ich reise?" Sie hielt einen Augenblick inne, sah ihm in die Augen und sagte dann einen Ton lauter: „Ach ja, ins KZ nach Dachau." Er hörte für Sekunden auf zu kauen und schaute sich um. „Was wollen Sie denn da? Da fährt wohl keiner freiwillig hin." Sie holte den Brief von Franz aus ihrer Tasche und legte ihn auf den Tisch. „Da, lesen Sie. Nach wochenlangem Warten und Bangen habe ich diese paar Zeilen von meinem Mann erhalten. Was würden Sie denn tun? Wenn Sie an meiner Stelle wären, würden Sie sicher auch alles tun, um ihn wenigstens einmal wiederzusehen."

Er sah sie an und sie sprach weiter: „Verstehen Sie mich richtig, zu Hause warten vier Kinder auf ihn. Ich muss ihn sehen, denn ich möchte wissen, aus welchem Grund er dort ist. Er ist ja weder Jude noch ein Verbrecher noch ein Herumtreiber." Das Wort Zigeuner vermied sie, sie fühlte sich zu sehr mit ihnen verbunden, mit dem fahrenden Volk.

Herr Haller: „Moment mal, kann man da einfach hinfahren und einen Besuch machen? Oder haben Sie etwa eine spezielle Genehmigung?" „Nichts dergleichen, ich versuch es einfach. Hier habe ich ein Schreiben." Sie hielt ihm das Papier von Herrn Baumgartner hin, erschrak aber innerlich ob ihrem Vertrauen. Sie kannte diesen Haller ja gar nicht. Warum zeigte sie das und erzählte ihm alles? Hoffentlich geht das gut. Wann der nächste Zug oder Bus nach Dachau fährt, das wird sie auch ohne ihn herausfinden.

Sie kam sich dumm und unvorsichtig vor und nahm Brief und Papier wieder an sich. „Was machen Sie denn in München", fragte sie nun ihrerseits, „von wem sollten Sie denn abgeholt werden?" Eigentlich interessiert mich das nicht, dachte sie, aber besser als einfach stumm dazusitzen. Draussen ist es kalt, um halb sechs Uhr Früh machen die Schalter auf, die letzten zwei Nächte habe ich nur wenig geschlafen. Der Schlaf übermannte sie plötzlich, sie wollte sich dagegen wehren, aber es nützte nichts. Den Kopf auf die Ellenbogen gestützt, mit den Füssen den Rucksack gesichert, schlief sie ein.

Herr Haller verlangte die Rechnung, bezahlte alles und gab dem Kellner ein gutes Trinkgeld mit den Worten: „Passen Sie gut auf sie auf. Ich muss mich ans Telefon hängen, bin bald wieder da. Wenn Sie aufwacht, sagen Sie ihr, sie soll auf mich warten." Der Kellner nickte. „Sollte jemand nach Doktor Haller fragen, das bin ich." Er steckte die bezahlte Rechnung vorsichtig unter Josefines Ärmel und entfernte sich. Es dauerte nicht lange, dann war er wieder zurück. Die Telefone funktionierten nicht. Weder Taxi noch Auto auf der Strasse. Über die Stadt war Ausgangsverbot verhängt worden. Also blieb ihm nichts anderes übrig, als im Bahnhofsbuffet zu bleiben. Er fragte den Kellner, ob er sich irgendwo lang machen könne. Der verneinte nur und schob ihm einen zweiten Stuhl hin. Er machte es sich so bequem wie möglich, lockerte seine Krawatte und versuchte zu schlafen.

Um vier Uhr früh wurde das Bahnhofsbuffet geschlossen. Alle Gäste ohne Ausnahme mussten raus. Für ein paar Stunden hatten Josefine und Dr. Haller sich ausruhen können, sie bedankte sich noch dass er die Rechnung bezahlte. An den Bahnsteigen sah alles grau aus, es dämmerte, die Morgenkälte kroch ihnen durch die Kleider. Kein Platz zum Sitzen, stellte Josefine fest. Herr Haller versuchte sich aufzuwärmen, indem er von einem Bein aufs andere hüpfte. „Sie wollten mir doch erzählen, was Sie eigentlich hier machen", sagte Josefine, „irgendwie bin ich dann eingeschlafen." „Na ja, ich dachte, einer von unserer Organisation holt mich ab. Ich habe mich von meiner Truppe entfernt, um einen alten Freund zu besuchen, und jetzt steh ich hier und kann keine Verbindung zu meinen Leuten aufnehmen. Ich habe vergessen, wie das Hotel heisst. Die Telefonnummer, die ich habe, nützt mir nichts, da die Telefone nicht funktionieren. Ein Kollege, mit dem ich meistens das Hotelzimmer teile, weiss, wann ich ungefähr ankomme, aber wie es aussieht, geht momentan nichts." Josefine: „Von welcher Organisation sprechen Sie?" Dr.

Haller drehte seinen Kragen um. Sie sah das Rotkreuz-Abzeichen, aber es sah ein bisschen anders aus als das, was Frau Reisin trug. „Kennen Sie das KZ Dachau?", fragte Josefine. „Nein, aber ich kenne das KZ Theresienstadt. Das besuchten wir vor einigen Tagen. Wir wurden eingeladen, an einem Konzert teilzunehmen, das von den Insassen gegeben wurde. Sehr professionell, muss ich zugeben. Anschliessend durften wir vorbereitete Fragen an die Musiker stellen. Wir fanden heraus, dass sie, natürlich den Umständen entsprechend, gut behandelt werden." Schweigen. Dann Josefine: „Ich bin Dolmetscherin, habe mit Leuten gesprochen, die von Osten her transportiert worden sind. Die hatten keine Ahnung, wohin sie gebracht werden. Man hat sie mit Arbeitsversprechungen aus ihren Häusern gelockt. Viele sind gar nicht gefragt worden. Sie wurden einfach auf Lastwagen geladen." Herr Haller: „Es ist schwierig für uns zu prüfen, ob es in den Lagern menschenwürdig zugeht. In viele lässt man uns gar nicht hinein oder sie zeigen uns eine Musterbaracke. Aber wir sehen trotzdem das Elend. Nach den Briefen und Berichten zu urteilen, die wir zugespielt bekommen, muss es schon verdammt anders zugehen als das, was uns die Herren vorführen. Wir versuchen zu helfen, indem wir einfach präsent sind und Berichte in alle Welt versenden. Die Welt weiss Bescheid." Derweil sie sprachen, gingen sie vor dem Bahnhof auf und ab. „Ihren Ausweis bitte." Plötzlich standen zwei Herren in Ledermänteln mit Hakenkreuz-Armbinden vor ihnen. Breitbeinig, die Hände den Hosengurt festhaltend, so aufgepflanzt standen sie vor Josefine und Herrn Haller. Dieser gab seinen Schweizer Pass und seinen Rotkreuz-Ausweis, zuerst hin. Beide Herren blätterten und prüften diese, während Josefine ihre Papiere hervorholte. „Heil Hitler, Dr. Haller", sagte einer der Herren und salutierte, „was machen Sie hier? Ausgangssperre ist noch nicht aufgehoben. Sie haben sich bereits 150 Meter von Ihrem Hotel entfernt.“ Dabei machte er eine Handbewegung nach rechts die Strasse hinauf. „Sind noch Kollegen von Ihnen unterwegs“ „Nicht dass ich wüsste. Ich habe nur Frau Remi, unsere Dolmetscherin, hier getroffen. Sie wird uns begleiten.“ Josefine stutzte kurz, hielt ihren Arier-Ausweis in der einen Hand, mit der anderen versuchte sie, den Rucksack hinter ihrem weiten Rock zu verbergen. Dr. Haller: „Kommen Sie, Frau Remi, ich muss ins Hotel zurück.“ Er nahm sie am Arm, die Herren warfen einen Blick auf ihren Ausweis, hatten nichts einzuwenden und gingen mit einem „Heil Hitler“ davon. „Heil Hitler“, erwiderte Dr. Haller. Dann gingen sie in die Richtung, in die der eine gezeigt hat. Josefine wurde wütend: „Ich will aber nicht mit Ihnen ins Hotel, was fällt Ihnen ein. Die Bahnhofschalter öffnen bald, ich muss mich schon jetzt anstellen.“ „Nun, Sie haben mir Ihre Geschichte anvertraut und jetzt weiss ich, wer Sie sind. Ich möchte Ihnen helfen. Die Gestapo kontrolliert jetzt sicher noch die Leute in der Bahnhofshalle.“

Er hielt ihren Arm eisern fest und zog sie mit sich. Josefine: "Sie hätten nicht lügen müssen. Was erwarten Sie von mir, ich kann mich jetzt im Bahnhof nicht zeigen. Wenn die mich aufgreifen, könnte es unangenehm für mich werden." Josefine wusste im Moment nicht wie weiter. Dr. Haller: "Ja, ich weiss, ich hätte auch meinen Freund nicht besuchen dürfen, dann wäre ich bei meiner Gruppe geblieben. Ich könnte Sie aber auch hier einfach stehen lassen, was dann?!“ Josefine: „Was! Sie könnten so gemein zu mir sein! Sie haben sich nur selber retten wollen, ohne Rücksicht auf mich, und sowas ist ein Helfer vom Roten Kreuz!“ In ihr kochte es. Sie betraten die Hotelhalle und gingen auf eine breite Treppe zu. Ein Page kam: „Welches Zimmer, bitte?“ Dr. Haller: „Ich hab‘s vergessen. Dr. Haller ist mein Name, von der Rotkreuz-Kommission." „Eine Sekunde bitte." Der Page schaute in einem Buch nach und nannte eine Zimmernummer. „Einzelzimmer! Sie müssen sich noch bei der Rezeption eintragen. Wohnen Sie auch hier?", wandte er sich an Josefine. Dr. Haller im Flüsterton: „Sie ist in meiner Begleitung." Der Page drehte sich um und hielt seine weiss behandschuhte Hand auf. „Wenn Sie möchten, habe ich nichts gesehen", sagte er leise, aber deutlich. Josefine war der Ohnmacht nahe, sie hielt sich an Dr. Haller fest. Ihre Knie versagten. „Helfen Sie mir, sie auf das Sofa zu setzen. Holen Sie ein Glas Wasser." Der Page verschwand in der Halle und brachte ein Glas mit Mineralwasser. Josefine schluckte ganz langsam. Dann holte der Page noch den Rucksack, der vor der Treppe lag, und liess ihn mit den Worten „Ihr Gepäck, Madame" verächtlich vor ihr fallen. „Es tut mir leid", sagte Dr. Haller entschuldigend, „nehmen Sie ihn nicht ernst. Geht es Ihnen wieder besser? Bleiben Sie noch einen Moment sitzen."

Er ging zur Rezeption, nannte einen Namen und liess sich telefonisch mit jemandem verbinden. Während er sich eintrug, verlangte er zwei Tassen Kaffee. „Der Frühstückssaal ist bereits geöffnet", bekam er zur Antwort. Ein Herr kam die Treppe heruntergestürzt, Jackett und Krawatte noch in der Hand. Freudig begrüsste er Dr. Haller und gab Josefine die Hand. Dr. Haller stellte ihn als Dr. Speier vor. „Wir haben uns Sorgen um Dich gemacht", sagte Dr. Speier, „wo warst Du? Was um Gottes Willen ist mit dieser Frau?"

Sie sprachen französisch miteinander. Den grössten Teil konnte Josefine mitverfolgen. Sie stand auf, nahm ihren Rucksack in die Hand und wollte gehen. „Madame, geben Sie uns ein wenig Zeit. Bitte, setzen Sie sich wieder." Dr. Speier nahm sie an den Schultern und schob sie zurück aufs Sofa.

Ein Kellner kam vorbei. Dr. Speier hielt ihn auf: „Garçon! Un café et un croissant pour Madame, s'il vous plaît". „Oui, Monsieur, tout de suite", antwortete der Kellner und nahm das Geld, das ihm gereicht wurde, entgegen.

Der Page, der den Rucksack so verächtlich fallen liess, merkte, dass er etwas versäumt hatte, und stellte sich woanders auf. Dr. Speier zu Josefine: „Madame, ich werde einen Weg finden, damit Sie Ihren Mann besuchen können. Sie müssen nicht mehr mit dem Zug fahren. Wir werden Ihnen ein Auto mit Chauffeur besorgen. Das bringt Sie hin und auch wieder zurück. Bitte noch ein wenig Geduld." Sein Französisch klang so charmant und zuversichtlich, dass Josefine versprach zu warten. Genüsslich trank sie den Kaffee – ein echter Kaffee, wie wunderbar! Der Duft des Croissant strich ihr um die Nase und richtete sie wieder auf. Dann fragte sie, ob sie sich irgendwo frisch machen könne. Ein Page nahm ihren Rucksack und führte sie durch ein Hotelzimmer ins Badezimmer. Josefine schloss von innen ab, zog sich rasch aus und stellte sich unter die Dusche. Wusch!!! Ein kalter Wasserstrahl schoss zuerst heraus. Aber dann genoss sie wohlig warmes Wasser, das über ihren Körper ran. Herrlich! Hier schien ja wirklich noch alles zu funktionieren. Ein Blick in den Spiegel und sie sah ein erfrischtes und zufrieden lächelndes Gesicht. Sie zog sich wieder an, richtete ihre Haare und ging mit ihrem Rucksack die Treppe hinunter.

„Die Herren sitzen noch im Frühstückssaal. Ich werde ihnen melden, dass Sie in der Empfangshalle warten." „Ach, lassen Sie sich Zeit, ich habe es nicht eilig." Sie sah sich um. Frische Blumen in übergrossen Gefässen. Stuckatur und Malerei an den Wänden und an der Decke. Auf dem kühlen Marmorboden ein wunderschöner Teppich. Vitrinen mit edlem Porzellan und Glas. Wie in den teuren Geschäften der Grossstadt, dachte sie, aber ein bisschen langweilig. Alles

Luxusartikel. Was soll man damit anfangen? Anschauen, sonst nichts. Manche Sachen vielleicht vorsichtig berühren, um zu sehen, wie sie sich anfühlen. Diese langen Spitzenvorhänge, die möchte ich nicht waschen müssen. Und dann die schweren Samtvorhänge... Sie träumte eine Weile vor sich hin. Ach ja, eine grössere Wohnung, das wäre nicht schlecht. Aber der Zins müsste bezahlbar sein. Hoffentlich schlägt hier keine Bombe ein. Der Krieg soll endlich aufhören.

Aber jetzt, dachte sie und schaute durch die Glastüre in den Frühstückssaal, jetzt könnte jemand kommen. Ein paar Männer kamen auf die Tür zu, unter ihnen Dr. Haller und Dr. Speier. „Ach, da sind Sie ja", sagte Dr. Haller, „wir können hinausgehen, der Chauffeur wartet schon." Er griff in seine Jackentasche und überreichte Josefine eine Tafel Schweizer Schokolade. „Der Chauffeur weiss Bescheid, Sie können ihm vertrauen." Mit einem Augenzwinkern verabschiedete er sich und öffnete ihr die hintere Autotür. Sie stieg ein. Ledersitze, stellte sie bewundernd fest. „Sitzen Sie bequem?", fragte der Chauffeur und fuhr los. „Ja, danke." „Ihr Mann muss ja eine hohe Persönlichkeit sein", meinte der Chauffeur weiter, „ist er von der österreichischen Regierung? Soviel ich weiss, sind die alle hier interniert. Auch die Wittelsbacher sind hier, aber unter falschem Namen. Ja, ja, sogar unsere Kaiserliche, Königliche Familie blieb nicht verschont. Letztes Mal hatte ich Glück, ich konnte einige dieser Herrschaften von ganz nahem sehen. Wenn man bedenkt, solche hohen Tiere einfach hinter Gitter zu setzen. Ja, in der heutigen Zeit scheint das Unmögliche möglich zu sein."

„Fahren Sie öfter nach Dachau?", fragte Josefine. „Ja, nach Dachau schon, aber zum KZ nicht so gern. Nur auf Befehl, so wie heute. Ich will gar nicht wissen, wie es da aussieht. Ich möchte Ihnen ja keine Angst machen, aber

Sachen hört man, die kann man gar nicht glauben. Es müssen da schreckliche Dinge passieren. Aber darüber spricht man hier nur hinter vorgehaltener Hand. Man muss aufpassen, was man sagt."

Josefine hatte genug gehört und lenkte ab: „Ich habe fast nichts geschlafen letzte Nacht. Wann werden wir ankommen? Hab ich noch Zeit, die Augen ein bisschen zuzumachen?" „Genau kann ich es Ihnen nicht sagen, es kommt auf die Strassenverhältnisse an. Aber ruhen Sie sich nur aus, ich wecke Sie kurz vorher." Sie schloss die Augen. Es ging recht flott voran. Nur einmal war die Strasse gesperrt wegen einer Bombe, die nicht explodiert war. Sie mussten einen Umweg über Wiesen und Felder machen. Der Chauffeur fluchte: „Der Wagen wird ganz dreckig und die Reifen sind voller Lehm." Zurück auf der Strasse rutschte das Auto knapp an einem Panzer vorbei. „Die Panzer machen den ganzen Strassenbelag kaputt", schimpfte er weiter,

„Das ist gut für unsere Reifen, ha, ha! Humor muss der Mensch haben."

Endlich waren sie da. Josefine wollte aussteigen, vom hinteren Sitz konnte sie nicht so viel sehen. „Bleiben Sie sitzen, geben Sie mir Ihre Papiere." Er legte ein anderes Papier dazu, dann hupte er kurz. Zwei Wächter mit angelegten Gewehren kamen herbei. Der Chauffeur streckte ihnen die Papiere entgegen. „Wir wissen Bescheid."

Dann ertönte ein Pfiff und Franz erschien. „Besuch!" Ein hoher Offizier gab dem Chauffeur Anordnung: „Sie können ihn bis an den Pfosten dort mitnehmen." Zu Franz: „In einer halben Stunde melden Sie sich wieder zurück, Remi, nehmen Sie die Warnung ernst, werden Sie nicht übermütig. Gehen Sie schon. Tor auf!" „Danke." Franz ging auf das Auto zu, der Chauffeur hielt ihm die hintere Wagentüre auf und Franz stieg ein.

Josefine sah zunächst nur einen kahl geschorenen Kopf. Sie versteckte sich hinter ihrem Halstuch. Als sie aufschaute, sass er schon im Auto. „Was, Du?!" Er weinte und wollte sie umarmen, aber der Rucksack war dazwischen. Der Chauffeur fuhr ein Stück und blieb beim angezeigten Pfosten stehen. „Ihr könnt auf dieser Seite aussteigen", sagte er, „da seid ihr so gut wie privat. Ich werde mir ein bisschen die Beine vertreten. Ich lass Euch für zwanzig Minuten allein, dann müssen wir zurück."

Der Chauffeur entfernte sich. Nach einigen Metern blieb er mit dem Rücken zu ihnen stehen und zündete sich eine Zigarette an. Die beiden stiegen aus. „Wie hast denn Du das einrichten können?", fragte Franz und fuhr fort, ohne eine Antwort abzuwarten, „ich hatte keine Ahnung, hast was zu essen mitgebracht?" Sie breitete ihre Decke aus. „Lass das, gib mir endlich was zu essen", meinte er etwas wirsch und öffnete den Rucksack. Josefine griff hinein und gab ihm Brot und Wasser aus der Flasche, die sie im Hotel aufgefüllt hatte. „Nimm nicht so grosse Stücke", ermahnte sie ihn und zupfte das Brot klein. „Den Rest und noch anderes Zeug kannst mitnehmen." Sie packte alles aus, was sie mitgebracht hatte. Gierig steckte er sich Brot in den Mund. Anderes hielt er sich unter die Nase, roch daran und später stopfte er es in die Anzug Taschen und in die Unterhose. Wie wild kaute und schluckte er. „Erzähl, was passiert ist", forderte sie ihn auf. „Spiessruten laufen mussten wir, als wir ankamen", brach es aus ihm hervor, „den ganzen Rücken haben sie mir blutig geschlagen. Meine Hände sind immer noch geschwollen, mit denen habe ich meinen Kopf geschützt. Mit Gummiknüppeln und Gewehrkolben haben sie auf uns eingeschlagen. Aber im Grunde bin ich noch gut weggekommen."

Mit weit geöffneten Augen stand er vor ihr. Plötzlich griff er so heftig nach ihren Brüsten, dass es ihr weh tat. Dann warf er sie auf die Decke und machte sich über sie her. „Ich geb es Dir noch, damit Du nicht fremd gehst." Josefine getraute sich kaum zu atmen, sie wollte nicht, dass der Chauffeur etwas mitbekommt. Franz keuchte und schnaufte. Ein paar Sekunden und schon war er befriedigt. Dann rannen ihm Tränen übers Gesicht und sein Körper schüttelte sich.Auch Josefine weinte. Mühsam stand sie auf, ging hinter die Autotüre und putzte sich ab, so gut sie konnte. Dann war die Zeit vorbei, der Chauffeur kam zurück und bemerkte: „Ihr Anzug sieht aus, als hätte man Sie erschossen." „Es fehlt an Gefangenenkluft", erwiderte Franz, „da hat man meinen besten Anzug zerschossen." Auf dem Anzug waren drei aufgemalte Buchstaben zu sehen: K. L. D. Franz nahm die Zigaretten, die Josefine mitgebrachte hatte, und steckte die meisten in die Unterhose. Das Bündel mit Verbandszeug und Medikamenten nahm er unter den Arm. Im Auto wickelte Josefine noch ihren Proviant in ihr Schultertuch und gab es ihm. Dann kramte sie in ihrer Rocktasche und wollte ihm Geld zustecken. Franz schüttelte den Kopf: „Das nehmen sie mir ab, steck es weg." „Nehmen Sie im Auto Abschied", empfahl der Chauffeur, „und Sie, Madame, Sie bleiben dann besser im Auto sitzen."

Sie nickte und umarmte Franz. „Schreib, so oft Du kannst, ich werde alle Hebel in Bewegung setzen, um Dich da herauszuholen", versuchte sie ihn zu trösten. „Ich weiss, Pepi", sagte er und diesmal kam ihr das „Pepi" richtig zärtlich vor, sonst hasste sie es, wenn er sie nicht Josefine nannte. Franz: „Wenn Du schreibst, schick ein Kuvert mit Deiner Adresse und aufgeklebter Briefmarke mit. Jetzt steig ich aus. Fahrt sofort weg. Nicht winken. Sag allen, mir geht es gut. Grüsse an alle. Ich komm sicher bald wieder nach Hause." Er drückte ihr noch einen Kuss auf die Lippen, der Chauffeur machte die Tür auf, und in aufrechter Haltung, die

Holzpantoffel an den Füssen, ging Franz aufs Tor zu. Josefine sah ihm nach, und während das Auto sich in Bewegung setzte, fing sie bitterlich an zu weinen.

Ein Kennzeichen auf dem zerschossenen Anzug! Kahl rasierter Kopf! Er sah so klein aus, so gedemütigt! Was haben sie nur mit Dir gemacht, Du mein erbarmungswürdiger Mann. In ihrem Kopf rauschte es nur noch. „Anhalten“, rief sie aus und hielt die Hand vor den Mund, „mir ist schlecht.“ Der Chauffeur stoppte, riss die Tür auf und zog sie raus. Schon musste sie sich übergeben, doch es kamen nur Schleim und Galle, denn sie hatte ja nicht viel gegessen. Sie wusste das sie wieder Schwanger ist. Nach einer Weile hatte sich ihr Magen beruhigt. Sie setzte sich wieder ins Auto und nahm einen Schluck aus der Wasserflasche. Da spürte sie die Schokolade in der Aussentasche des Rucksacks und steckte rasch ein Stück davon in den Mund.

„Es geht wieder“, sagte sie, lehnte sich zurück und machte die Augen für einen Moment zu. Mein grosses Halstuch, ging es ihr durch den Kopf. Das hatte ich so gerne. Mutter hat es mir geschenkt, sie sah es gern an mir. Jetzt hat es Franz. Vielleicht kann ich irgendwo ein ähnliches kriegen. „Ich gebe Ihnen Ihre Papiere zurück“, hörte sie den Chauffeur nach einer Weile und öffnete die Augen. Sie nahm die Papiere und verstaute sie in ihrem Rock. Dann verspürte sie Hunger. „Haben Sie denn keinen Hunger?“, wandte sie sich an den Chauffeur. „Ich kann es noch bis München aushalten“, war seine Antwort, „unterwegs kriegt man nichts Rechtes und wenn, dann kostet es wahnsinnig viel. Sie haben es ja schön, sie können im Hotel essen, mit der Elite und dem Komitee.“ Josefine wollte nicht fragen, was er damit meinte, und lehnte sich bequem in den Ledersitz. Plötzlich kam ihr die Decke in den Sinn. „Oh“, rief sie aus, „ich habe meine Decke liegen gelassen“, und sagte es so, als wäre es etwas Kostbares. Der

Chauffeur, der nicht erkennen konnte, was daran wohl so kostbar sei, sagte nur: „Ich hab sie hier auf den Vordersitz gelegt.“ „Die wollte ich meinem Mann da lassen, vielleicht hat er nicht genug, sich zu zudecken.“ „Sie können sie ihm ja das nächste Mal mitbringen“, beruhigte er sie. „Ach ja“, seufzte sie und nahm die Decke in ihre Arme, „das nächste Mal?“ Dann nickte sie ein.

Erst am späten Nachmittag kamen sie ins Hotel zurück. Der Chauffeur hatte wieder Umwege fahren müssen. Er nahm ihren Rucksack, half ihr aus dem Auto und hielt ihr die Hoteltür auf. Rasch ging er an die Rezeption, unterschrieb etwas und nahm ein Kuvert entgegen. Zu Josefine: „Der Page wird Ihnen den Zimmerschlüssel bringen und Sie begleiten. Wie Sie vielleicht wissen, können Sie sich das Essen auf Ihr Zimmer bringen lassen. Ich muss mich jetzt von Ihnen verabschieden und wünsche Ihnen morgen eine gute Reise.“ „Adieu“, kam es ganz ungewohnt aus ihrem Mund. Er machte eine Verbeugung und verliess das Hotel.

Josefine schob ihren Rucksack zwischen die Polsterstühle und ging zur Rezeption. „Verzeihung“, sagte sie und sprach wie eine Schauspielerin in einem Film, „sind die Leute von der Kommission schon abgereist oder ist noch jemand im Hause?“ Der Concierge schaute auf den Schlüsselkasten, dann in ein grosses Buch. „Tut mir leid, die Herren sind alle abgereist.“ Dann zum Pagen: „Heinz, sind die Koffer auch schon weg?“ „Ja, vor einer halben Stunde habe ich sie zu den Autos gebracht.“ „Für Sie, gnädige Frau“, wandte sich der Concierge wieder Josefine zu, „ist ein Abendmenü inklusive Getränk reserviert und auch schon bezahlt, sowie ein Zimmer mit Frühstück für eine Nacht, eigentlich das gleiche, das Sie heute früh benutzt haben.“ „Das wäre also für heute Nacht, und es ist schon bezahlt?“, wollte sie sich vergewissern. Er bejahte. „Kann ich die Quittung sehen? Ich liebe keine

Überraschungen." Er hielt ihr eine grosse Rechnung hin. „Hier, sehen Sie, eine Kollektivrechnung, ausgestellt mit dem heutigen Datum, hier Ihre Zimmernummer und hier die Halbpension. Alles in bester Ordnung. Ich wünsche Ihnen noch einen guten Aufenthalt. Und wenn ich Sie nicht mehr sehe, dann für morgen eine gute Reise." Josefine bedankte sich, holte ihren Rucksack und folgte dem Pagen, der sie zu ihrem Zimmer brachte.

Sie schloss von innen ab und schob noch einen schweren Polsterstuhl vor die Tür. Dann setzte sie sich aufs Bett und dachte angestrengt nach. Fragen über Fragen. Ein Internationales Komitee vom Roten Kreuz hat mir das alles bezahlt? Warum? Warum bezahlt man mir so einen Luxus? Wie komm ich dazu? Wie war das noch? Nur der Tod ist umsonst? Da steckt doch was dahinter.

Vor ihr ging ein Film ab: Frauen, Kinder mit Rotkreuz-Sammelbüchsen auf Strassen und in Häusern. „Helfen Sie! Jeder Groschen zählt!", hörte sie in Gedanken. Oder, schoss es ihr durch den Kopf, zahlen am Ende die Nazis diese Rechnung? Sie stand auf und wusch sich ihr Gesicht mit kaltem Wasser, ging zum Fenster und sah elegante Leute im Hotelpark. Sie entschloss sich, zum Bahnhof zu gehen, solange es noch hell war, um ihre Rückfahrkarte zu kaufen.

In der Bahnhofshalle standen lange Menschenschlangen an den Schaltern. Sie reihte sich ein. Eine Dame kam hinter ihr dazu, die unaufhörlich mit ihrem Schosshund redete: „Heute Nacht ganz lieb sein. Bellen verboten. Hoffentlich gibt es keine Raucher und Trinker in unserem Abteil." Sie fragte dann Josefine, ob sie Liegewagen oder Schlafwagen nehme. „Keines von beiden." Dann wurde ihre Stimme greller: „Sagen Sie mal, können Sie nicht lesen? Jetzt stehen sie schon eine halbe Stunde", übertrieb sie, „in der falschen Reihe und versperren mir den Weg zum Schalter." Josefine war irritiert. Sie streckte den Hals hoch, sah das Bettzeichen über dem Schalter. „ Oh, Pardon!“, rief sie aus und musste sich in einer anderen Reihe wieder von ganz hinten anstellen.

Während sie so dastand, beobachtete sie eine jüngere Frau, die nervös im Bahnhof herum ging und ihren Mantel und eine von ihren zwei Reisetaschen zum Verkauf anpries. Auf dem Kopf trug sie ein schönes Tuch, das sie gekonnt zu einem Turban geknotet hatte, dazu passend ein Tuch um den Hals, an den Füssen elegante Schuhe. Josefine hätte gerne gewusst, was diese junge Frau dazu brachte, Mantel und Reisetasche zu verkaufen.

Als sie endlich ihre Fahrkarte hatte, sah sie die Frau mit dem Turban aus dem Bahnhof gehen. Josefine folgte ihr. Die Frau ging um die Ecke des Bahnhofsgebäudes. Josefine hinterher und, als sie um die Ecke kam, staunte sie nicht schlecht, als sie die vielen Leute sah, die etwas verkaufen wollten und ihre Waren zum Teil am blossen Boden ausgelegt hatten. Viele schöne Sachen, aber noch mehr Gerümpel. Alles sehr billig, die Versuchung war recht gross, das letzte Geld auszugeben. Josefine nahm dies und das in die Hand und beobachtete dann ganz nah die Frau mit dem Turban, wie sie verhandelte:

„Ich bin in einer Notsituation, ich brauche dringend Geld.“ „So was Elegantes kauft heute niemand mehr. Das bringe ich mein Leben lang nicht weg.“ „Lassen Sie mich einmal schauen“, mischte sich Josefine ein, und ging mit ihr auf die Seite. Was wollen Sie denn verkaufen?“ „Diesen Mantel, diese Reisetasche und ein paar Schuhe, und wenn es geht, dieses Halstuch.“ Josefine: „Was wollen Sie denn für das Ganze?“ Die Frau nannte eine Summe, die Josefine bei weiten nicht ausgeben konnte. „Was ist passiert“, fragte Josefine, „dass Sie alles verkaufen wollen?“ „Das ist eine lange Geschichte“, gab die Frau zur Antwort und nahm den Turban ab.

Wunderbare rote Haare fielen über ihre Schultern, lang und seidig. Sie sah Josefine aus ihrer Hockstellung heraus von unten an, während Josefine den Mantel anprobierte. Was für ein wohliges Gefühl! Welch ein Parfümduft ging davon aus! Am liebsten würde sie ihre Augen schliessen und sich im Kreise drehen. Der passt! Die Frau stand auf und ging mit dem Preis runter, obwohl Josefine noch gar nichts gesagt hatte. Josefine hielt sich noch ein Kleid aus der Tasche vor den Körper und schlüpfte in einen Schuh. „Ein bisschen eng“, stellte sie fest. „Wie viel sollen sie kosten? Aber, warten Sie mal, wenn ich auch noch den Mantel, die Tasche und den Turban nehme, wie viel wäre es dann? Und noch das Kleid und das Halstuch dazu?“ „Na, wie viel Geld haben Sie denn dabei?“ „Ich muss morgen früh nach Hause fahren, noch einmal übernachten, also, ein bisschen was muss ich zurückbehalten.“ Josefine holte ihr Geld aus einer ihrer Rocktaschen. Die Frau zählte mit und sagte dann: „Geben Sie mir alles, ich gebe Ihnen auch alles.“ Sie packte die Tasche, steckte die Sachen hastig hinein, nahm ihr Halstuch ab, hängte es Josefine um die Schulter und hielt ihre Hand, die leicht zitterte. Josefine gab ihr das Geld und schnappte sich die Tasche mit den Sachen. Den Mantel hatte sie noch an. Freudentränen füllten ihre Augen. Schon lange hatte sie sich nichts mehr gekauft, und jetzt so viel Elegantes.

Sie näherte sich der Händlerin, mit der die junge Frau vorher verhandelt hatte. „Ich hab schon gesehen, Sie haben der Süchtigen alles abgekauft“, sagte die Händlerin, „die kommt immer wieder, aber für die Leute, die hierher kommen, sind die Sachen zu elegant. Was haben Sie ihr denn gegeben?“ Josefine nannte ihr den Preis. „Mein Gott, ich sag nichts mehr. Schauen Sie in die Läden, von wo das Ganze herkommt. Dann können Sie sich glücklich schätzen."

Josefine hatte es eilig, ins Hotel zurückzugehen. Voller Erwartung zog sie das elegante Kleid und die Schuhe an, setzte den Turban auf und dann wieder ab, betrachtete sich im Spiegel, richtete ihre Haare zu einem eleganten Knoten und legte das Halstuch um. Schliesslich zwickte sie sich in die Wangen und biss sich auf die Lippen, denn sie hatte weder Rouge noch Lippenstift. Kleider machen Leute! Jetzt passe ich hierher. Sie räumte alles auf und stellte ihren Rucksack beiseite, denn der passte jetzt wahrhaftig nicht zu ihr, und ging erhobenen Hauptes die Treppe in die Hotelhalle hinunter. Sie wusste, wie schön, elegant sie war Die Hotelgäste drehten sich nach ihr um.

Der Speisesaal stand offen. „Möchten Sie an Ihren Tisch?" wurde sie gefragt. „Nein, noch nicht." „Da drüben können Sie, in der Zwischenzeit, einen Aperitif zu sich nehmen." Sie bedankte sich und bewegte sich zu den Getränken. Sie kam sich wie eine Filmdiva vor, aber sie fühlte sich doch nicht so ganz wohl unter all den noblen Leuten, die auf der Terrasse standen mit einem Glas in der Hand, sich unterhielten und lachten. Eine Treppe führte in den Hotelpark hinunter. Sie nahm sich vor, nach dem Essen den Park zu besichtigen. Der Gedanke, allein an einem Tisch im Speisesaal zu sitzen, machte sie ganz nervös. Ausserdem drückten die eleganten Schuhe. Sie mache kehrt und sagte dem Kellner: „Ich möchte bitte auf meinem Zimmer essen." Er fragte nach der Zimmernummer und nahm eine Liste unter seinem Arm hervor und sagte: „Ich sehe für Sie ist das heutige Menü schon vorbestellt, möchten Sie noch was ändern oder ist es gut so?" „ Es ist gut so, danke." Sie ging in ihr Zimmer, wusste gar nicht was auf dem Menü stand, setzte sich und wagte nicht, die Schuhe auszuziehen. Es klopfte: „Ihr Abendessen Madame."

Ein Kellner schob einen voll gedeckten kleinen Tisch herein. Viel zu viel für eine Person, stellte Josefine fest und ass nur die Suppe, das Gemüse und die Kartoffeln. Fleisch, Brot, Obst packte sie in die neu erstandene Reisetasche, und das Getränk goss sie in ihre Flasche, die sie immer bei sich trug. Danach ging sie hinunter auf die Terrasse, anschliessend in den Park, den schmalen Weg entlang. Sie ging fast immer auf Zehenspitzen, denn in den Kieselsteinen versanken ihre Absätze. Unterwegs waren Stühle und Tische. Sie setze sich auf einen Stuhl am äussersten Ende des Parks, wo ein kleiner Teich angelegt war mit schönen Blumen ringsherum. Sie genoss den Augenblick, machte ein paar entspannende Atemübungen und fühlte sich wie im Paradies.

Als sie aufstand und ins Hotel zurückwollte, hörte sie Zugwaggons auf Geleisen rollen. Der Bahnhof war ja in der Nähe. Ein durchdringendes Quietschen und der Zug stoppte. „Lock abgehängt", hörte Josefine rufen. Sie konnte die Lokomotive mit lautem Getöse wegfahren hören, die Waggons blieben stehen. Dann wurde es wieder ruhig. Doch nein, was war das? Da rufen doch Leute. Josefine ging den Stimmen nach. „Wasser, gebt uns Wasser! Hört uns denn niemand?" Sie kam nicht weiter, dicke Büsche und dahinter ein hoher Stacheldraht. Trotzdem konnte sie die Waggons erkennen und sie sah, dass sie nur kleine Gitterfenster hatten. Hände hielten sich von innen daran fest, manche winkten. „Mach den Hydrant auf", befahl jemand. Es wurde hantiert, dann hörte sie Wasser rauschen. Ein Schlauch wurde von Fenster zu Fenster gereicht und für eine Weile strömte Wasser in die Waggons. Als es wieder rauslief, stank es bestialisch.

Wie erstarrt stand Josefine da und hörte nicht die Schritte hinter sich. „Was machen Sie da?“, sagte eine Männerstimme. „Hier sind Menschen in den Waggons, die verlangen nach Wasser.“ „Aber sie bekommen ja Wasser, gehen Sie ins Hotel zurück, hier riecht es nicht gerade angenehm, kommen Sie“, sagte die Männerstimme, „die bleiben nicht lange hier.“ Die Stimme gehörte zu einem Mann vom Hotelpersonal, ein höherer Angestellter nach seinem Anzug zu urteilen. „Ist das ein Transport nach Dachau?“, fragte Josefine spontan. „Ach, Sie wissen Bescheid! Nun denn, wahrscheinlich schon. In letzter Zeit müssen die hier auf der Strecke warten. Das Lager muss ziemlich voll sein. Für viele ist es nur ein Durchgangslager. Mich wundert es immer wieder, dass die Geleise noch nicht bombardiert wurden. Das wäre besser, dann hätten wir diese Sauerei nicht vor der Türe.“

Josefine bekam starkes Herzklopfen, sie dachte an Franz, liess sich aber nichts anmerken. Sie ging neben dem Mann her und war froh, als sie das Hotel erreichten. Er öffnete ihr höflich die Tür. „Erzählen Sie niemandem, was Sie gesehen haben, man weiss ja nie, zu wem man spricht“, flüsterte er im Vorbeigehen. Sie nickte und setzte sich in den nächstbesten Sessel. „Kann ich Ihnen etwas zu trinken bringen lassen? Tee vielleicht oder ein Glas Rotwein? Dann können Sie gut schlafen.“ „Ein Glas Wein würde mir gut tun. Ja, bitte.“ Erst jetzt bemerkte sie, dass ihr Kleid und ihre Schuhe schmutzig waren. Sie versuchte so unauffällig wie möglich, ihr Kleid zu säubern, und schob ihre Füsse unter den Stuhl. Doch niemand beachtete sie, denn die meisten Gäste befanden sich schon im Speisesaal. Ein Kellner stellte einen kleinen Tisch an ihre Seite und servierte den Rotwein.

Der Wein schmeckte süsslich und war süffig. Sobald sie ein paar Schlückchen getrunken hatte, füllte der Kellner aufmerksam nach. Bald hatte sie heisse Wangen. Sie schaute den Leuten zu, wie sie in die Bar hinein- und herausgingen, und fand es sehr amüsant. Doch die zwei so grundverschiedenen Welten, hier drinnen und auf dem Bahngeleise draussen, die bekam sie nicht zusammen. Plötzlich machte sie eine so ungeschickte Bewegung, dass sie das Weinglas zu Boden fegte. Sie wollte es aufheben, doch als sie sich bückte, drehte sich alles in ihrem Kopf. Ein Kellner stürzte herbei und hob das leere Glas auf. Sie entschuldigte sich, wollte aufstehen, fiel aber in den Sessel zurück. „Aua! Ich spüre meine Beine nicht mehr, wie soll ich in mein Zimmer kommen." „Ich werde Sie begleiten, wenn Sie erlauben."

Er hielt ihr seinen Arm hin, sie hängte sich ein. Oben angekommen sagte er „Vergessen sie nicht abzuschliessen. Gute Nacht." Sie schloss ab und legte sich quer übers Bett. Erst gegen vier Uhr morgens wachte sie auf. Ihr Kopf brummte. Sie hatte wohl zu viel Wein getrunken. Sie füllte die Badewanne mit dampfendem Wasser und gab einen Badezusatz hinein, der für die Gäste bereitstand. Sie blieb lange im Wasser liegen, danach fühlte sie sich wie neugeboren. Sie zog das elegante Kleid wieder an, setzte den Turban auf und schlug das neue Tuch um die Schultern. Mit der Absicht, im Speisesaal zu frühstücken, begab sie sich auf den Gang. Da kam ihr der Etagenkellner entgegen: „Guten Morgen, gnädige Frau, Ihr Frühstück ist schon unterwegs, noch einen Augenblick bitte, ich komme sofort." „Ist schon recht, dann wart ich im Zimmer."

Sie war sich gar nicht sicher, ob sie das Richtige gesagt hatte. Ach, in solchen Häusern müsste man öfters wohnen müssen, um sich darin wohl zu fühlen. Sie malte sich aus, was sie den ganzen Tag so machen würde, stellte aber fest, dass sie zur Müssig-gängerin auf dieser Welt nicht geboren war. Ja, langweilig und einsam muss das sein, dachte sie. Der

Frühstückstisch, den der Kellner ins Zimmer schob, war überhäuft mit guten Dingen. Der Kaffee duftete köstlich. Aber sie ass und trank nur das, was sie nicht mitnehmen konnte. Alles andere wickelte sie in die Zeitung ein, die auch zum Frühstück serviert wurde. Als sie fertig war, öffnete sie die Tür, schaute in den Gang hinaus, die Frühstückstische, die aus den Zimmern geschoben worden waren, standen den Wänden entlang da, mit noch viel Brot und Früchten darauf. Als niemand zu sehen war, huschte sie zu den Tischen und sammelte all das ein, was nicht gegessen worden war. Ihr Rucksack war jetzt wieder sehr nützlich. Vom Badezimmer nahm sie Seife und den restlichen Badezusatz mit, Kerzen waren auch noch da. Dann machte sie sich auf den Weg zum Bahnhof. Der Schnellzug, den sie nehmen musste, fuhr überraschend pünktlich ein.

Ein Herr, den Josefine am Abend zuvor in der Hotelhalle gesehen hatte, sass im gleichen Abteil. Zum Glück hatte sie einen Fensterplatz, da konnte sie in die Ferne schauen und im Spiegel der Fensterscheiben die Leute im Abteil beobachten. „Ausweis- und Gepäckkontrolle!" Die Abteilungstüre wurde aufgeschoben und ein Zugbegleiter verlangte Fahrkarte und Ausweis, ein anderer kontrollierte das Gepäck. Der Herr aus dem Hotel musste seine grosse Reisetasche auch öffnen und noch dazu alles auspacken. Zum Vorschein kamen Handtücher, Badetücher, Silberbesteck, Gläser, Kaffeeservice, Glühbirnen und sogar Nachttischlampen, alles Hotelware. Josefine erschrak und wagte kaum zu atmen. Sie zeigte Ausweis und Fahrkarte. Der Zugbegleiter war ganz erstaunt, was der alles eingepackt hatte, und kontrollierte bei ihr nur noch oberflächlich, lochte nicht einmal die Fahrkarte von Josefine. Der Herr musste alles wieder einpacken und wurde aufgefordert mitzukommen. Nach einer Weile kam er mit zufriedenem Gesicht und der vollen Tasche wieder zurück, zündete sich eine dicke Zigarre an und vernebelte damit das ganze Abteil. Josefine musste husten und zeigte mit dem Finger auf ihren Bauch. Das rührte ihn überhaupt nicht, er paffte weiter. Plötzlich stand der Schaffner nochmals in der Tür und fragte nach ihrer Fahrkarte.

„Ich glaub, ich hab sie nicht gezwickt", witzelte er, „ach, kommen Sie doch raus." Josefine war froh, aus dem verrauchten Abteil rauszukommen. „Schauen Sie", sagte der Schaffner, „das ist keine Fahrkarte dieser Klasse. Sie müssen vier Waggons nach hinten. Wollen Sie das mit all Ihrem Gepäck?" Sie zögerte. „Oder wollen Sie nachzahlen oder machen wir etwas unter uns ab", grinste er. „Es tut mir Leid", erwiderte sie, „aber ich habe nur noch wenig Geld, das reicht gerade noch für den Autobus, den ich noch nehmen muss." „Das soll ich Ihnen glauben, bei dem Gewand und der Reisetasche!? Ich kann Ihnen garantieren, der nächste Schaffner schmeisst Sie raus." Josefine: „Dann geh ich jetzt gleich in die Klasse, die ich bezahlt habe." Schaffner: „Ist überfüllt. Wollen Sie sich mein Angebot nicht noch mal überlegen?" Er nannte ihr eine Summe, ging aber schnell mit dem Preis immer tiefer. Josefine: „Entschuldigung, ich muss meine Sachen aufnehmen." „Habens vielleicht Zigaretten? Dann lass ich Sie da sitzen." „Nein, ich habe nichts dergleichen und dieses Abteil ist sowieso voller Rauch."

Sie bedankte sich bei dem Schaffner, setzte den Turban ab und schlang sich das Schultertuch um den Kopf. Die neuen Schuhe waren zwar schön, taten aber schrecklich weh. So wechselte sie die gegen ihre robusten Pumps aus und arbeitete sich vier Waggons nach hinten durch. Schon durchs Türfenster sah sie, wie vollgestopft der Waggon war. Die Toilettentür schlug auf und zu. Josefine sah hinein und erblickte einen Abfalleimer. Mit spitzen Fingern hob sie den Deckel an, der Eimer war leer und noch sauber. Sie sah sich um, zog den Eimer auf den Gang, holte Zeitungspapier aus ihrer Tasche, legte es auf den Eimer und setzte sich darauf. Ihr Gepäck ganz nahe links und rechts, den Rest verdeckte ihr Mantel. Ja, so sah es aus, als sässe sie auf einem Koffer. Später nahm sie noch ihre Decke hervor und deckte ihre Füsse und alles ringsum ab.

Vor Salzburg blieb der Zug für einige Stunden auf der Strecke stehen. Fliegeralarm, irgendwo in der Ferne. Die Bombeneinschläge konnte man im Zug spüren. Ein paar Frauen im Abteil schrien vor Angst, aber zum Glück passierte nichts. Josefine stand auf und konnte ein paar Schritte machen. Aus der Toilette fing es an zu stinken. Die Leute benutzten sie, obwohl es verboten war, wenn der Zug stand. Niemand getraute sich auszusteigen, denn der Zug könnte ja ohne sie weiterfahren. Josefine hielt sich das Tuch vor die Nase und öffnete das Toilettenfenster. Endlich setzte sich der Zug wieder in Bewegung. Ein paarmal musste sie umsteigen, bis sie endlich am nächsten Tag zu Hause war.

Sie schloss die Wohnungstür auf. Bevor sie den Mantel ablegte, versorgte sie alles Essbare sorgfältig. Sie nahm ein paar Bissen zu sich. Da sie noch allein war, legte sie sich auf das hinterste Bett, zog die Decke über den Kopf und schlief ein.

Später traf sie sich mit Karel und berichtete, was sie erlebt und gesehen hatte. Er hörte ihr liebevoll zu.

Der Tag nahm wieder seinen Lauf, aber es dauerte einige Zeit, bis sie sich von den Strapazen der Reise erholt hatte. Die Kinder hatten es gut gehabt und konnten, wieder zu hause, viel erzählen.

Im KZ Dachau lernte Franz den streng katholischen Pater Lenz kennen, der unter grosser Gefahr all das niederschrieb, was täglich passierte. „Wo ist Dein Gott?“, fragten ihn manche Insassen höhnisch, „warum lässt er das zu?“ Die schlimmsten Gotteslästerungen musste er über sich ergehen lassen. Pater Lenz: „Es sind die Menschen, die grausam sind, und nicht Gott. Gott ist Liebe. Wer fest an Gott glaubt, kann seine Liebe empfangen und sie weitergeben.“ Pater Lenz wusste, dass auch Franz viel niederschrieb und Zeichnungen dazu machte. Er meinte, Franz solle ihm das alles geben, denn die Sache könnte auffliegen und die Schriften verbrannt werden. „Wir haben jemanden ausserhalb des Lagers, der solche Dokumente aufbewahrt“, sagte er zu Franz, „und er kann Deine Aufzeichnungen in seinem Buch, das er, ‘Christus in Dachau‘ nennen wird, verwenden.“ Beschriebene Blätter gingen heimlich durch den Kiosk der Gärtnerei ins Freie. Zum Konzentrationslager gehörte eine riesige Plantage. Am sogenannten Kiosk konnten Leute von draussen Samen, Blumen und allerlei Gemüse kaufen, mit Ration Marken natürlich. Darunter waren viele Gläubige. Mit einigen Personen davon wurden die beschriebenen Blätter aus dem Lager geschmuggelt. Andererseits kamen auf diese Weise Medizin, Zigaretten und Sachen, die man gut gebrauchen konnte, wiederum ins Lager. Franz brachte alles, was er schrieb, zu Pater Lenz, aber er hütete sich, ihm seine eigentliche Meinung zu sagen. Er hielt den Pater für stur, gerissen und unverschämt vorsichtig. Der schleicht sich durch, dachte Franz, und kann am Ende auf diese Weise sein Leben retten. Es gab auch einen Bischof im Lager, doch der starb bei der ersten Typhus Epidemie. Alles, was die im Lager sogenannten ‚Pfaffen‘, die auch ‚Schwarze‘ genannt wurden, taten, musste im Geheimen geschehen. Nicht einmal bekreuzigen durften sie sich. Sie durften auch kein Kreuz haben oder etwas, das wie ein Kreuz aussah. Trotzdem gab es Kreuze, für Nichteingeweihte allerdings unsichtbar. Andererseits gab es eine Kapelle, welch ein Widerspruch, dachte Franz. Pater Lenz hatte wie die anderen Geistlichen ein grosses schwarzes X auf dem Rücken. Ansonsten war er von den anderen Leidensgenossen nicht zu unterscheiden, ausser, dass er sehr viele Pakete bekam. Er hatte vicle Freunde innerhalb und ausserhalb des Lagers.

Pater Lenz war im Lager Giessen und Mauthausen gewesen, bevor er nach Dachau kam. Franz erfuhr von ihm, dass in Mauthausen die „Grünen" die Macht hatten. Sie hiessen so, weil sie grüne Zeichen angenäht hatten, das waren die Kriminellen. Die KZ-Häftlinge waren durch angenähte Zeichen in Kategorien unterteilt: Die mit grünen auf der Brust waren die Kriminellen, schwarze hatten die Asozialen, rosafarbene die Homosexuellen, braune meist die Zigeuner. Franz als Politischer hatte ein rotes Zeichen. Die Juden trugen einen gelben Stern und so weiter.

Die „Grünen" seien Mörder und Verbrecher, erzählte Pater Lenz, ganz gemeine, unberechenbare Typen. Er gab Franz Tipps, wie er sich verhalten solle für den Fall, dass er dort hin käme. Pater Lenz kannte alle Tücken und Gefahren. Aber Franz hatte auch seine Tricks, um zu überleben. Insbesondere bewährte sich seine Fähigkeit zur Konzentration. Wenn zum Beispiel alle aus den Baracke antreten mussten, um stundenlang draussen zu stehen, dann fixierte er konzentriert einen Punkt und das Stehen wurde erträglicher.

Oder wenn sie zuschauen mussten, wie Mithäftlinge gequält wurden, dann konnte er hinschauen, ohne etwas zu sehen. Auch sein Gehör konnte er beeinflussen, so dass er meinte, etwas von weitem zu hören. Wenn es kalt war, redete er sich ein, es sei warm, was durch die hohe Konzentration seine Wirkung tat. Natürlich sah er damit nicht über die Grausamkeiten hinweg. Einmal musste er mit ansehen, wie die SS-Schergen so lange eiskaltes Wasser über zwei Nackte laufen liessen, bis sie zu Eisblöcken wurden und tot umfielen. Später hiess es: Tod durch Herzstillstand. Die abgemagerten, nackten Hintern, die geschlagen wurden, bis nur noch Hautfetzen herunter hingen. Dann die Menschen, die am Rücken gefesselt und an den Armen an einen Baum gehängt wurden und die ganze Nacht dort bleiben mussten. Pater Lenz erzählte von einem Wald, da waren hunderte so aufgehängt, das Schmerzensgestöhne war weit herum zu hören, man sprach spöttisch vom ‚singenden Wald'.

Da waren die Herren von der Selektion, die Menschen aufteilten, in Arbeitsfähige und die Arbeitsunfähigen, die danach zur Vergasung geschickt wurden.

Aber es gab auch Menschen im Lager, mit denen man nicht so brutal umging. Franz hörte, das seien Mitglieder der deutschen hohen Aristokratie und Politiker.

Eines Morgens um etwa vier Uhr früh hiess es: „Alles raus! Schnell! Schnell!" In jeden Waggon musste eine bestimmte Anzahl Menschen hinein.

Franz hatte seinen Platz, wenn man das so sagen kann, unter einem kleinen, vergitterten Fenster. Sein Gesicht an die Wand gepresst, bekam er kaum Luft. Er stemmte sich mit aller Kraft von der Wand weg, um nicht erdrückt zu werden. Hilfeschreie wurden laut und immer lauter: „Wanzen, alles voller Wanzen, die fressen uns auf, bevor wir ankommen." Franz sah das Ungeziefer in den Holzspalten und zerdrückte es mit seinen Fingernägeln, so dass die von deren Blut ganz rot wurden.

Die Reise schien unendlich. Es fing an, nach Urin zu stinken. Durst und Hunger liessen so manchen ohnmächtig werden, aber zum Umfallen war kein Platz. Endlich hielt der Zug und die Schiebetür wurde geöffnet, doch eine Stange hielt die abgemagerten Körper zurück. „Zurücktreten, sonst fliegt ihr alle raus." Nach und nach leerte sich der Waggon. Die Menschen konnten kaum einen Schritt machen, durch das stundenlange Stehen waren die Beine angeschwollen oder ganz steif geworden. Die Ohnmächtigen wurden auf die Seite gebracht und liegen gelassen, bis Sanitäter kamen und sie ins Lager Flossenburg brachten. Es roch nach verbranntem Fleisch. Entsetzen in den Augen der Angekommenen. Viele kannten den Geruch von Dachau her. Einer, der das nicht definieren konnte, sah in den Himmel hinauf und rief: „Es schneit! Seht doch, es schneit!" Er wusste noch nicht, dass diese ‚Schneeflocken' die Asche von verbrannten Menschen waren. Es waren ‚Knochenflocken'.

Franz kam in eine lang gestreckte Baracke, wo die nackten Leichen aussen herum bis unter die Fenster aufgestapelt waren. Obwohl die Öfen, in denen die Toten verbrannt wurden, Tag und Nacht in Betrieb waren, wurde der Leichenhaufen nicht kleiner.

Franz blieb nicht lange in diesem Lager. Die SS wolle hier keine politischen Gefangenen, erfuhr er von einem Blockführer. Er wurde in ein Gefängnis abgeschoben und zwar in die Festung Landsberg. Hier war Adolf Hitler in Haft gewesen, hatte er gehört. Hitler war 1924 vorzeitig entlassen worden. Franz dachte, wenn dieser verdammte Kerl da raus gekommen ist, werde auch ich nicht lange hier bleiben. Zu seinem Unglück musste er aber bis kurz vor Kriegsende bleiben und das zusammen mit Mördern und Verbrechern. Ihm fiel auf, dass hier nur ganz wenige Juden waren. „Die erschlagen sich gegenseitig", hiess es, „zur Belustigung der SS und der Gestapo, sogar deren Frauen schauten zu." „Ich hatte auch schon mal das Vergnügen, dabei zu sein", sagte der Gefängnisaufseher, der mit Franz mehr redete, als erlaubt war. Auch Franz und andere Insassen mussten antreten, um der ‚Belustigung' beizuwohnen. In einem bis zur Hüfte reichenden Wassertümpel standen zwei Juden und mussten Steine aus dem Wasser holen. Dabei kamen sie mit dem Gesicht in das dreckige Wasser, das den Aufsehern als Pissoir diente. Dann mussten sie sich die Steine gegenseitig auf den Kopf schlagen. Wer überlebt, so wurde ihnen gesagt, kann in die Freiheit, was aber gelogen war, denn es bedeutete nichts anderes als: ‚Wieder ein Jude weniger'. Franz konnte nicht glauben, dass sich die Männer wirklich die Steine auf den Kopf schlugen. Aber wahrhaftig, sie taten es. Das Blut rann ihnen übers Gesicht, vermischt mit dem dreckigen Wasser.

Die SS-Männer und auch einige Gefangene feuerten den Kampf an, bis einer von den beiden nicht mehr auftauchte. Ein SS-Mann schrie den Überlebenden an: „Du Dreckschwein, hast deinen Glaubensbruder vor uns allen getötet, Du Mörder!" Dann nahm er seine Pistole und schoss ihm in den Kopf. Danach mussten zwei katholische Priester, die auch im Gefängnis sassen, die Leichen aus dem Tümpel holen, sie entkleiden und mit sauberem Wasser abspritzen. Ausserhalb des Gefängnisses wurden sie dann irgendwo begraben. Diejenigen Gefangenen, die das „Wettspiel" nicht mit Rufen angefeuert hatten, wurden auf ganz besondere Weise bestraft. Sie bekamen die folgenden drei Tage zu jeder Mahlzeit nur eine Zwiebel zu essen. Franz war auch bei denen, die unter Aufsicht Zwiebeln essen mussten. Weil diese auch kaum etwas zu trinken bekamen, fing der Magen höllisch an zu brennen und zu schmerzen.

Inzwischen hatte Josefine ihre kleine Charlotte geboren, Karel freute sich sehr über seinen "schwarzen Murl", wie sie von Josefine, wegen den schwarzen Haaren und der bräunlichen Haut, genannt wurde.

Im Gefängnis Landsberg konnte Josefine Franz zweimal besuchen, und es war erlaubt, Esswaren mitzubringen. Beim zweiten Besuch begrüsste er sie kaum, wickelte die Sachen, die sie mitgebracht hatte, aus und schaute sie nur lange und durchdringend an: „Ist das alles, was Du bringst?“ Er war sehr enttäuscht, dass keine Zigaretten dabei waren. Als sie Franz so erlebte, konnte sie sich nicht vorstellen, wie es sein würde, wenn er wieder zu Hause wäre. Er tat ihr nur noch Leid. Stunden hatte sie gebraucht für die Fahrt zu ihm. Es war so schwierig, Lebensmittel aufzutreiben, und an Zigaretten hatte sie gar nicht gedacht, obwohl sie wusste, dass man sie eintauschen konnte und sich dadurch viele Vorteile verschaffte. Franz stank fürchterlich nach Schweissfüssen. Man hatte ihm nicht mitgeteilt, dass Besuch da war. Er wurde einfach aufgerufen und in den Besuchsraum geführt. Sie fragte ihn, ob er sich nicht waschen dürfe. Er erklärte, während er ass, dass er von früh bis spät in einer Grube sitze und dreckige getragene Lederschuhe auseinander nehmen müsse. In manche Schuhe war der Abdruck der Zehen so tief eingegraben, dass man annehmen musste, sie wurden ein Leben lang ohne Socken getragen. Das Leder wurde in die Waffenfabrik zur Wiederverwertung geliefert. Von einigen Schuhen wurde das Oberteil auf einen Schuhleisten aufgezogen und eine bessere Sohle angebracht. So lernte Franz das Handwerk des Schuhmachers.

Franz erzählte Josefine noch weiter von einem Mitgefangenen, der zum Suppenschöpfen eingeteilt war und den Leuten, die ihm nicht sympathisch waren, nur den oberen Teil der Suppe in den Blechnapf schöpfte. Den anderen holte er die Suppeneinlagen von unten herauf. Das hatte er dem Aufseher, der mit ihm schon mehr als nur ein Wort gesprochen hatte, mit vorsichtig gewählten Worten mitgeteilt. So musste Franz von nun an immer dabeistehen und die

Suppe aufrühren. Wenn er nicht aufpasste, bekam er als Letzter nur eine halbe Portion, manchmal sogar eine noch kleinere Portion. Dabei grinste sich der Suppenschöpfer, ein Gangster durch und durch, eins in die Brust.

Josefine und Karel hörten im verbotenen, ausländischen Radiosender, dass das Kriegsende bald kommen würde. Sie machten sich Gedanken, wie es dann mit ihnen weitergehen solle, denn sie wollten sich nicht trennen. Karel wollte unbedingt nach Bulgarien zurück und dort einen Gärtnerei aufbauen. Josefine wollte mit und je näher das Kriegsende kam, desto stärker wurde ihr Drang, mit Karel mit zugehen. Jedoch musste sie für die Kinder eine Lösung finden. Sie war bereit, die Kinder aufzugeben, um ihrer grossen Liebe folgen zu können. In letzter Zeit halfen sie und die Kinder in der Gärtnerei mit. Sie waren recht fleissig und bekamen dann immer etwas von Karel geschenkt. Nach der Arbeit setzten sie sich auf wattierte Decken im kleinen Lehmhäuschen und Ismir gab ihnen zu essen. Oft blieben sie über Nacht. Eines Nachts biss eine Ratte ein Stück von Fredis Ohr ab. Er schrie auf und wollte sofort nach Hause. Ismir desinfizierte die Wunde mit Alkohol, was wiederum höllisch brannte. Er schaute nach, woher die Ratte gekommen sein konnte, und entdeckte hinter den dicken Papiertapeten ein Nest mit frisch geborenen Jungen.

Die Zeit kam, wo sich Josefine von den Kindern trennen wollte.

Zuerst traf sie sich mit Frau Slavic, Emers Turnlehrerin. Emer war jetzt ein strammer junger Mann, trainierte fleissig Akrobatik mit ihr und besuchte sie auch privat, fast ein wenig zu oft. Doch sie wollte sich in dieser Lage keine neuen Sorgen darüber machen, was die beiden taten oder auch nicht taten. Emer schien glücklich zu sein, das war momentan die Hauptsache. Josefine und Frau Slavic einigten sich dahingehend, dass Emer bei ihr einzieht und sie ihm hilft, eine Lehrstelle zu suchen. Für Spengler oder Tischler wäre die Gelegenheit vorhanden. Sie übergab ihr Emers Papiere und bat sie, bei der Gemeinde oder Fürsorge für einen finanziellen Zustupf zu sorgen. Frau Slavic versprach, ihn wie ihren eigenen Sohn zu behandeln, bis sie wieder zurück sei. Josefine hatte ihr vorgelogen, sie müsse ihrem Mann helfen. Die Kinder könne sie nicht mitnehmen, weil sie keine Ahnung habe, wie lange das dauern würde.

Reinhard und Christine machte sie den Bauersleuten Katz regelrecht zum Geschenk. Die nahmen die Kinder gerne an, obwohl sie selbst nicht viel hatten, denn alle landwirtschaftlichen Produkte durften nur gegen Ration Marken abgegeben werden. Alles Übrige wurde regelmässig von der Gemeinde eingesammelt, und deshalb musste sogar Bauer Katz im Bergbau was dazuverdienen. Josefine nahm Christine noch die Vergissmeinnicht-Ohrringe ab, damit sie die nicht verliere, schwindelte sie. Christine war zwar traurig, wehrte sich aber nicht. Christine hatte die Ohrringe jeden Abend abgezogen, sie in ein Tüchlein, das ihr Grossmutter dazu gegeben hatte, eingewickelt und unter ihr Kopfkissen gelegt.

Als sie bei Bauer Katz ankamen, zeigte Bäuerin Katz den Kindern, wo sie schlafen würden, währenddessen schlich sich Josefine aus dem Hause und rannte den Hügel hinunter und davon. Die Bäuerin war geschockt, als sie merkte, dass sie sich nicht einmal verabschiedet hatte. Sie tröstete die Kinder: „Sie kommt Euch sicher bald besuchen." Doch den beiden schien das nicht viel auszumachen. Sie assen ein Stück Brot und setzten sich friedlich auf die Bank vor dem Haus. Leider kam immer wieder die SS und holte, was zu holen war, sogar die Saatsäcke nahmen sie zuletzt mit.

Sohn Fredi stellte Josefine einfach vor Alfreds Tür, zusammen mit seinen Sachen; liess ihn aber erst allein, als sie sich überzeugt hatte, dass Alfred zu Hause war. Sie redete auf ihn ein, dass er bei Onkel Alfred zu Besuch bleiben dürfe, und versprach, ihn so bald wie möglich wieder abzuholen. Fredi zurückzulassen, fiel ihr am allerschwersten. Sie hörte Alfred noch rufen, lief aber mit Tränen in den Augen davon.

Dann war da noch Charlotte, das Kind von Karel, das die dunkel getönte Haut des Vaters hatte. Ein Kind der Liebe, wie sie sagte, das wollte sie mitnehmen. Von nun an blieb sie in der Gärtnerei und liess sich nicht mehr in der Stadt blicken. Karel hatte manchmal Zweifel, ob Charlotte wirklich sein Kind war, da sie doch Franz getroffen hatte. Doch er liebte die Kleine und auch Josefine sehr, so dass er sich entschlossen hat keine Fragen zu stellte.

Es war streng verboten, mit dem ausländischen Volk, das als Zwangsarbeiter überall eingesetzt war, sich zu unterhalten oder ihnen Essen zu zustecken. Beim Gärtner war es ein bisschen lockerer, da er in der Gärtnerei keinen Vorgesetzten hatte und nur manchmal kontrolliert wurde. Aber man musste trotzdem vorsichtig sein.

Karel bemühte sich bei der Gemeinde, freigelassen zu werden. Überall hörte man, „es geht höchstens noch ein paar Tagen, dann marschieren die Engländer bei uns ein.“ Er musste auf verschiedene Ämter, doch niemand wollte etwas mit ihm und Ismir zu tun haben.

Nur Fräulein Herzig im Amt, zeigte Courage und stellte auf eigene Faust ein Entlassungszeugnis aus. Sie brachte sogar noch einen Kollegen dazu, mit zu unterschreiben und die Stempel gratis anzubringen. Sie hatte genug von all dem Durcheinander und war froh, die beiden nicht mehr im Amt zu sehen. Ismir traf in der Gemeinde auf bulgarische Frauen, die in der Waffenfabrik gearbeitet hatten. Dort gab es fast kein Material mehr, die Kriegsgegner hatten noch dazu sabotiert, in die Maschinen Sand gestreut und sie so zum Stillstand gebracht. Die Frauen hatte man einfach freigelassen, einige davon waren erst kürzlich von Deutschland hierher transportiert worden, manche hatten orange Haare, das käme vom Pulver, mit dem sie die Bomben und Patronen abfüllten ohne Atemschutz, erzählten sie.

Eine Frau, sie stellte sich als Pirscha vor, etwas jünger als Ismir, bat ihn um Hilfe. Ihre Familie habe sie gewarnt, sie solle nicht nach Bulgarien zurückkehren, denn dort würden alle, die für den Feind gearbeitet haben, erschossen. Dabei seien sie ja nicht freiwillig zum Feind gegangen. Sie selber sei gewaltsam von ihrem Elternhaus, mit noch vielen anderen vom Dorf, abtransportiert worden. Zu deren Beruhigung hatte man versprochen, sie würden als Arbeiter eingesetzt und könnten etwas verdienen. Man hatte gerade so viel bekommen, dass man in der Fabrikkantine ein Essen bezahlen konnte. Sogar für die Seife aus Italien mussten sie bezahlen, die, wie sie später erfuhren, aus Menschenknochen gemacht worden war. Ismir hörte sich das alles an und zögerte eine Weile, nahm sie aber dann mit in die Gärtnerei, obwohl es im Lehmhäuschen schon sehr eng war. Doch es war nicht mehr so gefährlich, denn die Kontrolleure hatten sich in letzter Zeit nicht mehr blicken lassen. Einige SSler waren bereits abgehauen oder irgendwo untergetaucht.

Ismir beschloss mit Pirscha, der jungen Frau, die er aufgenommen hatte, vorläufig in der Gärtnerei zu bleiben. Er fühlte sich zu ihr hingezogen und machte verliebte Gesten. Sie wiederum liess ihn nicht aus den Augen und arbeitete den ganzen Tag mit ihm Seite an Seite.

Karel besprach sich mit Josefine. Wenn es soweit sei, wollten sie nur das mitnehmen, was sie leicht tragen könnten. Die Reise nach Bulgarien würde nicht einfach sein. Daraufhin besuchte Josefine Berta. Mit der Ausrede, Franz aus dem Gefängnis zu helfen, versuchte sie wieder mal von Berta Geld zu bekommen. Berta gab, was sie für vernünftig hielt, und wünschte viel Erfolg. Auch sie habe schon gehört, dass der Krieg nur noch Tage dauern könne. In Gefängnissen und Konzentrationslagern, hörte man im Radio London, haben sich die SS-Leute mit einem Aufruf an die Insassen gewandt, um Freiwillige zu rekrutieren und sie noch in letzter Minute an die Front zu schicken. Jetzt wusste man, dass das Ende des Krieges vor der Tür stand. Allerdings wurden in manchen Landesteilen immer noch Jugendliche einberufen. Es war schrecklich zu sehen, wie sie den Befehl befolgen mussten und wie sich viele nicht von ihren Müttern trennen wollten. Die Jungen kamen für kurze Zeit in ein Trainingslager und mussten anschliessend zum Einsatz.

Karel und Josefine wollten weg! Weg! So schnell wie möglich nach Bulgarien. Sie überlegten mit anderen Landsleuten, wie sie sich durchschlagen könnten, denn noch war der Krieg ja nicht zu Ende. Doch warten wollte keiner mehr. So machten sie einen Treffpunkt am Bahnhof in der Grossstadt aus, vereinzelt fuhren ja noch Züge in verschiedene Richtungen. Es gab also Hoffnung durchzukommen. Einer schlug vor, per Schiff die Donau hinunter zufahren unter neutraler Flagge. Doch plötzlich kam für Karel und Josefine alles anders als geplant.

Franz wurde entlassen. Vom Gefängnis hatte er sich zu Fuss auf den Weg machen müssen. Bei einer halb zerbombten Kirche, an der er vorbei kam, roch es nach feinem Essen. Er schaute sich um und sah, eine dicke Köchin an einem Herd stehen. „Grüss Gott“, begrüsste er sie, „ich möchte Sie nicht anbetteln, aber ich bin unterwegs nach Hause und habe schon lang nichts mehr gegessen.“ „Haben Sie mich jetzt erschreckt“, sagte die Frau, „Sie sehen ja aus wie ein vom Tode Auferstandener. Wir haben auch nicht viel, aber ein bisschen Reis werde ich Ihnen geben können.“ Franz nahm dankend an und ass den Reis, erstickte aber fast daran, so trocken war er. Obwohl die Köchin heisse Brühe darüber tat, hatte er immer noch Mühe, den Reis zu schlucken. „Nehmen Sie sich Zeit“, mahnte sie. Als er endlich fertig war, stand er auf, sackte aber gleich wieder zusammen, schrie vor Schmerz auf und presste seine Hände auf den Bauch. Später stellte sich heraus, dass er sich eine Magensenkung, von dem schweren Reis, zugezogen hatte. Immer noch den Bauch haltend, verabschiedete er sich dankend von der Köchin und machte sich wieder auf den Weg. Tage danach traf er in seiner Wohnung in Vordersberg ein. Es war niemand da. Darauf ging er zu Berta, die ihn hocherfreut empfing. Von ihr erfuhr er, dass Josefine auf dem Weg zu ihm ins Gefängnis sei. Wo die Kinder waren, wusste sie nicht. Alfred war auch schon eine Zeitlang nicht mehr bei ihr gewesen. Franz nahm sich vor, zu Alfred zu gehen, liess sich aber vorher von seiner Schwester noch eine kleine Mahlzeit geben. Während er ass, erzählte er, wie es ihm ergangen war.

Berta sah, das Franz die Haare abgeschoren hatte und die Wangen tief eingefallen waren. Aber er trug ganz anständige Schuhe und einen passablen braunen Anzug mit grauem Hemd. Dies hatte er bei seiner Entlassung noch im Gefängnis bekommen, allerdings keine Socken, keinen Hut und keine Krawatte, die ihm immer so wichtig waren. Das war denn auch das Erste, wonach er fragte. Berta hatte noch Hut und

Krawatte von Vater. Alsdann begab sich Franz zu Alfred, um sich nach Josefine und den Kindern zu erkundigen.

„Josefine wollte irgendwohin, ohne die Kinder mitzunehmen“, sagte sein Bruder, „ich habe keine Ahnung, wohin sie gegangen ist. Fredi hat es mir erzählt, er ist tagsüber bei der Nachbarin, abends kommt er zu mir zum Schlafen. Ich habe mich noch nicht weiter bemühen können, um der Sache nachzugehen.“ Franz: „Berta hat mir gesagt, sie sei auf dem Weg zum Gefängnis, um mich dort raus- oder abzuholen. So wird sie nach ein paar Tagen sicher wieder auftauchen.“ Alfred gab ihm ein wenig Geld für den Haushalt mit.

Als er bei Frau Gasser nach Lebensmitteln fragte, schickte sie ihn zuerst in die Gemeinde, um Lebensmittelmarken zu holen. Sie sagte, sie könne nicht einfach so über den Ladentisch verkaufen, die Rationen würden kleiner und immer kleiner. So ging er die Stadt hinunter zur Gemeinde, die aber schickte ihn wiederum in den Stadtpark, wo zu seinem Staunen die neue Ausgabestelle für Lebensmittelmarken und auch die Fürsorge in diesem schönen Holzhaus untergebracht waren. Franz ging hinein und meldete sich zuerst zurück. Das war im Büro, wo sich zufälligerweise auch Ismir befand. „Ihre Entlassungspapiere brauche ich noch“, sagte das Fräulein und meinte dann, als sie sah, mit wem sie es zu tun hatte: „Ah, Herr Remi, da wird Ihre Frau aber sehr glücklich sein, dass Sie zurück gekommen sind. So viele Frauen haben wir noch in der Stadt, die auf ihre Männer warten.“ Das hörte Ismir und horchte auf. Remi, ging es ihm durch den Kopf, Josefine heisst doch Remi. Er schlich sich aus dem Büro und ging mit grossen Schritten in die Gärtnerei zurück. „Karel! Karel! Komm, ich muss Dir was sagen.“ Als Karel hörte, dass Josefines Ehemann wieder da sei, schoss ihm sofort durch den Kopf, wie er vorgehen müsse, um Josefine nicht zu verlieren. Aber vorerst musste er sich überzeugen, ob Ismir Recht hatte, und selbst nachsehen, ob Franz zu Hause war. Er verbot Ismir, irgendjemandem davon zu berichten. Spätabends sprang er über die Zäune, so wie damals, als er sich heimlich mit Josefine getroffen hatte. Da Karel und Ismir wegen der Enge im Lehmhäuschen die Gartenwerkzeug-Hütte zum Übernachten eingerichtet hatten, merkte Josefine nichts von alledem. Die zwei Frauen und die kleine Charlotte schliefen im kleinen Lehmhäuschen, das jeden Abend von innen fest abgeklopft wurde, damit sich keine Mäuse und Ratten einnisteten.

Karel schlich zu Franzens Wohnung. Ja, es brannte Licht. Er ging vorsichtig ans Fenster, spähte hinein und sah einen abgemagerten Mann mit Glatze, der sich in einer emaillierten Schüssel wusch. Er hockte sich einen Moment nieder. Als er dann noch einmal durchs Fenster schaute, sah er, wie Franz einen langen Gegenstand aus seiner schwarzen Hose zog und ihn neben sich legte. Es war ein innen mit Stahl verstärkter Gummiknüppel, den kannte er von Lager her. Den hatte Franz sicher aus dem Gefängnis mitgehen lassen. Damit wurden die Gefangenen geschlagen. Eigentlich war es nur ein Stück von einem gummierten Stahldraht, an einem Ende mit Wundpflaster umwickelt, das ganz abgegriffen war. Karel ging zurück in die Gartenwerkzeug-Hütte und legte sich hin. „Na und", fragte Ismir, „ist er da? Sag schon was." „Ja, Du hast Recht, er ist da." Ismir: „Und was jetzt weiter?" Karel: „Josefine muss in die Grossstadt, die Kleine kann sie hier lassen, Deine Freundin kann auf sie aufpassen. Auf jeden Fall muss sie aus der Stadt raus, sie darf nicht erfahren, dass ihr Mann zurück ist. Komm, lass uns jetzt schlafen."

Sehr früh am nächsten Morgen redete Karel mit Josefine. „Hör mal, wir müssen etwas unternehmen, um hier weg zukommen. Es würde uns allen helfen, wenn Du in di Grossstadt fährst, um einen Weg zu finden. Du bist sehr gewandt, ich habe das Gefühl, in sagen wir zwei Tagen wirst Du etwas gefunden haben. Pirscha wird derweil auf die Kleine aufpassen." Josefine erklärte sich damit einverstanden. Sie freute sich, dass Karel ihr diese Aufgabe zutraute. Also packte sie ein paar Sachen in ihre Reisetasche und ging hinter der Gärtnerei neben dem Bahngeleise Richtung Bahnhof.

Im Zug setzte sich eine Frau neben Josefine, die vorgab, sie zu kennen. Sie quatschte auch gleich los und fragte, wohin sie denn reise? „Ich werde meinen Mann treffen", log Josefine, „wir müssen einiges zusammen erledigen, dann fahren wir nach Hause. Darf ich Sie jetzt fragen, wer Sie sind? Ich kann mich nicht erinnern, Ihnen begegnet zu sein." „Ach, Entschuldigung, Edita Petritsch, Schaustellerin, wir mussten uns in Vordersberg niederlassen, bis es hoffentlich bald ruhiger wird. Wir haben einen Wohnwagen unter der kleinen Murbrücke abgestellt sowie eine Rundschaukel und noch Teile von einem Ringelspiel. Unser Vater ist dort geblieben, um auf das Zeug aufzupassen. Wir haben alles unter Brettern und Planen und Sträuchern versteckt. Von Zeit zu Zeit, so wie auch heute, geh ich nachschauen.

Die Murbrücke steht noch halbwegs, ist bisher noch nicht richtig in die Schusslinie geraten." Sie machte eine Pause und schaute Josefine bewundernd an: „Ich weiss, dass Sie früher auch herumgereist sind, als Bühnenkünstlerin. Oder wie nennt man diesen Beruf? Ich habe mich nie getraut, mich mit Ihnen gleichzustellen. Künstler sind sehr sensible Leute, habe ich mir sagen lassen, darum wagte ich nicht, Sie auf der Strasse anzusprechen." Josefine wurde hellhörig, fragte, ob sie im Wohnwagen übernachte, wie viele darin Platz hätten und von wem er jetzt bewohnt sei.

„Im Moment schläft nur der Vater da", erzählte Frau Petritsch leise, „aber noch viel lieber schläft er im Freien, genauer gesagt in einer der Schaukeln, da hat er sich eingebettet. Er passt wirklich auf die Sachen auf, die uns noch geblieben sind. Besonders jetzt, wo man hört, der Krieg ist bald zu Ende." Weiter erzählte Frau Petritsch, dass noch andere Wohnwagen dort stünden, eng zusammengerückt. Josefine meinte, das würde sie gerne mal anschauen, denn früher seien sie auch in Wohnwagen herumgereist, in sehr eleganten, ihr Sohn Emer würde davon fast nicht loskommen. Frau Petritsch: „Wenn Sie mal in der Nähe sind, kommen Sie einfach vorbei, es kann ja sein, dass ich dann auch dort bin. Ich bleibe immer ein paar Tage und versuche, alles in Ordnung zu halten."

Am Zielbahnhof angekommen, wurde Edita Petritsch von einer Frau begrüsst, die nach Vordersberg wollte. „Das ist Frau Remi", sagte Frau Petritsch, dann stellte sie Fräulein Semmel vor, „ich glaube, Du kennst einen Herrn Remi, wenn ich mich nicht täusche." „Ach ja, der hat mal kurz für meinen Chef gearbeitet." Sie streckte Josefine die Hand hin, doch diese hatte beide Hände voll und bekundete, sie habe es eilig. Mit einem „Adieu" verabschiedete sie sich rasch und wendete sich ab, wusste aber nicht wohin. Was jetzt? Etwas verloren ging sie durch die Bahnhofshalle zum Ausgang und stand plötzlich vor einer fürchterlich zerbombten Stadt. Die Hausmauern, die noch standen, waren mit Einschusslöchern übersät. Sie sah Rotkreuz-Schwestern, die Suppe verteilten, aber man musste sein Geschirr mitbringen.

Sie ging zurück in die Bahnhofshalle und suchte nach Bulgaren, die ihr helfen könnten, sah aber nur jämmerliche Gestalten. Einer bettelte sie an. „Draussen gibt es Suppe", wehrte sie ab und begab sich zu einem Auskunftsschalter. „Ja bitte?", hörte sie den Schalterbeamten. „Ich möchte zu

Verwandten nach Bulgarien reisen, weiss aber nicht, was für einen Weg ich da einschlagen muss, mit welchem Zug ich fahren kann? Etwas nordöstlich der Stadt Silistra in der Donauebene sind die daheim. In zwei Tagen möchte ich abreisen." Der Schalterbeamte: „Also, der kürzeste Weg, wenn man auf die Landkarte schaut, wäre über Jugoslawien. Oder man könnte über Ungarn und Rumänien fahren. Aber wir sind noch im Krieg, ich kann Ihnen nicht sagen, ob Sie vorwärts kommen. An Ihrer Stelle würde ich abwarten oder Sie machen, wenn es möglich ist, eine schöne Donaufahrt, wenn es schon an der Donau liegt, wo Sie hin wollen. Das wäre auch nicht übel, kostet aber sicher einiges mehr als mit anderen Transportmitteln." Josefine: „Ich will aber nicht warten, vielleicht lebe ich dann gar nicht mehr. Es gibt ja immer wieder Bomben, die vom blauen Himmel hier herunterkommen." Hinter ihr drängten sich Leute, die auch eine Auskunft wollten. Der Schalterbeamte lehnte sich vor und schaute nach links und nach rechts: „Wissens was, in drei Stunden werde ich abgelöst, dann könnten wir bei mir zu Hause die Landkarte studieren. Inzwischen werde ich mich erkundigen, welcher Weg der beste ist. Sie können sich das ja überlegen. Mehr kann ich für Sie im Moment nicht tun. Auf Wiedersehen. Der Nächste bitte!" Josefine wurde auf die Seite geschoben. Sie empörte sich: „Von wegen... zu ihm nach Hause gehen! So eine Frechheit!" Sie verliess die Bahnhofshalle, setzte sich auf einen Trümmerhaufen und überlegte, wie sie eigentlich als junges Mädchen mit ihrer Familie nach Bulgarien gekommen war. Im Wohnwagen, erinnerte sie sich, aber welche Strecke sie da genommen hatten, das wusste sie nicht mehr. An die Hauptstadt Sofia hatte sie noch eine vage Erinnerung. Da waren so schöne grosse Bauten, eng beieinander, mit vielen goldenen Kuppeln und mit hohen Säulen.

In der Zwischenzeit war, Fräulein Semmel, die Bekannte von Frau Petritsch in Vordersberg angekommen, und wie es der Zufall so wollte, begegnete sie Franz auf der Strasse. Allerdings hätte sie ihn nie erkannt, wenn er sie nicht angesprochen hätte: „Hallo, Fräulein Semmel." Fräulein Semmel schrie fast auf und hielt sich vor Entsetzen die Hand vor den Mund: „Jesus, Gott! Sind Sie es, Herr Remi? Ich hätte Sie nicht erkannt. Wo waren Sie denn, dass Sie so verändert ausschauen?" Franz: „Ist es wirklich so schlimm? Die Leute, die ich bisher getroffen habe, haben nichts gesagt, nur dass ich mager sei, aber da bin ich ja nicht der Einzige. Wird schon wieder werden, Fräulein Semmel, Sie werden sehen, in kürzester Zeit bin ich wieder ein fescher Kerl", witzelte er. „Ich habe Ihre Frau am Bahnhof getroffen", berichtete sie, „aber nur kurz, denn ich musste zu meinem Zug, und sie hatte es auch sehr eilig, so konnten wir uns nur guten Tag sagen." „Am Bahnhof in der Grossstadt, sagen Sie? Wann fährt der nächste Zug? Vielleicht kann ich sie noch erwischen, bevor sie weiterfährt. Ich habe erfahren, dass sie mich abholen wollte. Aber da, wo ich herkomme, dahin gelangt sie nicht so schnell, dahin geht, glaube ich, kein Zug." „Der Zug zum Hauptbahnhof pendelt immer hin und her", erklärte Fräulein Semmel, „wenn Sie sich beeilen, erwischen Sie den noch, mit dem ich gekommen bin." Franz hatte Glück. Er konnte gerade noch auf den Zug aufspringen, bevor er abfuhr.

Josefine hatte inzwischen die Toilette des Bahnhofrestaurants aufgesucht, betrachtete sich im Spiegel und überlegte, warum der Auskunftsmensch sie so niedrig einschätzen konnte. Sie fand, sie sah seriös aus. Sie rückte ihre Frisur zurecht und ging zurück durchs Restaurant. Ein Servicewagen stand im Weg, darauf eine kleine leere

Salatschüssel. Wie der Blitz zog sie die in ihren Faltenrock und huschte ins Freie. Hastig lief sie in die Richtung, wo die Suppe ausgeschöpft wurde. Sie wollte Geld sparen. Der riesige Topf war fast leer, als sie ihr Salat Schüsselchen hinhielt. Aber es reichte noch für eine kleine Mahlzeit und ein halbes Stück Brot bekam sie noch dazu. Sie setzte sich auf den nächsten grossen Stein und trank ihre Suppe, Löffel hatte sie ja keinen. Das Brot hob sie für später auf. Sie sah, wie sich die Rotkreuz-Leute die Hände an einem Wasserrohr wuschen. So tat sie das auch, wusch zugleich ihr Schüsselchen aus und verstaute es in ihre Tasche.

Ein halb verrosteter Autobus hielt neben dem Bahnhof. Dreckig sieht er aus, muss wohl von weit hergekommen sein, dachte sie. Die Leute, die ausstiegen, waren bepackt mit Bündeln und Taschen. Josefine hörte verschiedene Sprachen. „Von woher kommt ihr denn alle?", wandte sie sich an eine Frau. „Ich komme aus der Vorstadt", antwortete sie, „ich weiss nicht, von woher die anderen kommen." Josefine fragte den Chauffeur, ob auch Busse nach Jugoslawien fahren oder nach Ungarn. Sie frage deshalb, weil sie nach Bulgarien möchte. „Oh je", sagte der Chauffeur, „zu den Partisanen nach Jugoslawien möchte ich jetzt wirklich nicht und in Ungarn marschieren bald die Russen ein. Wie weit Busse noch fahren können, kann ich Ihnen wirklich nicht sagen. Jeder schlägt sich so irgendwie durch. Dort drüben im Kiosk, an der 'Trafik' erfahren Sie mehr."

Er schloss die Tür, denn er musste einem anderen Bus ausweichen. Josefine ging wieder zurück in die Bahnhofshalle, in der Hoffnung, dort eine Lösung zu finden. Sie sah die gleichen kläglichen Personen von vorher herumstehen. Auch der Mann, der sie angebettelt hatte, war darunter. Sie fragte trotzdem in die Gruppe hinein, ob jemand eine Möglichkeit sehe, nach Bulgarien zu kommen. Ein Mann mit klugen

Augen löste sich von den Leuten und sagte in gebrochenem Deutsch: „Ich bin Ungar. Warum wollen Sie nach Bulgarien?" „Ich habe keine Zeit, Ihnen meine Lebensgeschichte zu erzählen", antwortete sie auf Ungarisch, „wissen Sie einen Weg?" „Einfach wäre Budapest, weiter nach Rumänien." „Das weiss ich auch", sagte sie etwas gereizt, „aber wie, das wollte ich wissen, wie komme ich dorthin?" „Mit Zug, Bus, Esel Wagen, Pferde Wagen, zu Fuss. Einfach losgehen, Bomben ausweichen und nicht vom Feind erwischen lassen. Ist Krieg und böse Männer überall. Vielleicht kommst Du durch oder vielleicht auch nicht, wer weiss. Vielleicht weiss es der liebe Gott, der so viele böse Menschen auf dieser Welt gelassen hat, hm? In der Munitionsfabrik ist der Krieg zu Ende. Kein Material übrig, die letzten Patronen werden nicht mehr funktionieren. Ist alles nur noch Fassade. Wir mussten dort arbeiten, Tag und Nacht, viele Stunden für ein Stück Brot und schlechte Suppe. Zuletzt gab es besseres Essen, weil es keinen Arbeiternachschub mehr gab. Da hielten sie uns am Leben. Arbeit macht frei! Schon mal gehört?"

Dieser Mensch, dachte Josefine, wolle seine Geschichte loswerden und hörte gar nicht mehr hin. Ihr Ziel war jetzt die „Trafik" und so wollte sie durch die Bahnhofshalle, da hielt ihr jemand von hinten die Augen zu. „Wer bin ich?", hörte sie die Stimme von Franz. Seine groben Finger rochen nach Zigaretten. Sie konnte sich nur noch umdrehen, dann versagten ihre Knie. Franz stützte sie und suchte mit einer Hand in ihrer Reisetasche nach etwas Trinkbarem. Er wusste, dass sie immer etwas dabei hatte, gab ihr einen Schluck aus einer Flasche und stellte sie wieder auf die Füsse. Unbeirrt gingen Leute vorbei, es gab Schlimmeres als einen Schwächeanfall. Franz brachte sie an die frische Luft und setzte sich neben sie auf den Stein, auf dem sie schon vorher gesessen hatte. Sie wagte nicht, ihn anzusehen. Ihre Augen könnten verraten, was sie vorhatte. Jetzt erst nahm sie die vielen Kriegskrüppel wahr. Menschen ohne Beine, mit Verband am Kopf, mit einem Arm ab, mit einem zugebundenen Auge. Franz sagte: „Komm, wir fahren nach Hause, dort sieht es besser aus.“ Und so geschah es. Mit dem Pendler, der an jedem Schutthaufen hielt, ging es nach Vordersberg zurück. Franz drückte sie in die Fensterecke und schlief, sich an ihr anlehnend, mit weit offenem Mund ein, den Hut hatte er tief ins Gesicht gezogen. Josefine sah aus dem Fenster und weinte die ganze Strecke in sich hinein.

Zu Hause zog sie die Schuhe aus und legte sich mitsamt den Kleidern aufs Bett. Franz legte sich neben sie und wollte sie küssen. Sie schob ihn zur Seite. Da wurde er wütend und fiel über sie her. Doch sie war die Stärkere und schimpfte, ob er nur wegen dem nach Hause gekommen sei. Mit seiner knochigen Hand gab er ihr eine kräftige Ohrfeige, boxte sie in die Rippen und gab ihr einen Tritt in den Bauch. Sie schrie los, da hämmerte jemand an die Tür. Franz hielt ihr mit einer Hand den Mund zu, mit der anderen hielt er sie am Hals. Sie solle ja still sein, zischte er, schlüpfte in seine Schuhe, schnappte sich Hut und Jacke und öffnete die Tür.

Es war Florenz, der die beiden in die Wohnung hatte gehen sehen. Er war schwerhörig geworden durch den Lärm in seiner Werkstatt und hatte nichts von dem mitbekommen, was hinter der Tür passiert war. Josefine hörte eine herzliche Begrüssung, und die beiden Männer beschlossen, zu Ferdinand zu gehen, um zu schauen, wie es dem gehe. Franz sperrte Josefine ein und nahm den Schlüssel mit. Durch die Gitterfenster konnte sie nicht entkommen, und, selbst wenn sie rufen würde, konnte ihr niemand helfen.

Franz kam spät nach Hause. Er war betrunken und ihm war Speiübel. Er wollte zum Klo, schaffte es nicht mehr und kotzte überallhin. Josefine wollte ihm einen Eimer unterhalten, doch den schlug er aus. Urin Gestank machte sich breit. Sie öffnete die Fenster. Er jammerte, es täte ihm alles weh und Durst habe er, sie solle ihm endlich was zu trinken bringen. Sie brachte ihm ein Glas Wasser und eine Schüssel voll Wasser zum Waschen, sowie ein Tuch zum Abtrocknen. Dann machte sie sich daran, das Gekotze aufzuputzen. Es ekelte sie und sie band sich ein leicht mit Lavendel parfümiertes Tuch um die Nase. Leise weinte sie vor sich hin. Franz schälte sich aus der verpissten Hose und schmiss sie in die Ecke. Wusch sich noch wackelig den Hintern und die Beine, dann kroch er unter die Bettdecke. „Mach die Fenster zu", schimpfte er, „sonst krieg ich noch eine Lungenentzündung. Mit dieser KZ-Masche kannst Du mich nicht ins Jenseits befördern." Dann murmelte er noch die gemeinsten Sachen vor sich hin, bis er einschlief. Josefine machte alles sauber, wusch seine Hose, hängte sie auf und nahm sich vor, zur Gärtnerei zu laufen.

Es ist drei Uhr früh, überlegte sie, da ist bestimmt niemand auf der Strasse. Trotzdem kletterte sie zur Vorsicht über einige Gartenzäune, bevor sie auf der Strasse weiterging. Sie kam zu den Bahnschienen, schlüpfte durch das getarnte Schlupfloch hinter den Büschen und ging zuerst zur Werkzeughütte, klopfte leise an und rief Karels Namen. Es dauerte nicht lange, da stand er mit einer Taschenlampe vor ihr. „Bist Du schon zurück? Was ist passiert?" Sie erzählte, dass die meisten Leute den Krieg noch fürchteten und sie den Rat bekommen habe, mit der Reise zu warten, es sei zu gefährlich, durch Jugoslawien oder durch Ungarn zu gehen, speziell, wenn man die Länder nicht so kenne und sich durchfragen müsse, man könne auch leicht in eine Falle geraten. „Ich sehe es ein", sagte Karel, „es ist besser, wenn wir abwarten."

Dann erst erzählte sie von Franz, und Karel gestand ihr, von seiner Rückkehr gewusst zu haben und dass er so gehandelt habe, weil er sie nicht verlieren wollte. „Bei mir kannst Du jetzt nicht mehr bleiben", fuhr er fort, „Du musst mit Charlotte vorläufig zurück zu Franz." Er nahm ihr Gesicht zärtlich in die Hände und konnte Gott sei Dank in dem Licht den Handabdruck auf ihrer Wange nicht sehen. Sie war froh, er sollte sie schön in Erinnerung behalten. Er wischte ihre Tränen mit seinem Taschentuch ab, drückte seine Lippen darauf und sagte: „Das kannst mitnehmen." Dann küsste er sie und deutete nach oben: „Schau in den Himmel, unsere Sterne reisen schon, ich hol jetzt unsere Kleine." Er verschwand und kam zurück mit einem Bündel und dem Kind, das noch fest schlief. Er begleitete sie zum Schlupfloch. „Pass gut auf Euch auf. Ich werde mich melden. Bitte, hab Geduld, unser Schicksal wird uns dorthin tragen, wo wir beide hingehören." Noch ein inniger Kuss, eine zärtliche Umarmung, dann drehte Karel sich um und verschwand in den Büschen. Mit dem Kind und dem Bündel auf dem Arm lief sie zurück zur Wohnung, machte leise die Eingangstüre auf, die sie mit einem eingeklemmten Wischlumpen offen gelassen hatte, und schlich hinein. Sie legte ihr Kind auf Emers Bett, streifte ihr Kleid ab und deckte sich und Charlotte zu, vermied so, neben Franz zu schlafen, das Gesicht in Karels Taschentuch vergraben. So schlief sie ein. Am nächsten Morgen meldete sich Charlotte. Sie hatte Hunger und brauchte eine frische Windel. Josefine war wie gerädert, zu wenig Schlaf und die Schläge schmerzten noch. Franz, der noch fest schlief, Franz hatte am Vortag auf dem Heimweg, Milch und Brot besorgt, so konnte Josefine das Kind mit in Milch eingeweichtem Brot füttern.

Josefine wollte Emer aufsuchen, der ja bei Frau Slavic war, bevor die Schule anfing, und begab sich eilends mit dem

Kinderwagen dorthin. Sie klopfte an die Tür und Emer öffnete. Er nahm gerade sein Frühstück ein. Frau Slavic verschwand hinter dem Vorhang, wo sie sich waschen und ankleiden konnte. Emer erstaunt: „Du bist schon zurück? Oder gehst Du erst?" Ihm fiel sofort auf, dass sie ein blaues Auge hatte. „Komm in den Gang", sagte Josefine, „ich muss Dir was sagen, kannst es, wenn Du willst, nachher Frau Slavic erzählen."

Als Emer erfuhr, dass sein Stiefvater zurück war und seine Mutter geschlagen hatte, wollte er schnurstracks zu ihm gehen und ihm mal seine Fäuste zeigen. „Ich will nicht, dass Du da hineingezogen wirst", beschwor Josefine ihn, „ich wollte Dir eigentlich nur sagen, dass Du nach der Schule wieder nach Hause kommen sollst." Er zog sich die Schuhe an und sagte: „Gestern haben mich Nationalsozialisten aufgesucht, ich muss heute Mittag mit unserer HJ zum Training an die kroatische Grenze fahren. Treffpunkt ist am Hauptplatz." „Um Gottes willen", sagte Josefine entsetzt, „ich habe gehört, dort kämpfen Partisanen, und zwar unerbittlich. Ich lass Dich nicht gehen. Ich kann Dich verstecken. Jetzt wo Radio London behauptet, der Krieg sei bald vorbei. Ist doch ein Blödsinn, dass die noch die Jungen einziehen." Emer nahm es gelassen: „Ich werde schon auf mich aufpassen. Wie Du weisst, nehme ich keine Waffe in die Hand, also kann ich auch auf niemanden schiessen. Ich werde mich schon irgendwie wehren. Komm, auf dem Tisch steht noch Tee und wir haben sogar einen prima Apfelkuchen." Er zog seine Mutter mit Charlotte auf dem Arm in das Zimmer. Frau Slavic grüsste hinter dem Vorhang hervor und entschuldigte sich, sie brauche noch ein paar Minuten.

Emer packte seine Sachen zusammen und ging mit seiner Mutter nach Hause. Doch siehe da, Franz war schon weg. Sogar die Betten hatte er gemacht. Emer nahm seine Uniform hervor. Da klopfte es. Die Tür ging auf und Fredi kam herein, hinter ihm Alfred. „Hallo, Ihr zwei", sagte Alfred, die Charlotte sah er nicht. „Jetzt bin ich dran, bei mir waren gestern ein paar von den Herren, ich habe einen neuen Marschbefehl." „Was, Du auch?", staunte Emer. „Ja, ich hab gehört, dass alles, was noch irgendwie laufen kann, an die Front muss. Gut, dass Franz gekommen ist, so kann ich Fredi zurückbringen." Josefine nahm ihren Sohn in die Arme und küsste ihn. Dabei liefen ihr die Tränen die Wangen hinunter. Emer erzählte Alfred von den Schlägen, die seine Mutter von Franz bekommen hatte, und schob sie zu ihm hin, damit er es mit eigenen Augen sehen könne. Sie hatte auch blaue Flecken an den Armen. „Au weh", meinte Alfred, „was ist denn in den gefahren. Der gibt wohl die Schläge weiter, die er im Lager gekriegt hat. Ich werde mit ihm reden, dass er sich in Zukunft beherrschen soll. Ich werde ihm sagen, dass ich, wenn ich zurück bin, öfter nachschauen komme, wie es hier läuft." Emer: „Dem gebe ich eine auf die Nase, wenn der bei der Tür hereinkommt, das sag ich Dir." Da öffnete sich die Tür und Franz erschien mit einem Lächeln auf den Lippen. „Da seid Ihr ja, ein paar fehlen noch, wie?" Emer stand wie angewurzelt, hielt seine Hand vor den Mund und brachte nur hervor: „Bist es Du, Vati?" Dabei kollerten ihm die Tränen aus den Augen. Er weinte lautlos und umarmte Franz, der immer noch erbärmlich aussah mit den eingefallenen Augen und Wangen, obwohl er sich zurechtgemacht hatte und wieder einen leichten Schnauz trug. Seine Zähne standen komisch hervor, sein Hals schien nur aus Venen und Röhren zu bestehen, von dünner Haut überzogen, er war äusserst mager. Das Hemd mit der Krawatte stand vom Hals ab, der schwarze Anzug schien an einem Kleiderbügel zu hängen. „Komm, ist schon gut", sagte er und klopfte Emer liebevoll auf den Rücken. Emer vergass total, was er vorhatte. Dann berichtete Franz, dass er bei Alois gewesen war. „Alois und Karl müssen die Kohlengrube verlassen und noch heute an die Front. Ich verstehe das alles nicht, denn ich bin doch freigelassen worden, weil es geheissen hat, der Krieg sei bald zu Ende. Also, was ist jetzt?" Alfred: „Wir müssen alle gehen, alle, die noch da sind. Jetzt bist Du der einzige Mann in unserer Familie, der dableiben darf. Besuch die anderen von Zeit zu Zeit, bis wir zurück sind, aber benimm Dich anständig. Wir gehen, um den Krieg zu beenden, und, wenn wir wiederkommen, wollen wir in Frieden leben." Er stellte sich ganz nah vor Franz: „Josefine hat sich bisher tapfer durchgeschlagen, wir alle zeigen ihr höchsten Respekt, und das gilt auch für Dich, mein lieber Bruder. Vergiss das nicht." Josefine streichelte Emer und bedankte sich bei Alfred für die Worte. Emer und Alfred verliessen die Wohnung. Franz versprach, um zwölf Uhr am Hauptplatz zu sein, so könne er Alois und Karl noch einmal sehen, bevor sie einrücken müssten. Josefine: „Ich werde auch da sein." Da meldete sich Charlotte, sie war wieder nass und hatte Hunger. Da schaute sich Franz um. „Wie kommt es, dass ich das Kind noch gar nicht gesehen habe, ich muss schon ganz durcheinander sein." Josefine wickelte die Kleine, Franz sah ihr zu und sprach belustigt auf das Kind ein. "Das ist meine kleine Charlotte", sagte Josefine und fügte etwas vorwurfsvoll hinzu, „seit deiner Rückkehr warst Du ja nur mit Deinen Freunden und Verwandten beschäftigt, so dass Du das Kind nicht einmal bemerkt hast, nicht einmal gefragt hast Du danach. Ohne Zweifel nahm Franz an, dass es seine Tochter war, er wollte Josefine nicht noch mehr aufregen und schwieg.

Nun hatte Josefine ihm ein Kind untergeschoben. Was hätte sie anders tun sollen?

Bei der Geburt konnte sie nicht angeben, dass der Zwangsarbeiter Karel der Vater war, den hätten sie auf der

Stelle erschossen Wie würde Franz reagieren? Nicht auszudenken und Charlotte, wie würde ihr Leben aussehen, wenn die Wahrheit ans Licht käme.

Natürlich fühlte sich sich elend dabei.

Josefine suchte alles Essbare zusammen um es Emer mitzugeben, sie schaute auch im Keller nach. Da waren noch einige Karotten in der angehäuften Erde, sonst nichts. Sie leuchtete mit der Taschenlampe und guckte auch in die Kellerabteile, die den Nachbarn gehörten und die mit Jutesäcken von innen verhangen waren. Trotzdem konnte sie Eier in einem Einmachglas, Marmelade und ein grosses Glas mit Gemüse erkennen. Sie probierte mit aller Kraft, ob sich eine Latte lösen liesse, aber umsonst, sie waren alle doppelt vernagelt. Sie ging wieder nach oben und bat Franz, bei Florenz oder bei Ferdinand zu fragen, ob er etwas bekommen könne. „Sag ihnen, Du wirst das später ausgleichen." Franz zog los und Josefine stieg mit Werkzeug in den Keller. Sie lockerte die hintersten zwei Holzlatten und fand ausserdem, was sie schon erspäht hatte, noch ein paar Kartoffeln und drei Äpfel. Einen Moment überlegte sie, ob sie etwas zurücklassen sollte, nahm dann aber alles, was sie finden konnte, mit und nagelte die Latten wieder an.

Josefine kochte drei Kartoffel, zwei Eier, machte Tee und füllte ihn in eine Flasche, die halb mit kaltem Wasser gefüllt war. Dann packte sie alles in einen Beutel. Franz kam mit einem schönen Stück harten Tirolerbrot heim, das man nur ganz dünn schnitt. Er schnitt die Hälfte des Brotes auf, wickelte es in ein Tuch und steckte es auch in den Beutel. Josefine stand schon bereit, um mit dem Kinderwagen und Fredi los zu marschieren. Am Hauptplatz waren nicht so viele Leute, wie man gedacht hatte. Sie sahen Alfred, Alois und Emer.

Josefine ermahnte Emer, nicht den grossen Helden zu spielen, er solle sich lieber drücken, wo immer er könne, und Schutz suchen. Nur, wenn er wirklich in Gefahr sei, solle er zuschlagen. „Es bleibt ein Leben lang an Dir hängen, wenn Du jemanden tötest oder zum Krüppel schlägst. Das kannst Du nie mehr rückgängig machen, merk Dir das!" Sie übergab ihm den Beutel mit der Nahrung und ein neutrales blaues Hemd schmuggelte sie hinein, damit er wenn es nötig ist nicht in Uniform herumlaufen muss. Emer versprach, vorsichtig zu sein, und hoffte, kein Gewehr in die Hand nehmen zu müssen.

„Hast Du Karl gesehen oder seine Frau?", fragte Alois und sah auf die Uhr, „seine Kinder sind auch nicht da. Franz, geh nachschauen, ich hab so ein ungutes Gefühl im Bauch." Franz: „Ach, der kommt sicher in letzter Minute." Alois: „Nein, nein." „Komm, Franz", sagte Alfred, der seine adrette Uniform anhatte, „lauf so schnell Du kannst zu Karl, er müsste Dir eigentlich entgegenkommen, wenn Du die Gasse hinaufgehst." Franz: „Ja, was hilft denn das, vielleicht ist er letzte Nacht abgehauen." „Nein, nein, das glaub ich nicht", sagte Alois erneut. „Hau schon ab", befahl Alfred. „Also, kommt gesund heim, alle miteinander", meinte Franz, umarmte sie alle und rannte los.

Schnaufend kam er bei Karl an, klopfte an die Tür und Herta, seine Frau, machte auf. Sie war allein, die Kinder waren in der Schule. „Ja, der Franz", sagte sie erstaunt, „aber wieso bist Du denn so ausser Atem? Was ist denn? Ach, schaust Du schlecht aus." Franz merkte, dass sie keine Ahnung hatte. Sein Herz klopfte wie wild „Kann ich bitte ein Glas Wasser haben." Herta bat ihn herein, rückte ihm einen Stuhl hin und holte ein Glas Wasser. Er nahm einen Schluck und fragte nach Karl. „Der ist in der Grube", war ihre Antwort, „er hat Frühschicht, kommt in zwei Stunden heim.

Soll ich ihm was ausrichten? Er weiss, dass Du wieder hier bist, hat sich gefreut, als er hörte, dass Du noch ganz bist." Franz hatte sich beruhigt, wagte aber nicht zu fragen, ob Karl nicht einrücken müsse. „Weisst was", sagte er, „ich komm später wieder, dann werde ich aber nicht mehr wie ein Ochse schnaufen. Ade, bis dann!" Kaum hatte er sich verabschiedet und die Tür zugemacht, da rannte er auch schon wieder wie verrückt los. Er traute der Sache nicht.

Als er zum Hauptplatz kam, fuhr der letzte Militärlastwagen aus der Stadt hinaus. Leute standen da und winkten mit Händen und Tüchern. Franz rannte winkend auf Josefine zu und kam nach Atem ringend bei ihr an. „Ich weiss nicht, der Alois hat vielleicht was falsch verstanden, dem Karl seine Frau hat gesagt, er ist in der Grube." „In der Grube," sagte Josefine gedehnt, fast abwesend. Sie hatte Fredi auf dem Arm, liess ihn langsam an sich runtergleiten, ging auf ein Schaufenster zu und starrte hinein. Nein, sie sah nicht hinein, sie suchte die Spiegelung und sah, wie sich eine männliche Figur langsam auflöste. Franz nahm Fredi und den Kinderwagen und stellte sich dazu. Er schämte sich vor den Leuten, ein Mann schiebt keinen Kinderwagen, das ist Frauensache. Aufrecht stand Josefine vor dem Schaufenster, hielt die Hände vors Gesicht, dann drehte sie sich langsam um, nahm die Hände runter und öffnete die Augen. Franz: „Was ist? Ist Dir nicht gut?" Josefine: „Geh nach dem Essen zu Karls Frau, sie wird Dich brauchen. Mehr kann ich nicht erkennen." Franz: „Was machst denn für ein Theater. Natürlich geh ich zu ihr. Ich hab es ihr versprochen." Er seufzte und wischte sich mit dem Handrücken die Gedanken weg.

Zu Hause tischte Josefine ein eingemachtes Gemüse und die Kartoffeln auf. Franz ass, wegen seiner Magengeschichte, nur eine kleine Portion. Es schmeckte herrlich. Aber er war nervös und sah ständig auf die Uhr. „Ich geh jetzt“, sagte er, stand auf und verliess die Wohnung. Sofort machte sich Josefine mit Fredi und Charlotte im Kinderwagen auf den Weg zur Gärtnerei. Sie benutzte den normalen Eingang, wo Pirscha ihr entgegenkam. Die junge Frau begrüsste sie herzlich und führte sie in die Lehmhütte, erschrak aber, als sie Josefines geschlagenes Gesicht sah. Wie das passiert sei, wollte sie wissen, setzte Josefine auf einen Stuhl und reichte ihr einen Kräutertee. Josefine gab nur ausweichend Antwort. Pirscha drängte nicht und ging über zu einem anderen Thema. „Heute kam Post für Karel. Zum ersten Mal eine Antwort auf seine Briefe, die er nach Hause geschrieben hatte, und das, seitdem er aus Bulgarien verschleppt worden ist. Jetzt kam endlich ein Brief von seiner Familie bis zu ihm durch. Eine gute und eine schlechte Nachricht. Sein Vater ist gestorben, aber seine Mutter ist wohlauf trotz aller Sorgen. Sie betet, dass er bald heimkomme. Sein Sohn hat seinen zehnten Geburtstag gefeiert. Schauen Sie, sie hat ein Foto von der Geburtstagsfeier beigelegt. Hier ist Karels Frau, dies ist sein Sohn und das ist seine Mutter. Die beiden Frauen tragen festliche Kopftücher.“ Während Pirscha redete, merkte sie nicht, wie Josefine immer mehr in sich zusammensackte. Also hat Pirscha keine Ahnung von Karel und mir, ging es ihr durch den Kopf, die Männer haben es ihr nicht gesagt.

Nach nationalsozialistischem Recht war solch ein Verhältnis, wie die beiden es hatten, aufs Strengste verboten. Die Frauen, die erwischt wurden, erlitten furchtbare Strafen. Sie mussten sich in der Öffentlichkeit am Hauptplatz vor allen Leuten, bis auf die Unterwäsche, ausziehen Die Haare wurden ihnen abgeschoren, der Kopf mit schwarzer Klebemasse, die aussah wie Pech, bestrichen und Hühnerfedern darüber gestreut. Manche Frauen wurden sogar mit einer Tafel um den Hals erhängt oder an die Wand gestellt und erschossen.

Pirscha legte den Brief zurück, sah in den Kinderwagen und wollte Charlotte herausnehmen, doch Josefine hielt sie zurück. „Ich bin hergekommen, weil ich mich nach etwas Essbarem umschauen muss. Ich habe absolut nichts zu Hause." Sie liess sich nicht anmerken, wie schockiert sie war. Sie wusste ja nichts von Karels Frau und Sohn. Warum hatte er das verschwiegen?

Pirscha redete und redete, um Josefine aufzuheitern, nahm etwas Gemüse, tat es in Josefines Tasche und steckte die unter Charlottes kleine Decke. „Ich hole noch ein paar Kartoffeln", meinte sie und musste dazu in den Geräteschuppen. Sobald Pirscha ausser Sicht war, brach Josefine in Tränen aus.

Sie suchte die Sachen zusammen, die ihr gehörten, dabei fiel ihr Blick auf Ismirs Ikone und auf den Brief aus Bulgarien, der daneben lag. Sie nahm das Foto aus dem Kuvert und sah es sich noch mal an. Die bäuerlichen runden Gesichter der Familie starrten ihr entgegen. Rasch legte sie es zurück. Da kam Ismir. Er schaute ihr in die Augen und erkannte die Situation. „Karel ist mal wieder in der Gemeinde, er wird morgen abreisen. Ich weiss nicht, ob es gut ist, wenn Du ihn wieder siehst, es wird Euch nur das Herz brechen. Bitte, halte ihn gut in Erinnerung und verzeih ihm. Die Umstände haben Euch zusammengebracht und wieder auseinander gerissen." Pirscha kam herein und sah Ismirs Arm um Josefines Schulter. Er ging auf Pirscha zu, nahm sie um die Taille und gab ihr einen Kuss auf die Wange. „Danke, Pirscha, dass Du Kartoffeln geholt hast, bist mein liebes Frauchen". Er, gab die Kartoffeln Josefine und versprach ihr, immer etwas für sie auf die Seite zu legen. Ismir und Pirscha wollten nicht mehr in ihre Heimat zurück sie hatten die Bewilligung, vorläufig in der Gärtnerei zu bleiben.

Josefine putzte sich die Nase, bedankte sich bei den beiden, holte Fredi, der mit dem Wasser spielte, und ging traurig ihren Weg nach Hause. Fredi wollte auf dem Kinderwagen sitzen. Josefine nahm ein Stück Holz, legte es quer über den Kinderwagen und fertig war der Sitz. „Nicht weinen, Mami“, sagte Fredi, als sie ihn auf den Sitz hob, „ich sing Dir ein Lied von Alfred: Hopp, hopp, hopp, Reiter, mach Galopp...“ So sang er den ganzen Weg. Zu Hause wollte Charlotte gewickelt und gefüttert werden. Fredi half beim Wickeln. Dann drückte Josefine ihr braunhäutiges Mädchen an die Brust und die Tränen liefen wieder übers Gesicht. Danach legten sie sich ein wenig zur Ruhe. Sie war total abgeschlagen nach diesem Erlebnis.

Derweil wartete Franz bei Herta vor der Tür. „Komm doch herein“, rief sie durchs Fenster und Franz trat ein. „Eigentlich müsste Karl schon zurück sein, sein Essen wird kalt, ich muss es ins heisse Wasserbad stellen. Möchtest Du eine Tasse Tee?“ Franz nickte, nahm den heissen Tee entgegen und mischte ihn mit kaltem Wasser, bevor er ihn trank. „Weisst Du was“, sagte er zu Herta, „ich geh ihm entgegen, musst mir nur den Weg zeigen.“ Er machte sich Sorgen und wurde unruhig. „Also, ich komme mit“, entschied Herta, „er war noch nie so spät dran. Wir wollten noch in den Garten gehen. Dazu wird es aber langsam zu spät.“ Sie schaute nochmals aus dem Fenster, nahm das Essen ihres Mannes aus dem Wasserbad und schloss die Tür ab. Nach einigen Schritten kam ihnen ein Arbeitskollege von Karl entgegen. „Grüss Gott“, sagte der, „ich wollt nur fragen, ob Karl krank ist, er war heute nicht im Stollen.“ Herta: „Das gibt es ja nicht, bist Du sicher?“ „Ja, ich bin ganz sicher. Ich hab alle gefragt, ob er vielleicht woanders eingeteilt war oder so. Auf dem Arbeitsplan war nichts angemerkt. Der ist doch so zuverlässig. Ich hoffe, er hatte keinen Unfall und ist im Spital oder so." Franz: „Wir könnten beim Kohlenwerk fragen, die können doch eine Verbindung zu den Ämtern und zum Spital herstellen." Sie gingen zu der Werkshütte und fragten nach Karl. Es wurde ins Spital angerufen, aber seit zwei Tagen war dort kein neuer Patient gemeldet worden. „Der Alfred, sein Bruder, hat sich bei uns mit einem Marschbefehl abgemeldet", sagte der Mann in der Werkshütte.

Franz: „Jetzt muss ich es wohl sagen." Herta: „Ja, um Gottes willen, was ist denn?" Franz: „Karl hatte auch einen Marschbefehl, so wie Alfred und auch Alois. Alle Aufgerufenen mussten sich am Hauptplatz einfinden. Als Karl nicht auftauchte, haben Alois und Alfred mich zu Dir geschickt, darum bin ich heute Mittag so ausser Atem gewesen. Als Du mir aber gesagt hast, er sei in der Grube, da hab ich gedacht, dass er doch nicht eingezogen worden ist. Ich wollt Dich nicht beunruhigen und hab gedacht, ich warte, bis Karl nach Hause kommt und mir selber sagt, was los ist. Als ich zurück kam zum Hauptplatz, waren Alfred und der Alois schon weg. Ich hab nur noch den Militärlastwagen aus der Stadt fahren sehen. Emer musste auch gehen." Dabei traten ihm die Tränen aus den Augen und sein Kinn fing an zu zittern. Herta: „Und mir hat er nichts gesagt." Der Mann von der Werkshütte begann zu telefonieren. Bergbaumänner sammelten sich vor der Hütte und wollten wissen, was passiert sei? Gemeinsam besprachen sie die Situation und kamen überein, dass man Karl suchen müsse. Einer holte einen Plan. Franz wollte mit dabei sein, aber man schickte ihn nach Hause, er solle dort warten. Die Kollegen würden die Sache in die Hand nehmen. Ein guter Kumpel von Karl wurde abkommandiert, Herta zu begleiten und sie nicht allein zu lassen. Franz ging schweren Mutes nach Hause. Josefine ahnte nichts Gutes, stand auf, gab ihm Kräutertee und stellte ihm etwas zu Essen auf den Tisch. Er sagte nichts, schob es auf die Seite. "Komm, iss, Du musst schauen, dass Du wieder eine bessere Figur machst", versuchte sie ihn zum Essen zu animieren, „und dann legst Dich ein bisschen nieder." Das wirkte, zudem sah er das Gemüse, das noch im Kinderwagen lag, das beruhigte ihn auch etwas.

Nach einer Weile erzählte Franz, was geschehen war, und dass die Grubenmänner Karl suchen wollten. Josefine wollte etwas sagen, 'die Erscheinung im Schaufensterglas', aber sie wusste, Franz will so was nicht hören. So ging sie wortlos hinaus und begab sich zu Florenz, von dem sie wusste, dass er ein Pendel hatte. Er musste lange suchen und fand es schliesslich. Florenz hatte sich immer fürs Pendeln interessiert, hatte aber nie Zeit gefunden, sich näher damit zu befassen. Sie fragte ihn, ob er eine Karte von Vordersberg habe. Er verneinte und verwies sie an Herrn Gosch. „Der braucht so was in seinem Beruf, der hat sicher eine Landkarte oder eine Strassenkarte. Was wollen Sie denn damit?" Josefine: „Das sag ich Dir nachher. Wir sind doch per Du, oder?" „Ja, ja, entschuldige." Bei Familie Gosch war niemand zu Hause, da konnte nur noch Ferdinand helfen. „Die Gosch sind auf der Suche nach ihrem Hund", sagte Ferdinand, „ihr wart nicht da, als im Hof eine kleine Granate explodierte. Es wurde niemand verletzt, man wusste auch nicht, wo die abgeschossen worden ist, aber seitdem ist der dicke Pudel verschwunden", erzählte er weiter und grinste. „Hast ihn aber nicht in die Pfanne gehauen?!", meinte Josefine und sah ihn durchdringend an. „Nein, mein Pech", meinte Ferdinand, „zu mir ist er nicht gekommen, sonst wäre er schon auf dem Weg dorthin, das hübsche verwöhnte Tierchen." „Lass die Finger von dem Pudel", wies ihn Josefine zurecht, „das arme Tier, hoffentlich finden sie es bald. So, und wo ist jetzt die Karte, nach der ich Dich gefragt hab?" „Hier ist sie, aber was willst denn damit?" „Ihr wollt alles wissen, aber glauben tut ihr nicht daran. Für Euch ist es nur Hokuspokus, darum sage ich nichts. Adieu." Sie nahm die Karte und verschwand.

Franz fragte sie, wo sie gewesen war, und ob sie vom verschwundenen Karl erzählt habe. Als sie verneinte, meinte er, das wäre sicher nützlicher gewesen als das blaue Auge herum zuzeigen. Josefine: „Das vergeht nicht so schnell." „Tu doch Puder drauf, hast sicher irgendwo so was herumliegen, aus Deiner Tingelzeit", fauchte er in einem verächtlichen Ton, „ich geh es denen sagen, wegen Karl. Wenn wer kommt, ich bin gleich wieder da." Josefine kam das sehr gelegen, so konnte sie in Ruhe pendeln. Sie hoffte, Karls Aufenthaltsort zu finden. Auf der Karte waren alle Strassen und Gassen von Vordersberg und auf der Rückseite die Umgebung. Die Kinder verhielten sich still, als ob sie wüssten, dass Mami absolute Ruhe brauchte. Äusserst konzentriert sass Josefine da und liess das Pendel über der Karte schwingen. Sie legte die Karte verkehrt herum und pendelte nochmals darüber. Dann liess sie das Pendel über die Rückseite schwingen. Meistens zeigte das Pendel auf die gleiche Stelle. Gedankenvoll faltete sie die Karte zusammen, wickelte die Pendelschnur auf und stützte ihren Kopf in die Hände. Nach einigen Minuten nahm sie einen Zettel und schrieb: „Karl, Wallgasse, zwischen 8 und 12." In dieser Gasse, am Stadtrand, war sie noch nie gewesen. Ihr Kopf fühlte sich heiss an, sie wusch ihr Gesicht mit kaltem Wasser und sah aus dem Fenster. „Er lebt nicht mehr, Karls Seele ist im Himmel", sagte sie zu sich selbst und sah in die Wolken hinauf.

Der Apotheker kam aus dem Haus und ging über den Hof. Josefine klopfte mit einem Löffel an das Eisengitter. Er hörte es, sah nach links und nach rechts und kam zu ihr ans Fenster. „Grüss Gott, Frau Remi, gibt es was Neues?“, fragte er. „Mein Mann ist wieder zu Hause und ist soweit gesund. Aber er muss aufgepäppelt werden. Können Sie ihn dabei ein wenig unterstützen?“ Erleichterung zeigte sich im Gesicht des Apothekers. Er hatte sich ja mitschuldig gefühlt an das Schicksal von Franz. „An was haben Sie denn gedacht? Braucht er Vitamine?“ Josefine: „Nein, aber was zum Essen, und etwas gegen Kopfweh wäre nötig und etwas zur Beruhigen und noch Schlaftabletten, wenn möglich flüssig, denn sonst nimmt er das Zeug nicht ein. Hätten Sie nicht auch Kakaopulver oder Ähnliches zur Stärkung? Franz muss zunehmen, er sieht so ausgemergelt aus. Ich wäre Ihnen sehr dankbar, wenn Sie mithelfen könnten, ihn aufzubauen und ihn zu beruhigen, bis er wieder Boden unter den Füssen bekommt. Sonst ist alles wie früher.“ Der Apotheker hatte natürlich Josefines blaues Gesicht gesehen und ahnte, warum sie ihren Mann mit Medikamenten beruhigen wollte. „Kommen Sie in einer Stunde in die Apotheke, ich stelle etwas zusammen für Sie.“ Josefine: „Für ihn bitte, nicht für mich. Bis dann. Ich bedanke mich jetzt schon für Ihre gütige Hilfe.“ Nachdem der Apotheker gegangen war, ärgerte sie sich, dass sie ‚für ihn und nicht für mich‘ gesagt hatte, denn, wenn er sonst was zu essen ans Fenster brachte, dann war es sehr wohl für sie und die Kinder! Sie hätte sich ohrfeigen können und überlegte, ob sie sich entschuldigen solle.

Da kam Franz zur Tür herein. „Für was hast jetzt das Pendel und die Karte gebraucht? Willst einfach nicht hören, was ich Dir sage, Du sollst den Unfug lassen.“ Er ging auf den Tisch zu, auf dem das Pendel und die Karte lagen, und sah den Zettel mit der Notiz. „Wer hat denn diese Adresse mit Karl aufgeschrieben?“ „Die hab ich mit dem Pendel herausgefunden“, verteidigte sie sich. „Rede nicht so einen

Blödsinn", fuhr er sie an. „Dein Bruder ist in einem der drei Häuser, mit geraden Hausnummern", sprach sie weiter und liess sich nicht beirren, „seine Kollegen sollen dort suchen, vom Keller bis zum Dachstock. Du hältst Dich besser da raus. Es wird kein schöner Anblick sein." „Verdammt noch mal, jetzt reicht es!", schrie er in Rage, ging hinaus und knallte die Tür hinter sich zu. Die Kinder fuhren zusammen und schrien wie am Spiess. „Sch, sch", beruhigte Josefine sie und gab ihnen zu trinken.

Dann machte sie sich mit ihnen auf den Weg in die Apotheke, nahm gleichzeitig die Sachen von Florenz und Ferdinand mit. Als sie Ferdinand die Karte gab, fiel der Zettel mit der Adresse zu Boden. Er hob ihn auf und las, was drauf stand. „Was hast jetzt gemacht?", wollte er wissen. „Später", sagte sie und ging zu Florenz, der wollte dasselbe wissen. Aber Josefine fragte ihn, ob er in der Wallgasse zwischen der Hausnummer 8 und 12 jemanden kenne?" Er griff sich an die Stirne: „Herta, eine Jugendfreundin wohnt dort. Ihren Mann Karl, den sie jetzt suchen, kenne ich glaub ich nicht. Stell Dir vor, ich hab erst jetzt von Franz erfahren, dass Karl sein Bruder ist, also Dein Schwager. Komisch, ich hab den Familiennamen nie beachtet und immer gedacht, in so einer Kleinstadt kennt jeder jeden."

Josefine meinte:„Ich habe die beiden, soviel ich mich erinnern kann, nur einmal getroffen, dass sie da wohnen hab ich mit dem Pendel herausgefunden." „Na, siehst es, ich glaub auch an das Pendel." Er nahm es entgegen und betrachtete es.

Josefine erhielt allerhand verschiedene Dinge vom Apotheker eingepackt. Er hatte alles genau angeschrieben, wie es Herr Remi verwenden solle. Dann kaufte sie noch Aceton, das sie meist als Lack- und Klebstoff Entferner benutzte, aber auch, um ihren fast eingetrockneten Nagellack wieder flüssig zu machen.

Der Apotheker machte eine sehr kleine Rechnung. Als sie ihn erstaunt ansah, zwinkerte er ihr zu und drückte ihr auch noch ein paar Süssigkeiten in die Hand. Sie bedankte sich, zahlte, ging nach Hause und packte alles aus. Oh, was fand sie denn da noch? Eine Salbe aus essigsaurer Tonerde für die blauen Flecken in ihrem Gesicht! Ein winzig kleines Döschen mit einer beigen Creme zum Abdecken war auch dabei! Sie freute sich riesig über diese Aufmerksamkeit und fand für einen Moment ihr Lächeln wieder. In Gedanken versunken, sass sie da, dachte an Reinhard und Christine. Sie hatte dem Franz erzählt, die beiden seien bei einem Bauern zur Erholung.

Als ihr bewusst wurde, dass Fredi nicht zu sehen war, rief sie nach ihm und hörte ein „Daaa" aus dem Kellervorraum. Da sass er am Boden und spielte mit dem Pudel von Herrn Gosch. „Ach, da ist er ja", sagte sie, „Du kleines Hündchen, Du, wirst schon überall gesucht. Schau, Fredi, wie herzig der ist. Komm, gib ihm Wasser zu trinken, seine Zunge hängt ja schon weit raus, der hat sicher grossen Durst, meinst Du nicht auch?" „Ja, wir beide haben grossen Durst." Josefine gab beiden zu trinken und sagte dann: „Ich geh schnell schauen, ob sein Herrchen da ist, der wird sich freuen, dass sein kleiner Liebling gefunden ist", kam aber unverrichteter Dinge zurück. „Leider ist noch niemand zu Hause. Jetzt kannst ein bisschen länger mit ihm spielen." Nach einer Weile klopfte es und jemand rief: „Franz", es war Ferdinands Stimme. Der hat noch nie seine Gaststube um diese Zeit allein gelassen, dachte sie, es muss wohl etwas sehr Wichtiges sein. Sie öffnete die Tür. „Du, auf dem Gleis haben sie einen gefunden, fast zur Unkenntlichkeit entstellt", sagte Ferdinand aufgeregt. „Ich hab an deinen Schwager gedacht, ist Franz nicht da?" „Nein, Ferdinand, Franz ist nicht da. Aber mein Schwager kann das nicht sein. Danke, dass Du gekommen bist. Ich werde es dem Franz gleich erzählen, wenn er kommt." „Ja, mach das bitte." Er ging rasch weg, drehte sich um und kam wieder an die Tür. „Hab ich dahinten nicht den Hund vom Gosch gesehen?" „Ja, der Fredi hat ihn im Keller gefunden, aber sein Herrchen ist noch nicht da." „Der ist ja bei mir, komm, gib mir den Dackel", grinste er. „Ach, bei Dir ist er? Na, der wird sich freuen. Komm, Fredi, gib den Hund her." Ferdinand nahm den Pudel unter seine Jacke und eilte über den Hof. Nach einer halben Stunde kam er wieder. „Du wirst es nicht glauben, aber der Hund ist mir auf der Strasse entwischt. Sag dem Gosch besser nicht, dass Du ihn schon hattest, sonst beschuldigt der uns noch, wir hätten ihn heimlich zu Gulasch verkocht. Ich muss in die Wirtschaft zurück. Gib mir Nachricht, wenn Du etwas Neues hörst." Josefine wusste nicht, ob sie ihm glauben sollte, sie konnte sich nicht so recht vorstellen, dass er den dicken Pudel nicht halten konnte.

Als ein paar Tage später Herr Gosch bei Ferdinand wegen dem vermissten Hund ein paar Gläschen Schnaps runter kippte, servierte dieser gerade sehr feine aber teure Wiener Schnitzel. Es roch himmlisch. „Komm, Herr Gosch", sagte Ferdinand, „ich hab für Dich eins aufs Brot gelegt, kannst ja nicht nur trinken, musst ja auch was essen. Lass es Dir schmecken. Es gibt nicht alle Tage Fleisch. Natürlich wusste Gosch nicht, dass er seinen Pudel auf dem Brot hatte und dafür noch bezahlte. „Na, schmeckt's? Du bist ja ein Gourmet." „Sehr gut gewürzt, Kompliment der Köchin." Ferdinand verschwand in die Küche und lachte ganz gemein, bis ihm der Bauch weh tat.

Franz ging beunruhigt durch die Hauptstrasse, da sah er zwei Polizisten, die Personalkontrollen durchführten. „Ist das noch nötig bei dem Durcheinander, das jetzt herrscht?", hörte er den einen sagen. Es war Polizist Precinschek. „Herr Precinschek", rief Franz aus, „schon lange nicht mehr gesehen." Der sah sich um. „Oh, Herr Dorn." Franz: „Dorn darf ich mich nicht mehr nennen, sagen Sie bloss nicht, dass das noch nicht zu Ihnen durchgedrungen ist." „Doch, aber ich muss mich erst an Remi gewöhnen. Wie geht es denn so?" Franz: „Ja, es muss weitergehen, was soll man machen. Im Moment weiss ich nicht, was ich tun soll? Mein Bruder Karl wird gesucht. Er ist spurlos verschwunden. Ich frage mich, ob jemand schon in seinem Haus oder in den Nachbarhäusern nachgeschaut hat. Wissen Sie was davon?" „Nein, wieso in seinem Haus? Wir haben nichts gehört. Seit wann ist er weg?" Franz: „Die Sache ist die, er ist nicht bei der Arbeit gewesen, seiner Frau hat er nichts gesagt und noch dazu ist er einberufen worden, aber er ist nicht eingerückt. Er, der immer so zuverlässig ist. Ich möchte verhindern, dass die Gestapo oder SS kommt und ihn findet, die kennen ihn nicht und könnten ihm etwas antun, also Sie wissen schon, was passieren kann. Zwei meiner Brüder und mein Sohn sind heute Mittag eingerückt. Ich stell mir vor, Karl hat Panik bekommen und versteckt sich irgendwo. Wenn wir ihn finden, könnten wir sagen, er hat es vergessen oder so was Ähnliches, aber ich kann nicht alleine in fremden Häusern herum suchen." Precinschek: „Auf gut Deutsch, Sie möchten, dass wir Ihnen suchen helfen. Nun ja, wir müssen uns das überlegen. Hier ist nicht mehr viel los, für eine Stunde oder so können wir uns schon losreissen. Also, gehen wir. Wie ist die Adresse?" Franz: „Wallgasse 10, respektive 8-12." „Kommen Sie, Herr Kollege, notieren sie das. Wir nehmen die Fahrräder und Sie, Herr Remi, halten sich da besser raus." Franz ging zum Fluss hinunter und schaute eine Weile den Wellen nach. Dann drängte es ihn nach Hause zurück.

Herta wunderte sich, dass zwei Polizisten vor ihrer Tür standen, und war gespannt, was sie zu sagen hätten. „Guten Tag, haben Sie schon Nachricht von Ihrem Mann?" Herta: „Nein, noch nichts." Precinschek: „Dies ist mein Kollege Hauser", und deutete auf den Kollegen „hat hier im Hause schon jemand nachgeschaut? Hat es hier einen Keller oder Dachboden?" Herta: „Nein, hier hat noch niemand nachgeschaut, auch im Keller nicht. Den Dachboden erreicht man über die Aussentreppe." Precinschek: „Haben Sie etwas dagegen, wenn wir uns zuerst hier umschauen, bevor wir weitere Fragen stellen?" Herta: „Hier ist mein Mann nicht, aber kommen Sie nur, überzeugen Sie sich selbst." Sie liess die beiden Polizisten eintreten und sie sahen überall nach, öffneten auch Schubladen und schauten unter sämtliche Sachen, klopften die Wände und den Fussboden ab. Im Abfallkübel fanden sie einen zerrissenen Zettel. Sie setzten ihn wie ein Puzzle zusammen und lasen: „Meine innig geliebte Herta! Ich hoffe, Du verzeihst mir, ich weiss, was soll..." Mehr stand nicht drauf, aber für Precinschek war das schon eine bedeutungsvolle Aussage. Er liess die Schnippel in seiner Tasche verschwinden. Sie suchten weiter im Keller, fanden aber nichts. Hauser hatte inzwischen seine Dienstpistole in der Hand. Über die Aussentreppe gelangten sie auf den Dachboden. „Hoppla", sagte Precinschek, „da steckt ein Schlüssel, die Tür ist offen. Ist da jemand?" Drinnen war es finster, er fand keinen Lichtschalter. „Soll ich nach einer Lampe fragen?", meinte Hauser. „Ja, eine Taschenlampe wäre gut", erwiderte Precinschek und tastete sich zu einer halb verdeckten Fensterluke vor, die er öffnen wollte. Auf dem Weg dorthin stiess er an etwas Weiches. „Warte, da ist was", rief er seinem Kollegen zu und stupste mit dem Fuss auch noch an eine Taschenlampe. Er schaltete sie ein. Der Lichtkegel tanzte suchend umher und fiel auf einen umgeworfenen Hocker, etwas höher auf Socken, dann erschienen Hosenbeine, ein Körper, schliesslich der Kopf, der an einem Seil hing. Die beiden Polizisten erschraken zutiefst, es war das erste Mal, dass sie einen Erhängten sahen. Wie zur Salzsäule erstarrt, standen sie da. Hauser: „Wir müssen ihn runterholen, ich habe mein Bajonett bei mir." Er richtete den Hocker auf, Precinschek musste den toten Körper fest umklammern, während Hauser auf den Hocker stieg und das Seil abschnitt.

Da lag Karl nun leblos am Boden. Hauser und Precinschek besprachen sich kurz, verliessen den Dachboden und schlossen die Tür hinter sich ab. Hauser ging ins nächste Geschäft, das ein Telefon hatte, rief seinen Kollegen in der Gendarmarie an und schilderte, was geschehen war. Dann forderte er einen Arzt mit Transportwagen an. Precinschek fing einen Mann ab, der zu Herta wollte. „Halt, wer sind Sie?" „Möller, ich bin ein Grubenkollege von Karl. Wir suchen ihn. Möchte wissen, ob es hier was Neues gibt. Aber Sie sind doch Precinschek? Was machen Sie denn hier? Dienstlich?" Precinschek zog ihn auf die Seite und sein Gesichtsausdruck war dabei ganz ernst, „wir haben ihn gefunden, Sie können die Suche abbrechen." Ein in Kohlenstaub gehüllter Bergwerk Knappe blieb mit seinem Fahrrad knapp vor ihnen stehen und sah sie fragend an. Möller flüsterte ihm, er solle schnell zur Werksbaracke fahren, die Leute können jetzt aufhören, nach Karl zu suchen, man habe ihn gefunden. „Ist er tot?", fragte der Knappe. „Ja, er ist tot", antwortete Precinschek. Da radelte der Knappe wie wild los. Möller ganz bleich: „Tot, haben Sie gesagt?" Precinschek: „Ja, tot, aber bleiben Sie ruhig, hier kommt mein Kollege, er hat einen Arzt avisiert. Hauser, gehen Sie zu seiner Frau und halten Sie die zurück, bis er abtransportiert ist. „Wie ist er gestorben?", wollte Möller wissen, wartete die Antwort aber nicht ab und sagte, „ich wohne nebenan, ich hole meine Frau." Der Arzt kam mit zwei Männern in einem Rotkreuzwagen. Precinschek ging mit ihnen auf den Dachboden. „Tod durch Erhängen", stellte der Arzt fest und wandte sich an seine Begleiter, „ihr könnt ihn mitnehmen, aber nichts verändern, wir müssen ihn noch genau untersuchen." Karl wurde in ein weisses Tuch gewickelt, Precinschek legte das Seil dazu, und der Leichnam wurde weggefahren. Derweil war Polizist Hauser bei Herta und stellte ihr unaufhörlich Fragen, damit sie nicht aus dem Fenster schaute. Als Frau Möller die Nachbarin kam, war er endlich soweit zu sagen, was passiert war. „Nein", rief Herta aus, „das glaube ich nicht. Warum denn? Wo ist er jetzt? Ich muss ihn sehen." Hauser: „Ihr Mann ist ins Spital gebracht worden, Sie bekommen Nachricht, wenn Sie ihn sehen dürfen." Frau Möller nahm Herta in die Arme und setzte sich zu ihr. „Mein Gott, die Kinder kommen jeden Moment nach Hause, wie schrecklich."

Im Spital wurde eindeutig „Selbstmord" festgestellt. In Karls Hosentasche fand man einen Abschiedsbrief, den man seiner Frau zusammen mit all seinen Sachen brachte. Unter Tränen faltete Herta den Brief auseinander und las:

„Meine liebste Frau, meine Herta! Meine allerliebsten Kinder!

Verzeiht mir, dass ich jetzt von Euch für immer Abschied nehme, ich sehe keinen Ausweg mehr.

Es ist für mich undenkbar, in den unnützen Krieg zu ziehen. Ich wäre ein schlechter Soldat, ich finde mich unfähig, einen anderen Menschen umzubringen, auch wenn es ein Feind ist.

Meine Überlegung ist, wenn ich nicht in den Krieg ziehe, werde ich sowieso als Kriegsdienstverweigerer hingerichtet.

Verstecke ich mich, werdet ihr nicht in Ruhe gelassen, bis sie mich finden.

Das will ich Euch nicht antun. So mache ich besser mit meinem Leben selbst ein schnelles Ende.

Verzeiht mir. Ich kann nicht anders.

Karl"

Die Beerdigung fand ohne Pfarrer statt, denn Selbstmord galt in der katholischen Kirche als Todsünde und den Pfarrern war es verboten, Selbstmördern ein christliches Begräbnis zu geben. Auch war am Friedhof für diejenigen, ein spezieller Acker durch Büsche abgetrennt. Josefine weigerte sich, an der Beerdigung teilzunehmen. Sie kannte die Familie, die so zurückgezogen lebte, kaum. Auch fürchtete sie, Franz erste Frau Luise könnte dabei sein. So nahm sie sich vor, zum Bauer Katz zu fahren und Reinhard und Christine zurückzuholen. Sie besprach sich mit Hilde, der Haushaltshilfe, und reiste per Postauto über den Pass zu den Bauern.

Schon am Ortseingang kamen ihr die Kinder entgegen. „Mami, Mami, gut bist Du da, wir sind weggelaufen. Wir wollen wieder nach Hause", stotterte Reinhard. „Mich haben sie nicht gebissen", verkündete Christine, „die mögen mich nicht." „Wer mag Dich nicht?", fragte Josefine verwundert, „wer hat Dich nicht gebissen?" „Den Reinhard haben sie gebissen, die Wanzen und die Flöhe, den Reinhard mögen sie." Josefine stellte die mitgebrachte Milchkanne ab und schaute sich Reinhards Gesicht, Hals und Körper an. Total verbissen und zerkratzt war er. Christine hob ihr Kleidchen hoch und wollte auch untersucht werden, aber Josefine schimpfte nur: „Tu Dein Kleid runter, man sieht ja Deine Unterhose, so was tut ein Mädchen nicht, verstanden!."

Die Bäuerin war den Kindern hinterher gelaufen. Als sie Josefine sah, machte sie keinen Schritt weiter. „Da sind sie ja, die Ausreisser“, rief sie und ging zum Bauernhof zurück. Josefine und die Kinder folgten ihr.

„Die Kinder haben mir meine ganzen Tannenholzmöbel mit Blut verschmiert“, beklagte sich Frau Katz. „Mit Blut?“ „Da, schau.“ Sie öffnete die Tür zum Schlafzimmer und zeigte ihr Bettgestell, „ein als Landarbeiter zugeteilter Rumäne fertigte die schönen Möbel an, “sagte sie fast weinerlich. Josefine meinte, man könne die jetzt mit einer schönen Farbe anmalen, und sah reihenweise Wanzen in den Fugen, die Reinhard mit dem Fingernagel zu zerdrücken versuchte. Sein ganzer Finger war voll dunkelrotem Blut. „Grauslich, hör auf damit“, schimpfte Josefine, zog ihn vom Bett weg und wandte sich an Frau Katz, „ich nehme die Kinder wieder mit, es ist wohl besser so.“

Dann sah sie durchs Fenster, wie der Bauer aus einer Schüssel ass, sie fühlte Hunger aufsteigen. Die Bäuerin nahm ihren Schürzenzipfel, wischte sich durchs Gesicht und ging in die Stube. Die Kinder schlüpften hinaus und schauten dem Bauern mit hungrigen Augen zu. Er gab ihnen je einen Löffel und überliess ihnen die Schüssel, in der noch was übrig war. Sie setzten sich auf den Boden, stiessen fast mit den Köpfen zusammen und assen gierig die Reste.

Die Bäuerin besorgt, „mit den letzten, furchtbar abgemagerten Arbeitern kamen auch die Ungeziefer ins Haus, die wir nun nicht loswerden. Ich habe schon Mittel dagegen eingesetzt, aber bis jetzt hat es fast nicht gewirkt.“ Josefine: „Ich werde Dir so schnell wie möglich die neuesten Mittel bringen. Ich glaube, bei uns verteilen sie so Zeugs beim Amt oder beim Roten Kreuz. Sonst frag ich meinen Nachbarn, den Apotheker, der hat bestimmt etwas gegen diese Plagegeister. Wenn Du mir Milch und Lebensmittel dafür mit gibst, wäre das für uns alle ein guter Tausch. Ich weiss, es geht uns allen nicht so gut, aber man kann sich gegenseitig helfen, dem Herrgott sei Dank."

Sie sah auf das Kreuz, das über dem Tisch hing und hielt ihre Milchkanne und den leeren Rucksack hin. Die Bäuerin gab dem Bauern die Milchkanne und verschwand mit dem Rucksack im Schlafzimmer. Während sie warteten, zog Josefine den Kindern die Kleider aus und suchte nach Ungeziefer. Nach einer Weile kamen beide zurück. „Die Kinder werden mir fehlen", schluchzte Frau Katz und wischte sich die Tränen aus den Augen, „bring sie mir mit, wenn Du wiederkommst."

Josefine versprach es, sah im Rucksack nach, was sie alles bekommen hatte, und bedankte sich: „Der Herrgott soll Euch beschützen, Ihr seid gütige Leute. Ich danke Euch für alles und auf ein baldiges Wiedersehen." „Bis dann, kommt bald wieder", sagte die Bäuerin und umarmte die Kinder. „Hoffentlich wird es bald besser, ich hab gehört, der Krieg ist bald aus, dann muss es ja wieder aufwärts gehen." „Ja", sagte Josefine, „so wird es sein, bald kommen bessere Zeiten, ich habe es in den Karten gelesen. Noch ein wenig durchhalten und nach vorwärts schauen. Wer wird denn jetzt aufgeben. Es wird alles wieder gut. Der Herr hat uns geprüft, er wird uns helfen." Sie reichte Herrn und Frau Katz die Hand, nahm den Rucksack auf den Rücken, die Milchkanne in einer Hand, Reinhard an der anderen, dem sie noch das Bündel Kleider von beiden Kindern auf den Rücken gebunden hatte, und so machten sie sich auf den Weg. Christine musste voraus laufen, damit sie nicht verloren ging, hielt sich dann aber an ihrem Bruder fest. Zu den Bauern gingen sie nie mehr zurück. Es war zu weit weg und auf Ungeziefer hatten sie auch keine Lust.

Rosita, Kind Nummer sechs kündete sich bei Josefine an.

Ernestine Nicolussi Smyth

XIV

Im Süden war der Krieg schon vorbei. Trotzdem gab es in Vordersberg immer wieder Fliegeralarm, weil englische Bomber von Italien über das kleine Städtchen gegen Norden flogen und ihre aufgeladenen Bomben unterwegs abwarfen. Mit der Begründung, es wäre zu gefährlich, mit den Bomben am Boden zu landen. Immer wieder musste man in den Keller. So sassen Josefine und die ganze Familie schon den ganzen Vormittag mit den Mitbewohnern im Keller. Sie warteten auf die Entwarnung Sirene und spitzten die Ohren. Es wurde, wenn überhaupt, nur ganz gedrückt gesprochen.

Da! Ein starkes Motorengeräusch am Himmel. Das Flugzeug schien direkt übers Haus zu fliegen. Alle drängten sich in eine Ecke und duckten sich vor Angst, und schon krachte es gewaltig. Eine Bombe schlug in den Park vor dem Schloss ein, der Luftdruck tötete mehrere Personen und verletzte viele. Im Keller zerbarsten die kleinen Fenster und Glassplitter flogen wie Geschosse herum. Schreie und Verletzte. Blut floss aus Fredis Hals. Christine hatte Splitter in die linke Hälfte der Stirn und das Kinn abbekommen, die Nase war blutverschmiert. Die beiden Kinder lagen wie tot da. Die anderen hatten nur leichte Verletzungen. „Verbandszeug hierher!“, befahl Frau Gosch mit ihrer tiefen Stimme und fügte hinzu, als die Entwarnung Sirene zu hören war, „zuerst die Verletzten ins Freie tragen.“ Franz lief schon vorher hinaus, um Hilfe zu holen.

Josefine mit Charlotte auf dem Arm schrie um Fredi und blieb verzweifelt bei den Kindern, bis die hinauf getragen wurden. Fassbinder Florenz legte Fredi in einen ganz neuen niedrigen Waschtrog aus Holz, der im Hof stand. Christine wurde auf eine Decke auf die Sitzbank im Hof gelegt. Frau Gosch fühlte den Puls. Bei Fredi spürte sie nichts. Bei Christine stellte sie ein leises pulsieren fest. Ein Rotkreuzwagen kam in den Hof gerast. Da! Plötzlich rollten die aufgestapelten Fässer los. Der Luftdruck musste sie gelockert haben. Ein Fass rollte über die Wanne, in der Fredi lag, und streifte Josefine den halben Rücken hinunter. Entsetzens schreie überall.

Die Rettungsleute sprangen aus dem Auto, beugten sich über Fredi und stellten fest: „Da können wir nichts mehr machen." Seine Halsschlagader war durchtrennt, seine Augen waren halb geschlossen. Sie drückten ihm die Lider zu und sagten: „Einer von der Familie soll später ins Spital kommen. Wir schicken einen Wagen, wenn sie wollen, um den Bub zu holen. Das kleine Mädchen nehmen wir mit. Schwester Sonja bleibt noch hier, sie wird dem Kleinen einen Verband anlegen und Euch weiterhelfen." Josefine war von der Wanne nicht weg zubringen. Schwester Sonja schob sie ein wenig zur Seite, damit sie den halb durchtrennten Hals ihres kleinen Sohnes nicht sehen konnte, und brachte einen Stützverband um den ganzen Kopf an, nur das Gesichtchen hielt sie frei. Dann sagte Florenz zu Josefine, dass man Fredi nun in die Wohnung bringen könne, und nahm ihn auf seine Arme. Man zog ihm noch die kleine, von Blut getränkte, Jacke aus.

In der Wohnung legte Florenz ihn auf den Tisch. Schwester Sonja wusch das Blut ab, fragte nach einer frischen Jacke und zog sie ihm an. Sie schoben ihm eine Wolldecke unter, und so lag er da, der kleine Bub. Franz, der seine Tränen immer wieder abwischte, sass mit Charlotte auf dem Bett, während Reinhard sich an ihn klammerte. Mühsam versuchte er, die Kinder zu beruhigen. „Ich werde nach Ihrer Tochter schauen", wandte sich Schwester Sonja an Josefine, „Christine heisst sie, oder?" Josefine gab keine Antwort. „Ja,

Christine heisst sie“, sagte Franz mit Tränen erstickter Stimme, „ich komm ins Spital, sobald es mir möglich ist.“ Josefine, von Schmerz gequält, hielt die noch warmen Händchen ihres liebsten Kindes und streichelte den kleinen Fredi immer wieder vom Kopf bis zu den Füssen, bis der Leichenwagen eintraf und ihn zur Aufbahrung abholte.

Hilde kam und entschuldigte sich, dass sie so spät sei, aber bei ihnen war viel los gewesen. Sie hatte den Leichenwagen wegfahren sehen und, als sie hörte, dass es Fredi war, der darin lag, war sie geschockt. „Um Gottes willen!“ Sie heulte los und musste sich setzen. Franz erinnerte Hilde, dass sie alle noch nichts gegessen hätten und sie solle zuerst seiner Frau einen Tee machen. Sie gab Josefine Tee zu trinken und versuchte, die Kinder an den Tisch zu bringen, damit sie etwas essen und ins Bett gehen könnten. Dann berichtete sie, dass das Schloss an einer Seite Mauersprünge abbekommen hätte, ein paar wunderschöne Fenster kaputtgegangen seien und im Park ein riesiger Bombenkrater liegt. Franz hörte nur mit halbem Ohr zu und erklärte, ins Spital gehen zu müssen wegen Christine und den Formularen. Mit dem Hut schon auf dem Kopf, fiel ihm ein, dass er eventuell die Geburtsurkunden brauchen werde, holte sie und ging aus der Wohnung. Charlotte trank ihr Fläschchen. Reinhard wollte nichts essen, sondern auch ein Fläschchen. Josefine zwinkerte ihm zu und sagte: „Heute darfst auch eins haben, komm, versteck Dich unter der Decke damit.“ Hilde legte alles, was an Fredi erinnerte, in die unterste Schublade des grossen Schrankes, nahm sein Bett auseinander und räumte es weg. Im Hof hatten Florenz und sein Gehilfe inzwischen die Fässer wieder befestigt. Sie bürsteten noch das Blut unter dem Brunnenhahn mit Wasser aus dem Trog, sammelten die

Glassplitter der zerborstenen Fenster im Keller ein und streuten feine Holzspäne über die Blutspuren.

Drei Wochen später war Christine immer noch im Spital. Ihre Wunden waren zwar fast verheilt, aber sie lag von Anfang an im Komma. Schwester Sonja kümmerte sich um sie, als sei es ihr eigenes Kind. „Stell Dir vor", sagte sie zu ihrer Kollegin Frau Reisin, „Frau Remi, die Mutter der Kleinen war noch nie hier, um sie zu besuchen." Frau Reisin gab zu verstehen, dass Josefine ihre Tochter Christine nicht so beachte. „Ich werde sie aufsuchen und nach schauen, wie sie zurechtkommt", meinte Frau Reisin, „die Arme musste ihren Lieblingssohn begraben. Er war ja wirklich ein Schatz. Aber auch ihre anderen Kinder sind sehr lieb. Doch je mehr sie Christine auf die Seite schob, umso lieber hab ich das Mädchen auf den Arm genommen. Sie sollte ihr wirklich mehr Beachtung schenken, auch wenn es dem Kind, wie es scheint, gar nichts ausmacht."

Jeden Tag kamen Heimkehrer am Bahnhof an. Frauen, die auf ihre Männer warteten, fanden sich dort ein mit Fotos und gross geschriebenem Namen und fragten, ob man ihren Mann oder Sohn gesehen, oder eine Nachricht von ihm hätte. Freudentränen, Umarmungen und Enttäuschungen mischten sich im Gewühl, wenn wieder eine Truppe ankam. Erwin, der zweitälteste Sohn von Franz, kam mit Splittern in den Beinen nach Hause. Emer gelang es bis zum Ende des Krieges, sich vor den Partisanen zu verstecken. Als er in Vordersberg ankam, schlich er zuerst zu Frau Slavic, doch die war nervös, denn sie erwartete ihren Mann zurück. Ein halb verhungerter Soldat habe sie besucht, erzählte sie, und gesagt, er hätte Herrn Slavic kennen gelernt, der sei auf dem Heimweg.

Den Namen des Soldaten hatte sie auf einem Zettel vermerkt. „Ach Rudi, der Spinner", meinte Emer, „den kannst vergessen, der war am Anfang die ganze Zeit an meiner Seite in Jugoslawien. Dann hab ich mich losgerissen von der Gruppe und mich versteckt. Erst beim Rücktransport habe ich mich wieder angeschlossen und behauptet, ich sei von den Partisanen abgeriegelt worden und hätte keine Patronen mehr gehabt. Vorher hatte ich natürlich alle Patronen weggeschmissen. Abends haben wir uns immer erzählt, was wir als Zivilisten so machen, darum hat dieser Spinner von Dir und Deinem Mann erfahren, und dass Du meine Trainerin bist. Stell Dir vor, der ist in letzter Sekunde auf einen voll gestopften Zug aufgesprungen. Sein Ziel warst Du, wie wir jetzt wissen. Ich konnte erst Stunden später einen Zug erreichen. War er lange da?" „Ich habe ihm eine Suppe gegeben, danach ist er mir an den Rock. Zum Glück bin ich stark, den konnte ich leicht abwehren. Er merkte, dass er keine Chance hatte und ist mit einer Entschuldigung gegangen. Oh, hab ich eine Wut im Bauch, wenn ich jetzt höre, dass er mich angelogen hat. Ach! Jetzt heule ich auch noch."

Emer tröstete sie bis sie sich beruhigte. Da beide standen, forderte sie ihn auf, sich zu setzen, denn sie habe ihm etwas mitzuteilen. „Entschuldige Emer, aber ich muss es Dir sagen. In unserer Stadt hat es nur eine einzige Bombe, die im Schlosspark einschlug,gegeben, es gab einige Verletzte und leider auch einige Tote. Darunter war Dein Bruder Fredi." Emer sah sie entsetzt an. „Fredi ist tot?" „Ja Emer, ich glaube, es ist schon drei Wochen her, dass er begraben wurde. Deine Schwester Christine wurde schwer verletzt, sie ist im Krankenhaus und liegt seitdem im Koma." Emer sprang auf, hielt sich am Stuhl fest und starrte ins Leere. Ein Film ging vor ihm ab. „Sag, dass es nicht wahr ist", schrie er vor Schmerz. Aber Frau Slavic sagte nichts und holte ihm stattdessen ein Glas Wasser. Dann nahm sie ihn in die Arme und küsste zärtlich seinen Hals.

„Ich möchte auf den Friedhof gehen. Nein, nicht auf den Friedhof. Ich geh auf keinen Friedhof mehr, nie mehr! Da hab ich zu schreckliche Erinnerungen, von damals, als wir uns eine Nacht dort verstecken mussten, die Szene verfolgt mich immer noch. Aber zu Christine ins Spital will ich gleich gehen. Du kommst doch mit? Jetzt gleich, sofort." Emers Kinn zitterte und er konnte seine Tränen nicht mehr zurückhalten. „Emer, es ist besser, wenn Du Deine Uniform ausziehst, Du hast hier noch Kleider. Vielleicht passt da noch was, Du bist ja riesig gewachsen." Frau Slavic holte Hemd, Hose und eine Jacke, sah aber sofort, dass die Hose zu klein war und auch die Jacke. Kurz entschlossen nahm sie Sachen von ihrem Mann. Emer zog sie an und merkte nicht einmal, dass es nicht seine Kleider waren. „Komm, zieh noch diesen Mantel über", meinte sie. „Aber der gehört doch Deinem Mann", protestierte er, „das mag ich nicht." Frau Slavic überhörte das geflissentlich. „Komm, wir gehen", sagte sie, „bist Du sicher, dass Du nicht zuerst zu Deiner Mutter willst?" „Nein", erwiderte Emer, „wir gehen zu Christine."

Josefine hatte erfahren, dass Emer auf dem Bahnhof angekommen war und überlegte, warum er nicht schon längst da war. Erst abends klopfte er an ihre Tür. Josefine: „Mein Gott, Du bist in Zivil? Warst beim Roten Kreuz? Dann hast ja schon alles erfahren, was hier passiert ist." Sie nahm das Tuch, das sie gerade in der Hand hatte, wischte sich die Augen und schloss ihren Sohn fest in die Arme. „Ich glaub, ich komme nie darüber hinweg. Mein Fredi ist für immer weg, im Himmel wird er sein und auf uns herunter schauen. Es ist alles so schnell gegangen, er hat nicht leiden müssen. War plötzlich einfach tot. Ich glaub es heute noch nicht, dass er auf dem Friedhof liegt."

Beide wischten sich immer wieder die Tränen aus dem Gesicht und bemerkten nicht, dass Reinhard schon seit einiger Zeit neben ihnen stand. „Hast was mitgebracht?“, fragte der Kleine und zog an Emers Hose. Emer bückte sich. „Grüss Dich, nein, ich habe nichts mitgebracht, aber das nächste Mal wird es was geben.“ „Versprochen?“ „Versprochen.“ Emer begrüsste Charlotte, dann fragte er seine Mutter: „Warum gehst Du eigentlich nicht die Christine besuchen? Man hat mir erzählt und die ganze Stadt weiss es, dass Du sie nicht ein einziges Mal im Spital besucht hast.“

Bevor er eine Antwort erhielt, kam der Vater nach Hause. Immer noch sehr dünn, stand er vor Emer, umarmte ihn und sagte: „Weisst schon alles.“ Der nickte. “Ich hab gerade die Mami gefragt, warum sie noch nie im Spital bei Christine war.“ Josefine: „Wer redet denn so einen Blödsinn. Ich war mehrere Male dort, ausserhalb der Besuchszeit, denn sonst sind mir zu viele Leute da, und die Ärzte werden auch nur mit Fragen aufgehalten. Dabei haben die so viel zu tun, mit all den Kriegsverletzen Ich schlich mich immer durch bis ins Zimmer, wo sie liegt. Dann rede ich mit ihr und geh wieder, fast jeden Tag bin ich dort gewesen.“ Log sie.

Während sie sprach, fummelte sie am Herd und an der Anrichte herum und vermied es, Emer und Franz anzusehen. Sie fragte auch gleich, ob sie nicht gescheiter etwas essen sollten, anstatt das Geplapper der Besserwisser wiederzugeben. Franz sagte, dass er am Anfang ein paar mal dort war, weil er die Formulare ausfüllen musste. „Christine liegt mit geschlossenen Augen nur da“, sagte er, „die kriegt sicher nichts mit. Die Ärzte wissen nicht, wie lange das noch dauern wird und wie Du gehört hast, ist die Mami ja immer dort.“ Emer fragte sich, warum seine Mutter log? „Morgen gehen wir alle zusammen hin“, entschied er, „und zwar während der Besuchszeit, gleich am Vormittag.“ Josefine wusste, dass sie nicht mehr ausweichen konnte, und Franz war es recht, um das Getratsche im ‚Dorf' zu widerlegen. „Ja, sag einmal, dann warst Du im Spital, bevor Du nach Hause gekommen bist?" Herausfordernd sah Josefine ihren Sohn an. Emer: „Ja, ich war bei Christine, bei meinem Schwesterchen, und ich hab mit ihr gesprochen." Er betonte dies so sehr, dass die Eltern ihn erstaunt ansahen. „Aber sie konnte mir nicht antworten", fuhr er erklärend fort, „sie liegt ja, seitdem das passiert ist, immer noch im Komma."

Reinhard meldete sich etwas stotternd zu Wort: „Morgen holen wir Christine, sie kann ja hier mit Komma liegen, das ist nicht ansteckend." Franz: „Mein Gott, Bub, Du könntest schon viel gescheiter sein in Deinem Alter und endlich aufhören zu stottern. Pepi, Du musst morgen gleich nach dem Besuch im Spital in die Schule gehen und mit dem Lehrer wegen Reinhard reden." Josefine: „Kümmere Du Dich doch um ihn. Seine Schulhefte mit den Noten sind in Ordnung, das hat Hilde gesagt." Franz: „Das wundert mich aber, ja dann ist ja gut."

Am nächsten Tag gingen Josefine, Franz und Emer ins Spital, fanden Christine aber nicht in ihrem Zimmer. Emer suchte alle Betten ab. Sie befürchteten das Schlimmste. Schwester Elisabeth betrat das Zimmer. „Suchen Sie jemanden?" Josefine: „Christine müsste eigentlich da liegen." „Die kleine Christine Remi? Die ist verlegt worden ins Schwesternzimmer. Wir können sie leider noch nicht entlassen. Sie müssen sich aber keine Sorgen machen, Schwester Sonja kümmert sich sagenhaft um die Kleine. Wir haben so viel zu tun! Ja, wenn Sonja nicht wäre! Die opfert ihre ganze Freizeit, um die Kleine zu massieren und zu bewegen, damit sie keine steifen Glieder bekommt und keine Druckstellen, das heisst, sie muss sie immer wieder umdrehen, Tag und Nacht. Sie muss auch Windeln wechseln, Brei und Flüssigkeit einflössen und so weiter. Das müssen Sie dann zu Hause fortsetzen und die ganze Familie muss mitmachen, denn alleine schafft man das nicht. Wir alle geben ja die Hoffnung nicht auf, dass sie eines Tages wieder aufwacht. Es wird viel für sie gebetet, das können Sie mir glauben. Die Kleine ist unser Liebling, sie sieht ja so süss aus. Kommen Sie, ich zeig Ihnen, wo sie jetzt liegt. Schwester Sonja ist leider noch nicht da. Aber das nächste Mal werden Sie sie antreffen. Sie bleibt nie lange weg."

Schwester Elisabeth ging voraus, öffnete eine Tür, steuerte auf ein Bettchen zu und sagte: „Na, Christine, wie geht es denn heute? Du hast grossen, seltenen Besuch." Das 'selten' betonte sie ausdrucksvoll. „Möchtest Du nicht die Augen aufmachen? Du hast ja so schöne Spielsachen und noch dazu eine herrliche Spieldose voller Musik. Schau, Deine Mami, Dein Papi und Dein Bruder sind da, da freust Du Dich bestimmt. Ich lass Dich jetzt alleine mit ihnen, bis später, mein kleines Engelchen." Sie richtete noch ihr Kissen und verliess das Zimmer. Die drei standen vor dem Bettchen und keiner wusste so recht, was sagen. Sie waren überrascht über das Verhalten der Schwester, so hatten sie sich das nicht vorgestellt. Emer berührte Christine und streichelte sie. Reden konnte er nicht. Sie so daliegen zu sehen, mit der gekreuzten Narbe auf ihrer linken Stirnseite, schnürte ihm die Kehle zu. Josefine zupfte nur am Duvet herum und schaute unter die mit kleinen Spitzen umrandete Decke.

Franz flüsterte: „Wie eine kleine Prinzessin liegt sie da. Schau einmal das Gesichtchen an, wie schön geformt das ist. Man könnte meinen, sie schläft nur." Dann rüttelte er am Bettchen und rief leise: „Huhu! Wir sind da!" Aber Christine rührte sich nicht. „Wie lang das wohl noch anhält", sinnierte er, „aber die passen wirklich gut auf sie auf, das sieht man gleich. Schau einmal die teuren Spielsachen, die sie ihr hingelegt haben. Ob die wirklich ihr gehören oder dem Spital?" Dann abrupt stand er auf: „So, es ist Zeit zu gehen. Wir können sowieso nichts tun und müssen abwarten, was weiter passiert." Josefine: „Komm, Emer." Emer gab Christine noch einen Kuss auf den Mund und flüsterte unter Tränen: „Ich komm bald wieder." Josefine berührte nochmals das Duvet.

Schwester Sonja kämpfte um das Leben der kleinen Christine. Sie hatte schwere Bedenken, dass sich ausser Emer niemand um sie kümmern würde, wenn sie nach Hause entlassen würde. Josefine wehrte sich, sie sei keine kompetente Therapeutin und in der Nacht müsse sie schlafen. Bedenkt man die Arbeit um die anderen Kinder und den Haushalt, dann kann man Josefines Äusserung vielleicht verstehen. Im Grunde aber hatte sie keine Lust, Christine zu pflegen und somit ans Haus gebunden zu sein. Im Übrigen war sie noch in anderen Umständen.Eine Zeitlang später wurde Rosita geboren.

Alfred und Alois kamen unversehrt vom Kriegseinsatz nach Hause. Die meiste Zeit waren sie nahe der Front als Sanitäter tätig. Was in ihrer Abwesenheit zu Hause passiert war, schockte sie mächtig. Vor allem, dass sich Karl, ihr ältester Bruder, erhängt hatte, konnten sie nicht begreifen. Alfred besuchte bald einmal Christine im Spital, und für Fredis Grab schnitzte er ein schönes Holzkreuz mit einem geschwungenen Blechdach darüber. Er setzte noch Vergissmeinnicht und Stiefmütterchen aus seinem Garten auf das Grab, die in den folgenden Jahren immer wieder blühten.

Als Emer wieder einmal seine Mutter zu einem Spitalbesuch bewegen konnte, nahm sie Reinhard und Charlotte mit. Im

Zimmer trafen sie Schwestern und Ärzte an, die ganz aufgeregt waren. Christines Augen hatten sich leicht geöffnet und wieder geschlossen. Daraufhin hatte man den Raum ein bisschen verdunkelt. Sie gab auch einige Laute von sich und ihre Finger und Füsschen fingen an zu zucken. Nach 82 Tagen war sie endlich wieder aufgewacht. Freudentränen überall, man liess Emer, Josefine und die Kinder vor und wartete auf weitere Zeichen. Schwester Sonja flösste Christine eine gelbe Flüssigkeit ein und massierte ihren Körper. Emer streichelten vorsichtig ihre hell braunen Haare aus der Stirne. Josefine wurde ein Stuhl gereicht. Sie sass da und wischte ihre Tränen ab. Die Emotionen der anderen berührten sie sehr. Als sie sich über Christine beugte, um sie näher zu betrachten, rutschte ihr Kopftuch, das sie so gerne trug, nach hinten und ihre pechschwarzen Haare kamen zum Vorschein. Welch ein edles Gesicht, welch klassische Schönheit. Diese braun getönte Haut und die hohen Backenknochen. Trotz der Geburten, hatte sie einen geschmeidigen Körper und vor allem schöne Beine.

Endlich kehrte auch Franzi heim, der älteste Sohn von Franz und Luise. Er, der am längsten im Krieg war, hatte sich mit anderen Soldaten in einem unerbittlichen Hungermarsch und bei klirrender Kälte von Russland nach Finnland durchgeschlagen. Seine Kameraden und er waren von der Truppe abgetrennt worden. In Finnland hatten sie vom Ende des Krieges erfahren, kamen aber erst nach Monaten zu Hause an. Franzi war ohne erwähnenswerte körperliche Schäden davongekommen, war jedoch geistig leicht verwirrt und wurde von Verfolgungswahn geplagt. Er konnte nur mit einer Pistole unter dem Kopfkissen schlafen und seine Kriegserlebnisse versuchte er, im Alkohol zu ertränken. Er erzählte nie, was er vor dem Marsch nach Finnland erlebt hatte, wo er im Einsatz gewesen war, was er getan oder nicht getan hatte. Wenn er betrunken war, sang er manchmal ein Lied in fremder Sprache. „Das ist doch polnisch, nicht wahr?", sagte Josefine einmal zu ihm. Da war er ganz verdutzt, stritt es ab und sagte, es sei finnisch. Doch Josefine verstand auch viel finnisch, da das Finnische mit dem Ungarischen, ihrer Muttersprache, etwas verwandt ist. So holte sie wieder einmal ihre hellseherischen Fähigkeiten hervor und behauptete von da an, Franzi sei in einem polnischen Lager als Aufseher gewesen, das könnte sein Verhalten erklären. Was wirklich geschehen war, und wo er genau gewesen war, kam nie über seine Lippen.

Christine machte Fortschritte, langsam aber sicher. Sie musste wieder lernen, zu sprechen und sich zu bewegen. Dazu brachte man sie in ein Mehrbettzimmer in der Kinderabteilung. Das Geplapper und der Besuch von Kindern an ihrem Bettchen taten ihr gut. Nur die Spielsachen verschwanden nach und nach. Schwester Sonja band zwar alles soweit wie möglich ans Bettchen, doch es half nur wenig. Die Musikdose allerdings nahm sie an sich und sagte zu Christine: „Die bekommst Du wieder, wenn Du nach Hause gehen darfst, ja? Sag schön ‚ja', Du musst ein bisschen sprechen, Kleines." Christine war von Natur aus nicht sehr gesprächig, aber was sie nach zusprechen hatte, kam gut raus. Als sie selbständig essen konnte, wurde sie entlassen. Dann sollte sie einmal wöchentlich in die Therapiestation kommen.

Als Christine die Woche darauf zum abgemachten Termin nicht erschien, verständigte man Schwester Sonja. Sie machte sich auf den Weg zur Familie und war überrascht über die freundliche Einladung in die Wohnung. Hilde hatte aufgemacht und Christine gerufen. Schwester Sonja sah Josefine an der Nähmaschine sitzen und Christine kam auf dem Boden daher gerutscht. Sie nahm die Kleine herzlich auf die Arme, küsste sie und sagte: „Christine hat heute ihren Termin für die Therapie verpasst, sie sollte dies aber dringend einhalten, sonst bleiben womöglich Schäden zurück." Josefine: „Ja, ihre Geschwister helfen ihr manchmal auf die Beine, doch sonst ist sie sehr selbständig. Gesprochen hat sie sowieso nie viel. Sehen Sie nur, was ich hier mache, ich muss als Frau schauen, dass wir was zu essen bekommen. Solange mein Mann keine richtige Arbeit hat, bin ich diejenige, die zusehen muss, dass was auf den Tisch kommt. Zum Glück habe ich Hilde, die mir dabei hilft, aber sonst haben wir keine Hilfe. Das Geld von der Fürsorge reicht bei weitem nicht. Es hat noch zu viele, die unter Hunger leiden, obwohl es schon ein bisschen besser geworden ist. Die reformierte Kirche gibt Suppe aus, sie haben aber angedroht, dass bald nur noch für Reformierte Suppe abgegeben wird. Die Engländer helfen dort aus. Jetzt werden wir halt reformiert. Es wird schon was gemacht, aber ich muss noch fester anpacken, dass es wieder aufwärts geht. Mein Mann versucht, sich wieder selbständig zu machen. Im Moment hat er Schwierigkeiten mit der Behörde."

Schwester Sonja hörte zu und sah sich an, was Josefine nähte. Es waren Stofftiere, sie sahen recht putzig aus. Längst hatte sie Christine auf eine Decke gelegt, um ihre Beinmuskeln und Gelenke zu trainieren. Sie stellte sie aber auch immer wieder auf und übte mit ihr Schritte ein. Ein Knie zeigte noch Schwächen, ansonsten hatte sie viele Fortschritte gemacht. „So, Schätzchen, und jetzt erzählst Du mir was", sagte Sonja, „na, komm schon, ich helfe Dir, was hast Du heute gegessen?" Christine: „Mamalad Brot." Hilde half nach. „Aber heute hast mehr gegessen als sonst, was denn noch?" Christine legte die Stirn in Falten und schaute Reinhard an. „Reinad, sag Du", presste sie hervor. Reinhard zählte stotternd auf, was sie gegessen hatten. Liebevoll schüttelte Sonja Christine. „Ich möchte es aber von Dir hören, Christine, na komm schon." Dann schien ihr was einzufallen. „Wisst ihr was? Ich hole Euch beide für die nächste Sprechtherapie ab. Dann kann Reinhard vielleicht bald besser sprechen und Christine wird ihre Stimmbänder weiter stärken. Einverstanden?" Josefine: „Mir soll es recht sein. Ich bin froh um Ihre Unterstützung. Sie haben wirklich schon so viel für ‚das Kind' getan", wieder vermied sie, Christine beim Namen zu nennen. „Ich glaub, die wäre sonst nicht mehr da." Schwester Sonja: „Ach, ich habe nur meine Pflicht als Krankenschwester ausgeführt. Na ja, vielleicht ein bisschen mehr für das Schätzchen da, gell?" Sie schaute Christine zärtlich an und bekam einen Kuss von ihr. Sonja: „Danke, das ist aber lieb von Dir. Jetzt sagst Du mir ‚Auf Wiedersehen bis zum nächsten Mal'." Christine schüttelte den Kopf und brachte nur „Pf...God" raus, was „Pfüed di Gott", heissen sollte. „Ja, dann führt Dich Gott." Schwester Sonja machte einen Termin ab und verliess die Familie.

Als sie gegangen war, wollte Hilde wissen, weswegen Herr Remi bei der Behörde Schwierigkeiten hatte. Josefine: „Ach Hilde, wird wohl wie letztes Mal sein, wahrscheinlich geht es um den Gewerbeschein oder Ähnliches. Die haben ja andauernd etwas, nur diesmal muss er alleine damit fertig werden. Da misch ich mich nicht ein, schon gar nicht jetzt wo ich zum siebten mal Schwanger bin, sonst verliere ich noch ein Kind." Josefine dachte an Fredi und putzte sich die Nase. „Wissen Sie was, Hilde, jetzt spaziere ich zum Friedhof, die Bewegung und die frische Luft tun mir sicher gut. Reinhard und Charlotte nehme ich mit." Christine hatte sie nicht erwähnt. „Packen Sie mir bitte Charlotte in den Kinderwagen." Christine hatte mit grossen Augen die Szenerie verfolgt und rutschte unter den Tisch. Da war ein

Karton mit Zetteln und Farbstiften, die sie vom Spital zur Schreib- und Fingerübung mitbekommen hatte. Als Hilde mit ihr alleine war, scherzten sie mit ihr herum und setzte sie dann auf einen Stuhl. Am Tisch beschäftigte sich Christine so lange mit Papier und Farbstiften, bis sie vor Müdigkeit einschlief. Hilde nahm sie auf und bettete sie auf eine kleine Matratze, die am Boden lag,anschliessend musste sie sich um Rosita kümmern.

XV

Auf dem Weg zum Friedhof begegnete Josefine Frau Berger, die ihre zwei schwachsinnigen Buben vor Hitlers Euthanasie Programm hatte verstecken und so vor dem Tod retten können. Man merkte ihr an, dass sie froh war, mit jemandem darüber reden zu können. Die Geschichte wird jedes Mal spannender, fand Josefine, und lieh ihr auch diesmal ihr Ohr. Alsdann sprach Frau Berger Josefine ihr Bedauern aus wegen Fredis Tod und sagte abschliessend: „Dass ihr Mann verdächtigt wird, sich am Tod ihres Sohnes zu bereichern, das kann ich fast nicht glauben." Josefine: „Wie bitte?" Frau Berger: „Sie tun ja so, als wüssten Sie nichts von der ganzen Sache, das ist mir aber peinlich." Josefine: „Erzählen Sie mir, was Sie wissen. Na, so reden Sie schon." „Na gut. Also, Ihr Mann und sein Kollege Lanegger, ein Kommunist wie jeder weiss, geben dem Fassbinder die Schuld am Tod Ihres Kindes. Er habe die Fässer nicht sicher genug abgestützt, deshalb seien sie ins Rollen gekommen und haben Ihr verletztes Kind getötet. Ja, so soll es gewesen sein. Sie sind ja ganz verdutzt, Frau Remi. Na ja, jetzt wollen Sie und Ihr Mann Schmerzensgeld, was ja jeder verstehen kann." Josefine: „Von woher haben Sie das alles?" „Mein Mann ist Sekretär bei einer Schlichtungsstelle, da hat Herr Lanegger nachgefragt, wie er Ihren Mann zu seinem Recht verhelfen könnte." Josefine: „Und wie weiter?" Frau Berger: „Weiter weiss ich nichts, denn eigentlich dürfte ich meinen Mund überhaupt nicht aufmachen, solange die Tatsachen nicht geklärt sind. Aber die Untersuchungen müssten schon laufen. Sind bei Ihnen noch keine Ermittler vorbeigekommen? Sie scheinen überhaupt nichts davon zu wissen?" Josefine: „Frau

Berger, ich hab mich schon verspätet, ich muss los, ich geh noch kurz an Fredis Grab."

Josefine verabschiedete sich hastig. Ihr Puls raste und sie kam ausser Atem zu Hause an, hatte grosse Mühe, ihre Gedanken zu ordnen. Hilde stand geh bereit vor der Tür. „Ach, Frau Remi, Sie müssen sich schonen, nicht so schnell laufen, setzen Sie sich hin. Ich hole den Kinderwagen, so eilig habe ich es auch wieder nicht", sah aber andauernd auf die Uhr. Josefine hielt ihre Hand auf den Bauch, das Kind darin boxte heftig. Hilde servierte ihr und Reinhard noch Tee und wollte dann gehen. Aber Josefine hielt sie zurück. „Hilde, bitte bleiben Sie noch einen Moment, ich möchte noch schnell jemandem im Haus etwas bestellen." Und schon war sie draussen.

Wie Schuppen war es ihr von den Augen gefallen, dass manche Leute im Haus es eilig hatten, wenn sie ihr begegneten, und ihr auswichen. Auch Florenz hatte schon eine Zeitlang nicht mit ihr gesprochen. Warum hatte man ihr nichts gesagt? Sie rannte zu Lanegger und klopfte an seine Tür. Der Sohn machte auf. „Ist der Papa da?" „Papa, bist Du da?", rief er scherzend in die Wohnung hinein und lachte. „Kommen Sie, Frau Remi, ich führe Sie in die gute Stube. Sie entschuldigen mich, ich muss leider weg." „Ist schon gut, Bub", rief sein Vater aus der Stube und sagte zu Josefine, als sie eintrat: „Setzen Sie sich, Frau Remi, was gibt es?" „Was es gibt? Fragen Sie mich? Ich muss von fremden Leuten erfahren, was hinter meinem Rücken vor sich geht. Erzählen Sie mir jetzt Ihre Version. Ich hatte noch keine Gelegenheit, meinen Mann zu fragen, den ich kaum noch sehe. Warum wollt Ihr dem Florenz die Schuld am Tod von Fredi zuweisen? Ausgerechnet so einen ehrlichen Mann wollt Ihr an den Pranger stellen. Ihr seid wohl total übergeschnappt. Ihr nennt Euch echte Kommunisten. Wahrheit und Gerechtigkeit liest man auf Euren Flugblättern, und was macht ihr? Eine geldgierige Gaunerbande macht ihr daraus."

Josefine musste Luft holen. „Sie sehen das ganz falsch, liebe Genossin." „Ich bin nicht Ihre Genossin, niemals unterstütze ich eine solche Unterstellung." Herr Lanegger: „So hören Sie doch mal zu. Ist ja traurig, was passiert ist, aber man darf nicht die Realität aus den Augen verlieren, wie und warum es geschehen ist. Einzig Frau Gosch hat Fredis Puls gemessen. Die anderen sind erst gekommen, als die Fässer schon darüber gerollt waren." Josefine: „Das ist nur eine Vermutung. Das glaube ich nicht, dass das Fass ihn getötet hat. Er lag die ganze Zeit so da, wie ihn Florenz hingelegt hat." Unter Tränen: „Das Gesichtchen war nicht verletzt, am Hals hat ihn ein Glassplitter zu Tote verletzt. Die Fässer sind halb über meinen Rücken gerollt." Sie stand auf und ging. Sie konnte nicht mehr. Hilde stand mit ihrer Tasche da und wusste nicht, sollte sie gehen oder bleiben. Josefine: „Danke, Hilde, bis morgen."

Franz kam spät und traf Josefine ganz verweint an. „Was ist denn los?", wollte er wissen. Josefine erzählte kurz, dass sie bei Lanegger gewesen war. „Könnt ihr denn Florenz nicht in Frieden lassen!" Franz wurde wütend, er roch nach Alkohol. „Jetzt haben wir Dich mit der ganzen Angelegenheit verschonen wollen, aber Du willst es ja nicht anders. Wir müssen herausfinden, was die Ursache war, ich bin ja erst später dazugekommen, weil ich die Rettung geholt habe. Ich habe sonst nichts mitgekriegt. Der Lanegger hat mich nach der Beerdigung auf die Versicherung aufmerksam gemacht. Ich mach mir nichts aus Geld, aber der Schuldige muss zahlen, so ist das im Leben."

Josefine verlor die Fassung. „Der Luftdruck vom Bombeneinschlag hat die Halterung gelöst. Als der

Krankenwagen in der Nähe bremste, sind die ersten Fässer abgerollt.

Der Florenz, der Arme, hat den Fredi in die Wanne gelegt und hat nicht gemerkt, dass sich etwas gelockert hatte. Die Fässer haben Fredi nicht getötet! Zischte sie ihn an. Sie wollte nicht laut werden. Ihre Wut steigerte sich. „Du hast ja nicht einmal Fredi angeschaut, weil Du kein Blut sehen kannst, Du Feigling. Darum bist Du auch nicht in den Krieg und hast auch nicht Dein Land und Deine Leute verteidigt. Deine Söhne waren alle dort, zwei sind als halbe Krüppel zurückgekommen. Der Karl hat seine Frau und die Kinder zurückgelassen, den Strick hat er genommen vor lauter Feigheit." Franz wurde rasend, trat sie und schlug auf sie ein. „Was ist denn in Dich gefahren, verdammt noch mal", schrie er. In diesem Moment ging die Tür auf und Emer stürzte herein. Er hielt Franz den Arm fest, um ihn an weiteren Schlägen zu hindern. Franz wollte auch ihm ein paar runter hauen, aber Emer war stärker. Er drehte Franz den Arm nach hinten, führte seinen Stiefvater zu einem Stuhl und setzte ihn hin. Franz fing an zu weinen.

„Die macht alles kaputt mit ihrer Unbeherrschtheit. Ich weiss nicht, was ich machen soll." Josefine ging gekrümmt zur Toilette. Emer wusste nicht, was sagen. Er atmete heftig. Das alles regte ihn sehr auf. Josefine kam weinend zurück. „Ich blute, ich verliere immer mehr Blut." Es tropfte schon auf den Boden. Emer legte seine Mutter auf den Boden und schob ihr ein Kissen unter. Franz sprang auf: „Sollen wir einen Arzt holen? Ich geh schnell zum Apotheker, er soll den Doktor oder das Spital anrufen." Emer: „Wart, ich bin schneller, deck die Mami mit einer Decke zu." Es vergingen lange Minuten, bis der Krankenwagen kam und Josefine ins Spital gefahren wurde. Emer durfte mitfahren und berichtete danach zu Hause, dass seine Mami wahrscheinlich bis zur

Geburt des Kindes im Spital bleiben muss. Franz: „Ist eh besser so, da kann sie sich erholen. Was passiert ist, war einfach zu viel für sie." Emer: „Warum habt ihr Euch so gestritten? Was war los?" Franz: „Deine Mami hat mich und Karl als Feiglinge bezeichnet und so weiter, die war nicht mehr zu halten. Ich hätte nicht zuhauen sollen, aber die hat mich so weit gebracht. Ich dachte zuerst, eine Ohrfeige bringt sie wieder zur Besinnung. Zum Glück bist Du gekommen. Ich weiss nicht, was alles passiert wäre. Ich bin total ausgerastet. Wie so was passieren kann, sowas Blödes. Als ob nicht schon genug geschehen ist."

Franz klopfte noch spät bei Lanegger an, er konnte nicht schlafen. Er besprach sich mit ihm, ob es nicht besser wäre, wenn man das Ganze ruhen liesse. Aber Lanegger meinte verärgert, „jetzt kommt unsere Stadt in die russische Zone, die Engländer sind schon mehr nach Westen gezogen. Die Russen sammeln schon selber überall die Viecher und alles, was essbar ist, zusammen. Von dem gibt es Eintopf fürs ganze Volk. Die schauen nicht drauf, wer Du bist, oder wer Du warst, die leben die kollektive Besinnung aus." Wegen der Versicherung sei man mittendrin und dürfe nicht aufgeben, dazu sei es zu spät. Er hatte mächtigen Einfluss auf Franz und las ihm eine grosse Rede vor, die Franz auf einer Tribüne am Hauptplatz halten müsse, wenn es soweit sei. „Der Kommunismus muss siegen. Wahrheit und Gerechtigkeit für alle, Genosse. Wir haben jetzt unsere eigene Zeitung, ‚Die Wahrheit!', so der Titel. Wir müssen sie verbreiten. Ich lass Dir ein paar Exemplare zukommen. Wirst sehen, die wird Eindruck machen. So eine Zeitung hat es noch nie gegeben."

Josefine gebar bald wieder ein Mädchen, Sie tauften sie Isabella.

Auf dem Hauptplatz fand eine kommunistische Versammlung statt. Franz verteilte gratis ein paar der erzeugten Stoffschuhe an barfüssige Kinder, die sie jetzt zu Hause produzierten.

Josefine liess sich überreden mitzumachen und spielte für die Kinder Kasperltheater im Gasthaussaal, während Franz auf der Tribüne seine Rede hielt. Er redete, wurde immer lauter und schrie sich schliesslich heiser. Es war seine erste und letzte Rede, in der Öffentlichkeit.

Dreizehn Monate nach Isabella, brachte Josefine Hermine zur Welt.

Die blonden Haare und blaugrauen Augen hatte das Mädchen von Franz. Als der Arzt es ihr reichte, freute sie sich sehr über das kleine, sehr hellhäutige Mädchen. „Das ist ihr Achtes, jetzt lassen Sie es gut sein, Frau Remi. Noch mehr Kinder wäre nicht gerade vernünftig.“ Josefine: „Wem sagen Sie das. Ich hätte schon lange gestoppt, aber Ihr Männer könnt es nicht lassen.“ „Na, na, Frau Remi, dazu gehören immer noch zwei.“ „Gibt es etwas, damit ich keine Kinder mehr kriege? Oder was soll ich machen?“ Arzt: „Ich würde Ihnen einen Beratungstermin zukommen lassen, wenn Sie einverstanden sind.“ Josefine war einverstanden, vergass dann aber hinzugehen.

Gleich nach der Geburt kamen eine Frau und ein Mann von der Justiz ins Spital, zeigten ihre Plakette und befragten sie zum Tode ihres Sohnes Fredi. Josefine nahm Florenz in Schutz und sagte, dass Franz von Herrn Lanegger dazu überredet worden war, denn alleine hätte er das nie durchgezogen, dazu sei er gar nicht fähig. Er wäre auch nie zu den Kommunisten gegangen, wenn Herr Lanegger ihn nicht dazu gebracht hätte. Der solle ihn endlich in Ruhe lassen.

Daraufhin wurden Lanegger und Franz verhaftet, kamen vor Gericht und wurden wegen betrügerischen Handelns verurteilt, Franz zu sechs Monaten, Lanegger zu elf Monaten Gefängnis. Die beiden Männer fanden, dass sie wegen ihrer kommunistischen Gesinnung härter als üblich bestraft worden waren. Dadurch wurde ihre politische Einstellung noch verstärkt. In der Zeitung „Die Wahrheit!“ konnte man sie als unschuldige Kommunisten ausmachen. Das Volk wurde angeheizt mit Sprüchen wie: „Wo bleibt die Gerechtigkeit und das Recht für die Freiheit des einfachen Volkes! Wir werden weiter kämpfen!“ Sie erreichten, dass ein Drittel der Haft erlassen wurde. Durch solche und weitere Aktionen wurde die Partei schnell sehr stark. Als Josefine das hörte, verlor sie den Verstand, denn sie schrieb ans Gefängnis, sie sollten ihn gleich umbringen. Dieser Trottel liesse sich in alles hineinziehen. Ausbaden müsse sie es mit den sieben Kindern am Hals... und so weiter. Sie kannte die Sprüche über kollektive Gedanken zur Genüge, jedem die gleiche Behandlung und jedem das gleiche Recht. Aber Gleichheit gab es noch nie und wird es auch in Zukunft nicht geben, fand sie. Sie hatte nur noch Wut im Bauch. Der Brief gelangte in dem kleinen Gefängnis der Gemeinde in die Hände von Franz. Er gab ihn, bei seiner Entlassung, seiner Schwester Berta zum Aufbewahren.

Eines Abends, als die Kinder mit Josefine zu Tisch sassen, zeigte Christine zum Fenster: „Da, schau.“ Alle sahen hin. Josefine: „Oh mein Gott! Seht doch, mein Vater nimmt Abschied. Kommt, winkt, so winkt doch! Opa, Vater! Bitte geh nicht weg! Vater! Vater!“ Der Mann am Fenster winkte, drehte sich um und winkte weiter. Dann verblasste das Bild langsam. Josefine bekreuzigte sich und fing an zu weinen. „Es ist so lange her, dass ich ihn das letzte Mal gesehen habe.“

Reinhard: „Ich hab den Opa nicht gesehen." Er ging zum Fenster und sah hinaus. Emer: „Es ist ja alles nur schwarz draussen." Doch er wusste von Mamis und Omas hellseherischen Fähigkeiten. Josefine staunte, dass allein Christine die Erscheinung gesehen hatte. Bald danach kam die Nachricht vom Tode des Vaters.

Im Wirtshaus bei Ferdinand erzählte der schon ein wenig angetrunkene Zuggeleise Wärter, dass ein Waggon schon die längste Zeit auf dem Abstellgeleise stehe, und sich niemand darum kümmere. Er denke, dem Geruch nach könne Weizen oder so was darin sein. Der Wagon habe keine Fenster und sei nicht verplombt wie üblich, sondern nur ein Riesenschloss mit Kette halte ganz fest die seitlichen Schiebetüren zusammen.

„Meinst wir könnten nach schauen, ob was Brauchbares für unser hungerndes Stadtvolk zu ergattern ist?" meinte Ferdinand. Geleiswärter: „Von mir aus, ich schau weg und hab nichts gesehen. Zwischen 2 und 3 in der Nacht wär's am sichersten, da ist keine Sau anzutreffen." Ferdinand: „Heute Nacht geht's nicht, aber morgen denk ich, gehn wir mal schauen." Franz und Florenz kamen für einem Glaserl Wein zu Ferdinand, bevor sie nach Hause gehen wollten. „Jetzt sind die drei Stadt-Musketiere wieder beieinander", äusserte sich der Geleisewärter. „Meinst uns Drei," lachte Florenz. „Ja wen denn sonst? Ich glaub, ich vertrage jetzt nichts mehr, ich geh jetzt gescheiter nach Hause. Bis morgen!"

Er wackelte zur Tür hinaus.

Ferdinand erzählte Franz und Florenz, was er vom Geleiswärter erfahren hatte, und wo der Waggon zu finden ist. Franz: „Weisst was, da schleich ich mich gleich nachher an und schau, was da ist. Florenz, Du legst mir vor Deiner Werkstatt Werkzeug zurecht, um die Kette zu sprengen. Ich stell mir vor, die wird recht stabil sein. Das Schloss bringen wir nicht so leicht auf. Wenn es nach was Brauchbaren ausschaut, trommle ich ein paar Kollegen zusammen und wir holen, was da ist". Sohn Erwin kam herein und sagte nur, dass er morgen später komme. Franz: „Du kommst gerade recht, kannst schnell mit mir kommen, etwas auskundschaften. Komm. Florenz, jetzt kannst mir das Werkzeug grad mitgeben, vielleicht schaffen wir beide das alleine". Sie tranken ihr Glas leer und verliessen das Lokal.

Franz und Erwin, der nicht so recht wollte, prüften das Werkzeug, bevor sie losmarschierten. Bald einmal fanden sie den Waggon, der war von überhängenden Bäumen verdeckt. Erwin: „Das riecht nach uraltem Brot oder so. Uns kann niemand sehen, wenn wir an der Kette herum machen. Nur gut aufpassen müssen wir schon." Franz: „ Warte ein paar Minuten, damit wir ganz sicher sind, dass niemand uns gesehen hat." Sie hockten sich auf die Seite, wo sie niemand sehen konnte, hin und wieder schauten sie unter dem Waggon durch. Erwin:„Ich probiere es jetzt einmal." Mit aller Kraft versuchte er mit dem mitgebrachten Werkzeug ein Kettenglied auseinander zudrücken. Dann zu zweit. Millimeter nur, mit aller Anstrengung. Franz:„Wir müssen den Hammer ansetzten, aber das macht Lärm."In diesem Moment näherte sich ein langer Lastenzug und sie hämmerten drauflos, was das Zeug hielt. Ganz knapp konnten sie ein Kettenglied aushängen. Erwin verlor seine Angst:"

Jetzt wird's spannend." Er handelte rasch und schob vorsichtig eine Tür nur einen Spalt auf, so dass er hinein schlüpfen konnte. Mit seinem Feuerzeug leuchtete er herum und mit seinem Taschenmesser stach er in die vollen Säcke, um herauszufinden, was darin war. Franz wurde ganz ungeduldig, er schaute unter dem Waggon hindurch und dann noch auf beide Seiten. Es war alles ruhig, noch nicht ganz dunkel. Erwin fand eine Schaufel im Waggon, sammelte von einigen Säcke den Inhalt darauf und hielt es seinen Vater unter die Nase. Franz: „ Nichts verschimmelt, wie es aussieht". Getrocknete Bohnen, Erbsen, Linsen, ungemahlener Weizen, Maiskörner und komisches gelblich weisses Getreide, was sie vorher noch nie gesehen haben. Erwin: " Auf dem Sack steht Reis. So jetzt wissen wir, was da ist. Wir schieben die Tür zu und hängen die Kette wieder ein. Wir müssen uns gut überlegen, wie wir das Zeug so gerecht wie möglich an die Leute verteilen können." Franz war ganz erstaunt, dass Erwin nicht gleich was mitnehmen wollte.

Franz organisierte einen gedeckten Lastwagen und einen älteren Genossen, der ihn fahren konnte. Erwin säuberte die Ladefläche, sie nahmen noch eine Schaufel mit, gaben Ferdinand Bescheid, dass sie jetzt schon in Aktion treten und nicht länger warten wollen. Ferdinand fragte spontan zwei starke junge Männer, ob sie mithelfen würden, einen Laster mit Material zu beladen. Er wusste, dass er ihnen vertrauen konnte. Sie sagten sofort zu, obwohl es schon bald Mitternacht war. Erwin und sein Vater überlegten, wie sie so nah wie möglich an den Waggon heranfahren könnten. Wegen den überhängenden Bäumen ging es um Zentimeter. Die zwei jungen Männer merkten sofort, dass alles schnell gehen musste. Erwin hatte die Waggontüren schon auseinander geschoben. Franz ordnete an, die Säcke, sobald sie geladen sind, aufzumachen, wenn nötig mit ihren Sackmessern aufzuschneiden und alles durcheinander zu leeren, damit bei der Verteilung mit den Schaufeln jeder von den durchmischten Lebensmitteln bekam.

Es dauerte länger als gedacht, um alles umzuladen. Der Waggon wurde geschlossen, die Kette eingehängt. Dann fuhren sie in den Hof vor der Werkstatt und ruhten sich ein wenig aus, bis es Tag wurde.

Es gab zur Pause nur Tee, Marmelade und Brot, aber das reichte im Moment. Franz ging mit einem Burschen hinaus, bestiegen den Laster, füllten je zwei Schaufeln voll Lebensmittel in die geleerten Säcke, für die jungen Männer, den Fahrer, Ferdinand, Florenz, Erwin und seine eigene Familie und noch für einige andere im Haus und für Verwandte. Als es Tag wurde, fuhren sie mit dem Laster mit einigen Stopps durch die Strasse und riefen: „Gratis Lebensmittel!“. Zuerst schauten die Leute nur komisch, bis Franz zu einer Frau sagte: „Halt Deine Tasche her.“ Er gab ihr eine Schaufel voll hinein. Danach reagierten auch die anderen und hoben ihre Schürzen, Röcke und Hüte hoch. Nach dem dritten Stopp waren so viele Leute gekommen, dass sie nicht mehr weiterfahren konnten und nur noch abwechselnd schaufelten, bis alles verteilt war. Voller Emotionen, staubig und müde kehrten sie in den Hof zurück, jeder nahm seinen Anteil entgegen, verabschiedete sich und gingen nach Hause.

Die Russen besetzten Vordersberg. Die Engländer waren jetzt weiter südlich. Franz und Lanegger waren wieder auf freiem Fuss. Franz und Josefine sahen die Russenpanzer anrollen. Josefine rief ihnen ein paar Begrüssungsworte auf Russisch entgegen. Die Russen winkten ihr zu, kauten auf ihren Sonnenblumenkernen herum und nahmen die Blumen entgegen, die sie schnell am Strassenrand gepflückt hatte. Auf dem Kirchturm wurde die russische Fahne mit Sichel und Hammer gehisst. Im Stadtpark wurden die drei Holzhäuser für die russische Kommandantur frei gemacht. Entnazifizieren wurde angeordnet. So mancher wurde inhaftiert, darunter Hausverwalter Gosch mitsamt seiner

Frau, Polizist Precinschek, Herr Frühwirt der Geschäftsführer von Frau Weisser und Herr Gasser vom Gemischtwarengeschäft.

Franz, Josefine und Lanegger beschlossen, gemeinsam zur Kommandantur zu gehen, um ihre Mitbewohner zurück zuholen, die zwar in der Nazipartei gewesen waren, aber nichts Schlechtes getan hatten. Josefine grüsste auf Russisch und brachte die Angelegenheit vor. Franz und Lanegger zeigten ihren Parteiausweis mit Sichel und Hammer auf dem roten Umschlag. Der Kommandant konnte nicht alles verstehen, er sprach einen komischen Dialekt. Doch sprach er ein wenig deutsch. „Du Kommunist?" Er zeigte auf die Männer. Josefine bejahte. „Da"! „Jetzt alle Kommunist, jetzt Russe gutt, Faschist gutt, SS guuut!" Seine Augen waren nur noch Schlitze in seinem runden Gesicht. Nach ein paar spannungsgeladenen Minuten stellte er sich breitbeinig vor ihnen auf, sah jeden der Reihe nach von oben bis unten an und brüllte: „Njet, dawei!"

Mit einer Handbewegung wies er ihnen die Tür. Josefine im Freien: „Na, schöne Kommunisten seid ihr mir. Euer Parteiausweis mit Sichel und Hammer hat Euch nichts genutzt. Und was jetzt?" Die Frage blieb unbeantwortet. Geknickt gingen sie nach Hause. Die Inhaftierten wurden abends in einen Zug gebracht. Herr Gosch, seine Frau und Herr Frühwirt konnten zwischen zwei Waggons hindurch flüchten. Um Mitternacht waren sie wieder zu Hause, mussten sich aber eine Zeitlang verstecken. Zum Erstaunen aller fragte niemand nach ihnen. Precinschek kam für Jahre nach Wolgograd in ein Lager. Nach seiner Heimkehr erzählte er, dass der über gewichtige Gasser beim Transport ins Lager gestorben war und das die Dicken schneller gestorben sind als die Mageren

Es war so grausam. Man habe dem Toten die Kleider ausgezogen und ihn dann in den hintersten offenen Waggon, den Leichenwaggon, geschmissen. Precinschek: „Ich kann bis heute nicht glauben, dass er gestorben ist. Aber es war so. Wir, mitsamt den russischen Zugbegleitern, haben fürchterlich gefroren und gehungert, die hatten auch nichts zu beissen. Manchmal gab es eine Scheibe hartes Brot und Wasser, aber sonst nichts. Die erste Kohlsuppe im Lager war ein Festessen, ein Geschenk vom Himmel. Ich habe mich danach bekreuzigt und mich für diese Delikatesse bedankt. Das werde ich mein Leben lang nie vergessen.“

Die Zeit verging, Christine und Reinhard machten grosse Fortschritte in der Therapie. Reinhard lernte, langsamer und kontrollierter zu sprechen. Christine entwickelte sich wieder zu einem normalen Kind. Nur noch kleine Narben zeugten von den Verletzungen. An der linken Stirn war eine Narbe zu einem kleinen Kreuz zusammengewachsen, lange Jahre später sah man das die Nase ein klein wenig eingedrückt war und unter dem Kinn wurde mit ein paar Stichen eine Wunde zusammen genäht, das konnte man nicht sehen. Die beiden Kinder gingen nun gerne in die Schule. Jetzt, da Reinhard nur mehr sehr selten stotterte, wurde er von seinen Schulkameraden endlich akzeptiert. Christine war Linkshänderin, musste aber mit der rechten Hand schreiben, sonst hätte sie eins mit dem Zuchtstab auf die Finger bekommen. Sie hatte Schwierigkeiten mit Buchstaben wie B und D und Zahlen die sie umdrehte, was gegen Abend, wenn sie ermüdete, schlimmer wurde.

Auch die Gross- und Kleinschreibung ging ihr schwer in den Kopf. Aber die Schuldirektion zeigte Verständnis, denn insgesamt lag sie über dem Klassendurchschnitt. Die Legasthenie wurde weder beachtet noch irgendwo erwähnt.

Die Nachkriegszeit mit manch verrückten, aber auch gefährlichen Jungendstreichen folgte.

Bei Abenddämmerungen schlich Reinhard auf den selbsterichteten Hochsitz in der Krone eines alten Baumes über dem Jungwald, um Liebespärchen zu beobachten, die sich hier unbeobachtet fühlten.

Manchmal versteckte Reinhard seine Schultasche, man glaubt es nicht! In der Schule! Schloss sich denen, die dem Unterricht fernblieben an, um Kriegsmaterial aus dem Schlossteich zu fischen. Nach dem Krieg landete nämlich so manches Beweisstück, das die Leute zu Hause hatten, im Schlossteich oder wurde auch in der Umgebung begraben, darunter besonders viele Waffen. Natürlich war das Tauchen, um das Zeug aus dem Wasser zu holen, sehr gefährlich, aber die Abenteuerlust war gross und das Geld, das man für Kupfer, Blech und Eisen bekam, war zu verlockend. Aus den Helmen wurden Kochtöpfe gemacht Die Patronen, die sie fanden, wurden vorsichtig auseinander genommen und das Schiesspulver zur Herstellung von kleinen 'Bomben' benutzt. Damit gingen sie dann fischen. Oben am Wasserfall explodierte das Ding und weiter unten fingen sie in einem Netz Dutzende von toten Fischen auf. Leider wurden damit auch Kleinfische und andere Tierchen getötet. Aber das war der Abenteuer-Spielplatz der Nachkriegszeit. Auch Gewehre, die sie fanden, wurden wieder schussbereit gemacht. Sie schossen damit im Wald herum auf Vögel und sogar die Katze vom Nachbar war ein Ziel. Sie richteten ein Fund Lager ein, in dem sich Helme, ganze Uniformen, Abzeichen, Schusswaffen, Munition usw. stapelten. Als Fund Lager diente der fast leere Keller, im Elternhaus von zwei Mitschülern, das unterhalb der alten Schlossruine stand. Christine durfte manchmal mit zum See oder zum Lager, aber nur, wenn sie schulfrei hatte, darauf achtete Hilde. Sie hatte ja keine Ahnung, was da vor sich ging.

Es kam, wie es kommen musste. Eines Tages explodierte eine Patrone. Walter, einer der Schulschwänzer, wollte eine Patrone auseinander ziehen, um an das Pulver heranzukommen. Er war ein Spezialist in dem und hatte am wenigsten Angst. Sein Vater, ein ehemaliger Waffenfabrikarbeiter, hatte ihm gezeigt, wie man das macht und auch wie daraus kleine Bomben entstehen, wie man damit fischen kann. Natürlich hatte er seinen Sohn nie in die Nähe der Waffen gelassen. Die waren sicher hinter verschlossenen Türen aufbewahrt. Walter redete und lachte, als er wie sonst 'vorsichtig' an der Patrone herum klopfte. Auf einmal ein lauter Knall! Blut an den Wänden, an den Kleidern von Christine, Reinhard und noch zwei Buben. Überall blutige kleine Haut Fetzchen. Jeder stand da und wusste nicht, wer alles verletzt war. Alle suchten zuerst sich selber ab. Walter war ganz bleich im Gesicht und hielt seine Hand in die Höhe, es fehlten drei ganze und ein halber Finger. Die Explosion hörte die Mutter der zwei Buben. Sie kam angelaufen und sah die blutverschmierten Kinder. Entsetzen in ihren Augen. Walter schrie und hielt seine Hand fest. „Kommt raus hier, schnell, schnell!“, rief sie, denn angesichts des Kriegsmaterials, das sie da sah, befürchtete sie weitere Explosionen. Sie fragte Walter, ob er gehen könne. Seinen Bruder schickte sie mit dem Fahrrad los, um Hilfe zu holen. Dann nahm sie ihr Kopftuch ab und wickelte es fest um Walters Hand. Beim Brunnen vor dem Haus versuchte Reinhard, Christine das Blut aus den Kleidern zu waschen, seine eigenen Kleider sahen nicht so schlimm aus, aber er hielt Kopf und Arme unter den Wasserstrahl. Christine sah noch etwas in Reinhards Haaren, nahm es ab und gab es ihm. Es war ein Fingernagel. Er schmiss ihn mit Grauen weg. Da hörten sie ein Motorrad kommen, es war ein Strassenarbeiter. „Ich hab es krachen gehört. Ist was passiert?“ „Wir müssen zum Arzt oder ins Spital, Walter hat sich an der Hand schwer verletzt.“ „Ich ruf die Rettung an, die wird eine Viertelstunde brauchen, bis sie da ist. In der Zeit soll er die Füsse hochlegen und die Hand hoch in die Luft halten. Auf dem Motorrad kann ich ihn nicht mitnehmen. Also, ich presche jetzt los.“ Der Sohn mit dem Fahrrad kam zurück. Christine und Reinhard wollten nach Hause, aber Walters Mutter hielt sie zurück. „Ihr bleibt da, bis ich gehört habe, wie es passiert ist.“ Das Sanitätsauto kam. Walter wurde auf die Trage gelegt und ins Auto geschoben. Die Sanitäter fragten, wie und was passiert sei. Einer von ihnen getraute sich in den Raum, wo die Explosion stattgefunden hatte, und schloss ihn ab. „Den Schlüssel werde ich der Polizei übergeben, die müssen wir nämlich einschalten. Ist noch jemand im Haus? Wenn nicht, sperren Sie die Tür ab und kommen Sie mit ihrem Sohn mit. Beeilen Sie sich!“ Dann wandte er sich an Reinhard und Christine und befahl ihnen, nach Hause zu gehen. Sie rannten gleich los. Zu Hause sah Hilde die blutverschmierten Kinder prüfend an. „Wie schaut ihr denn aus? Ist das Blut auf Deinem Kleid?“ Christine nickte. Reinhard behauptete, Nasenbluten gehabt zu haben und darum seien sie beide mit Blut beschmiert. Hilde konnte sich den Kindern nicht lange widmen, sie hatte etwas auf dem Herd. „Zieht Eure schmutzigen Sachen aus und wascht Euch gründlich mit Seife.“ Sie gab ihnen frische Kleider und Reinhard schmiss die blutige Wäsche in den Wäschekorb.

Alle Beteiligten mussten mit mindesten einem Elternteil zur Polizei. Walter der verwundet war, machte seine Aussage im Spital. Die Eltern stritten vor der Polizei herum. Es ging um die Schuldfrage. Schliesslich hatte Walter vier Finger der rechten Hand verloren. Sie wurden beschuldigt, nicht gut genug auf die Kinder aufgepasst zu haben. Die Lehrer hätten auch Bescheid geben müssen, dass die Kinder öfters der Schule fernblieben. Die Gemeinde hätte wissen müssen, wie viel Gefahr im Teich und auch im Fluss lauere. Das Fund Lager wurde von der Feuerwehr geräumt. An den Zugängen zum Schlossteich wurden grosse Warntafeln mit Totenkopf und einem roten X aufgestellt: „Fischen und baden verboten." Die Jungs waren aber trotzdem dort, auch Charlotte. Als eines Tages eine Polizeikontrolle vorbeikam, tauchte sie gerade mit roten Augen und Militärhelm auf dem Kopf aus dem Wasser auf. Charlotte frech: „Tauchen verboten steht nicht drauf." Nach einiger Zeit beschloss die Gemeinde, den Teich abzulassen und auch das Flussbett zu reinigen. Dazu wurden Arbeitslose eingesetzt. Mit der Zeit entstand ein wunderschönes, gepflegtes Naherholungsgebiet, in dem der Anglerverein eine kleine Fischerhütte baute, sowie ein kleines Gartenrestaurant mit Seeterrasse. Im Teich wurden Karpfen, Forellen und Aale ausgesetzt. Später konnte sich jeder eine Tageslizenz zum Fischen kaufen. Das galt für zwei Fische pro Tag, in vorgeschriebener Grösse. Die Einnahmen trugen so zum Unterhalt der Anlage bei.

XVI

Nach den Osterferien kamen Leute vom Roten Kreuz in die Schule und inspizierten die 4.Klasse, die auch Christine zurzeit besuchte. Die Schüler wurden unruhig, denn normalerweise hiess das, dass geimpft, oder DDT gegen Läuse auf den Kopf gestreut wurde. Doch diesmal schauten die Rotkreuz-Leute nur durch die Reihen und riefen diejenigen nach vorne, die recht dünn waren. „Nun, liebe Kinder, Ihr seid ausgewählt worden für einen Erholungsaufenthalt in der schönen Schweiz, die vom Krieg verschont wurde." Die ausgewählten Kinder freuten sich lautstark, ausser Christine, die fing an zu weinen. Christine war mit 9 Jahren die Jüngste in der Klasse. „Ich will nicht in die Schweiz, dort kenne ich niemanden." Einer der Herren bückte sich zu Christine: „Schau, wenn Du dorthin fährst, bekommst Du endlich genug zu essen. Du solltest etwas zunehmen, bist ja gar dünn." Christine: „Wir haben zu Hause genug zu essen." Er liess nicht locker und trickste sie aus. „Wen von Deinen ausgewählten Schulfreundinnen würdest Du gerne in der Nähe haben, das könnten wir einrichten." Christine schaute ihre Freundin Schilla an, die nickte freudig. Christine ging zu ihr hin, nahm sie an die Hand und beide strahlten. Jeder bekam ein Formular, das die Eltern ausfüllen und auch bestätigen mussten, ob sie damit einverstanden waren. Für Josefine war es kein Problem, doch Vater war dagegen. Denn sie waren wieder in die grössere Wohnung gezügelt, wo sie vor dem Krieg gewohnt hatten. Auch die Werkstatt neben dem Keller war wieder in Betrieb, Franz hatte eine Schuh- und Ledertaschenproduktion gestartet. Da brauchte er jede Hand. „Mädchen schickt man nicht weg, die sind immer in Gefahr, dass ihnen etwas passiert. Es laufen so viele Verbrecher frei herum, man kann nie genug aufpassen." Das hörte Emer, der wusste den eigentlichen Grund, warum Vater sie nicht gehen lassen wollte. Emer musste nach der Arbeit, er war Tischlehrlehrling, zu Hause helfen wie die anderen Kinder auch, und er wusste, dass Christine, beim Zusammennieten von Taschenteilen, die Schnellste war. Vater hatte die Zeit gestoppt. Hinter ihrem Rücken! Zum Leidwesen der Angestellten, die mit ihren gröberen Fingern von da an dieselbe Leistung erbringen sollten.

Emer füllte das Rote Kreuz-Formular aus und legte es seinen Eltern zur Unterschrift hin. „Du würdest ja auch gern in die Schweiz zur Erholung gehen, wenn Du an ihrer Stelle wärst. Da, unter schreib hier, jetzt!" Er hielt ihm die Tintenfeder hin. Vater zögerte, unterschrieb dann aber doch. Christine und ihre Freundin gaben die ausgefüllten Formulare ab und bekamen eine Liste mit den Sachen, die mitzunehmen waren. Sie lasen: „1 kleiner Rucksack, 1 Unterhose, 1 Unterhemd, 1 warme Weste oder Pullover oder Jacke, 1 Kopfbedeckung, 1 Paar Strümpfe oder Kniesocken, ein Spielzeug, 1 Taschentuch, 1 Zahnbürste (nur wenn vorhanden). Anderes wird zurückgewiesen. Anordnung: Es ist strengstens zu beachten, dass Ihr Kind keine Kopfläuse hat und sich nur in gesundem Zustand zum gegebenen Zeitpunkt am Versammlungsplatz einfindet."

Vor der Reise bekam noch jeder ein Rechteck aus Karton umgehängt. Darauf waren ein grosses, rotes Kreuz, Name Geburtsdatum, Gewicht, und Heimatadresse, auf der Rückseite stand die Schweizer Adresse. Schilla verglich die beiden Schweizer Adressen. Bei ihr stand die Adresse eines Doktors drauf, Christine hatte die eines Gasthauses. Nur der Ort war der gleiche. Emer, der sie begleitete, sagte: „In dem Fall könnt Ihr nicht jeden Tag zusammen sein. Aber treffen werdet ihr Euch sicher öfters können." Die zwei Freundinnen hielten sich fest an den Händen. Emer: „Die Ferien gehen ja schnell vorbei. Nur drei Monate seid Ihr dort. Was sind schon drei Monate vom ganzen Leben." Schilla: „Wenn's schön ist, sind drei Monate kurz, und wenn's nicht schön ist, sind sie lang." Alle drei lachten und waren ganz aufgeregt. Der Versammlungsort war in einem riesigen Bombentrichter vor dem grossen Bahnhof. Nur das Rotkreuz-Team und die Kinder mit dem Karton um den Hals durften da hinunter. Ein paar Leute regten sich auf, dass man keinen besseren Treffpunkt gefunden habe, die Schuhe würden ja schmutzig. Unten gab es Milch für die Kinder und zwei Scheiben Brot mit Wurstaufstrich dazwischen und noch einen Apfel zum Mitnehmen. Bevor sie in den Zug stiegen, wurde der Rucksack, kontrolliert. Emer erzwang sich geschickt von beiden einen Kuss auf den Mund. Christine putzte sich ihre Lippen mit dem Ärmel danach rasch ab, was ihr Schilla nachmachte, die sah herzig aus mit ihren gedrehten Stoppellocken, die ihr die Mutter frisiert hatte. Christine liebte ihre Zöpfe mit den steifen, rosa Schleifen. So winkten sie durchs Fenster, als der Zug abfuhr. Emer blieb, bis der Waggon im schwarzen Rauch der Lokomotive verschwand.

Emer schlenderte noch in der grossen Stadt herum. Nicht ein Haus war ohne Schusslöcher, die meisten waren völlig zerbombt. Leute, vor allem Frauen mit zurück gebundenen Kopftüchern, stapelten Ziegeln und die Eimer mit Schutt wurden von einer zur anderen gereicht, auf einen Lastwagen geladen und aus der Stadt gebracht.

Emer traf Heinrich, einen Kriegskameraden, der auf Krücken daherkam. Sie umarmten sich, setzten sich auf eine halb kaputte Bank und hatten sich viel zu erzählen. Er hatte sich aber nicht im Krieg verletzt, sondern in seinem

Elternhaus, das halb freigelegt worden war. Seine Familie war vor Dieben gewarnt worden. Daher versuchte er, mit Freunden in den Wohnbereich zu kommen, aber bald sei ein Latte heruntergefallen und noch anderes hinterher, Beim Weglaufen hatte er sich dann den Fuss verrenkt. Er arbeite mit seinem Vater in einer Schweissanlage als Hilfsarbeiter und das jeden Tag nach der Schule. Zwar hätte er dort bald eine Lehre antreten können, aber dazu habe er keine Lust. „Hast keine Lust, Schweisser zu werden?", fragte Emer. „Du kannst die Lehre machen, wenn Du willst kannst gleich anfangen. Musst aber eine Wohnbescheinigung mitbringen, sonst kriegst die Stelle nicht." Emer: „Ich bin seit einem Jahr als Tischlerlehrling eingestellt, nur gefällt mir die Arbeitsmoral dort nicht. Gelernt habe ich zwar sehr viel in der Zeit, das muss ich zugeben, aber streng ist der Hund, mein Chef, und Lehrgeld ist sehr knapp."

Er schaute seinen Kameraden an und sagte: „Wie viel zahlt denn dein Chef?" Heinrich nannte ihm eine Summe. Emer: „So viel und das Netto? Das kann ich gar nicht glauben. Da fange ich gleich morgen an. Hast kein Eck in Eurem Haus oder in Eurer Wohnung für mich?" Heinrich: „Beim besten Willen nicht. Wir teilen uns Küche, Bad und Toilette mit noch drei Familien. Jede Familie hat bloss einen Raum zur Verfügung, der ist mit Matratzen vollgestapelt, und ein Tisch steht in der Mitte." Emer: „Schade." Heinrich: „Ich hab eine Tante, die konnte in ihre Wohnung wieder einziehen. Ich weiss nicht, ob sie schon da ist, aber komm doch, wir haben ja Zeit, schauen wir rein, ist nicht so weit von hier."

Und wirklich, Frau Geller Heinrichs Tante, war mit dem Einrichten beschäftigt. „Ist aber schön, dass Du kommst", sagte sie, „und einen netten Freund, wie mir scheint, hast auch gleich mitgebracht. Jetzt mach ich mal Pause. Kommt, schaut, wo Ihr sitzen könnt, dann können wir ein bisschen quatschen. Bis am Abend sollte ich soweit sein, dass ich in dieses Zimmer, wo wir jetzt sitzen, einziehen kann. Die Küche ist schon fertig, ach, was heisst Küche, Kochgelegenheit natürlich nur. Eine Badewanne muss ich mir noch besorgen, na ja, und wie es jetzt halt so ist, die Toilette muss man mit anderen teilen. Die anderen Zimmer sind noch nicht bewohnbar, die hat man nur erst notdürftig abgestützt. Zum Glück ist das Zimmer hier sehr gross."

Heinrich und Emer sahen sich an. Frau Geller hatte Brot mit Wurst für alle. Heinrich: „Tantchen, wir helfen Dir gerne, aber bevor wir anfangen möchte ich Dich was fragen. Mein Freund Emer könnte dort, wo Vater und ich arbeiten, eine Lehrstelle antreten, er muss aber nachweisen, dass er eine Unterkunft hat. Meinst Du nicht, dass Du ein Eckchen für ihn freimachen kannst? Nur für kurze Zeit, bis wir etwas anderes finden. Er möchte so gerne eine Schweisserlehre machen. Kannst Du uns helfen? Es ist wahnsinnig schwierig, eine Lehrstelle zu finden, wie Du sicher von überall her hörst." Tante: „Ich finde es ganz toll, wie Du Dich für Deinen Freund einsetzt, und dass ihr beide Zeit findet, mir zu helfen, ist ja noch schöner. Ich bin jetzt aber ein bisschen überrumpelt, muss ich gestehen. Mir geht das fast zu schnell."

Sie schien nachzudenken. „Also, überlegen wir mal. Die Stelle könntest Du also sofort antreten, musst aber erst einen Vertrag haben, und Deine Eltern müssen einverstanden sein. Nun gut, eine Schlafstelle richten wir hier ein unter der Bedingung, dass Du mit Hand anlegst und nicht herumlungerst bis in die Nacht hinein. Wir können zusammen Radio hören, wenn Du willst. Heinrich kann natürlich zu jeder Zeit kommen, Mädchenbesuche kannst Dir aus dem Kopf schlagen, kein Alkohol und nicht rauchen, wenn ich bitten darf." Emer bedankte sich herzlich, Heinrich meinte: „ Jetzt aber zuallererst ab zu meinem Chef, um Emer vorzustellen.“ Sie kämen wieder, wenn die Sache erledigt sei. „Geht nur, ich versteh Euch gut, und kommt mir ja nicht ohne Lehrvertrag zurück.“ Sie lachte und wünschte viel Glück.

Josefine war überglücklich, dass Emer eine neue Lehrstelle hatte, wo er mehr Lohn bekommen konnte und hoffentlich glücklicher wird. Dass er wegziehen musste, machte sie auch nicht traurig. Auch seine Chancen als Bodenturner im Wettbewerb waren am neuen Ort erheblich besser. Bei Frau Geller war er gut aufgehoben. Sie kochte und wusch für ihn, als wäre er ihr eigener Sohn. Er wiederum half ihr, wo er nur konnte. So waren beide zufrieden.

XVII

Christine und ihre Gruppe waren zwei Tage und eine Nacht unterwegs und kamen in Buchs an der Schweizer Grenze an. Sie waren sehr müde. Alle mussten aussteigen und wurden in eine Baracke geführt. Schilla hielt sich an Christine fest, sie wollte solang es ging an ihrer Seite bleiben. In der Baracke nahmen Frauen die Kinder entgegen. Christine und Schilla kamen zu der dicksten Frau, die eine weisse Kittelschürze und eine weisse Haube mit Elastikband-Einzug trug. Sie nahm ihnen die mit gebrachten Sachen ab und gab sie in einen Drahtgitter-Korb. Dann mussten sich die beiden nackt ausziehen, sie wehrten sich, wollten ihre Unterhöschen anbehalten, dabei waren in diesem Raum nur Frauen anwesend und viele Mädchen, die teilweise auch schon nackt waren.

Die Frau suchte nach Läusen und nahm eine Schere aus dem Kittel. Zack, zack, und schon lagen Christines Zöpfe mit den rosa Schleifen am Boden. Christine bekam einen Riesenschreck, als sie ihre schönen Zöpfe am Boden sah. Sie schrie und tobte und setzte sich neben ihre Zöpfe. Da wurde sie auf eine Bank gehoben und ihre restlichen Haare wurden bis zur Kopfhaut mit DDT eingestaubt. Sie schrie immer noch. Die Frau hielt ihr den Mund zu und befahl ihr aufzuhören, ansonsten sie in eine Kammer gesperrt werde. Schilla umarmte sie und sagte ihr ins Ohr: „Du, die Haare wachsen wieder." Sie gab ihr die rosa Haarbänder in die Hände, die wurden dann auch in den Korb gelegt. Jetzt war Schilla an der Reihe. Eine Schiller Locke nach der anderen fiel zu Boden. Schilla kniff die Augen zu und presste Lippen und Hände zusammen. Christine schaute zu, sie zitterte am ganzen Körper und weinte leise vor sich hin. Warum tut die so was? Noch dazu grinste sie dabei. Schilla hat doch so schöne Locken! Schilla setzte sich neben Christine und bekam auch DDT auf die Haare. Sie rutschten ganz eng zusammen, kreuzten die Beine damit man nicht alles sah, und hielten sich an den Händen ganz fest. Schilla wischte Christine die Tränen ab, lächelte sie an, wischte ihr etwas Pulver von der Stirn, versuchte sie zu trösten und zu beruhigen. „Du, jetzt haben wir beide die gleiche Haarfarbe und sicher auch die gleiche Frisur, lächelte sie unter Tränen, ihr ganzer Körper schüttelte sich."

Alsdann kam ein Mädchen nach dem anderen unter die Dusche. Eine Frau in schwarzem Badeanzug und Badehaube schrubbte die Mädchen ab. Währenddessen wurden die Körbe mit den Kleidern desinfiziert. Als die Kleider zurück kamen, waren sie ganz heiss. Die Mädchen durften ihre Unterhose aus dem Rucksack anziehen und mit in einen anderen Raum gehen, wo ein grosser Röntgenapparat stand. Da wurden sie eingeklemmt und der Brustkorb wurde durchleuchtet. Sie zogen die noch warmen Kleider an und dann ging es in einen Saal mit Tischen und Bänken.

Es gab dicke Suppe und Brot, zum Nachtisch eine Schokoladencreme, zum Trinken gab es Sirup. Ein paar Kinder wurden schon von ihren Gasteltern abgeholt. Schilla und Christine mussten mit einigen anderen noch mit dem Zug weiterreisen. Endlich durften sie aussteigen und wurden von Schillas Gastvater per Auto abgeholt. Christines Gastmutter war nicht gekommen, sie erwartete sie im Gasthaus.

Der Doktor kontrollierte ihre Rotkreuz-Schildchen am Hals. „Aha, Schilla und Christine, das stimmt. Also, Grüezi, so begrüsst man sich in der Schweiz. Könnt Ihr das schon sagen?" Er lachte und die beiden sagten: „Grüzi." Im Auto wurde noch geübt und gelacht und die Mädchen strahlten. Der Herr Doktor war ihnen sehr sympathisch. Sie hofften, dass auch die Frau Wirtin sympathisch sein würde, und flüsterten sich einige Fragen zu. Doktor: „Ihr wohnt nicht weit auseinander, Sonntags, in der katholischen Kirche, werdet ihr Euch sicher treffen. Ihr seit doch Katholisch? Das ganze Dorf ist es. Christine kann auch zu Besuch kommen, wenn niemand was dagegen hat." Schilla: „Ja! Bitte! Danke!" Christine drückte Schillas Hand fest an ihr Herz. Doktor: „Jetzt wird es dunkel und ihr werdet nicht mehr viel sehen. Versucht ein wenig zu schlafen, ihr müsst ja müde sein. Es goht no öpe e Stund." Schilla gehorchte und lehnte sich an Christine. Als sie ankamen, schliefen beide noch.

Die Wirtin kam mit sanfter Stimme: „Chum, Chrischtina, Du bisch jetzt in Dim neue Daheime. Sag schön Adieu und Danke, dem Herrn Doktor." Christine verabschiedete sich von Schilla mit einem Kuss und wisperte: „Die ist auch sympathisch." Dann gab sie der Wirtin scheu die Hand, schaute dankbar zum Doktor und brachte kein Wort hervor. Er gab ihr mit einem „Uf Wiederluege" die Hand. Christine winkte dem Auto nach und bekam schreckliches Herzklopfen. Sie wurde in den ersten Stock geführt. „Du kannst Dich ausziehen und ins Bett gehen. Ich bringe Dir noch eine warme Milch mit Honig, dann schläfst Du gut. Mein Zimmer ist nebenan, wenn was ist, klopfst Du an die Wand und rufst mich. Für Dich bin ich die Mutter Marieli, gell."

Christine griff sich an den Kopf. „Meine Zöpfe hat sie mir abgeschnitten und die Stoppellocken von Schilla auch. Ich habe keine Läuse." Sie holte ihren Rucksack und zeigte ihre schönen rosa Haarbänder. Mutter Marieli: „Ach, morgen schauen wir, was wir mit deinen Haaren machen können, bist ja ein hübsches Kind, das Haar werden wir schon richten, gell." Christine zog sich aus und setzte sich ins Bett. Mutter Marieli kam mit der Honigmilch. „Trink mal schön aus. Nimmst Du die Bänder mit ins Bett?" Christine nickte und hielt die Seidenbänder, von ihren abgeschnittenen Zöpfen, fest in der Hand. Dann legte sie ihren Kopf auf das Kissen und machte die Augen zu. Mutter Marieli murmelte etwas und machte ihr ein Kreuz auf die Stirn, Mund und Brust. „Morgen beten wir miteinander, schlof guet." Sie schaltete das Licht aus. Christine war froh, dass die Strassenlaterne ins Zimmer leuchtete, so schlief sie beruhigt ein.

In der Nacht wachte sie einmal auf, sie hörte den Holzboden knarren und klopfte an die Wand. „Was isch?" Christine: „Ich muss aufs Klo." „Im Chäschtli neben dem Bett isch en Nachttopf, da chasch inne mache, nachher stellst ihn wieder zrug." Mutter Marieli kam dann doch ins Zimmer und half. „Hüt am Abe gasch vor em Schlofe ufs WC." Sie deckte den Nachttopf mit einem rund geschnittenen Karton zu und stellte ihn zurück. Dann ging sie wieder.

Am nächsten Tag kam früh am Morgen eine junge Italienerin ins Zimmer. Sie weckte Christine und brachte frische Kleider, die sie von Mutter Marieli bekommen hatte. „Komm, Christina, Frühstück essen. Ich Name Rita. Das anlegen, ist schöne Kleidli." Christine schaute auf den dicken grauen Stoff mit winzigen Kreuzmuster drauf, den ihr Rita über den Kopf streifte. Ein Latz vorne und hinten. Der Stoff war innen aufgeraut und fühlte sich warm an. Ein handgestrickter, vielfarbig gestreifter Pullover kam darunter. Handgestrickte graue Strümpfe mit je zwei Knöpfen, die an der Unterhose befestigt wurden, indem an jeder Seite zwei Gummi-Knopflochbänder hingen. „Hier, Filzfinkli für Haus."

Rita öffnete das Fenster weit, nahm das Bettzeug und hängte es sehr ordentlich über die Fensterbank. Sie nahm einen nassen Waschlappen und wischte damit über Christines Gesicht. Mit einer groben Bürste ging sie noch übers Haar. Christine bückte sich nach ihren rosa Bändern und hielt sie Rita hin, doch die wusste nichts damit anzufangen. „Komm, jetza unten gehen, nachher machen schöne Haare." Sie gingen in die kleine Gaststube. Mutter Marieli sass dort mit ihrem Sohn Beatli, der, wie sich später herausstellte, 36 Jahre alt war, am Tisch. „Chum, do isch no äs Plätzli für Di. Aber zerscht guete Morge alli mitenand."

Christine rückte sich auf dem Stuhl zurecht und schaute lange in die Runde. Sie sah einen Knecht und Rita am Nebentisch sitzen, die Hände zum Gebet gefaltet. Dann sagte sie fast unhörbar: „Guten Morgen", und hielt sich am Stuhl fest. Mutter Marieli sah sie an und gab ihr ein Zeichen, auch die Hände zu falten und auf den Tisch zu schauen. Dann betete sie eine Weile und sie machte anschliessend mit dem Messer ein Kreuz übers Brot. Rita stand auf und schnitt das Brot mit einem Messer, das sie an einer Hebelvorrichtung herunter drückte. Butter lag auf einer rot mit Edelweiss bemalten Platte und dazu passendem Deckel. Zwei verschiedene Marmeladen im Glas und Milchkaffee. Für Christine nur Milch, manchmal mit einer zähen roten Masse darin, später mal hat ein Gast behauptet es sei Hühnerblut, das sei gesund.

Von da an wollte Christin nur Milch. All das gab es jeden Wochentag. Sonntags kam ein Zopfgebäck dazu, Honig und Schokoladengetränk und ein Stückchen Käse. Jeden Tag um genau 9:30 Uhr bekam man einen Apfel aus einem Korb. Um 11:30 Uhr gab es Mittagessen, meist Kartoffeln in allen Variationen, oft mit gekochten Fleischstückchen und brauner Sauce, manchmal Nudeln mit Gemüse in Sauce. Freitags immer Fisch, meistens mit Kartoffelsalat. Jeden Nachmittag einen selbst gemachten Beerensirup oder Früchtetee, dazu ein

Stück Brot mit Senf, Käse und Essiggurken in Scheiben. Manchmal gab es auch Wurst statt Käse. Das Abendessen bestand aus Suppe, die aus Brot und alldem gemacht war, was so übrig war. Oder es gab Birchermüesli, das aus Haferflocken und allerlei Früchten bestand, mit Milch durchgerührt wurde und einen Klecks geschlagener Rahm darauf hatte, das hatte Christina am liebsten.

Da recht viel Fett im Essen war, es Vollmilch und Butter gab, was Christines Magen nicht gewöhnt war, hatte sie fast ständig Durchfall und verlor an Gewicht.

Auch verleidete es ihr, zu jeder Mahlzeit, jeden Morgen, jeden Abend vor dem Schlafen gehen zu beten und im Gebet immer wieder alle Verwandten aufzuzählen, zu beschützen und die Toten im Himmel nicht zu vergessen. Das waren nämlich viele in dieser Familie, die sie gar nicht kannte.

Die Schafwollenen Pullover und Strümpfe juckten, so dass sie kratzte und ihre Haut immer wieder blutig war. Ausser dem grauen Rock bekam sie einen zweiten in dunklem Weinrot, der genau so geschnitten war wie der graue. Aber der weinrote war etwas länger, ging über die Knie und stand nicht so schlimm ab wie der graue. Eine Mütze von der gleichen Schafwolle wie die Strümpfe musste sie jedes Mal in der Kirche aufsetzen. Dabei hatte ihr Rita die Haare gleichmässig geschnitten und die rosa Haarschleifen, die sie mit Zuckerwasser gestärkt hatte, an zwei Haarbüschel links und rechts gebunden.

Der erste Sonntag in der Kirche war spannend. Schilla fand Christine und sie freuten sich riesig. Schilla hatte ein blaues Kleid aus Samt mit weissem Kragen an. Sie trug weisse Strümpfe und schwarze Lackleder-Schuhe mit schwarzen Maschen, sowie ein blaues Hütchen mit weissen, herunter hängenden Schleifen. Beide mussten in der linken Bankreihe bei den Mädchen sitzen, die älteren Frauen dahinter. Die Männer sassen auf der rechten Seite. Schilla und Christine hängten sich ein und hielten die Finger ineinander zum Gebet. Sie verstanden nicht viel, das meiste war sowieso in Latein. Für sie war es schrecklich langweilig, die eineinhalb bis zwei Stunden zu sitzen, aufzustehen, zu knien und sich zu bekreuzigen.

Die lange Rede von der hohen Kanzel schien kein Ende zu nehmen. So blieben sie bald auf der Kniebank sitzen und flüsterten sich ins Ohr, was sie erlebt hatten. Schilla hatte weisse Handschuhe an, die bald schmutzig waren, und auch die weissen Strümpfe bekamen schwarze Stellen an den Knien. Die Lackschuhe drückten und der Kragen aus Organza kratzte. Bei Christine kratzten die Kleider aus Schafwolle. Sie kicherten und kratzten um die Wette. „Ich habe immer Bauchweh", klagte Christine, „manchmal auch viel Kopfweh." „Musst zu uns kommen, ich hab auch schon von meinem Doktor Medizin bekommen. Ich frag, ob Du kommen kannst?" Endlich war die Messe zu Ende.

Schilla ging gleich zu ihrer Gastmutter und fragte, ob Christine mitkommen könne. Als die Gastmutter zögerte, sagte sie, „die Christine hat Bauchweh und Kopfweh." „Nun gut, ich werde schauen, was sich machen lässt." Sie begrüsste Mutter Marieli und sagte: „Wenn Sie wollen, schaut mein Mann nach, was Christine fehlt." Mutter Marieli war nicht gerade begeistert und meinte: „Ach, ich glaub, es ist das ungewohnte Essen." Christine zeigte einen blutigen Arm. „Der Pullover und die Strümpfe beissen mich. Mein Bauch und Kopf tut weh." Der Doktor empfahl, vorläufig die Kleider aus Schafwolle wegzulassen, damit die Haut sich beruhigen kann. Ansonsten Brot, aber keine weiteren Milchprodukte. Fettes Fleisch, Wurst, Speck, Butter mal weglassen. Haferflocken nur in Wasser kochen mit etwa Salz und ein wenig Honig. Kartoffeln, Gemüse, Nudeln, Eier kann sie haben. „Es gibt noch genug Lebensmittel, die Du verträgst", wandte er sich an Christine, „musst also nicht Hunger leiden. Wir sehen uns nächsten Sonntag wieder in der Kirche. Bis dann, Salü."

Christine hatte nichts vergessen von dem, was der Doktor empfohlen hatte. Zu Hause zog sie sofort Strümpfe und Pullover aus. Sie ass nur noch das, was er aufgezählt hatte. So ging es ihr auch gleich besser. Die aufgekratzten Wunden hinterliessen helle Flecken auf der Haut. Statt der Wollmütze sollte sie ein Kopftuch in der Kirche tragen, das wollte sie auf keinen Fall. Rita fand eine Lösung. Sie legte ihr ein Spitzentaschentuch, das sie hatte, auf den Kopf und liess sie in den Spiegel schauen. Eine Ecke hing ein wenig in die Stirne, das gefiel ihr sehr. Anstelle des Pullovers trug sie jetzt eine hellblaue Flanellbluse und ihre mitgebrachte Jacke. Anstelle der Strümpfe hatte sie jetzt dünnfädige Socken, die über den Knien mit einem Gummiband gehalten wurden. Sie sah recht kunterbunt aus: weisses Taschentuch auf den dunkelblonden, leicht abstehende Haaren mit den rosa Schleifen dran, hellblaue Bluse, weinroter Rock, braune Schuhe und gelbliche Socken. Lustige Sommersprossen über die Nase verstreut, rehbraune Augen. Wenn sie lachte, presste sie meist die Lippen zusammen. Die Leute fanden sie lustig und herzig zugleich.

Schilla hatte ein Religionsbuch, aus dem sie bei Tisch immer ein Kapitel vorlas. Das machte sie gerne. Sie ging auch in die Bibelstunde, zu den Nonnen im nahen Kloster. Christine bat Frau Marieli, ob sie auch in die Bibelstunde gehen kann. Die war ganz erfreut darüber, denn sie hatte bemerkt, das Christine Mühe hatte mit dem Beten. Sie sah auch ein, dass Christine nicht „Mutter" zu ihr sagen wollte. Nach der ersten Bibelstunde erzählte Christine bei Tisch, was Schwester Kathrin ihr erklärt hatte. „Wenn ich nicht beten will, hat sie gesagt, kann ich aus der Bibel vorlesen, das ist auch gut.“ Frau Marieli sah die anderen an. „Also gut, lies uns etwas vor, und dann beten wir heute nur das Vaterunser.“

Christine las ein langes Kapitel vor, der Knecht und Rita verstanden fast nichts davon und gähnten gelangweilt. Einzig Frau Marieli hörte gut zu, redete aber oft dazwischen: „So ist es, heilige Maria, Mutter Gottes und Jesus, sei uns gnädig wie im Himmel so auf Erden“, und so weiter. Beatli räusperte sich und meinte: „Wiä lang wotsch denn no vorlesä, d'Supp isch scho kalt, mach ämal en Punkt.“ Christine legte einen Bierdeckel zwischen die Seiten und schloss die Bibel. Die anderen bekreuzigten sich und dann wurde gegessen.

Christine versprach, nächstes Mal was Kürzeres zu lesen oder nur die Hälfte oder weniger. „Isch scho guet“, meinte Frau Marieli, „i ha es Gschenk für di, kannsch es spöter ha.“ So war Christine als erste mit dem Essen fertig, half hurtig alles wegzuräumen und stand dann erwartungsvoll vor Frau Marieli. Die nahm sie bei der Hand, führte sie in die andere Stube und hielt ihr eine grosse bunte Spartrommel hin. „Lueg, Du weisch, was das isch?“ Christine: „Mit dem kann man Geld sparen.“ „Ja, richtig. Du häsch scho es paar Rappe i Diner Kommode, das chasch jetz da inne due. Vieli Rappe git denn au es Fränkli, das muesch wüsse. Mir stelles uffs Büfett ide Gaststube uf, und wenn wieder hei geisch, chasch es mitneh.“ Christine hoffte, die Spartrommel werde bis dahin ganz voll sein und sagte: „Das geb ich dann meiner Mami, die freut sich sicher sehr, dass ich für sie Geld gespart habe.“

Noch vierzehn Tage, dann würden die drei Monate Erholung abgelaufen sein. Christine konnte es fast nicht erwarten, wieder zu Hause zu sein. Zwei Rotkreuz-Helferinnen kamen, überrascht inspizieren, ob Christine sich erholt habe. Bei

Schilla waren sie sehr zufrieden, die hatte ein paar Kilos zugenommen und eine gute Farbe im Gesicht. Bei Christine hingegen wurde diskutiert, ob sie nicht noch etwas länger bleiben solle, sie sähe so bleich aus und zugenommen hätte sie auch nicht, nicht ein Gramm, im Gegenteil, sie hätte sogar etwas abgenommen. „Sie sollte mehr an die Sonne, an die frische Luft, viel spazieren gehen.“ Doch niemand hatte Zeit, mit Christine spazieren zu gehen. Es gab auch keine Gelegenheit, mit anderen Kindern zu spielen, obwohl man Kinderstimmen von der anderen Seite der Klostermauer hörte.

Rita half im Kloster beim Bügeln aus. Sie bekam etwas bezahlt dafür. Als sie hörte, man wolle Christine zu den Kindern jenseits der Klostermauer bringen, stellte sie sich mutig dazwischen. „Nicht gut, andere Kind dort, alles verruckte, es nid Normale. Christine viel, viel sensibile. No! No!“ Das Kloster war für die Aussenwelt verschlossen. Manchmal huschten Nonnen durchs Tor, aber man konnte nicht sehen, was drinnen vor sich ging. Rita musste durch den Lieferanten Eingang in einen Kellerraum, wo sie mit anderen Frauen bügelte. Frau Marieli und der Doktor wussten natürlich, dass dieses Kloster eine psychiatrische Klinik beherbergte, wo schwerst behinderte und anormale Kinder untergebracht waren. Aber darüber sprach niemand.

Beatli konnte vom Dachboden aus beobachten, wenn neue Patienten ankamen. Er machte eine Luke im Ziegeldach auf und schaute mit dem Fernglas, das er oben liegen hatte, in den Hof. Christine ging öfter zum ‚Estrich‘ hinauf, wie es in der deutschen Schweiz heisst, sie hatte dort einen schönen alten Musikkasten entdeckt. Wenn man daran drehte, tanzte ein Ballettpärchen auf einer runden Platte zu einer etwas kratzigen, aber schönen, leisen Musik. Sie konnte sich daran nicht satt sehen.

Einmal schlich sie Beatli nach und versteckte sich. Er sprach mit sich selbst, sie konnte nichts verstehen. Als er gegangen war, schaute sie mit dem Fernglas in Hof und Garten des Klosters. Dazu musste sie eine kleine gewundene Bücherleiter holen, die in einer verstaubten Ecke stand.

Sie sah eine junge Frau mit überlanger Zunge, die immer hin- und herging. Ein kleiner Körper mit einem riesigen Kopf war an einem Hochsitzwagen festgemacht. Dann war da noch etwas, was Christine zuerst für ein Tier auf zwei Beinen hielt, aber es war ein Mensch, von Haaren völlig überwuchert, die Augen waren überdeckt. Dann sah sie Personen, die mit offenem Mund einfach nur das assen und mit dem Oberkörper nach vorne wippten. Eine Nonne half einem jungen Mann immer wieder auf die Beine und putzte ihm mit einer Windel andauernd den Mund ab. Mehrere Kinder hingen, seitlich oder vornüber, in Sitzen auf Rädern. Unter manchem Sitz war ein Topf zu erkennen. Als sie genug gesehen hatte, schlich sie die steile Stiege wieder hinunter. Aber sie vergass, die Büchertreppe weg zuräumen. So merkte Beatli, dass jemand da gewesen war und machte die Dachluke mit einem Ziegel wieder zu.

Christine durfte jetzt mit Rita am Fluss spazieren gehen. Das ging so fast jeden Tag, nur nicht bei Regen. Bei den ersten paar Malen waren sie noch allein, mit der Zeit traf Rita sich mit anderen Leuten aus ihrer Heimat. Dann sassen sie hinter einem Gebüsch, redeten italienisch und gestikulierten. Eine Italienerin konnte etwas mehr Deutsch als Rita. Sie unterhielt sich öfter mit Christine und erzählte, dass sie mit Rita bügeln gehe. Christine verriet ihr, dass sie aus einer Luke im Dach schon alles gesehen habe. „Oh, mio Dio! Viele arme kranke Persona. Ich weiss." Christine fragte, ob sie einmal zum Bügeln mitkommen könne. „Ja, ja, einmal kannst Du mitkommen, werden schauen." Noch am gleichen Abend, als Christine schon früh ins Bett geschickt wurde, stellte sie sich schlafend, bis man kam und kontrollierte, ob sie schlief. Dann sprang sie aus dem Bett, kleidete sich an und machte Bettdecke, Kissen und einen Pullover so zurecht, als schliefe sie im Bett. Sie hörte Laute aus der Gaststube und huschte an der Tür vorbei ins Freie. Hinter einem Gartenstuhl versteckte sie sich so lange, bis sie die Freundin von Rita kommen sah, die sich mit Rita traf.

Als sie vom Haus etwas weg waren, lief sie hinterher bis zum Hintereingang des Klosters. „Ich komme heute zuschauen, wie ihr bügelt." „Christine, was Du machen?", fragte Rita. Ihre Freundin nahm Christine an die Hand. „Schon gut, ich habe leider versprochen." Sie diskutierten heftig, aber leise, dann nahmen sie Christine in die Mitte, Rita vorn und die Freundin ganz knapp hinterher. Sie gingen in einen Kellerraum ohne Fenster, es war ziemlich stickig, sie versteckten Christine hinter einem grossen Wäschekorb. „Jetzt warten hier." Rita hielt ihren Zeigefinger auf den Mund. Eine Tür wurde aufgesperrt, herein kam eine Nonne. Sie sperrte noch eine Tür auf, es kam ihnen eine unheimliche Hitze entgegen, obwohl das vergitterte Fenster in diesem zweiten Raum offen war. Die Nonne verschwand mit einem kurzen Gruss und liess die zwei Frauen allein.

Rita und ihre Freundin zogen fast alles aus, was sie an hatten, schlossen mit einem Hakenschlüssel, den sie mitgebracht hatten, umständlich eine weitere Türe auf, aus der angenehme kühle Luft kam. Im Raum standen zwei Tische. Sie legten je eine Decke und ein Tuch darüber und machten sich ans Bügeln. Die meiste Wäsche war weiss oder blau. Die zwei Glühlampen an der Decke waren nicht gerade hell. Christine kroch aus ihrem Versteck. Von der Wärme hatte sie schöne rote Wangen bekommen. Sie sah sich den glühend heissen Ofen an, der bespickt war mit kleinen Bügeleisen. Die Frauen nahmen ein Bügeleisen aus der Halterung, liessen es über ein Tuch laufen, um zu prüfen, ob es nicht zu heiss war, dann wurde flink gebügelt, bis das Eisen zu kalt war, es wurde zurückgestellt und ein anders genommen. Das ging so, bis auch der Ofen kalt war, bis dann war fast die ganze Wäsche geglättet. Dabei sprachen die beiden Frauen auf Italienisch und dachten nicht an Christine. Die sah, dass einige Wickelblusen überlange Bänder an den zugenähten Ärmeln hatten. Christine fragte viel, auch warum einige grosse Hosen so einen Schlitz im Schritt hatten, was sie bisher nur bei Kinderhosen gesehen hatte. Rita: „Weisst Du, hier Krankenhaus so", sie drehte einen Finger an ihrer Schläfe und sah Christine an. „Hier alles speziell." Sie hielt kuriose Wäschestücke in die Höhe und lachte dabei.

Christine schlich sich durch die Tür, aus der die kühle Luft kam. Eine Treppe führte in den oberen Stock. Sie ging ganz langsam hinauf, ein paar Meter den Gang entlang und stand plötzlich vor einem grossen Saal mit vielen Betten, einige mit Gitter. Darin Kinder, manche, die am Bett angegurtet waren. Im grauen Licht der Dämmerung bewegten sich die dünnen Vorhänge wie Geister. Ein komischer Geruch war im Saal. Ein Kind sah Christine, rüttelte am Gitter, stiess ächzende Laute aus, riss sich an den Haaren und wurde immer lauter. Die anderen machten sich bemerkbar. Plötzlich grölten alle durcheinander. Rita kam noch vor einer Nonne in den Saal, zog die verschreckte Christine die Treppe hinunter und schloss die Türe hinter sich ab. Die beiden Frauen hörten auf zu bügeln, stülpten ihr Kopftuch über und verliessen rasch und leise das Kloster, so wie sie gekommen waren, die kleine Christine zwischen sich. Beim Wirtshaus trennten sich die beiden. Rita schickte Christine in ihr Zimmer, ohne ein Wort zu sagen. Christine zog sich aus und legte sich ins Bett, konnte aber nicht einschlafen, so aufregend war der Abend. Rita war jetzt wirklich böse auf sie.

Wirtin Marieli bekam Nachricht vom Roten Kreuz. Man wolle Christine erst mit der zweiten Gruppe in die Heimat zurückbringen, damit sie sich noch weiter erholen könne, an Gewicht zunehme und mehr Farbe ins Gesicht bekomme. Inzwischen trank sie ja die rahmige Milch ohne Probleme und zudem meist mit Kakaopulver und viel Zucker. Doch als sie hörte, sie darf nicht mit Schilla zurückfahren, tobte sie und ass überhaupt nichts mehr. „Komm, iss, das nützt Dir nichts, es schadet Dir nur." Doch sie blieb stur und überlegte, wie sie zum Bahnhof gehen und alleine zurückfahren könne.

Sie ging in die Gaststube und kontrollierte ihre Spartrommel. Die war nur etwa halbvoll. Frau Marieli hatte immer wieder Christine ermuntert, zu den Gästen zu gehen und ihnen die Trommel hinzuhalten, damit sie voll werde, bis sie nach Hause zurückfahre. Doch Christine hatte bisher nicht den Mut gehabt. Aber nun hatte sie es eilig, denn sie hoffte, Geld für die Reise zu bekommen. Jedem Gast hielt sie die Trommel hin, manchem sogar zweimal. Manchmal gab es von den Männern einen Klaps auf den Hintern. Auch den Leuten, die draussen vorbeigingen, hielt sie die Sparbüchse hin. Eines Abends packte sie all ihre Sachen in den Rucksack und schlich sich aus dem Haus.

Am Bahnhof fragte sie, wann ein Zug in ihre Stadt gehe. Ob sie alleine reise, wollte der Bahnbeamte wissen. „Nein", log sie, „es wird noch jemand mitkommen. Ich will jetzt nur wissen, ob bald ein Zug fahren wird." Der Beamte bat sie zu warten und ging zu einem Kollegen. „Das isch di Chlini vom Reschtaurant, diä geit mit dem Rotä Krüz-Zug zruck. Viellecht wot sie jetz scho hei. I bring sie zum Marieli." Er kam zu Christine zurück und sagte: „Wart no a chlie, den chum i mit Dir ins Reschtaurant zruck." Christine wartete aber nicht und rannte am Fluss entlang, bis sie zu einer wackeligen Holzhütte kam. Drinnen legte sie sich erschöpft auf einen Heuhaufen. Es wurde dunkel aber der Mond schien hell. Sie bekam riesigen Durst. An der Wand hingen Werkzeuge, darunter eine lange Stange mit einem Blechgefäss am Ende. Damit, dachte sie, kann ich zum Fluss und Wasser schöpfen. Aber sie musste nicht so weit gehen. Draussen stand eine alte Badewanne mit Regenwasser. Es schwammen zwar Blätter und Käfer darin herum, aber das kümmerte sie nicht. Sie schubste die Blätter und was sonst noch herum schwamm auf die Seite, schlürfte das Wasser aus der hohlen Hand und legte sich dann wieder ins Heu. Mit dem Rucksack unter dem Kopf schlief sie ein.

Langsam merkte man, dass Christine nicht im Haus war. Marieli schickte Beatli er solle Christine suchen. Als er sie nicht finden konnte, dachte er an Schilla und ging zum Doktor. Der wiederum rief nach dem Dorfpolizisten, doch im Moment war dieser im Nachbardorf. So trommelten sie selber ein paar Männer zusammen. Erst am frühen Morgen fand Beatli Christine in der Heuhütte. Sie schlief ganz tief. Es roch so angenehm, dass Beatli sich auch gleich ins Heu legen wollte, so müde war er von der Suche, stattdessen trug er die Ausreisserin zurück nach Hause. Als man sie ins Bett legte, wachte sie auf. Der Doktor sprach leise zu ihr: „Christine, ich seh einmal nach, ob alles in Ordnung ist mit Dir." „Ich will nicht hierbleiben, bitte, ich möchte zu meiner Mami", weinte sie. „Wo hast Du Deine Puppe", fragte er, „oder hast Du sonst was, was Du mit ins Bett nimmst?" Christine wühlte in ihrem Rucksack und holte einen kleinen bunten Hund hervor, den Hilde eingepackt hatte. Dabei rollte die Spartrommel heraus. Der Doktor nahm sie auf und stellte sie auf die Kommode. „Ich kann die Trommel nicht aufmachen, die ist zugesperrt, kannst Du sie aufsperren?", bat sie. „Die wird Dir Marieli aufmachen, die hat sicher den Schlüssel."

„Ich möchte mit Schilla nach Hause fahren, bitte, bitte! Ich will nicht hier bleiben. Da drüben wohnen böse Leute, von denen habe ich geträumt, sie kommen alle in mein Zimmer, wenn es Nacht wird. Ich hab sie gesehen, sie haben ein Gitter ums Bett und andere sind fest angebunden, sicher weil sie böse sind." Doktor: „Na gut, Christine, ich werde dafür sorgen, dass Du zusammen mit Schilla fahren kannst. Lauf also nicht mehr weg. Essen musst Du auch wieder, sonst wirst Du krank. Jetzt kannst Du mit mir zum Frühstück runter kommen, es ist alles in Ordnung." Er wischte ihr die Tränen aus dem Gesicht und machte sich Gedanken über das, was sie gesehen und wovon sie geträumt hatte. Er bat Marieli, Christine am Nachmittag, nachdem sie ausgeschlafen habe, zu ihm zu schicken und erklärte, dass es keinen Sinn habe, sie länger hier zu behalten. Er werde dem Roten Kreuz einen Bericht zukommen lassen. Marieli war damit einverstanden. Wahrscheinlich habe Christine schrecklich Heimweh nach ihren Geschwistern und Eltern, obwohl sie nicht viel darüber spreche, meinte sie. Christine freute sich sehr, ass ein kräftiges Frühstück und ging beruhigt ins Bett.

Am Nachmittag genoss sie es, mit Schilla spielen zu dürfen. Es gab noch Rüeblitorte mit viel Schlagrahm und warme Ovomaltine zu trinken.

Es kam der Tag der Abreise. Christines Spartrommel war voll. Immer wieder bettelte sie, die Trommel endlich öffnen zu dürfen. Ein Gast habe ihr gesagt, man müsse das Geld bei der Sparkasse umtauschen in Österreichischen Schillinge. Marieli: „Ja, ja! Es chunt scho guet, heb Geduld." Christine liess die Trommel nicht aus den Augen. Ihr Rucksack wurde gepackt. Sie schaute nach, was alles drin war, wollte auf keinen Fall die dicken Röcke, den beissenden Pullover, die Wollmütze und die kratzenden Strümpfe mitnehmen. „Die zieh ich sowieso nicht mehr an“, sagte sie und fing an, alles auszupacken. „Schau“, erklärte Marieli, „ich hab Dir noch eine ganze Tafel gute Schokolade eingepackt, wenn Du alles auspackst, dann bleibt auch die hier.“ Christine: „Wo ist die Spartrommel?“ „Die bekommst Du im letzten Moment, sonst verlierst Du sie.“ „Nein, bitte, ich tu sie ganz unten in den Rucksack, so verliere ich sie nicht.“ Marieli: „Ist gut, ich werde sie so verpacken und die Kleider kommen oben drauf. Aber jetzt geh noch Deine Milch trinken. Für die Reise bekommst Du auch noch etwas mit, Beatli macht alles bereit.“ Beatli packte Äpfel, Nüsse, Käsebrot und eine kleine Flasche Wasser mit Himbeersirup und heimlich noch eine Tafel Schokolade, in Zeitungspapier eingewickelt, ein. Der Doktor war in der Nähe und fragte nach Christine. Die hatte seine laute Stimme schon gehört und lief ihm entgegen. Marieli war in der Küche. „Na, Christine“, meinte der Doktor, „wo hast Du deinen Koffer? Den kann ich gleich mitnehmen. Wir fahren mit dem Auto zum grossen Bahnhof. Ich habe versprochen, Dich mitzunehmen.“ Sie holte ihren Rucksack, obenauf lag die eingepackte Schokolade. Sie drückte den Rucksack auf den Boden und suchte so nach der Spartrommel. „Marieli gibt mir die Spartrommel nicht“, erklärte sie, „die ist aber ganz voll.“ „Vielleicht gibt sie die Dir beim Abschied. Ich komme Dich in, sagen wir, ein bisschen mehr als einer Stunde abholen. Bis nachher.“

Doktor Giger nahm den Rucksack in sein Auto und fuhr nach Hause. Als seine Frau hörte, wie es Christine ging, bat sie ihre Tochter Susi, den Rucksack aus dem Auto zu holen und ihn in ihr Zimmer zu stellen. Sie wollte nicht, dass Schilla etwas merkt. Frau Giger leerte den Rucksack aus. „Ach, sieh mal, das sind die Sachen, auf die Christine so allergisch reagiert hat. Eine einzige Tafel Schokolade, sonst sind das, glaube ich, nur die Sachen, die sie mitgebracht hat. Das arme Ding, so kann man sie doch nicht zurückschicken, was meinst Du?", fragte sie Susi. „Hier im Zeitungspapier ist noch eine Tafel Schokolade. Mami, wir nehmen den rosaroten Koffer von mir und füllen ihn mit Sachen, die wir noch finden. Die Marieli ist doch nicht so arm, warum nimmt sie ein Gastkind, wenn sie sich das nicht leisten kann? Zeit für sie hatte sie auch nicht. Das sollte man dem Roten Kreuz melden." „Ja, das machen wir. Aber jetzt komm, wir müssen uns beeilen", meinte Frau Giger, „ich weiss, wo wir Kleider finden. Im Dachboden haben wir noch Sachen von Dir, die ich noch nicht weggeben wollte, aber jetzt ist Gelegenheit, jemandem damit eine Freude zu machen."

Ein Karton wurde vom Dachboden geholt. Allerlei Bekleidung in Christines Grösse und auch ein bisschen grösser kam hervor. Das meiste wurde eingepackt, auch Schuhe, selbst wenn sie noch eine Nummer zu gross waren. Sie sahen sich im Zimmer um. Da waren noch zwei Kinderbücher, ein kleiner Plüschhase, Kinderschmuck, Täschchen, Portemonnaie und so weiter. Jetzt war der Koffer richtig voll. Es fehlte nur noch ein Namensschildchen.

Doktor Giger begrüsste die Aktion der beiden Frauen, fragte aber, ob sie eine Spartrommel gefunden hätten. „Eine was?" fragte Frau Giger. „Na ja, so eine Sparkasse aus Blech." „Nein, so etwas war nicht im Rucksack. Wir haben alles wieder eingepackt, im Fall, dass uns die Wirtin begegnen sollte." Herr Giger: „Haben wir nicht irgendwo noch österreichisches Geld? Bitte, sieh doch mal nach, und Schokolade ist sicher auch noch da. Es wäre eine Schande für uns Schweizer, ein Kind nur mit dem Plunder der Wirtin gehen zu lassen." Frau Giger fand einige Geldscheine und

Schokoladen Stängeli. Susi öffnete noch mal den Koffer, nahm das kleine Portemonnaie heraus und tat die gleiche Summe Geld hinein, wie Schilla sie bekommen hatte. Sie versorgte es in eine kleine Handtasche und dann kam alles in den Koffer. Susi: „Ich glaube, an all diesen Sachen hätte ich auch Riesenfreude und noch dazu als Überraschung. Mein Herz würde vor Freude zerspringen." Doktor: „Schon gut, ich muss jetzt gehen, bringt Schilla zum Auto, den rosa Koffer nehme ich schon mit." Er trug Christines Rucksack und den kleinen rosa Koffer zum Auto. Schilla stieg ein und Frau Giger und ihre Tochter verabschieden sich von ihr mit Tränen in den Augen.

Christine wartete schon vor der Türe. Sie verabschiedete sich von Beatli und Rita, die ihr das Spitzentüchlein, das sie in der Kirche getragen hatte, schenkte, dazu noch Süssigkeiten, eingewickelt in glänzendes Papier. Dann schickte Rita sie in die Küche, um von Frau Marieli Abschied zu nehmen. Danach stieg sie traurig ein und das Auto setzte sich in Bewegung. Schilla winkte begeistert und hielt Christines Hand zum Winken hoch. Sie versuchte, ihre Freundin aufzuheitern und stopfte ihr Süssigkeiten in den Mund, suchte ihre Hand und hielt sie fest. Doch auf Christines Gesicht war kein Lächeln erkennbar. „Christine", sagte der Doktor, um sie auf zu muntern, „wir haben für Dich eine Überraschung eingepackt." „Es ist die Trommel, die Spartrommel!" „Nein, Christine, wir haben Dir umgetauschtes Geld eingepackt, jetzt hast Du gleich viel wie Schilla." „Gleich viel? Danke, danke, danke! Jetzt kann Marieli meine Trommel behalten, vielleicht hat sie kein Geld mehr gehabt? Jetzt haben wir alle Geld. Ich werde fast alles meiner Mami geben. Sie hat Geld gern." Da lachten sie alle. „He, ihr beide, schliesst die Augen und versucht zu schlafen. Ihr habt noch eine lange Fahrt vor

Euch." Bald hörte man nichts mehr, die Mädchen waren eingeschlafen.

Am Sammelbahnhof warteten schon einige Kinder mit der Rotkreuztafel um den Hals. Schilla und Christine hängten sich ihre Rucksäcke um und nahmen ihren Proviant aus dem Auto. Doktor Giger holte die Koffer und lud sie auf den Gepäckwagen. Dann umarmte er die beiden Mädchen und nahm herzlich von ihnen Abschied. Sie mussten hinter einer Schranke warten.

Doktor Giger ging auf eine der Rotkreuz-Helferinnen zu, die zwei Auszeichnungen auf der Brust trug, stellte sich vor, überreichte ihr zwei Briefumschläge und klärte sie über den rosaroten Koffer auf, von dem die Mädchen nichts wussten. „Der eine Brief enthält eine Erklärung, warum man keine Gastkinder mehr bei der Wirtin unterbringen sollte", sagte er. „Ja was!" staunte sie. „Die Wirtin hat keine Zeit", fuhr Doktor Giger fort, „auch hat sie nicht auf die Kost geachtet. Christine hatte Probleme damit und hat eher abgenommen in diesen drei Monaten. Sie ist ausserdem sehr blass, sie war fast nie an der frischen Luft. Auch die Kleidung aus altem Stoff für ältere Frauen und die groben Schafwollpullover kann man keinem Kind zumuten. Die Arme hat sich öfters blutig gekratzt, darum hat meine Frau ihr Sachen in den rosa Koffer gepackt, die sie gerne tragen wird."

Dann übergab er den zweiten Brief. „Dieser Brief ist für Christine. Wenn Sie ihr den rosaroten Koffer übergeben, dann lesen Sie ihn ihr bitte vor. Sie weiss nämlich von dem Koffer nichts. Ich danke Ihnen jetzt schon recht herzlich. Glauben Sie mir, es ist ein dankbares Kind. Schilla wird uns schreiben, wie alles gelaufen ist. Sie wird uns später wieder mal besuchen, hat sie versprochen. Wir werden es möglich machen, wenn es soweit ist, vielleicht wieder über Ihre Organisation." Die Rotkreuz-Helferin war ganz gerührt, dass

Doktor Giger so sehr Anteil nahm an Christines Schicksal. Solche Leute brauchen wir im Komitee, dachte sie, ich werde bei der nächsten Konferenz einen Vorschlag machen. Die Kontrolle vor dem Einsteigen in den Zug begann. Die Begleiter mussten bleiben, bis der Zug abgefahren war. Die Koffer bekamen die Kinder erst später zugeteilt.

Christine und Schilla sassen sich gegenüber. Sie konnten vom Fensterplatz aus winken, bis Herr Giger nicht mehr zu sehen war. Christine fing an, ihren Proviant auszupacken. Sie wollte wissen, was alles dabei war. Über die Schokolade von Beatli hatte sie sich sehr gefreut. Schilla machte sich auch an ihren Proviant. Beide suchten aus, was sie mit nach Hause bringen könnten, und liessen auch die eingepackten Süssigkeiten im Rucksack liegen.

Alsbald nahm Christine die Kleider heraus, wollte aber niemanden zeigen, was da war, und drehte den anderen den Rücken zu. Christine und Schilla flüsterten, dann öffneten sie das Fenster. Ein Kleidungsstück nach dem anderen, das sie nicht mochte, warf sie aus dem Fenster. Sie hatten einen Heidenspass, die ungewollten Kleider in hohem Bogen wegfliegen zu sehen. Schilla passte auf, dass niemand was merkte. Christine lachte: „Jetzt hab ich keine Kleider mehr." „Du kannst von mir welche haben, ich hab sooooo viele Kleider", sagte Schilla und machte einen grossen Berg mit ihren Händen. Dann erschienen die Begleiter und ordneten die Koffer und anderes Gepäck den Kindern zu. Die Rotkreuz-Helferin, die von Doktor Giger informiert worden war, stand mit dem rosaroten Koffer vor Christine. „Ist das dein Koffer?" „Nein, ich habe keinen Koffer", antwortete sie gelassen. „Hier steht aber dein Name drauf, und das soll ich Dir vorlesen, also hör zu." Und sie las vor:

„Liebe Christine!

Du warst jetzt drei Monate bei uns in der Schweiz, wir haben Dich sehr lieb gewonnen, sowie unsere Schilla. Wir hoffen, Du bist mit den Sachen, die wir Dir in den rosaroten Koffer gepackt haben, zufrieden und denkst gerne an die Schweiz zurück. Wir wünschen Dir alles Gute für Deine Zukunft und grüssen Dich herzlichst.

Deine Doktorfamilie Giger."

„Na, freust Du Dich?", meinte die Rotkreuz-Helferin. Christine nickte nur und sah den Koffer an. Schilla: „Komm, wir schauen nach, was drin ist." Sie stellten den Koffer auf die Sitzbank und waren erstaunt, was da alles eingepackt war. Als Christine das Geld fand, zählte sie es und strahlte übers ganze Gesicht. Jetzt wollte Schilla auch ihren Koffer aufmachen, obenauf lag das blaue Samtkleid mit dem Organzakragen. „Uh", meinte sie, „das hab ich gar nicht gern, willst Du das? Vielleicht sticht der Kragen Dich nicht so wie mich. Komm, zieh es einmal an." Schilla drehte sich so, dass Christine verdeckt war, während sie sich umzog. Christine sah sich im Fenster. Das Kleid gefiel ihr sehr. Schilla schaute weiter in ihren Koffer, fand ihr Geld und war zufrieden mit ihren Sachen.

„Wie viel Geld hast Du? Möchtest Du es nicht wissen?" fragte Christine. So zählte Schilla auch ihr Geld. „Wir haben gleich viel", lachten sie, „wir verstecken es in unseren Rucksäcken die lassen wir nicht aus der Hand. Es wurde noch in Christines Koffer weiter gewühlt. Mit viel Gelächter hängten sie sich den Kinderschmuck um den Hals.

Später gab es noch Tee, dann fuhr der Zug durch die Nacht.

Als sie an ihrem Zielbahnhof ankamen, stand Schillas Schwester schon da, um Schilla wie auch Christine abzuholen.

Jedes Kind das abgeholt wurde, musste die Tafel, die es um den Hals trug, von der neuen Begleitperson unterschreiben lassen und anschliessend abgeben. Reinhard hätte Christine abholen sollen, er war froh, dass Schillas Schwester auch Christine mitnahm. So sparte er sich das Fahrgeld und noch dazu hatte er Angst, auf dem grossen Bahnhof Christine nicht zu finden. Dafür wartete er an der neuen Busstation mitten in Vordersberg, wo sie schlussendlich ankamen. Zu Hause war Christine völlig überdreht. Josefine packte ihren Koffer aus. Christine nahm ihr Täschchen und die Tafeln Schokolade an sich. Sie machte eine Schokolade auf und verteilte sie. „Eine Tafel kannst mir geben", sagte ihre Mutter, „die heben wir auf." „Nein", sagte Christine mit fester Stimme, „ich teile heute aus. Du kriegst noch ein anderes Geschenk von mir, warte!"

Sie nahm ihr Täschchen, ging ins Nebenzimmer, holte zwei von den drei Geldscheinen heraus, hängte die Tasche um den Hals und ging zurück zu den anderen. Ohne eine Wort zu sagen, übergab sie strahlend ihrer Mutter die zwei Geldscheine. „Ah" und „oh" ging es durch die Runde. Mutter sagte zunächst nichts, dann fragte sie: „Hast Du noch mehr oder ist das alles?" „Aber Mami, so bedanke Dich doch", kam es von Emers Lippen, der auch zu Hause war. Doch für Mutter war es schwer, sich bei ihrer Tochter zu bedanken. Sie steckte das Geld in ihre Tasche. Erst dann brachte sie ein „Vergelt's Gott" hervor und ablenkend erzählte sie von dem, was sich inzwischen in der Familie zugetragen hatte. „Aloisia hat ihr viertes Kind bekommen, sie ist gerade aus dem Spital zurück". Charlotte: „Als Du weg warst, haben wir auch noch ein Schwesterchen bekommen. Hermine heisst es. Die Wohnung wird jetzt ziemlich eng für uns." Reinhard schob den Kinderwagen her. Charlotte: „Wir sind jetzt fünf Mädchen, und Vati hat sechs Mädchen." Josefine: „Komm, Charlotte, sei nicht so vorlaut." Reinhard wollte zu Aloisia. „Komm, Christine, wir gehen das Baby von Aloisia anschauen, die wohnen jetzt in der Nähe und freuen sich immer, wenn ich komme." Christine nahm eine Tafel Schokolade und ging mit.

Sie klopften höflich an und warteten, bis ihnen aufgemacht wurde. Christine kannte ihre Halbschwester Aloisia nicht, doch ihr Lächeln bezauberte sie. „Kommt rein, ihr beide", sagte Aloisia, „das ist doch Christine, nicht wahr? Ach, bist Du hübsch! Reinhard hat mir erzählt, dass Du im Schlaraffenland in der Schweiz warst. Dort wächst die Schokolade auf den Bäumen, habe ich gehört. Stimmt das wirklich?" Alle lachten über den Witz. „Wie eine Prinzessin siehst Du, in diesem königsblauen Samtkleid aus und sie machte die Schritte einer solchen nach." „Hier", sagte Christine, „schaut her, ich habe Euch eine Schokolade vom allerhöchsten Baum gepflückt, die verschmatzen wir jetzt gleich. Wenn man die Augen schliesst und ein Stücklein davon auf der Zunge zergehen lässt, hat man den vollen Genuss, versucht es mal!" Sie lachte, Aloisia machte die Schokolade auf und teilte sie in Stücke. Jeder durfte ein Stück nehmen. „Also alle Augen zu und auf der Zunge zergehen lassen". Mm! Mm! Klang es von allen." „Von dem täte ich mich gerne Krank essen, sagte einer ihrer Söhne. Ihr Hund wedelte mit dem Schwanz und jaulte. So gab ihm Reinhard auch ein Stück. Christine gefiel das und sie rutschte übermütig auf dem Sofa hin und her. Das letzte Stück hob Aloisia für ihre Mutter Luise auf. An diese Momente erinnerten sich alle noch Jahr später. „Weisst Du noch?", hiess es dann immer wieder.

In der Schule in Vordersberg versuchte man die Kinder zum Sparen zu erziehen. So brachte Christine den letzten Geldschein von ihrem Schweizer Doktor in die Schule auf das Sparkonto, das man dort für sie in einem Sparbuch anlegte. Die Lehrerin lobte sie sehr dafür. „Ach Du bist ein liebes, kluges Mädchen. Die meisten von uns haben nicht viel Geld, aber wir müssen versuchen, wenn es irgendwie geht, zum Beispiel statt Süssigkeiten oder Dinge zu kaufen, die man nicht unbedingt braucht, lieber etwas ins Sparbuch einzuzahlen. Aus viel Kleinem, kommt zum Ende der Schule was Grosses zusammen, das sollte unser Ziel sein."

Christine dachte nach, wie sie noch mehr Geld sparen könnte. Da kam ihr Grossvater in den Sinn, der ihr mal schnell ein Windrad aus Zeitungspapier gebastelt hatte. Sie wollte die Idee umsetzen und ein stärkeres Papier verwenden, dann auf Stäbe anbringen. Es ging nicht lange, da hatte sie von alten farbigen Journalumschlägen, die ziemlich dick waren, das Material für die Windräder. Gerade Stecken schnitt sie von den Büschen am Fluss ab. Sie brauchte noch ein Zwischenstück damit sich das Rad drehen konnte, für das waren Holunder Zweige gut, die konnte man aushöhlen und den Draht durchstechen. Draht war vom Blumenbinden in der Wohnung noch vorhanden. Sie probierte, mit Zeitungspapier den richtigen Einschnitt zu finden, um es dann die in der Mitte der zugeschnittenen Quadrate, nach dem zusammenfassen der vier Ecken, so hinzukriegen. dass schon ein leichter Wind die bunten Räder zum Drehen brachte.

Auch aller Art Holzklötzchen sammelte sie beim Fassbinder, schleifte die Kanten glatt und strich sie farbig an. Backte runde, vier verschiedenfarbige Lehmkügelchen, mit denen man um die Wette rollen konnte.

Als Christine genug Ware für zwei umgekippte leere Früchtekartons und einen Eimer voller Windräder hatte, stellte sie die an einem schönen Sonntag nahe dem Schwimmbad Eingang zum Verkauf auf. Ein kleiner Junge in Badehose sass in der Nähe am Boden, man liess ihn nicht, ohne Eintritt zu bezahlen, ins Schwimmbad gehen. Er kam zu Christine. „Ich hätte gern ein Windrad, hab aber kein Geld". Christine: „ Du kannst aber hier mit einem hin- und her fächern, so dass die Leute sehen, was wir verkaufen, und, wenn wir alles verkauft haben, verhilf ich Dir ins Schwimmbad. Einverstanden?" Der Junge strahlte übers ganze Gesicht und fächerte vor den Leuten und Kindern mit dem Windrad hin und her. Nach fast vier Stunden, als bis auf zwei Windräder alle verkauft waren, kam ein Schutzmann vorbei und machte Christine darauf aufmerksam, dass man nicht einfach so Sachen verkaufen dürfe, und schickte sie weg. Sie steckte die zwei Kartons zusammen, nahm diese und den Eimer und ging weg. Der kleine Junge lief ihr mit dem Windrad hinterher. „Kann ich jetzt ins Schwimmbad rein?" Christine: „Ja komm, wir tragen das zuerst zu mir nach Hause, ist gleich über den Park. Das Windrad kannst schon mal behalten, und, wenn jemand so eines will, schickst Du sie zu mir, dann teilen wir das Geld." Sie tranken noch Wasser und assen ein Stück Brot und einen Apfel zusammen. Christine zeigte ihm dann den Weg über den Bach und half ihm da durch zugehen. Der niedrige Wasserstand machte es ihnen leicht. Bevor er den letzten Schritt durch die Büsche ging, warnte sie ihn, nie alleine über den Bach zugehen und er solle es auch niemandem erzählen. Sie gab ihm noch Geld für ein Eis und klopfte lächelnd auf seine Schulter. Der Junge bedankte sich herzlich, bevor sie sich trennten.

XVIII

Es kam die Zeit, da Hilde alle Kleider und den ganzen Haushalt in Kartons, Säcke und Tücher packte. Viktoria, eine von ihrer Heimat vertriebene Volksdeutsche, die neu angestellt war, half ihr dabei. Alles ging sehr geheimnisvoll zu. Die Teilnehmer wurden zum Schweigen aufgefordert und nicht darüber unterrichtet, was da eigentlich vor sich ging. „Wirst schon sehen, fragt nicht so viel", bekamen die Kinder zu hören. Abends mussten sich alle zum Schlafen in Kleidern auf die blossen Matratzen legen. So gegen zwei Uhr früh wurde nach und nach alles aus der Wohnung getragen. Zuletzt wurden die kleinen Kinder mitgenommen und alle marschierten die hintere Strasse beim Mädchenschulhaus vorbei in die Stadt hinunter. Über einen kleinen Vorhof ging es durch die hintere Türe in Frühwirts Kleidergeschäft. Frühwirt pachtete vor zwei Jahren sein eigenes Geschäft am Hauptplatz, da sich die Weisser von Palästina zurückgemeldet hatten. Jetzt ist er aber nach Graz gezügelt, da seine beiden Töchter dort die höhere Schule besuchen, und auch das Haus hier, in dem er sein Geschäft hatte, für einen Neubau weichen müsste. So führten die Remis die erste Hausbesetzung, die es in Vordersberg gab, durch, um eine grössere Wohnung von der Gemeinde zu erzwingen. Als aktiver Kommunist war Franz beim Bürgermeister, der eine andere politische Meinung hatte, nicht gerade willkommen. Frühwirt war dankbar für Franz damaligen Beistand vor Gericht, als es um die Entnazifizierung ging, und hatte ihm deshalb zum Abschied den zweiten Geschäftsschlüssel gegeben. Er empfahl ihm, sich mit dem Umzug zu beeilen, denn man hätte schon Arbeiter angestellt, um die Fenster herauszuschlagen, damit die Räume unbewohnbar gemacht würden. Bei zwei Fenstern hätten sie schon Löcher unter dem Rahmen heraus gehackt.

Nach diesem Umzug wollte Hilde nicht mehr kommen. Sie wusste nicht mehr, wie sie sich verhalten sollte. Sie wollte auch keiner Partei angehören. Sie wollte ihren Freund heiraten und eine Familie gründen, das war ihr Ziel.

Viktoria war aus einem Lager in Nordjugoslawien gekommen. Alle Bewohner ihres Dorfes waren verjagt worden. Ihre ganze Familie kam in der Nähe von Vordersberg unter. Die sogenannten 'Volksdeutschen' hielten fest zusammen. Mit der Zeit bauten sie sich ein ganzes Dorf nahe am Stadtrand auf, die Häuser waren meist aus Holz und umzäunt, damit sie von aussen Schutz hatten. Sie waren Gott gläubige, bescheidene, fleissige Leute. Viktoria sang meist melancholische, traurige Lagerlieder, die einen Schimmer von Hoffnung enthielten. Christine hörte ihr gerne zu und konnte bald eines davon auswendig. Der Text hörte sich so an:

Oh, Du traurig's Lagerleben,
Deine Zeit ich nie vergiss.
Sollst Du erhalten mir das Leben,
kehr ich gern nach Haus zurück.
Sollt ein Schänder es wagen,
käme er vor Gottes Gericht,
meinen Körper würd' er haben,
meine Seele kriegt er nicht.

Viktoria arbeitete oft bis spät in die Nacht hinein und war die Erste, die am Morgen aufstand. Josefine konnte sie nicht so recht leiden, weil sie sehr traurig war und auf Hans, ihren Verlobten, wartete, der noch dazu ein Cousin von ihr war.

Viktoria hoffte, ihn zu finden, aber bis jetzt hatte sie noch keine Nachricht von ihm.

Noch keine war im Haushalt so gut wie Viktoria, obwohl sie weniger Lohn als ihre Vorgängerin bekam. Sie achtete darauf, dass die Kinder ordentlich zur Schule gingen, und besprach die Aufgaben mit ihnen. Sie kochte einfach, aber gut, und wusch die Wäsche. Sie liess die Kleider von ihrer Mutter flicken, diese verlängerte auch die Mädchenröcke mit einem hübschen, dazu passenden Stoffstreifen, wenn sie zu kurz waren. Aus verschiedenen Stoffresten, die sie dunkelblau einfärbte, machte sie zweiteilige Matrosen Kleider für die Mädchen und verzierte sie mit weissen Bändern. Reinhard bekam eine blaue Hose und ein weisses Hemd. Eines Sonntags zog sie den Kindern die neuen Kleider an. Franz und Josefine waren so überrascht, dass sie dieses Bild, das sie darstellten, von einem Fotografen festhalten liessen. Viktoria durfte auch auf einem Foto mit dabei sein. Es ist eines der sehr wenigen Fotos, die einen Teil der Kinder in ihrer Jugend zeigten.

Sonntags ging Viktoria zur Frühmesse. Sie merkte, dass bei Remi öfter über den lieben Gott gelästert wurde; wo er denn gewesen wäre, als die Menschen so leiden mussten; warum er das zugelassen habe und immer noch zulasse. Doch sie liess sich davon nicht beeindrucken, sie schwieg nur, denn im Lager waren viele aus Verzweiflung der gleichen Meinung gewesen. Einmal erklärte sie es Christine, "weisst Du, sagte sie, „Gott gibt Liebe und Halt. Wenn man an ihn glaubt, kann man das fest im Herzen spüren. Menschen, die Böses tun und von Gottes Wegen abgekommen sind, für die muss man besonders viel beten, denn sie werden, wenn sie gestorben sind, vom Jüngsten Gericht bestraft werden. Kein Mensch kann diesem Gericht entkommen, da stehen wir alle einmal davor. Die Guten werden in den Himmel kommen und die

Bösen ins Fegefeuer, einige wird der Teufel sich in seine Hölle holen." Christine hörte gerne zu, wenn Viktoria etwas zu erzählen hatte, sie selber besuchte gerne die Zehn-Uhr-Messe, da wurde viel gesungen und Schulfreundinnen waren auch anzutreffen. Nach der Messe gingen viele Männer ins Wirtshaus und die Frauen nach Hause. Den grösseren Kindern war erlaubt, noch eine Weile auf dem Kirchplatz zu bleiben, um sich mit anderen zu treffen. Da ging es meist sehr fröhlich zu. Christine bekam von ihrer Familie den Spitznamen „Heilige". Das störte sie nicht, im Gegenteil, sie hörte es gern. Seltsam war, dass niemand auch nur auf die leiseste Art versuchte, sie von der Kirche fernzuhalten.

Nach der Hausbesetzung versprach die Gemeinde, der Familie Remi einen Teil der beiden Holzhäuser im Stadtpark zu vermieten. In diesen waren bisher Russen untergebracht, die, als eine der vier Besatzungsmächte von Österreich, neues Gebiet zugeteilt bekamen und umziehen mussten. So wurden die Häuser frei. Franz und Josefine wollten sich die Sache, wie sie es nannten, zuerst einmal genauer ansehen. Erwin ging mit, denn im ersten Stock gab es Räume, von denen er hoffte, einen für sich und seine zukünftige Frau zu bekommen. Kisten standen herum und ein Mann wischte den Holzfussboden auf, der mit Altöl eingelassen war. „Wegen dem Ungeziefer", meinte er zu Franz. Eine Ratte habe er gefangen. „Sie kam aus diesem Loch", sagte er und zeigte auf ein Loch in der Wand, das er mit Stahlwolle verstopft hat. Unterdessen hatte Josefine sich umgesehen.

„Tatsächlich, acht Zimmer hat es in diesem Haus", staunte sie. „Eigentlich sind das zwei Wohnungen", hörte sie Frau Reisin sagen, die dazugekommen war. Sie war bei der Feuerwehr, die weiter hinten ihr Depot hatte. „Die grössere könnt ihr haben", meinte sie in bestimmendem Ton, „und die drei Zimmer auf dieser Seite gehören mir." Da kam Erwin mit strahlenden Augen vom ersten Stock und meinte: „Und da oben wohne ich." Alle Räume waren gross. In der Eingangshalle befanden sich zwei Toiletten. Zwei Öfen mit einem Heizsystem für jede Wohnung hatte es auch. „Ja, Frau Reisin, ich glaube, das ganze Haus für uns allein bekommen wir sowieso nicht. Wollen Sie wirklich da einziehen?" „Ja, und ob! Unsere Wohnung ist feucht, meine drei Kinder vertragen das nicht mehr und hier ist es ganz trocken. Holz ist sowieso gesünder.

Also, nichts wie hin ins Wohnungsamt. Wer kommt mit? Jetzt gleich, sonst kommen noch andere mit Vorrecht oder so was. Erwin, Vater und Frau Reisin eilten zur Gemeinde. Mutter und der Putzmann blieben. „Ihr könnt den Boden umdrehen, wenn ihr wollt", sagte er, „das Öl habe ich sparsam aufgetragen. Auf der anderen Seite ist das Holz sicher wie frisch gehobelt." Josefine fragte, ob er nicht eine Latte umdrehen könne, damit man es richtig sieht. Er holte ein Werkzeug und entfernte vorsichtig einen Teil der Wandleisten, danach ein Bodenbrett und drehte es um. Josefine war erstaunt, was für einen schönen Boden die Rückseite abgab und meinte: „Jetzt muss man aber gut aufpassen, dass man die Bretter nicht mit den Öl verschmierten Fingern verdreckt. Am besten, man fasst sie mit Zeitungspapier an."

Sie schaute sich noch die Aussenwände und die Fenster an. Das weit überhängende Dach hatte alles gut geschützt. Sie ging zum grün lackierten, verzierten Brunnen, der ein paar Meter vom Haus entfernt war, pumpte ein paar mal und prüfte das Wasser. Der Putzmann sah ihr zu und erklärte: „Der ist in Ordnung und einfrieren tut das Wasser im Winter auch nicht. Es gibt nur ein paar Eiszapfen. Das Wasser kann man ruhig trinken, der Bürgermeister hat es von der gleichen Quelle, nur der hat eine Leitung bis ins Haus." Josefine entdeckte ein Mausloch. „Oh je, wie wird man die los? Haben Sie noch mehr Mäuse gesehen?“ „Ja, doch“, sagte der Putzmann, „in dem anderen Haus hat man DDT gespritzt und die Löcher mit Stahlwolle verstopft. Dann war eine Zeit lang Ruhe. Ja, und die Wanzen sind nur so aus den Fugen gestolpert, man würde es nicht glauben, wie viele tot am Boden lagen.“ „Uach!“, rief Josefine aus, „hören Sie auf, hat es noch Wanzen?“ Er holte ein Taschenmesser heraus und fuhr damit durch eine Ritze in der Holzverkleidung. Das Messer war mit Wanzenblut verschmiert. „Da muss zuerst was geschehen“, sagte Josefine und schüttelte sich, „so können wir auf keinen Fall einziehen. Schade! Was machen Sie eigentlich, wenn Sie da nicht mehr aufräumen müssen?“ „Ja, dann wird es für den Huber schwierig. Muss mich halt wieder umschauen. Irgendwie wird es schon weitergehen.“ Josefine: „Herr Huber also, ich bin Frau Remi.“ Sie hielt ihm die Hand hin. „Freut mich.“ „Sie könnten uns helfen, das Haus bewohnbar zu machen. Sie wissen am besten, um was es geht. Mein Mann und auch Frau Reisin wären sicher froh um Ihre Mitarbeit. DDT und Spritzen dazu, gibt es sicher irgendwo zu holen.“ Sie sah ihn fragend an. Er nannte ihr die Adresse, wo sie das bekommen könne, und dass sie die Rechnung ganz gewiss dem Besitzer, also der Gemeinde, übergeben könne. Er würde das gerne abklären und auch das nötige Material besorgen. „Wenn Sie wollen“, meinte er, „frag ich gleich meinen Chef, der kann mir das schon machen lassen. Das kostet Sie sicher nichts.“ „Also gut, aber vorher möchte ich noch das Obergeschoss anschauen. Gibt es etwa auch einen Keller?“

Herr Huber zeigte ihr die weiteren Räumlichkeiten. Im Obergeschoss war nur ein grosser Raum mit einem Ofen. Der Rest war Dachboden. Zum Keller ging man unten die Treppe hinunter. Der hatte einen Naturboden sowie Gestelle aus Holz in verschiedenen Unterteilungen zum Abschliessen. Die Schlüssel steckten noch daran. Es wird natürlich alles ausgeräumt, Öfen Toiletten und so weiter. Josefine: „Sagen Sie bitte Ihrem Chef, er soll die Öfen lassen, wo sie sind, und auch die Toilettenschüsseln sollen dableiben. Es soll alles dort bleiben, wie es jetzt ist. Nur der Boden, der müsste noch umgedreht werden. Im oberen Zimmer wurde Gott sei Dank nicht geölt." Herr Huber versprach zu tun, was er könne, und war froh, weiterhin beschäftigt zu sein. Josefine versprach ihm, auch später noch Arbeit für ihn zu haben, sie müsse aber zuerst mit ihrem Mann reden.

Mit den Mietverträgen klappte es. Das Haus wurde überall abgedichtet und mit Gas wurden die Ungeziefer getötet. Es wurde geschrubbt und gereinigt und der Fussboden umgedreht. Am Brunnen stand ständig jemand und pumpte, um die abgelaugten Türen und Fenster zu spülen. Danach roch es sauber und angenehm nach Holz.

Frühwirt hatte seinen Küchenherd mit Heisswasserwanne zurückgelassen, den sie jetzt gut gebrauchen konnten. Die letzten Tage musste die Familie von den Geschäftsräumen hinüber ins Lager zügeln, man richtete sich so gut wie möglich ein. Viktoria war seit einer Woche krank mit einer schweren Lungenentzündung im Spital. Ihre Mutter hatte die Krankheit verschwiegen, da viele Leute Angst hatten, es könnte Tuberkulose sein.

Sie kam und arbeitete anstelle von Viktoria so gut sie konnte, aber der alten Frau wurde der grosse provisorische Haushalt zu viel, obendrein reklamierte Josefine andauernd. Sie hörte Viktorias Mutter nie herumlaufen, da die in ihren aus Stroh geflochtenen Sohlen mit dem schwarzen Stoffoberteil keinen Lärm machte. In ihrem langen, schwarzen Rock, der hochgeschlossenen Bluse und den handgestrickten Wollstrümpfen kam sie schnell ins

Schwitzen. So setzte sie sich öfters hin und wischte Gesicht und Arme mit einem nassen Lappen ab. Als sie wieder mal so da sass, meinte auch Franz, so gehe das nicht weiter. „Wir bezahlen niemanden fürs Herum sitzen. Wenn Sie nicht fähig sind, sich auf den Beinen zu halten, bleiben Sie lieber weg."

Emer hörte den groben Ton und sah die alte Frau weinen. „Sie will ja nur aushelfen, bis Viktoria wieder gesund ist. Ihr bezahlt ihr eh nur einen Dreckslohn. Was wollt ihr mehr?" Franz wütend: „Misch Dich da nicht ein. Die soll gehen." Emer: „Aber zahl sie wenigstens aus." Josefine kam hinzu. „Jetzt hab ich erfahren, was los ist", sagte sie und schrie die alte Frau an, „eine TBC-lerin ist Ihre Tochter!" „Nein, nein, ist nicht wahr", verteidigte die sich, „nur Schatten auf linke Lunge. Wird wieder gesund, meine arme Viktoria." „Die kommt mir nicht mehr ins Haus. Die steckt uns, noch schlimmer, die Kinder an. Schauen Sie, dass Sie weiterkommen. Raus!", schrie Josefine und wies der alten Frau die Tür. Emer ging auf seine Mutter zu, stellte sich vor sie hin und sagte: „So kenne ich Dich gar nicht! Was ist in Dich gefahren? Wie benimmst Du Dich denn! Hast denn keinen Anstand? So gib der armen Haut ihr Geld, entschuldige Dich und lass sie gehen." Franz: „Was für ein Geld? Die hat schon bekommen, was sie verdient."

Da wurde es Emer zu viel. Er schubste seinen Stiefvater gegen den Kleiderschrank, der mitten im Raum stand, dass er beinahe um fiel. Franz wollte Emer ins Gesicht schlagen, doch der fing die Hand auf und drehte sie nach aussen. Nach Franzens Gejammer tat es schrecklich weh. Viktorias Mutter flehte die beiden an aufzuhören. Josefine sah nur untätig zu. Emer mit rotem Gesicht: „Mami, gib ihr einen anständigen Lohn. Jetzt! Sofort! Sonst geschieht ein Unglück!" Da bekam Josefine Angst, gab der alten Frau ihren Lohn, sah Emer an und, als der nicht zufrieden schien, kramte sie weitere Scheine hervor. „Das bin ich noch der Viktoria schuldig“, sagte sie und gab sie der alten Frau. Doch Emer war immer noch nicht zufrieden. Er liess Franz weiter jammern und verlangte, dass seine Mutter sich aufs Höflichste entschuldige. „Ach Mutterl“, sagte sie, „mir ist das alles nur so raus gerutscht, seien Sie mir nicht böse deswegen. Kommen Sie, gehen Sie jetzt nach Hause.“ Viktorias Mutter sagte kein Wort, nahm ihre Sachen und liess sich von Josefine die Türe öffnen.

Viktoria erholte sich langsam. Reinhard und Christine wollten sie im Spital besuchen. Der Bürgermeister hatte die schönsten Blumen in seinem Garten. Kurzerhand schlüpfte Reinhard durch eine Lücke im Zaun, Christine mit einer Holzpfeife auf den Lippen passte auf und schon hatte Reinhard einen schönen Strauss zusammen. Doch im Spital bekamen sie keinen Zutritt zu Viktoria. Eine Krankenschwester nahm ihnen die Blumen ab. „Ich werde ihr die Blumen durchs Fenster zeigen und sie dann im Gang aufstellen, dann haben wir alle was davon. Im Zimmer darf sie leider keine Blumen haben. Ich werde ihr von Euch einen schönen Gruss ausrichten, einverstanden?“ Sie ging auf die letzte Tür zu, die im oberen Teil verglast war und schrieb unterwegs die Namen von Reinhard und Christine auf. Das Fenster war zu hoch, sie konnten Viktoria nicht sehen. Christine las an der Tür: „Isolation Raum! Zutritt strengstens verboten!“ Daneben ein Name: „Stättele, Viktoria.“ Die Krankenschwester sah die beiden an: „Sie wird wieder gesund, aber es geht noch eine Weile, und jetzt geht schön nach Hause.“ Schweigend gingen sie Hand in Hand nach Hause. „Weisst Du was“, meinte Reinhard in letzter Minute, „wir sagen besser nicht, dass wir Viktoria besuchen wollten.“ Christine war einverstanden.

Zu Hause wurden kurzerhand zwei jüngere Frauen angestellt, Inge und Irma. Sie sprachen eine "Geheimsprache", wie sie es nannten, sodass die Kinder sie nicht verstehen konnten. Sie kümmerten sich um die Arbeit, die Josefine ihnen zuteilte. Mit den Kindern gaben sie sich kaum ab, sie achteten nur darauf, dass alles soweit in Ordnung war. Weil sie auch mit den Händen redeten und Namen nannten verstand man mit der Zeit ihr liebstes Thema: "Männer und die liebe Liebe." Charlotte und Rosita spitzten die Ohren hinter ihren Stühlen, bis sie rot anliefen. Sie tuschelten miteinander und amüsierten sich grossartig.

XIX

Rosita war ein fröhliches, folgsames, sehr hilfsbereites Kind, doch für die Schule zeigte sie leider kein Interesse. Niemand kümmerte sich so wie Viktoria es getan hatte, ob die Kinder in der Schule voran kamen. Sie waren auf sich selber angewiesen. Josefine erwartete von ihnen, dass sie so selbständig sein sollten, wie Emer es war. Bei Viktoria und Hilde konnten sie nachfragen, wenn sie etwas nicht verstanden. Doch Inge und Irma wussten nicht viel. Sie hatten die Schule kaum besucht, wegen dem Krieg wurden sie nur bis zur vierten Klasse eingeschult. Die Kinder hatten auch keinen Respekt vor ihnen.

Ein Jahr gab es noch Russisch, später kam Englisch als Zweitsprache. Charlotte war in Deutsch besser als Christine, weil Christine die Buchstaben teilweise immer noch verdrehte und Mühe hatte mit der Satzstellung. Komischerweise hatte Christine damit in den Fremdsprachen nicht zu kämpfen. Sie war sehr für Fremdsprachen Sprachen angetan. Einmal fragte Christine ihre Lehrerin, ob sie freiwillig nachsitzen dürfe. Sie möchte ihre Hausaufgaben in der Schule machen, zu Hause habe sie keine Zeit dazu. Charlotte dürfe fast jeden Tag nachsitzen, dadurch könne sie schöner schreiben als sie und mache weniger Fehler als sie. Die Lehrerin war erstaunt: „Aber Christine, nachsitzen ist eine Strafe. Deine Schwester stört mit ihrem Geschwätz andere Schüler. Das machst Du doch nicht. Du willst doch nicht gehänselt werden, weil Du nachsitzt. Du hast ja schon ein Problem als Linkshänderin. In England und anderen Länder dürfen die Schüler mit der linken Hand schreiben, bei uns leider nicht. Ich bin der Meinung, dass Du deswegen nicht gleichmässig schreibst. Na ja, Du schreibst manche Buchstaben und Zahlen verkehrt herum und bei der Rechtschreibung könntest Du besser sein, aber vielleicht ist das eine Folgeerscheinung Deiner Kopfverletzung. Darauf nehmen wir Rücksicht. Ansonsten sind wir sehr zufrieden mit Deiner Leistung, denn sie liegt über dem Durchschnitt." So versuchte sie, Christine zu trösten, doch das kleine Fräulein hatte Tränen in den Augen. „Ach, Du siehst mich so traurig an, was machen wir da nur?" „Ich möchte so gerne meine Hausaufgaben in der Schule machen, bitte!" schluchzte Christine. „Zu Hause muss ich viel arbeiten, weil ich die Älteste von meinen Schwestern bin. Bitte, lassen Sie mich auch nachsitzen, so wie meine Schwester. Bitte! Nachher helfe ich viel lieber in der Werkstatt, weil ich dann die Schulaufgaben schon gemacht habe. Spätabends kann ich mich nicht mehr so gut konzentrieren, das Licht ist auch nicht gut, mir fallen dann die Augen immer zu." „Möchtest Du heute schon nachsitzen, ach, ich meine, die Aufgaben in der Schule machen?" Christine nickte begeistert: „Oh ja!" „Also gut, aber wir müssen für länger einen anderen Weg finden." Christine wurde in eine Klasse geführt, wo Kinder verschiedenen Alters sassen, darunter auch ihre Schwester Charlotte, die verkroch sich unter die Bank, sie wollte nicht von Christine gesehen werden. Die Lehrerin besprach sich leise mit der Aufsichtsperson, aber die war nicht so recht einverstanden. Sie werde mit der Direktorin sprechen, sagte Christines Lehrerin, um einen anderen Weg zu finden. Charlotte sah, wie die Lehrerin Christine freundlich zuwinkte und beide ein Lächeln auf den Lippen hatten. Normalerweise sind die Kinder voller Wut und die Lehrer grimmig, ging es Charlotte durch den Kopf. Zu Hause erzählte Charlotte schadenfroh, dass diesmal auch Christine nachsitzen musste. Christine sagte nichts und wurde auch nicht gefragt. Am nächsten Tag fragte die Lehrerin Christine, wie es war. „Meine Schwester hat es zu Hause erzählt, aber sonst hat niemand etwas gesagt.“ „Heute bleibst Du bei mir in der Klasse, natürlich nur, wenn Du willst. In der Zeit, in der ich die Hefte korrigiere, kannst Du Deine Aufgaben machen, aber ohne meine Hilfe, so wie Du es zu Hause machen würdest. Sonst würde es als Nachhilfe angesehen, und das ist in der Schule nicht erlaubt. Dafür gibt es andere Personen, die dafür extra bezahlt werden.“

Christine nickte nur und blieb an ihrem Platz in der ersten Reihe sitzen. Konzentriert machte sie ihre Aufgaben, die sie erst am nächsten Tag gemeinsam mit den Schulkameraden abgab. So ging es eine Weile, bis Franz merkte, dass sie unregelmässig in die Werkstatt kam. „Wie kommt das?“, fragte er Christine eines Tages. „Weil... weil... ich mache meine Schulaufgaben gleich nach dem Unterricht in der Schule. Das geht besser und ich muss nicht so lange aufbleiben.“ „Ja, sagt denn da niemand was dazu? Das sind doch Hausaufgaben, die man zu Hause machen sollte. Was ist jetzt da los? Sind das neue Anordnungen, ohne dass die Eltern informiert werden, oder was?“ Er wandte sich an Josefine und sagte mit erhöhter Stimme: „Pepi, morgen gehst Du in die Schule und klärst das sofort ab.“ Christine wehrte sich: „Charlotte macht auch ihre Aufgaben in der Schule, warum darf ich das nicht?“ „Die muss nachsitzen, weil sie eine strengere Lehrerin hat, die alles so haargenau nimmt. Die war ja auch eine grosse Nazianhängerin, daher kommt das“, verkündete Mutter theatralisch.

Die Nacht darauf konnte Christine kaum schlafen. Sie stand früh auf, passte ihre Lehrerin auf dem Schulweg ab und erzählte ihr, was vorgefallen war, und dass ihre Mutter in die Schule kommen wolle. Lehrerin: „Ist schon gut, Christine, ich weiss, wie viel Dir an der Schule liegt. Wir kriegen das schon hin."

Josefine kam mitten im Unterricht. Sie klopfte an und machte gleichzeitig die Tür auf, hatte es nicht einmal nötig gefunden, ihre verschmutzte Arbeitsschürze abzuziehen. „Entschuldigung, ich bin mitten von der Arbeit weggelaufen, um mit Ihnen, Frau Hofer, zu sprechen. Sie können unsere Tochter nicht einfach so ohne Grund in der Schule behalten. Alle meine Kinder müssen ihren Teil zu Hause erledigen." Lehrerin: „Höfer bitte, nicht Hofer.

Einen Moment bitte, wer sind sie überhaupt?" Sie bat Josefine hinauszugehen und schob sie ihn den Flur und machte hinter ihr die Türe zu. „Na, wer soll ich schon sein, Frau Remi, wer sonst." Warten Sie hier draussen, Sie stören den Unterricht." „Ich habe keine Zeit zu warten, ich muss wieder zurück in unsere Schuherzeugung, das ist wichtiger." Josefines Stimme wurde weinerlich. „Was glauben Sie, wie wir schuften müssen, um zu überleben." „Dann müssen Sie bei der Direktion einen Termin für ein Gespräch abmachen", sagte Frau Höfer. „So geht das nicht", sie öffnete die Klassentür und wandte sich den Kindern zu, "macht weiter!" Dann ging sie mit Josefine den Gang entlang.

Viele wollten wissen, wer das war, aber Christine ignorierte die Situation und versuchte krampfhaft weiterzumachen. Nach einer Weile kam Frau Höfer zurück in die Klasse. Natürlich merkte sie, dass es Christine peinlich war, wie sich ihre Mutter benommen hatte. Nach dem Unterricht wollte die Schuldirektorin Christine sehen. Christine klopfte an die Bürotüre. „Ja, bitte", hörte sie rufen, öffnete die Tür, grüsste und blieb stehen. „Komm näher, Christine, es scheint, dass Deine Mutter wie so viele andere Mütter nicht auf Deine Mithilfe zu Hause verzichten kann. Du musst ja recht fleissig sein. Sie hat Dich sehr gelobt wegen Deiner Flinkheit und Deinem Verantwortungsbewusstsein".

Christine fiel ein Stein vom Herzen. Direktorin: „Hast Du was dazu zu sagen?" Christine: „Darf ich meine Aufgaben weiterhin in der Schule machen?" „Ist das alles, was Du willst?" „Beim Musiklehrer, Herrn Bernhard, könnte ich für nur ganz wenig Geld, das ich selbst bezahlen könnte, Cello spielen lernen. Oder sonst bei Frau Schönberg Klavier, sogar gratis würde sie mich unterrichten, hat sie mir vorgeschlagen. Könnten Sie meine Eltern überreden, mich ein Instrument spielen zu lassen? Bitte!" Die Direktorin schaute sie erstaunt an und sagte: „Wissen Deine Eltern, dass Du ein Instrument lernen willst?" Christine nickte. „Deine Mutter war ja früher Künstlerin, die hat sicher Verständnis dafür. Wie sieht es bei Deinem Vater aus?" Christine: „Er wollte immer gerne Ziehharmonika spielen können. Er meint, mit Musik kann man gut Geld verdienen." Direktorin: „Nun fürs Erste, wenn Du Deine Aufgaben weiterhin in der Schule machen möchtest, so kannst Du das von mir aus tun."

Christine nickte eifrig. Direktorin: „Du bist ja eine der Besten im Turnen, vielleicht kannst Du anstatt turnen die Zeit für Deine Aufgaben nehmen, damit Du ein gutes Abschlusszeugnis bekommst und Deine Eltern mit unserem Entschluss zufrieden sind. Deine Mutter hat mir geschildert, dass ihr ein richtiges Zirkusprogramm zusammenstellt, Du und Deine Schwestern und Dein Bruder Emer. Er sei im Kunstturnen siebtbester von Österreich geworden, sagte sie mir, und habe ein Angebot von einem grossen Zirkus bekommen." „Zum Zirkus geh ich nie!", sagte Christine vehement. „Ich möchte später Archäologie oder Geologie studieren, ja das möchte ich gerne." „Oh, Du hast ja grosse und interessante Pläne", meinte die Direktorin bewundernd: „Dann wollen wir mal sehen. Zunächst kannst Du hier Deine

Aufgaben machen, wenn Deine Klasse Turnen hat. Die anderen Tage bleiben so wie es bisher war, aber wegen der Musik musst Du woanders Hilfe holen. Vielleicht steht Dir jemand von der Verwandtschaft bei. Denk einmal nach, wer das sein könnte. Nun, das wäre es also. Geh Deine Aufgaben machen, oder gehst Du jetzt nach Hause?" „Ich weiss noch nicht, muss zuerst überlegen. Danke! Aufwiedersehen." Christine schloss die Tür hinter sich. Nachdenklich schritt sie den Korridor entlang. Dann ging sie nach Hause.

Christine muss Ziehharmonika lernen, darauf bestand ihr Vater. Sie mochte das Instrument nicht und lernte dementsprechend schlecht. Charlotte aber fand Gefallen daran und Vater meinte: „Dann soll doch Christine Zither spielen und Charlotte kann das Akkordeon übernehmen. Christine flehte, sie wolle in der Schule Cello lernen oder bei Frau Schönberg Klavier, es würde wenig bis gar nichts kosten. Aber ihr Vater blieb stur und bezahlte lieber für den Zither Unterricht.

Charlotte blieb in der Volksschule bis zur achten Klasse. Christine schaffte es bis in die Hauptschule und machte dort den Abschluss.

An Christines Schulabschluss wurden die Zeugnisse in Anwesenheit der Eltern wie üblich verteilt, Christines Elter, glänzten durch Abwesenheit. Die Oberlehrerin übergab jedem Kind, das in der Schule gespart hatte, das Sparbuch mit dem Hinweis, sorgsam mit dem Geld umzugehen. Christine bekam ihres nicht. Sie erfuhr, dass es bereits ihrer Mutter ausgehändigt worden sei, die gekommen war und danach gefragt hatte. Christine nahm ihr Zeugnis und zeigte es mit Freude zu Hause. Sie hatte bessere Noten als die anderen heim gebracht, erfuhr sie von Erwin. „Kein Wunder, bist ja die meiste Zeit in der Schule herum gehangen", hörte sie von ihrer Mutter." Ein paar von den Geschwistern zeigten ihr Zeugnis nicht her.

Christine hoffte schwer, eine höhere Schule besuchen zu dürfen. Für die Aufnahmeprüfung war sie bereits von der Schule aus angemeldet.

Christine getraute sich nicht, ihre Mutter nach dem Sparbuch zu fragen. Sie hätte auch gern gewusst, ob ihre Vergissmeinnicht-Ohrringe, die ihr die Grossmutter geschenkt hatte, noch da waren. So entschloss sie danach zu suchen, brauchte nicht lange und fand das Versteck. Es war eine Schatulle, in der sie allerhand unechten Schmuck fand, aber auch vergoldeten. Da war auch ein verbogener Ohrring mit einer tropfenförmigen Perle dabei, aber ihre Ohrringe von Grossmutter fand sie nicht. Aufgeregt und zitternd legte sie alles vorsichtig zurück. Sie musste auf Emer warten, er hatte die Courage, Mutter zu stellen. Alle waren gespannt auf Emers Zeugnis als Schlosserlehrling. Seine Zeugnisse waren immer die allerbesten. Doch Emer liess sich Zeit, er kam nicht so schnell nach Hause.

Für die Abschlussfeier in der Schule sollte Christine einen kleinen Part, im ersten Akt einer zweiteiligen kleinen Komödie, spielen. Ein kurzer Satz: „ Die gnädige Frau lässt bitten", war alles, was sie sagen musste. Als sie auf der Bühne stand, flüsterte die Souffleuse, deren Kopf vom Souffleurkasten vorne auf der Bühne herausragte, so laut ihren Satz, dass Christine für einen Moment ganz irritiert war. Aber sie schaffte den Satz noch rechtzeitig.

Ihre Kameradin Sylvia sollte ein Lied singen. Christine half ihr beim Einstudieren. Dabei sangen sie abwechselnd öfters recht übermütig. Der Musiklehrer, der sie am Klavier begleitete, hörte Christine zum ersten Mal so richtig mit Spass und Elan singen. „Ach, Du singst aber wirklich gut, das ist mir vorher gar nicht aufgefallen.“ „Ich habe mit Sylvia geübt, darum kann ich es auch singen“, meinte Christine, „aber auf der Bühne bleibt mir sicher die Luft weg, ich glaube, das könnte ich nicht.“ „Es gibt immer ein erstes Mal, man braucht nur ein bisschen Mut. Den hast Du doch, so wie ich Dich kenne.“

Es kam der Moment von Sylvias Auftritt. Sie war sehr nervös. „Hast Du Lampenfieber?“, fragte der Musiklehrer, „wenn Du auf der Bühne bist, vergeht das ganz von selber. Du musst Dich nur auf mich konzentrieren, ich gebe Dir ein Zeichen, es kann gar nichts schief gehen.“ Sylvia bekam Bauchweh, es wurde ihr übel. Ein Bühnenarbeiter schnappte rasch nach einem Karton und hielt ihn ihr unter. „Komm, Sylvia, wir müssen auf die Bühne“, rief der Musiklehrer. Stocksteif stand sie da. „Ich kann nicht“, heulte sie los. Christine putzte an Sylvias Kleid herum. „Geh jetzt, Sylvia, ich halt Dir die Daumen, sing so, wie wir es geübt haben. Ich gebe Dir den Ton an.“ Christine gab ihr den Ton, aber Sylvia rannte auf und davon. Da rief der Lehrer. „Komm, Christine, das ist Deine Chance“, sagte er und schob sie vor sich her auf die Bühne bis vor's Mikrofon, „sieh nur mich an, ich gebe Dir den Einsatz.“ Er setzte sich ans Klavier und gab ihr den Ton an. Dann kam der Einsatz. „Lauter“, flüsterte er und sah sie fest an und sie sang und schaute ins Publikum:

.„Wenn ich ein Vöglein wär und auch zwei Flüglein hätt,
flög ich zu Dir.
Sie stockte, aber nur kurz............
Weil‘s aber nicht kann sein, weil’s aber nicht kann sein,
bleib ich all hier.“
u.s.w.

Sie sang und sang, bis das Lied zu Ende war. Applaus aus der Dunkelheit. Erst jetzt sah sie die vielen Leute und auch ihre

Mutter, die gleich hinter der Schuldirektorin und dem Bürgermeister sass. „Christine Remiiii", hörte sie den Musiklehrer hinausposaunen. „Mach einen Knicks", flüsterte er ihr zu. Christine machte einen wackeligen Knicks.

Der Lehrer führte sie hinter die Bühne. „Bravo! Dafür, dass es das erste Mal war, warst Du ganz gut." Dann ging er weg und Sylvia kam zurück. Es reute sie, dass sie den Applaus nicht hatte ernten können. Christine wollte noch einmal ins Publikum schauen, ging zum Seitenvorhang, schob ihn leicht nach hinten und suchte ihre Mutter. Die wischte sich gerade ein paar Tränen aus den Augen, dabei redete sie nach links und nach rechts und neigte sich vor zum Bürgermeister, um ihm etwas zu sagen. Christine war erstaunt, dass sie in einer der vordersten Reihen sass, wo nur reservierte Plätze waren. Als die Bühnenschau zu Ende war, wollte sie ihre Mutter fragen, ob sie noch etwas bleiben dürfe, es war aber bereits neun Uhr abends.

Sie drängte sich hinter ihr her zum Ausgang, aber ihre Mutter beachtete sie nicht, sondern verkündete mit lauter Stimme: „Alle meine sieben Kinder haben Künstlerblut in den Adern. Mein ältester Sohn wird demnächst in einem grossen Zirkus seine Akrobatik Nummer bringen. Das müsst ihr Euch anschauen. Der wird Euch Vordersbergern zeigen, was er kann, da könnt ihr dann nur staunen." Sie wurde immer lauter und fuchtelte mit einem Arm in der Luft herum. Christine hielt sich schämend im Hintergrund und blieb einfach ohne zu fragen länger.

Jetzt kam der lustige Teil. Es wurde laute Musik gemacht und getanzt. Christine wurde andauernd zum Tanz aufgefordert, und sie genoss es, mit den Jungs zu flirten. Hans gefiel ihr besonders gut. Wie er sie um die Taille nahm und sie immer wieder an sich zog!! Sie tranken Wein zusammen und lachten. Er machte ihr andauernd Komplimente, sodass sie ihm sagen musste, er solle aufhören damit, denn sie befinde sich in einem Dauerzustand der Verlegenheit und im Übrigen müsse sie nach Hause. Hans bat, sie begleiten zu dürfen. „Ich hab aber nicht weit, ist gleich hier im Stadtpark, und, wenn uns wer zusammen sieht, nein das will ich nicht." Trotzdem ging er neben ihr her.

„Morgen könnten wir uns im Schwimmbad treffen. Beim Eingang warte ich auf Dich. Sagen wir nachmittags um zwei Uhr?" Christine: „Nein, das ist zu früh, ich kann erst um fünf kommen." „Aber um sechs schliessen sie schon." „Tut mir Leid, vorher kann ich wirklich nicht, ich muss froh sein, wenn es mir gelingt, um fünf dort zu sein, dann komme ich durch den Fluss ins Bad." Hans: „Ist das nicht gefährlich?" „Ich bin schon öfter durch das Wasser gewatet, bis jetzt ist nichts passiert, ich kenne den Fluss und gut schwimmen kann ich auch." Sie standen bei einem Baum im Park. Hans hielt sie an den Hüften, dann an dem Kopf, zog sie an sich und küsste zärtlich ihre Lippen. Sie lehnte sich an den Baum und liess sich weiter küssen, bis ihr schwindlig wurde. Schnell machte sie sich los und rannte den kurzen Weg nach Hause, schlich hinein und spähte hinter den Vorhang in die Dunkelheit hinaus. Ein Feuerzeug blitzte auf. Hans umrandete sein Gesicht mit der Flamme und schickte ihr einen Kuss zu. Sie legte sich ins Bett und schlief glücklich mit ihren Kissen in den Armen ein.

Früh am Morgen wurde sie geweckt. „Komm, steh auf, Du musst mitkommen, wir fahren Leder einkaufen", hörte sie ihre Mutter rufen. „Zieh was Gescheites an und schau, dass Du ein bisschen erwachsener aussiehst." Christine war schon in den letzten paar Monaten Leder einkaufen gewesen, hatte auch bereits fertige Ware, meist Ledertaschen, im Kaufhaus abgeliefert und einen Scheck entgegennehmen können. Bisher hatte sie immer allein eingekauft, sie kannte die Lederarten und Qualitäten. Nur ein einziges Mal hatte ihr Vater sie mit der schweren Last zurückgeschickt, als ein Verkäufer miese Ware darunter mischte, als sie nicht aufgepasst hatte.

Daraus hatte Christine eine Lehre gezogen. Das Leder war sehr schwer und mit Strassenbahn und Bus musste sie es bis in die Werkstatt schaffen. Wenn Emer da war, holte er sie vom Bus ab. Meist war es auf zwei Pakete aufgeteilt, und oft hatte sie Glück, dass ihr jemand beim Tragen half. An diesem Morgen ging Mutter mit ihr in ein Lederlager, das sie noch nicht kannte. „Sei nett zu Herrn Bauer“, instruierte Josefine sie, „er ist der Lagerchef, komm, mach noch ein bisschen Lippenstift an, Du siehst sonst so bleich aus, wie ein krankes Huhn.“ Christine wollte nicht, aber Josefine liess nicht locker und gab ihr den Lippenstift. „Ich hab keinen Spiegel.“ „Stell Dich nicht so blöde an. Du brauchst nur die untere Lippe anstreichen und dann press den Mund zusammen, das kann man auch blind.“ Sie tat wie geheissen. „Wie schau ich aus?“ „Ist gut so.“

Im Lager wurden sie von der Sekretärin begrüsst. Sie liess Herrn Bauer holen. Dieser schien hocherfreut, sie zu sehen. Josefine stellte ihm Christine vor. „Das ist meine älteste Tochter, sie sieht viel jünger aus als sie ist, von jetzt an wird sie bei Ihnen Leder einkaufen, sie kennt sich gut aus. Lassen Sie sich Zeit bei der Auswahl, damit wir gute Ware mitnehmen können.“ „Hat ihre Tochter einen Namen?“ Sie setzte sich auf einen Stuhl gegenüber der Sekretärin und liess Christine ihren Namen nennen.

Nun war sie in der langen Lagerhalle mit Herrn Bauer allein. Er legte seinen Arm um ihre Schulter und drückte sie an sich. „Deine Mutter ist eine tüchtige Frau, die weiss, wo es langgeht.“ Christine fühlte sich nicht wohl und bückte sich, um der Umarmung zu entgehen. Bald hatten sie die gewünschte Menge Leder ausgesucht, so dass sie hätten gehen können. Herr Bauer aber war der Meinung, sie könnten sich ein bisschen hinsetzen und plaudern. Er wies ihr einen Stuhl an, doch sie wollte sich nicht setzen. „Du hast doch nicht etwa Angst, mit mir allein zu sein?“, sagte er, nahm ihr Kinn fest in die Hand und drückte seine Lippen auf die ihren. Christine wehrte sich und lief zurück zu ihrer Mutter, die sass mit dem Rücken zu ihr.

Als die Sekretärin Christine sah, stand sie auf und zeigte ihr die Toilette. Der Spiegel zeigte sie mit verschmiertem Lippenstift. Ohnmächtige Wut stieg in ihr auf und sie blieb eine Weile in der Toilette, um sich zu beruhigen, wusch sich das Gesicht und trank vom Wasserhahn. Josefine sah nicht einmal auf, als sie bei ihr erschien. Sie sagte nur: „Schau nach, ob das Leder schon eingepackt und draussen ist.“ Christine ging hinaus. Da stand Herr Bauer mit der gebundenen Ladung und rauchte eine Zigarette. „Es tut mir leid, dass ich Sie so erschreckt habe, ich möchte mich entschuldigen.“ Er steckte ihr unauffällig einen Geldschein in das Täschchen ihrer Strickjacke. „Bitte, erzählen sie Ihrer Mutter nichts.“

Mit diesen Worten verschwand er hinter der Lagertür. Christine fühlte den Schein und wusste nicht, wie sie reagieren sollte. Sie hatte den dunklen Verdacht, ihre Mutter wusste, was passieren würde. Als sie zu ihr ging, redete sie immer noch auf die Sekretärin ein. „Wart“, sagte sie, „ich muss noch fertig erzählen“, und redete und redete. „Seien Sie mir bitte nicht böse“, fiel ihr die Sekretärin ins Wort, „aber Sie können mir das nächste Mal ihre Geschichte zu Ende erzählen. Also, bis zum nächsten Mal, Frau Remi. Kommen sie gut nach Hause.“ „ Ist schon gut!“ meinte Mutter. Somit öffnete sie den beiden die Tür.

Sie schleppten das Leder zum Bus. Josefine setzte sich neben eine Frau und verwickelte diese gleich wieder in ein

Gespräch. Christine setzte sich hinter sie und sah sich die vorüber fliegende Gegend an. Sie träumte davon, einmal weg zu reisen, ganz alleine irgendwohin.

Während der Fahrt kam ihr Hans in den Sinn. Nein, ich will ihn nicht mehr treffen, dachte sie, wir sind beide noch so jung. Er wird, schätze ich, drei Jahre älter sein als ich, meine Gefühle zu ihm könnten zu stark werden, also Finger weg, bevor ich mich verbrenne. So erschien sie nicht im Schwimmbad zur abgemachten Zeit.

Emer sollte, wie immer, freitags nach Hause kommen. Christine hielt sich wach. Als er endlich kam und nur die Eltern noch nicht zu Bett waren, öffnete sie leise die Tür, um zu lauschen. In letzter Zeit hatte er sich oft versprochen, Ausreden gebraucht und von Themen abgelenkt, die ihm nicht passten. Mutter: „Wo steckst Du die ganze Zeit? Hast dein Zeugnis dabei?" Emer: „Mein Chef hat mir keines gegeben, weil ich öfters wegen dem Training für die Meisterschaft weg war und auch wegen der Zeit für die Zirkusnummer, die ich einstudiert habe. Das hat er mir übel genommen. Dann bin ich halt ganz weggeblieben. Das hat dann der Tante, bei der ich logiert habe, auch nicht gepasst. Die schauen alle das Zirkusleben als Zigeunerleben an.

Die haben keine Ahnung, was wirklich dahinter steckt und wie viel Training und Disziplin das braucht." Franz: „Wieso hast Du uns das nicht erzählt? Wir hätten mit deinem Chef reden können. Hast wenigstens was gelernt, was wir brauchen können? Wir bräuchten Leder Stanzmaschinen und die dazu geformten Stanzmessern. Ich hab mit Dir gerechnet. Pläne dazu habe ich schon vorbereitet und so einiges Material habe ich auch zusammengesucht. Für drei Stanzen und einige Stanzmesser sollte es reichen. Wir fangen gleich Morgen an." Mutter: „Die Tante war aber eine nette Frau, nur bei den letzten Besuchen hat sie sich komisch benommen. War da was?“ „Na ja, ich hab sie einmal zu fest umarmt, wie es halt manchmal so ist, aber die alte Kuh hat gemeint, ich will was von ihr.“ Emer lachte verlegen. Mutter fühlte, dass da etwas Intimeres war. Abwechselnd haben Sie und Vater Emer öfters besucht, wenn sie in der Nähe waren, und ihm immer wieder heimlich Geld oder Sachen zugesteckt. Sie erzählten sich gegenseitig nie etwas davon. So bekam es Emer doppelt und dadurch viel mehr als alle anderen Geschwister.

Franz holte eine Rolle mit Plänen hervor und studierte sie mit Emer bis tief in die Nacht hinein.

Am nächsten Morgen wartete Christine, bis Emer aufgestanden war. Er wusch seinen muskulösen Oberkörper und liess seine Brust zu ihrer Belustigung auf- und abspringen. „Warum bist denn Du schon auf?“, fragte er. Christine: „Ich weiss nicht, wie ich es Dir sagen soll. Mami hat mein Sparbuch von der Schule abgeholt und es mir nicht gesagt. Ich getraute mich nicht, danach zu fragen. Du weisst ja, wie sie auf mich reagiert. Dann habe ich noch meine Vergissmeinnicht-Ohrringe, die von der Grossmutter, gesucht. In ihrer Schmuckschatulle sind sie nicht.“ Emer: „Warte, das kriegen wir mit einem Trick schon raus. Lass mich überlegen.

Weisst Du, was wir machen? Ich werde sie vor Dir um Geld fragen und, bevor sie was sagen kann, sagst Du, dass Du mir Dein Geld vom Sparheft leihen willst. Oder Du sagst, wir könnten die Vergissmeinnicht-Ohrringe verkaufen, weil Du jetzt sowieso zu gross für den Kinderschmuck bist. Wirst sehen, damit erfahren wir gleich, ob alles noch da ist.“ Christine: „Kannst Du sie nicht direkt fragen statt so drum herum? Ich weiss nicht, ob ich dazu fähig bin, so ein Theater zu spielen.“ „Diplomatie nennt man das. Pass auf, sie kommt“, flüsterte er, dann laut zu Mutter: „Du, Mami, ich bräuchte eine grössere Summe für ein paar Requisiten und ordentliche Kostüme für Probeauftritte, die wir machen, bevor wir in die Zirkusmanege steigen können. Ich habe eine Adresse, wo ich die Sachen sofort viel günstiger bekommen könnte." Er schaute Christine an, die aber brachte den Mund nicht auf. „Das kostet sicher einiges, da musst Du schon noch etwas warten. Wir reden noch darüber", meinte Mutter.

Christine: „Vielleicht reicht mein Sparbuch von der Schule, da ist einiges drauf, das könnte ich Dir ausleihen Emer. Mami, gib ihm das Sparbuch." „Von was redest Du denn, ich weiss nichts von einem Sparbuch." Christine zitternd: „Die Oberlehrerin hat mir gesagt, dass Du es ab..." Emer unterbrach sie und wendete sich herrisch an seine Mutter: „Mami, Du gibst mir jetzt das Sparbuch!" „Wart, jetzt kommt es mir wieder in den Sinn. Ihr lasst einem nicht einmal Zeit nachzudenken. Wo hab ich es jetzt schon hingelegt." Plötzlich zog sie es von irgendwo hervor und gab es, während sie sich hinsetzte, Emer in die Hand. Der sah sich das Sparbuch an. „Alles bis auf ein paar Groschen vor ein paar Tagen abgehoben. Wau! Fleissig hast Du gespart Christine. Mach Dir keine Sorgen, ich beschaffe es Dir wieder." Dann zu seiner Mutter: „Hast also kein Geld mehr, alles abgehoben, wie?" Christines Augen füllten sich mit Tränen, die sie verstohlen wegwischte: „Wir könnten die Vergissmeinnicht-Ohrringe verkaufen", sagte sie, „die habe ich seit Jahren nicht mehr getragen, sind ja wie neu, und jetzt bin ich schon zu gross dafür." Emer: „Danke, Christine." Sie erschrak. Emer sprach weiter: „Wie schön von Dir, dass Du mir hilfst. Wo hast Du die denn? Vielleicht kriegen wir einen guten Preis dafür." Christine war jetzt stumm, presste ihre Lippen zu einem Strich zusammen. Emer gab ihr einen Kuss auf die Wange und sagte zu seiner Mutter, ohne sie anzusehen: „Hast Du die verscherbelt?“ „Ja, ich war halt wahrscheinlich in Geldnot, sonst wären sie ja noch da.“

Sie ärgerte sich über die Fragerei, holte ihre Schatulle und kramte darin herum. Um abzulenken, zeigte sie den verbogenen Ohrhänger mit der tropfenförmigen Perle und erzählte die Geschichte dazu, wie sie den Ohrhänger neben dem Geleise gefunden habe. Da der Ohrschmuck silbern aussah und der Tropfen recht gross war, glaubten sie nicht, dass es ein wertvolles Stück sein könnte. Christine nahm ihn in die Hand, die Perle war recht schwer. Mutter machte die Schatulle zu und stellte sie weg. Christine wollte ihr den Ohrring noch zurück geben, aber sie winkte ab.

Reinhard kam hinzu, Emer ging, er konnte nichts mehr für sie tun. Christine betrachtete den Ohrhänger und meinte einen Stempel auf dem Silber zu sehen. Sie zog Reinhard am Ärmel und fragte ihn leise nach dem Vergrösserungsglas, das er einmal von der Glasfabrik nach Hause gebracht hatte. Sie gingen ins Freie und sahen eine Nummer. Reinhard verglich den Stempel mit dem auf seinem echten Silberkreuz, das er um den Hals trug. „Schau, das muss ein anderes Material sein, ich hab was von Weissgold gehört. Auf jeden Fall ist das nicht der gleiche Stempel wie der auf meinem Kreuz. Wie könnte man das herausfinden, ohne dass man sich verdächtig macht. Wenn dann auch noch die Perle echt ist...! Glas oder Kunststoff ist es jedenfalls nicht. Ein Juwelier wüsste das sofort.“ Er überlegte. „Grossmutter ist ja immer zum gleichen Juwelier hier in der Stadt gegangen. Mein Kreuz hat sie auch dort gekauft. Komm, wir gehen dorthin. Jetzt, wo die Grossmutter gestorben ist, könntest Du sagen, Du hast den Ohrring von ihr bekommen.“

Christine erzählte Reinhard die wahre Geschichte. Das Mutter den Ohrring neben dem Bahngeleise gefunden habe, wo Leute ins Konzentrationslager abtransportiert worden waren. Reinhard: „Da sind sicher die meisten gestorben." Unterwegs zeigte Reinhard auf die Kirchenwand: "Schau, da ist eine Gedenktafel von Leuten unserer Stadt, die im Krieg und in den Lagern gestorben sind." Beim Juwelier angekommen, sahen sie sich die Auslagen im Schaufenster an und sahen in einer Ecke ein Schild: "Schmuck von Privat im Auftrag zu verkaufen." Reinhard unbekümmert: „Da sind wir richtig."

Er öffnete die Tür mit einem „Guten Tag" und legte los: „Unsere Grossmutter, Sie kennen sie ja, die war oft bei Ihnen, Frau Pfeifer hiess sie, sie ist gestorben." Juwelier: „Oh, mein Gott, die liebe Frau Pfeifer, hoffentlich hat sie nicht so leiden müssen wie meine Mutter, schrecklich. Ach, mein aufrichtiges Beileid." Er schüttelte Reinhard die Hand. Christines Hand umklammerten den Ohrring mit der tropfenförmigen Perle, sie liess ihn in die Hand des Juweliers gleiten. „Der ist von der Grossmutter", sagte sie. „Oh, ein wenig verbogen, aber ein schönes Stück." Reinhard ahnte, dass er wertvoll war und log: „Den Ohrring hat sie uns beim letzten Besuch gegeben und uns gesagt, wir sollen ihn zu Ihnen bringen. Die Perle sei recht wertvoll. Was wir dafür von Ihnen an Geld bekommen, sollen wir auf unser Sparbuch legen." Christine war erstaunt, was Reinhard auftischte.

Der Juwelier holte ein Vergrösserungsglas und eine winzige Waage. „Mal schauen, eine schöne Perle auf jeden Fall, hochkarätiges Weissgold, leicht zu verbiegen, wie man sieht, und das kleine blaue Steinchen... Hat sie gesagt, wie viel ihr dafür bekommen solltet?" Reinhard: „Nein, nur dass es sehr wertvoll ist und wir es ausser Ihnen sonst niemandem zeigen sollen. Das Versprechen haben wir gehalten." Juwelier: „Wirklich niemandem? Aber Euren Eltern schon?" Reinhard: „Nein, niemand weiss davon, Grossmutter wollte das so. Wir haben ihr versprochen, uns daran zu halten bis in den Tod", übertrieb er. „Na gut, ich muss das noch genau ausrechnen und habe jetzt nur Kleingeld bei mir. Wir könnten uns vor der Sparkasse im kleinen Park treffen. Sobald die nachmittags aufschliesst, gehe ich hin. Nehmt Eure Sparbücher mit, dann könnt ihr das Geld gleich einlegen." Christine griff nach dem Ohrring. Der Juwelier gab ihr ein kleines Säckchen, wo sie ihn hinein tun konnte. „Verliere ihn nicht."

Zu Hause fand Christine ihr geplündertes Sparbuch und steckte es in ihre Tasche. Reinhard hatte seines mit einem Code-Namen bei der Sparkasse deponiert. Er hatte etwas Geld bei sich, das gerade für zwei verbilligte Nussrollen reichte, sie waren vom gestrigen Tag. Da sassen sie nun im kleinen Park vor dem Springbrunnen, verspeisten genüsslich die Nussrollen und warteten auf den Juwelier. Nach kurzer Zeit stand er vor ihnen und gab jedem einen Briefumschlag. Christine hatte das kleine Säckchen in der Hand. „Wenn ihr mit dem Betrag nicht zufrieden seid, könnt ihr den Ohrring behalten, mehr kann ich Euch leider nicht geben, aber ich glaube kaum, dass ihr woanders mehr Geld dafür bekommt. Also, überlegt es Euch, ich gebe Euch Zeit bis heute Abend. Ganz wichtig: Es bleibt unser Geheimnis so wie es Grossmutter wollte."

Er nahm beider Hände in die seinen und sah ihnen in die Augen. Reinhard: „Ehrensache! Logisch!"

Der Juwelier nahm das Säckchen mit dem Ohrring: „Ich muss ins Geschäft. Wenn Ihr was kaufen wollt bei mir, werde ich immer einen Preisnachlass für Euch machen, so wie es Eure Oma, Gott hab sie selig, bekommen hat. Servus Ihr beiden." Christine wollte gleich nachzählen, wie viel Geld im Brief war, doch Reinhard hielt sie davon ab. „Nicht hier, es könnt uns jemand beobachtet haben. Gehen wir in die Sparkasse, da gibt es einen kleinen Tisch in einer Ecke." Sie gingen zur Sparkasse und Reinhard setzte sich in der besagten

Ecke auf einen Stuhl. Christine blieb vor ihm stehen stehen, so konnte niemand sehen was er machte.

Sie gab ihm ihren Brief, er leerte ihn aus und zählte zweimal. Dann schrieb er die Summe auf den Umschlag und steckte das Geld zurück. Jetzt zählte er seinen Betrag, es war gleich viel. Er rechnete die Beträge zusammen und zählte noch einmal nach, griff in seinen Briefumschlag und gab Christine einen Geldschein. „Das ist noch für Dich als Ersatz für den Verlust durch die Mami und noch etwas mehr. Willst alles einlegen oder willst Du Dir noch etwas kaufen? Überlege schnell." Christine wurde es ganz schwindlig. „Hast Du mit so viel gerechnet?", fragte sie ihn. „Ehrlich gesagt, nicht einmal mit der Hälfte", sie lachten sich an. Reinhard ging zum Schalter, Christine zu dem neben an. Sie behielt eine kleine Summe zurück und reichte das Sparbuch dem Fräulein hin, das alles nochmals langsam und laut zählte, es ins Sparbuch Eintrug und quittierte. Sie zeigte es Christine und wollte ihr das Sparbuch geben. „Ich möchte es gerne hier mit einem Code deponieren, wenn das geht, bitte." „Ja, das geht. Du brauchst nur ein Codewort, an das Du Dich leicht erinnern kannst." Sie schob Christine Zettel und Stift hin und zeigte auf eine Zeile. „Hier bitte ausfüllen und dann da unten Deine Unterschrift." Das Fräulein kannte Christine von der Schule her.

Reinhard wartete schon. „Ich geh mir jetzt was zum Ausgehen kaufen. Das muss gefeiert werden. Kommst mit?" Natürlich ging sie mit. Er kaufte sich eine schwarze Hose und eine passende Jacke dazu, die zwar etwas zu gross, aber dafür sehr verbilligt war und trotzdem lässig aussah. Dann noch ein modernes weisses Nylonhemd und eine Lederkrawatte. Der junge Verkäufer: „Toll! So wirst echt der Hirsch sein, wo immer Du Dich zeigst, werden sich die Köpfe nach Dir umdrehen." Reinhard: „Meinst, es ist nicht zu auffällig? Mir gefällt es närrisch gut." Er freute sich auf Freitag, dann war Ausgangsabend.

Christine durfte nicht ausgehen, auch nicht bis zehn Uhr. In Begleitung von Reinhard wäre es zwar kein Problem, aber die Eltern waren strikt dagegen. Trotzdem übten beide nach der neuesten Rock'n Roll-Musik die Tänze ein. Christine war leicht und liess sich geschickt und gekonnt herumwirbeln. Auch liess sie sich heimlich einen „Petticoat" nähen, einen steifen, dreifachen gerüschelten Unterrock, sowie einen schwarzen Glockenrock aus Taft darüber.

Die geschickte Näherin war Frau Kratz, auch eine Volksdeutsche. Sie arbeitete für die ‚Schuh- und Lederwaren -Erzeugung von Franz & Josefine Remi'. Dazu bekam sie eine Singer-Nähmaschine bei sich zu Hause aufgestellt, die war speziell für Leder gedacht und musste mit den Füssen in Betrieb gesetzt werden.

Christine, die immer wieder mal die fertigen Schuhoberteile bei ihr abholte, hatte die Idee, sie zu fragen, die Röcke zu nähen, gegen Bezahlung natürlich, doch Geld nahm Frau Kratz nicht. „Bring nur, wenn Du etwas zu nähen hast. Darfst aber niemanden davon erzählen, sonst wird mir die Maschine weggenommen, und ich habe keine Arbeit mehr. Deine Eltern sind sehr streng mit mir und zahlen nicht viel, aber mit der Maschine und feineren, normalen Nadeln kann ich noch für unsere Leute nähen, so ist es gut." „ Oh, natürlich ist es gut so", versprach Ihr Christine.

XX

Hans liess Christine nicht so einfach los. Er versuchte sie immer wieder zu sehen und wenigstens ihre Hand zu halten. Meist klopfte er ans Fenster und fragte nach Christine. Einmal schaute Charlotte aus dem Fenster. „Suchst Du die Christine?“ Hans wollte es nicht zugeben, aber Charlotte lachte wissend. „Die kommt erst in einer halben Stunde oder so.“ Sie ging aus dem Haus und sah Hans durch den Park gehen, holte ihn ein und sprach von einem Neubau am Ende des Parks, den sie sich anschauen wolle. „Kommst Du mit? Man kann jetzt noch hineingehen. Es wird ein interessantes Gebäude, wenn es fertig ist. Komm, ich zeig es Dir, wir haben ja noch Zeit.“ Hans wollte zuerst nicht doch dann lies er sich den Neubau zeigen. Sie bemerkte, dass sonst niemand am Bauplatz war, und schwindelte eine Fussverletzung vor. „Oh das tut weh, schau mal, ob ich blute.“ Sie legte sich halb auf ein breites Brett. Hans kniete nieder und wollte ihren Schuh ausziehen. „Ich glaub, es ist weiter oben“, sagte sie, stellte ihr Knie auf und zog den Rock hoch, so dass er ihr Unterhöschen sehen konnte. Sie sah ihn an und zog ihn zu sich herunter, küsste ihn wild und fummelte an seinem Hemd und dann an seiner Hose herum, bis er sich mit ihr einliess. Danach rannte er auf und davon und stand plötzlich verwirrt in der Nähe des offenen Fensters beim Haus. Christine schaute heraus und winkte ihm zu. „Es ist niemand anders da“, rief sie ihm zu, „wir können uns vom hinteren Fenster aus unterhalten.“

Sie ging ins hinterste Zimmer, öffnete das Fenster und lächelte ihm entgegen. Hans kam langsam näher, er sah sie verzweifelt an. „Ist was passiert?“, fragte sie besorgt.

„Christine! Ich hab alles versaut! Deine Schwester Charlotte hat mich total verführt, wir haben es getan." Er hielt die Hände vor sein Gesicht und weinte. „Ich weiss nicht, warum ich das zugelassen hab." Christine schloss langsam das Fenster und setzte sich auf das daneben stehende Bett. Geschockt und beschämt, dass ihre eigene Schwester so was machen konnte. Mit Tränen verschwommenen Augen sah sie noch, wie Hans den Platz verliess. Nach einer Weile hörte sie die Eingangstüre leise quietschen. Ein paar Schritte und in der Toilettentüre drehte sich der Schlüssel. Christine öffnete ihren Schrank und tat so, als ob sie aufräumen würde, doch Charlotte kam nicht ins Zimmer. Dann knallte die Haustür zu und Christine sah hinterm Vorhang, wie sich ihre Schwester vom Haus entfernte. Ihr Herz zog sich erst jetzt verkrampft zusammen.

Reinhard kam nach Hause. Christine konnte nicht anders und erzählte ihm alles. Er war gar nicht so überrascht. „Komm, vergiss es, reiss Dich zusammen. Schnapp Deine neuen Kleider, bevor jemand kommt. Heute gehen wir richtig gross aus. Ich weiss, wo es eine echt gute Rock'n Roll-Band gibt. Da legen wir unsere Rockshow, wie, ich meine, sonst keiner kann, einmal richtig hin. Wir ziehen uns im Gang bei Tante Berta um."

Sie stopften eine Tasche mit ihren Sachen voll und mussten aus dem Fenster springen, da sie jemanden kommen hörten. Sie zogen sich bereits im Park um. Es war schon ziemlich dunkel. Reinhard wusste einen Ort, wo sich die meisten trafen, die ein Auto hatten und gerne jemanden mitnahmen, der sich am Benzin beteiligte. Sie hatten Glück und trafen auf einen lustigen, schon älteren Kerl in tollen lässigen Klamotten. Der fuhr einen hellblauen Thunderbird. „Na, wohin fahren wir denn heute Abend?", fragte er Reinhard. „Du, ich weiss, wo eine ganz verrückte Rockband spielt, ist aber so zehn Kilometer von hier, machst mit? Tellergrosse Wiener Schnitzel gibt es dort und nicht teuer." „Hab schon gehört davon, nur zum Tanzen hat es fast keinen Platz, völlig überfüllt, heisst es." Reinhard: „Ja, wenn das so ist, dann müssen wir uns etwas einfallen lassen, wie wir den Tanzboden für uns frei kriegen." „Spinnst, wie willst denn Du das machen?" Reinhard: „Ich muss nur noch von der Holzhütte neben der Werkstatt was holen, wirst sehen, das wird eine Gaudi."

Er hielt ihm einen Geldschein unter die Nase. „Gilt schon, Benni heiss ich", er streckte Christine die Hand hin." Reinhard: „Schau, da drüben, die Kleine mit dem grossen Busen, die nehmen wir auch mit, ich hab sie schon mal tanzen gesehen, die ist gut." Benni: „Die ist, glaube ich, alleine da, ich hau sie schnell an." Christine: „Warum sagst Du ihm nicht gleich, dass es die Lilli aus unserer Nachbarschaft ist?" „Hör auf, Du musst es spannend für Benni machen, verstehst?" Lilli sah zu Reinhard hin. Der gab ihr ein Zeichen, damit sie nicht verrät, dass sie sich kannten. Da tauchte eine Blondine auf. „Lilli, hat es für mich auch noch Platz?", fragte sie, „bitte, nehmt mich mit." Eine Schönheit war sie nicht gerade. Benni und Reinhard sahen sich an. Reinhard zog fragend die Schultern hoch und Benni sagte: „Hast Benzingeld dabei?" „Ja." Frieda, so hiess die Blondine, hatte Geld dabei. „Aber um Mitternacht muss ich wieder daheim sein", meinte sie, „sonst gibt es Streicheleinheiten mit dem Hosengurt, das werdet ihr mir wohl nicht antun, oder?" Christine: „Keine Sorge, für uns ist es dann auch allerhöchste Zeit."

Benni sagte auch noch, dass er nicht länger bleiben könne, er müsse seine Frühschicht einhalten. Von der Holzhütte holte Reinhard ein Blechkästchen mit Löchern und ein Holzkästchen. Benni: „Was hast denn da drin?" „Das wirst schon noch früh genug merken." Er gab Lilli und Frieda die Kästchen zum Halten und mahnte, ja nicht aufzumachen. Christine lachte ihren Bruder an, sie wusste, was darin war. Reinhard: „Ich setz mich in die Mitte der zwei Damen, da fühle ich mich wohl." Er grinste die ganze Fahrt hindurch, sie hatten jetzt schon viel Spass. Lilli malte ihre vollen Lippen blutrot an und reichte den Stift weiter. Frieda rupfte an ihrer Frisur herum und versprühte Haarspray so dass ein Husten-Konzert losging. Christine machte ihre Wangen ein bisschen frischer mit Lillis lila Rouge. Frieda hatte Wimperntusche in ihrem Täschchen. Sie spuckte auf einen schwarzen Stein und verrieb die Spucke mit einem kleinen Bürstchen zu einem schwarzen Brei.

Als sie die so entstandene Wimperntusche auftrug, musste Benni plötzlich bremsen. „Auuu!", schrie Frieda und hatte das Bürstchen im Auge. Den ganzen Abend hatte sie ein rotes Aug, das sie mit einer Haarlocke abzudecken versuchte. Auch Christine und Lilli spuckten auf den Tuschstein und färbten ihre Augenbrauen und Wimpern. Bennis Taschenlampe und Lillis Puderdosenspiegel machten die Runde. Frieda stellte Reinhards Haare ein bisschen zu Berge. Benni hatte schon eine „Haartolle" bis in die Stirn. Sie fanden sich alle Klasse.

Benni war ein richtiger Gentleman. Er stoppte vor dem Tanzlokal, stieg aus und half den Damen aus dem Auto. „Klasse Wagen", bemerkte jemand. Benni war stolz auf seinen himmelblauen Thunderbird. Mit aufheulendem Motor fuhr er in eine Parklücke und hinterliess eine stinkende Benzinwolke. Das erinnerte Lilli an ihr Parfüm, sie spritzte alle damit an. Nachdem sie sich gegenseitig zurecht gemacht hatten und sich echt toll fanden, gingen sie Richtung Tanzlokal. Es standen schon viele Leute da, es wurde ziemlich eng. Reinhard hielt seine kleine Kisten fest, fragte am Eingang, ob es noch Platz für fünf habe, so dass sie auch was essen könnten. Er wusste nicht, dass es der Wirt war. Der ging voraus, platzierte ein Pärchen um und holte noch einen Stuhl heran. Reinhard stellte die Kisten neben sich auf den Boden und setzte seinen Fuss darauf. „Was darf es denn sein?", fragte der Wirt, „ich empfehle unseren exzellenten Hauswein." Benni: "O.K. für mich und eine Flasche Sprudelwasser dazu, bitte." „Soll ich einen Liter Roten bringen?" Alle waren einverstanden.

Auf dem Podium waren Männer dabei, Musikinstrumente aufzustellen. Christine fuhr der Rotwein geradewegs in den Kopf, sie glühte richtig. Die anderen amüsierten sich darüber. Frieda: „Hättest eine Kleinigkeit vorher essen sollen." Sie lachten. Auch Christine fand es lustig. Plötzlich kamen vier verrückt gekleidete Musiker angerannt, sprangen auf das Podium, schnappten sich die Instrumente und fegten los. Kleine Glühbirnen blinkten, die jungen Leute begannen hysterisch zu schreien und rannten auf die Tanzfläche. Die meisten machten wilde Bewegungen und hüpften wie gestört herum. Reinhard und Christine meinten, dass die meisten gar nicht richtig tanzen können. Dann kam ein ruhiger Sound und einige Pärchen tanzten verzückt zusammen. Es wurde geschubst und gedrückt. Benni fand das - mit einem Augenzwinkern - äusserst angenehm. Alle ausser Reinhard tanzten. Er fürchtete, seine Kistchen unterm Tisch könnten aufgehen, Als sich die Band ein bisschen eingespielt hatte, ging sie über zur Rockmusik, die allen in die Glieder fuhr. Reinhard: „Jetzt sind wir dran, komm, Christine, Benni Dich brauch ich auch."

Sie gingen mit den Kistchen vor die Tür und suchten ein ruhiges Plätzchen. „Komm, binde Deine Bluse so zusammen wie ich mein Hemd." Er nahm seine Hemdzipfel und band sie nicht allzu fest zusammen. „Ich nehme die Mäuse und Du die Schlangen, das sind nur harmlose Blindschleichen. Wir gehen direkt in die Mitte der Tanzfläche. Ich öffne das Hemd und schüttle die fünf Mäuse raus. Du wirfst die drei kleinen Schlangen in die Menge. Benni Du musst sie sofort wieder einsammeln. Wenn es so weit ist, schreien wir ganz laut: „Aaaa! Hilfe! Mäuse und Schlangen! Wirst sehen, wenn die merken, dass es wirklich Mäuse und Schlangen sind, rennen alle weg und wir haben Platz für unsere 'Show'." Christine schaute kritisch und beschloss, die Schlangen in ihrem Rock zu halten. Dann drängelten sie sich zur Tanzfläche vor. Christine warf die drei Schlangen in die Menge. Reinhard leerte die Mäuse auf einem Stuhl aus und schob ihn herum. Entsetztes Kreischen. Alle liefen von der Tanzfläche. Benni stand schon, wie abgemacht da, tat die Mäuse rasch vom Stuhl wieder in die Blechdose und die aufgesammelten Schlangen zurück in das Holzkistchen. Reinhard klatschte in die Luft und rief den Musikern zu: „Come on! Lets Rock'n Roll!" Die Musiker machten toll mit. Christine war in ihrem Element. Reinhard schmiss sie über seine Schulter, wirbelte sie um seinen Hals, holte sie zwischen seinen Beinen durch, dann über seinen Rücken wieder runter. Die Leute bildeten einen Kreis um sie herum und feuerten sie an. Als die Musik endlich stoppte, wurden sie beklatscht und Bravo-Rufe ertönten. Reinhard und Christine schnauften und setzten sich lachend wieder an ihren Platz. Reinhard: „Es war genauso, wie wir es zu Hause geübt haben. Ich hab doch gesagt, es wird eine Wucht." Lilli: „Mein Gott, Reinhard, kannst Du mit mir auch so tanzen? Das war wirklich eine Sensation!" „Ich hätte nie gedacht, dass Du steifer Prügel so einen Schwung drauf hast", lachte Benni. Jemand spendierte eine Flasche Schaumwein, die der Wirt mit freundlichem Gesicht auftischte. Reinhard: „Kommt, jetzt essen wir ein feines Schnitzel, dann tanzen wir noch, bis wir gehen müssen." Er stand auf, hob sein Glas mit dem Schaumwein und rief laut in die Runde: „Wir danken dem edlen Spender. Hoch soll er leben. Prost." „Prost, Prost, Prost", erklang es von allen Seiten. Frieda: „Das wird ein unvergesslicher Abend in meinem Leben sein. Ich glaub, da gibt es keine Steigerung mehr, Super gut!"

Benni hatte wenig Alkohol getrunken und brachte alle gut nach Hause. Reinhard und Christine wechselten ihre Kleider, die nach Rauch, Parfüm und Schweiss stanken, bevor sie durch die Haustür schlichen.

Reinhard arbeitete, heimlich nachts für ein paar Stunden in der Glasfabrik. Nach dem ersten Einsatz, erzählte er Christine, wie es dort zu- und hergeht. Dass er die heissen, fertig geblasenen Gläser auf einer Holzschaufel bis zu einem Förderband tragen muss, immer hin und her. Das Glas kommt dann abgekühlt in einem anderen Raum an. Ein ehemaliger Schulkollege muss, wenn etwas herunterfällt, die Scherben sofort aufnehmen, damit sich niemand verletzt. Da die meiste Zeit nichts passierte, schlief er versteckt in einer Ecke auf Holzwolle. Die beiden wechselten sich öfters ab und waren dadurch nach der Arbeit nicht so müde. Die Nachtschicht wurde kaum kontrolliert und obendrein besser bezahlt als die Tagesschicht. Christine half Reinhard, jeden Abend aus dem Fenster zu steigen, indem sie einen Stuhl an die Aussenwand stellte und, wenn er weg war, wieder hereinzog. In seinem Bett legte sie eine schwarze Bürste auf das Kopfkissen und machte die Bettdecke so zurecht, dass man dachte, Reinhard ist zu Hause und schläft. Meist kam er dann zurück, wenn am Morgen Vaters Wecker abging. Christine, die ihm seine Brote zum Mitnehmen richtete und seine Kleider in Ordnung hielt, kam auf diese Weise zu ihrem abgemachten Lohnanteil, den Reinhard ihr dafür gerne abgab.

So ging es erstaunlich recht lange gut, bis eines Nachts Reinhard im Halbschlaf über heisse Gläser, die ihm von der

Holzschaufel runterfielen, stolperte und mit mittelstarken Verbrennungen an Beinen und Händen ins Spital gebracht wurde. Die Eltern wurden verständigt, so flog die ganze Sache auf.

Mutter wollte im Nachhinein Kostgeld von ihm haben. Sein Krankengeld wurde zum Glück direkt auf sein Sparbuch eingezahlt. „Ich hab noch nicht so lange gearbeitet. Das bisschen Geld, das ich verdient habe, habe ich für Klamotten verbraucht und jetzt bekomme ich kein Geld mehr“, schwindelte er ihr vor.

Emer, der Ehrgeizige, trainierte mit den Besten im Turnverein. Seine Spezialität war Bodenturnen, „Parterre Akrobatik“, hiess es im Wettkampf. Er hielt tapfer seine Stellung unter den ersten sieben von Österreich. Danach konzentrierte er sich auf sein akrobatisches Programm, das er im Zirkus vorführen wollte. Natürlich mussten seine Halbschwestern mitmachen, die Eltern fanden es gut. Die rechneten auf ein gutes Nebeneinkommen, bei Veranstaltungen und so.

Christine trainierte gerne, betonte aber immer wieder: „Als Artistin, in den Zirkus oder auf die Bühne, geh ich niemals.“ Sie wollte nicht, dass Bekannte sie sehen würden. Einen Kuss von Emer auf den Mund, noch dazu vor allen Leuten, wollte sie auch nicht. Charlotte sperrte sich gegen das Üben und machte es radikal kurz. Als Emer sie in die Luft stemmte, entleerte sie ihre Blase. So gab er es auf, mit ihr Kunststücke einzustudieren. Für die Zuschauer, die es immer wieder zufällig gab, wenn sie trainierten, war das natürlich sehr belustigend. Charlotte schämte sich nicht dafür, sie meinte nur: „Das hat er jetzt davon, weil er mich nicht in Ruhe lässt.“ Rosita war eine gefügige, gute Partnerin. Sie liess sich in die Luft wirbeln und hatte überhaupt keine Angst, dass etwas schief gehen könnte. Sie steckte Schmerzen weg wie nichts. Isabella, die jüngste Schwester in der Gruppe, stand gerne im Mittelpunkt, obwohl sie am wenigsten talentiert war. Sie hatte auch nichts gegen eine Umarmung und einen Kuss von Emer, natürlich erlaubte sie dies nur auf ihre Wange. „Emer will es einfach so, das gehört zu einer Show", verteidigte sie ihn.

Christine fing an, nach Vaters Wunsch Zither zu spielen, sie gab sich damit wenigstens die Noten besser kennen zu lernen. Aber es ging nicht so recht vorwärts. Erstens mochte sie dieses Instrument nicht so sehr und zweitens liess man ihr zum Üben nicht genug Zeit. Die schulfreie Zeit sah dann so aus: Akrobatik am Vormittag und wenn es geht auch am Nachmittag. Dazwischen half sie, da sie auch sehr handwerklich geschickt war, alle anfallenden Arbeiten zu fertigen. Taschen zu nieten, Lederoberteile und Sohlen zu stanzen, das Schuhfutter zuschneiden. Ein zu springen wo es nötig war, auch Oberleder für spezielle Schuhe auf die Schuhleisten aufzuziehen. Vater kaufte ihr Werkzeug für Linkshänder. Ihre Knie hielten dies nicht lange aus, der Schutz gegen den harten Schuhleisten war nicht gut genug.

Lilli, ihre beste Jugendfreundin, kam jeden Freitag und half ihr, wo sie konnte, damit Christine die zugeordnete Arbeit erledigen und auch mit in den Ausgang gehen konnte. Wenn der Liefertermin bevorstand, mussten alle Kinder öfters bis tief in die Nacht arbeiten. Um die Nachbarn nicht zu stören, wurden alle lärmigen Arbeiten vor 22:00 Uhr verrichtet. Als älteste der Mädchen hatte Christine mehr Verantwortungsgefühl als die anderen, die sich meist einer nach dem anderen davon schlichen.

Emer ging nie aus, tanzte und rauchte nicht, trank auch keinen Tropfen Alkohol. Er half lieber der attraktiven

Buchhalterin Eva, die Vater angestellt hatte, zeigte aber kein Interesse an ihr persönlich, sondern nur an der Buchführung. Auch ihr grosser Wortschatz imponierte ihm sehr. All die Fremdwörter, die sie gebrauchte, versuchte auch er anzuwenden. Eva hatte eine Zeitlang im Gefängnis gesessen, es wurden ihr Betrügereien angehängt, die sie vehement abstritt! Aber gegen ihren damaligen Chef hatte sie keine Chance. So hatte sie, als sie entlassen wurde, sehr lange eine Arbeitsstelle gesucht und wurde schliesslich hier bei Remis für einen kleinen Lohn angestellt. Sie trug sehr enge, ausgeschnittene Kleider, die ihr ihre Schwester aus Amerika schickte. Sie sah darin nicht gerade ordinär aus, aber sie war eine durch und durch raffinierte Frau, die alle möglichen Tricks kannte. Sie war selbstsicher und klug. Schrieb wegen der Steuerschulden, einen Brief an die Regierung und erlangte dadurch, dass die Firma Remi für ein paar Jahre keine Steuern entrichten musste. Sie hatte auch ideenreiche Vorschläge für den Ablauf der Arbeiten.

Vater vertraute ihr bald die ganze Büroarbeit plus Lohnzahlungen an.

Als Eva von der gepachteten Sandgrube hörte, interessierte sie sich auch dafür. Sie sprach mit Herrn Dvorak, der die Bausand-Lieferungen an die Baumeister und die Arbeiter unter sich hatte. Sie merkte bald, dass er nicht ehrlich war. In der Zeit, als er mal mit Remis zu Mittag ass, sah sie sich im Hof sein Auto an. Eine dicke Aktentasche lag auf dem Hintersitz, das Fenster auf der Fahrerseite war nicht ganz zu, Eva schaute sich vorsichtiger weise um und handelte schnell. Sie drückte die Scheibe hinunter, bis sie die Tür von innen aufmachen konnte, ergriff die Aktentasche und verschwand damit ins Büro. Eva fand darin Abrechnungen, kontrollierte sie hastig, stellte fest, dass ganz dumm gefälschte Zahlungen vorhanden waren. Sie machte ein paar Notizen, fand auch noch Anträge für eine Reise nach Amerika und Kanada, Steuerrechnungen und Einzahlungen. Das genügte ihr vorläufig, um ihren Chef darauf aufmerksam zu machen, dass es da Lücken gebe, Herr Dvorak bisher nur sehr wenig Steuern bezahlte habe und dadurch bald in Schwierigkeiten kommen werde. Sie konnte die Aktentasche unbemerkt zurückstellen und das Fenster wieder hinauf kurbeln.

Später suchte Eva noch nach den Bedingungen der Verträge und schüttelte ihre langen blonden Locken. „Wie kann man nur so dumm sein", vertraute sie Emer an, „wenn da was schief geht, sitzt dein Vater schön im Eimer." Dann musterte sie ihn, griff nach seinen Armmuskeln und sagte: „Die Sandgrube ist eine Goldgrube. Du hast doch Kraft in den Armen um den Sand zu schaufeln, warum übernimmst Du die Sache nicht? Wenn ich so stark wäre, würde ich mich dort hinein stürzen. Da kannst Du ganz schön Geld verdienen"

Sie wusste, dass Emer nur den Zirkus im Kopf hatte. „Nach einer Weile wirst Du deinen eigenen Zirkus aufbauen können. Komm, sei gescheit, wir schauen uns die Sache einmal an. Erstens, Inspektion Sandgrube. Ohne Herrn Dvorak. Wie wäre es am kommenden Sonntag ganz früh am Morgen. Ich weiss schon, wer uns hinfahren kann. Mit Deinem Vater sprechen wir später. Wie sagen die Amis?: „O.K., give me five." Sie hielt ihm die Handfläche hin, und Emer musste drauf klatschen. Die Angelegenheit fing an, ihm zu gefallen.

Jedes Mal, wenn Eva mit der Arbeit fertig war, ging sie ins Café Varia, um einen ‚Verlängerten' zu trinken. Das war ein Kaffee mit Milch, den sie so sehr liebte. In diesem Café verkehrten mehr die Geschäftsleute. Handelsvertreter Sivacek, der für Remi arbeitete, war dort auch anzutreffen. Er besass ein Auto, mit dem er, neben der Schuhvertreter-Arbeit, Fahrstunden gab. Dazu liess er sich eine zweite Bremse am Fuss des Beifahrers einbauen und einen zweiten Rückspiegel. Leider hatte es nur wenige Leute, die Fahrstunden nahmen, darum bot er auch Taxifahrten an, zunächst ohne offizielle Genehmigung. Er liebte es, mit seinem Auto herum zufahren, das gab ihm die Gelegenheit, dabei gutes Geld zu verdienen. Eva sah ihn wieder mal seinen türkischen Kaffee trinken. „Guten Tag, Herr Sivacek, wie gehen die Vertreter-Geschäfte?" „Hallo Eva, ja, morgen werde ich mich ganz früh auf die Socken machen und ein paar Geschäfte abklopfen, habt ihr Vorräte? Einige Einkaufstaschen hätte ich gerne mitgenommen als Muster und wenn ihr mehr auf Lager habt, dann auch für den Sofortverkauf. Ware gegen Bargeld, das liegt mir am Besten. Ich bin ein guter Verkäufer, müssen Sie wissen." Eva setze sich nahe an den Nebentisch, um das Gespräch weiterzuführen.

Der Leute wegen wollte sie sich nicht an den gleichen Tisch setzen, es war ja schon schlimm genug, dass sie alleine Kaffee trinken ging, das schickte sich nicht für eine Frau. Sie konnte Herrn Sivacek dazu bringen, mit Emer und ihr am nächsten Tag zur Sandgrube zu fahren.

Um fünf Uhr früh am Morgen traf man sich. Die Fahrt dauerte genau vierzig Minuten. Sivacek schaute sich das Förderband an und sah, dass es beschädigt war, ein Schnitt fast bis zur Mitte des Bandes war mit Draht geflickt. Die Sandsiebe mit grösseren Löchern waren eigentlich auch unbrauchbar. Verrostete Schaufeln waren in der Werkzeughütte, die nicht einmal abgeschlossen war.

Eva machte sich Notizen und schlug vor, dass Emer für eine Zeit mitarbeiten solle, um zu sehen, wie und was da laufe. „Du kannst dabei nur lernen, und einkassieren wirst

Du. Wir brauchen Geld damit das Werkzeug wieder in Schuss kommt und man wieder richtig arbeiten kann. Einen neuen Vertrag hab ich schon vorbereitet“ Emer: „Für immer möchte ich das nicht machen, das ist nichts für mich.“ Sivacek: „Wie sieht denn eigentlich der Lastwagen aus? Der Bausand hier ist von bester Qualität, so wie ich das beurteilen kann, ich hab ja schliesslich an unserem Elternhaus beim Bau mit geholfen.“ Er liess den Sand prüfend durch seine Finger rieseln. „Damit macht Dvorak sicher ein gutes Geschäft“, sagte er, „wen beliefert er eigentlich? Hat er einen Pachtvertrag oder wie läuft das? Würde mich schon interessieren. Eventuell gibt es auch für mich was zu tun, mit Baumeistern zu verhandeln, zum Beispiel. Wer arbeitet denn noch hier? Dvorak macht das sicher nicht alleine.“

Auf dem Rückweg wurde viel diskutiert. Eva notierte sich einiges, das Herrn Dvorak anging und auch Herrn Remi. „Wir müssen die beiden an einen Tisch kriegen“, meinte sie, „Emer und auch Sie, Herr Sivacek, müsst unbedingt dabei sein, ihr kennt den Zustand. Überlegt Euch, wie und was man so nach und nach verbessern könnte. Kommt nicht ohne schriftliche Vorschläge, die beiden müssen merken, dass wir es ernst meinen und zum Zupacken bereit sind. Wir machen einen vorläufigen Termin ab, sagen wir übermorgen Nachmittag um zwei Uhr. Bis dahin bereiten wir uns gut vor, aber es bleibt noch unter uns. Bei günstiger Gelegenheit werde ich es dem Chef heute schon sagen. Herrn Dvorak werde ich mit einem Vorwand anlocken, es wird mir schon was einfallen, denn ich habe so eine leise Ahnung, dass der uns sonst davon läuft. Nach dem, was ich bisher gesehen habe, wäre das kein Wunder.“ Sivacek fragte nach Dvoraks Adresse, er wolle den Zustand des Lastwagens herausfinden.

Aloisia, die Tochter von Franz und Luise, kam in die Werkstatt. Sie wollte mit ihrem Vater alleine sprechen.

Josefine: „Wir haben keine Geheimnisse voreinander, kannst ruhig sagen, um was es geht." Doch Aloisia stand nur da und schaute ihren Vater an. „Na gut, wir gehen in den Hof." Draussen im Hof fragte sie, ob er nicht eine Arbeit für ihren Mann Willi habe. Er sei im Moment arbeitslos, bis in der Glasfabrik eine andere Stelle frei werde, denn was er bisher gemacht habe, greife seine Lunge an. Darum wäre es besser, er könnte eine Zeit lang aussetzen, an der frischen Luft zu arbeiten wäre das Beste, aber er finde nichts Dementsprechendes.

Franz versprach, darüber nachzudenken. Er meinte: „Wir werden schon etwas Passendes finden, ich gebe Dir Bescheid, wird schon nicht so lange dauern." Er ging zu Eva und fragte, wie es mit Aussendienst aussehe. „Willi ist ein starker Bursche, aber als Verkäufer oder ähnliches kann ich ihn mir nicht recht vorstellen. Wie wäre es mit Heimarbeit? Wäre da was zu machen?" Eva: „Herr Remi, gut dass Sie zu mir kommen, ich denke mir, Ihr Schwiegersohn könnte in der Sandgrube was tun." „Ja, gute Idee, vielleicht geht das. Lastwagen fahren kann er auf jeden Fall, das weiss ich. Ich habe ihn mit einem Militärlaster durch die Stadt fahren sehen. Der hat, denke ich, beim Militär Auto fahren gelernt." Eva: „Gut, heute Nachmittag kommt Dvorak. Ich habe mir erlaubt, einen neuen Vertrag zwischen Euch beiden aufzusetzen. Wenn Sie den bitte mal durchlesen würden, könnte ich ihn Herrn Dvorak schon vorlegen. Im Übrigen, interessieren sich Emer und Herr Sivacek dafür, wie es mit der Sandgrube weitergeht. Jetzt komme ich endlich dazu, Ihnen zu sagen, dass wir dort waren und uns alles angeschaut haben. Wir können uns alle nicht recht vorstellen, wie man mit so heruntergekommenen, kaputten Werkzeugen arbeiten kann. Herr Sivacek nimmt sich den Laster noch vor, bevor Dvorak kommt." „Was? Ihr wart ohne mein Wissen in der

Grube? Das gefällt mir aber gar nicht." „Es war Emers Idee", log sie, wehrte sich damit. „Seit wann interessiert der sich noch für etwas anderes? Ich hab gedacht, der hat nur den Zirkus und sonst gar nichts im Kopf. Sivacek schaut sich den Laster an? Das kann nicht schaden. Da bleibt mir nur noch übrig, Willi zur rechten Zeit hierher zubringen, dann kann er mit Dvorak gleich was abmachen. Aber in Zukunft läuft nichts ohne mein Wissen, merken Sie sich das!" Eva: „Ja, Chef." Auf Weiteres wollte sie sich nicht einlassen und verliess das Büro. So konnte Franz in Ruhe den aufgesetzten Vertrag lesen.

Am Nachmittag kamen Franz, Eva, Emer und Sivacek im Büro zusammen. Sivacek sprach von abgefahrenen Reifen und Bremsen am Lastwagen, von tropfendem Öl und schlecht geflickten Löchern am Auspuff. Im Führerhaus sehe es aus wie in einer Abfallgrube. Dvorak habe ihn in so früher Stunde nicht gemerkt. Franz, eine Frage noch, wann hast denn Du das letzte Mal von Dvorak Geld bekommen? Muss er Dir nicht regelmässig Pacht zahlen oder so was?" Franz wusste, dass er sehr nachlässig war und die Bankeinzahlungen nicht genau prüfte. Am Anfang war wohl immer alles in Ordnung. So hatte er Dvorak sein volles Vertrauen geschenkt. Natürlich hatte er nie die Sandgrube besucht. Franz: „Lassen wir das jetzt, ich glaub, die Eva hat da schon einiges vorbereitet. Du, Sivacek, sei mir nicht böse, wenn ich Dir jetzt sage, dass wir uns zuerst mit Dvorak allein unterhalten müssen. Ich danke Dir recht herzlich für Deine Bemühungen. Wir sehen uns später mal." Sivacek: „Ist schon in Ordnung, also bis dann."

Dvorak kam im Anzug, mit unter seinem Hut zerzausten Haaren. Mit der Bemerkung, er habe noch keine Zeit für die Einzahlung gefunden, legte er ein Bündel Banknoten auf den

Tisch. Dazu schob er einen Zettel zur Bestätigung hin. Franz brachte ihm bei, dass ab sofort Emer und Willi mit ihm zusammenarbeiten werden, damit alles wieder auf Vordermann komme. Dvorak stutzte. „Ich muss aber zuerst einige Reparaturen vornehmen, bevor wir wieder Aufträge annehmen können", erklärte er, „so in einer Woche könnte alles in Ordnung sein. Dann können wir wieder arbeiten." Franz: „Seit wann ist denn die Sandgrube ausser Betrieb? Was ist denn alles kaputt? Kann man das nicht selber wieder in Ordnung bringen?" Dvorak: „Es ist der Laster und das Förderband hat einen Riss, so was können wir nicht selber reparieren, da müsst ihr mir schon Zeit lassen." Franz: „Auch der Vertrag wurde von uns überprüft. Er muss angepasst werden. Kannst ihn durchlesen, ob Du damit einverstanden bist." Dvorak: „Muss das jetzt sein? Als Kroate bin ich nicht so gut in Deutsch, ich muss das zu Hause anschauen." Eva: „Ich kann Ihnen alles erklären, das dauert nicht lange." Franz: „Wir müssen zurück zur Arbeit, braucht ihr uns noch?" Eva: „Einer von Euch muss das Geld zählen, das Herr Dvorak gebracht hat, und hier unterschreiben. Ansonsten können wir alleine weitermachen."

Sivacek konnte es nicht lassen, er startete mit seinen Kenntnissen ohne Schlüssel den Lastwagen, fuhr in den Hof und lief weg.

Emer sah den paffenden, lauten Laster zuerst hereinfahren.

Willi, Aloisias Mann, kam etwas nervös in die Werkstatt. „Die Aloisia hat mir gesagt, ich soll vorbeikommen. Die kann einfach nicht abwarten, bis ich von der Glasfabrik Bescheid bekomme. Ich komm auch ohne Euch zurecht." Franz begrüsste seinen Schwiegersohn und kam sofort zur Sache. „Sag, verstehst Du was von Autoreparatur? Da draussen steht ein Laster, könntest Du Dir den anschauen? Der gehört zur

Sandgrube. Bevor der nicht in Ordnung ist, können wir keinen Bausand liefern.“ Willi: „Meinst die blaue Rostkiste da?“

Ohne eine Antwort abzuwarten, ging er hinaus, um sich den Laster näher anzuschauen. Auf der Fahrerseite fehlte der Türgriff, so stieg er von der anderen Seite ein. Emer folgte Willi und hielt ihm Block und Bleistift hin. Willi: „Schreib Du es auf, wenn Du willst, das wird eine lange Liste.“ Emer schrieb und notierte sogar die ungefähren Kosten, die ihm Willi angab. Er rechnete mit Teilen, die er bei der Autowrack-Deponie erstehen könnte. „Hast Geld?“, fragte er, „dann könnten wir mal die wichtigsten Teile zusammenholen und ich mach die Reparaturen bei uns im Gemeindehof. Es wird halt etwas länger dauern als in der Garage. Einiges Werkzeug habe ich, anderes kann ich ausleihen.“ Willi holte ein blutverschmiertes Taschentuch aus der Hosentasche und putzte seine Hände damit ab. Emer: „Hast Dich geschnitten?“ Willi merkte erst jetzt, dass er noch immer dieses Tuch in der Tasche trug. „Nein, nein, das ist schon alt.“

Doch Emer sah, dass es frisches Blut war, sagte aber nichts, sondern meinte nur: „Ich werde dem Vater sagen, was wir vorhaben, dann ziehen wir los.“ Franz kam ihnen entgegen. Dvorak stellte sich dazu. Willi erklärte, was los war, und stieg in den Führerstand. Dvorak war nicht ganz einverstanden, doch Willi machte ganz übereifrig auf die Gefahr der abgenützten Bremsen und Pneus aufmerksam, so musste sich Dvorak fügen. Er wollte aber noch alle seine Sachen aus dem Auto holen, bevor Willi und Emer damit weg fuhren, dazu brauchte er einen Karton. Franz gab ihm eine Ledereinkaufstasche, die er später zurück haben wollte. Eva klemmte sich sofort hinter Bankauszüge und Abrechnungen, die Dvorak abgeben musste, verlangte von Franz alle Papiere, die mit der Sandgrube zusammen hingen. Franz: „Das eilt jetzt nicht so." Doch Josefine gab ihr einen Schuhkarton, der mit „Sandgrube" bezeichnet war, und nickte ihr zu. Willi fuhr ohne Emer los. So lief Emer zu Fuss in den Gemeindehof. Als er ankam, begegnete er Aloisia: „Willi holt gerade Werkzeug." Sie zeigte ihm ihr Gesicht. „Bitte, sag dem Vater, er muss mit Willi reden, damit er mich nicht wieder schlägt. Er macht jetzt auch vor den Kindern nicht Halt, ganz ohne Grund schlägt er mich. Ich wollte ihm nur zu einer Arbeit bei Vater verhelfen. Als ich ihm sagte, er könne dort arbeiten, rastete er total aus. Ich habe Angst vor ihm. Bitte, sag dem Vater, er muss mit ihm reden, heute noch." Emer: „So ein Schwein! Ist gut, geh jetzt lieber, bevor er zurückkommt." Er dachte an die armen Kinder. Zwei hatten die „englischen Glieder". Ihre Beine waren so gebogen, als hätten sie ständig ein Fass dazwischen. Kommt von falscher Ernährung, wusste er. Mit den Jahren korrigierte sich das jedoch wieder. Aloisia war mager, die Kinder ängstlich und scheu. Willi hingegen sah stark und wohlgenährt aus, hielt viel auf gepflegte Kleidung. Wenn er lachte, konnte man goldene Zähne sehen. Er trug eine Goldkette um den Hals und sein Ehering steckte auf dem kleinen Finger. Seine schwarzen, gewellten Haare waren mit Brillantine gekämmt. Später, als sie so unterwegs waren, fragte Emer Willi scheinheilig, wie es eigentlich Aloisia und den Kindern gehe, er nehme sich jetzt vor, sie mehr zu besuchen. „Vielleicht haben die Kinder Lust, mit mir in den Turnverein zu kommen", meinte er, „ich hab sie alle schon lange nicht mehr gesehen", log er, „jetzt ist wirklich Zeit, dass man sich besser kennen lernt. Ich werde dem Vater sagen, er soll sich etwas mehr um Aloisia kümmern, ist ja schliesslich seine älteste Tochter. Ich hab sie noch sehr hübsch und lustig in Erinnerung."

So redete Emer weiter und sah dabei nur auf die Strasse. Er wusste jetzt, warum Willis Taschentuch so voller Blut war. Willi: „Ach, ihr müsst Euch da keine Sorgen machen, ich habe alles gut im Griff." Emer: „Auf jeden Fall hat unsere Familie Aloisia und die Kinder recht vernachlässigt, das muss sich schnell ändern. Sicher werden wir jetzt mehr zusammen arbeiten und so. Da wird der Kontakt automatisch enger." Um abzulenken, redete Willi nur noch von der Autoreparatur.

Inzwischen hatte Eva alle Unterlagen von Dvorak durchgeschaut und zeigte Emer das schon befürchtete Resultat. „Der ist der reinste Betrüger, dass Dein Vater den so hat walten lassen, versteh ich einfach nicht! Also müssen wir den lieben Herrn Dvorak herbei zitieren. Ich schick Reinhard mit dem Fahrrad zu ihm." Doch Reinhard kam unverrichteter Dinge zurück. „Frau Dvorak und die drei Kinder waren allein zu Hause. Herr Dvorak ist gleich, nachdem er hier war, nach Hause gegangen und hat einen fertig gepackten Koffer, den er schon seit Tagen unter dem Bett liegen hatte, hervor genommen und ist damit abgehauen. Das hat mir seine Frau erzählt. Sie war ausser sich, hat gemeint, der kommt nicht mehr, der wollte schon immer nach Kanada zu seiner Schwester ausreisen." So war es denn auch. Herr Dvorak hatte sich aus dem Staub gemacht, seine Frau und die drei Kinder für immer verlassen.

XXI

Eva kochte vor Wut, packte alle Unterlagen in den Karton „Sandgrube“ und stellte ihn weg. Denn Josefine machte ihr den Vorwurf, sie hätte schon vorher daran denken sollen, sie habe ja sonst nichts zu tun. Daraufhin machte Eva früher Feierabend und ging ins Café, sie wird sich heute einen starken Kaffee gönnen. Vor dem Kaffeehaus kam ihr Christine mit der Milchkanne entgegen. „Was machst Du denn mit der Milchkanne? Gehst noch Milch holen?“ Sie nickte. Isabella kam dazu. „Lass mich die Kanne tragen“, sagte Isabella lachend, „wenn sie voll ist, kannst Du sie wieder haben.“ Eva: „Weisst was, Isabella, heute kannst Du einmal die Milch ganz allein holen, ich möchte mit Christine noch was besprechen.“ Isabella machte ein finsteres Gesicht. Eva: „Ist was? Na geh schon.“ Sie drehte das Mädchen Richtung Milchladen und ging mit Christine ins Kaffeehaus. „Die Mami wird das nicht erlauben“, bemerkte Christine. „Doch, doch, ich bin ja dabei, erwiderte Eva.“

Eva wollte Christine einen Gefallen tun, nur Christine fühlte sich gar nicht wohl dabei, wollte auch nichts trinken und sah immer zur Tür. Isabella ging schnurstracks in die Werkstatt und plärrte heraus, dass Eva und Christine im Kaffeehaus sässen und sie die Milch ganz allein holen müsse. Franz und Josefine waren noch immer verärgert wegen Herrn Dvorak. Franz: „Pepi, geh voraus und hol sie aus dem Lokal, ich werde ihr später die Leviten lesen.“ Josefine liess sich natürlich die Gelegenheit nicht nehmen, Eva und Christine vor allen Leuten ihre Meinung zu sagen. Sie stürmte ins Café und sah Christine an, dic sofort aufstand und nichts Gutes ahnend zur Tür hinaus wollte. Doch Josefine schnappte sie bei den Haaren und fluchte, wie man sie noch nie vorher gehört hatte. „Lassen Sie Christine los, machen Sie keinen Skandal, es ist meine Schuld“, mischte sich Eva ein und wollte Josefines Hand aus Christines Haaren nehmen, doch da bekam sie einen schwungvollen Faustschlag mitten ins Gesicht. Christine wurde an den Haaren über die Stufen auf die Strasse hinaus gezogen und hin- und her geschüttelt. Die Leute blieben stehen und wollten eingreifen, doch Josefine steigerte sich nur noch mehr in die Sache hinein und schrie: „Meine Töchter werden keine Huren, die erschlage ich vorher.“ Christine wurde ohnmächtig und hing mit ihren Haaren wie tot an der Hand ihrer Mutter.

Erst zu Hause wachte sie auf und sah Frau Reisin vom Roten Kreuz, jetzt auch Nachbarin über sich gebeugt. „Mein Kopf tut weh. Ich spüre jedes einzelne Haar.“ „Es wird alles wieder gut, musst alles vergessen, was passiert ist“, sagte Frau Reisin, „ich gebe Dir eine Kopfwehtablette.“ Reinhard kam von der Werkstatt. „Du, der Vater ist voller Zorn“, flüsterte er Christine zu, „Du musst abhauen, bevor er Dich auch noch schlägt.“ Frau Reisin kam mit einem kleinen Koffer voller Tabletten und Fläschchen und sagte: „Hier, nimm die.“ Reinhard schnappte sich eine Schachtel Schmerzmittel und liess sie in seiner Hosentasche verschwinden. Frau Reisin: „So, jetzt muss ich noch Deinen Puls fühlen, und wenn der in Ordnung ist, muss ich wieder gehen.“ Sie ging dann bald darauf.

Reinhard: „Komm, pack schnell Deine Sachen in eine Tasche. Benni ist im Park, der soll Dich zum Hauptbahnhof bringen. Jetzt kannst endlich Deine Lieblingstante Hanna in Wienerneustadt besuchen. Ich hab ihre Adresse, Geld für die Fahrt hab ich auch.“ Christine: „Ich muss nicht wegrennen, Mami hat mich nur an den Haaren gezogen, ich hätte nicht ins Kaffeehaus mitgehen sollen. Ich bin ohnmächtig geworden, weil ich mich so geschämt habe. Vater hat mich noch nie geschlagen, ich glaube nicht, dass er es tun würde." Reinhard voller Zorn: „Du hast einen schweren Schock erlitten. Mami hat den Vater total aufgehetzt. Eva hat er fristlos entlassen. Eva weiss das noch gar nicht. Er hat mir den Auftrag gegeben, ihr das zu sagen. Sie braucht nicht mehr zu kommen, hat er gesagt, ich muss noch zu ihr hinradeln." Christine erhob sich, war aber ganz wackelig auf den Beinen. Sie räumte ihr Schrankabteil aus, holte ein paar versteckte Sachen hervor und Reinhard gab alles in die Tasche, die er bereithielt. Dann gingen sie eilig aus dem Haus in den Park. Benni lehnte lässig an seinem Auto. Ein paar Kollegen standen herum. Benni wusste schon, was passiert war. „Die ganze Stadt weiss es, Deine Mutter war nicht zu überhören", grinste er. Da fiel sein Blick auf die grosse Tasche. „Sag, Reinhard, willst mit ihr zusammen abhauen?" Reinhard: „Sie muss weg, sie besucht unsere Tante, bis sich alles beruhigt hat. Sagen wir es so, Christine kann endlich Urlaub machen." Benni: „Das finde ich prima! Also auf in den Urlaub!" Alle ringsum lachten. Benni fuhr sie zum Hauptbahnhof. Auch Christine freute sich, an einen anderen Ort zu kommen, und fuhr im Nachtzug davon.

In Wienerneustadt angekommen, kramte sie den Zettel mit der Adresse hervor. „Tante Rosa", las sie. Reinhard hatte ihr die falsche Adresse in die Tasche gesteckt, es war die von Rosa und nicht von Tante Hanna, die sie besuchen wollte. Sie ging zur Bahninformation und fragte nach einem Postamt. Dort konnten sie keine Hanna Pfeifer finden. So erkundigte sie sich nach dem Weg zu Tante Rosa.

Die war sehr überrascht, Christine an ihrer Tür zu sehen. „Ja, grüss Dich! Wer ist denn noch da? Musst entschuldigen, wir haben keinen Besuch erwartet." Christine: „Ich bin alleine gekommen." Tante Rosa: „Das hat Dein Vater erlaubt?

Meine Schwester will Dich wohl loswerden, was? Ich erinnere mich noch, wie sie Dich bei einer Russin mit einer Ausrede abgegeben hat. Zu ihrem Pech hat Dich die trächtige Katze in die Hand gebissen, so bist Du durch den Arzt wieder zu Hause gelandet." Christine: „Aber nein, Mami wollte nur etwas erledigen und hat mich nur einen Moment dort gelassen." Tante: „Aber sie war zu Hause, als man Dich zurück brachte. Ach, lassen wir das, sind ja alte Geschichten. Nein, warte, da war noch was. Bei Euch auf dem Markt hat sie Dich einem Geschirrhändler verkaufen wollen. Der hat es mir selber ernsthaft erzählt, er ist ein alter Bekannter von uns. Er hat Dir doch ein emailliertes Kaffeehäferl geschenkt, weil Du ihm so Leid getan hast, daran müsstest Du Dich doch erinnern. Erinnerst Du Dich nicht?" Doch ja, Christine erinnerte sich an ihn, er hat ihr noch einen Kuss auf die Stirne gegeben und roch herrlich nach Pfeifentabak, wie Grossvater.

Aber, warum spricht Tante Rosa so über ihre Schwester Josefine? „Lange kannst Du nicht bleiben, bei uns ist es sehr eng, wie Du siehst, doch freuen tun wir uns trotzdem sehr." Christine: „Vielleicht hat die Tante Hanna mehr Platz? Ich hab bei der Post nach ihrer Adresse gefragt. Wohnt sie nicht mehr hier in Wienerneustadt?" Tante Rosa: „Doch, doch, sie hat, seitdem sie verheiratet ist, einen anderen Namen und eine andere Adresse." Christine: „Ich wusste gar nicht, dass sie geheiratet hat." Tante Rosa: „Eigentlich wollte sie gar nicht heiraten, ehrlich gesagt, aber ihr Mann war auch alleinstehend, so ganz ohne Familie. Die zwei kennen sich schon lange, Hanna ist ja eine schöne, elegante Frau und er hat etwas Vermögen. Ihr geht es soweit wirklich gut, darum möchte er nicht, dass sie ausser Haus arbeitet. Jetzt ist es ihr halt schon ein bisschen langweilig, sie hat auch zugenommen Sie geht richtig auseinander, was ich nicht so gut finde. Er bringt ihr auch Schreiben und Lesen bei, kauft ihr Bücher und illustrierte Zeitungen, doch sie hat grosse Mühe damit. Ich hab mit den Kindern mit gelernt, aber nicht genug. Seitdem auch mein zweiter Mann und ein paar Monate darauf unser Pauli, der Älteste verunglückt sind, habe ich wenig Zeit. Ich muss jetzt unser täglich Brot für die beiden Mädchen und mich selbst verdienen. Ich hab per Zufall eine Schiessbude kaufen können, damit mach ich ein ganz gutes Geschäft. Heute Nachmittag muss ich den Stand für den Jahrmarkt aufstellen, Du kannst mir dabei helfen, wenn Du willst. Die Hanna kommt wie immer auch vorbei."

Schöner Urlaub! Dachte Christine. Wenn das Reinhard wüsste!

Christine half, den Stand aufzustellen. Ihre zwei Cousinen kamen nach der Schule dazu. „Hallo! Endlich mal Besuch! Wenn Du hinter der Schiessbude bedienen willst, musst Du Dir die Lippen und die Augenbrauen anstreichen, sonst lässt Dich Mutti nicht hinter die Bude. Komm schon, es macht Spass, dann schauen einem die Männer mit ganz anderen Augen an." Sie kicherten. „Christine, da ist Tante Hanna", rief Rosa. Christine bekam gerade Lippenstift aufgetragen.

„Ach wirklich, die Christine ist da? Kaum zu glauben, dass uns einmal jemand von den von Dorns besucht. Komm her, Christine, lass Dich ansehen, aber rote Lippen passen nicht zu Dir, die kannst abschminken. Na so was, wer hat Dir denn gesagt, Du sollst Dir die Lippen anstreichen, grässlich, ordinär." Tante Hanna unterhielt sich, während dem Aufbau, lange mit Christine und zeigte ihr später ihre Wohnung. „Eigentlich gehört hier gar nichts mir, darum, bitte, berühre nichts, was so aufgestellt ist, mein Mann bemerkt jeden Millimeter, sollte etwas verschoben sein. Komm, sitz her und erzähl noch was, möchtest Du eine warmen Schokolade zum Trinken? Eigentlich sollte ich Schreiben üben. Bis er heimkommt, muss ich eine volle Seite geschrieben haben.

Siehst Du, von den Journalen muss ich verschiedenes abschreiben. Aber lesen kann ich es trotzdem nicht ganz."

Tante Hanna lachte über sich selber, ihr strahlendes Lachen zeigte ihre schimmernden, perlen weissen Zähne. Christine hielt ihre Hände auf dem Rücken und bewunderte alle Sachen, die herum standen. „Eigentlich habe ich es schön, mein Mann kauft ein und kocht, weil ich ja nicht richtig kochen kann. Ich muss immer zuschauen, wie er das Essen zubereitet, damit ich später mal was Ordentliches auf den Tisch stellen kann. Aber die meiste Zeit sitze ich herum und werde immer dicker. Er mag auch nicht, wenn ich alleine auf den Jahrmarkt gehe, obwohl er weiss, dass ich nur meine Verwandten besuchen will. Also entschuldige, ich sollte wirklich zufrieden sein und Dir nichts vor jammern."

Christine: „Kann ich hier bleiben? Bei Tante Rosa ist es sehr eng, dort kann ich nur kurz bleiben." „Oh ja, ich weiss, aber leider will mein Mann niemand anderen in seiner Wohnung haben. Wie lange möchtest Du denn bleiben?" „Ich weiss es noch nicht." Christine wurde verlegen. „Stimmt was nicht? Ich habe das Gefühl, Du bist nicht freiwillig hier." Christine: „Ich brauche eine Ruhepause, einmal weg von zu Hause und der Werkstatt, darum bin ich hier. Reinhard und ich glaubten, Du wärst immer noch alleine. Bei Dir hätte ich mich wohl gefühlt." Tante Hanna umarmte ihre Nichte und sagte: „Weisst Du was, jetzt bleibst einmal hier, Ferdi muss jeden Moment kommen."

Kaum hatte sie das gesagt, da öffnete sich die Tür und Ferdi kam herein. Hanna ging ihm entgegen, begrüsste ihn herzlich und gab ihm einen Kuss. „Schau, Ferdi, wir haben einen lieben Besuch, meine Nichte Christine", sagte sie zu ihm und dann zu Christine: „Das ist der Ferdi." „Guten Tag." Mehr sagte er nicht und verschwand mit der Einkaufstasche in die Küche. Hanna lief ihm nach und schloss die Tür hinter sich. Christine hörte sie diskutieren. Als Hanna wieder rauskam, nahm sie Christine um die Schultern und ging mit ihr aus dem Haus. „Tut mir Leid, Christine, Du musst bei Rosa bleiben. Ich begleite Dich ein Stück, dann muss ich zurück." Sie wischte sich eine Träne aus den Augen und putzte sich die Nase. Christine traurig: „Ist schon gut, ich finde alleine zurück, wir sehen uns sicher noch, bevor ich zurückfahre." Tante Hanna nickte nur und winkte noch lange. Christine erzählte das Erlebte Tante Rosa. „Ich glaub, der sperrt sie echt ein", sagte Rosa, „ich wollte sie mal besuchen, da konnte sie nicht aufmachen. Sie hat mir gesagt, er habe die Tür aus Versehen zugesperrt. Aber das war absichtlich, sag ich Dir, wir werden sehen, ob sie morgen vorbeikommt." Rosa wurde mürrisch. „Mädels, schaut zu, dass das Geschäft läuft. Christine, Du kannst die abgeschossenen Gipsröhrchen ersetzen und neue Blumen aufstecken." Beim ersten Schuss fuhr Christine zusammen, Gipssplitter flogen herum, sie drückte sich in eine Ecke. „Komm, setz Dich hier vorne hin und pass aufs Geld auf", beruhigte sie ihre ältere Cousine. Es war vier Uhr Früh, als sie endlich zum Schlafen kamen und das zu Dritt in einem Bett.

Das ging zwei Nächte so, dann klopfte die Polizei an die Tür. Rosa ging hinaus, kam zurück und schimpfte: „Davongelaufen ist sie, weil der Franz sie schlagen wollte, weil sie in einem Kaffeehaus war." „Nur wegen dem?", meinten eine Cousinen und lachte hell auf, „das glaub ich einfach nicht, da wären wir ja schon längst tot. Erzähl, was wirklich war, na sag schon?" Christine bekam wässrige Augen und erzählte alles mit weinender Stimme. Tante Rosa: „Seit wann ist denn die Josefine so hysterisch? Sie war doch sonst immer die feine Dame. Ja! An den Haaren hat sie Dich auf den Hauptplatz gezerrt? Die ist ja nicht mehr normal, wenn das wahr ist! So ein Skandal! Unsere Mutter hat erzählt, dass sie Dich nie berührt oder auf den Arm genommen habe. Der Emer und der Fredi, das waren ihre Lieblingskinder. Ich weiss gar nicht, wie es mit Reinhard war oder ist. Meine Kinder habe ich alle gleich gern." Die ältere Cousine buhte: „Ja, ja, lassen wir das. Solche Sachen solltest Du jetzt nicht bringen, das ist nicht schön von Dir Mama. Grossmutter hat die Geschichten nach ihren Varianten erzählt. Also Christine, bei so vielen Kindern konnte Deine Mutter nicht alle auf einmal auf den Schoss nehmen. Noch dazu war sie andauernd Schwanger. Nach der Geburt von Jolanda, ihrem 9. Kind, wird jetzt hoffentlich Schluss sein, meinte Grossmutter. " Tante Rosa und ihre Töchter kicherten. „Darfst es nicht so streng nehmen", sagte Rosa, „wie ich Deine Mutter das letzte Mal getroffen habe, hat sie Dich als sehr fleissiges, verantwortungsvolles Mädchen beschrieben. Da warst Du noch jünger. Also, stolz war sie schon auf Dich. Normalerweise sprach sie immer nur von Emer. Übrigens, die Polizei sagte mir der sei unterwegs, um Dich abzuholen."

XXII

Emer kam. Christine und er mussten in einem übervollen Zug zurückfahren. Eine lange Strecke standen sie im Gang vor einem Abteil. Dann verliess ein Mann seinen Platz und Emer zwängte sich zwischen zwei Herren auf die Bank. „Komm her, Schwesterchen, setze Dich auf meinen Schoss." Christine wollte nicht. Aber ein kräftiger Griff um ihr Handgelenk zwang sie zu tun, was er verlangte. Der Schaffner schob noch ein paar Leute in das Abteil, damit er durchgehen konnte. Es war schrecklich eng. Emer hielt Christine am Oberschenkel fest, seine schwülstigen Finger fingen an zu wandern, suchten den Weg unterm Höschen. Sie wollte aufstehen. „Bleib da, Du kannst jetzt nicht raus bei dem Gedränge." Er hielt sie fest und versuchte es weiter. Christine fing an zu weinen. „Mir ist schlecht, ich muss raus." Jetzt wich der Mann, der vor ihnen stand, auf die Seite, so dass sie raus konnte. Sie schaffte es bis zur Toilette, in der es fürchterlich stank, schloss die Tür hinter sich, stieg auf den Toilettenrand und zerrte mit aller Kraft am Fenster, bis es aufging und sie endlich frische Luft schnappen konnte. Sie drückte ihr Gesicht an den oberen Öffnungsschlitz und atmete mit geschlossenen Augen fest durch, dabei liefen ihr die Tränen über die Wangen. Sie hörte nicht, dass jemand an der Tür rüttelte. Erst das feste Klopfen mit Fäusten brachte sie vom Fenster weg. Sie wusch sich Gesicht und die Oberschenkel mit kaltem Wasser ab und beruhigte sich auf diese Weise. Emer stand vor der Tür. „Komm raus, da wird es einem ja noch mehr schlecht, bei dem Parfüm", witzelte er und berührte sie an der Schulter. Sie nahm Abstand. Dieses Erlebnis ging ihr immer wieder durch den Kopf und blieb für immer in ihrem Gedächtnis. Sie konnte sich davon nicht befreien, nicht ausschalten, obwohl er sein Ziel, seine Absichten, gar nicht erreicht hatte.

Zu Hause zeigte sich Franz autoritär. Christine musste von früh bis spät Schuhoberteile auf Leisten ziehen und Taschen nieten. Ihre Knie schwollen an und wurden wund. Der Rücken war vom langen Sitzen fast nicht mehr gerade zu kriegen.

Nach mehreren Tagen, es passierte am Hauptplatz, krümmte sich Christine plötzlich und hatte irrsinnige Schmerzen im Bauch. Sie konnte nicht weitergehen. Ihre Mutter wurde gerufen, fragte was los sei? „Komm, stell Dich nicht so an vor all den Leuten, man könnte meinen, Du verlierst ein Kind." Die alte Frau Dr. Zernic kam dazu. „Legt sie auf die Bank dort drüben", sagte sie zu den zwei jungen Männern, die neugierig dastanden. „Zeig mal, wo genau tut es Dir weh?"

Sie berührte Christines Bauch und meinte, es könnte ein geplatzter Blinddarm sein. „Wir brauchen die Ambulanz und einen Doktor, wir müssen schnell handeln, geht jemand telefonieren?", fragte sie in die Runde und gab einem, der sich meldete, die Nummer, die sie auswendig wusste. Christine wurde nicht ins Vordersberger-Spital eingeliefert, sondern 35 Kilometer weiter weg ins Landeskrankenhaus. Ihre Mutter wollte nicht mitfahren. Christine hörte sie sagen: „Ich kann nicht mit, ich habe noch acht andere Kinder, die mich brauchen."

Unterwegs wurden Christines Angaben notiert, der junge Arzt, der sie betreute, fragte, ob sie was haben will gegen die Schmerzen. Sie nickte, doch als sie die Spritze sah, geriet sie in Panik und fing an zu schreien. Es half nichts, die Krankenschwester hielt sie fest und die Spritze landete in ihrem Oberschenkel. Der Arzt drückte vorsichtig auf ihrem

Bauch herum, konnte aber nichts diagnostizieren. „Ruhe Dich aus, wir werden Dich später gründlich untersuchen." Er fragte noch, seit wann die Knie so geschwollen seien, auch bemerkte er ihre mit Schuhkleister verklebten Hände. „Das kommt vom Schuhe machen", antwortete sie und schlief ein.

Die Spritze zeigte ihre Wirkung. Erst im Krankenbett erwachte sie wieder, sah über sich gebeugt einen Engel. Es war Schwester Zitta, eine Nonne, mit einer grossen, steifen, blendend weissen Flügelhaube und einem grossen weissen Kragen. „Es ist alles in Ordnung, junges Fräulein", lächelte sie, „Doktor hat untersucht, alles gut, gut, gut. Du hast lange und tief geschlafen." Ihre Stimme hatte einen schönen Klang, sie sprach mit ungarischem Akzent. Christine: „Meine Mutter ist auch Ungarin." „Ach, das hast Du gleich gemerkt? Meine Heimatstadt ist Budapest. Ich bin geboren in Buda. Von wo kommt sie, Deine Mutter?" „Aus Friese." „Oh, kenne ich leider nicht, bin schon lange weg von Heimat. Doktor kommt bald, hier ist noch andere Mädchen, schläft bei Fensterbett. Arme Kleine ist sehr krank." Sie ging an das Bett der Kleinen und schüttelte die Bettdecke zurecht. „Nach Visite gibt Essen, hast Du keinen Hunger?" „Wohl, ich habe Hunger und Durst." „Ich bring Glas Wasser sofort, dann zuerst Doktor, später Essen."

Nach zwei Tagen nur im Bett konnte Christine in der Nacht nicht mehr schlafen. Sie schlich sich zur Tür, die offen stand, und schaute in den Flur. Gegenüber, in einem kleineren Zimmer, sah sie Schwester Zitta Puppen ausstopfen. Alle Zimmer Türen standen offen. Zitta hatte also Nachtschicht. Christine leise: „Ich kann nicht schlafen. Was machen Sie da, Schwester Zitta?" „Ich mache Püppchen für kleine Mädchen, für Geschenke. Das gibt grosse Freude und Trost." „Kann ich helfen?"fragte Christine. „Du kannst die Beine und Arme bis in Fingerspitze stopfen. Komm, Du kannst hier auf Polster sitzen. Dann wir nähen an Körper. Auf Kopf noch Haare aus roter Wolle. Schau, wie hübsches, kleines, ungarisches Mädchen. Ich habe gemacht schöne, rote Bäckchen im Gesicht, wie bei uns so sind."

Von da an half Christine jede Nacht ein paar Stunden, dafür schlief sie am Tag. Sie erzählte Schwester Zitta von zu Hause und von der Werkstatt, wo etwa 30, meist Verwandte Leute, arbeiten Sie erzählte auch von ihrem Vater, der sie nicht weiter in die Schule gehen liess, da Mädchen sowieso einmal heiraten. Aber sie wolle nicht heiraten und Kinder wolle sie auch keine. Da sie schon auf ihre jüngeren Geschwister aufpassen müsste, wüsste sie Bescheid, wie das ist. Schwester Zitta fragte, ob sie in eine Klosterschule gehen wolle, sie könne das arrangieren. „Ich werde mit Deinen Eltern sprechen, wenn sie auf Besuch kommen, vielleicht kriegen wir sie rum. Komm, wir bitten Gott darum. Hier, knie nieder, hier neben mir auf Boden."

Christine war schon fast eine Woche im Spital. Besuch war noch keiner da. Ihre Knie wurden behandelt, da hatte sich Wasser angestaut, das wurde abgesaugt. Der Arzt bei der Visite meinte: „Du hast an Erschöpfungszustand gelitten. Darauf hat Dein Körper mit Bauchschmerzen reagiert. Aber nun hast Du Dich gut erholt. Wenn Du willst, kannst Du am Samstag nach Hause. Gib der Schwester Bescheid, wenn Du das Gefühl hast, es geht Dir wieder gut."

Er ging noch ans Fensterbett, in dem die kleine Nanni lag. Jeden Tag war Christine an Nannis Bett gegangen, um zu schauen, ob sie endlich aufwacht. Der Arzt hängte bei Nanni die Schläuche ab und liess sie entfernen. Die Schwester zog die Vorhänge zu, damit die Sonne nicht blendete. Mit ernsten Gesichtern verliessen sie das Zimmer.

Christine fühlte sich müde und schlief ein, wurde dann aber von einer Frau geschüttelt und mit „Nanni" angesprochen. „Nanni! Nanni! Bitte, verlass uns nicht“, weinte sie laut und drückte ihren Kopf an Christines Schulter. Schwester Zitta kam mit Entsetzen hinzu. „Oh Jesus Maria! Bitte nicht hier! Nanni ist dort!“ Sie nahm die Frau an den Schultern, führte sie zum Bett beim Fenster und sagte zu Christine: „Komm, wir gehen in andere Zimmer. Tut mir leid, hat Verwechslung gegeben. Nicht aufregen, mein Liebe. Gebe Dir Himbeersaft zu trinken. Entschuldige, muss wieder gehen, komme ich gleich zurück.“ Sie liess die Tür offen.

Christine sah nach einer Weile ein Bett vorbei rollen. Nanni, die darin lag, war bis übers Gesicht zugedeckt. Die Frau, die ins Zimmer gekommen war, wurde von Schwester Zitta gestützt und begleitet.

Zwei Wochen war Christine schon im Spital, da kam endlich jemand sie besuchen es war ihre Mutter. „Grüss Gott, Schwester!“, hörte Christine ihre Mutter mit sehr freundlicher Stimme sagen, „mein Mann hat mich geschickt, um zu fragen, wie es der Tochter geht. Na, Sie wissen schon, die, die Bauchweh gehabt hat.“ Sie konnte sich nicht überwinden, den Namen ihrer Tochter auszusprechen. „Ach, Sie meinen Christine? Ein liebes Mädchen. Es freut mich wirklich sehr, Sie kennen zu lernen.“

Dann hörte Christine die beiden nur noch ungarisch palavern. Sie hörte auch, wie ihre Mutter sich x-mal die Nase putzte, und wusste, Mutter weint ihr was vor. Fragte sich aber gleichzeitig, warum sie das auch bei anderen Leuten immer wieder tut. Das Gespräch kann lange dauern, so wie ich meine Mutter kenne, sagte sie sich, schlüpfte genüsslich, zum letzten Mal wie sie meinte, unter die weiche Daunendecke und versuchte nichts zu hören. Sie hatte von Schwester Zitta ein Püppchen geschenkt bekommen, das sie ganz fest hielt. Innigst betete sie zu Gott, er möge ihr helfen, in die Klosterschule zu kommen. „Komm, Christine, aufwachen, genug geschlafen.“ Schwester Zitta legte ihre Hand auf Christines Stirne. „Du hast grosses Glück, Deine Mutter ist einverstanden mit der Klosterschule. Ich werde Dich begleiten. In einer Stunde werden wir dort sein. Wir haben schon alles arrangiert.“ Christine setzte sich auf und war plötzlich hellwach. „ Was so schnell? Ich zieh mich schnell an.“ Sie sprang aus dem Bett, zog sich an und versteckte ihr Püppchen unter ihrer Bluse. Sie wusch noch ihr Gesicht, kämmte sich die Haare und fertig stand sie vor ihrer Mutter. Schwester Zitta beobachtete das kühle Verhalten der Mutter ihrer Tochter gegenüber.

Alle drei fuhren mit dem Stadtbus zur Klosterschule. Zusammen wurden sie begrüsst und danach getrennt befragt. Die Oberin und ein paar andere Personen zogen sich zu einer Beratung zurück. Schwester Zitta servierte Tee und Kuchen, der von einer jungen Nonne bereitgestellt wurde. Es dauerte! Endlich war die Beratung vorbei. Josefine musste eine Vereinbarung unterschreiben und wurde gefragt, ob sie die Schule besichtigen wolle, aber sie zeigte kein Interesse. Sie habe noch andere Dinge zu erledigen, meinte sie. „Ja, dann können Sie sich von Ihrer Tochter verabschieden.“ Schwester Zitta: „Komm, Christine, umarme Deine Mutter und gib ihr einen Kuss.“ Christine ging zu ihrer Mutter, umarmte sie und gab ihr einen Kuss auf die Wange. Josefine legte eine Hand auf Christines Schulter und spitzte ihren Mund zu einem Kuss, den sie ihr aber nicht abgab. Besuchszettel und Kopie der Vereinbarung steckte Mutter in ihre Tasche, dann schritt sie die Treppe hinunter. Christine sah ih durch das kleine Seitenfenster nach, sah, wie sie sich umdrehte und das Klostergebäude betrachtete.

Christine bekam blaue Kleider, die sie später anzog. Ein grosser Saal mit vielen Betten, ein kleiner Schrank an jedem Bett und Vorhänge als Unterteilung, das war der Schlafraum der Klosterschülerinnen. Jede war von früh bis spät voll beschäftigt, mit beten, schweigen, Bücher studieren, Klassenunterricht, Basteleien, Arbeiten im Haushalt und Garten. Freizeit war kurz, bei schönem Wetter hielt man sich im Garten auf. Da gab es ruhige Ecken, wo man sich zurückziehen konnte. Der geordnete Tagesablauf gefiel Christine. Sie lernte leicht und viel Neues. Sorgenlos begann sie den Tag, müde und befriedigt ging sie am Abend ins Bett. Einigen Schülerinnen fiel es nicht so leicht, sich einzuordnen, doch sie bekamen grosse Unterstützung von den Nonnen. Natürlich verliessen ein paar Mädchen das Kloster nach der Probezeit. Einigen hingegen wurde empfohlen, das Kloster zu verlassen.

Vater merkte erst nach drei Wochen, dass Christine noch immer nicht zu Hause war. In der Werkstatt wurden mehr Leute eingestellt. Dadurch hatte er wieder nicht alles so ganz unter Kontrolle. Willi hatte sich in der Sandgrube gut eingearbeitet und alles so ziemlich im Griff. Emer musste manchmal Sand durchs Sieb oder aufs Förderband schaufeln helfen. Da er durchtrainierte Muskeln hatte, die sich auch an seinem „Waschbrettbauch" abzeichneten, dachte man, dass er diese Arbeit leicht bewältigen würde, nur leider war das nicht so. Er hatte jedes Mal schmerzhaften, brennenden Muskelkater und wollte nicht mehr Sand schaufeln. So ging Reinhard aushelfen.

„Jetzt muss Christine endlich wieder in der Werkstatt mithelfen", sagte Franz, „bis Emer alles für den Zirkus vorbereitet hat, geht es nicht mehr lang und dann sind wir wieder einige Personen weniger. Wo steckt sie denn eigentlich?" Josefine drehte sich zur Wand und sagte laut: „Die ist versorgt, mit der kannst Du nicht rechnen, die kommt nicht mehr." „Was sagst Du da? Kannst Du nicht Klartext reden. Wo zum Teufel ist sie?" „Was heisst hier zum

Teufel. Im Kloster ist sie, bei den Flügelnonnen, schon seit drei Wochen, ganz freiwillig." Die letzten zwei Worte betonte sie deutlich. „Das sagst Du mir erst jetzt? Hol sie sofort aus diesem heiligen ......, aus diesen Klosterkrallen raus, bevor sie hinter diesen Hirngespinst-Mauern verkommt. Das hast Du absichtlich gemacht. Weil sie Dir immer schon im Weg war, willst Du sie jetzt hinter Klostermauern verschwinden lassen." „Das ist nicht wahr", wehrte sich Josefine, „sie ist wirklich mit Freude und ohne jeglichen Einfluss meinerseits ins Kloster gegangen. Frag sie doch selber. Ich geh sie nicht holen, das kannst Du machen. Ich hab unterschrieben, dass sie von mir aus dort bleiben kann." „Das werden wir schon sehen. Ohne meine Einwilligung geht hier gar nichts, aber schon wirklich gar nichts, verstanden!" Josefine legte die Kopie der Vereinbarung auf den Schreibtisch und ging mit Jolanda, ihrem jüngsten Kind, davon. Sie blieb drei Tage weg und erzählte niemanden, wo sie gewesen war. Franz war ihr deswegen nicht einmal Böse.

Franz fragte Sivacek, ob er ihn zum Kloster fahren würde, und sie machten sich auf den Weg zur Klosterschule, um Christine zurück zu holen.

Als man Christine zur Oberin schickte, war sie total überrascht, ihren Vater zu sehen.

Sie begrüsste ihn herzlich und auch Herrn Sivacek gab sie lächelnd die Hand. Sie hatte noch keine Ahnung, dass es mehr als ein Besuch war. „Ich hol' Dich hier raus", rief ihr Vater. Christine sah verzweifelt zu Schwester Oberin, denn sie wollte nicht mitgehen. Sie weigerte sich, stellte sich hinter dem Schreibtisch neben die Oberin, weinte und zitterte am ganzen Körper. „Bitte, bitte, lasst mich hier". Vater drohte mit der Polizei und dem Gericht und schrie die Schwester Oberin an: „Ihr wollt mir meine Tochter wegnehmen, habt ihr schon eine Gehirnwäsche verpasst, das lass ich weiter nicht zu! Sie muss auf der Stelle mitkommen! Sie ist noch minderjährig, somit habe ich darüber zu bestimmen, was für sie richtig ist."

Schwester Oberin bat ihn und Herrn Sivacek, im Besucherzimmer zu warten. Schwester Zitta war gerade in der Schule und wurde herbeigerufen, um Christine zu beruhigen und ihr zu erklären, dass sie wiederkommen könne, wenn sie volljährig sei, dass sie immer für sie da seien. Zudem, wenn sie Probleme habe, gleich welcher Art, sei sie herzlich willkommen. Irgendeine Mitschwester werde immer Zeit für sie haben, sie bräuchte sich auch nicht vorher anzumelden, man würde ihr immer Einlass gewähren.

Franz wurde zur Schwester Oberin ins Büro gerufen, er musste seinen Ausweis vorzeigen und die Entlassungspapiere unterschreiben. Sie klärte ihn darüber auf, wie alles gelaufen sei, und wünschte ihm, dass er mit seiner Frau „mit Gottes Hilfe" ein besseres Verständnis finde. Sei er wirklich überzeugt, dass Christine in der Aussenwelt besser aufgehoben wäre? Sie machte ihm klar, dass die Schwestern überall in der Welt arbeiten und nicht nur im Kloster sitzen und beten, davon könnte das Kloster gar nicht existieren. „Auch wir müssen hart arbeiten. Wir haben nur geschultes Personal und die besten Lehrerinnen, die man bekommen kann. Jede Schülerin kann sich entscheiden, ob sie später Nonne werden oder als freie Person austreten will. In keinem Kloster, das ich kenne, wird man gezwungen zu bleiben. Diese Schule hat schon berühmte, weltliche Frauen hervorgebracht, auf die wir sehr stolz sind." Schwester Oberin machte eine kleine Pause und sah Franz herausfordernd an. „Herr Remi, unsere Schule hat von Ihnen keine finanziellen Beiträge verlangt. Da noch weitere Kinder Ihre Unterstützung in Anspruch nehmen, haben wir darauf verzichtet."

Er wollte sie unterbrechen, aber sie hob die Hand. „Lassen Sie mich ausreden." Ihre Stimme klang streng. „Sind Sie immer noch der Meinung, Christine ist in Ihrer Werkstatt oder im Zirkusmilieu besser geschützt und wird dort besser aufs Leben vorbereitet als bei uns? Wenn ja, dann bitte, nehmen Sie die Bedauernswerte, in Gottes Namen, mit." Franz stand zornig auf. „Sie haben jetzt lang genug geredet, ich warte draussen auf sie."

Er war sichtlich aufgeregt und sagte zu Sivacek: „Die hat mich fast dahin gekriegt, wo sie mich haben wollte. Es hat nicht viel gefehlt, dann hätte ich Christine hier gelassen." Dann grinste er und meinte: „Die kann reden! Die könnte mir meine Reden für die Kommunistische Partei schreiben, da würden wir sicher die Mehrheit des Volkes auf unsere Seite bekommen." Sivacek: „Kommunismus! Den haben wir in Jugoslawien. Da kann ich gleich wieder in meine Heimat zurück. Nein, das kann ich nicht gebrauchen." „Weil Du nichts davon verstehst, deswegen redest Du so. Du musst einmal in unsere Versammlung kommen, damit Du lernst, was man unter Kommunismus versteht. Du hast keine Ahnung, wovon Du sprichst."

Sivacek lachte nur, schüttelte den Kopf und ging zum Auto. Hier, vor einem Kloster, erlebte er die Sturheit eines gläubigen Kommunisten, der sich zu ihm herab liess und ihn auch noch duzte. Oder meint er gar, ging es Sivacek durch den Kopf, dass er über mir steht mit seinem Gedankengut? Du meine Güte, ich muss höllisch aufpassen, dass ich mit ihm nicht übers Kreuz komm.

Da erschien Christine mit Schwester Zitta, die wie ein wahrer Engel schwebte. „Nur Mut, Christine, vielleicht ist das eine Prüfung Gottes. Schau abends in die Sterne, dann beten wir zusammen und alles wird gut." Sie gab ihr einen zärtlichen Schubs und blieb oben an der Treppe stehen.

Christine presste die Lippen zusammen, drehte sich nochmals um, bevor sie ins Auto stieg, und winkte Schwester Zitta zu, sie winkte zurück, bis das Auto nicht mehr zu sehen war.

Sivacek sah im Rückspiegel, wie Christine gegen ihre Tränen ankämpfte und traurig aus dem Fenster schaute. Sie tat ihm leid. Er nahm sich vor, ihr ein wenig beizustehen und, wenn möglich, ihr irgendwie zu helfen.

XXIII

Zu Hause musste Christine ihr Bett mit Hannerl, dem einen von zwei verbliebenen Dienstmädchen, die noch nicht rausgeschmissen worden waren teilen, bis man in den nächsten Tagen, eine andere Lösung finde.

Mitten in der Nacht merkte Christine, dass Hannerl einen Stuhl aus dem Fenster reichte und jemand einstieg. „Schläft sie?", sagte eine Männerstimme und es war ihr, als ob es Emer war. „Ja", antwortete das Mädchen, „wir könnten sie zu Reinhard ins Bett legen." Reinhard schlief im gleichen Zimmer am anderen Ende.

Christine stellte sich schlafend, versuchte aber angestrengt, mit halboffenen Augen etwas zu sehen. Der Mann nahm sie auf die Arme, Hannerl leuchtete mit einer Taschenlampe am Boden entlang. Reinhard musste etwas gehört haben, denn er lag ganz an die Wand gedrückt im Bett. Es ging nicht lange, da hörte man die beiden leise stöhnen. Reinhard schüttelte sich plötzlich. Hatte auch er eine Erektion? Christine rutschte weiter weg und lag nun auf der Bettkante. Reinhard hustete absichtlich und drehte sich geräuschvoll zur Wand. Der Mann stand auf und trug Christine ins Bett zurück, das nun leer war. Wo war Hannerl? Dann stieg er aus dem Fenster und schloss die Fensterläden von aussen. Christine machte sich breit und schlief bald ein. Erst gegen zwölf Uhr mittags wachte sie auf und war erstaunt, dass niemand sie geweckt und zur Arbeit gerufen hatte. Sie war allein im Haus. Hannerl war mit dem Mittagessen unterwegs in die Werkstatt und hatte einen Teller für Christine bereitgestellt.

Kaum war Christine angezogen und frisiert, da klopfte jemand ganz fest an die Tür und dann ans Fenster. Sie öffnete die Tür. Walter, der mittlere Sohn von Willi und Aloisia, sprang davon und Luise, Vaters geschiedene Frau, stand vor ihr. „Komm bitte schnell, Walter hat gesagt, es ist wahrscheinlich etwas Böses passiert mit seiner Mami. Ich möchte nicht alleine hingehen." Christine: „Kommen Sie, gehen wir, ausser mir ist sonst niemand da." Sie rannten die Strasse hinauf zur Wohnung von Willi und Aloisia.

Ein Auto stoppte, es war Sivacek. „Ich hab Dich nicht in der Werkstatt gesehen", sagte er zu Christine. „Kommen Sie mit", rief sie ihm zu, „wir haben gehört, dass etwas mit Aloisia passiert ist, etwas Böses." Sivacek fuhr voraus, parkierte sein Auto im Hof, und alle eilten in den ersten Stock. Sivacek klopfte nicht, sondern öffnete sofort die Tür und sah sich in der Küche um. Helmut, der Jüngste, hockte zusammengeknüllt in einer Ecke. Vom Schlafzimmer hörte man jemanden, die Tür war nur angelehnt. „Ist da jemand?", fragte Sivacek und wollte die Tür aufmachen. Da sah er zunächst Schuhe, dann Beine. Es war Aloisia. In die Stille hinein Willis Stimme: „Ich hab sie vom Strick abgeschnitten." Sivacek sah, was geschehen war. Aloisias Zunge hing weit heraus, ihre Augen waren verdreht. Sivacek versuchte, den Strick zu lockern, und schrie, während er ihren Brustkorb bearbeitete, um sie ins Leben zurück zu holen: „Holt einen Arzt und die Polizei." Doch Sivacek bemühte sich vergebens, so schloss er ihre Augen und bedeckte ihre Zunge mit seinem Taschentuch. Er holte einen Bleistift und machte ein paar Striche am Boden rund um ihren Körper und sagte zu Willi, der in der Küche auf dem Sofa sass: „Komm, wir legen sie aufs Bett." Willi zögerte zuerst, dann hoben sie sie aufs Bett, das neben dem Fenster stand. Ein Nachbar hörte alles mit, handelte schnell und verständigte die Polizei und einen Arzt, der bald darauf kam. Grossmutter Luise kümmerte sich um die Kinder, sie hatte Angst, die tote Tochter anzusehen. Die

Nachbarin nahm sie bei sich auf, bis die Ermittlungen abgeschlossen waren.

Von den vier Kindern gingen zwei noch zur Schule. Christine sah durchs Fenster direkt in Aloisias Gesicht, und wie der Arzt sie untersuchte und ihr in die Augen leuchtete. Der Strick war gelockert, aber immer noch um den Hals. Ihre Zunge hing seitlich aus dem Mund. Ein Polizist sah sich die Türklinke an, an der sich Aloisia angeblich aufgehängt hatte. Ein anderer Polizist notierte alle Angaben, machte Skizzen und mass aus. Zwei kurze Schleifspuren von Aloisias Gummiabsätzen wurden kritisch beleuchtet. Der Knoten an der Schlinge sah auch nicht gerade aus, als hätte sie ihn selber gemacht. Willi sass steif auf einem Stuhl und beantwortete jede Frage. Er habe in der Küche auf dem Sofa gelegen und von dem Ganzen nichts mitgekriegt. Die Kinder wären im Hof gewesen und hätten gespielt. Als er sein Mittagessen angerichtet haben wollte, habe er nach seiner Frau gerufen. Er dachte, sie halte die Türe von innen zu, da habe er sie aufgestossen. Als er seine Frau an der Türklinke hängen sah, habe er sofort ein Messer geholt und den Strick abgeschnitten. Walter sei gekommen, den habe er zu Alosia's Mutter geschickt. Er solle ihr sagen, dass mit seiner Mutter etwas passiert sei. Sie solle schnell kommen. Soweit die Aussage von Willi. Später konnten die Kinder der Polizei auch nicht mehr sagen. Aber Helmut meinte: „Vati hat meine Mami kaputt geschlagen, sie war schon oft kaputt. Aber dann war alles wieder gut." Walter wollte wissen, ob sie den Vati einsperren werden, damit er die Mami nicht mehr schlagen könne. Die älteren Kinder Willhelm und Alisa wurden in der Schule benachrichtigt. Ganz ausser Atem kamen sie gerade in dem Moment, in dem ihre Mutter zugedeckt ins Krankenauto geladen werden sollte. Alisa packte das Leinentuch und riss es vom Kopf ihrer Mutter. Das Gesicht lag schräg, halb verdeckt von den Haaren, die Zunge hing nur noch wenig zwischen den Zähnen aus dem Mundwinkel, die Augen standen halb offen. Alisa bekam einen riesigen Schock, fing an zu schreien. Willhelm schlug wild auf seinen Vater ein, sah dann zum Himmel auf und brach zusammen. Die Kinder wurden in das Auto vom Doktor geladen und ins Spital gebracht. Dort blieben sie unter ärztlicher Betreuung bis zum Tag der Beerdigung. Ihre Grossmutter Luise besuchte sie jeden Tag und bekam selber auch Medikamente verabreicht.

Sivacek fuhr sofort zu Franz in die Werkstatt und nahm ihn auf die Seite. Franz ganz verwirrt: „Was ist denn los?“ Sivacek: „Deine Tochter Aloisia hat sich das Leben genommen oder ist ermordet worden. Man weiss es nicht so genau. Ich fahre Dich zur Polizei, wo Willi verhört wird. Aloisia haben sie schon weggefahren. Komm, nimm Deine Jacke.“ Emer wollte wissen, worum es geht und lief den beiden nach. Sivacek schilderte kurz, was geschehen war. Emer: „Dieses Schwein! Sie hat mir gesagt, einmal werde er sie totschlagen. Ich habe ihn gewarnt, ich habe ihm gesagt, ich schlag Dich zusammen, wenn Du sie noch einmal anrührst. Jetzt hat er ihr den Strick um den Hals gezogen.“ Er weinte vor Wut und Trauer. „Pass auf, was Du sagst“, meinte Sivacek, „Willi behauptet, sie selber habe sich an der Türklinke aufgehängt.“ Er sprang ins Auto und fuhr los. Franz sass stumm neben ihm.

Bei der Polizei wurde Sivacek befragt, und er erzählte, wie er es erlebt hatte. „Die Schleifspuren bis zur Türe..., der Knoten vom Strick..., dass Willi nebenan in der Küche auf der Bank lag und nichts gehört haben will, dass die beiden kleinen Kinder alleine im Hof waren, das passt doch alles nicht zum Selbstmord einer Mutter.“ Er sah den Polizisten an. „Oder doch?“ Sagte er verloren. Franz hörte leicht zitternd zu, wurde danach auch nach seiner Meinung gefragt, kurz weinte er laut heraus und hielt sich die abgearbeiteten Hände vors Gesicht. „Ihr könnt jetzt gehen“, sagte ein Beamter:„Wenn wir Euch brauchen, werden wir vorbeikommen, oder nach Euch schicken.“ Dann gab er Franz die Hand. „Mein aufrichtiges Beileid, Herr Remi, wir verstehen Ihren unfassbaren Schock und Schmerz. Wir versuchen, den Fall bestens aufzuklären.“ Er machte die Tür auf, und die beiden gingen hinaus. Da Franz bis dahin kein Wort gesagt hatte, fuhr ihn Sivacek nach Hause. Dienstmädchen Hannerl war anwesend, Christine sass da mit verweintem Gesicht. Sivacek zu Christine: „Ich glaub, Dein Vater braucht jetzt einen starken Cognac und ich auch.“ Hannerl: „Es hat nur Sliwowitz.“ Sie holte zwei Schnapsgläser und schenkte ein. Christines Essen stand noch unberührt auf dem Herd. „Vater, hast Du zu Mittag was gegessen?“ Er schüttelte den Kopf. „Hannerl, haben wir für Herrn Sivacek auch etwas da?“ Franz sah den angerichteten Teller. „Das kann ich nicht alles essen, die Hälfte langt mir. Komm, Sivacek, iss wenigstens die andere Hälfte.“ Hannerl sah Christine an, es war doch ihr Teller, der geteilt wurde. Christine: „Kommen Sie, Hannerl, hier ist noch ein Teller.“ Während Hannerl den Männern das Essen servierte, ging Christine ins Zimmer nebenan. Hannerl brachte ihr Brot und ein Glas kalte Milch, was sie dankend an nahm.

Nach polizeilichen Berichten und ärztlichem Gutachten konnte man Willi nichts nachweisen. Franz ging noch einmal zur Polizei, musste aber erfahren, dass man Willi mangels Beweise nicht festhalten könne. Selbstmord dieser Art sei schon vorgekommen, doch sehr selten, wurde ihm mitgeteilt. „Er war es! Das sag ich Euch“, begehrte Franz auf, „er hat sie oft geschlagen, das habe ich erst jetzt erfahren.“ Beamter: „Wenn Sie glauben, dass jeder zum Mörder wird, der seine Frau geschlagen hat, dann würden schon drei Viertel unserer

Frauen auf dem Friedhof liegen, das können Sie mir glauben. Ich möchte Sie bitten, Herr Remi, Ihre Enkelkinder und Ihre ganze Familie nicht mit solchen Äusserungen zu belasten. Denken kann sich jeder, was er will, aber Ihren Schwiegersohn ohne rechte Beweise zum Mörder Ihrer Tochter zu stempeln, das ist Rufmord und somit strafbar. Ich weiss, es wäre für alle Betroffenen leichter, einen Täter hinter Gitter zu wissen, doch in diesem Fall wurde Selbstmord diagnostiziert, wenn auch nicht eindeutig."

Der Tag der Beerdigung kam. Franzi, der Erst geborene von Franz und Luise, reiste aus Wien an. Er war gerade dabei, seine Zelte in Wien abzubrechen, als die Nachricht vom Tod seiner Schwester ihn erreichte. Er wolle sein Glück neu in Vorarlberg versuchen, von wo aus er als Grenzgänger in Deutschland besser verdienen könnte. Vater ging nicht zur Beerdigung und liess auch niemanden seiner jetzigen Familie hingehen. Später hörte er, wie dramatisch es gewesen war. Als die Kinder sahen, wie der Sarg ihrer geliebten Mutter in das Grab hinuntergelassen wurde, schrie Alisa ganz verzweifelt und wollte sie zurückholen. Franzi konnte sie im letzten Moment festhalten, sie wäre sonst auf den Sarg gefallen. Willi biss die Zähne zusammen, seine Gesichtsmuskeln bewegten sich hin und her. Was ging in ihm vor? Die Trauergäste beobachteten ihn.

Nach der Beerdigung ging Franzi zu Willi, er wollte hören, was er zu sagen hatte. Er war gerade Bier holen. Die Kinder hängten sich an Franzi und fragten, ob sie nicht mit ihm mitkommen könnten, sie wollten nicht mehr bei ihrem Vater bleiben, der bringe sie sonst auch noch um. Er überlegte, ob er Willhelm, Walter und Alisa mit nach Vorarlberg nehmen sollte. Der kleine Helmut würde bei seinem Vater bleiben. Franzi nahm die Kinder aus der Wohnung und führte sie zu seiner Mutter, deren Grossmutter. Dann telefonierte er seiner

Frau nach Wien, wusste aber von vornherein, dass sie nicht einverstanden sein würde. Sie wollte nämlich Wien und ihre Freunde dort niemals verlassen. Lieber lasse sie sich scheiden, war ihre Antwort. Es war von Anfang an eine locker geführte Ehe, die Franzi jetzt beenden wollte. Er hatte Kontakt mit einer früheren Lazarett-Schwesterngehilfin und schrieb ihr einen Eilbrief, ob sie sich vorstellen könne, mit ihm zu leben. Bald darauf erhielt er ein Telegramm:

> ENDLICH stop BIN UNTERWEGS ZU DIR stop
> ICH LIEBE DICH stop WILMA

Franzi suchte die Werkstatt auf und teilte seinem Vater mit, was er vorhabe, er verlangte das Geld zurück, das er Josefine, seiner Frau geliehen hatte, bevor er nach Wien ging. Vater wusste nichts davon und rief nach ihr. „Was für ein Geld?", sagte sie, „ich hab kein Geld von Dir." Franzis Nerven waren in den letzten Tagen schon ziemlich strapaziert worden. „Ich will keine Diskussion, gib mir mein Geld zurück", herrschte er sie an. Josefine wurde laut: „Von was redest Du! So eine Frechheit! Erlaubt sich, hierher zukommen und zu behaupten, ich sei ihm Geld schuldig. Ich kann mich an nichts erinnern." Franzi kochte vor Wut und schlug ihr ins Gesicht. Ihre Haarknoten löste sich. Franz wollte eingreifen, doch sie stellte sich dazwischen. „Hört auf!", schrie sie und rief nach Emer. „Emer, gib dem Franzi sein Geld zurück." Emer fragte, wie viel es war, und gab Franzi die Summe und noch etwas drauf. Der nahm es entgegen und verliess wortlos die Werkstatt.

Christine sass bei ihren Vaters erste Frau Luise vor der Haustür. Willhelm, gleich alt wie sie, und Walter kamen dazu. „Wir dürfen mit Onkel Franzi nach Vorarlberg. Wir warten nur noch, bis Wilma kommt, dann reisen wir ab, Alisa kommt auch mit.“ Sie wohnten ganz eng zusammen bei ihrer Grossmutter Luise. Willhelm traurig: „Morgen gehen wir noch einmal auf den Friedhof.“ Christine: „Ich komme mit, dann kann ich auch Fredis Grab besuchen, geht ja sonst keiner hin. Ich nehme ein paar Kerzen mit.“ Franzi kam durch den Park. „Grüss Dich, Christine, wie geht es Dir?“ „Ich würde gern morgen mit auf den Friedhof kommen, Vater liess uns nicht an der Beerdigung teilnehmen. Um welche Zeit geht Ihr denn?“ „Sagen wir um neun. Der Erwin kommt auch. Wir treffen uns bei der Brücke.“

Alisa war schrecklich müde, sie wollte nur noch schlafen. Franzi borgte sich das Fahrrad von Reinhard und schob es, mit Alisa auf dem Gepäckträger und dem kleinen Helmut vorn auf der Stange, zum Friedhof. Franzi hatte Alisa gut vorbereitet: „Hör gut zu! Wo immer Du hingehst wird Deine Mami Dich hinter einer Wolke am Himmel begleiten, Dir durch die Sterne in der Nacht zuwinken, Dich durch die Sonne erwärmen und mit Regentropfen an Dein Fenster klopfen“. Walter meldete sich: „Die letzten Worte kenne ich, die sind aus einem Liebeslied, das im Radio öfter zu hören war“. Franzi fuhr weiter:„Ihr wisst ja, dass wir alle einmal, früher oder später, sterben müssen. Jetzt, bevor wir wegfahren, besuchen wir noch einmal Mamis Ruhestätte. Dann fahren wir 100, 200, 300, nein tausend Kilometer weit weg und fangen miteinander ein neues Leben an. Wir halten fest zusammen, dann schaffen wir es sicher, endlich glücklich zu werden.“ Er wischte sich mit der Hand übers Gesicht und schaute in die Wolken.

Auf Aloisias Grab brannte eine Kerze und die Blumen darauf waren schön zusammengehalten. Christine stellte zwei Kerzen noch dazu und liess den kleinen Helmut und Alisa sie anzünden. Nach einer Weile besuchten sie das Grab von

Fredi. Das Kreuz war morsch und umgefallen. Christine riss an den Stumpfen, der noch in der Erde steckte, Erwin war auch auf den Friedhof, stand plötzlich mit einer Schaufel da und setzte das kurze obere Teil des Kreuzes wieder ein. Alle rupften an dem überwuchernden Unkraut, zuletzt war noch grün gelbes Efeu übrig geblieben, das sah ganz hübsch aus.

Viele Jahre später besuchte Christine ihren Halbbruder Franzi und seine Frau Wilma in Voradelberg, sie traf auch Willhelm und Walter. Allen ging es sehr gut, waren rechtschaffen, sahen gut aus und liebten ihre neue Heimatstadt. Alisa, im nahen Deutschland glücklich verheiratet, kam selten nach Vordersberg. Der kleine Helmut blieb bei seiner Grossmutter.

Deren Vater Willi holte sich bald nach dem Tod seiner Frau Aloisia, eine hübsche Blondine zu sich nach Hause. Die meisten Leute in der Stadt missachteten ihn und murmelten hinter seinen Rücken, wenn er sich mit der ‚Neuen' sehen liess. Er bekam aber bald einen Herzinfarkt nach dem anderen und beim dritten Mal kam jede Hilfe zu spät. Seine Blondine fuhr schon vor der Beerdigung weg, sie passte noch vorher Helmut ab und übergab ihm weinend den Wohnungsschlüssel. Willi wurde nicht im Grab seiner Frau Aloisia beigesetzt. Den zuständigen Pfarrer wollten die Hinterbliebenen auch nicht haben, weil er sich damals geweigert hatte, Aloisia den letzten Segen zu geben. Denn, nach dessen Glauben, hatte sie als „Selbstmörderin" eine Todsünde begangen.

Luise, Helmut und Reinhard, gingen zum Friedhof. Sie konnten Willi's Beerdigung von Aloisias Grab aus beobachten, wollten zuerst nicht direkt dabei sein. Es waren nur wenige Personen anwesend. Luise konnte es so nicht lassen, sie überredete die beiden auch bei der Beerdigung dabei zu sein, indem sie sagte: „ Wir wissen doch gar nicht, wie es wirklich war, wie es soweit gekommen ist. Die Wahrheit liegt in den Gräbern. Es hat mit einer grossen Liebe angefangen und alles ist für Jahre gutgegangen. Wir müssen verzeihen können, was immer geschehen ist. Ich kann sonst so nicht weiterleben."

Sie hackte sich bei den beiden ein und zog sie zu der anwesenden Trauergesellschaft hin.

Ernestine Nicolussi Smyth

XXIV

Emer hatte ein Engagement vom Zirkus Althof in Deutschland bekommen, mit einem grossartigen Artisten zusammen aufzutreten. Da er in Österreich der Siebtbeste in Bodenakrobatik war, wurden sie auf ihn aufmerksam. Er entschied sich, für eine Saison mitzumachen. Sein Partner hatte super neue Ideen, die sie umsetzen konnten, und bald einmal erschienen Fotos von ihnen in der ganzen Presse von Deutschland und Österreich. Es lief alles sehr erfolgreich, bis kurz vor Saisonende plötzlich sein Partner an Lungenentzündung starb.

Emer kam nach Hause zurück, schrieb Bewerbungen an verschiedene Zirkusunternehmen, dann endlich bekam er ein Engagement bei einem kleineren Zirkus "Rotondo", dem er zusagte.

Im Frühling ging es los. Christine musste gegen ihren Willen mit. Sie müsse mitfahren, um zu Rosita und Isabella die auch mitmachten, zu schauen, den Haushalt führen. Sie, Emer, Rosita und Isabella hatten schwer trainiert einer passable Akrobatik Nummer aufgebaut. Die Mädchen starteten in eine neue, unbekannte Welt, wohnten in einem langen Wohnwagen, von dem sie die Hälfte zur Verfügung hatten.

Das Abteil hatte zwei breite Betten übereinander an der Trennwand, neben der Tür einen zwei flammigen Gaskocher auf einem Küchenschrank, unter dem Fenster einen Klapptisch und zwei Klappstühle. Oben an der Wand entlang war eine Reihe kleiner Schränke. Alle mitgebrachten Sachen wurden verstaut. Vater gab einen Jutesack voller vorgestanzter Lederteile, Nieten, Hammer und einer

Eisenplatte mit. Sie sollten unterwegs, die freie Zeit nutzen und Taschen zusammen nieten, war so seine Idee.

Als sie auf den Weg waren stoppten sie in der Stadt Graz,wie der Zufall es wollte sah Christine ihre Schulfreundin Adelheid, die dort in die höhere Schule gehen durfte, mit erstaunten Augen dastehen. „Hallo", rief Christine und winkte ihr aus dem Wohnwagen Fenster zu. „Ich werde wahnsinnig! Du, Christine, beim Zirkus mit Deinen Schwestern? Was macht Ihr denn? Könnt ich auch mitkommen, oder muss man da was Besonderes können?", rief Adelheid ganz aufgeregt. „Ich wollt gar nicht mit", erwiderte Christine und wischte sich ein paar Tränen aus den Augen, „aber ohne mich liess Vater die anderen nicht gehen. Ich wäre viel lieber so wie Du weiter in die Schule gegangen." „Christine Du spinnst! Du hast die Freiheit, kannst reisen, andere Städte besuchen, weg vom Alltagstrott. Ich würde furchtbar gerne mit Dir tauschen. Mein Vater könnte sich die Doppelschicht im Werk sparen für die blöde Schule, die ich hasse." Der Wohnwagen machte einen Ruck und fuhr weiter. „Die Welt ist ungerecht", rief sie noch, „ich werde eine Vorstellung besuchen. Servus! Tschau!" Sie winkten einander zu. Christine legte sich aufs Bett und schlief einen kurzen Moment ein.

Am Platz angekommen kam Emer in den Wohnwagen: „Kommt, zieht Eure Kostüme an. Wir haben noch eine Generalprobe, und um halb acht ist unser erster Auftritt vor grossem Publikum. Wir treten zweimal auf. Legt die anderen Kostüme zum Umkleiden aufs Bett bereit, das muss dann schnell gehen. Hier ist Puder, Augenbrauenstift und ein Lippenstift. Die Haare bindet ihr zu einem Rossschwanz zusammen. Und die grosse Schleife für Rosita und Isabella nicht vergessen, die muss ganz steif auf dem Kopf sitzen." Christine hatte einen grell grünen und einen knallig rosa hochglanz Badeanzug mit eingenähten Schaumgummibusen. Rosita und Isabella schillernd kurze rote Röcke, bestickte kurze Oberteile und enge Rüschchen Unterhöschen. Emer schminkte sie alle sehr stark. Christine wollte danach nie in den Spiegel schauen. Grell geschminkt fühlte sie sich wie ein anderer Mensch, was es ihr eigentlich leichter machte, vor den Zirkusbesuchen zu erscheinen.

Generalprobe! Hinter dem grossen Vorhang warteten sie auf ihren Auftritt. Konzentriert gingen sie das Programm im Kopf durch. Mikrofon ertönte: „Nicht ins Publikum schauen. Wenn doch, dann in die letzte Reihe, damit der Kopf oben bleibt." Die Requisiten wurden nach Emers Anweisungen ins Zelt hinein getragen. Als die Ansage mit seinem Namen durchs Zirkuszelt hallte, schritt er stolz in die Arena hinein. Christine mit Rosita und Isabella an der Hand hinterher. Emer verbeugte sich und ging auf die bereitstehenden Sachen zu. „Halt! Halt!", dröhnte es durchs Mikrofon, „dem Publikum wird, wenn immer möglich, nicht der Rücken gezeigt. Verbeugung kommt nach dem Programm. Also nochmals von vorne." Jetzt machte Emer einen Salto bis zur Mitte und warf seine Hände mit einem Grinsen hoch. „Bravo!", rief der Direktor.

Emer stemmte die Mädchen auf Füssen und Händen von einer Spezial Liege aus in die Höhe und wirbelte sie herum. Die anderen Artisten klatschten Beifall.

Die Boden Akrobatik Nummer wurde ineinander geflochten eingespielt. Nach der Pause kamen Ringe an Seilen herunter. Christine drehte sich am Haken, den Emer im Mund hatte, machte ihre Figuren während er im Handstand in den Ringen stand. Beim Abgang schlang sie sich um seine Hüften und machte auf diese Weise seine Ringnummer mit. Das war für das Publikum immer sehr spannend. Zum Schluss liess Christine sich an einem Tuch runter gleiten, während Emer einen eleganten Abgang per Seil machte. Sie bekamen frenetischen Applaus von ihren Kollegen. Die Zirkusdirektorin gab ihnen die Hand und war zufrieden mit der Darbietung.

Der tägliche Ablauf war, etwas zum Essen richten. Wenn die Zeit reicht, ein bisschen ausruhen. Dann wieder in die Manege. Mittwoch, Samstag und Sonntag zusätzlich eine Nachmittagsvorstellung. Dazwischen Training, an der Nummer feilen, wie Emer es nannte. Jeden Morgen frisches Wasser mit Eimern heranschleppen, Gas fürs Kochen nicht ausgehen lassen, Petroleum für die Lampe besorgen, fast täglich einkaufen, da keine Kühlvorrichtung vorhanden war. Alle zwei, drei Tage Wäsche von Hand waschen. Zelt aufstellen und abbauen helfen. Rosita und Isabella und die anderen Zirkus Kinder in die Schule schicken, anschliessend Aufgaben machen. Emer verstand sich gut darauf, öffentlichen Strom anzuzapfen. So konnte man bügeln und, wenn es heiss war, den Ventilator laufen lassen.

Von einer Stadt zur anderen reisen, wobei sie nur selten etwas davon sahen. Das war das "romantische, interessante Zirkusleben", um das sie so viele beneideten!

Alle, die beim Zirkus waren, wurden von der Direktion aufgefordert, Fremde von Wohnwagen und Anlagen fernzuhalten. Das war oft ganz schön schwierig. In jedem Ort hielten sich stets ein paar Mädchen in der Nähe der männlichen Angestellten auf. Emer lockte sie mit seinem Muskelspiel an und nahm jede Gelegenheit wahr, ihren Hintern zu berühren und sie auf den Mund zu küssen. Auch Christine hatte Verehrer, aber wann immer Emer merkte, dass einer zu nahe kam, rief er ihr zu: „Mach die Tür zu!" Er hasste es, wenn sie sich nicht gleich abschminkte. „Mach das Zeug ab", hiess es gleich.

Emer konnte mit Geld gar nicht gut umgehen. Zum Glück mochte er keinen Alkohol und keine Zigaretten. Beim Einkaufen kaufte er meist zu viel vom gleichen Zeug. Zum Essen ging er gerne allein ins Gasthaus. Er ass gern und nahm sichtbar zu. Bei den Vorstellungen schwitzte er viel mehr als früher, sein Kostüm war schon zum Platzen eng.

Er war ständig auf der Suche nach Neuem, bastelte mit anderen Artisten herum, verbrauchte dafür viel Geld fürs Material.

„Christine musst zwischendurch ein paar Einkaufstaschen machen", pflegte er zu sagen, „die kannst in den Geschäften gegen Lebensmittel eintauschen, die können die Taschen dann an ihre Kunden verkaufen. Mir ist leider das Geld ausgegangen und Vorschuss will ich keinen verlangen, sonst stellt man mich als armen Schlucker hin." Christine nahm sich vor, bei der nächsten Gagen Auszahlung an Emer, Haushaltsgeld für die ganze Woche zu verlangen. Sie hatte bisher genau Buch geführt über ihre Einnahmen und Ausgaben. So wusste sie, wie viel Geld sie brauchte. Emer hatte keine Freude daran, aber Christine bestand darauf. Sie wollte auch heimlich Geld für eventuelle Rückfahrkarten auf gespart haben, hatte bereits in ihrem roten Regenhut ein paar Scheine hinter dem Futter versteckt.

Sie fertigte bald drei Taschen an, ging ins nächste Geschäft und fragte, ob man Interesse an der Ware habe, und ob man die Ware halb in Lebensmitteln und halb in Geld bezahlen würde. Zuerst schaute man sie meist misstrauisch an, fragte, wo sie herkomme und wo die Taschen herkamen. Höflich erzählte sie von zu Hause und vom Zirkus. Zwischendurch erwähnte sie immer wieder, was sie gebrauchen könne und was die Taschen kosten würden. Sie handelte geschickt hin und her, bis beide Seiten zufrieden waren und versäumte es nicht, die Adresse der Werkstatt in Vordersberg für eine eventuelle Nachbestellung zu hinterlegen. Einen Zirkusbesuch empfahl sie den Leuten auch noch und die Geschäftsfrau sagte: „Du bist ja ganz schön Schlau, lernt man das beim Zirkus?“ „Nein, Zirkus ist eigentlich nicht, was ich wollte. Ich ginge lieber in die höhere Schule, aber mein Vater denkt anders meint, ist nichts für Mädchen, die heiraten sowieso, da sind Zeit und Geld für die Katz.“ „Wart, ich gebe Dir noch ein paar Süssigkeiten. Also, pfüed Di Gott. Wir kommen am Sonntagnachmittag zur Vorstellung, mein Mann und ich mit unseren Enkelkindern, die freuen sich bestimmt darauf.“

Christine musste ein paar mal ihre mit Einkäufen gefüllten Taschen abstellen, da sprach sie ein junger Mann mit einem Gipsfuss an. „Hei! Warst Du diejenige an den Ringen? Ich sass in der ersten Reihe. Du gefielst mir sehr gut, ich meine, Du gefällst mir auch jetzt noch gut.“ Er lachte Schelmisch. Sie schaute ihn an und dachte, der sieht aber gut aus und ich glaub, er weiss es auch, so wie er sich benimmt. „Danke für das Kompliment“, erwiderte sie, „was hast Du mit Deinem Fuss gemacht?“ „Gebrochen, nächste Woche muss ich ins Internat zurück. Wie lange seid Ihr noch hier? Ich möchte Dich gerne zu einem Eis oder so einladen. Am besten jetzt gleich, schau, da drüben steht ein Eismann. Komm, eine Tasche kann ich bis zur Bank dahinten tragen. Dann hol ich das Eis.“ Schwups nahm er eine Tasche in eine Hand und stützte sich mit der anderen auf seinen Stock. Christine ging hinterher und setzte sich auf die Bank. „Ich heisse Rudi, und Du?“ „Christine.“ „Christina! Christina! Was für ein romantischer Name und was für ein hübsches Fräulein. Was für Eis möchtest Du? Vanille würde zu Dir passen, ich komme gleich zurück.“ Rudi drehte sich auf einem Bein herum und wirbelte seinen Stock in die Höhe. Bald stand er wieder vor ihr und überreichte ihr, mit einem breiten Lächeln, ein Vanille Eis. „Danke." Rudi: „Mh, schmeckt gut. Kennst Du die Vanille Blüte? Kleine weisse bis rosa Blüten, die herrlich duften. Ab heute esse ich nur noch Vanille Eis. Da kann ich meine Augen schliessen, an Dich denken und mich kühl stellen." Er nahm ihre Hand und hielt sie fest. „Darf ich?" Sie fühlte einen kalten Kuss auf ihrer Wange. „Uh! Deine Lippen sind ganz kalt. Du überrumpelst mich mit Deinem Benehmen, halt Dich bitte ein wenig zurück." „Ein wenig? Oh, wie süss! Also das heisst, nicht ganz abgeneigt, hm?" Er schaute sie an und zog eine Augenbraue hoch: „Pass auf, Dein Eis läuft." Sie fand ihn sehr amüsant. Nur schade, dachte sie, dass wir uns nicht weiter sehen können. Sie holten beide ihre Taschentücher hervor und putzten sich die Finger und den Mund ab. Rudi: „Komm, wir tauschen, dann haben wir ein Andenken voneinander." Langsam zog er an ihrem Taschentuch und gab ihr seines, dabei sahen sie sich tief in die Augen. Zuletzt küsste er noch ihre Fingerspitzen. Ein warmes Gefühl durchströmte Christine. „Jetzt muss ich aber gehen", sagte sie, „ich kann die Taschen alleine tragen. Danke und auf Wiedersehen." Sie nahm ihre Zeug und lief weg. Rudi blieb sitzen. Christine hatte schrecklich Herzklopfen und war froh, dass niemand im Wohnwagen war. Schnell legte sie das eingebrachte Geld in ihren Regenhut und packte die eingekauften Sachen aus. Sie hatte viele Konserven gekauft, die gingen nicht so schnell kaputt. So sorgte sie vor.

Am gleichen Abend noch sah sie Rudi ausserhalb des Zirkuszeltes. Er gab ihr ein Zeichen, dass sie um das Zelt herum gehen solle. „Christina, bitte komm später gleich nach Deinem Auftritt hierher, versprich mir, dass Du kommst, ja, bitte! Ich muss Dich unbedingt sehen. Ich muss Dir was Wichtiges sagen, bitte!" Seine Augen strahlten ein Verlangen aus, das unwiderstehlich war. „Ich werde da sein, versprochen." Sie griff sich ans Herz. Rudi machte es ihr nach, dann ging sie zurück.

Der Abend war schwül. Christine hatte feuchte Hände, sie konnte sie kaum trocken reiben. Das war gefährlich für die Vorstellung. Die Akrobatin am Trapez wollte ein Netz gespannt haben. Die Direktorin versprach ein Netz für den nächsten Tag. „Seid heute vorsichtig, kein Risiko bitte, lasst lieber etwas aus, bevor was passiert. Morgen könnt ihr von mir aus wie tote Fliegen ins Netz fallen", scherzte sie. Als Christine sich um Emers Taille schlang, hatte sie Mühe, ihre Fesseln mit den rutschigen Händen zu halten. „Aus", rief sie. Emer reagierte sofort und konnte sie abfangen. Das Publikum hielt den Atem an, dann riesiger Applaus.

Applaus war wohl das Schönste am Zirkus. Wenn kräftig applaudiert wurde, vergass man die Welt ringsum, fühlte sich glücklich, wie auf Wolken getragen, ein wahrhaft schönes Gefühl. Emer suchte seine Requisiten zusammen. Christine lief ums Zelt zu Rudi. Fast wäre sie über ein Spannseil gestolpert, der Fuss tat ein bisschen weh, doch ungeachtet lief sie weiter. „Christina", hörte sie Rudi leise rufen. Es war ziemlich dunkel. „Christina", flüsterte er und nahm sie in die Arme. „Du wolltest mir doch etwas Wichtiges sagen", flüsterte sie zurück. „Ja, dass ich Dich mag, dass ich Dich liebe", hauchte er. „Wenn mein Gips weg ist, komm ich zum Zirkus arbeiten, damit ich in Deiner Nähe bin." Er küsste sie immer wieder auf die Wangen. „Jetzt hör mal zu", unterbrach sie seine Küsse, „ich hab Dir auch etwas Wichtiges zu sagen, und zwar, dass es nicht meine Idee war, zum Zirkus zu gehen. Ich war in einer vorzüglichen Klosterschule. Leider hat das meinem Vater nicht gepasst und er hat mich da raus geholt. Zu Hause musste ich schwer arbeiten und ich tue es hier immer noch. Ich will gar nicht aufzählen, was ich alles den ganzen Tag zu tun habe. Aber eines Tages werde ich es schaffen und wieder in die Schule gehen. Bitte, geh zurück ins Internat. Wir können in Verbindung bleiben und uns schreiben. Postlagernd. Ich gebe Dir in jedem Brief früh genug an, wo Du hinschreiben musst. Ja, Du musst, hörst Du! Denn ich habe das Gefühl, ich liebe Dich auch, Du bist so ein verrückter Kerl, Du gefällst mir, wirklich Rudi... und wie!" Sie umarmten sich, er buchstabierte ihr seinen Namen ins Ohr und sie ihm den ihren. Dann küssten sie sich liebevoll, es war ihr erster Kuss. Rudi: „Du bist wunderbar, kannst Du auch mal unvernünftig sein?" „Nein, ich muss jetzt gehen, sonst sucht mich mein Bruder." „Wir treffen uns morgen wieder hier. Ich muss Dich morgen sehen, sonst sterbe ich." „Rede nicht so einen Unsinn, werde morgen bestimmt da sein." Sie zog sich aus seiner Umarmung und lief zum Künstlereingang. Ein Marokkaner in roter Uniform deutete auf den Spiegel, der am Eingang stand. Sie sah hinein und erschrak, ihr ganzes Gesicht war mit Schminke verschmiert. Sie hielt ihre Hand vor's Gesicht und rannte zum Wohnwagen. Emer war noch nicht da. Rosita und Isabella lagen schon im Bett. Die Petroleumlampe war auf Minimum gedreht. Abschminkcreme lag noch offen da. Christine wusch sich mit kaltem Wasser, dann stieg sie hinauf ins Bett, wie üblich ans Fussende der Schwestern. Kein Ventilator heute, es war immer noch schwül. Es roch nach Leder. Vater hatte mit der Bahn wieder einen Sack voll Leder geschickt, Emer musste wohl darum gefragt haben. Da kam Emer in den Wohnwagen, zog sich nackt aus und wusch seinen Körper, putzte sich die Zähne gründlich und wischte das verschüttete Wasser vom Boden auf. Nackt legte er sich aufs Bett und löschte die Lampe. Christine stellte sich schlafend und betete, dass die restlichen fünf Wochen schnell vorübergehen mögen. Sie holte Rudis Taschentuch unterm Kopfkissen hervor und hielt es vor Mund und Nase. Dann hörte sie

Emer sagen: „Komm, Rosita, da oben muss es ja furchtbar heiss sein, zu dritt ohne Ventilator, kannst bei mir unten schlafen." Er legte sie zu sich aufs Bett. Sie hatte nur ein Höschen an und Emer war immer noch nackt. Christine hatte kein gutes Gefühl dabei, sie erinnerte sich an die Bahnfahrt, das er bei ihr rum fummeln wollte und konnte erst recht nicht einschlafen. Sie stieg aus dem Bett, um einen Schluck Wasser zu trinken, und sagte: „Rosita, komm, Du kannst meinen Platz haben." „Ich schlafe da", gab sie zur Antwort. Emer rührte sich nicht. Christine zog seine Unterhose unter seinen Kleidern hervor und warf sie ihm aufs Gesicht. „Zieh die an." Er wollte nicht gleich, da gab sie ihm mit ihrem verletzten Fuss einen Tritt. „Aua!" Entfuhr es ihr. „Was ist?", fragte er und zog sich die Unterhose an, „hast Dir weh getan?" Aber sie antwortete nicht, Christine und Rosita stiegen wieder in ihr Bett und versuchten zu schlafen.

Solche Szenen wiederholten sich ein paar mal. Rosita gab Emer öfter einen Kuss auf den Mund. Christine erklärte ihr, dass man das nicht tue. „Aber in der Manege mach ich das ja auch." „Ich werde Emer sagen, er soll Euch in Zukunft nur auf die Wange küssen. Ihr werdet ihm nicht mehr Euren Mund hinhalten." Rosita sah ihre Schwester ganz verträumt an. „Wenn Du mir was sagen willst, sag es ruhig, hat er Dich, Dir..." Christine: „Hör mal, wenn er oder jemand Dich da unten anfasst, dann schreie. Niemand darf Dich dort anfassen, denn das gehört nur Dir allein. Wer Minderjährige betastet, kommt ins Gefängnis. Diese Schande wollen wir verhindern, indem wir uns nicht anfassen lassen. Habt Ihr verstanden! Du Rosita, schläfst nie mehr unten im Bett. Neben dem Stiefbruder zu schlafen, das gehört sich nicht. Die Mami würde sich darüber sehr aufregen." Isabella schnippisch: „Wir dürfen nicht Stiefbruder sagen, hat uns Vater gesagt. Mami hat uns schon aufgeklärt, das brauchst Du jetzt nicht auch noch tun." Christine: „Also, dann haltet Euch daran." Isabella: „Wer sagt denn, dass wir uns nicht daran halten?" Am liebsten hätte Christine alles zusammengepackt und wäre mit den beiden nach Hause gefahren. Die Verantwortung lastete schwer auf ihren Schultern und darüber reden konnte sie mit niemandem. So stürzte sie sich in die anstehende Arbeit, die beiden Mädchen halfen fleissig mit. Nach dem Mittagessen legten sie sich unter einen Baum, der neben dem Wohnwagen stand, und ruhten sich aus. Bei der nächsten Vorstellung, als Emer noch im Applaus badete, nahm Christine die Mädchen nach der Verbeugung an die Hand und ging mit ihnen hinaus, so blieb die Kuss Szene aus. Emer getraute sich nichts zu sagen, er wusste, was Christine beschäftigte. Beim Auftritt nach der Pause, bei dem nur Emer und Christine in der Manege waren, liess sie sich auf die Wange küssen und rieb den Kuss ab. Die Besucher fanden das lustig, klatschten begeistert und lachten hell auf. Auch die Artisten hinterm Vorhang klatschten und riefen: „Bravo, Christine!" hinter ihr her. Kaum draussen, lief sie ums Zelt und suchte Rudi. Diesmal hatte sie sich nicht so stark geschminkt und die Lippen wischte sie mit einem Tuch ab. Sie sah sich um, konnte aber niemanden sehen. Jemand steckte seinen Kopf durch einen Schlitz ins Zirkuszelt. „Rudi?", fragte sie. Es war tatsächlich Rudi. „Wieso haben die Leute so gelacht, ich konnte keinen Clown sehen." „Der Clown steht vor Dir", scherzte sie. Er küsste sie auf den Hals. „Ich hab Dir etwas mitgebracht, was Süsses für meine Süsse", sagte er und überreichte ihr eine hübsche Schachtel Pralinen. „Danke, Rudi, das ist aber lieb von Dir. He, es tut mir Leid, dass Du gestern Schminke von mir abbekommen hast. War es schlimm?" „Du kleine Hexe, das war Absicht, nicht wahr? Dafür bekomme ich tausend Küsse, komm, fangen wir gleich an, sonst werden wir heute nicht fertig." „Sparen wir welche für morgen", murmelte sie zwischen den zusammengepressten Lippen hervor. „Morgen! Mein Schatz, morgen liegt ein Brief, den ich heute für Dich geschrieben habe, auf der Post." „Wieso hast Du den nicht gleich mitgebracht?" „Ich finde es spannender, einen Brief postlagernd zu schreiben. Das hab ich vorher noch nie gemacht. Du kannst mir ab nächste Woche an diese Adresse schreiben, aber ich habe meinen Namen vorsichtshalber weggelassen." „Rudi, wir fahren morgen weiter und morgen ist schon nächste Woche." „Ja, Christina." „Christine, mit e am Schluss." „Für mich bist Du für immer und ewig Christinaaa!!! Bastaaa!!!" „Und für mich bist Du Rrrrrudi." „Mir gefällt es, wenn Du mein R so rollst", spottete er. Sie liebkosten sich, bis sie das Finale der Vorstellung hörten. Rudi liess, aus dem Schlitz im Zelt, Licht auf ihr Gesicht fallen. Sie zog ihn näher, um seines zu sehen. Ganz ernst und tief sahen sie sich in die Augen. Rudi: „Bitte, bitte, schreib mir. Hast Du ein Foto für mich?" „Ich werde Dir eins schicken. Gibst Du mir auch eins von Dir?" „Du willst doch nicht zwei Fotos von mir?" „Warum? Wieso? Ach, ist eins in den Pralinen?" „Nein." „Ach, in dem Brief, den Du mir geschrieben hast? Den hole ich mir morgen, gleich wenn die Post aufmacht. Komm, gib mir noch ein Küsschen, bevor ich gehe. Ich liebe Dich." Er gab ihr einen Kuss, dann trennten sie sich schweren Herzens.

Am nächsten Tag ging sie zur Post. „Können Sie sich ausweisen, kleines Fräulein?" „Nein, ich habe nichts dabei." Ihr Herz fing an zu rasen. „Schon gut, ich habe Sie im Zirkus gesehen. Briefe an den Zirkus kommen meist postlagernd. Aber das nächste Mal müssen Sie schon einen Ausweis mitbringen, sonst kann ja jeder kommen und von anderen Personen die Post mitnehmen." Christine setzte sich auf die nächste Bank und las die liebevollen Zeilen, die Rudi geschrieben hatte, ein paar mal durch. Im Kuvert steckte auch das Foto, er sass auf einem mit Gold verzierten Stuhl mit hoher Lehne, in dunklen Anzug, blauen Hemd und quer gestreifter Krawatte. Er sah darauf älter und entschlossener aus als in Wirklichkeit. Auf der Rückseite stand: „Bis bald, mein Schatz. Dein Rudi." Wer sind seine Eltern, fragte sie sich und stellte fest, dass das Briefpapier nicht gerade vom Billigsten war. Auf dem Kuvert war keine Adresse angegeben. Sie schrieben sich Postlagernd Briefe und es funktionierte wunderbar. Auch wenn sie nur ein paar Zeilen schreiben konnte, Rudi war glücklich.

Im Zirkuszelt wurde ein Sicherheitsnetz gespannt. Daraufhin mussten Emer und Christine ihre Darbietung etwas ändern, da ja das Meiste vom Boden aus passierte. Proben waren angesagt. Das Fallen ins Netz musste sicher sein und noch dazu gut aussehen. Immer noch war es heiss und schwül. Schweiss trat aus allen Poren. Emer hatte feuchte Hände und auch Christine wischte andauernd an sich herum.

Die Abendvorstellung kam. Emer benutze eine Menge Talkpuder und zog sein Kostüm an, das durch seine Gewichtszunahme bis zum Äussersten gespannt war. Es kam, wie es kommen musste. Emer machte seinen Spagat, indem er zwei Stühle auseinander drückte. Christine posierte daneben und sah plötzlich, wie Emers Hoden langsam zwischen den Beinen hervorquollen. Sie sprang in einer Pose nach vorne und flüsterte ihm die Blamage zu, aber er machte keine Anstalten, sein Programm zu unterbrechen. Die Zirkusleute, die neben dem grossen Vorhang standen und den Vorgang bemerkten, schickten einen Clown mit einem roten Tuch in die Manege, der mit viel Lärm und Spass, von Emer ablenkte und das rote Tuch blitzschnell um Emers Taille band.

Christine erinnerte sich, dass man schon im Vordersberger Freibad auf seine unzüchtige Badehose hingewiesen hatte. Wenn er Turnübungen machte, kicherten die Kinder ringsherum und wenn er den Bademeister und auch Erwachsene näher kommen sah, nahm er seine Sachen in aller Ruhe auf und verliess das Bad.

Christine erzählte es damals den Eltern, weil sie sich schämte. Die jedoch meinten nur, er habe das sicher nicht mit Absicht getan, und so war die Sache für sie erledigt.

Die Zirkusdirektorin rief Emer nach der Vorstellung zu sich. Irgendwas lag in der Luft. Emer zog ein anderes Kostüm an und ging nach der Pause nervös mit Christine zur zweiten Akrobatik-Nummer in die Manege. Zum ersten Mal vergass er sein geliebtes Schweisstuch, mit dem er, auch wenn es nicht schwül war, Zeit hinaus ziehen könne, wie er meinte. So wischte er seine Hände am Kostüm ab und Christine machte es lustig nach, so dass die Leute lachten. Er packte sie hart am Arm, ja sie wusste, dass er das nicht mochte. Als sie dann an seinem Mundstück hing, tropfte sein Schweiss auf ihren Kopf und Körper. Nervös schlang er sie um seine Taille und liess sich an den Ringen höher ziehen. Plötzlich spürte sie, das sie sich, wegen ihren in Schweiss gebadeten Händen, nicht mehr halten konnten. Sie rutschte ab und stürzte, Gott sei Dank, ins Netz. Sie streifte aber mit dem Oberschenkel den fest gespannten Netzrand. „Oh!!!“, ging es durch die Menge. Dann machte sie einen schönen, gerollten Abgang aus dem Netz, zeigte zu Emer hinauf und die Leute klatschten erleichtert. Es war nichts Schlimmes passiert, doch sie hatte sich einen bösen Bluterguss am Oberschenkel geholt. Trotz raschem Auflegen von rohem Fleisch und kalten, essigsauren Tonerden Tüchern färbte sich ihr Oberschenkel in allen Farben.

Und wieder ging es weiter an einem an deren Ort, ganz nah gab es Thermalquellen. Christine holte dort Wasser vom Brunnen und kochte damit das Mittagessen. Sie hatte keine Ahnung von der Substanz des Thermal Wassers, dass dieses Wasser, selbst im abgekochten Zustand, ungeniessbar war. Ein junger Polizeischüler beobachtete sie und zeigte ihr, wo sie gutes Wasser holen könne. Er schlenderte den ganzen Tag beim Zirkus herum, es war Wochenende und er hatte nichts zu tun. Nachmittags und auch Abends kam er in die Vorstellung, klatschte stehend am lautesten und am längsten. Abends kamen weitere Polizeischüler und warfen Süssigkeiten und Blumen in die Manege. Der Clown ging herum, sammelte alles ein und brachte es später zu Christine. Sonntags morgen kam der Polizeischüler wieder und passte sie beim Brunnen ab. Er wollte wissen, wo sie hingehe, wenn die Saison zu Ende sei, und ob sie sich treffen könnten. Er hatte ihren Familiennamen herausgefunden und auch ihr Alter wusste er schon. Er heisse Michael, aber man nenne ihn Michi. Ob er zu ihr Tini sagen dürfe. Christine war es egal, wie er sie nennen wollte. Sie hatte kein Interesse, ihn näher kennen zu lernen, blieb aber höflich. „Sie sind ja ein richtiger Detektiv", sagte sie, „was Sie so alles von mir wissen und jetzt noch wissen wollen." Er sah sie mit seinen schönen blauen Augen an. „Weil ich Dich sehr sympathisch finde. Ich darf doch Du sagen, ja? Ich möchte Dich gerne woanders treffen." „Das geht nicht, mein Bruder würde das nie zulassen, wir beim Zirkus müssen unseren guten Ruf wahren."

Michi schleppte den Eimer mit Wasser, das überschwappte, bis zum Wohnwagen. Plötzlich hatte er es eilig. „Ich muss in die Kirche, ich komme später wieder." Sie war froh, dass er weg war. Grosse Sehnsucht nach Rudi überkam sie. Sie nahm seinen letzten Brief aus ihrem

Regenhut hervor und drückte ihn an ihr Herz, suchte nach seinem Taschentuch und verlor darin ein paar Tränen. Es klopfte. „Christine", rief Vera, das Kindermädchen vom Zirkus, Christine öffnete die Tür. „Isabella und Rosita sind mit Emer und den andern Kindern unterwegs, um beim Plakatieren zu helfen. Die kommen erst Nachmittag zurück, brauchst nur für Dich zu kochen. Oder, was machst Du in der Zeit? Weisst Du was, das gibt uns die Gelegenheit, das Städtchen anzuschauen, und dann essen wir irgendwo zu Mittag." Christine war begeistert. „Oh ja", sagte sie, „ich mache mich ein bisschen zurecht und wir treffen uns beim Ausgang in spätestens zehn Minuten." Sie schloss die Tür, küsste Rudis Brief und steckte ihn in den Hut zurück, nahm etwas Geld heraus und verstaute es in ihre Rocktasche.

Strahlend trafen sich die beiden Mädchen am Ausgang, besuchten das Städtchen und merkten, dass die Leute hinter ihnen her sahen. Die Burschen machten Bemerkungen. Sie amüsierten sich köstlich. Vera war etwas älter als Christine, rauchte und trank heimlich. Sie kamen an einem Tabakgeschäft vorbei, das offen hatte. Vera schminkte sich die Lippen rot und gab auch Christine den Lippenstift. Die wollte zuerst nicht. „Komm, wir wollen doch Spass haben. Holen wir uns noch Zigaretten und rauchen dann eine, wirst schon merken, was das für ein Genuss ist. Also, gehen wir hier rein." Sie gingen die zwei Stufen hoch, grüssten höflich und Vera fragte nach einer ungewöhnlichen Zigarettenmarke, die die Frau im Geschäft nicht hatte. Dann halt eine andere Marke. Doch die ältere Verkäuferin weigerte sich, ihr überhaupt Zigaretten zu verkaufen. „Ihr Lausmädchen, ihr meint wohl, weil ihr Lippenstift aufgeschmiert habt, bekommt ihr Zigaretten von mir. Schaut, dass ihr rauskommt, aber sofort." Drohend kam sie hinter der Theke hervor und schimpfte. Christine kehrte sofort um und wischte den

Lippenstift mit der Rückseite ihres Rockes ab. Vera liess sich Zeit. „Dann kaufe ich halt die Zigaretten woanders“, schnippte sie zurück. „So eine blöde Gans, in Wien hab ich überall Zigaretten kaufen können“, sagte sie zu Christine und fügte geheimnisvoll hinzu, „auch ganz besondere.“

Ein junger Mann kam ihnen entgegen. Vera sprach ihn an. „Hallo, junger Mann, darf ich Sie um etwas Feuer bitten?“ Dabei kramte sie in ihrer Tasche herum. „Oh je, jetzt habe ich meine Zigaretten vergessen.“ Sie holte Geld aus der Tasche. „Würden Sie so nett sein und mir welche kaufen gehen, ich glaube, das Geschäft da ist offen.“ Sie drückte ihm Geld in die Hand und nannte eine Marke. „Also gut“, sagte der junge Mann. „Wir warten hier“, flüsterte Vera ihm zu, sah ihn aufreizend an und gab ihm noch einen kleinen Schubs. Bald kam er zurück, gab ihr die Zigaretten und das Wechselgeld. „Was haben denn die Damen jetzt vor?“ Vera: „Wir möchten gern irgendwo etwas Gutes zu Mittag essen und ein Gläschen Wein dazu trinken. Sie können uns begleiten, wenn Sie wollen.“ „Ein Gläschen Wein trink ich gern mit Euch, aber essen tue ich bei meinen Eltern, ich bin nämlich nur auf Besuch hier. Da am Stadtrand hat es eine schöne Gartenwirtschaft. Einverstanden?“ „Einverstanden.“ Er hielt seine Arme zum Einhängen hin. Vera scheute sich nicht und hing sich gleich ein. Christine bedankte sich mit der Bemerkung, sie gehe bequemer nebenher.

Es war ein gemütlicher Garten, die Bedienung sagte andauernd: „Bitte, danke.“ Es wurde lustig. Schandor, so hiess der junge Mann, bestellte jedem ein Achtel roten Hauswein und dann noch einmal das gleiche. Der Wein war süss, Stierblut wurde er genannt. Zum Essen wurden ihnen Wiener Schnitzel empfohlen und Kartoffelsalat, angerichtet mit Kürbiskernöl. Schandor war ein lustiger Kerl, machte

Witze und drückte Vera an sich. Sie flüsterten sich andauernd etwas ins Ohr und lachten. Schandor: „Entschuldige, Christine, aber wir flüstern uns nur Schweinereien ins Ohr." Vera: „Das ist nicht wahr, was erlaubst Du Dir, sowas zu sagen. Ab jetzt kein Geflüster mehr, verstanden." Alle drei lachten und waren fröhlich. Es wurde vom Zirkus erzählt und er sprach von seiner Arbeit in Wien.

„Ich komme noch in die Nachmittagsvorstellung. Wo soll ich mich platzieren, damit ich mit Dir Vera plaudern kann." „Während Christine ihren Auftritt hat, wird nicht geplaudert?" Vera erklärte ihm den Platz. „Komm mir nicht ohne Blumen für uns beide, selbst wenn Du deinen Eltern den Garten plündern musst. Blumen müssen her. Der Christine kannst sie in die Manege zuwerfen, und ich weiss schon, wie ich zu meinem Strauss komme." Sie grinste. „Ach, Du bist so lieb, Du denkst auch an Christine." Die Wiener Schnitzel wurden gereicht. Sie hingen über den Tellerrand hinaus, so gross waren sie. Christine schlug die Hände zusammen. „Um Gottes willen! So grosse Schnitzel hab ich in meinem Leben noch nie gesehen." Schandor: „Ich geh hinein, zahlen. Lasst es Euch gut schmecken. Ich muss zu meinen Eltern, die warten sicher schon auf mich und Hunger hab ich auch. Servus, ihr beiden, bis später." Er küsste beide auf die Wange.

Vera: „Kannst Du das alles essen? Mir ist schon die Hälfte zu viel." „Mir auch." Vera stand auf und kam mit einer Zeitung zurück. „Komm, wir packen eins für Deine Schwestern ein oder für Dich später." Sie teilten ein Schnitzel auf und assen es mit grossem Appetit. Christine rief die Kellnerin, um zu zahlen. „Ist schon alles von Ihrem Begleiter bezahlt, sie haben auch noch einen Kaffee mit Kuchen zugute, Bitte, Danke." „Ich kann beim besten Willen keinen Kaffee und schon gar keinen Kuchen essen. Wie sieht es bei

Dir aus, Vera?" „Ich auch nicht. Aber können wir das Geld zurück haben?" „Ja, Bitte, Danke, selbstverständlich." Die Kellnerin brachte das Geld, Vera teilte es und zündete sich eine Zigarette an. „Komm, rauch auch eine." „Du, ein andermal, zum Schluss wird mir noch schlecht, ich muss ja noch vor unserem Verehrer auftreten. Ach nein, den überlasse ich voll und ganz Dir. Ich hab schon eine heimliche Liebe, erzähl ich Dir aber jetzt noch nicht, wer es ist. Es ist auf jeden Fall keiner, den Du kennst." Vera: „Oho! Würde man Dir gar nicht zutrauen. Bleibt aber alles unter uns. Es ist schön, ein Geheimnis miteinander zu haben. Ich glaube, wir werden noch gute Freundinnen." „Ich fürchte auch", meinte Christine etwas skeptisch und wollte wissen, wo Vera denn auf einmal das schöne Feuerzeug bekommen habe. „Das erzähl ich Dir auch jetzt noch nicht. Komm, wir müssen gehen." Sie eilten zum Zirkus.

Christine versteckte das Geld von Kaffee und Kuchen in ihrem Regenhut und das eingepackte Schnitzel in einem Kochtopf und machte sich für die Nachmittagsvorstellung bereit, legte den anderen auch ihre Kostüme zurecht. Dann versuchte sie noch ein paar Dehnübungen zu machen, aber ihr Magen war noch zu voll und, oh je, Winde plagten sie von dem sicher nicht ganz frischen Kartoffelsalat. Kann ja heiter werden, befürchtete sie, lachte aber beschämt in sich hinein.

Im Zirkuszelt zeigte Vera ihr, wo Schandor sitzen würde. Er kam schon früh mit zwei riesigen Blumensträussen, die er bei seinen Füssen deponierte. Die Zirkusleute sahen dies und waren gespannt, wer die bekommen würde. Vera bemerkte, dass Schandor sich adrett angezogen hatte, winkte ihm heimlich zu und schenkte ihm ein strahlendes Lächeln. Er tippte mit den Fingern an die Lippen. Als die Vorstellung anfing, schlich sie zu ihm. „Die Blumen für Christine musst Du ihr erst nach dem zweiten Auftritt geben. Und wann bekomme ich meine?" Schandor: „Ja, weisst Du, ich werde heute meine Verlobung bekannt geben. Meine Verlobte kommt in die Mitte der Manege und kriegt, mit einem dicken Kuss natürlich, die Blumen überreicht." Er zeigte mit seiner Hand, in die Richtung der Manege. Vera war verwirrt: „Oh! Aha! So ist das. Darum bist Du so fein angezogen." Schandor nahm ihre Hand, sah ihr tief in die Augen und sagte: „Bist Du einverstanden? Willst Du meine Frau werden? Ich mache keinen Spass. Ich meine es ganz ernst. Ich frage Dich noch einmal: Willst Du meine Frau werden?" „Du Spinner, Du! Wie kannst Du mich so erschrecken!" Sie griff sich an den Kopf. „Wir kennen uns doch gar nicht. Aber ja, ich glaube schon, ich mache mit. Ich meine, ja doch, wir können es ja versuchen." Sie umarmte ihn. „Ich glaub, ich träume. Wenn das wahr ist, zwick mich." Er zwickte sie in die Hüfte. „Au!" Schandor: „Es ist wahr. Bist Du bereit? Kommst Du, wenn ich Dich rufe?" Vera: „Ja, sicher, ganz sicher komm ich."

Sie vertraute ihm völlig, verschwand in ihrem Wohnwagenabteil und holte ein Abendkleid hervor, das sie schon lange mal wieder tragen wollte. Sie hatte es nur einmal getragen, und zwar an der Hochzeit ihrer Schwester. Sie steckte ihre Haare hoch und betrachtete ihr Gesicht im Spiegel. Sie sah glücklich und strahlend aus. Dann kamen ihr Zweifel. Aber wenn er mir einen Streich spielt? Nein! Nein! Das tut er nicht, schüttelte sie den Kopf, er meint es so, obwohl es völlig verrückt ist.

Aus der Manege hörte sie die Musik von Christines Auftritt, nahm ihre Schuhe in die Hand und lief Barfuss durch den Eingang. Christine machte gerade einen eleganten Überschlag vom Netz und landete auf festem Boden. Schandor stand schon am Rand der Manege. Christine sah ihn, machte ein paar Schritte nach vorne, verbeugte sich und zeigte auf Emer. Dann kam Schandor auf sie zu und überreichte ihr die Blumen. Sie bedankte sich mit einer Umarmung. Der Clown machte seine Spässe dazu, sah den zweiten Strauss, fragte, ob der für ihn sei?

Schandor stellte sich breit hin und erklärte laut: „Nein, der ist für meine Vera. Damit gebe ich meine Verlobung mit ihr öffentlich bekannt. Vera, komm zu mir!“ Er streckte die Arme nach ihr aus. Vera spürte Schmetterlinge im Bauch, überschritt die niedrige Absperrung und beide gingen aufeinander zu. Sie umarmten und küssten sich. Die Leute standen auf, klatschten und riefen Bravo! Schandor nahm Vera auf seine Arme, drehte sich einmal im Kreis herum und trug sie hinaus.

Emer hinterm Vorhang: „Dieses Luder stiehlt mir die Schau, den Applaus und das Ganze. Ich plage mich ab und die kommt mit ihrem Zuhälter daher und nimmt mir alles weg. Das darf einfach nicht vorkommen, wo gibt es denn so was! Ich hätte die schon lange flach legen können, aber ich bin mir zu schade dafür.“

Der Direktorin gefiel die überraschende Einlage. Sie gratulierten den beiden mit grossem Applaus. „Das war ja Einmalig und rührend, ich musste meine Tränen zurückhalten. Es scheint einzig Christine davon gewusst zu haben.“ Christine schwieg, war selbst völlig überrascht, konnte vor lauter Aufregung nichts hervorbringen und ging zu den beiden Verlobten. „Ihr seid echt elegant. Sagt, war das Wirklichkeit oder nur gespielt?“ Schandor: „Es ist verrückt, aber es ist uns ernst. Vera, sag es, mein Herz, ich habe es vom ersten Augenblick an gewusst. Zirkus ist nichts für Dich, Vera. Komm, pack Deine Sachen, Du kommst mit mir, bevor die Vorstellung zu Ende ist. Beeile Dich bitte.“ Christine: „Ich freue mich wahnsinnig für Euch. Ich wünsche euch alles Glück dieser Welt.“ Schandor: „Ich gebe Dir meine Adresse, damit Du uns besuchen kommst. Schreib uns, wo immer Du sein wirst.“ Christine:„Ja, ist gut. Komm, Vera, ich helfe Dir packen.“

Vera zog sich bequemere Kleider an und stopfte zwei Taschen voll. Vera meinte: „Ich glaube, ich werde verrückt. Meine Eltern haben mich als Kind raus geschmissen, und da kommt ein Fremder und nimmt mich liebevoll auf. Ich träume doch! Oder nicht?“ Sie fing an zu weinen. „Nicht weinen, Vera, reiss Dich zusammen, ich weiss, Du schaffst es. Schandor ist kein böser Mensch, da bin ich mir ganz sicher, auch wenn wir ihn nur so kurz kennen. Komm jetzt, er wartet, wir bleiben in Verbindung, versprochen? Schreib mir, wenn es Probleme geben sollte. Ich versuche, Dir zu helfen, so gut ich kann.“ Die beiden jungen Frauen umarmten sich. Vera:„Danke! So viel Glück auf einmal kommt nicht jedem zu. Von letzter Woche hätte ich noch Lohn zugute.“ „Komm, vergiss es. Ich würde am liebsten mit Euch abhauen. Geht schon.“ Schandor und Christine umarmten sich, als wären sie alte Freunde. Dann verschwand das Paar hinter den grossen Bäumen und Christine konnte ihre Tränen nicht mehr zurückhalten.

War das ein Tag, wir haben gelacht und geweint, flüsterte sie vor sich hin, steckte ihr Gesicht in die Blumen und ging auf den Wohnwagen zu. Kurz davor drehte sie um, lief zum Artisten Eingang und übergab den Strauss an die Direktorin weiter. Christine: „Schade, kann ich Ihnen diesen Strauss nicht in der Manege überreichen, ich hätte es so gern getan. Bitte nehmen Sie ihn hier entgegen.“ „Ja, danke, Christine, ich liebe Blumen, musst Du wissen. Aber die hast doch Du bekommen.“ „Ich möchte sie aber Ihnen geben, sie haben ja übermorgen Geburtstag.“ „Oh, das weisst du schon? Das ist lieb von Dir, vielen Dank.“ Sie gab Christine die Hand und bewunderte mit einem Lächeln den grossen, schönen, bunten Strauss.

Christine hörte Isabella und Rosita lachen und rufen, sie spielten mit den anderen Zirkuskindern „Blinde Kuh". Emer wusch sich im Wohnwagen den Kopf. „Könntest Du mir frisches Wasser vom Brunnen holen, ich habe das, was da war, schon verbraucht." Christine nahm den Eimer und noch einen Wasserkrug und ging zum Brunnen. Als sie beide Gefässe fast gefüllt hatte, schlich sich Michi von hinten an und schlang seine Arme um sie. Durch das Rauschen des Wassers hatte sie ihn nicht bemerkt. Sie erschrak so sehr, dass sie aufschreien wollte. Da drehte er sie um, drückte seinen Mund auf ihren und versuchte mit seiner Zunge zwischen ihre zusammengebissenen Zähne zu dringen. Sie zwickte ihn, wo sie nur konnte, versuchte mit aller Kraft, ihn mit dem Knie weg zu stossen, bekam kaum Luft und spürte nun seine Zunge in ihrem Mund. Ihr Magen rebellierte, doch er liess sie noch im rechten Moment los. Sie würgte und ekelte sich. „Du Idiot!", schrie sie. „Aber Tini, ich liebe Dich, ich wollte Dir doch nur zeigen, wie sehr ich Dich begehre. Hab ich etwas falsch gemacht? Es tut mir schrecklich Leid, bitte, verzeih mir."

Christine spülte sich ihren Mund und hörte nicht auf sein Gejammer. „Verschwinde! Geh mir aus dem Weg, hörst Du! Hau endlich ab!" Er aber nahm den Eimer und den Krug mit Wasser, ging damit bis zum Wohnwagen und stellte diese dort ab. „Ich komme in die Abendvorstellung. Ich muss Dich sehen. Bitte nicht Böse sein. Ich mache alles wieder gut." Seitwärts gehend schickte er ihr Handküsse zu und verschwand.

Emer schaute mit seifigen Haaren, wo das Wasser bleibt und nahm bald wortlos den Krug. Christine holte sich ein Handtuch und wusch sich hinter dem Wohnwagen. Zum Glück, dachte sie, wird heute Nacht abgebaut, so sind wir morgen schon woanders.

Michi kam in die Abendvorstellung und benahm sich furchtbar auffällig. Schon vor der Pause, als Emer, Isabella und Rosita in der Manege waren und Christine nur die Requisiten hin- und her reichte, ging er auf sie zu und überreichte ihr Blumen. Er wollte sie noch umarmen, doch sie drehte sich um und lief, mit den Blumen winkend, aus der Manege. Das Publikum klatschte. Michi klatschte frenetisch. Christine legte die Blumen auf den kleinen Tisch hinterm Vorhang und bemerkte erst jetzt, dass an einer Rose ein Blatt Papier angebunden war. Sie löste die Schleife und steckte das Blatt weg. Sie musste sich noch umziehen und für den zweiten Auftritt bereit machen.

Emer kam hinzu. „Jetzt hast schon zweimal Blumen bekommen. Pass auf, die andern Weiber werden bald neidisch sein." Er grinste und drückte ihr einen feuchten Kuss auf die Wange. „Wäh! Lass das endlich!" Sie verzog ihr Gesicht und putzte sich ab. Emer grinste weiter. Isabella und Rosita kamen mit je einem Tortenstück. "Die Direktorin hat Geburtstag", riefen sie. „Ich weiss, ich hab ihr den Blumenstrauss von Schandor geschenkt", bemerkte Christine. Emer: „Ach, Du hast ihr Deine Blumen geschenkt? Ich hab mich schon gewundert, wo die sind." Christine:„Wenn Du willst, kannst ihr diese schönen bunten Rosen bringen." Sie machte die Schleife wieder um die Rosen, gab ihm diese in die Hand. „Komm, die freut sich sicher, gehen wir, wir sind bald dran."

Michi war immer noch auf der Zuschauertribüne, stützte aber jetzt seinen Kopf in die Hände und gab ein nachdenkliches, trauriges Bild ab. Sie empfand ein bisschen Mitleid mit ihm. Nach dem Auftritt zog Emer seine Arbeitskleider an. Wie alle anderen half er beim Zeltabbau. Christine musste im Wohnwagen, alles was runter fliegen könnte, befestigen. Der Wohnwagen wurde an einen Traktor gehängt. Isabella und Rosita waren schon im Bett. Christine schüttete noch schmutziges Wasser in einen Rinnstein, als sie Michis Stimme hörte. „Tini! Tini!“ Rief er leise. „Hallo, Michi, danke für die Blumen“, sagte sie und gab sich distanziert höflich. Michi: „Hast Du meinen Brief gelesen?“ „Deinen Brief? Ach ja, der an der Rose gebunden war. Nein, noch nicht. Ich wollte ihn in Ruhe lesen, aber bis jetzt musste ich arbeiten.“ Michi: „Ich möchte Dir gern noch mehr Briefe schreiben, eine Brieffreundschaft mit jemandem wie Dir Tini, habe ich mir schon lange gewünscht. Es würde mich sehr glücklich machen.“

Er reichte ihr die Adresse der Polizei-Akademie, die er besuchte. „Tini, gib mir bitte Deine Adresse.“ „Na gut, Du kannst für mich Wasser holen, in der Zeit schreib ich Dir meine Adresse auf.“ Sie schüttete Scheuerpulver in den Eimer und schrubbte ihn mit einer Bürste. „Bitte gut ausspülen, bevor Du frisches Wasser hinein tust.“ Michi ging los. Christine schrieb die nächsten drei Stationen der Tournee auf eine Zirkusansichtskarte. Michi kam zurück, reichte ihr den Eimer mit dem Wasser hoch. Christine gab ihm die Ansichtskarte, die er gleich in dem schalen Licht aus dem Wohnwagen las: „Postlagernd?“ „Ja, ich geh immer zur Post, wenn wir ankommen und dann noch einmal, bevor wir weiterfahren. So geht das bei uns. Also, Michi, in aller Freundschaft.“ Sie reichte ihm die Hand, er drückte einen zarten Kuss darauf und schaute zu ihr auf. „In aller Freundschaft, danke, Tini.“ Sie wollte ihn noch umarmen, unterliess es aber, denn sie wollte ihm keine falschen Hoffnungen machen. "Adieu Michi und alles Gute!" Michi: "Danke! Dir Tini auch alles Gute, Pass gut auf Dich auf!" Christine ging in den Wohnwagen und schloss die Tür. Während sie wegfuhren, klopfte Michi leise an den Wohnwagen und rief „ich liebe Dich“ immer und immer wieder, bis er weit weg war. Christine suchte den Brief, den sie unter die Decke geschoben hatte, und las die Zeilen im Licht der Petroleumlampe. Hat der eine schöne Schrift, stellte sie überrascht fest, und so wunderbare Worte geschrieben:

“Für mich bist Du wie eine leicht geöffnete Rosenknospe, so schön und zärtlich duftend. Mein Wunsch, dabei zu sein, wenn sie sich langsam entfaltet und ihr Parfüm über mich versprüht, uns beide dann in eine Wolke voller Glückseligkeit hüllt.“

Sie hatte bisher immer gedacht, so was gibt es nur in Romanen und im Kino. Jetzt war sie fast ein bisschen stolz, einen solchen Verehrer zu haben. Noch war die Saison nicht zu Ende, wer weiss, was da noch alles kommt. Der Wagen machte einen Ruck, Christine löschte die Lampe. Den Kopf voller süssen Gedanken, schlüpfte sie unter die Decke und liess sich in den Schlaf rütteln.

Am neuen Ort polterte frühmorgens jemand an die Tür: „Aufmachen! Machen Sie sofort auf!“ Emer schlüpfte in seine Unterhose und machte die Tür auf. Zwei Polizisten mit Taschenlampen stürmten herein, drückten ihn auf einen Stuhl, leuchteten nervös umher und durchsuchten sein Bett. Emer: „Was ist denn los?“ „Ist das die Hose und das Hemd, das Sie zuletzt getragen haben?“ „Ja! Warum?“ Rosita beugte sich vom oberen Bett herunter und sah, wie der eine Polizist ihr Unterhöschen in einen Sack stecken wollte. „Hei! Die gehört mir! Die ist mir beim Umziehen ins untere Bett gerutscht.“ Blitzschnell nahm sie ihm das Höschen weg.

„Ziehen Sie sich an“, sagte ein anderer Polizist zu Emer, „wir klären das auf dem Revier ab.“ Unter genauer Beobachtung schlüpfte Emer in seine Kleider. „Das muss ein Irrtum sein, ich habe nichts verbrochen!“ Er nahm Geldtasche, Kamm und Uhr an sich. Die Direktorin im

Morgenmantel übergab der Polizei schweigend Emers Papiere.

Als der Spuk zu Ende war, das Polizeiauto weggefahren war, hörte Christine, die vor der Tür stehende Direktorin sagen: „Ich hab das erwartet! Ein Wunder, dass die noch nicht vorher gekommen sind. Ich hab Emer und auch die anderen gewarnt, die Finger von den jungen Mädchen zu lassen. Jetzt ist es passiert. Ich habe immer wieder durchgegeben, fremde Kinder vom Zirkusareal zu jagen. Die dummen Dinger waren wie die Schmeissfliegen hinter ihm her. Jetzt hat er sich vergriffen und ist wahrscheinlich zu weit gegangen. Wir werden sehen. Zum Glück ist die Saison fast zu Ende und wir haben nur noch kleine Städte vor uns. So eine Blamage! Hoffentlich kommt unser Name nicht in eine schlechte Rubrik der Zeitungen. Ich fordere Euch alle auf, die ihr hier seid, totales Stillschweigen zu bewahren. Also, haltet Eure Zunge im Zaum, ich will nicht, dass darüber geredet wird, verstanden! Wir haben genug anderes zu tun. Die Leute warten ja gierig auf einen Skandal. So eine Schande!“ Jemand sagte: „Es wird schon nicht so schlimm sein. Geht, schlaft weiter, macht Euch keine Gedanken, es wird alles wieder gut. In ein paar Stunden wissen wir mehr.“

Christine konnte natürlich nicht mehr schlafen. Als es draussen hell wurde, zog sie Emers Bettwäsche ab, rührte eine Lauge an und weichte die Wäsche darin ein. Unter Rositas Kopfkissen fischte sie das Höschen hervor, das der Polizist beinahe mitgenommen hatte. Christine konnte es nicht lassen und inspizierte es. Da! Die Baumwolleinlage war leicht zusammengeklebt. Zitternd verglich sie das Höschen mit dem von Isabella, das normal schmutzig war. „Also doch! Er hat also auch bei Rosita herum gespielt“, sprach sie, mit zitternden Händen, zu sich selbst. Sie wusch die Wäsche und hängte sie an das Wäscheseil, das sie vorher zwischen zwei Bäume spannte hatte.

Wie in Trance packte sie ihre persönlichen Sachen zusammen, sowie die von Rosita und Isabella, stellte die drei Reisetaschen auf Emers Bett und deckte alles mit einer Decke zu. Es war Zeit zum Frühstücken. Isabella und Rosita hätten in die Schule gehen sollen, doch Christine wollte zuerst mit der Direktorin sprechen. Sollte Emer nicht zurückkehren, müssten sie nach Hause fahren, denn ihr Programm war ja so aufgebaut, dass sie ohne Emer nicht auftreten konnten.

Die Direktorin hatte ihren Arrangeur und Zahlmeister bereits zur Polizei Wache geschickt. „Der wird bald zurückkommen", sagte sie zu Christine, „ich denke, die Untersuchungen dauern so ein bis zwei Tage. Ich habe nachgedacht, was wir in dieser Zeit mit Euch machen könnten. Arnold ist ein geschickter Kerl, er hat früher Balance-Akte mit einer Partnerin aufgeführt. Am besten ist, wir fragen ihn selber, ob er gewillt ist, mit Euch eine kleine Nummer ein zu studieren. Die Ringe können wir vergessen. Die Trapez-Nummer muss verlängert werden, denn ich möchte das Programm zeitlich nicht verkürzen."

Sie liess Arnold holen. Als Christine ihn sah, dachte sie, oh je! Es war der unscheinbare Gockel- Typ, der ein zäher Verehrer der Direktorin war. Er besass seinen eigenen, luxuriös ausgestatteten Wohnwagen und hatte eine gute Rente, die ihm seine Eltern anlegten. Er hatte nicht im elterlichen Betrieb bleiben wollen. Zirkus war sein Leben. „Mein lieber Arnold", sagte die Direktorin, „ich wollte Dich fragen, ob Du mit den Mädchen etwas anfangen könntest, bis Emer wieder da ist. Du kennst ja ihre Numme?." Arnold: „Oho! Ich und die Mädchen? Früher habe ich ein Brett auf meinen Sohlen balanciert und zwei Mädchen darauf herum gewirbelt. Mir wird schon etwas einfallen. Ich geh mal ein passendes Brett suchen. Kommt in zehn Minuten in die Manege, da probieren wir dann ein paar Tricks. Wir machen es auf lustig, wenn dann etwas nicht klappt, können wir es mit Spass vertuschen." Er lachte und hatte ein nervöses Zucken um die Augen. Seine Figur war etwas auf geschwemmt, es war fraglich ob es klappen würde.

Mal sehen, dachte Christine, doch am liebsten wäre sie sofort abgereist und wäre froh gewesen, wenn die Zirkuszeit endlich vorbei gewesen wäre. Es war ihr alles so peinlich. Isabella und Rosita gingen in die Manege zur Probe. Christine: „Zeigt Arnold die Requisiten. Emer wird keine Freude haben, wenn andere sie benutzen, er ist ein sehr pedantischer Mensch."

Sie nahm das Fahrrad, das Vera immer benutzt hatte, und stahl sich fort zur Post. Ein Telegramm an Emer und Christine. Ein Brief von Rudi, aber nicht vom Internatsort abgestempelt. Bei einem kleinen Ententeich hielt sie an, legte das Fahrrad auf die Wiese und setzte sich ins Gras. Sie las das Telegramm zuerst.

HABT IHR NOCH MATERIAL? stop
GEBT UNS BESCHEID WO WIR ES HINSENDEN SOLLEN stop
GRUSS VATER

Wenn der die Situation in der sie jetzt waren wüsste!

Dann drückte sie Rudis Brief ans Herz und an ihre Lippen und schloss kurz die Augen, bevor sie ihn vorsichtig öffnete. Was sie sah, war ein kaum leserliches Gekritzel auf Seidenpapier.

Liebe, meine Allerliebste!

Tut mir Leid, ich war so ein Idiot! Wir müssen einen anderen Weg finden. Bin im Spital wegen meinem Bein und ganz durcheinander. Mama hat die Briefe gefunden, ist nicht einverstanden mit unserer Freundschaft. Sie wollte Dir schreiben. Hast Du schon Post bekommen? Bin ganz verzweifelt!!!! Auch mein Taschentuch von Dir ist weg, meine Tränen hab ich damit aufgefangen, jetzt fliessen sie ins Leere.

Meine Briefe ins Internat werden seit Freitag abgefangen. Ich bin hier wie im Gefängnis, alle kontrollieren mich. Ich brenne vor Liebe und Sehnsucht nach Dir!

Wir fahren bald ab, eine Krankenschwester wird dieses Schreiben schicken. Hoffentlich! Glaube mir, ich werde Dich suchen und wiederfinden. Mit meinem eigenen Blut versiegle ich hier meine Liebe zu Dir. Gib Dein Blut dazu und wir sind für immer vereint.

Christinaaaaa! Ich vermisse Dich!!!!

Für immer, Dein Rudi

Christine las unter Tränen den Brief immer wieder, suchte einen Dorn, um sich blutig zu stechen, fand einen Glassplitter und presste ihre Fingerspitze hinein. Ein Tropfen Blut quill heraus, den sie auf Rudis Blut drückte. Sorgfältig faltete sie das Seidenpapier zusammen und gab es zurück in den Umschlag. Ihre Tränen trocknete sie mit Rudis zusammengefaltetem Taschentuch, das sie immer bei sich trug und noch nie gewaschen hatte.

Christine radelte zurück zum Wohnwagen, steckte den Brief zu den anderen in ihren Regenhut und ging hinüber in den Zirkus. Sie kam gerade dazu, als Rosita vom Brett flog und sich weh tat. Natürlich rutschte Isabella auch ab. „Hast Dir weh getan?“, fragte Christine. „Nein, es geht schon, wir müssen noch mehr üben.“ Arnold bekam einen

Muskelkrampf in seinem Bein und verzog das Gesicht. „Auu! Ich hab das öfters, es geht bald wieder vorbei.“ Christine blieb da und fing nach drei Drehungen das Brett ab. Rosita machte einen Spagat und Isabella einen Überschlag. Sie gaben sich echt Mühe zu improvisieren. Christine stellte sich mit einem Fuss auf Arnolds gebeugten Knie und hängte den anderen Fuss um seinen Hals. So fanden sie ein paar fliessende Figuren. Jemand stoppte die Zeit und fand, es würde für einen Auftritt reichen.

An diesem Tag war Schulvorstellung, so konnte man prüfen, ob es auch für die Abendvorstellung gut war. Die Trapez-Akrobatin übte noch, um ihr Programm zu verlängern, sie hatte keine Schwierigkeiten damit.

Christine ging in den Direktionswagen und fragte nach Emer. „Leider noch keine gute Nachricht. Die Untersuchung dauert sicher die ganze Woche. Besuchen kannst ihn auch nicht. Es wird jemand kommen und die paar Sachen abholen, die er hier aufgeschrieben hat.“ Sie reichte Christine einen Zettel. Zahnbürste, Bleistifte, Radiergummi, Hefte, Kleider und so weiter. Seine Halbschwestern suchten alles zusammen und packten es in einen mittleren Koffer. Christine beobachtete Rosita, wie sie ihre ganzen Süssigkeiten in den Koffer schmuggelte, obwohl sie wusste, dass er sehr wenig Süsses ass. Isabella gab den Spiegel hinein, mit dem er sich immer die Haare von hinten kontrollierte, und Christine gab sein Eau de Cologne dazu. Das genügte. Sie machten sich alle drei daran, den Wohnwagen blitzblank zu putzen, dann Mittag zu essen und - wie immer - vor der Vorstellung ein bisschen auszuruhen. Christine liess die beiden schlafen, fuhr mit dem Fahrrad zum Bahnhof und erkundigte sich, wann ein Zug nach Vordersberg fahren würde. Zweimal umsteigen, dann käme sie, wenn alles gut gehen würde, um elf Uhr Nachts dort an.

Sie rechnete, dass, wenn es in der Nachmittagsvorstellung nicht klappen würde, was sie heimlich hoffte, und sie sofort zum Bahnhof gehen würden, sie diesen Zug erreichen könnten. Jetzt musste sie noch irgendwie den verdienten Lohn ausbezahlt bekommen. Sie ging zur Direktorin und fragte, ob sie die ausstehenden Gage bekommen könne. Emer habe Schulden bei verschiedenen Leuten, die sie begleichen möchte, schwindelte sie. Es stimmte schon, aber nur bei einer Person und da sehr wenig, den Rest brauchte sie für den Haushalt. Die Direktorin rief ihren Zahlmeister, der riet, den Lohn von den letzten drei Tagen stehen zu lassen, und zahlte ihr den Rest aus. Wieder steckte sie das Geld in den Regenhut. Der passt nicht mal mehr auf ihren Kopf, stellte sie fest, entfernte alle ihre Briefe, versteckte sie in der Reisetasche und schuf somit Platz. Emers restliche Kleider packte sie in einen Koffer und schrieb seinen Namen drauf. Sie sah sich nach Proviant um und stellte Emers kleinen Wasserkanister bereit, um die Milch, die noch da war, verdünnt mitzunehmen. Ein Messer von der Grossmutter, das emaillierte Kaffeehäferl, Kleider zum Umziehen, alles legte sie bereit. Der Rest musste in den drei vorbereiteten Taschen noch verstaut werden.

Es kam die Kinder-Nachmittagsvorstellung. Sie waren 5 Minuten vor der Pause dran. Arnold trug ein Kostüm, das schon etliche Jahre hinter sich hatte. Er schwitzte unausstehlich, seine Schminke fing an zu verlaufen. Die drei Schwestern halfen, alles richtig aufzustellen, und die Vorstellung konnte beginnen. Arnold legte sich auf die Balance-Liege, Isabella und Rosita schwangen sich gleichzeitig auf das Brett, doch schon bei der zweiten Runde konnte Arnold sie nicht mehr halten. Die Mädchen sprangen weg, machten Überschlag, Spagat, Christine fing das Brett auf, und legte es auf die Seite. Arnold blieb liegen. „Ich sehe nichts mehr! Aua! Mein Bein!“ Helfer kamen herbei und ein Clown wurde in die Manege geschickt, bis die Pause angesagt wurde. Christine schnappte sofort ihre Schwestern und gemeinsam rannten sie zum Wohnwagen. „Macht schnell. Wir müssen zum Zug nach Vordersberg. Hier können wir nicht mehr bleiben, uns geht sonst auch noch das Fahrgeld aus. Konzentriert zogen sie sich um, packten die restlichen Sachen in die Taschen. Rosita und Isabella holten ihre versteckten Schätze unter der Matratze hervor, Christina hängte sich ihren roten Regenhut um den Hals: "Nichts vergessen? Denkt schnell nach!" "Ich hab alles." "Ich auch!", hörte Christine. Jeder trug jetzt seine Tasche, Christine noch den Proviant und schon ging es auf und davon. Um den Weg abzukürzen, plagten sie sich die Böschung hinauf und kamen gerade noch rechtzeitig, aber nach Luft ringend, am Bahnhof an. Fahrkarten wurden schnell gelöst und schon war der Zug eingefahren. Immer noch ein wenig schnaufend, liessen sie die Welt an sich vorbei sausen. Beruhigend die Taschen auf den Knien haltend. Vom halb offenen Fenster her spielte der warme Wind angenehm mit ihren Haaren.

Das erste Umsteigen ging gut. Beim zweiten Mal kam ihr Zug verspätet an. Sie mussten über die Geleise, um den Anschluss nicht zu verpassen. Kaum waren Isabella, Rosita und die Taschen im letzten Waggon, da fuhr der Zug los. Christine konnte noch ihre Tasche aufladen, doch musste sie hinterher laufen, um aufspringen zu können. Sie hatte den Griff schon in der Hand, doch die Treppe war zu hoch, sie rutschte ab und musste loslassen. Sie fiel hin, blutete an den Knien und an einem Schienbein. Ein Bahnbeamter kam hinzu.

„Mein Gott, das hätte böse ausgehen können.“ Er half ihr über die Geleise zurück in den Bahnhof. Christine weinte. „Meine jüngeren Geschwister sind mit allem Gepäck allein im letzten Waggon. Hoffentlich passiert ihnen nichts. Was soll ich jetzt machen?“ „Kein Problem, wir stoppen den Zug auf der nächsten Station, und die sollen die Kinder und das Gepäck mit dem Postzug zurückschicken.“ Er klopfte an das Stationsfenster und gab diese Anordnung durch.

„Heute geht dann kein Zug mehr nach Vordersberg, kennen Sie hier jemanden?“ Christine schüttelte den Kopf. „Können wir jemanden telefonisch benachrichtigen? Ihr werdet doch sicher erwartet“, fragte der Bahnbeamte, „Nein, es sollte eine Überraschung sein.“ „Wir haben hier im Keller einen Raum mit Betten, den die Caritas betreut. Wenn wir Glück haben, ist noch ein Bett frei. Die können Sie dort auch verarzten. Ich geh schauen, was sich machen lässt.“

Der Bahnbeamte kam mit einer Caritas-Schwester zurück. „Wir haben noch ein schmales Bett frei.“ Christine: „Danke. Ich warte nur noch auf meine zwei Schwestern, die bald ankommen werden, so hat man mir gesagt.“ „Drei Personen? Das geht nicht.“ „Sie kann sicher was bezahlen“, sagte der Bahnbeamte und schaute Christine an, „das ist doch so, nicht wahr?“ „Ja, natürlich.“ Die Caritas-Schwester ging runter in den Keller. Christine fischte ein paar Geldscheine hervor. „Wie viel muss ich bezahlen?“ Der Bahnmann nannte eine Summe, die ihr recht klein vorkam. „Die sammeln eh den ganzen Tag, bringen's ihr das Geld runter, vielleicht hat sie dann noch ein anderes Bett.“ Er schmunzelte ihr aufmunternd zu. Christine ging in den Keller. Es war ein schlecht beleuchteter Raum mit Stockbetten. Die Schwester war gerade dabei, einem Mann das schmalere Bett zuzuweisen. „Ich glaub, wenn ihr fest zusammenrückt, geht es für eine Nacht.“ Christine gab ihr das Geld und fragte nach einem Verband. Die Schwester bat sie in eine kleine Nische, faltete die Geldscheine auseinander und liess sie unter dem Eintragungsbuch in einem Schlitz verschwinden. Dann sah sie sich die Knie und das Bein an. „Wir warten, bis Ihre Schwestern da sind. Dann werde ich die Wunden desinfizieren und einen Verband anlegen. So auf die Schnelle bringt das nichts. Geht es noch mit den Schmerzen? Eine Tablette kann ich Ihnen geben." Sie holte ein Glas kühles Wasser und gab Christine eine schmerzstillende Pille. Später kamen Isabella und Rosita müde an.

Der Postzug war nicht in den Bahnhof eingefahren, so hatten sie noch laufen müssen. „Wir haben schon gedacht, wir sehen Dich nicht mehr. Der Schaffner hat geschimpft, weil der Zugführer nicht gewartet hat bis Du im Zug warst." Isabella: „Wir haben Hunger und Durst." Christine nahm den Proviant hervor und gab jedem ein Stück Brot, einen halben Apfel und etwas Milch zu trinken. Dann wuschen sie ihre Gesichter und gingen bald ins Bett. Christine verstaute die Taschen unterm Bett, ihren Regenhut unter ihrer Weste und begab sich zur Schwester, um ihre Verletzung behandeln zu lassen. Als das Blut abgewaschen war, sah es nicht mehr so schlimm aus. Das Jod brannte, doch die Salbe kühlte die Wunden angenehm ab. Noch der Verband, dann legte auch sie sich schlafen.

Um sieben Uhr sollte der Zug nach Vordersberg abfahren. Um sechs Uhr mussten alle aufstehen und den Keller verlassen. Sie bekamen noch ein Stück Brot und schwarzen gezuckerten Tee am Bahnsteig gereicht. Nach zirka einer Stunde kamen sie in Vordersberg an. Bis zum Stadtpark, wo sie zu Hause waren, mussten sie etwa noch einen Kilometer laufen.

Die Taschen waren schwer und schienen immer schwerer zu werden, sie mussten sie des Öfteren abstellen. Noch durch den Park, dann endlich waren sie da. Alle schon in der Werkstatt, kein Dienstmädchen, keine Nachbarin anzutreffen.

„Ihr könnt hier warten und essen, was wir mitgebracht haben“, sagte Christine, „ich hole den Hausschlüssel.“ Isabella: „Warte, Reinhard hat immer einen 'Dietrich' unter der Kellerstiege versteckt, vielleicht bringen wir das Schloss so auf.“ Sie fanden einen rostigen Ring mit verschieden grossen Haken. Isabella: „Welcher passt jetzt?“ Rosita sah sich jeden einzelnen genau an. „Schau, der hat vorne den Rost abgekratzt, ich glaub, der passt.“ Und tatsächlich, sie probierte nicht lange und das Schloss sprang auf.

Christine: „Oh, mein Gott! Schaut Euch um, ich glaube, wir haben kein Dienstmädchen mehr. Der Haufen Wäsche, der Berg Geschirr im Wasser und die Bettdecken nur zurückgeschlagen. Auch die Fenster schon lange nicht mehr geputzt.“ Isabella: „Aber Du wirst jetzt wohl nicht anfangen zu putzen? Wir verstecken unsere Sachen unter den Betten und gehen bei diesem schönen Wetter ins Freibad.“ Rosita im Jammerton: „Wir waren schon ewig nicht mehr schwimmen. Wir könnten den ganzen Tag dort verbringen, ohne dass es jemand merkt. Komm, das machen wir, die Arbeit hier läuft uns nicht davon.“ Christine war einverstanden. „Ja gut, nach diesem Stress haben wir wirklich ein bisschen Erholung verdient. Rührt also nichts an, wir nehmen nur eine Decke mit.“ Isabella und Rosita kramten nach ihrem Badeanzug. Christine nahm ihr grünes Zirkuskostüm mit, das eigentlich vorher ein Badeanzug war und jetzt natürlich aber ein bisschen auffällig ist, nun sie hatte nur diesen. Zahnbürsten, Haarshampoo, Emers Sonnencreme, Kamm und Spiegel, Handtücher und die Briefe nahm sie in einem Leinenbeutel mit. Sie kontrollierte, ob die versteckten Taschen nicht zu sehen waren, und machte die Tür hinter sich zu.

Das Abschliessen war dann etwas schwieriger, aber sie schafften es, Isabella legte den Ring mit dem Haken zurück an seinen Platz. Christine: „Wir gehen durch den Fluss, aber schaut auf die Kirchturmuhr, das Bad öffnet erst um zehn Uhr, wir sind zu früh, als einzige Badegäste fallen wir auf." Rosita: „Wir schleichen uns hinter die holzige Sonnenliegen, da kommt keiner so schnell vorbei und wir werden die ersten sein, die ein Handtuch auf der Liege haben, von der Kasse aus kann man uns dort sowieso nicht sehen." Sie lachten über diesen Mädchenstreich, den sie vorhatten.

Der Fluss hatte wenig Wasser. Es war einfach, ihn zu überqueren. Noch durch die Büsche und hinter die Liegen und jetzt auf die mitgebrachte Decke. Christine öffnete die Proviant Tasche, es war nur noch für jeden ein Schluck Milch, ein halber Apfel und ein wenig Brot da. Sie wollte sowieso in die Sparkasse, bevor sie in die Werkstatt gehen würde, um das Geld aus dem Regenhut, den sie unter ihrer Weste trug, auf ihr Konto zu bringen. Isabella und Rosita sollten davon nichts mitbekommen. So fragte sie die beiden, was sie gerne essen würden, sie ginge in den nächsten Laden etwas holen. Isabella: „Es gibt einen Weg dem Bretterzaun entlang, dann musst Du nur noch über die Strasse und kommst ins grosse Kaufhaus, die haben um diese Zeit schon offen."

Christine hatte den Regenhut bisher nicht einmal abgelegt, die Briefe hatte sie wieder im Regenhut versteckt. Sie nahm die Proviant Tasche, suchte den Weg zurück durch die Böschung, dann hinter dem Zaun entlang marschierte sie los. Nach dem Einkauf wird die Sparkasse geöffnet haben, hoffte sie. So war es denn auch. In der Sparkasse setzte sie sich in die Ecke, wo sie mit Reinhard gesessen hatte, nahm das Geld aus dem Regenhut, zählte es zweimal durch und reichte es über den Schalter. „Haben Sie ein Sparbuch bei uns?" Christine nannte ihr Passwort, unterschrieb die neue Eintragung, schaute auf die Gesamtsumme und war glücklich. Das Geld würde für die Reise nach Vorarlberg reichen. Der liebe Franzi ihr Stiefbruder, hat ja einen Pass so wird er wohl in Deutschland arbeiten, sinnierte sie und nahm sich vor, wegen ihrem eigenen Pass sich in der Gemeinde zu erkundigen. Sie hatte reichlich eingekaufte. Es reichte zum Schlemmen für den ganzen Tag. Die Mädchen freuten sich und genossen jeden Bissen.

Während Christine so in der Sonne lag, überkam sie ein schlechtes Gewissen. Sie hätten vielleicht nicht abhauen sollen vom Zirkus, sondern den Eltern einen Bericht zukommen lassen sollen. Dann aber sah sie, wie sich Isabella und Rosita im Wasser wohl fühlten und Spass hatten, und wischte das schlechte Gewissen von ihrer Seele. Wegen dem Verband am Bein ging sie nur unter die Dusche. Sie merkte, wie einige Badegäste sie anschauten. Mit dem auffälligen Badekleid und den locker, aufgesteckten Haaren war sie hübsch anzusehen. Sie setzte Isabellas Sonnenbrille auf die Nase, nahm alle Briefe von Rudi und Michi aus dem Regenhut und las sie wiederholt durch. Komisch, jetzt fand sie alles sehr kindisch. Rudi wollte einfach ein Geheimnis haben vor seinen Eltern, redete sie sich ein. Ist doch unter Jugendlichen eine ganz normale Angelegenheit, jeder will ein süsses Geheimnis haben. Man teilt es seinen besten Freunden mit, meistens bleibt es nicht lange geheim und alle wissen es. Dann wird man gehänselt. Na ja, wir lieben uns wirklich, glaube ich, aber jetzt ist es wohl vorbei. Sie las den letzten Brief nicht mehr. Sollte sie die Briefe wegwerfen? Ach nein. Sie steckte sie in den Hut zurück, räkelte sich und schlief ein. Isabella und Rosita waren bald ganz blau vom kalten Wasser, zitterten am ganzen Körper und legten sich neben Christine in die Sonne.

Der schöne Tag ging zur Neige. Christine entfernte den gelockerten Verband, sie wollte wenigstens einmal vom Turm springen. Sie stieg die Stufen zum fünf Meter hohen Turm hinauf, konzentrierte sich ein paar Sekunden, federte ab und landete mit einem eleganten Kopfsprung im Wasser. Ein paar Leute klatschten, als sie auftauchte. Mit Emer hatte sie auch Doppelsprünge geübt, auf seinen Schultern sitzend und rückwärts springend. Sie hatten immer Spass zusammen, selbst wenn sie ins Wasser platschten, was sehr weh tat. Dann bemerkte sie, dass sich der eingenähte Schaumgummibusen mit Wasser vollgesogen hatte, schob ihn rasch in die Position zurück, drückte ihn so unauffällig wie möglich aus, bevor sie ganz aus dem Wasser stieg.

Christine zog sich um, band ihre Haare zu einem Rossschwanz zusammen, Isabella und Rosita durften alleine im Freibad bleiben, so lang es noch offen ist. Christine marschierte durch die Stadt bis zu „Remis Schuh- und Taschenerzeugung", wie es jetzt ganz gross über dem Tor geschrieben stand. Sie holte tief Luft und schritt dann durch.

XXV

Als die Familie Christine sah, wurde sie von allen mit Fragen bombardiert, doch zuerst wollte sie mit ihren Eltern alleine sprechen. Mutter fragte: „Ist was passiert? Die Saison kann doch noch nicht zu Ende sei?. Sind Emer und die Kinder auch da?" Christine setzte sich weiter weg auf eine Werksbank, die Eltern standen gespannt vor ihr. „Isabella und Rosita sind im Freibad, sie werden aber bald hierher kommen. Ich wollte mit Euch einen Moment allein sein, um das ganze was passiert ist zu erzählen.

Nein, die Saison ist nur für uns zu Ende. Emer befindet sich in Untersuchungshaft wegen Verdacht auf Unzucht mit Minderjährigen." Vater: „Da setzt Dich nieder! Wie kommen die auf so was? Seit wann ist er denn schon dort?" Mutter unterbrach: "Das glaub ich einfach nicht. Was faselst Du daher. Kommst heim und weisst nichts Gescheiteres zu erzählen. So einen Blödsinn hör ich mir gar nicht an. Die haben sich sicher getäuscht, das waren sicher keine Minderjährigen mehr. Schau sie Dir an, die Jugendlichen rennen herum wie schon Erwachsene. Da soll sich noch einer auskennen."

Christine wusste aber, dass Ihre Mutter eine sexuelle Verfehlung von Emer sicher schon lange befürchtet hatte, so verstand sie ihre Reaktion nicht. Wut stieg in Christine auf. Sie wollte jetzt alles sagen und legte zischend los: „Er hat auch Rosita in der Nacht befummelt, und vorher hat er es auch bei mir versucht. Der gehört schon lang zum Psychiater, das hat auch die Zirkusdirektorin geraten." Mutter holte mit ihrer Hand aus und wollte Christine eine runter-hauen, aber ihre Faust landete an der Mauer neben ihr. „Wehe, Du erzählst das jemandem, dann erlebst was, das sag ich Dir." Vater hörte gar nicht mehr hin, ging zu den anderen, die gespannt warteten: „Die haben den Emer auf einen Verdacht hin ins Untersuchungsgefängnis gesteckt, der wird bald wieder draussen sein, so wie ich den kenne." Mutters Augen waren nervös und glühten.

Bevor noch weitere Fragen gestellt werden konnten, rief Vater: „Gehma, gehma! Die Ware muss heute noch zur Post. Wie geht die Verpackung voran? Komm! Du und Du, helft schnell mit." Christine verliess die Werkstatt und ging die Strassen hinunter in die Stadt. Sie sah wie Isabella und Rosita ihre Nasen an einem Schaufenster platt drückten. „Hei, ihr beiden, kommt mit nach Hause, in der Werkstatt ist so viel zu erledigen, die haben jetzt keine Zeit für uns. Ich glaube, nun müssen wir doch das Geschirr abwaschen, und dann gibt es sonst noch vieles zu tun. Also, für heute habt ihr genug Freizeit gehabt, jetzt ran an die Arbeit."

Reinhard kam als erster bei der Tür herein. „Ihr seid schon da? Euch haben wir noch nicht erwartet. So eine Überraschung! Und schon beim Abwaschen und Aufräumen. Für wen macht ihr denn das? Die sind ja alle so undankbar. Setzt Euch lieber hin und erzählt was. Schau, ich hab meine Ecke wie immer in vollster Ordnung. Wie's bei den andern ausschaut, ist mir völlig egal." Nach der Begrüssung spannte Christine auch ihren Bruder zum helfen ein. „Komm, Brüderchen, schütte das Wasser weg und hol uns frisches. Wir machen nicht nur für uns und die anderen sauber, sondern auch für Dich. Na, geh schon", befahl Christine und lachte ihn an, „ich erzähl Dir dann so nebenbei, warum wir schon da sind."

Reinhard war wegen Emers Verhalten schockiert. „Verstehst Du das? Mit Kindern! Ich hab immer gedacht, er hat Kinder gern. Dann macht man doch so was nicht. Wo ihm doch alle Weiber nachlaufen. Der kriegt ja jede. Der hat es doch nicht nötig, mit Minderjährigen was anzufangen. Hoffentlich stellt sich bald alles als Irrtum heraus. Sonst, ich sag Dir, hau ich auch ab, wie der Franzi und die anderen. Ich möchte mich nicht schämen müssen, wenn das so ist.

Übrigens, der Adelheid ihre Schwester Maria fährt nach Schweden, sie wird dort heiraten. Ich hab erfahren, dass sie bald ein Kind erwartet und mit ihren Eltern abgemacht hat, wenn es soweit ist, es vorläufig hier zu lassen. Adelheid selber möchte nach England gehen, wegen der Sprache. Und Lilli sucht eine Stelle in Zürich, den Pass hat sie schon. Freitag gehen wir wieder alle miteinander aus. Wir sind immer noch die gleiche Clique. Wirst sehen, es geht lustig zu. Die werden sich freuen, dass Du wieder da bist. Hast uns gefehlt. Alle beneiden Dich. Artistin, das Zirkusleben, Freiheit, viele Städte kennen lernen, das ist schon was." Christine liess ihm seine Träume. Für heute hatte sie genug erzählt. Reinhard half noch, die Böden in allen Zimmern zu schrubben, Isabella hatte vorher schon gefegt, Rosita war beim Wäsche sortieren, morgen wird Wäsche gewaschen. „Vater hatte vor längerem einen Wasch- und Schleudermaschinen-Verleih gegründet. Das Geschäft lief bisher gut, denn die meisten Leute hatten keine eigene Maschine", berichtete Reinhard. Rosita: „Was Waschmaschinen, dann können wir morgen die ganze Wäsche waschen.

Reinhard: „Dann müsst ihr aber schon sehr früh aufstehen, den die meisten Geräte sind schon reserviert." Sie rechneten noch die Zeit aus, wann sie zu waschen anfangen müssten, und legten die schmutzige Wäsche in Häufchen zusammen, um zu sehen, wie viel Trommeln sie damit füllen müssten.

Jeder richtete noch sein Bett. Christine und Isabella kochten aus dem vorhandenen Gemüse einen grossen Topf dicke Suppe. Sie assen etwas davon, bevor der Rest der Familie eintraf, und gingen bald schlafen.

Meist bestellten mehrere Familien zusammen eine Waschmaschine. Das Zustellen war mühsam, speziell im Winter, dann noch mit Fahrradanhänger. Da passte genau eine kleine Waschmaschine und eine kleine Wäscheschleuder hinein. Christine und Reinhard halfen beim Zustellen. Christine bevorzugte das drei Kilometer entfernte Nachbardorf Rosenheim, denn zwei Kilometer weiter gab es eine Kleinstadt mit zwei Kinos, in denen abwechselnd eine Nachmittagsvorstellung war. Die Leihgebühr wurde immer im Voraus einkassiert und dann radelte sie anschliessend los um, ohne das die Eltern oder sonst wer es erfahren, einen Film anzuschauen. In wohliger Wärme genoss sie dann die Filme, die gezeigt wurden, und ass dabei, was sie mitgebracht hatte. Sie sah sich meist spannende Alpengeschichten und emotionale Heimatfilme an, natürlich war da immer ein Happyend! Spaghetti-Western mochte sie nicht so.

Christines Freundin Lilli kam des Öfteren in die Werkstatt. Sie war dort sehr gern gesehen, weil sie nur leise sprach und ausserdem mit half. Lilli wartete auf ihre Schweizer Aufenthaltsbewilligung. Ganz laut rief sie einmal nach Christines Vater und fragte, ob Christine nicht auch in die Schweiz gehen dürfe. „Dort kann man verschiedene Sprachen lernen", erklärte sie, „kommt ganz drauf an, in welchen Teil der Schweiz man geht. Den Pass sollte sie aber jetzt schon beantragen, denn bei der Gemeinde dauert das eine Ewigkeit, bis der ausgestellt ist." „Die bekommt ihren Pass erst, wenn sie siebzehn ist und nicht vorher", war seine Antwort. Lilli: „Oh, Christine, Du bist jetzt genau sechzehneinhalb. Ich glaub, Dein Vater wusste das gar nicht." Dabei guckte Lilli

Vater schelmisch an. „Was, wirklich? Ich muss Dich mit Charlotte verwechselt haben. Ja, wenn das so ist!“ Weiter sagte er nichts und ging wieder.

Lilli leise zu Christine: „Heute haben wir abgemacht, zum Filmball zu gehen, Du, Adelheid, ich, Reinhard, Benni und sein Freund Harry. Harry kennst Du noch nicht, aber er hat schon alles über Dich gehört und ist sehr gespannt auf Dich.“ Sie kicherte. „Hör mal“, empörte sich Christine, „ich lass mich von Euch nicht verkuppeln.“ „Aber nein, der ist nur neugierig, wie eine Zirkusprinzessin aussieht.“ „Was für einen Blödsinn habt ihr denn herum erzählt?“ Christine fühlte sich gar nicht wohl, hatte aber Fragen wegen den Eintrittskarten. „Die müssen doch sehr teuer sein. Bekommt man überhaupt noch welche? Welche Filmstars kommen denn?“ Lilli: „Die von dem Film ‚Wenn die Heimatglocken klingen‘. Die wollen auf diese Weise Leute ins Kino bringen. Sie tanzen mit ein paar Leuten auf der Bühne, die für sie wichtig sind, dann reisen sie wieder ab. Reine Reklame. Aber der Ball geht für uns weiter. Drei Gratis-Eintritte habe ich von meinem Onkel bekommen, er macht mit ein paar anderen die Tanzmusik. Übrigens, Adelheid hat sich eine Eintrittskarte gekauft, weil sie unbedingt hingehen will. Erzählt hat sie lange nichts davon, erst als sie erfahren hat, dass ich auch hingehe. Für die hätte ich eh keine gehabt, die ist ja so was von langweilig. Sie hat dann gebettelt, ob sie mit uns mitkommen kann. So allein ist ihr nicht wohl dabei. Ich hab halt ‚ja‘ gesagt, ohne den Benni zu fragen, aber sie gab mir für ihn Benzingeld.“ Christine: „Ich finde, sie ist durch ihre Erziehung so steif und konservativ.“

Lilli: „Ach, lassen wir das. Ich hab Wichtigeres auf Lager. Ich hab mir eine rote, durchsichtige Bluse und ein schwarzes Halbmieder für darunter gekauft, das zieh ich heute Abend an. Dazu noch die hohen Sandalen, ich freu mich schon drauf." Christine: „Die Bluse mit dem Mieder aus dem Schaufenster? Ach, die hätte ich auch gern gehabt, aber ich wusste nicht, zu welchem Anlass man so was tragen könnte. War gar nicht so teuer angeschrieben. Ja, heute wäre die Gelegenheit dazu. Du willst doch nicht alle Schauspielerinnen übertrumpfen, oder?" Lilli: „Weisst Du was? Ich geh Dir die gleiche Bluse und das gleiche Mieder kaufen. Den gleichen schwarzen Taftrock haben wir ja schon. 'Twinlook' ist jetzt in Mode. Komm, rück die Mäuse raus, dann renne ich los. Das wird eine Wucht!"

Christine suchte im Sack, der in ihren Rock eingenäht war, und legte alles Geld, das sie bei sich hatte, auf die Werkbank. Lilli zählte und stellte fest, dass es nicht reicht, steckte aber alles in ihre Geldtasche. „Was machst denn da?", hörten sie plötzlich Mutter fragen. Lilli: „Ich sollte noch was vor dem Mittag abholen, hab aber das Geld zu Hause vergessen." Log sie. „Wie viel brauchst denn? Ich kann es Dir ja leihen, bist Du wieder mal kommst." Lilli nannte eine Summe, das war der volle Preis der Kleider, die sie kaufen wollte und noch etwas darauf. Christine zuckte zusammen. Ihre Mutter überreichte Lilli das Geld und sagte: „Hier nimm jetzt das, brauchst es mir nicht zurückzugeben, Du hast uns immer fleissig geholfen und bekommen hast Du noch nie was dafür. Das hast Du Dir wirklich verdient." „Danke, Frau Remi, mit dem hab ich aber nicht gerechnet, dass sie heute die Spendier Hosen anhaben", antwortete Lilli, machte grosse Augen und fügte frech hinzu: „Dann bekommt Christine wohl auch gleich was, sonst nehme ich das nicht an." „Ach, da schau her, scheu bist Du nicht, jetzt forderst mich noch für die da auf." „Ja, die da hat es viel mehr verdient als ich, würde ich behaupten." „Ja, ich kann ja nicht so sein, wenn Du das sagst. Aber ganz so viel hab ich nicht mehr in meiner Tasche." Lilli: „Doch, da ist noch mehr als genug drin, Sie haben mir das

Geld ja gezeigt." „Na dann, damit es Ruhe gibt." Zögernd legte Josefine ein bisschen mehr auf die Werkbank, da sie es nicht kleiner hatte. Christine bedankte sich und steckte es Lilli heimlich zu, die dann eiligst weg rannte.

Bald kam sie zurück. „Christine", flüsterte sie, „ich habe nur das Mieder bekommen, sie hatten keine Bluse mehr." Christine: „Mit dem Mieder allein kann ich nichts anfangen." Lilli: „Soll ich es zurückbringen?" Christine: „Mir fiel gerade ein, am Griesplatz in der Hauptstadt gibt es doch eine Niederlassung vom gleichen Geschäft, die hier rufen bestimmt für Dich an, die haben vielleicht noch eine und reservieren sie Dir. Geld genug hast Du ja. Du hast ja mein ganzes Geld mitgenommen." Lilli: „Ach ja, ich Depp! Aber da brauche ich sicher drei Stunden." Christine: „Ich weiss, beeile Dich, in fünfundzwanzig Minuten geht ein Bus direkt zum Griesplatz. Am besten kommst mit dem Zug zurück." „Fünfunddreissig Kilometer für eine Bluse, ich glaub, wir spinnen", und schon war sie weg. Fünf Uhr war es, als sie zurück kam. Eine Angestellte, die bei ihr vorbei kam bat sie, Christine raus zu schicken. Lilli wartete hinter der Hausmauer und fischte die Bluse, als sie kam, mit einem Grinsen raus. „Da!!! Ich hoffe, sie ist nicht zu gross, Deine Grösse hatten sie nicht mehr. Du musst sie anprobieren, gleich jetzt, mitsamt dem Mieder." Christine nahm die Sachen, zögerte aber, weil sie meinte, sie müsse erst noch arbeiten. „Komm, mach Schluss, Reinhard ist auch schon gegangen", drängte Lilli und blödelte, „ich wette, er geht mit Frieda dadadada..." Christine: „Ja, ich sollte aufhören, mein Rücken tut schon weh, aber ich muss noch etwas fertig machen und meinen Platz aufräumen. Gleiche Zeit am gleichen Ort?" „Jahui", rief Lilli aus und verschwand zu sich nach Hause.

Christine sah Dampf aus der Waschküche kommen. Sie wunderte sich und schaute schnell rein. Ein heisses Bad wäre jetzt nicht schlecht, dachte sie. Eine mollige Blondine mit lustigem Gesicht und aufgesteckten Locken guckte sie an. „Hallo Christine, ich weiss, Sie kennen mich nicht, aber ich habe Sie im Zirkus gesehen. Ich habe Emer gesucht und bin heute hierher gekommen. Ihre Frau Mutter hat gesagt, ich kann bei Euch warten, bis er kommt. In der Zeit könnte ich mich hier nützlich machen.“ Christine erstaunt, dachte typisch Remi, dann fast krächzend: „Ach, grüss Gott, ich dachte nur, ich könnte ein heisses Bad nehmen, mein Rücken tut so weh. Ich treffe später ein paar Freunde, da möchte ich wieder fit sein.“ „Kann ich gut verstehen. Ich gebe Ihnen warmes Wasser in den Bottich da. Wenn es Ihnen nichts ausmacht, mach ich hier weiter, ich werde Sie nicht stören, nicht reden, nicht schauen“, sagte sie fast singend. „Oh, danke! Wie heissen Sie denn?“ „Sindi, Sie können mich duzen, wenn Sie wollen.“ „Freut mich, Sie können auch Du zu mir sagen.“ Sindi: „Wenn Du willst, wasche ich Dir den Rücken.“ „Oh, das tut mir sicher gut, ich hab heute hart gearbeitet, das spüre ich schon sehr.“ Sindi wusch ihr den Rücken und massierte ihn. Das tat gut. Sie wusch ihr auch noch die Haare. Jetzt noch einige Minuten Augen zu und entspannen. Christine bedankte sich herzlich bei Sindi und verliess die Waschküche wie frisch geboren.

Zu Hause wickelte sie ihre Haare auf Rollen und probierte das Mieder und die Bluse an. Das Mieder war oben ganz leer und die Bluse eine Nummer zu gross, aber es ging gerade noch, wenn sie die in den Rock stopfte, der zwar schon ziemlich eng in der Taille war. Sie suchte nach ihrem Zirkuskostüm mit dem Gummibusen, der musste jetzt in das Mieder eingenäht werden. Und siehe da, das Mieder wurde dadurch enger und es formte sich ein tolles Dekolleté. Allerdings pickten die im Korsett eingenähten Fischstäbchen in den Bauch, sofern sie sich bückte. Da hörte sie jemanden an der Tür. Sie zog sich eine Weste über, stopfte alles in eine Tasche, nahm die Wickel aus dem Haar und bürstete sich eine Frisur zurecht. Die Türe tat sich auf und Reinhard steckte seinen Kopf herein. „Hallo! Ich hab schon gehört, wo ihr heute hingeht. Das ist nichts für mich, ich gehe woanders hin, spasste er. Mich wundert nur, dass die prüde Adelheid mit geht. Mit der ist doch nichts los, die hat immer Angst, sie verliere die Kontrolle über sich, die ist sprichwörtlich zugeknöpft." Er grinste und sagte dann: „Pass auf, die andern werden bald nach Hause kommen. Schnappen wir unsere Sachen und ziehen uns woanders um." Sie schlichen durch den Park ins Volkshaus und dort in den Umkleideraum. Auf der Bühne wurde irgendwas geübt, so waren sie ungestört.

Benni lehnte lässig wie immer an seinem blauen Thunderbird und unterhielt sich mit einigen Kollegen. Adelheid kam wie erwartet, die Haare streng zurück gekämmt, weisse Oma-Bluse, bis oben zugeknöpft und mit einer ovalen Porzellan-Brosche verschlossen, dazu einen Boden langen, dunklen Rock. Richtig brav sah sie aus.

Ein Kerl pfiff durch die Zähne, als er Lilli und Christine im 'Twinlook' kommen sah. „Weg da, ihr ungehobelten Brüder", rief Benni, „die beiden stehen unter meinem Schutz." Er nahm sie um die Schultern und sagte in gedämpftem Ton: „Hört mal, mein Freund Harry wird bald da sein, ihr müsst ihn etwas aufheitern. Er hat schrecklichen Liebeskummer, seine heisse Braut hat ihn verlassen." Dann sah er Harry von weitem daher schlendern und öffnete galant seine Autotür. „Einsteigen, meine Damen, wir fahren ihm entgegen."

Adelheid: „Der schaut aber gut aus. So einer würde mir gefallen. Was ist der von Beruf? Der ist ja schon älter." Sie amüsierten sich über Adelheids Reaktion und Benni meinte: „Kannst ihn selber fragen." Harry öffnete die Autotür und guckte zu den jungen Damen auf dem Rücksitz. „Hallo, ihr Hübschen, ich bin der Harry, und wer seid Ihr?“ Er gab allen die Hand und jede stellte sich vor. „Adelheid! Diesen Namen höre ich heute zum ersten Mal, den merk ich mir nicht so leicht.“ Adelheid: „Ich gebe ihnen eine Gedankenbrücke, dann merken Sie ihn sich ganz bestimmt, also: Adel wie Adel, Heide ist an und für sich ganz gewöhnlich, aber mit Adel zusammen eben nicht mehr.“ Lilli und Christine kicherten. Harry: „Du kannst mich aber trotzdem duzen, edles Fräulein Adelheid.“ Dann ganz leise zu Benni:„Siehst Du, es hat geklappt“. Benni: „Ich frag Dich später noch mal, dann werden wir sehen.“ Es fing schon lustig an. Beim Festspielhaus fuhr Benni direkt vor den Eingang, sprang aus dem Auto und half den Damen auszusteigen, obwohl ein Uniformierter zum Weiterfahren winkte. Harry blieb bei ihnen und gemeinsam warteten sie auf der Treppe, bis Benni vom Parkplatz zurück kam. Er sammelte die Eintrittskarten von den dreien ein, Harry hatte keine Eintrittskarte, Benni wusste davon und schleuste ihn mit einem abgedeckten Trick rein.

"Die Damen zuerst", sagte Benni und stellte sich quasi schützend vor sie, winkte der Kontrolleurin mit den Karten zu, lenkte sie damit ab und machte sich breit, Harry schlüpfte unkontrolliert durch.

Im Saal machten sie sich auf die Suche nach einem Tisch. Lillis Onkel war auf der Bühne und stellte die Instrumente auf. Als er seine Nichte sah, zeigte er auf einen Tisch direkt bei der Bühne. „Reserviert“, stand auf einem Schildchen, der Kellner kam und nahm es weg. Benni lehnte sich genüsslich zurück und sah Lilli und Christine an. „Wie üblich?“, grinste er. Die beiden bejahten und klärten Adelheid und Harry schnell auf, um was es ging. Harry: „Ja natürlich, wie üblich.“ Adelheid zögerte, Harry sah sie an. Sie war verwirrt, das gab wieder was zu lachen. Benni klärte den Kellner auf, und der sagte zum Spass auch noch recht laut: „Selbstverständlich, die Herrschaften, wie üblich." Ein paar Leute guckten schon zu ihnen rüber. Harry: „Ihr seid mir eine schöne kichernde Gesellschaft, ich sehe schon, ich werde mich heute köstlich amüsieren." Der Kellner kam und schenkte ein. Harry bezahlte sofort. „Girls, darf ich Euch einladen? Die erste Runde gehört mir." Benni grinste, sie hatten abgemacht, wenn Harry ohne Eintrittskarte reinkommt, muss er die erste Runde bezahlen. Lilli: „Ihr führt doch wohl nichts im Schilde?" „Wir doch nicht! Nein, ganz ehrlich, Du kennst mich doch", grinste Benni.

Dann wurde es spannend. Die Filmstars und Sternchen wurden vorgestellt. Die Damen trugen schöne, tief ausgeschnittene Abendkleider. Ein Kleid war etwas zu eng, das Filmsternchen konnte darin nur trippeln und zog damit die ganze Aufmerksamkeit auf sich. Anschliessend tanzten sie und sangen Lieder aus ihren Film. Dann gaben sie Autogramme, während sie ihren Champagner schlürften, wobei so manches Star Foto, das sie dafür benutzten, „Antik" anmutete wenn man es mit der Person verglich, die vor diesem sass. Sie lächelten und redeten viel, sagten aber wenig Aussagekräftiges. Nach einer Stunde erschienen alle wieder auf der Bühne und sangen „Zum Abschied sag ich Dir adieu..." Die Damen bekamen je einen Blumenstrauss überreicht und bedankten sich beim „so reizenden Publikum." Von Applaus begleitet, traten sie ab. Am Tisch gab es Diskussionen über die Stars und es wurde gelästert. „Der ist viel kleiner und dicker als im Film." – „Die blond Gefärbte hat eine krumme Nase, das konnte man auf der Leinwand nicht sehen." – „Die Lippen waren weit über den Rand geschminkt und die Augenbrauen zu stark aufgetragen und höher als die eigenen." – „Die hat ja Runzeln an ihrem

Busen, das ganze Dekolleté war mit braunen Flecken gesprenkelt." – „Also, nur der eine käme für mich in Frage, wenn er nicht so hohe Absätze an den Schuhen tragen würde. Ist das jetzt Mode?" Dieser letzte Kommentar kam von Lilli. Benni: „Du lässt ja an keinem ein gutes Haar. Mich hat die mit dem engen Kleid schon gereizt. Wetten, die macht es bis zum grossen Star! Obwohl sie ein bisschen zu mager ist, die müsste man halt zuerst aufpäppeln." Er wandte sich an Harry. „Bevor unsere hübschen Tratsch-Weiber weiter kritisieren, sag Du mal was!" Harry stand auf und verbeugte sich vor Adelheid. „Darf ich zum Tanz bitten, schöne Frau?" Christine und Lilli waren platt. Benni grinste. „Ja, was ist denn, ich sehe Neid um Eure Nase." Lilli wurde von einem jungen Mann geholt. „Ich? Wieso?", sagte sie verwundert und ging mit ihm auf die Tanzfläche. Auch Christine wurde geholt, von einem, den sie vom Sehen her kannte.

Die Musikband spielte noch eine Stunde fürs Publikum weiter. Benni tanzte mit allen drei Girls, wurde aber bald abgelöst. Harry nahm Christine fest um die Taille. Ihr wurde ganz schwindlig bei dieser Berührung. Schweigend gaben sie sich der Musik hin und schwebten über die Tanzfläche. Wange an Wange zu wehmütigen Liedern, dann wieder zu rassiger Musik. Er liess sie nicht mehr gehen. Plötzlich merkte Christine, dass ihr falscher Busen verrutschte. Bei jeder Umdrehung versuchte sie, ihn zurück zuschieben, aber er blieb nicht dort, wo er sein sollte. So tanzte sie ganz nah bei Harry, was dieser wiederum falsch verstand. Als sie an ihrem Tisch vorbei tanzten, schnappte sie sich ihre Handtasche und lief zur Toilette. „Entschuldigung!" rief sie noch.

In der Toilette waren schon Adelheid und Lilli. Christine: „Du lieber Gott, mein Busen rutscht andauernd aus dem Mieder, und schaut, um die Taille bin ich ganz rot von den eingenähten Stäbchen." Sie zeigte die roten Stellen. Doch die beiden kicherten nur.

Lilli hatte eine Einladung für nächsten Freitag. „Ich weiss nicht, ob ich gehen soll." Adelheid: „Wer ist es denn? Du musst uns den Kerl zeigen. Dem machen wir den Garaus." Sie war beschwipst und lachte andauernd. „Kommt, wir müssen zurück, die Musik ist bald aus." Lilli: „Vielleicht hat Christine auch eine Einladung?! Von Harry?! So wie ihr eng getanzt habt...!" „Nein, hab ich nicht, ich hab ihn nur von seinem Liebeskummer erlöst, das ist alles." Lautes Gelächter. Sie lachten und lachten. Adelheid: „Das war jetzt echt witzig! So viel hab ich schon lange nicht mehr gelacht, mir tut der Bauch schon weh."

Harry drängte Christine, mit zu ihm nach Hause zu kommen. Benni regte sich auf. „Komm, lass sie in Ruhe, Deine Mutter würde das sowieso nicht zulassen, die würde es sofort merken. Ich will nicht Euer Chauffeur sein. Wie soll sie nach Hause kommen? Du hast ja gehört, sie will nicht." „Ja, ja, Scheissweiber! Meine ist mit einem anderen abgehauen, die Kuh hat mich grenzenlos beleidigt, mit der rechne ich noch ab." Benni: „Es ist besser, wenn Du jetzt nichts mehr sagst, wir wollen doch nicht unseren schönen Abend verderben." Harry: „Da vorn stoppst, ich steig aus, ich geh noch was trinken."

Benni: „Komm, ich fahr Dich nach Hause, sonst machst noch einen Blödsinn." Harry: „Ich hab mich schon beruhigt, ich möchte jetzt einen Kaffee." Benni: „Den gehen wir zusammen trinken. Zuerst bringe ich unsere nette Begleitung nach Hause." Christine: „Danke, Benni." Adelheid, Lilli und Christine gaben etwas in Bennis Geldsäckchen, das Lilli im Auto diskret aufgehängt hatte. Harry fand das toll. „Girls, ich bitte um Entschuldigung. Wenn ich etwas Falsches gesagt habe, so tut es mir Leid. Es war wirklich schön, Euch kennen gelernt zu haben. Am nächsten Sonntag ist ein Fest am Heiligenberg. Wer kommt mit? Wir treffen uns, sagen wir, um elf bei der unteren Kirche.“ Christine: „Ich komme.“ Die anderen schwiegen, als hätten sie schon etwas anderes vor. Harry: „Bitte Christine, komm auch ohne Deinen Freundinnen, ich werde mich exzellent benehmen, das verspreche ich Dir.“ Sie dachte, es ist ja am Tag, unter vielen Leuten, und ich war noch nie am Heiligenberg. So sagte sie zu.

XXVI

Für das Volksfest am Heiligenberg hatte Christine keine passende Kleidung. So liess sie sich aus drei verschieden farbigen, traditionell gemusterten Stoffresten ein Dirndl bei der Angestellten, die schon mal für sie genäht hatte, nähen. Das Rücken freie Oberteil war rot, der Rock blau, die Schürze weiss, alles mit gleich kleinen Blümchen bedruckt, darunter eine Bausch- ärmelige, durchsichtige Organza-Bluse. Beim Schlendern durch die Stadt sah sie, im Schuhgeschäft, ein paar Riemen Sandalen aus schwarzem Lackleder mit einem sieben Zentimeter hohen Absatz. Es gab nur noch ein letztes Paar, das eine halbe Nummer kleiner war als ihre Schuhgrösse, aber Sandalen sind ja vorne offen, so sollte es kein Problem sein. Sie konnte nicht widerstehen und kaufte sie.

Der Festsonntag kam. Es war ein sonnig heisser Tag. Harry wartete an der unteren Kirche mit seiner Schwester Lorry, die, wie sich herausstellte, eine ehemalige Klassenkameradin von Christine war. Sie wollte dann nicht mit auf den Heiligenberg und verabschiedete sich. Christine wusste inzwischen, wer Harrys Familie war. Sie hatte dort schon Waschmaschinen zugestellt. Der Vater war Alkoholiker und die Mutter nahm es mit der Treue nicht so genau. Im Ganzen waren es vier Kinder. In der engen Wohnung, erinnerte sie sich, schliefen zwei in einem Stockbett in der Küche.

Harry und Christine machten sich auf den Weg. Kaum hatten sie einen Viertel der Bergstrasse hinter sich, fingen Christines Füsse an zu schmerzen, die Riemchen waren schuld. Zudem war ihr in der Hitze das Kleid unterm Busen plötzlich zu eng, die Organza-Bluse juckte am Hals und blähte sich wie ein Ballon am Rücken auf. Es war eine einzige Tortur. Etwa hundert Meter vor dem Pilger Platz setzte sie sich auf einen Stein, zog die Sandalen aus und öffnete vorne ihr Kleid, so dass sie wieder richtig durch atmen konnte. Harry: „Komm, wir gehen weiter, ich hör schon die Musik." Ein paar Leute machten sich über ihre Schuhe lustig. „Grad Bergschuhe sind das ja nicht!" Harry: „Kannst Barfuss gehen, meinst, es geht? Komm, ich helfe Dir aufzustehen." Bevor sie aufstand, zog sie unauffällig ihre Bluse bis unter ihren Slip, das Material pickst überall. Sie versuchte, auf dem heissen Asphalt zu laufen, versuchte es am Strassenrand von Stein zu Stein. Harry sah zu, nahm sie dann mit Schwung auf seine Arme und trug sie, die letzten Meter bis zu einer Wiese, wo sie sich im Schatten auf eine Holzbank setzten konnten. Harry kaufte kühlen sauren Most.

An einem Brunnen versuchte Christine ihre von Teer verklebten Füsse zu reinigen, die Riemen Abdrücke hatten schon kleine Bläschen hervorgebracht. Sie zog dann die Sandalen nur halb über und ging ins nahe Gasthaus, um nach Wundpflaster zu fragen. Sie hatte Glück, bekam einige geschenkt.

Harry und Christine schlenderten herum, hörten sich die Musik an und warfen einen Blick in die kleine Bergkapelle, die lieblich mit heiligen Figuren ausgemalt war. Draussen auf einem Hügel stand, in Lebensgrösse und sehr dramatisch, Jesus am Kreuz, die beiden Sünder links und rechts neben ihm.

Christine hatte den gegärten Most zu schnell getrunken, spürte den Alkohol, ihre Wangen glühten. Sie bekam Hunger und kaufte für sich und Harry Wurst und Brot. Ein festlicher Gottesdienst wurde im Freien abgehalten, anschliessend gab es wieder Musik, dazu prächtigen Volkstanz. Nach zwei

Stunden wollte Harry schon wieder runter vom Berg, schlug aber einen anderen Weg vor, der führte sie geradewegs zu dem Haus, in dem er wohnte. Christine wusste das nicht, zog mal die Sandalen an, dann wieder aus, so ging es den Berg hinunter. Bei sich zu Hause winkte er, sie solle hereinkommen, doch sie wollte nicht eintreten. Er gab vor, dass ein Kollege bald mit einem Auto käme und sie mitfahren könne bis Vordersberg, derweil solle sie doch hereinkommen und etwas trinken. Ihr war nicht wohl dabei, aber Harry zog sie an ihrer Hand. Kaum war die Tür hinter ihm zu, da küsste er sie leidenschaftlich und Christine fühlte nur noch Schmetterlinge im Bauch. Bald lagen sie im unteren Stockbett und sie spürte, wie er noch angekleidet eine Erektion bekam.

Plötzlich ging die Tür auf und seine Mutter stand da. „Ich hol nur was zu Trinken", meinte sie, aber Harry schrie sie an. Christine schob ihn auf die Seite, schnappte ihre Sandalen und lief mit rasendem Puls aus dem Haus, überquerte eine Brücke, die zur Hauptstrasse führte, und machte jedem vorbeifahrenden Auto ein Stopp Zeichen. Es ging nicht lange, da blieb ein Auto stehen. „Das ist doch meine kleine Christine, fast habe ich Dich nicht erkannt." „Viktoria! Gott sei Dank!" Christine atmete auf.

"Komm Hansche, fahr los. Schau mal da, ich glaub, Christine wird verfolgt. Übrigens, darf ich vorstellen, das ist mein Mann." Harry lief dem Auto nach. Viktoria und Christine sahen durchs Fenster, wie er kleiner und kleiner wurde. Auf der kurzen Fahrt hatten sie sich viel zu erzählen und Christine erwähnte, dass sie gerne in die Schweiz möchte. Viktoria: „In die Schweiz möchte ich auch einmal. Ich habe gelesen, die Leute dort sind sehr freundlich und alles ist so sauber." Nach einer Weile rief sie: „Hansche bleib stehen. Ist hier gut so?" „Ja, danke, vielen Dank! Alles Gute und hoffentlich sehen wir uns bald wieder." Viktoria strich ihr über die Wange. „Pass gut auf Dich auf, kleines Fräulein." Hansche sagte noch ein paar Worte in seiner Volksdeutschen Muttersprache, reichte ihr die Hand und lächelte.

Christine durchsuchte alle Zeitungen, die sie in die Hände bekam, nach Inseraten, zum Auswandern. Gesucht „Au-pair-Mädchen, Nähe Biel, Westschweiz." Las sie. Westschweiz? Das ist doch dort, wo man Französisch spricht! Da erwarb sie sich und prompt kam eine Antwort, wenn auch mit ein paar groben Fehlern. Die können auch Deutsch, freute sie sich.

Die Unterlagen bei der Gemeinde für den Pass hatte sie schon ausgefüllt, nur die Fotos fehlten noch. So machte sie beim Fotografen einen Termin für Passfotos.

Doch vorher noch zum Friseur, sie wollte ihre Haare etwas schneiden und in Locken legen lassen. Die Friseuse meinte: „ Sie müsse dafür schon eine Dauerwelle machen, sonst würde die Frisur nicht lange halten. Nach langen Hin und Her, auch wegen der Mehrkosten wurden sie einig und Christine erklärte sich schlussendlich einverstanden.

Die Katastrophe war perfekt! Christines Haar stand krause, lockig vom Kopf weg. Die Cheffriseuse mischte sich ein und versuchte alles, um die Haare in Form zu bringen. Christine sass steif da und konnte nicht mehr in den Spiegel schauen. „Wir müssen die Haare kürzer schneiden, dann sieht es sicher besser aus. Entschuldigen Sie, aber das ist uns vorher noch nie passiert, Sie haben halt gar feine Haare."

Sie fing an, die Haare immer kürzer zu schneiden. Christine war tot unglücklich, stand auf und lief ohne zu bezahlen weg.

XXVII

Inzwischen liess Mutter von der Post aus in das Städtchen anrufen, in dem Emer in Untersuchungshaft war, ob Post für ihn dort läge. Dabei erfuhr sie, dass auch für Christine ein Brief dort sei. Sie liess alles nach Vordersberg schicken. Da das Postfräulein alle Personen die es betraf kannte, vertraute sie später die Post deren Mutter an.

Die aber nahm sich heraus, alle Briefe zu öffnen und auch zu lesen. Ein Brief an Emer von einem Fräulein Elke, das in der Metzgerei ihrer Eltern arbeitet. Der Brief an Christine war von Michi, der eine wundervolle, seitenlange Poesie schrieb. Als Mutter das las, war sie ganz gerührt, sie konnte es aber nicht für sich behalten und las den Brief theatralisch einigen Angestellten vor, währenddessen Christine bei ihrem allerersten Coiffeur Besuch war.

Michi schrieb auch, dass sein Bruder in Vordersberg ein Lebensmittellager führe. Später bekam Christine den Brief zugesteckt mit der Bemerkung, er sei aus Versehen geöffnet worden. Sie nahm ihn zu sich, las ihn später und weinte bitterlich. Sie war schon unglücklich genug über ihre zu starke Dauerwelle und nun auch noch der geöffnete Brief!

Mit geschwollenen Augen kam sie am nächsten Tag beim Fotografen an. „Entschuldigung, aber ich möchte mich heute nicht fotografieren lassen, ich komme ein anderes Mal.“ „Ach nein, kommen sie nur, ich kann das gut mit Licht und Schatten korrigieren. Glauben sie mir, in dieser Sache bin ich Spezialist.“ Sie liess sich überreden. Zum Glück hatte sie ihre neue, schwarze Jacke mit Stehkragen an. Die Frau des Fotografen kam und assistierte. Sie trug Christine Puder, zarten Lippenstift und Wimpern Tusche auf, zupfte an den

Haaren herum. „Sie werden sehen, mein Mann macht sehr gute Passfotos. Jetzt lächeln bitte und noch mehr lächeln, und schauen Sie direkt in die Kamera. Ja, so ist es gut. Nächste Woche sind die Fotos fertig. Danke und auf Wiedersehen." Christine meinte: „Ich muss mich noch abschminken, bevor ich nach Hause gehen kann."

Sindi war dabei, ihre Sachen zu packen. „So, Christine, komm, ich mache uns ein feines Frühstück, die andern sind schon weg. Hier hast Du Geld, damit kaufst Du zwei grosse Croissants und zwei Schokolade-Getränke. Butter und Marmelade ist noch da." Christine ging schnell einkaufen, dann genossen sie zusammen das Frühstück. Sindi: „Weisst Du Christine, Du solltest wirklich von hier weggehen. Schau, ich musste auch meine Familie verlassen, aber ohne ihnen böse zu sein. Weisst Du, Mutterliebe kann man nicht kaufen. Wirst sehen, Du schaffst es, weil Du fleissig und zuverlässig bist, wie ich, aber auch sehr verantwortungsvoll, das bindet. Ich liess mich zwar bis zu einem gewissen Grad hier ausnützen, weil ich dachte, ich treffe Emer wieder, aber der hat sicher schon eine andere. Ich denk mir halt, geh weiter, eine andere Mutter hat auch ein schönes Kind. ‚Nur nicht aus Liebe weinen, es gibt auf Erden nicht nur den einen...' - Kennst das Lied? Ach, die Welt ist schön und ich werde jetzt geh'n." Christine umarmte sie. „Du bist immer so heiter, ich werde Dich vermissen. Ich dank Dir für alles, was Du für uns, für mich getan hast, Sindi." „Ach meinst Du das ernst, dann schau ich halt wieder einmal vorbei" und lachte. "Jetzt bye, bye, Baby!" Sie nahm ihren Rucksack und ging winkend von dannen.

Eines Abends stand Christines Vater mit einer neuen Schreibmaschine im Büro. Er wollte, dass Christine sie ausprobiere. „Was soll ich denn schreiben?" „Schreibst einfach irgendwas", Doch ihre Mutter, die hinter ihr stand, fing an zu diktieren. „Also, schreibst: Liebes Fräulein Elke..." Christine wollte wissen, wer das ist. „Ach, ist nur so ein Name. Jetzt weiter: Nur zu Ihrer Orientierung, mein Bruder Emer hat sechs Kinder und ist nicht mehr zu haben." Sie beugte sich dann vor und zog die Seite heraus. „Lass schauen, ob die Maschine gut schreibt. Ja, das kann man gut lesen." Christine hatte keine Ahnung, dass Mutter dieses Blatt an Fräulein Elke abschicken würde, und das mit Vaters Einverständnis, der noch dazu Christines Namen darunter schrieb.

Mutter versuchte den Trick mit der Postzusendung noch einmal, doch diesmal erhielt sie die Auskunft, dass Emer seine Post dort persönlich abgeholt habe. Jetzt wusste sie, dass er wieder auf freiem Fuss war, und war sichtlich erleichtert.

Emer erfuhr von Elke von dem intriganten Brief, und dass sie an Christine zurückgeschrieben habe. Das erzählte er Charlotte am Telefon. Charlotte zu Christine: „Natürlich hat Emer einen Zorn auf Dich. Elke und er haben sich sehr gut verstanden, behauptet er. Er wäre bereit gewesen, bei ihr zu bleiben und vielleicht in der Metzgerei mitzuarbeiten. Jetzt schiebt er die Trennung dem Brief von Dir zu." Christine war erbost und erzählte Charlotte von dieser einen Zeile. Charlotte lachte nur. „Komisch daran ist nur", meinte Christine, dass Emer kein Blut sehen konnte, wenn ein Huhn geschlachtet wurde, rannte er davon." Charlotte wusste von Briefen und anderen Sachen, die Mutter in einem Schuhkarton versteckte, darunter zwei Briefe an Christine, einer von Elke und einer von Emer. Der von Elke enthielt folgendes:

An Christine!

Schade, dass Emer so eine verlogene, gemeine Schwester wie Dich hat. Er hat das nicht verdient! Zum Glück erwartet mich nicht so eine Schwägerin. Das mit Emer war, von meiner Seite aus, nichts Ernstes. Zirkusleben ist nichts für mich und Emer ohne Zirkus kann ich mir nicht vorstellen. Das nun auch nur zur „Orientierung" von Elke

Christine blieb fast das Herz stehen. „Bitte, bitte, lieber Gott", betete sie, „den Pass, die Aufenthaltsbewilligung für die Schweiz! Hilf mir, ich halte das nicht mehr aus." Warum nur, Mutter. Warum Vater, tut Ihr mir und Emer das an? Dann las sie, mit Tränen in den Augen, die Vorwürfe von Emer. „Du bist die Letzte, der ich so was zugetraut hätte. Wie man sich doch täuschen kann, etc." Emers Vorwürfe blieben für immer bestehen. Er wollte ihr nie glauben, wie es wirklich gewesen war, obwohl Christine ihm den Brief von Elke zu lesen gab, in dem doch schwarz auf weiss stand, dass es nichts Ernstes war. Mit der Zeit merkte sie, dass er sich hinter dieser Rede quasi aus Enttäuschung versteckte.

Christine zeigte die Briefe Reinhard. „Wieso hast Du das geschrieben? Hättest doch irgendwas anderes getippt." Christine: „Hätte! Hättest! Ich wurde reingelegt, für den dreckigen Brief benutzt."

Reinhard lenkte ab. „Wie viel Geld hast Du jetzt auf Deinem Sparkonto? Reicht es bis in die Westschweiz?" „Nein, es fehlt schon noch was. Ich hab mich genau erkundigt, wie viel die Fahrt kostet, und nur an Gross-Bahnhöfen kann man die Fahrkarte kaufen, weil es über die Grenze geht.

Ein paar Klamotten und Schuhe werde ich auch noch brauchen. Doch die kann ich in dem Kleidergeschäft bekommen, wo ich Stoffreste gekauft habe. Da habe ich über das, was ich vorhabe, erzählt. Wenn es soweit ist, kann ich dorthin gehen und später die Schulden von der Schweiz aus tilgen, die Leute vom Kleidergeschäft vertrauen mir sehr."

Reinhard: „Du musst unbedingt noch Geld zusammenbringen, von den Eltern kannst Du nichts erwarten. Ich hab da eine Idee. Freitag und Samstag läuft ein super Film, der Vorverkauf hat erst heute angefangen. Wir kaufen mehrere Eintrittskarten, und Du weisst ja, wie die Leute sind, jeder will den Film zuerst gesehen haben. Dann sind die ganz gierig auf die Karten und wir können so tun, als würden wir unsere verkaufen, natürlich immer nur zwei Stück auf einmal, und das für mindestens den doppelten Preis."
Christine: „Da mach ich nicht mit, das finde ich unfair."
„Macht nichts, ich bringe Frieda dazu, mitzumachen. Kannst ja von weitem zuschauen."

So investierten Reinhard und Christine Geld in Kinokarten. Frieda meinte, sie könne sich nicht leisten, ihre paar Kröten aufs Spiel zu setzen. Reinhard kaufte zwölf, Christine acht Karten, Frieda musste für Reinhard noch zehn dazukaufen. Frieda stellte sich sehr geschickt an. „Ich hab noch Eintrittskarten", sagte sie kurz zu den Leuten, die an der Kasse zuhinterst in der Schlange standen, und ging weg. Ein Pärchen folgte ihr. Als sie den doppelten Preis verlangte, staunten sie. „Ja, ich muss meine Spesen einrechnen, wenn ich erst morgen ins Kino gehen kann." Sie bekam genau das, was sie verlangte. Als das Pärchen weg war, sprach Christine zwei andere an und schickte sie zu Frieda.

Es klappte wieder. Reinhard liess die Leute gar nicht bis zur Kasse gehen. „Es gibt keine Karten mehr", so sprach er sie schon vorher an, „aber wenn Sie unbedingt den Film sehen wollen, verkaufe ich Ihnen unsere." Christine schickte die Leute abwechselnd zu Frieda und zu Reinhard. Endlich waren alle Karten verkauft. „Das war jetzt aber spannend und aufregend zugleich“, jauchzte Frieda. Reinhard ging um die Ecke und die beiden folgten ihm. Er hatte einen Zettel, auf dem er notiert hatte, wie viel Geld er haben müsste, wenn alle Karten verkauft sein würden. Sie zählten. „Da fehlen drei Karten“, meinte er und machte ein ernstes Gesicht, griff in die Brusttasche, grinste und fischte die Fehlenden heraus. „Die drei besten Plätze, meine Damen! Darf ich sie ins Kino einladen und anschliessend ins Kaffeehaus?“ Die Mädchen lachten und boxten Reinhard neckisch von links und rechts. „Wir müssen warten bis es finster ist, damit die Leute, die unsere Eintrittskarten gekauft haben, uns nicht erkennen. Ich selber ziehe meine Jacke au, wir sitzen in der letzten Reihe.“ In der Pause spendierte er noch für jeden ein Eis. Es war ein spannender, aufregender Film, und ein schöner, lustiger Abend für alle drei.

Am nächsten Tag holte Christine ihre Fotos ab. Ihre Augen waren darauf nur ganz wenig geschwollen und die Dauerwelle sah auf den Fotos auch nicht so schlimm aus. Der nächste Schritt war, die Unterschrift von ihrem Vater zu bekommen.

Adelheid hatte durch eine christliche Organisation eine Stelle in einem Spital in London bekommen und reiste als Erste ab. Lilli fuhr zwei Wochen später nach Zürich, ging jedoch vorher noch mit Christine zu deren Vater, um die Unterschrift für ihren Pass einzuholen. Er zögerte zuerst, doch Lilli wich nicht von seiner Seite, bis sie die Unterschrift hatte. Dann kontrollierte sie die Unterlagen und stellte fest, dass das Arztzeugnis noch fehlte: „Das Arztzeugnis, für die Einreise fehlt noch. Hast Du Dich schon wo angemeldet?“, fragte sie Christine, „ich selbst war bei Dr. Zernic“. Christine: „Morgen melde ich mich bei ihm an. Was untersucht er denn eigentlich so?“ „Mh, ja“, meinte Lilli, „was man halt so untersucht, Blut, Urin, Lungen, Herz, Hals. Dann hat er noch einen Sehtest gemacht, Hörtest und noch etwas mit befleckten Zeichenblättern, da musst Du erklären, was Du darauf erkennen kannst. Ist, wie wenn Du in den Wolken Figuren oder so was siehst. Das und noch was hat mich genervt.“ Sie wollte von was anderem reden, aber Christine wollte genau wissen, was dieses „noch was“ war. „Das wirst schon spüren. Ach, warum muss ich Dir das erklären. Ist wegen Geschlechtskrankheit und so, na, Du weisst schon wo.“ Christine: „Also, wenn Du so um den Brei redest, dann weiss ich wirklich wo. Brrr, mir graust schon jetzt.“ Lilli: „Das dauert dann mindestens eine Woche, bist Du den Bericht hast.“

Lilli und Adelheid schickten bald vollgekritzelte Ansichtskarten, die eine zeigte den Zürichsee in der Schweiz, die andere den Big Ben, den Turm des Parlamentsgebäudes in London. Christine traf Adelheids Mutter auf der Strasse und fragte nach deren Adresse in England, die sei auf der Ansichtskarte nicht drauf. „Wenn sie Dir ihre Adresse geben will, dann bekommst Du sie schon noch von ihr selbst. Zu Weihnachten vielleicht. Die Engländer schreiben jedem, den sie kennen, eine Weihnachtskarte, das hab ich gelesen, die haben diese Gewohnheit. Das wäre mir zu blöd, so viele Briefmarken und Karten zu kaufen, stell Dir vor, was das kostet. Na dann, ich muss weiter.“

Christine bekam Post aus der Schweiz. Sie könne Ende Mai 1956 die Au-pair-Stelle antreten. Die Aufenthalts- und Einreisebewilligung bekäme sie einen Monat vorher zugestellt, wenn sie die nötigen Unterlagen schicken würde. Dann stand da noch:

> Wir freuen uns, Sie dann kennen zu lernen. Bis dahin
> es fründlechs Grüessäch us Euserer schönä Schwiez.

Lilli hatte „Grüezi" geschrieben, fiel ihr ein, als sie die Karte gelesen hatte. In der Schweiz spricht man wohl ein anderes Deutsch.

Es war Zeit, ihr Arztzeugnis abzuholen. Die Assistentin liess Christine warten, der Doktor müsse noch seine Unterschrift geben, aber es liege schon auf seinem Pult bereit. Christine erwähnte, dass sie damit noch rechtzeitig zur Post müsse, aber es nützte nichts. Die Post war geschlossen, als sie die Praxis verliess. Sie steckte das Arztzeugnis ungelesen ins Kuvert, ging in die Werkstatt zurück und legte das Kuvert neben sich auf die Werkbank. Reinhard kam mit dem Taxifahrer Grossmeier dazu. „Hallo, Christine", sagte Herr Grossmeier, „ich habe gehört, Du willst uns verlasse?" Reinhard: „Die muss zuerst noch was auf die hohe Kante kriegen, sonst muss sie die letzten Kilometer in der Schweiz zu Fuss laufen." Christine: „Ich hab ja noch Zeit." Reinhard ging wieder. Grossmeier: „Ich habe ein Buch im Auto, das ich Dir geben möchte. Kommst schnell mit raus, ich hab nicht viel Zeit, ich muss einen Kunden abholen." Christine erhob sich und folgte ihm in den schon dunklen Hof. Er stellte sich hinter die Taxitür und gab ihr zusammengerolltes Geld in die Hand und ein kleines Reisebuch über die Schweiz. Sie bedankte sich und wollte gehen, aber er hielt sie am Arm zurück. „Nicht so schnell, ein kleines Küsschen hab ich noch zugute." Er hielt ihr eine Wange hin. Als sie ihm einen Kuss darauf geben wollte, drehte er blitzschnell den Kopf und ihr Kuss landete auf seinen feuchten, offenen Lippen. Sie riss sich los und putzte sich ab. Er aber lachte laut heraus und fuhr weg. Christine fand das nicht witzig.

Mutter benutzte Christines kurze Abwesenheit dazu, in das Kuvert vom Arzt zu schauen. Es liess ihr keine Ruhe, nicht zu wissen, was darin stand. Sie fischte das Arztzeugnis heraus und las es heimlich im Büro. Als Christine vom Hof zurück kam, hörte sie ihre Mutter schluchzend bei einigen Angestellten stehen und etwas vorlesen. Als Christine dazu kam, löste sich die Gruppe auf. „Keine von meinen Töchtern wird mir ledig ein Kind nach Hause bringen, darauf könnt ihr Gift nehmen“, sagte Mutter laut. Christine hatte keine Ahnung, warum sie das mit so einem Stolz verkündete, Jolanda, die Jüngste, war ja erst vier Jahre alt.

Vater kam dazu. „Was ist denn?“ „Hier, lies“, sagte Mutter, in der Hand ein Blatt Papier, „da steht ‚noch Jungfrau‘. Ich habe denen das gerade vorgelesen.“ „Zeig her“, Vater nahm ihr das Papier ab, „was ist das? Ah, ein Arztzeugnis.“ Dann sah er Christines Namen und war empört. „So was liest man doch nicht den Angestellten vor!“ Er übergab das Arztzeugnis Christine mit den Worten: „Da hast es wieder.“

Erst jetzt begriff Christine, dass ihre Mutter den Angestellten aus ihrem Arztzeugnis vorgelesen hatte! Sie überflog das Schreiben und steckte es zitternd ins Kuvert zurück, das noch auf der Werksbank lag. Der Hals schnürte sich ihr zu. „So was Gemeines“, brachte sie nur mit Mühe hervor und verliess die Werkstatt. Reinhard und Rosita liefen ihr nach. „Kannst ja stolz drauf sein“, meinte Reinhard, „in der heutigen Flower-Power-Zeit blüht die freie Liebe. In Deinem Alter gibt es kaum eine Jungfrau mehr. Die musst schon auf dem Land suchen gehen, so schaut es aus.“

Rosita: „Komm, ich geh mit Dir nach Hause. Reinhard kommst auch mit?“ „Ja klar! Heute nehmen wir die Tante Grete mit nach Datschka City. Onkel Alfred hat Nachtschicht. Der war heute echt böse mit ihr. Die braucht unbedingt für ein paar Stunden Tapetenwechsel. Hab schon abgemacht mit ihr. Jetzt müssen wir nur noch schauen, wie wir sie ungesehen aus der Wohnung bringen.“ Rosita:

„Datschka City? Das hör ich zum ersten Mal. Wo ist denn das?“ Reinhard lacht,. „ist nicht so weit, wir haben den Namen geändert, Datschka heisst Frosch, verstehst mich jetzt?“ Rosita: „Ah, Froschdorf, das schaut Dir ähnlich. Da ist jeden Freitag Tanz. Gehst Du auch mit, Christine?“ „Nein, mir ist die Lust dazu vergangen.“ Reinhard: „Was heisst da nein! Ich kann nicht mit Tante Grete allein ins Tanzlokal, was werden die Leute denken, die mich kenne? Du musst schon mitkommen.“

Christine kam dann doch mit. Der treue Benni ebenso. Ihm gefiel es, als er hörte was heute noch los ist.

Rosita hatte die Idee, bei Tante Grete so laut zu klopfen, dass auch ihre Mutter aus ihrem Wohnungsfenster heraus schauen wird, das mache die immer so. „Dann gebe ich Tante Grete eine Tasche und einen Zettel“, sagte Rosita, „da schreiben wir drauf, dass sie aus dem hinteren Fenster steigen soll. Als Peter noch bei ihnen wohnte, ist er auch dort raus gesprungen. Reinhard, Du musst Dich anschleichen und den Stuhl, den Dir die Tante heraus gibt, darunter stellen. Dann könnt ihr nach hinten in die Gasse laufen, dort warten wir auf Euch. Wirst sehen, das klappt.“ Benni: „Ganz schön schlau, die Kleine. Also, los jetzt. Alle in Position!“ Benni fuhr mit Christine rückwärts in die enge Gasse, danach Motor und Licht aus. Sie mussten nicht lange warten, dann kamen Reinhard und Grete angelaufen. Tante Grete musste sich auf dem hinteren Sitz neben Reinhard runter bücken. Ein wenig weiter wurde Rosita auf- und zu Hause wieder abgeladen. Grete gab ihr etwas Schweigegeld.

Tante Grete erzählte warum Alfred so wütend war. „Das ist eine längere Geschichte. Ich muss Euch sagen, ich bin ein totaler Fan von Eroll Flynn und ich schau mir jeden Film von ihm an. Irgendwie ist es mir bis jetzt immer gelungen, heimlich ins Kino zu gehen. Da kam mir die Idee, an Filmstar

Eroll Flynn, Hollywood, Kalifornien, Amerika, zu schreiben. Selbstverständlich habe ich ein Foto von mir dazugelegt und in dem Brief, den ich beigelegt habe, in einem Deutsch-Englisch-Mix natürlich, von ihm geschwärmt." Alle lachten hell auf. Sie erzählte kichernd weiter. „Na, stellt Euch vor, der Eroll, mein Darling, hat mir prompt zurückgeschrieben, mir ein grosses Foto beigelegt, auf dem geschrieben steht , For Grete, all the Best, Eroll Flynn'. Ich hab das Bild in Gold Einrahmen lassen und im Schlafzimmer so aufgehängt, dass ich es vor dem Einschlafen und beim ersten Augenaufschlag sehen konnte." Benni musste einen Stopp machen. Er stieg aus und krümmte sich vor Lachen. Reinhard ganz ernst: „Der Alfred, konnte er das Bild auch sehen?" Grete: „Ja, es ist ja über'm Fussende gehangen." Christine: „Hängt es jetzt nicht mehr dort?" Grete wischte sich das Gesicht ab, sie weinte, schüttelte den Kopf. „Nein! Alfred hat es heruntergerissen und ist darauf herum getrampelt, hat sich dabei einen Glassplitter eingezogen, den ich hätte raus ziehen sollen, aber ich bin zur Mutter hinüber gerannt und habe sie zu ihm geschickt. Sie hat den Goldrahmen und das Bild genommen, und jetzt liegt es Blutverschmiert bei ihr in der Küchenschublade. Oooh, oooh, oooh", schluchzte sie in ihr Taschentuch hinein. „Och", tröstete sie Christine, „ich glaub, der Fotograf könnte es wieder richten. Ich bring es dort vorbei, wenn Du willst." Tante Grete entkorkte eine Flasche Rotwein, die sie in ihrer Tasche hatte, und nahm daraus ein paar kräftige Züge. Christine nahm ihr die Flasche weg. „Tut mir Leid, kein Alkohol im Auto." Benni bedankte sich bei Christine und Tante Grete entschuldigte sich.

Von da an begleitete Christine öfters ihre Tante Grete heimlich ins Kino. Da musste sie nicht befürchten, dass sie wieder bei Filmen, die erst ab 18 Jahren zugelassen waren, von der polizeilichen Kontrolle, an den Ohren aus dem Sitz gezogen wurde. Das war ihr nämlich mit Lilli passiert Stellt Euch die Blamage einmal vor! Die Kinobesucher amüsierten sich natürlich. Nur Adelheid, die lange Latte, konnte sitzen bleiben.

Tante Grete war ein romantischer, lustiger Mensch und kam leicht mit wildfremden Leuten ins Gespräch, mit ihrer Fröhlichkeit war sie überall willkommen. Eines Tages kam ihr Bruder Herbert und brachte Hans mit, einen Schweizer, der in der Fremdenlegion gewesen war. Hans hatte sich in einem Gasthaus einquartiert und wollte einen lustigen Abend verbringen. Gretes Mann Alfred war nicht zu Hause. Aber Christine war da, um Schuhoberteile abzuholen, die ihre Tante genäht hatte. Grete und Christine freuten sich über die Einladung. So ging Grete mit ihrem Bruder ins Gasthaus. Christine lieferte Oberteile ab und gesellte sich danach zu ihnen. Hans blieb nur eine Nacht, dann wollte er zu seinen Eltern, die in der Innerschweiz wohnten. Er gab Christine seine Adresse und lud sie ein, vor ihrer Reise in die Westschweiz für ein paar Tage zu ihm zu kommen, so könne er ihr ein bisschen von seinem Heimatland zeigen.

Herbert und Hans sprachen über eine Strafverjährung. Um was es dabei ging, wurde nicht gesprochen, ausser dass Hans wegen einer dummen jugendlichen Straftat zur Fremdenlegion nach Marseille in Frankreich abgehauen war, von dort nach Algerien. Jetzt hoffte er, dass die Sache, wie seine Eltern ihm mitteilten, wirklich verjährt war und er nicht in eine Falle geriet, wenn er nach Hause kommt.

Christines Eltern hatten wiedermal etwas anderes mit Christine vor. Sie wollten sie mit einer Schneider Lehre bei Frau Hoppe zurückhalten. Doch in einem grossen, dunklen Saal neun Stunden am Tag vorgezeichnete Striche heften, das war nicht ihr Ding. Das hatte sie vierzehn Tage lang ausgehalten. Im Grunde genommen hätte sie gerne Schneiderin gelernt, aber nicht auf so langweilige Art.

XXVIII

Weihnachten stand vor der Tür. Christine, Rosita und Isabella versuchten, für jeden ein Geschenk unter den Christbaum zu bringen. Es sollten endlich schöne Weihnachten werden. Bonbons in Seidenpapier, oben und unten hat man Franzen eingeschnitten und später auf den Tannenbaum gehängt, sah dann richtig Festlich aus. Weihnachtsgebäck, Nüsse, Äpfel und Mandarinen warteten darauf, aufgehängt zu werden. Ein fein gedeckter Tisch war vorbereitet. Reinhard hatte einen Baumständer gebastelt und ein hübsches Leinen Tuch unten herum gelegt.

Jetzt fehlte nur noch der Tannenbaum, den sollte Christine besorgen, sie hatte das Geld dazu. Sie sah eine schöne, grosse Tanne, das war am nahen Marktplatz der sich langsam leerte. Die übrig gebliebenen Bäume sollten gerade aufgeladen werden, da ging Christine zum Händler und fragte nach dem Preis der Tanne. Sie handelte so lange, bis fast der letzte Baum aufgeladen war, dann endlich waren sie sich einig. Christine strahlte und schleifte die Tanne durch den Schnee, über die Strasse nach Hause. Reinhard kam ihr entgegen. „Ist der Baum nicht zu gross? Den müssen wir sicher abschneiden. Es ist höchste Zeit, bald kommen die anderen." Kaum aufgestellt, machten sich alle daran den Baum zu schmücken.

Die abgeschnittenen Zweige im glühenden Ofen verbreiteten mit dem Weihnachtsgebäck einen wohligen Duft im ganzen Haus. Tante Berta und Tante Senta hatten beobachtet, wie Christine den Tannenbaum durch die Strassen geschleift hatte, sie waren neugierig, später klopften sie ans Fenster und wünschten gesegnete Weihnachten.

Charlotte lud sie ein und suchte schnell ein Geschenk für die beiden. Tante Berta ging in ihre Wohnung zurück und brachte die alte, von Grossvaters Hand geschnitzte Krippe samt Figuren und stellte sie mitten auf den Tisch, sodass jeder sie betrachten konnten.

Teewasser wurde aufgesetzt und schon rief Rosita: „Kerzen anzünden! Sie kommen!“ Reinhard stellte noch einen Kübel Wasser bereit, im Fall etwas Feuer fängt. Das elektrische Licht wurde gelöscht und Charlotte fing laut an zu singen: „Stille Nacht, heilige Nacht...“ Die anderen stimmten ein. Die Tür ging auf. „Ja, da schau her!“ Vaters Stimme zitterte. Er räusperte sich und Mutter blinzelte ihre Augen trocken. Die Familie sass zum ersten Mal rund um einen Christbaum zusammen.

Das elektrische Licht wurde wieder angemacht und die Päckchen verteilt. Freude und Überraschung in leuchtenden Augen. Anschliessend gab es Tee, für die Erwachsenen mit Schnaps. Tante Berta entpuppte sich als richtige Stimmungskanone, voller Witz und Humor. Mutter begutachtete alles Essbare auf dem Tisch. „Wo hast denn das alles eingekauft und von wo hast denn das Geld her?“ Wendete sie sich an Christine. Charlotte hörte die Frage. „Von der letzten Lieferung. Das haben wir alle zusammen abgemacht“, schwindelte sie, „sonst hätten wir wieder keine rechte Weihnacht. Jetzt geniess es und gönne es uns allen.“ Mutter wusste genau, dass Christine alles organisiert hatte. Dann sagte Mutter noch:„Es war eh höchste Zeit, bevor alle Kinder ausfliegen. Wer weiss, wann wir wieder so fast vollzählig zusammen sitzen.“ Reinhard stand immer wieder auf und passte auf, dass die Kerzen gerade standen und nichts brennen konnte.

Es klopfte, die Tür ging auf und Emer stand im Türrahmen. Rosita sprang auf und umarmte ihn. „Gott sei

Dank, bist wieder da!“ Er wurde von allen herzlichst begrüsst, nahm auch Christine in die Arme und küsste sie auf den Kopf. „Ihr feiert ja ganz schöne Weihnachten, da komm ich ja gerade recht. Ich hab einen Mord's Hunger. Bis auf drei Kilometer hat mich ein Bauer mitgenommen, dann musste ich laufen. Kein Mensch ist mehr auf der Strasse. Bin direkt aus Deutschland nach dem letzten Bühnenauftritt streckenweise hierher gereist. Hier riecht es so gut nach Tannenzweigen, Kuchen und Tee. Endlich einmal eine schöne Weihnacht!.“ Isabella: „Komm, setz' Dich hierher und iss zuerst einmal was.“ Rosita hatte plötzlich auch für Emer ein Geschenk, in Weihnacht Papier eingewickelt und überreichte es ihm. Beim Geschenke auspacken hatte sie aufgepasst, dass jeder sorgfältig mit dem Papier umgeht, damit man es wieder gebrauchen könnte. Emer strahlte übers ganze Gesicht:„Ist das für mich? Mein Gott, Ihr habt auch an mich gedacht! Ihr wisst ja nicht, wie sehr mich das freut. Ich hoffe nur, wir haben in Zukunft noch mehr so schöne Weihnachten mit der Familie.“ Er war ganz gerührt. „Die Christine hat alles mit uns besprochen und wir haben ihren Befehlen folgen müssen“, machte sich Reinhard über seine Schwester lustig. Die zwei Jüngsten, Hermine und Jolanda, schliefen eng zusammen unter dem Christbaum auf ihren Kissen ein, in Jolandas Hand war noch ein Stück Kuchen zu sehen.

Die Glocken der Kirchen läuteten zur Mitternachtsmesse. „Christine, jetzt musst Du unbedingt noch in die Kirche, sonst sind es keine rechten Weihnachten“, spottete Reinhard. „Komm gescheiter mit, als darüber zu spotten.“ „Nein, ich bin viel zu müde, ich würde dort nur einschlafen, beten darfst aber schon für uns alle.“ Christine liess sich nicht beirren und ging in die Mitternachtsmesse. „Die Heilige geht jetzt noch in die Kirche", hörte sie ihren Vater sagen. „Schaden tut es uns sicher nicht, dass wenigstens eine noch von uns betet." Das waren die Worte ihrer Mutter.

Auf dem Weg zur Kirche erinnerte sich Christine daran, wie ihre Mutter kurz nach Jolandas Geburt mit der Kleinen auf dem Arm und einer Reisetasche in der Hand abgehauen ist. Christine hatte ihr noch zugeredet, sie solle doch bleiben, und gefragt, wohin sie denn gehen wolle? Aber ihre Mutter hatte sie damals abgeschüttelt. „Ich muss weg! Ich halt es hier nicht mehr aus! Mir wird alles zu viel!" Christine hatte geweint und war in die Werkstatt gegangen, um es ihrem Vater zu erzählen. „Ach, mach Dir keine Sorgen, die kommt schon wieder, jetzt müssen wir es halt ein paar Tage ohne sie aushalten. Sie ist halt früher viel herum gekommen und da geht ihr das Reisen manchmal ab." Etwa eine Woche später war Christine, auf dem Weg zur Werkstatt an deren Kellerfenster vorbeigegangen, als plötzlich ein „Pst! Pst!" ertönte. Sie hatte sich gebückt und sah ihre Mutter mit Jolanda im Arm im Keller stehen. „Ist Vater bös, weil ich weggegangen bin?" „Nein, nein, kannst ruhig Heim kommen, er hat schon gesagt, dass Du bald wieder zurück sein würdest. Aber ich bin schon erschrocken, als Du fortgingst."

An dieses Bild, das sich tief in ihr Gedächtnis eingegraben hatte, erinnerte sie sich jetzt. Der Blick durch das Kellerfenster, das ängstliche Gesicht ihrer Mutter mit dem Kind auf dem Arm. Nun kam das Bild der schlafenden Jolanda unterm Christbaum hinzu und das ihrer Mutter, die glücklich da sass und von Emer alles über sein Zirkusleben in Deutschland wissen wollte.

Die Zeit der Abreise in die Schweiz kam näher. Alle nötigen Papiere hatte Christine beisammen. Das Datum war auch schon fix, nicht mehr lange nach ihrem 17. Geburtstag. Vier Kleidungsstücke und ein paar Schuhe auf Pump gekauft. Sie hatte das Geld für den Zug zweiter Klasse, 3 Klasse gab es in diesen Zug nicht und noch ausreichend Bargeld darüber. Reinhard meinte, sie solle wenigstens im Liegewagen fahren, es sind ja immer hin weit über 1'000 Kilometer, doch sie wollte nicht alles Geld für die Fahrt verbrauchen. Sie sparte, wo sie konnte und meint:. „Wer weiss, was alles auf mich zukommt."

Der Abschied fiel ihr leicht. Eigentlich freuten sich alle mit ihr, dass sie es geschafft und den Mut hatte, ins Ausland zu gehen. Jeder umarmte sie, nur ihren Vater und ihre Mutter musste sie an sich ziehen, um ihnen einen Abschiedskuss auf die Wange geben zu können. „Schreib uns, wenn Du angekommen bist", hörte sie noch sagen.

Ohne das jemand sie begleitete, ging sie mit ihrem grauen, kartonierten Koffer und ihrer schwarzen Handtasche und einer Jacke am Arm, zum Bahnhof. Als sie dann so allein im fahrenden Nachtzug am Fenster sass, kollerten Tränen über ihr Gesicht. War es Trauer oder war es Freude? Sie wusste es nicht genau.

Ganz früh am Nebel verhangenen Morgen stiegen in Feldkirchen Zöllner und Grenzkontrolleure ein. „Etwas zu verzollen?" Taschen und Koffer wurden geöffnet und kontrolliert. „Alle Pässe, Visa vorzeigen!" Christine zeigte ihren Pass und ihre Papiere. „In Buchs aussteigen." Der Grenzkontrolleur behielt ihren Pass, steckte die Aufenthaltsbewilligung und das Arztzeugnis zwischen die Seiten. Christine ging in die stinkende Toilette, um sich ein wenig in dem fast blinden Spiegel zurecht zumachen. Männer kamen mit Kübeln und Putzutensilien. Sie musste die Toilette verlassen und auf ihren Platz zurückkehren. Schliesslich befand sie sich jetzt in der sauberen Schweiz, wo alles geputzt wird.

In Buchs stiegen viele Leute aus südlichen Ländern aus. Die Pässe hochhaltend, rief der Grenzkontrolleur: „Alles mir nach!“ Sie gingen in ein Gebäude. „Frauen in dieses Zimmer!“ Da standen sie in einer Reihe, jede bekam das Arztzeugnis zurück. Einzeln mussten sie vor einen Arzt hintreten, den Mund weit öffnen und „Aaa“ sagen. Dann sich oben freimachen und in einen Röntgenkasten steigen. Es gab einen Stempel aufs Arztzeugnis und einen anderen in den Pass, und fast alle konnten jetzt in Schweizer Zügen weiterfahren.

Der Zug fuhr durch Sargans, wo Hans, der gewesene Legionär, zu steigen sollte, so war es abgemacht. In Sargans lehnte sie sich zum Fenster hinaus und suchte den Bahnsteig ab. Der Zug fuhr weiter, von Hans keine Spur. Enttäuscht setzte sie sich wieder hin, doch nach ein paar Minuten stand er plötzlich vor ihr.

Die Reise ging dem Walensee entlang, wo sich die aufgehende Sonne im Wasser spiegelte. Weiter ging es bis Näfels, der Heimatstadt von Hans. Da wurden sie schon von seiner Familie erwartet. Essen stand auf dem Tisch, und in der Stube gingen die grösseren Personen gebückt umher, weil die Holzdecke so niedrig war. Bald sassen alle am Tisch. Das Brot wurde herumgereicht, Christine nahm eine Scheibe, brach ein Stück ab und schob es in den Mund. Sie hatte nicht bemerkt, dass alle das Brot auf einen kleinen Teller legten und auf das Tischgebet warteten. Sie hielt die Hand vor den Mund und tat so, als würde sie es wieder raus nehmen. Nach dem Frühstück zeigte Hans ihr die kleine Stadt und anschliessend drängte Christine zur Weiterfahrt, denn sie wollte noch am Abend ihre Au-pair-Stelle antreten.

„Du kannst mich ja besuchen kommen, wenn Du willst.“ lächelte sie ihn bei der Abfahrt an.

Nun fühlte sich Christine endlich frei!

www.ingramcontent.com/pod-product-compliance
Lightning Source LLC
Chambersburg PA
CBHW060551310726
48982CB00008B/1085/J

* 9 7 8 1 4 2 6 9 2 3 4 6 3 *